ZU DIESEM BUCH

«Updike zeigt, wie vorläufig Erinnerung ist und wo hinter den offiziellen Dokumenten und unseren Selbsttäuschungen das Herz seinen Platz hat in der Geschichte.» (*The New York Times Book Review*)

«Ein durch und durch schädliches Buch. Es schadet unserer Gesundheit. Denn es tötet den Stumpfsinn und hindert am Schlafen.» (*Süddeutsche Zeitung*)

«Begnadet erzählt.» (*Die Woche*)

John Updike, geboren am 18. März 1932 in Shillington/ Pennsylvania, trat nach dem Studium in Harvard und an der Ruskin School of Drawing and Fine Arts in Oxford 1955 für zwei Jahre in den Redaktionsstab des *New Yorker* ein. Die Erzählungen und Essays, die er dort veröffentlichte, begründeten seinen literarischen Ruhm. Er gilt heute als einer der bedeutendsten und unterhaltsamsten Erzähler unserer Zeit. John Updike lebt in Beverly Farms bei Boston.

Von John Updike erschienen außerdem als rororo-Taschenbücher «Ehepaare» (Nr. 1488), «Das Fest am Abend» (Nr. 1625), «Unter dem Astronautenmond» (Nr. 4151), «Der Sonntagsmonat» (Nr. 4676), «Heirate mich!» (Nr. 4982), «Hasenherz» (Nr. 5398), «Henry Bech» (Nr. 5448), «Der Coup» (Nr. 5667), «Der weite Weg zu zweit» (Nr. 5777), «Amerikaner und andere Menschen» (Nr. 5850), «Die Hexen von Eastwick» (Nr. 12366), «Bessere Verhältnisse» (Nr. 12391), «Auf der Farm» (Nr. 12570), «Der verwaiste Swimmingpool» (Nr. 12680; liegt auch, gelesen von Christian Brückner, in der Reihe Literatur für KopfHörer vor), «Das Gottesprogramm. Rogers Version» (Nr. 12867), «S.» (Nr. 12955), «Spring doch!» (Nr. 13213), «Rabbit in Ruhe» (Nr. 13400), die vier Rabbit-Romane in Kassette: «Hasenherz» / «Unter dem Astronautenmond» / «Bessere Verhältnisse» / «Rabbit in Ruhe» (Nr. 13553), «Der Zentaur» (Nr. 13643), die Essays «Vermischtes» (Nr. 13229) und die Erinnerungen «Selbst-Bewußtsein» (Nr. 13708). Im Rowohlt Verlag liegen vor: «Werben um die eigene Frau. Gesammelte Erzählungen» (1983), «Gedichte» (1986) und der Roman «Brasilien» (1996).

John Updike

ERINNERUNGEN AN DIE ZEIT UNTER FORD

Roman

Deutsch von
Maria Carlsson

Rowohlt

Die Originalausgabe erschien 1992 unter dem Titel
«Memories of the Ford Administration»
im Verlag Alfred A. Knopf, Inc., New York
Umschlaggestaltung Walter Hellmann
(Foto: G+J Photonica; R. Seagraves)

Einmalige Sonderausgabe November 1996

Veröffentlicht im Rowohlt Taschenbuch Verlag GmbH,
Reinbek bei Hamburg, März 1996

Gesamtherstellung Clausen & Bosse, Leck
Printed in Germany
1800-ISBN 3 499 22110 1

Mir ist wohl bewußt, daß der Leser nicht nach Belehrung verlangt, doch ich kann nicht anders, ich muß sie ihm erteilen.

ROUSSEAU, *Bekenntnisse*

Der Mensch ist in seinem Wesen das Gedächtnis des Seins, aber des Seins.

HEIDEGGER, *Zur Seinsfrage*

ERINNERUNGEN
AN DIE ZEIT UNTER FORD

Von: Alfred L. Clayton, Bachelor of Arts 1958, Ph. D. 1962
An: Northern New England Association of American Historians, Putney, Vermont
Betr.: Erbetene Erinnerungen und Impressionen aus der Regierungszeit des Gerald R. Ford (1974–1977) für das Schriftliche Symposion über denselben, das in *Rückblick*, der Dreivierteljahres-Zeitschrift der NNEAAH, erscheinen soll

Ich erinnere mich, daß ich mit meinen verlassenen Kindern vor dem Fernseher saß, als Nixon zurücktrat. Meine Frau war ausgegangen, zu einer Verabredung, und hatte mich gebeten, auf die Kinder aufzupassen. Wir lebten seit Juni getrennt, seit zwei Monaten, der Rücktritt fand ja im August statt. Nixon, mit seinem verbeulten Gesicht und seiner beängstigenden, ausgerasteten Art, sah aus, als werde er gleich weinen. Die Kinder und ich hatten noch nie einen Präsidenten zurücktreten sehen. Niemand in der Geschichte der Vereinigten Staaten hatte das je gesehen.

Unsere Eindrücke – nun ja, wer weiß schon, was für Eindrücke Kinder haben? Andrew war fünfzehn, Buzzy gerade dreizehn, Daphne pummelige, verletzliche elf. Für sie, deren geschichtliches Bewußtsein seit höchstens zehn Jahren bestand, war dieser Rücktritt vielleicht nicht so epochal. Die späten Sechziger und frühen Siebziger hatten so viel an bizarren Schlagzeilen und absonderlichem Fernsehen hervorgebracht, daß meine Kinder vermutlich weniger beeindruckt waren als ich. Nicht allzu lange zuvor hatte auch Spiro Agnew seinen Hut nehmen müssen, und so war Gerald Ford unser einziger nicht gewählter Präsident, wenn man von Joe Tumulty absieht, der nach Wilsons Schlaganfall einsprang, oder von James G. Blaine während des Sommers, da der arme Garfield nach und nach von der medizinischen Wissenschaft des Jahres 1881 hingemordet wurde, indes Chester Arthur (der als korrupt galt, obschon er ein exzellenter Angler war und meterweise, mit perfektem schottischen Akzent, Robert Burns vortragen konnte) sich in New York City vor dem erhabenen Amt verbarg, das er schließlich doch antreten sollte. Wären meine Kinder wie ich, hätte es sie getröstet, daß ein landesweiter Skandal uns von jenem ablenkte, der wie ein großer klammer Frosch, den Schlammgeruch unwiderruflichen Verlustes ausdünstend, im Schoß unserer Familie hockte: mein Treubruch, meine Abwesenheit im täglichen Leben, nachdem ich all die Jahre ihres kurzen Daseins mit meiner Anwesenheit bestimmt hatte, mit meinem Kommen und vorübergehenden Verschwinden, meinem Auf- und Untergehen, meinem Trösten und Strafen; ich hatte sie im Auto zur Schule und ins Sommercamp gebracht, an den Strand und in die Berge, nach Maine und Massachusetts, war ihrer Mutter bei ihren zerzausten Pflichten zwischen Frühstück und Schlafenszeit zur Hand gegangen, hatte Windeln gewechselt und, vor kurzem erst, nervös auf dem Beifahrersitz gesessen, als Andrew von seinem neuerworbenen Führerschein Gebrauch machte. Ich war das einsame einzige Kind eines ältlichen republikanischen Ehepaars, und Vater zu sein war ein Wunder für mich gewesen, ein erstaunliches Vergnügen; mein Stundenplan am Wayward Junior College, damals ein reines Mädchen-College am einst lieblichen Wayward River hier im südlichsten Zipfel New Hampshires, gestattete mir ein nahezu ständiges Vatersein, oder, vielleicht treffender, ein Brudersein – eine locker-heitere Kumpelhaftigkeit, eher die eines älteren Bruders denn die eines Erzeugers. Aufgewachsen ohne Geschwister, hatte ich mir, mit beiläufiger Zustimmung meiner Frau, welche erschaffen. 1936 im Norden Vermonts geboren, wo die Berge flacher werden und sich nach Kanada hinfläzen, bekam ich von meinen standhaften Eltern den Namen des einnehmenden, aber erfolglosen Kandidaten, der in jenem Jahr gegen Roosevelt angetreten war, und wurde Vater im zarten Alter von zweiundzwanzig, während meines ersten Universitätsjahrs nach dem Bachelor of Arts. Die Geburtshelferin, eine stämmige Frau mit hellgrüner, enganliegender Chirurgenmütze auf dem Kopf, tauchte aus den Tiefen des Cambridge City Hospital auf, wischte sich, wie ein Schlachter an seiner blutigen Schürze, die Hände am Kittel ab und streckte sie mir hin mit den strengen Worten: «Sie haben einen Sohn.» Buzzy folgte, als ich fünfundzwanzig war und noch nicht promoviert hatte, und die liebe Daphne – die kleinste bei der Geburt, ganze dreitausendeinhundert Gramm, und die mit den strahlendsten Augen, damals und immer – wiederum zwei Jahre später, 1963, im Herbst, als Kennedy erschossen wurde und das zweite Halbjahr meiner ersten Dozentur begonnen hatte, im grünen, frostigen Dartmouth. Tage der Jugend, der Ahnungslosigkeit! Tage des ungetrübten, unangekränkelten Sichentfaltens! Ich war mit allen Insignien der Männlichkeit versehen, nur nicht mit der Einstellung, dem Verhalten eines erwachsenen Mannes. Meine Königin, meine blaß sommersprossige, rothaarige Braut, hatte noch ihre Taille, ihre geschmeidigen, milchhellen Beine und war von einer trägen Bereitwilligkeit, alles auszuprobieren. Dann brachen Lyndon Johnsons aufgeladene Sechziger wie ein psychedelisches Gewitter über uns herein. Wir zügelten unsere Fruchtbarkeit und kuschelten uns zusammen zum Glücklichsein.

[*Rückblick*-Redaktion, zerhacken Sie meine Absätze nicht in mechanische Zehnzeiler. Ich nehme Ihr Symposion ernst, manche Gedanken ziehen sich lang hin wie Flüsse bei Tauwetter, andere brechen ab wie Eiszapfen. Überlassen Sie das Abbrechen bitte mir.]

So saß ich da bei meinen drei Kindern weniger als Schurke denn als viertes Opfer, ein weiteres Kind der beschädigten, führerlosen Nation und der hereinbrechenden Dunkelheit (warum hatte Nixon mit seinem Rücktritt bis zum Abend gewartet? Um nicht wie eine von den tagsüber gesendeten Seifenopern zu wirken?). Diese Pose, daß ich auch nur ein unglücklicher Teilhaber unseres familiären Elends war und nicht vielmehr sein Urheber, war in der Tat praktisch für uns alle: meinen Kindern war so die Möglichkeit gegeben, mich weiterhin gern zu haben und sich zu freuen, wenn ich zu Besuch kam, mal herauskroch aus meiner asketischen kleinen Junggesellenbude auf der anderen Seite des Flusses, in Adams, dem Inbegriff eines darniederliegenden Industriestandorts – einem Flecken, in dem sich ausschließlich Textilfabriken angesiedelt hatten und der 1797 zu Ehren des geplagten zweiten Präsidenten, gewissermaßen eines Jungen aus der Nachbarschaft, umbenannt worden war –, und, so gut sie es vermochten, ihre Aufenthalte bei mir und die mageren Vergnügungen zu genießen, die Adams zu bieten hatte: eine Bowlingbahn, ein Strand aus aufgeschüttetem Sand am Seeufer, ein chinesisches Restaurant, in dem Daphne einmal ein Wahrsageplätzchen ohne Wahrsagezettel bekommen hatte und in Tränen ausgebrochen war, weil sie dachte, das bedeute, daß sie sterben müsse, und ein einziges überlebendes Lichtspieltheater im menschenleeren Zentrum, eines von denen mit Vordach, viel Plüsch und rokokohafter Eingangshalle, die überall in den kleinen Städten rasch verschwanden, mit Brettern vernagelt und mit Graffiti beschmiert untergingen, nachdem sie vorher noch eine düster-reißerische Phase als jugendgefährdende Sexfilmkinos gehabt hatten. (Sex stand während der Ford-Administration noch in einem guten Ruf. Betty Ford war eine muntere, von keinen Zwängen geplagte Tänzerin bei Martha Graham gewesen und verkündete zu Beginn der Amtszeit, daß sie und Gerald beabsichtigten, weiterhin im selben Bett zu schlafen. Ihre Kinder tauchten gelegentlich in den Schlagzeilen auf mit Geschichten aus ihrem Leben, das ebenso ungeeignet für die Öffentlichkeit war wie das anderer junger Erwachsener. In jenen Jahren gab es One-night stands, Saunen, Sex-shops in Hülle und Fülle. Geschlechtskrankheiten waren eine leicht zu behebende Panne. Syphilis, Tripper – kein Problem. Die Filzläuse, die pfiffigen kleinen Plagegeister der Matratzenlager in den Sechzigern, hatten sich verzogen, als die Mieten in den Städten stiegen, und die Herpesbläschen mit ihrem intimen Brennen hatten ihren Siegeszug noch nicht angetreten. Das Paradies des Fleisches war in Reichweite. Was unter Eisenhower undenkbar gewesen war und unter Kennedy gewagt, war unter Ford nahezu obligatorisch geworden. Nur daß die Leute langsam verrückt wurden, wie die Bürger damals im alten Rom, die einen von zuviel Sex, die anderen vom Blei in den Leitungsrohren. Ford, früher ein stattlicher Brocken, reizte Frauen auf eine Weise, wie Nixon das nicht getan hatte. Ich meine mich zu erinnern, daß zweimal innerhalb weniger Wochen ein weibliches Wesen mit einem Schießeisen auf ihn losging. Squeaky Fromme war zu high, um abzudrücken, und Sara Jane Moore schoß aus nächster Nähe daneben. [*Rückblick*-Red.: Fakten eventuell nachprüfen? Die gesamte Parenthese kann gestrichen werden, falls es Platzprobleme gibt. Aber Sie *wollten* Impressionen.] Ich hatte keinen Fernseher in meiner kargen Behausung im dritten Stock – ein schmales Zimmer, wo ich mir aus zwei Aktenschränken und einem Türblatt einen Schreibtisch gebaut hatte, und eine quadratische Kammer, die fast ganz von einem Doppelbett ausgefüllt wurde, beide Räume mit je einem Fenster, das auf eine enge Seitenstraße im Schatten einer stillgelegten Spinnerei hinausging –, und war, was Nachrichten betraf, auf die stündlichen Zusammenfassungen und seltenen Extrameldungen des WADM angewiesen, des einzigen Senders in der Region, der klassische Musik brachte; hinzu kamen die Schlagzeilen in anderer Leute Zeitungen und überholte Magazine in den Wartezimmern von Zahnärzten, Rechtsanwälten, Optikern etc., die ich in den neunundzwanzig Monaten der Ford-Administration konsultierte.) In jenem lieben sterbenden Lichtspieltheater namens Rialto, mit den blankgewetzten Plüschsesseln und den abblätternden vergoldeten Putten, sahen meine drei strubbelköpfigen Putten und ich den *Paten, Teil II*, und den *Weißen Hai*. Beide machten Daphne und mir angst, auch wenn die Jungen die Nase über uns rümpften. Zur Zeit des *Weißen Hais* war Andrew groß genug, mit Führerschein, um es demütigend zu finden, mit seinem Vater ins Kino zu gehen. Und obwohl *Der weiße Hai* das Publikum in Scharen anlockte, bis auf die erhöhten Logenplätze und den steilen Balkon hinauf, war das Schicksal des Rialto besiegelt; wenige Monate später wurde es ein Softpornokino.

Absatz.

Während ich dasaß und zusah, wie Nixon zurücktrat, hatte ich die Illusion, daß das Haus, in dem wir uns befanden, eine große viktorianische Villa mit Mansarddach und ausgebautem zweiten Stock, von dessen Fenstern man die gelben Ziegelschornsteine des College-Heizwerks sah, noch immer meines war; die Bücher, eine Sammlung, deren Grundstock unsere College-Lehrbücher bildeten, kamen mir vor, als seien sie meine, und die Einrichtung, ein von Kindern malträtiertes buntes Durcheinander aus Schaumstoffsofas und Leinengurtstühlen, wackligen dänischen Lampentischchen und chrombeinigen niedrigen Sesseln mit Paisleytüchern und troddelbesetzten Schals über den durchgescheuerten Lehnen, kam mir auch so vor, als gehörte sie noch mir, mitsamt den Katzenhaaren auf den Polstern und den Staubflocken unterm Sofa, den fast leeren Spirituosenflaschen in der Speisekammer und den Ballons aus Japanpapier, die hier und da als Lampenschirme herhielten – alles in unserem Ehestil, einem Unisexstil, zu dem meine Frau und ich leichthändig, vom Universitätsleben der späten Fünfziger geprägt, den Grundstein gelegt hatten und der dann in der Hitze und den Mühen des «Sympathisantentums» der Sechziger ausgeschmückt wurde und der Verwitterung anheimfiel. Ich hatte meine Frau verlassen, nicht aber unsere Ehe, die Struktur unserer Ehe, unsere Denkart, und ich war weit davon entfernt, mir klarzumachen, daß dies Haus für mich verloren war, dies fusselige, fransige Nest, das sie und ich Zweig für Zweig zusammengetragen hatten, nicht zu reden von den drei Vögelchen, die so vertrauensvoll und hilflos und still neben mir im flackernden Licht der explodierenden Ambitionen und Träume eines einzelnen Mannes hockten (er trete zum Wohle der Nation zurück, erklärte Nixon, und nicht etwa aus irgendwelchen persönlichen Neigungen und Motiven: «Ich bin nie ein Drückeberger gewesen», sagte er mit zittriger Stimme und finsterem Blick. «Das Amt niederzulegen, bevor meine Zeit um ist, widerstrebt jeder Faser in mir») – daß dies Haus für mich dahin war, aufgegeben, meinem Leben ebenso unwiederbringlich verloren wie das Zuhause meiner Kindheit im Dörfchen

Hayes, meine Studentenbude in Middlebury, unsere Doktoranden-Unterkünfte in Cambridge, in einem backsteinernen Apartmentgebäude an der Kirkland Street unweit des damaligen Germanischen Museums, oder das kleine apfelgrüne Cape-Cod-Cottage, unser erstes richtiges Haus, mit Garten, Keller und Briefschlitz, das die Universität uns in Hanover gleich hinter der Route 120, einen Steinwurf von den Orozco-Wandmalereien entfernt, vermietet hatte. In diesem Wohnzimmer war ich in Wahrheit nichts wesentlich anderes als ein Fernsehbild – ein flüchtiger Gast, ein Epiphänomenon.

[*Rückblick:* Ich bitte um Entschuldigung für all den Dekor. Aber Dekor ist Teil des Lebens, ist unauflöslich unseren Erinnerungen und Impressionen eingewoben. Als mich die freundliche und schmeichelhafte Aufforderung der NNEAAH erreichte, zu ihrem Schriftlichen Symposion etwas beizusteuern, ging ich auf gut Glück in die Bücherei und blätterte einige Nachschlagewerke durch, die Art von Instantgeschichte, die man erhält, wenn man alte Schlagzeilen zusammenträgt, und war verblüfft, welch hohen Nachrichtenanteil der Tod ausmacht, pur und schnörkellos. In diesen Übergangsmonaten von 1974, wer starb da nicht alles: Chet Huntley und Georges Pompidou, Juan Perón und Earl Warren, Duke Ellington und die Mutter von Martin Luther King jr., Walter Lippmann und Jack Benny, Generalissimo Franco war ernsthaft leidend und Evel Knievel alles andere als wohlauf. Evel Knievel wollte mit einer Rakete über einen Canyon in Idaho fliegen, was ihm mißlang; von Pompidou wurde der Ausspruch wiedergegeben: «Jeder Politiker *(Tous les politiciens)* hat seine Probleme *(ont leurs problèmes)*. Nixon hat Watergate *(Nixon a Watergate)*, und ich werde sterben *(et je vais mourir)*.» Ich weiß schon, *Rückblick*-Redaktion, Sie wollen dies Zeug nicht, das jeder Student im dritten Semester, der Zugang zu einem intakten Mikrofilm-Lesegerät hat, Ihnen zusammensuchen kann. Sie wollen *lebendige* Erinnerungen und Impressionen: das unverfälschte Zeugnis derer unter uns, die, anders als die eben genannten, das Glück hatten, die Ford-Administration zu überleben. Neulich abend habe ich mit tiefer Rührung einen verzappelten Schwarzweißfilm aus dem Jahr 1913 gesehen: die Überlebenden der Pickett-Attacke, die sich fünfzig Jahre später, als alte Männer, auf dem Schlachtfeld von Gettysburg trafen. Die Südstaatler taten so, als griffen sie wieder an, und humpelten, auf ihre Krückstöcke gestützt, vorwärts, und die Nordstaatler hinkten hinter der Steinmauer auf dem Cemetery Ridge hervor und umarmten sie. Tränen, Gelächter. Junge Totschläger, aus denen liebe alte Männer geworden waren. Es muß nur genügend Zeit verstreichen, und wir sind alle Geschichte, nicht wahr? Wenn Sie sich mal richtig elend fühlen möchten, liebe NNEAAH, denken Sie an die Zeit, die immer weiter verstreichen wird, wenn Sie schon tot sind. Wenn *wir* tot sind, sollte ich sagen. Wenn ich den mir zugewiesenen Platz falsch eingeschätzt habe, stutzen Sie diesen Text bitte so weit zurecht, daß er Ihren redaktionellen Erfordernissen entspricht.]

Erinnerung ist von einer Fleckigkeit, als sei der Film in die Entwicklerflüssigkeit nicht eingetaucht, sondern nur mit ihr besprenkelt worden. Und das Auge macht dann, wie bei einer optischen Täuschung, das ihm Mögliche aus den Flecken. Die Königin der Unordnung kam, sagen wir, gegen Mitternacht zurück. Es war August, ein schwüler Monat in unserem Flußtal, aber der Sommer rollte sich an den Rändern schon ein, die Rasenflächen waren ausgedörrt und die Zikaden auf dem Höhepunkt ihres Gezirps. Sie muß ein kleines blaßgeblümtes Baumwollkleid auf ihrem üppigen, aber immer noch geschmeidigen Körper getragen haben, mit schnürsenkeldünnen Achselträgern, und mir muß der Gedanke durch den Kopf geschossen sein, daß sie dies Kleid an diesem Abend ausgezogen und später wieder angezogen hatte, um nach Haus zu gehen. *Nach Haus* – sie hatte ein paar Verluste erlitten, aber dies Wort, diese Wirklichkeit waren ihr geblieben. «Wie ging's mit den Kindern?» wird sie gefragt haben.

«Gut. Sie waren süß. Wir haben Nixon zugesehen und versucht, Mille Bornes zu spielen, bis Daphne quengelig wurde.»

Daphnes Mutter schüttelte einen kleinen, locker gestrickten weißen Pullover ab, den sie sich wie ein Cape umgehängt hatte. Die Sommersprossen auf ihren nackten Schultern waren so dicht, daß sie wie Sonnenbräune aussahen. Schräg zur Decke hinaufsehend, als hätte dort plötzlich ein Spinnengewebe ihre Aufmerksamkeit gefesselt, fragte sie, ein wenig schüchtern: «Haben sie was gesagt?»

«Nein», sagte ich.

«Auch nicht, als Daphne im Bett war? Die Jungen?»

«Nein, Norma. Was hätten sie denn sagen sollen. Sie haben sich mit mir *Hawaii Five-O* angesehen, und dann habe ich sie zu Bett geschickt. Ich habe mit Daphne gebetet, aber die Jungen haben mir gesagt, du hättest das Beten abgeschafft.»

«Hab ich das?» fragte sie, wandte den Kopf und äugte zu einem anderen Spinnengewebe hinauf. Ihr Haar hatte die Farbe einer getrockneten – einer geschwefelten, sagen die Reformhäuser – Aprikose, die ins Licht gehalten wird, und war so wellig, daß sie auch damals, als ganz glattes Haar in Mode war, zusammen mit Sandelholzperlen und schmutzigen bloßen Füßen, immer wuschelköpfig ausgesehen hatte. Ich stellte mir ihr Haar ausgebreitet auf einem Kissen vor wie eine herausgequollene Polsterfüllung und die fleischigen Hände ihres Freundes, die sich in diesen Überfluß gruben. Ein Überfluß an Haar auch unten, ingwerfarben, kribbelnd, und in ihren Achselhöhlen in jenen Barfußjahren, als es schick war, es nicht wegzurasieren. Ihre Schienbeine hatten damals gekratzt wie ein Männerkinn. Ich hatte mir einen Bart wachsen lassen, der dünn und bocksartig geraten war. Wir fuhren mit unseren Freunden immer zum Nacktbaden an einen See nördlich von Hanover, und einmal war ich so stoned gewesen, daß ich mich transparent fühlte wie eine Qualle und mir einbildete, wir seien alle eine große glückliche Familie; ich hatte mich einer Frau zugewandt, die neben mir im Sand lag, und irgendwie muß ich um ein Lob für Normas üppige Figur gebeten haben, denn ich erinnere mich, wie die trockene sarkastische Stimme dieser anderen Frau sich durch meine schimmernden Quallenwände schnitt: *Es freut mich ja so für dich, Alf.* «Es kam mir so heuchlerisch vor», sagte meine Königin der Unordnung, «so wie wir leben. Nichts ist mehr heilig und überhaupt.»

«Wie *war*'s denn mit Ben?» Sie hatte sich mit Benjamin Wadleigh getroffen. Dem Dekan der Musikabteilung, Leiter der Chorgemeinschaft, einem hochgewachsenen, kopflastigen Mann mit großen gedunsenen weißen Händen, die stampfend, knetend in Klaviertasten wühlten wie in Schlamm. Er lebte seit kurzem getrennt von seiner kleinen Frau Wendy und war ein Langzeit-Anbeter meiner buschigen, milchhäutigen, großbrüstigen Ehegefährtin. «Wo *macht* ihr beiden es eigentlich, um elf in der Nacht?»

«Wir nehmen den Wald», sagte sie, in einem Ton, der mich im unklaren ließ, ob sie Spaß machte. «Oder den Rücksitz seines Kombis. In der Not frißt der Teufel und so weiter. Möchtest du einen Drink?» Sie schlenderte Richtung Speisekammer, wo all die fast leeren Flaschen standen. Die beiden Katzen waren beim Klang ihrer Stimme aus den Ecken hervorgekommen, in denen sie sich vor mir versteckt hatten, und strichen ihr in einem schnurrenden Zopf, einer pelzigen Doppelhelix der Zuneigung, um die Beine. Ich war allergisch gegen Katzenhaar und neigte dazu, nach den Tieren zu treten, wenn sie mir zu nahe kamen. Ihr Schnurren brachte mir wieder den im Hintergrund pulsenden Zikadengesang zum Bewußtsein – ein Geräusch wie kein anderes, das das Gehirn radioartig ein- und ausblenden kann.

«Bloß nicht», sagte ich und erhob mich aus meinem dänischen Sessel. Die eine Teaklehne war kaputt – als ich hier noch wohnte, hatte ich sie immer wieder geleimt. Ich versuchte, mir hartnäckig haftende Katzenhaare von der Sitzfläche meiner Hose zu streichen. Ich war neue Verpflichtungen eingegangen: meine dunkeläugige Geliebte beobachtete meine ehelichen Besuche wie ein Habicht und erwartete minuziös genaue Berichterstattung. «Ich gebe mir Mühe, ein geregeltes Leben zu führen», erklärte ich, nicht ohne Reumütigkeit.

«Ist es das wirklich?» In der Hand hielt sie zwei Zoll silbrig blaßgrünen Wermuts, der Farbe ihrer Augen sehr ähnlich, in einem verschmierten Orangensaftglas, das sie unabgewaschen aus der Spülmaschine gefischt hatte. Sie neigte mir Gesicht und

Stimme zu und sagte: «Alf, du *mußt* mit ihnen reden, sie sind durcheinander und verletzt und bedrängen mich mit Fragen – ‹Was hat ihm an uns denn nicht gefallen?›, ‹Ist sie denn wirklich so toll?›, ‹Bringt er das wohl je hinter sich und kommt zu uns zurück?›»

Ich nahm es ihr übel, daß sie versuchte, mit weiblicher Redseligkeit das männliche Schweigen zu zerreißen, das glatte Narbengewebe, das die Jungen und ich über meine Fahnenflucht hatten wachsen lassen.

«Vor allem die Jungen», fuhr sie fort. «Daphne ist die robusteste, sie ist so offen und noch so kindlich. Aber die Jungen – ich weiß nicht, was in ihren Köpfen vorgeht. Sie sind sehr, sehr rücksichtsvoll mit mir, gehen auf Zehenspitzen herum, als ob ich krank wäre, werfen mir nicht vor, daß ich so dumm war, dich zu verlieren, geben sich Mühe, all die vielen kleinen Sachen im Haus zu erledigen, um die du dich früher gekümmert hast...»

Meist ließ sie ihre Sätze dahinwehen, eine Aufforderung für ihren Gesprächspartner, sich etwas einfallen zu lassen. Ihre Bilder, wenn sie Zeit zum Malen fand, blieben immer unvollendet, wie die von Cézanne. Immer gab es ein, zwei leere Stellen. Auch ihr Gesicht blieb für gewöhnlich leer, nicht einmal Lippenstift benutzte sie. Wenn sie es mal mit Mascara versuchte, sah sie aus wie ein kleines Mädchen, das sich als Hexe zurechtgemacht hat. In den törichten Sechzigern hatte sie eine Vorliebe für Zöpfe, und um auf Parties einen besonderen Effekt zu erzielen, flocht sie sich manchmal die eine Hälfte ihres Haars streng zusammen und ließ die andere Hälfte bauschig abstehen. Ihr Haar – habe ich das klar ausgedrückt? – war nicht gelockt, es war schlangenlinienförmig gewellt, und der orangefarbene Ton war nicht exakt der einer gedörrten Aprikose, sondern blasser, so daß ihr Schamhaar sich nicht allzusehr von ihrer Haut abhob, sondern deren Farbe eher in einer leicht abgewandelten Schattierung zu wiederholen schien. Jetzt, da Bens lebendige Säfte noch in ihr schwammen, brachte sie mir – das trüb schwarzweiße, hohle, gespenstische Gefühl, mit dem ich Nixon im Fernsehen zugeschaut hatte, mit Farbe ausfüllend – die Empfindung von Scham mit, Scham als ein bodenloser innerer Tiefdruck, eine spürbare Gashülle, die einem die Glieder verlangsamt und verdickt, wie es die Schwerkraft auf dem Saturn tun würde, Scham, mein neuer Planet, seit meiner Fahnenflucht, die mein Haus hohl und (dies alte angelsächsische Wort von trostlosem Gewicht) *hlafordleas*, gattenlos, gemacht hatte. Aber wie bei vielen ihrer Handlungen hatte Norma auch hier für Vollständigkeit nichts übrig. Nachdem sie mich dahin gebracht hatte, daß ich die Treppe hinaufkriechen, meine Kinder wecken und sie um Vergebung bitten wollte, sah sie auf die zerschrammte, oft geleimte Lehne des Sessels herunter, aus dem ich aufgestanden war, und fragte zerstreut: «Was hast du gerade gelesen?»

Ich hatte ein Buch aufgeschlagen auf der Lehne liegenlassen. Es war *Verteidigung der Sklaverei: Die Ansichten des alten Südens*, herausgegeben von Eric L. McKitrick. «Eine Sammlung von positiven Meinungen über die Sklaverei vor dem Bürgerkrieg», sagte ich. «Einige der Argumente sind sehr aufrichtig und mitfühlend. Die Sklavenhalter waren nicht *nur* übel.»

«Sklavenhalter halten sich nie für übel», sagte sie. Ich spürte in ihrer Erwiderung einen feministischen Stachel, der durch mein schlechtes und typisch männliches Verhalten neu gespitzt worden war. Sie milderte ihn ab: «Geht es immer noch um Buchanan?»

Während der letzten zehn Jahre unseres gemeinsamen Lebens hatte ich in meiner freien Zeit und in den Ferien versucht, ein biographisches Werk zu schreiben, etwas Historisch-Psychologisches, Lyrisch-Elegisches – in der Art, wie Jonathan Spence es mit den Chinesen macht – über James Buchanan, den fünfzehnten Präsidenten der Vereinigten Staaten. New Hampshires Sohn Franklin Pierce war der vierzehnte gewesen, aber mein Interesse hatte sich auf seinen Gesandten in England und späteren Nachfolger auf dem präsidialen heißen Stuhl konzentriert. Der einzige unverheiratete Präsident, der älteste bis Eisenhower, der letzte, der einen Stehkragen trug, und der letzte der Doughfaces, der dem Süden zugetanen Kompromißler, bevor der Nord-Süd-Krieg alle Kompromisse hinwegfegte.

Ein großer Kerl, ein Meter achtzig, mit schielenden Augen, schiefgeneigtem Kopf und einer linkischen Höflichkeit, die mein Herz einnahm. Er vermittelte eine gewisse dunstige Vorurteilslosigkeit, die Weitherzigkeit der Ambivalenz, wohingegen Pierce vom engeren New-England-Zuschnitt war, trüb wie eine alte Pfeilspitze aus Feuerstein. Die Leute beklagten sich, daß Buchanan so entschlußlos sei – mir gefiel das. Es liegt ein zivilisierter Heroismus in Entschlußlosigkeit – «den Besten mangelt es an jeglicher Überzeugung» etc. Er und seine Nichte Harriet Lane führten das eleganteste Weiße Haus seit Dolley Madison, und auch das gefiel mir. Mir wurde leichter zumut, wenn ich an ihn dachte. Der alte Gent war so ritterlich-tapfer im flackernden Schatten des Bürgerkriegs. Sie wissen, wie das ist, Historikerkollegen – man sucht nach einem kleinen Fleck, nicht zu festgetreten von anderen Füßen, wo man vielleicht ein paar Wicken ziehen kann. Meine Bemühungen, die ohne Ende waren, weil eine Recherche die nächste nach sich zog und immer so weiter und alle Recherchen zusammen ins Vergessen mündeten und in die definitive Erkenntnis, daß historische Wahrheit auf immer schwer zu fassen ist, hatten kurz nach Daphnes großäugiger Ankunft in dieser Welt begonnen, als wir um der Kinder und um unserer selbst willen beschlossen, daß wir nun vollzählig seien. Das war eine weise Entscheidung, aber auch ein Jammer, denn Norma und ich hatten ein natürliches Talent zur Herstellung von Kindern; unsere Spermien und Eizellen klickten, im Gegensatz zu unserer Libido, glatt ineinander, und das Geschäft von Schwangerschaft, Geburt, Säuglingspflege und Kleinkinderziehung gab uns beiden das Gefühl, ein gesundes Unternehmen zu sein.

«Immer noch», mußte ich zugeben. Mein Versuch, unsere Familie um ein strammes Buch zu erweitern, hatte sich als schmerzlich langwierig und bis dahin als vergeblich erwiesen. Möglicherweise war Buchanan der Grund für unsere Trennung: ich hoffte, daß eine Lebensveränderung den saumseligen, schwach sich regenden alten Fötus, den ich seit einem Jahrzehnt in mir trug, vielleicht in Bewegung bringen könnte.

«Vielleicht solltest du ihn aufgeben und es mit jemand anderem versuchen», schlug meine Königin der Unordnung boshaft, wenn auch schüchtern vor. «Er ist so langweilig.»

«Er ist *nicht* langweilig», beharrte ich monogam, «ich *liebe* ihn.»

Aus irgendeinem Grund – ich wußte, daß es so kommen würde – traf sie das; auf ihren Wangen zeigte sich ein leichtes Rosa im matten, troddelumhangenen Lampenlicht des Zimmers. Die zarte Röte ließ ihre Augen grüner erscheinen. In ihrer Verletztheit nippte sie am funkelnden Wermut. Ich überlegte, ob es als Spaß gemeint war, was sie über sich und Ben gesagt hatte. Sie dünstete den schwachen Heuduft aus, den Frauen im Sommer haben.

«Schade, daß du Nixons Rücktrittsrede nicht mitbekommen hast, du hast was verpaßt», sagte ich.

«Wir haben einen Teil davon im Autoradio gehört.»

Auf dem Weg in den Wald oder wo auch immer. Ben wohnte in einem der Mädchenwohnheime von Wayward, wo nach zweiundzwanzig Uhr keine Gäste mehr geduldet wurden. «Wir haben's uns alle zusammen angesehen», sagte ich, eine häusliche Harmonie beschwörend, die so nicht bestanden hatte. «Es war traurig.»

«Warum?» Norma war eine unbeirrbare Liberale. «Das einzig Traurige ist, daß jetzt dieser Idiot Ford ans Ruder kommt.»

«Sagt Ben, daß Ford ein Idiot ist?»

«*Ich* sage das.»

«Weißt du, Liebling», sagte ich, «du solltest dich vorsehen im Wald. Da gibt es Giftsumach, ganz zu schweigen von Schlangen.»

Sie schob sich einen Kringel ihres unordentlichen welligen Haars aus der Stirn und blies hinauf, als ob ihn das an seinem Platz halten könnte. Sie sah wieder schräg zur Decke, aber diesmal mit einem anderen, weniger interessierten Blick; ich kannte sie gut genug, um zu wissen, daß sie sich von dieser Heimkehr nichts mehr versprach. Sie war müde und wollte ins Bett. Sie kippte den Rest des Wermuts hinunter und sagte: «Sieh du dich auch vor. Da draußen sind jede Menge Männerjägerinnen unterwegs.»

Nichts, das sie sagte, hätte jemals nicht irgendwie gestimmt. Eine meiner Erinnerungen an die Ford-Jahre – in der Tat die zweitwichtigste in diesem Bericht, so wie sie sich nach vorn drängt – gilt einer feuchten Möse, die unten an meinem Rücken leckte, als eine nackte Frau sich rittlings auf mich setzte, um mir, angeblich zur Entspannung, die Schultern zu massieren. Die Massage war als eine Art Belohnung, als therapeutisches Zwischenspiel bei unserer Zweipersonenorgie gedacht, aber ich habe Massagen nie wirklich gemocht, nie recht die dahintersteckende chiropraktische Theorie geglaubt, und das Gefühl – wie ein großer Zungenkuß gleich oberhalb der Furche meines Hinterns – ließ mich innerlich schaudern. Die Schuld liegt bei mir, bei meiner prüden Generation. Männer, die nach der Truman-Administration geboren sind und von früher Jugend an mit Aktphotos in überregionalen Magazinen gelebt haben und mit Dokumentarfilmen über die menschliche Geburt, die dem Fernsehzuschauer keine Wehenkontraktion ersparen, können sich unsere von den Vätern und Vorvätern ererbte Unschuld hinsichtlich der weiblichen Genitalien vermutlich kaum vorstellen. Diese zwei Paar Lippen, die großen und die kleinen. Das Gerüschte, das sie haben, und wie sie in einer kleinen wulstigen Schwellung um die Klitoris zusammenlaufen. Ihre fahle, austernhafte, kaum zu ertragende Kompliziertheit, deren Anblick man sich ersparte; man überließ ihn, ebenso wie die optische Qual der Entbindung, gern den Gynäkologen. Augen zu und ran, hieß die Devise in jenen Tagen, und: Verzieh dich vom Schauplatz so schnell wie's nur geht. Neun Monate später begann dann die verantwortungsvolle Vaterschaft. *Sie haben einen Sohn.* Das waren dunkle Zeiten damals, in denen man alles im Dunkeln tat, wie Spermatozoen sich blind den Eileiter hinauf zum Ei schlängeln. Vorbei jetzt: die Möse ist keine fellgesäumte Abwesenheit mehr, die in binärer Opposition zur phallischen Anwesenheit steht, sie hat jetzt eine deutliche Präsenz, mit einer eigenen aggressiven Anatomie. Wenn sie gut genug ist, das Drängen einer Erektion in sich aufzunehmen, dann ist sie erst recht gut genug, ein eisiges bißchen Schleim auf der liebesheißen Haut des Verführers zu hinterlegen.

Die Frau war merkwürdigerweise nicht die Dame meines Herzens, die Frau, um derentwillen ich meine Frau verlassen hatte; es war die kleine Wendy Wadleigh, die mich, ich weiß nicht mehr, unter welchem Vorwand, in meinem staubigen Apartment in Adams aufgesucht hatte – vermutlich um über Normas Verhältnis mit ihrem eigenen Mann, dem großköpfigen Ben, zu reden. Ich war mit Wendy nie recht warm geworden; ihre Beine waren zu kurz, ihr Schwerpunkt saß zu tief, ihre Debbie-Reynoldshafte Energie war zu wahllos, das Kornblumenblau ihrer Augen zu eifrig und leuchtend. Sie joggte, sie kochte makrobiotisch, sie spielte Bratsche, sie gab Dyslektikern Privatunterricht, sie trainierte die Wayward-Mädchen in Hockey und Lacrosse, sie schwamm jeden Tag im collegeeigenen Pool, sie trug ihr blasses Haar in einem glänzenden, sportlichen kleinen «Flip». Aber in jenen fernen Ford-Tagen galt es als ausgemacht, daß ein Mann und eine Frau, die allein in einem Zimmer mit abschließbarer Tür waren, gefälligst zu vögeln hatten. Sie war kaum eine halbe Stunde bei mir, als wir auch schon die khakifarbenen Rouleaus herunterzogen, die Tür verriegelten und zusätzlich die Sicherheitskette einklinkten, den Hörer neben den Apparat legten und sein automatisches Tuten unter einem Kissen erstickten, das wir vom plötzlich zum Dreh- und Angelpunkt gewordenen Bett nahmen. Mein Apartment in Adams – ich sagte es schon [siehe Seite 11] bestand aus zwei Zimmern, zuzüglich einer Küche von der Größe eines Bads, und einem Bad von der Größe eines Wandschranks. Die beiden Fenster gingen auf die Rückseite einer Fabrik hinaus, wo ein paar bläuliche Lampen über lange leere Geschoßflächen wachten, die noch die geisterhaften Spuren von nach Süden verfrachteten Maschinen trugen. Wenn man das Gesicht gegen die Scheibe preßte, konnte man seitlich am vorspringenden Neonschild eines Restaurants vorbei zur zwei Häuser entfernten Straßenecke sehen, wo präjapanische Autos ihre rostigen langen Flanken durchs Ampellicht zogen. Winzige Fußgänger flackerten auf dieser Hauptstraße am spiegelgerahmten Eingang eines Schuhgeschäfts vorbei, das ständig mit endgültiger Schließung drohte. Um die Ablenkung auf ein Mindestmaß zu reduzieren, schaltete ich den WADM aus, wo irgend jemandes Symphonie sich wieder und wieder zu einer donnernden Entladung des Themas des gerade gespielten Satzes hocharbeitete. Denke nur ich, daß klassische Musik sich sehr schwertut, klarzumachen, worauf sie hinauswill? All dies leidenschaftliche Suchen, und am Ende kommt doch nur wieder die Grundtonart heraus, mit der's angefangen hat. Ich höre nie hin, außer wenn ich mich in Zwischenwelten befinde – beim Autofahren oder während jener Übergangsjahre der Ford-Administration.

Im plötzlichen Rouleaudämmer unterdrückte Wendy ihren angeborenen Hang zum Plappern und zog sich rasch bis auf die weiße Unterwäsche aus, die leuchtete wie die weichen Tageslichtstreifen unter den braunen Säumen der Segeltuchrouleaus. Ich tat es ihr nach und behielt vorerst meine Unterhose an, als zögerte ich, den Verband von einer flammenden Wunde zu nehmen. Die blumige Etikette, wenn man eine Frau zum erstenmal vögelt! Erwartet die Dame ein Kondom? Soll man ihr anbieten, das Bad zu benutzen, und es auch selber aufsuchen, wie vor einer langen Autofahrt? Gibt es irgendwelche äußeren Makel oder Merkmale, die einer Erklärung bedürfen, weil sie sonst vielleicht beunruhigend wirken, oder sollen wir das Fleisch für sich sprechen lassen? Die linkische Verlegenheit versetzt uns in die Kindheit zurück, eine Zeit, da man keine allgemein anerkannten Benehmensweisen kennt. In dieser jähen Nähe türmt sich, wie eine einschüchternde Klippe, eine subtile, aber ungeheuer gegenwärtige Neuartigkeit auf: hinsichtlich des Geruchs, der Textur, der erotischen Neigung, der mutmaßlichen Erfahrung und Erwartung des andern. Obwohl ich Wendy schon auf manchem Collegeball im Arm gehalten hatte und in den unsicheren Spätstadien vieler Kollegiumstreffen, wenn der Gastgeber einen ohnehin schon ausgedehnten Abend noch weiter in die Länge ziehen wollte und eine vergessene Billy-Eckstine-LP hervorkramte, war ihr Körper mir im Grunde fremd. Ihre Haut zwischen BH und Slip fühlte sich kühler an, als ich erwartet hatte, und härter in den Kurven, besonders an den benachbarten Hälften ihres prominenten Hinterteils. Ich nahm mir die unerhörte Kühnheit heraus, sie dort zu liebkosen, durch das seidige Futteral ihres Slips hindurch, der einen bikinihafteren Schnitt hatte, als ich es gewohnt war. Es war rücksichtsvoll und vielleicht auch schlau von Wendy, daß sie ihre Unterwäsche anbehielt; als eine Frau meiner Generation verstand sie, was eine Studentin nicht verstanden hätte: daß ich das Schutzbedürfnis hatte, nicht allzu plötzlich den Herrlichkeiten des weiblichen Körpers ausgesetzt zu werden, und daß diese Unterwäsche für mich mit meiner langen gradualistischen Geschichte der verstohlenen Blicke – von unten in einen Rock hinauf oder ins Ärmelloch einer Bluse hinein – und der Rücksitzfummeleien mit widerspenstigen Gummibändern und Verschlüssen ein Stimulans war. Aber warum ihr Listigkeit unterstellen, vielleicht war sie selber befangen, und ihr Sinn für Etikette verlangte, daß wir einen späteren Zeitpunkt unseres Zusammenseins abwarteten, um uns gegenseitig, mit zitternden Händen, diese letzten Kleidungsstücke herunterzunesteln. Denn obschon man das Jahr 1974 schrieb, waren wir doch nicht hineingeboren in die Freiheiten der Zeit, sondern durch die Schüchternheiten und Tabus früherer Ären gegangen, um hier anzulangen. Sogar die späten Sechziger hatten noch eine Unschuld – eine gezwungene Oh-Boy!-*Barbarella*-mäßige Frohsinnigkeit, bei der man Orgasmen abzählte wie die Blütenblätter eines Gänseblümchens –, die die gründlich erfahrene Ford-Epoche nicht besaß. In jeder Ära gibt es, in der Disposition ihrer Bürger, beides gleichzeitig: früheres soziales Pioniertum wird vom Mainstream-Leben aufgesogen, und die Energie, die vor kurzem noch Durchbrüche geschafft und Widerstandshaltungen getragen hat, erschöpft sich. College-Kids hatten sich schon zurückgezogen von Revolution und Dharma, aus Angst, in der stark zurückgehenden Wirtschaft keinen Platz zu finden oder bei sinnlosen Protestaktionen erschossen zu werden, wie bei den Unruhen an der Kent State University. Die Hippies der späten Fünfziger waren jetzt lederne alte Tischler und Schafhirtinnen, von Kindern geplagt und von LSD benebelt, und hatten sich in den Winkeln eines künstlich ländlichen Amerika verkrochen.

Wir lagen eine Weile da und küßten uns, Wendy Wadleigh und ich – betrieben Heavy-petting, wie man das früher so schnurrig nannte –, und brachten uns gegenseitig in Stimmung: ihr Mund wurde immer unbefestigter und feuchter, ihr Körper schien sich in den Verwerfungen des erotischen Raums in so etwas wie ein schräg gekipptes Raumschiff zu verwandeln, das mir durch ihren Mund Spucke und spirituelle Energie eintrichterte, bis hinunter zu meinen Zehen, die sich in die Wölbung ihrer Füße schmiegten. Ich fing an, im Hyperspace der Liebe zu schweben; meine Finger tasteten sich unterm elastischen Slipbündchen hindurch zu den parabolischen Rundungen ihrer aluminiumglatten Hinterbacken und zum samtigen Grübchen hoch dazwischen; sie machte einen runden Rücken, um den Provokationswinkel zu vergrößern, und mit ein wenig Zutun ihrer Daumen fielen die weißen, schimmernden Untersachen von unseren Körpern wie Mandarinenschalen.

[*Rückblick*-Red.: Dies und das folgende sollte, strenggenommen, im Plusquamperfekt stehen, da der Bericht post coitum einsetzt: «...und mit ein wenig Zutun ihrer Daumen waren die weißen, schimmernden Untersachen von unseren Körpern gefallen etc.» Ändern Sie entsprechend, wenn Sie es für entscheidend erachten. Ferner, die Metapher im letzten Satz könnte alternativ lauten: «...von unseren Körpern geplatzt wie die Kapseln von Impatiens-Samen.» Falls man voraussetzen darf, daß unsere Leser wissen, wie Impatiens-Samen sich verhalten.]

Ich glaube nicht, daß Wendy zum Höhepunkt kam, auch wenn ihr Atmungsapparat viel Verzückung ausdrückte und ihre Augen wundervoll die Farbe wechselten – ihr Blau wurde tintendunkel im Augenblick meines Eindringens – und sie mit großer energischer Entschlossenheit die Hüften bewegte. Nicht gewöhnt an ihre Sorte von Feuchtigkeit, verblüfft, in ihr zu sein, kam ich ohne Zweifel zu rasch. Das war auch so eine elementare Tatsache, die zu begreifen ich Zeit brauchte: Mösen sind so individuell wie Gesichter, und sich in eine neue zu vertiefen ist ein heftiger chemischer Vorgang. Ihre Feuchtigkeit war so extrem geworden, daß ich dauernd ausrutschte, wie ein Mann mit glattsohligen Stiefeln auf einer morastigen Böschung, und noch vor dem letzten Pulsen meiner Ejakulation fing ich an, Widerwillen gegen diesen Geschlechtsakt zu hegen, der, wie ich fand, nicht einmal zur Hälfte meine Idee gewesen war.

So war ich, als sie sich nach einigem freundlichen Geschnatter da in meinem Bett, zwei Zoll von meinem Gesicht entfernt, auf den Knien aufrichtete und mir wie eine therapeutische Amazone den Rücken knetete, in keiner verliebten Stimmung, und die Beize meines Ressentiments hat diese Empfindung erstarrtem Bernstein gleich seit nahezu siebzehn Jahren konserviert. Sie maßte sich an, ihre Bekanntschaft mit mir auf körperliche Dienstleistungen auszudehnen, wie sie nur einer Ehefrau zustehen, und das, wo ich mit der einen noch verheiratet war und mir eine andere – die Vollkommene Ehefrau – in Warteposition hielt. Ich war drauf und dran, zu bocken und diesen hexenhaften Inkubus abzuwerfen, der feucht auf meinem Rücken ritt, und gab mich dann doch gehorsam, wenn auch mißmutig ihren Fitnessclub-Gefälligkeiten hin, vermutlich abgelenkt von vielerlei Sorgen: daß meine vollkommene und zukünftige Ehefrau mich über das Telephon zu erreichen versuchte, dessen Hörer ich abgenommen und daneben gelegt hatte; daß eines meiner verlassenen Kinder im Fluß ertrunken oder auf dem Eis eingebrochen war (die Jahreszeit dieses Vorkommnisses ist unklar, irgendeine kleine Voreingenommenheit in meinem Erinnerungsmechanismus möchte, daß es Winter war, mit Eiszapfen an der Feuerleiter und Stiefeln und Fausthandschuhen zwischen Wendys abgelegten Kleidern); daß ich eine Verabredung mit einer meiner schusseligen Studentinnen drüben in Wayward vergessen hatte; daß ich Klausurarbeiten korrigieren oder an meinem Buch schreiben sollte, meinem kostbaren, mir auf der Seele liegenden, hoffnungslosen Buch. Denn wir vergessen, wenn wir unser Leben unter dem Aspekt des Beischlafs sehen, daß der Akt von weniger erhabenen Realitäten eingefaßt und bedrängt wird – von Terminen und Ängsten, den Küchengerüchen, die vom unteren Stockwerk heraufdringen, und dem hungrigen Knurren des eigenen Magens, vom Wechsel des Lichts und vom dunklen Druck des Tages, wenn der Nachmittag auf der gilbenden Tapete in die graue Trübnis vertaner Zeit hinüberebbt. Und die ganze Zeit quillt der große Himmel hinter den sonnentrockenen braunen Rouleaus (unterteilt wie Graham-Crackers durch die Sprossen und Streben der Schiebefenster) von seinen unbeachteten leuchtenden schäumenden Wolkentürmen über. Nein, nur im Rückblick, *Rückblick*, sind unsere amourösen Begegnungen ideal, frei von Störungen. Und dennoch: auch wenn mich alles darin bestätigt, daß Wendy Wadleigh zu vögeln das letzte war, das ich, bei meinem sorgfältig ausgetüftelten Lebensplan, hätte tun dürfen, bleibt doch der wundervolle Farbwechsel ihrer Augen zu preisen, der bei der, wie die Rechtsexperten sagen, Penetration vor sich ging – nicht nur dies erste Mal, sondern auch alle anderen Male danach. Ich habe geschrieben: *kornblumenblau*, aber wie jede Farbzuordnung ist das ein sprachlicher Konfektionsartikel, mit dem ich, kein Botaniker, wahrscheinlich nur das Blütenblättrige beschreiben möchte, das sie hatten, das Blaufoliierte in der Iris, das im Augenblick weiter unten stattfindenden Eindringens etwas Religiöses bekam, etwas übernatürlich Zärtliches, Dreidimensionales, könnte man sagen* – die geweiteten Pupillen Bohrlöcher in die Unendlichkeit, während braungelbe Flecken aus der Matrix schimmernden Gels aufstiegen wie Funken in einem Hologramm. Diese fleischliche Vereinigung gefiel ihr, sagten ihre Augen, und wie mösenmüde und abgelenkt man auch war, man schmolz doch ein wenig dahin.

* Überlegen Sie: wenn wir einer zweidimensionalen Welt angehörten, Wesen wären, die mit dem Bleistift auf ein Weltpapier gezeichnet sind, wie würden wir uns einen Begriff von der dritten Dimension machen? Indem wir zu angestrengten Metaphern greifen, wie ich es oben getan habe. Wenn wir Hunde wären, wie würden wir uns Mathematik vorstellen? Ein paar vage Ahnungen hätten wir immerhin – das diesige Gefühl, zum Beispiel, daß die beiden Pfoten, die wir für gewöhnlich sehen, nicht alle Pfoten sind, die wir haben, und daß zwei und zwei so etwas wie vier ergeben könnte. Es ist wichtig, zumal für den modernen Menschen in einer Zeit, da er an die Grenzen der Physik und der Astronomie stößt, zu erkennen, daß es über seine geistige Vorstellungskraft hinausreichende Phänomene geben kann – daß das Unbegreifbare als gültige Kategorie begriffen werden muß.

«Deine Muskeln sind so angespannt», sagte sie, auf meinem Rücken sitzend. «Laß dich fallen, Alfred.» Sie sprach beide Silben meines Namens aus, als sei ein Scherz darin enthalten.

«Ich versuch's ja. Aber ich frage mich die ganze Zeit, was zum Teufel wir hier eigentlich tun, du und ich.»

«Wir lieben uns», sagte Wendy schüchtern; sie spürte, daß ich voller Beschwerden und Vorwürfe war und nur postkoitale Höflichkeit mich daran hinderte, sie herauszulassen. «Die Menschen brauchen das, sie müssen lieben, und wenn sie's nicht von ihren Ehepartnern bekommen, suchen sie es woanders.»

«Ja schon, aber, Wendy, Süße –»

«Du hast Norma und dazu noch Genevieve?» sprach sie den Satz für mich zu Ende, die Namen der beiden Pole meines (für die unordentliche Ford-Ära) nicht untypischen Dilemmas ins Spiel bringend.

«So ähnlich», gab ich zu und drückte das Gesicht tiefer ins Kissen. Ihre Daumen und Fingerkuppen setzten meinen Kappenmuskeln gehörig zu, besonders oben an der knirschenden Stelle, wo das Muskeldreieck ins Schulterende des Schlüsselbeins übergeht. Jedesmal, wenn sie sich hochhob, um die Knetarbeit mit ihrem kleinen plumpen Gewicht zu unterstützen, entfernte sich der nasse Kuß weiter unten von meinem Rücken, und wenn ihre Hände abwärts wanderten zu den breiten Rückenmuskeln, kehrte er zurück. Ich fing an, es angenehm zu finden. «Gut», gab ich widerwillig zu.

«Siehst du», sagte sie, auf diese ärgerliche weibliche Art meine Gedanken lesend. «Nimm's einfach hin, Alfred. Keine Komplikationen. Keine Verpflichtungen. Pflücke den Tag, wie Saul Bellow sagt. Laß zu, daß ich mich dir als Geschenk gebe. Was hast du sonst noch gern, was soll ich tun?»

«Mußt du nicht nach Hause, Wendy? Kommen deine Kinder nicht bald aus der Schule zurück?»

«Ben ist da, das reicht. Er wollte im Haus ein bißchen arbeiten. Er kriegt 'ne Gefängnispsychose in diesem Studentenheim. Ich hab ihm gesagt, ich fahre nach Portsmouth, zum Einkaufen. Es gibt ein paar neue Kleiderläden dort.»

«Norma sagt, sie schläft mit ihm im Wald.»

«Das stört dich?» Knuff, kniff. «Wieso denn?» Hoch, Kuß. Sie war eine Wippe.

«Es kommt mir unzivilisiert vor.»

«Du hast meine Frage nicht beantwortet.»

«Welche Frage?» Sie lullte mich ein, walkte mich in mein Reptiliengehirn hinunter. Ich war so entspannt, daß ich aufs Kissen gesabbert hatte, der Baumwollbezug hatte sich an einer Stelle in der Form Südamerikas verdunkelt. Körperflüssigkeiten hatten in den guten alten Ford-Tagen noch keine tödliche Virendimension; man planschte vergnügt und unbeschwert darin herum und versuchte nicht, sich die mikroskopischen Galaxien im Innern vorzustellen, die Geschwader kugeliger Raumschiffe, die dick mit Schlüsseln besetzt sind, mit denen sie unsere Zellwände aufschließen. Der Rhythmus von Wendys Hintern, der sich auf und nieder wippend auf meinen drückte und mein eigenes Sperma auf mich tröpfeln ließ, erwies sich als ansteckend; ich spürte das Verlangen zurückzusickern, entgegen der Schwerkraft meiner besseren Einsicht.

«Was du außerdem möchtest, das ich tun soll», antwortete sie.

Ich entschied mich zum Gegenangriff, bevor meine Mannhaftigkeit gänzlich weggewiegt wurde, und wälzte mich herum, das Dreieck zwischen ihren runden weißen Schenkeln weiter auseinander spannend. Glatte mondfarbene Schenkel, ein Saum aus Platinhärchen, wo die rasierten Flächen aufhörten, und das ovale Schimmern einer Impfpocke. Ihre Augen wechselten wieder die Farbe, als sie die Neuerstehung meiner Erektion sahen. Die phallische Entität sandte einen sauren salinen Geruch aus. «Es *gibt* etwas», gestand ich meiner uneingeladenen, vom Mond herabgeschneiten Besucherin.

«Was, Liebster?» Wie höflich sie war. Wie begierig, das Richtige zu tun. Was sah sie in mir? Einen Nichtehemann, vermutete ich. Es gibt eine wunderbare Last des Grolls, an der Nichtgatten nicht zu tragen haben.

«Setz dich auf mein Gesicht.» Meine Stimme klang heiser.

Ich war durstig, durstig nach Vergessen, nach einer kleineren Welt. Ich wollte annulliert werden von ihrer Vulva.

Auf Wendys Mach-ich-auch-alles-richtig-Gesicht mit den mädchenhaften vollen Wangen und den fraulichen Krähenfüßchen und hoffnungsvollen Augen und dem zerstrubbelten blonden Schopf malte sich ein Zögern, ein rasches Überdenken, eine Spur von Angst, hier zu sein, mit diesem rauhen Fremden. «O Liebling», sagte sie ausweichend. «Ich bin da unten ganz naß und schmierig.»

«Na, wennschon, dennschon», sagte ich oder hätte ich sagen sollen oder scheine ich jetzt, da ich dies schreibe, heiter-wurstig gesagt zu haben. Ich zwängte meinen Körper zu ihr hinunter, während sie, mir rittlings auf der Brust sitzend, ihr vorstoßender Muff zinnfarben, auf den Knien weiter hinaufwatschelte auf dem schwankenden, klagend ächzenden Bett.

Das Bett, lassen Sie mich das erklären, war mein erstes Ehebett gewesen, ein asketisch einfaches Stahlrohrgestell mit Sprungfederrahmen und Schaumstoffmatratze, das ich in einem Möbelgroßmarkt in Keene gekauft hatte. Später hatte es einem eleganten Redwoodbett Platz gemacht, das wir in Cambridge bei Furniture in Parts gefunden hatten, und war in den zweiten Stock des Wayward-Hauses gewandert. Als ich auszog, bekam ich die Erlaubnis (Norma erwies sich als ziemlich possessiv, als es bei uns knirschte, und war beim Auseinanderdividieren unseres gemeinsamen Besitzes nicht so unordentlich, wie es mir lieb gewesen wäre), es mitzunehmen, zusammen mit zwei Regieklappstühlen, einem doughnutförmigen Lesesessel aus Schaumstoff mit krümeligem Naugahyde-Bezug, einem Gateleg-Tisch, den ich geerbt hatte, als meine Mutter nach Florida zog, einem abgetretenen Orientteppich, der aus derselben Quelle stammte, meinem aus einem Türblatt und zwei Aktenschränken bestehenden Schreibtisch, einem fleckigen goldgerahmten Spiegel, den die Königin der Unordnung nie gemocht hatte, weil sie darin nicht so aussah, wie sie wollte, mehreren ihrer unvollendeten Ölbilder, damit ich mich an sie erinnerte, und einem Pappkarton voll einzelner Teller, Tassen, Besteckteile und Küchenutensilien, einschließlich einer wundervoll nutzlosen altmodischen konischen Kartoffelquetsche mitsamt ihrem perforierten konischen «weiblichen» Gegenstück. Die Vollkommene Ehefrau machte mich darauf aufmerksam, daß ich als Müllmann benutzt würde. Ich hätte alles selbst transportieren können, in meinem stattlichen Corvair-Kabrio – einem mittlerweile rostenden und scheppernden Relikt aus den Sechzigern, das wie eine Badewanne mit Heckmotor geformt war –, wenn das Bett und ein grünes ausziehbares Sofa nicht gewesen wären, das mit seinem inneren Klappmechanismus so schwer wie ein gußeisernes Maschinenteil war und aus unserer Zeit in Dartmouth stammte. Stallworth und Söhne, die fast alle im College anfallenden Umzüge organisieren, schickten ihren kleinsten Möbelwagen für die kurze Fahrt über den Fluß, und der alte Gus Stallworth kam persönlich vorbei, mit seinen beiden Söhnen. Gus muß siebzig gewesen sein, aber er konnte immer noch, mit einem anderen zusammen, ein Bettsofa mit eisernem Rahmen und einen Aktenschrank mit vier vollen Schubfächern hochwuchten, ohne den nassen Zigarrenstummel aus dem Mund zu nehmen. Lebenslanges schweres Heben hatte seine inneren Organe zusammengepreßt und ihn so dicht und massiv gemacht wie einen Metallbarren. Seine Söhne waren größer und hatten mehr Luft und noch im Gären begriffenes Malz in sich, zeigten aber bei allem, was sie taten, die gleiche bleierne Geduld mit unbeseelten Dingen wie ihr Vater, während sie sich in meinem auseinanderfallenden Haushalt und über die Rampe in den Möbelwagen mit seinen Schutzpolstern, seinen Seilen, seiner widerhallenden Leere bewegten. Es war schrecklich, ihnen zuzusehen, wie sie hin und her trotteten, sozusagen blockfrei, und meinen dürftigen Hausrat, meine hakige Olivetti, meinen schmutzigolivfarbenen Schreibmaschinentisch, meine Gelenkarmlampe, meine Kartons voll ungeordneter Arbeitsnotizen, wegnahmen aus dem Haus, das mit jeder Subtraktion mehr zu Normas Haus wurde. Im kommenden August würde es erst acht kurze Jahre hersein, daß die Stallworths unseren Umzug in dies Haus besorgt hatten. Meine Frau und die Kinder konnten nicht mit ansehen, wie ich auszog, und hatten den Schauplatz verlassen. Ich war allein mit den Stallworths und unterdrückte mein Verlangen, etwas herauszuschreien wie: «Halt, stopp, das Ganze ist ein Irrtum, eine verrückte Übertreibung, ich und meine Sachen gehören *hier*her, gehören in die mütterlich fürsorgliche Unordnung gebettet, Staubflocken und Katzenhaare auf uns versammelnd, untadelig fest verankert in häuslicher Lethargie und psychosexuellem Kompromiß!» Vater und Söhne trotteten, brummelnd und murmelnd, in zementfarbenen Anzügen steckend, weiter hin und her, Sklaven der erotischen Launen der gebildeten Stände.

Norma erlaubte mir nur die Bücher mitzunehmen, die mit meiner Arbeit zu tun hatten, einschließlich der kleinen Bibliothek über James Buchanan, die ich zusammengetragen hatte – die in trübem Grün gehaltenen, bei Antiquarian Press nachgedruckten zwölf Bände der *Schriften von James Buchanan*, bestehend aus seinen Reden, Staatsschriften und seiner Privatkorrespondenz, herausgegeben von John Bassett Moore; eine reizende dicke kleine Ausgabe von R. G. Hortons Wahlkampf-Biographie von 1857 mit geprägtem braunen Einband, Wasserflecken und seidenpapiergeschütztem Kupferstichporträt; die beiden kastanienbraunen, gleichfalls im Nachdruck erschienenen Bände von Curtis' Biographie von 1883, die Harriet Lane Johnston, im inbrünstigen Verlangen, ihrem Onkel möge Gerechtigkeit widerfahren, inspiriert hatte; Gerald Auchampaughs konfuses defensives *James Buchanan und sein Kabinett am Vorabend der Sezession*, ein taubengraues Paperback; Philip Shriver Kleins Biographie *Präsident James Buchanan* von 1962, und seither ohne Konkurrenz, in einem mit Tesafilm geklebten, lebhaft blauweiß gemusterten und mit dem Siegel der Vereinigten Staaten geschmückten Schutzumschlag; ebenfalls mit diesem Siegel und noch manch anderem patriotischen Emblem versehen, eine teure mattschwarz gebundene Ausgabe des 835 Seiten starken Berichts des Covode-Untersuchungsausschusses, den das Repräsentantenhaus 1860 hatte drucken und weithin als Anti-Buchanan-Propaganda verteilen lassen; historische Schriften, die Zeit vor dem Bürgerkrieg betreffend, von Allen Nevins, Roy

Franklin Nichols, Avery Craven, Bruce Catton und Kenneth M. Stampp; in aggressiven modernen Umschlägen steckende Biographien solcher Gestalten wie Stephen Douglas, Buchanans *bête noire*, und John Slidell, seiner *éminence grise*; Broschüren und kurze Abhandlungen, Wheatland und das alte Lancaster betreffend; bündelweise, in Getränkekisten, aus denen ich die Unterteilungen entfernt hatte, Notizzettel, die allmählich von Unentzifferbarkeit überwachsen waren wie von einer Moosart; und in mehreren Schachteln, die einst sauberes Schreibmaschinenpapier enthalten hatten, mein oft begonnenes, sich immer weiter verästelndes, nie zu Ende geführtes Buch. Es war nicht eigentlich eine Biographie (die hatte Klein definitiv besorgt, auch wenn ich oft gedacht hatte, daß es schön gewesen wäre, er hätte sich dazu entschlossen, *das umfassendere Werk* zu schreiben, das er, wie er uns in seinem Vorwort mitteilt, ursprünglich vorgehabt hatte), sondern eher das Nachspüren eines Musters, einer wechselseitigen Beziehung, des sonderbaren langen Ringkampfs zwischen Gott und Buchanan, der sich früh in seinem Leben an einer jähen Flamme der Gewalt verbrannt hatte und fortan all sein Geschick, seine Intelligenz, seinen ausdauernden Fleiß der Vermeidung weiterer Hitze widmete und doch am Ende verbrannte, als die Union unter ihm explodierte. Die Götter sind größer als wir, sollte die Moral sein. Sie vernichten uns zu ihrem Zeitvertreib.

Mein Buch begann mit Buchanans frommen, ängstlich umsorgten Lebensanfängen in einer Blockhütte im gebirgigen Herzen von Pennsylvania, in der Niederlassung Stony Batter, einem so verlassenen Fleck, daß die Mutter, so ging die Legende, dem Kind eine Glocke um den Hals hängte, aus Furcht, daß es zu tief in den Wald lief und sich verirrte. Aus dieser Waldeinsamkeit – *eine wilde, düstere Schlucht*, nennt Klein sie poetisch, *ringsum, nur nach Osten nicht, von ragenden Bergen umschlossen und heute weit entfernt von jedem Zentrum kommerzieller Aktivität* – stieg die Familie, nach Jamies Geburt im Jahr 1791 um fünf Töchter vergrößert, zur Zivilisation hinab, zu einer Farm in der kleinen, durch und durch schottisch-presbyterianischen Stadt Mercersburg. Der Vater des zukünftigen Präsidenten, auch er ein James, galt am Ort als strenger Mann, der in dem Laden, den er führte, Kredit gewährte, ihn aber nie verlängerte. *«Je mehr man von den Menschen weiß», pflegte er zu sagen*, sagt Klein, *«desto mehr mißtraut man ihnen.»* Ein harter grimmiger Geschäftsmann, wie Kafkas Vater – ein schützender, gefühlloser Berg von einem Vater. Die Mutter des Jungen, als Elizabeth Sperr geboren, war, wie so oft die Mutter in der Biographie eines erfolgreichen Mannes, sensibel, religiös, der Poesie zugetan. Sie konnte *mühelos*, schrieb ihr Sohn in einer autobiographischen Skizze, *Passagen von Milton, Pope, Young, Cowper und Thomson* hersagen. Klein schreibt, aus ungenannten Quellen schöpfend: *Ihr Bestreben war, in den Himmel zu kommen, ihr Leben ein stilles Hinnehmen dessen, was kam.* Sie war die erste Unterweiserin des jungen James; mit sechs Jahren kam er dann an die Old Stone Academy in Mercersburg. Der presbyterianische Pastor von Mercersburg, Dr. John King, von dem Buchanan später schreiben sollte, er habe *nie einen Menschen kennengelernt, für den* [er] *größere Verehrung empfunden hätte*, bestand darauf, daß der Junge, im Alter von sechzehn Jahren, aufs Dickinson College in Carlisle geschickt wurde, obgleich James Buchanan sen. behauptete, ohne die Hilfe seines Ältesten im Laden und auf der Farm nicht zurechtzukommen. Die Mutter hoffte, Jamie werde in den geistlichen Stand eintreten, der Vater aber bestimmte ihn für die Rechtswissenschaft.

Buchanan wurde 1807 in die vorletzte Klasse des Dickinson College aufgenommen, zusammen mit neunzehn anderen. (Wie angenehm sich in der kleinen Zahl die damalige Jugend unseres Landes ausdrückt – nichts weiter als eine urbar gemachte und besiedelte atlantische Böschung am Rand des ungeheuren Kontinents, den das kommende Jahrhundert geplündert sehen sollte!) Das College hatte mit Schwierigkeiten zu kämpfen, *war in einem elenden Zustand*, vertraute Buchanan seinen autobiographischen Skizzen an, *und ich habe es oft bedauert, nicht auf eine andere Schule geschickt worden zu sein. Es fehlte an wirksamen Regeln, an Disziplinarmaßnahmen, und so machten die jungen Männer weitgehend, was sie wollten. Ein ernsthafter, streb-*

samer, am Lernen interessierter Jüngling zu sein bedeutete, sich den Spott der anderen Studenten zuzuziehen. Ohne von Natur zum Ungezügelten zu neigen, hauptsächlich dem Beispiel anderer folgend und immer zu dem Zweck, als launig und aufgeweckt zu gelten, machte ich bei jeder Tollheit, jedem Bubenstück mit, an denen die größten [unleserlich] *des College sich gütlich taten.* An einem Sonntag im September, als James – die Ferien waren zu Ende – ins College zurück wollte, um sein Abschlußjahr anzutreten, traf ein Brief ein, den sein Vater öffnete und ihm wortlos zu lesen gab; er war von Dr. Davidson, dem Direktor des Dickinson, und hatte zum Inhalt, *daß nur die Hochachtung, die das Kollegium meinem Vater entgegenbringe, mich bis jetzt davor bewahrt habe, wegen ungebührlichen Betragens von der Anstalt verwiesen zu werden. Daß sie es, so gut sie es vermochten, bis zu diesem Zeitpunkt mit mir ausgehalten hätten, aber daß sie mich nicht wieder aufnehmen würden und daß der Brief geschrieben worden sei, um meinem Vater die Demütigung zu ersparen, mich hinzuschicken und erleben zu müssen, daß ich zurückgewiesen würde.* Die Demütigung? Die Schande! Der freundliche Dr. King, Kurator beim Dickinson, schaltete sich ein, er erteilte James *eine milde Lektion – die gerade deshalb um so wirkungsvoller war* [–] und verbürgte sich bei Dr. Davidson für den jungen Mann; Buchanan wurde wieder aufgenommen und machte 1809 die Abschlußprüfung.

Die Schwierigkeiten zwischen dem Jungen und dem College waren indes nicht ausgeräumt. *Beim staatlichen Examen, das der Feier zur Verleihung der Zeugnisse und Auszeichnungen vorausging, beantwortete ich mühelos jede Frage, die mir gestellt wurde.* Er glaubte, daß er sich höchste Auszeichnungen verdient habe, das Dickinson-Kollegium jedoch erkannte ihm keine zu; *als Grund für die Ablehnung meiner Ansprüche brachten sie vor, daß es einen unguten Präzedenzfall schüfe, wenn das College einen Studenten auszeichnete, der den Regeln der Anstalt und den Professoren mit so wenig Respekt entgegengekommen sei wie ich. Ich bin kaum je, bei keiner Begebenheit meines Lebens, so gedemütigt worden wie bei dieser Zurückweisung.*

Dürfen wir einen Augenblick länger bei der Aschenglut von Buchanans prägenden Jahren verweilen, uns an seine eigenen, in diesem Punkt besonders schön formulierten Erinnerungen halten? In einer sehr persönlichen und lebendigen Passage versucht er, die Beziehung zu seiner Mutter wiedererstehen zu lassen. *Ihren Söhnen*, schrieb er rückblickend (wahrscheinlich lange vor 1828, in einer Skizze, die in mehreren Ansätzen und Tonlagen, einschließlich eines ausweichenden Sprungs in die dritte Person, existiert, doch nicht über dies Jahr hinausgeht), *war sie, während sie heranwuchsen, eine wunderbare und anregende Gefährtin. Sie debattierte und disputierte mit ihnen und trug oft den Sieg davon; spottete über ihre Narrheiten und wunderlichen Einfälle; spornte ihren Ehrgeiz an, indem sie ihnen in glühenden Farben Männer vorstellte – und so zur Nachahmung empfahl –, die ihrem Land oder ihresgleichen von Nutzen gewesen waren, und hatte an all ihren Freuden und Kümmernissen teil.* Und, noch persönlicher: *Ich habe mich oft, in den Ferien von der Schule und dann vom College, gänzlich freiwillig in die Küche gesetzt, wenn sie am Waschzuber stand, und Stunden wohltuender, lehrreicher Unterhaltung mit ihr verbracht.* Wir schnuppern hier die tröstliche Laugenschärfe und das belebende Bitteraroma heterosexueller Auseinandersetzung. Welche Frau wird hinfort so unterhalten, spotten, anregen, teilnehmen, wie diese es getan hat? Ist es nicht die biologische Grausamkeit der Mütter, daß sie eine zu große Lücke hinterlassen? Buchanan sollte sein ganzes Leben lang deutlichen Gefallen an der Gesellschaft von Frauen bekunden, er schäkerte zum Beispiel buchstäblich bis zum letzten Augenblick vor der Sezession mit den amüsanten Frauen verschiedener Südstaatenpolitiker herum. Und in seiner Loyalität gegenüber seinen Beratern aus den Südstaaten, auch dann noch, als ihr Rat längst doppelzüngig war, klingt etwas von der Dickinson-Episode an: das Bedürfnis, *als launig und aufgeweckt zu gelten*, einer von ihnen zu sein. Der Wunsch, gemocht zu werden, der Wunsch, großartig zu sein: sie können gleichzeitig in einem Herzen wohnen, vertragen sich aber nicht unbedingt. Ödipus zum Trotz verließ er das College *mit nur wenig Liebe zur Alma Mater im Herzen.*

Er bewarb sich fürs Studium der Rechtswissenschaft bei James Hopkins in Lancaster und wurde angenommen. So kam er nach Osten; er überquerte den Susquehanna in einer Fähre. Nicht lange danach sollte es dort, zwischen Columbia und Wrightsville, eine Brücke geben; ein Prozeß wegen ihrer Finanzierung kurz nach der Börsenpanik von 1819 sollte ihn von seiner Werbung um Ann Coleman ablenken, und das Niederbrennen dieser Brücke im Jahr 1863 bewahrte wahrscheinlich sein Haus davor, von General Lees Armee dem Erdboden gleichgemacht zu werden. Aber diese Ereignisse liegen in der Zukunft, sind zu diesem Zeitpunkt noch nicht Geschichte. Lancaster hatte sechstausend Einwohner und hielt sich für eine Metropole, war die größte binnenländische Stadt der Vereinigten Staaten. Die erste Turnpike der Nation, eine kiesbestreute, holperfreie Straße von Lancaster nach Philadelphia, war von ihren Privatfinanziers im selben Jahr freigegeben worden, da Buchanan geboren wurde – geboren in einer westlichen Station der Great Wagon Road, die durch die Turnpike verbessert und ersetzt wurde. Achtzehn Jahre später kam er in Lancaster an, um Rechtswissenschaft zu studieren. *Wenn ich mit strengem Fleiß ein guter Rechtsanwalt werden konnte, so wollte ich es daran nicht fehlen lassen. Und ich kann mit Fug sagen, daß ich nie einen Studenten getroffen habe, der härter gearbeitet hat als ich zu jener Zeit meines Lebens. Ich studierte Rechtswissenschaft und nichts als Rechtswissenschaft oder was im Wesen damit zu tun hatte. Ich gab mir Mühe, alles, was ich las, so gründlich, wie ich es nur vermochte, zu verstehen; und um es mir einzuprägen und mich daran zu gewöhnen, ex tempore zu sprechen, unternahm ich fast jeden Abend einsame Spaziergänge und kleidete die Gedanken, die ich während des Tages aufgenommen hatte, in meine eigenen Worte.*

Einsame Spaziergänge. Eine Glocke um den Hals im Wald. Eine elysische Landschaft, in der man laut vor sich hin deklamieren konnte und niemand einen hörte. Anfang 1812, als Hopkins' Lehrtätigkeit endete und Buchanan einundzwanzig wurde, begab er sich gegen den Rat seines Vaters zu Pferd nach Westen, nach Elizabethtown in Kentucky, um sich über ein ausgedehntes Stück Land zu informieren, auf das sein Vater einen partiellen, ungeklärten Rechtsanspruch hatte. Wenn er geblieben wäre, hätte dann ein Clay, ein Lincoln aus ihm werden können? Es ist gut möglich, daß er in jenem Sommer Thomas Lincoln traf, der, laut Klein (Buchanans Autobiographie sagt nichts über diese Exkursion) *nahe Elizabethtown* [lebte] *und zu der Zeit wegen eines streitigen Landanspruchs bei Gericht auf der Prozeßliste* [stand]. Lincoln kann sehr gut seinen dreijährigen Sohn Abraham im Schlepptau gehabt haben. Als Buchanan selber drei Jahre alt war, hat er höchstwahrscheinlich George Washington gesehen, als der unterwegs war, die Whiskeyrevolution zu ersticken, und durch Cove Gap kam. Von Präsident Washington zu Präsident Lincoln in einer einzigen patriotischen Lebensspanne. Die Streitsachen wegen der Landrechte in Elizabethtown waren seit 1803 anhängig, und es gab schon viele Anwälte in Kentucky. Jahre später erinnerte sich Ben Hardin daran, daß Buchanan ihm gesagt hatte: *Ich ging dorthin, erfüllt von dem großen Eindruck, den ich machen würde, und was glauben Sie, wen ich traf? Henry Clay! John Pope, John Allan, John Rowan, Felix Grundy – nun, Sir, das waren alles Riesen, und ich war nur ein Pygmäe. Am nächsten Tag packte ich meinen Reisekoffer und kehrte nach Lancaster zurück, das war groß genug für mich.*

Am 17. November 1812 wurde er am Gericht von Lancaster zugelassen. Er machte seine Kanzlei an der East King Street auf und annoncierte in den Zeitungen des 20. Februar 1813, man finde ihn *zwei Häuser hinter Mr. Dutchmans Gasthof und fast gegenüber der Farmers Bank.* Jung wie er war, wurde er zum Staatsanwalt des Lebanon County bestellt und erhielt einen Brief von seinem herrischen Vater, in dem er ihm riet, *den armen Geschöpfen, gegen die du vielleicht vorgehen mußt, Mitleid & Menschlichkeit* entgegenzubringen. 1813 verdiente er 938 Dollar. 1814 verdiente er 1096 Dollar. Er und *der herzliche, vierhundert Pfund wiegende John Passmore, der Protonotar der Stadt,* kauften zusammen das Haus an der East King Street, in dem die

Kanzlei war und zu dem auch eine Schenke gehörte. Vierhundert Pfund: noch ein Riese. Riesen waren an der Tagesordnung im damaligen Miniatur-Amerika – vielleicht eine Täuschung, wegen des Maßstabs. Nach Jackson, einem reizbaren Riesen, wurden sie spärlicher. Polk war «der Kleine Hickory». Douglas «der Kleine Riese». Lincoln brachte es zu Riesenschaft, indem er riesenhaften Jammer auf sich nahm; es war ein Gigantismus des Leidens, verstärkt durch chronische Verstopfung, Depressionen und Ausbrüche nobler Prosa. Buchanan war eins achtzig groß, eine stattliche Größe, aber in menschlichem Maßstab. Auf einem Gartenfest am Vierten Juli 1814 hielt er eine stramme Rede, in der er Madisons Herumstümpern im derzeitigen Krieg gegen die Briten rügte. James Madison war wahrhaft ein Riese, aber physisch zu klein, um allgemein als ein solcher erkannt zu werden. Buchanan war der Präsident der ortsansässigen Washington Association, einer Organisation für junge Föderalisten; Madison war, natürlich, ein Democratic-Republican, gehörte der ungeschickt benannten Oppositionspartei an, die aus Jeffersons Widerstand gegen die, wie er fand, monarchistischen, über Gebühr zentralistischen, antidemokratischen, antirepublikanischen und antifranzösischen Tendenzen der Washingtoner Regierung geboren war. Democratic-Republicans machten lieber Krieg gegen Großbritannien als gegen Napoleon. Die Föderalisten stellten Buchanan als Kandidaten für die Gesetzgebende Versammlung von Pennsylvania auf. Am Tag nach seiner Nominierung traf die Nachricht ein, daß die Briten Washington niedergebrannt hatten. Die erste Pflicht des jungen politischen Aspiranten bestand darin, sich als Freiwilliger an der allgemeinen Mobilmachung zu beteiligen und zur Verteidigung Baltimores auszurükken. Seine Kompanie, die sich die Lancaster-County-Dragoner nannte, wurde dringend um Freiwillige für eine geheime Mission ersucht; er meldete sich und mußte feststellen, daß die Geheimmission nicht darin bestand, gegen die Engländer zu kämpfen, sondern darin, bei der Landbevölkerung sechzig Pferde zusammenzustehlen, *am liebsten bei den Quäkern*, sagt Klein, ohne seine Quelle zu nennen. Der niedere Auftrag wurde ausgeführt;

die Engländer zogen sich von Baltimore zurück, nicht ohne vorher zum Text des «Star-Spangled Banner» angeregt zu haben. Die Dragoner wurden aufgelöst; Buchanan kehrte nach Hause zurück und wurde ins Repräsentantenhaus gewählt. In Lancaster gewannen immer die Föderalisten; in letzter Zeit hatte ihr Glück nachgelassen, aber durch Antikriegsgefühle erhielt es neuen Aufschwung. Buchanans nie um Rat verlegener Vater schrieb: *Daß du in die Legislatur gehst, mag dir zum Vorteil gereichen, vielleicht aber auch nicht.* Wenn sein Vater sich weniger beratend eingemischt hätte, wäre Buchanan dann stärker, unabhängiger gewesen und hätte sich weniger auf andere gestützt? Wäre er dann weniger verschlossen gewesen? Er verbarg seine Gedanken sogar vor seinem Kabinett, hieß es von seiner Zeit im Weißen Haus. Eltern sind zu neugierig, mischen sich zu sehr ein. Unsere ersten Lügen gelten ihnen. Buchanan kam seinen Pflichten in Harrisburg nach. *Ein großer breitschultriger junger Mann mit welligem blonden Haar, blauen Augen und feinen Gesichtszügen* (Klein), hielt er seine Jungfernrede am 1. Februar 1815, in der er sich gegen die Wehrpflicht und die privilegierte Schicht Philadelphias wandte, sich zum Anwalt des Westens gegen den Osten, der Armen gegen die Reichen machte. Man sagte ihm, er solle zu den Demokraten überwechseln. Ein befreundeter Demokrat, William Beale, Staatssenator aus Mifflin County, *stattete mir einen Besuch ab und drängte mich im Verlauf unseres Zusammenseins heftig, ich solle meinen Parteinamen ändern und mich Demokrat nennen, er versicherte mir, ich würde keinen Grund haben, meine Prinzipien zu ändern. Wenn ich mich dazu entschiede, so würde er die Vorhersage wagen, daß ich, im Falle, ich stürbe nicht, Präsident der Vereinigten Staaten würde.* Um seine Zugehörigkeit zu den Föderalisten zu beweisen, hielt er auch in diesem Jahr am Vierten Juli eine Rede, in der er die Demokraten als *Demagogen und Aufwiegler* angriff und als *Franzosenfreunde*, die von *schwärzester Undankbarkeit* und *teuflischen Passionen* erfüllt seien. Er wurde wiedergewählt, aber die Rede schuf eine Feindschaft zwischen ihm und den Jefferson-Anhängern, die sein ganzes politisches Leben hindurch anhielt.

Sogar sein *rabiat föderalistischer Vater hielt diese Attacke für zu scharf*, und Buchanan räumte ein: *In dieser Rede kommt einiges zum Ausdruck, das ich bedaure*, führt in seinen Memoiren aber weiterhin liebgewordene Sätze an wie diesen über die Bürger, die sich gegen die britische Invasion empörten: *Sie stürzten sich mit einem so heiligen Zorn auf ihre Feinde, wie ihn die Söldlinge Britanniens niemals empfinden konnten. Sie lehrten unseren Widersacher, daß die Scholle der Freiheit immer zum Grab für Angreifer und Eindringlinge werden würde.*

Die Regeln ließen nicht zu, daß man ein drittes Mal ins Repräsentantenhaus gewählt wurde. Er war heraus aus der Politik. Er dachte daran, sich in Philadelphia als Anwalt niederzulassen, und sein Vater redete es ihm aus. Er hatte Gallenfieber; er neigte sein ganzes langes Leben lang zu Stresskrankheiten. Er blieb in Lancaster und versah seine Kanzlei. Ein Richter urteilte über ihn: *Er war von der Natur zum großen Anwalt ausersehen und wurde meines Ermessens vom Schicksal verdorben, als es ihn zum Staatsmann machte.* In den Jahren 1816 bis 1818 verteidigte er dreimal den von den Föderalisten eingesetzten Richter Walter Franklin gegen die Forderung der Amtsenthebung, die die demokratische Legislatur vorbrachte, und war jedesmal erfolgreich, indem er sich, wie ein Zeuge es nannte, *mit Scharfsinn, Eloquenz und Hingabe* für seinen Mandanten einsetzte. Er stützte sich bei seiner Argumentation auf die Verfassung der Vereinigten Staaten und ihre Gewaltenteilung. Er hatte der Regierung gegenüber immer die achtsame Einstellung eines Rechtsanwalts, suchte Schutz innerhalb der Verfassung. Daß die Verfassung, wie die jüdisch-christliche Gottesvorstellung, Mehrdeutigkeiten und Geheimnisse einschloß – Aufforderungen an die Menschen zu improvisieren –, teilte sich ihm nicht mit. Vielleicht können wir es uns so vorstellen, daß er im blind vernarrten Zustand dessen war, der, wie es 1856 im Sitzungssaal des Cincinnati-Konvents heißen sollte, die Ehe vollzogen hat: *James Buchanan ist von Anfang an, seit er ins heiratsfähige Alter kam, mit der Verfassung verheiratet gewesen, und in Pennsylvania dulden wir keine Bigamie!*

Sein Einkommen stieg von 2246 Dollar im Jahr 1815 auf 7915 Dollar im Jahr 1818. Er war ein aufstrebender junger Mann, noch in den Zwanzigern, nicht nur Freimaurer, sondern Türhüter und dann Stuhlmeister. Er erlangte Zutritt zu Lancasters höchsten Gesellschaftskreisen. Bälle bei Kerzenschein im großen Saal des White Swan Inn, sternbeschienene Schlittenfahrten durchs waldige Farmland – Glöckchengeklingel, dampfende Pferdeflanken, glühende junge Gesichter, Hände, die sich fanden unter den aufgehäuften Pelzen und Büffelfelldecken. Die Sterne hoch oben in ihrem gefrorenen Ewigkeitsmantel, ein erleuchtetes Haus, heißer Punsch und Gewürzküchlein, wenn sie ihr Ziel erreicht hatten, die steinerne Villa eines der Eisengießereibesitzer. Buchanans Sozius, Molton Rogers, Sohn des Gouverneurs von Delaware, begann, um Eliza Jacobs zu werben, Tochter von Cyrus Jacobs, Herr auf Pool Forge. Rogers schlug vor, daß Buck sich irgendwann eines Abends zu ihnen gesellte, als Begleiter für Ann Coleman, Elizas Cousine. Ihre Mütter waren Schwestern, Töchter des James Old aus Reading. Jacobs und Robert Coleman hatten beide für Old gearbeitet, und jeder hatte um die Hand einer Tochter angehalten. Jacobs gefiel sich als bodenständiger Farmer und blieb auf seinen Pool-Forge-Ländereien bei Churchtown. Coleman hatte aufs Städtische gerichtete Ambitionen und war im selben Jahr, da der junge Jamie seine Ausbildung bei Hopkins begonnen hatte, mit seiner großen Familie nach Lancaster gezogen, in ein imposantes Backsteinhaus unweit des Centre Square. Coleman war Olds Buchhalter gewesen und war Beirichter, Kirchenältester und Kurator des Dickinson College geworden. Höher hinaus als bis zur Tochter eines Eisengießereibesitzers konnten Eheabsichten in dieser ländlichen Gegend von Pennsylvania nicht gehen. Klein, ein bemerkenswerter Extrapolateur, sagt von Ann: *Sie war ein gertenschlankes schwarzhaariges Mädchen mit dunklen glänzenden Augen und konnte abwechselnd stolz und eigenwillig, zärtlich und liebevoll, still und in sich gekehrt oder übermütig und wild sein.* Sein «James Buchanan und Ann Coleman» (*Lancaster County Historical Society Journal, Band LIX, Nr. 1, 1955*), worin er John Passmores Gewicht mit 450 Pfund angibt, drückt es so aus: *Sie war nach allem, was man weiß, eine schlanke schwarzhaarige Schönheit mit dunklen glänzenden Augen, in denen man Staunen, Zweifel oder Hochmut lesen konnte, je nach der Laune, in der sie war.* Ihr Porträt, das jetzt im Hauptschlafzimmer von Wheatland hängt, dem restaurierten Haus ihres verhinderten Geliebten – einem nationalen Heiligtum mit kostümierten Führern und Ansichtskartenständern –, läßt wenig von alldem erkennen, nur die schwarzen Haare sind da. Sie hat eine lange Nase, einen Spitzenkragen und in der Stirn ein vereinzeltes Löckchen, und sogar in der steifen Porträtmalerei des frühen neunzehnten Jahrhunderts wirkt sie ein wenig zu flinkäugig und hochgestochen, hat sie etwas bedrohlich Reizbares unter dem hohen Bogen ihrer langen Brauen; ihr schöngeformter kleiner Mund ist leicht geöffnet, als dränge gerade eine unwirsche Bemerkung heraus. Klein fährt in seinem stelzenden Stil fort: *Daß sie mit dreiundzwanzig noch unverheiratet war und es blieb, mag daran gelegen haben, daß sie emotional so unbeständig war, wahrscheinlicher aber ist, daß die Halsstarrigkeit, mit der ihre Eltern eine vorteilhafte Partie für sie wünschten, schuld daran war.* Ihr Vater war nicht bloß der reichste Mann in Lancaster County, er war einer der reichsten Männer im jungen Amerika. Doch warum sollte er oder, wie manche Quellen wissen, ihre Mutter etwas gegen Buchanan gehabt haben, der doch bereits ein vermögender, hochangesehener Mann war, so voller Anstand und Sitte und Aussichten, wie eine Pflaume voller Saft ist?

Hier kommen wir auf die faktenabgewandte Seite der Geschichte, wo mein Buch eigenes Leben gewinnen sollte. Lange Zeit, immer mit der sicheren Ausrede, daß noch mehr Recherchen nötig seien, schrieb ich im Kreis herum, mogelte ich mich durch, hielt ich mich ängstlich zurück, bis ein Dekonstruktivist zur englischen Abteilung stieß, ein gewisser Brent Mueller, der, während er in irgendeiner Lehrerakademie im Mittleren Westen festsaß, Chaucer in Grund und Boden dekonstruiert hatte und auch Langland nicht hatte davonkommen lassen. Brent, ein angenehmer, schnellsprechender Bursche mit der feuchtkalten weißen Haut der in Büchereien Hockenden und dem borstigen beigefarbenen Haar eines Rasierpinsels, erklärte mir, daß alle Geschichte bloß aus Texten bestehe: platonisch ideale Geschichte, gesondert von Texten, gebe es nicht, und Texte seien zwangsläufig indefinit, widersprüchlich in sich selbst und letztendlich zur Aporie verurteilt.

Warum also nicht auch *mein* Text, zusätzlich zu all den anderen? Ich sprang an. Ich sollte wohl sagen, ich begann langsam anzuspringen und meine unangebrachte Ehrfurcht vor dem kenntlichen Tatsächlichen im Gegensatz zum Angenommenen, Erfundenen zu überwinden, Schluß zu machen mit meiner illusorischen Unterscheidung zwischen Faktum und Phantasie. Hier kommt nun also, liebe NNEAAH und liebe *Rückblick*-Redaktion, in gewissenhafter, wenn auch in die Länge gezogener Beantwortung Ihrer Anfrage ein Teil meines Textes, abgefaßt unter der freundlich überwölbenden Ordnung der Ford-Administration und zweifellos so manchem intellektuellen Trend jener Zeit huldigend.

Mitte September des Jahres 1819 hätte man, unter einem spätsommerlichen, pudrigblauen Himmel in der rosaroten kleinen Stadt Lancaster, Pennsylvania – erst im Jahr zuvor in den Stand einer Stadt erhoben und doch während des vergangenen Jahrzehnts die Kapitale des Commonwealth –, einen hochgewachsenen blonden Mann sehen können und eine schmale dunkelhaarige Frau, kleiner als er, doch groß für ihr Geschlecht, die zusammen, mit allen äußeren Zeichen der Zuneigung und Verbundenheit, die East King Street entlanggingen. Ihr Gesicht war häufig zu dem seinen emporgewandt, bis instinktive Schicklichkeit sie wieder den Blick senken ließ, und er hielt den Kopf eigenartig schräg geneigt und ließ ihn dann und wann kaum merklich rucken, als verändere er seinen Blickwinkel ein wenig oder als wolle er die leise gesprochenen Worte seiner lebhaften, intensiven Begleiterin besser verstehen; so gingen sie an Reihen zwei- und dreistöckiger Häuser aus Ziegeln und sauber behauenem Kalkstein entlang, einige überhöht von Mansardenfenstern und geschmückt mit hölzernen Kaufmannsschildern, die geschnitzt und bemalt waren und Löwen und Hirsche darstellten, Leoparden und Adler, Indianerhäuptlinge und europäische Könige und andere Sinnbilder dieser Art, die einst in den Träumen von der Neuen Welt geisterten. Der Herr trug einen rostroten Gehrock mit Frackschößen, eine elfenbeinfarbene seidene Weste mit bestickter Knopfleiste, ein weißes Hemd mit hochstehendem Kragen und eine locker, aber sorgfältig geschlungene Leinenkrawatte. Seine Beine in enganliegenden Buckskin-Breeches steckten in schwarzledernen Reitstiefeln mit heruntergeschlagenen gelbbraunen Stulpen. Das Kleid der Dame, aus gepunktetem Batist und mit hoher Empire-Taille, wurde unter dem Busen von einem rosafarbenen, in Quasten auslaufenden Band zusammengehalten. Darüber trug sie ein mit schwarzem Samt abgepaspeltes bordeauxrotes Cape aus leichtem Tuch. Ein gazezarter Rüschenkragen umschmeichelte ihren Hals; eine kleine muschelförmige Schute aus dichtgeflochtenem Stroh mit einem Schleifenband aus gefälteltem Taft beschützte ihr Gesicht vor der Sonne, hier in dieser Breite nur einen halben Grad nördlich von der Mason-Dixon-Linie; dazu trug sie einen Sonnenschirm aus lindgrüner moirierter Seide. Dies beneidenswerte Paar waren James Buchanan, einer der interessantesten Junggesellen von Lancaster, ein arrivierter Rechtsanwalt und erprobter Politiker, und Ann Coleman, die berühmteste unverheiratete Erbin der Stadt. Sie hatten sich in diesem Sommer verlobt, und so war ihr gemeinsames öffentliches Auftreten alles andere als skandalös. Man konnte den Eindruck gewinnen, daß die papageienbunten Firmenschilder, die welligen kleinen Fensterscheiben in den sich sonnenden Ziegelfassaden, der gedämpfte Glanz des leicht dunstigen Tags auf sie herniederlächelten.

Buchanan hatte den Widerwillen überwunden, den er immer empfand, wenn es galt, die Sicherheit seines überhäuften Schreibtisches gegen die Ungewißheiten der weiter gespannten Welt einzutauschen, hatte seine Kanzlei an der East King Street verlassen – zwei Häuser hinter dem Dutchman's Inn, wo er Quartier gefunden hatte, als er vor fast zehn Jahren nach Lancaster gekommen war – und hatte Ann im Stadthaus der Colemans, einen Block entfernt, an der Ecke Christian Street, abgeholt. In diesem Augenblick, um die fünfte Nachmittagsstunde, sah Ann, als sie ihren Blick der ruhigen, freundlichen, übergenau artikulierenden, recht hohen Stimme ihres Begleiters entgegenhob, daß die Sonne, die sich auf ihrer Bahn dem Äquinoktialpunkt über den mit Schiefer- oder Zedernholzschindeln gedeckten Dächern näherte, von seinem großen Kopf verdunkelt wurde. Ein Frösteln griff ihr ans Herz bei dieser jähen Sonnenfinsternis, und sie dachte, daß dieser imposante Mann, der ihre Aufmerksamkeit schon fesselte, als sie, dreizehn Jahre alt, selber gerade erst nach Lancaster gezogen, ihn von den Fenstern des oberen Salons aus beobachtet hatte, ein langbeiniger Jüngling, der mit pflichttreuem, botmäßigem, zielbewußt raschem Schritt dem Gerichtsgebäude am Centre Square zustrebte, um James Hopkins, seinem Lehrer in der Rechtswissenschaft, zu Diensten zu sein – daß dieser Mann wahrhaft ein Schatten war, ein dunkles Geisterbild, das plötzlich drohend in ihrem Leben aufragte. Vor zwei Sommern noch war er nicht mehr als ein Name gewesen, eine konturlose Gestalt in den Plaudereien ihrer Freunde, der Jenkins und Jacobs, jemand, von dem man mit Wärme und Respekt sprach und zugleich doch mit einem Anflug verstohlener Belustigung, aber ob sich das auf irgendeine Absonderlichkeit in Buchanans Person oder auf die niedere Herkunft seines aus eigenem emporgekommenen, geizigen Vaters bezog, war nicht klar. Er war, juristisch und politisch gesehen, eine hervorragende Erscheinung, gleichwohl fehlte es ihm, für Lancaster-County-Verhältnisse, an wirklichem Reichtum und an gesellschaftlichem Rang. Jetzt schien es ihr, als habe sie diesen Schatten heraufbeschworen, ihn gleichsam dreidimensional werden lassen, durch eine Schwäche ihres Willens, einen Sprung in ihrer Selbstachtung. Seit Kindheitstagen hatte Ann gegen Wellen aus dunklen Gründen aufsteigender Verstimmung zu kämpfen – eine Reizbarkeit, ein Gefühl ungerechter Einengung, eine quälende Verwirrtheit, die manchmal so stark war, daß sie im Bett bleiben mußte. Es war, als sei die Wirklichkeit um sie – wie ein Brot, dem die Zutat fehlte, das es brauchte, um aufzugehen – nicht wirklich genug, obwohl andere Leute ganz und gar, sogar leidenschaftlich verwickelt schienen in das Spiel von Belohnung und Strafe, Scheitern und Gelingen.

Ihr Verlobter beehrte sie mit den Details eines schwebenden Gerichtsverfahrens, das von großer Bedeutung war, denn es bedrohte die Existenz der Columbia Bridge Company, die erst vor kurzem, an der Stelle, wo die Fähre des alten Wright gewesen war, die erste Brücke über den mächtigen Susquehanna River geschlagen hatte, eine fortschrittliche Maßnahme, die entscheidend war für die westliche Erschließung des Commonwealth Pennsylvania, ja der ganzen Nation. «Eine Bedrohung dieser Gesellschaft», sagte er, «ist nicht nur eine Gefahr für das Gemeinwohl, sondern auch für die persönlichen Geschicke unserer Freunde, denn William Jenkins und seine Farmers Bank sind in hohem Maß darauf angewiesen, daß die Gesellschaft weiterhin gedeiht. Wenn Jenkins mir die Gunst gewährt und mich mit der schweren Verantwortung betraut, diesen potentiell ruinösen Prozeß abzuwenden, dann sehe ich voraus, liebe Ann, daß ich in diesem Herbst viele Stunden in meiner Kanzlei zubringen und mehr als einmal die ermüdende Reise zu den Gerichten in Philadelphia antreten muß.»

Was versuchte er ihr zu sagen? Daß er, nun da sie ihm fest versprochen war, sie verlassen müsse, um Männergeschäften nachzugehen? Sie hatte ihn zu seinem Antrag ermutigt, trotz der Zweifel, die in ihrem Familienkreis und bei ihren Freundinnen laut wurden, sie hatte sich allseitigem Gespött ausgesetzt, und seine Pflicht war es nun, ihr zur Seite zu stehen, ein verantwortungsvoller Garant der Klugheit ihrer Entscheidung zu sein.

Sie waren von ihrer Haustür fort ostwärts durch die King Street gegangen und blieben an der Ecke South Duke Street stehen. Auf den ungepflasterten Straßen, rötliche Erde, die vom beschleunigten Verkehr des Sommers zu staubiger Glätte festgetreten war, rollten nahezu lautlos Zweispänner dahin, die schwarzgestrichenen Speichen der hohen Räder flimmerten zu fast transparenten Scheiben ineinander, und die Fesseln der trabenden Pferde bewegten sich eckig wie gezahnte Uhrwerksteilchen und so schnell, daß man ihnen mit dem Auge nicht folgen konnte. Die Gehsteige bestanden, bis auf die gepflasterten Wege, die das Kopfsteinpflaster des Centre Square einfaßten, aus unregelmäßig gelegten Brettern, und die Absätze der jungen Paare hallten auf diesen dicken Planken, die aus Eichen- und Eschen- und Walnußriesen in Penns großem Wald gesägt waren.

«Soll ich das, was du sagst, so verstehen», fragte Ann und senkte die Stimme, so daß er ihr ehrerbietig den Kopf zuneigen mußte, «daß ich mich auf ein längeres Ausbleiben deiner Besuche einrichten muß? Ich mußte», fuhr sie fort und bedauerte den sauertöpfischen Ton in ihrer Stimme, fand jedoch keine Möglichkeit, ihn ganz zu unterdrücken, «im August deinen langen Aufenthalt bei deiner Familie in Mercersburg erdulden und anschließend deine Junggesellenferien in Bedford Springs und hatte so darauf gehofft, daß wir in der kommenden Ballsaison viel zusammensein würden. Meine Eltern wünschen sich sehnlich, dich besser kennenzulernen, und meine Schwestern und Brüder möchten schon lange, daß du die gute Meinung, die sie von dir haben, bestätigst.»

Er errötete ein wenig und lächelte kühl. «Du meinst und bist nur zu gütig, es zu sagen, daß ich die unvorteilhaften Meinungen, die ihnen zu Ohren kommen, zerstreue.» Er straffte sich und blickte geradeaus; Ann bemerkte diese Bekundung verletzter Würde, beschloß aber, sie mit Schweigen zu übergehen. Gemächlichen Schritts, ein wenig seitwärts, da ihrer beider Aufmerksamkeit auf die Läden gerichtet war, gingen sie an Demuths Tabakgeschäft, das Ladenschild seit 1770 ein geschnitzter Stutzer mit Perücke, der eine offene Schnupftabakdose hielt, und am Gasthof mit Namen William Pitt, Earl of Chatham vorbei, der hinter seinen geschlossenen Blendläden sogar zu dieser frühen Stunde schon von abendlich heiterer Laune überquoll. Auf der anderen Straßenseite schickte ein anderer Gasthof, der Leopard, sein Knurren anschwellender Fröhlichkeit aus, und von hoch oben unter der linken Dachtraufe der – im verkleinerten Maßstab einer nordamerikanischen Ansiedlung – prächtigen Steinfassade des Bausman-Hauses starrte mit leeren blinden Augen ein kleines in Stein gehauenes Gesicht, überall am Ort als der Lauscher bekannt, lächelnd auf das ins Gespräch vertiefte Paar herab.

«Liebe Ann, ich muß arbeiten», entgegnete Buchanan. «Ich muß mein Los so weit verbessern, daß unsere Hochzeit, wenn sie schon, nach den unbarmherzigen Maßstäben der Welt, nicht unter Gleichen stattfinden kann, doch wenigstens keine Kritik aufkommen läßt. Dein Bruder Edward ist nur zu geneigt gewesen, sein Ohr all denen zu leihen, die mich verleumden als jemanden, der nach deinem Vermögen trachtet. Er hat das Gift in deine Familie einsickern lassen und fördert seine Verbreitung in der Stadt.»

Ein unterdrücktes Feuer war in diesem Mann, überlegte Ann, das sie beide wärmen könnte, wenn sie es behutsam anfachte. «Edward geht es nicht gut», erklärte sie ohne Umschweife. «In seiner Kränklichkeit und in seinem Zorn auf seinen eigenen Körper befaßt er sich mit Dingen, die ihn nichts angehen. Er und Thomas, beide nur wenig älter als ich, waren seit Harriets frühem Tod meine ständigen Spielgefährten und glauben, daß ich immer noch ihrer Obhut unterstehe, und kein Mann, der mir mehr als ein Bruder sein will, würde ihnen gefallen.»

«Sie verhöhnen und provozieren mich», fuhr Buchanan fort, auf seine übliche Umsicht verzichtend und in einen, wie sie fand, ungehörigen weibischen Klageton fallend, «und bestärken deinen Vater in seiner Abneigung.»

Die Heftigkeit seines Mißmuts verstärkte die Farbe in seinem Gesicht – ein dickliches Gesicht mit einem Doppelkinn, das sanft zwischen die Ecken seines hochstehenden Kragens gebettet war, und mit kleinen Dellen fast infantiler Weichheit in den Mundwinkeln – und ließ ein wenig beunruhigend seine Augen rollen, die von einem klaren Hellblau waren, aber nicht in die gleiche Richtung sahen: die linke Pupille rutschte ständig nach außen und schien an Anns Kopf vorbei zu etwas Interessantem, weit hinten Befindlichem zu spähen. Manchmal erschreckte er sie mit dem, was er sah und was er nicht sah; er erkannte zum Beispiel nicht, daß es ihre Mutter war und nicht ihr Vater, die Einwendungen gegen die Verlobung gehabt hatte. «Er ist kein *Mann*», hatte sie mehr als einmal verkündet, wie einen Urteilsspruch, den zahnlosen Mund energisch zusammenpressend. «So ein Laffe hätte es keine Stunde an meines Vaters Schmelzofen ausgehalten.» Diese Eisenleute hatten etwas an sich, war Ann aufgefallen, das sich ablehnend verhärtete, wenn ihr Kavalier mit der gewandten, geduldigen Silberstimme näher kam. Buchanan, verliebt in seine eigene poetisch angehauchte Mutter, sah nicht, daß eine Frau ein ebenso zäher Feind sein konnte wie ein Mann.

Mit Vorbedacht die Wahrheit verbergend, versuchte Ann mit ihm zu scherzen. «Mein Vater ist ein Eisenmann», sagte sie. «Er beugt sich nicht so leicht. Er hatte sich für mich den Sohn eines anderen Eisenwerksbesitzers erhofft, damit die zusammengelegten Fabriken mehr Musketen für die nächste Revolution schmieden können.»

«Und aus Blut mehr Dollars für das Coleman-Vermögen», sagte Buchanan, und es wäre nicht nötig gewesen, denn in ihren selbstspöttischen Worten war angeklungen, daß sie sich beschämt darüber im klaren war, aus welchen zerstörerischen Quellen der Reichtum ihrer Familie stammte. Bei all seinem Geschick in rechtlichen Dingen, dachte Ann, hatte dieser Mann eine Spur von Beschränktheit an sich, eine taube Vorsichtigkeit, die ihn hinderte, mit einem Blick – wie gröbere Männer es konnten, die Männer in ihrer Familie etwa – eine Situation zu erfassen und kurzerhand eine Erörterungskette zu überspringen, um gleich auf den festen Boden einer Schlußfolgerung zu gelangen. Er mußte jeden Schritt überprüfen, als bewege er sich auf ganz und gar trügerischem Grund, und wenn er schließlich einen Standpunkt bezog, wie in seinen Reden gegen die Demokraten, dann mit einem schrillen Übermaß, als sei er sich der Aufrichtigkeit seiner eigenen Ansicht nicht sicher. Die Geringschätzung, die ihre Familie für ihn empfand und die sie mit all ihrer Kraft vor ihm zu verbergen trachtete, nagte an ihrem Herzen, weil er nur zu bereit war, mit seinem sechsten Sinn die Wahrheit dahinter aufzuspüren. «Du hast gehört», klagte er, «wie er mir letzten Sonntag beim Dinner in Colebrookdale scherzhaft zwar, aber doch empfindlich zugesetzt hat wegen meiner disziplinarischen Verfehlungen im Dickinson-College; als Kurator hat er sich Kenntnis über die Einzelheiten verschafft – Missetaten, die ein Dutzend Jahre zurückliegen, und das starrsinnige Lehrerkollegium ebenso im Unrecht wie ich! Und er macht mich unbilligerweise für Jaspers Versteigerungsschabernack verantwortlich und unterstellt mir Unschicklichkeit bei meiner Wahlwette mit Molton.»

Ann unterbrach diesen Beschwerdeschwall. «Mein Vater möchte dich darauf hinweisen, daß du ein annehmbares Maß an Schenkengeselligkeit genossen hast und daß ein zukünftiger Schwiegersohn sich mit dem Gedanken befreunden sollte, weniger auf Vergnügen auszusein. Und ich stimme ihm zu, Jim. Nenn mich selbstsüchtig, aber ich möchte dich jede Minute, die du nicht für dein berufliches Streben benötigst, an meiner Seite haben. Ich habe mein Leben an das deine geheftet.» Sie nahm seinen Arm, um den Schritt vom Gehweg hinunter zu tun; sein großer Körper, korpulenter und in seidigeren Kleidern als der des langbeinigen Rechtsstudenten, dem sie von ihrem Fenster nachgespäht hatte, war tröstlich in seiner stummen Massigkeit, wie der Leib eines gesattelten Pferdes in dem Augenblick, bevor sie sich hochgehoben fühlte, vom Aufsitzschemel auf den zitternden, warmblütigen Rücken.

An der Ecke Lime Street hatten sie dem Verkehr und den Schenken den Rücken gekehrt und schlenderten nun, am unteren Ende der abfallenden Straße, am Haus von Jacob Eichholtz vorbei, dem Porträtmaler, der mit liebevoll genauem Pinsel, in Farbe, die Fleisch-und-Blut-Gesichter der vornehmen Bürger Lancasters festhielt, und sie gingen weiter, auf den Friedhof zu, der Woodward Hill genannt wurde und auf dem ein halbes Jahrhundert später Buchanan zur letzten Ruhe gebettet werden sollte, mit einem Pomp, den er sich ausdrücklich verbeten hatte in seiner letztwilligen Verfügung, einem Dokument, in dem er auch die Form seines Grabsteins angab und die Inschrift, die eingemeißelt werden sollte. Aber jetzt, an diesem Tag, lebte er, war er lebendig und Ann ebenso, die nur wenige Monate später auf dem episkopalischen Kirchhof von St. James an der Ecke Orange und Duke Street liegen sollte; ihre atmenden, wohlgekleideten Körper waren zu genußvollem Spaziergang unter den Roteichen, den erschauernden Pappeln, den geradstämmigen Hickorybäumen vereint. Hickory Town, unter diesem heimeligen Namen war Lancaster, vor neunzig Jahren, den Weißen zuerst bekannt gewesen. Das Laub hatte sich noch nicht verfärbt, doch es lag schon der trockene Kuß des Säfteversiegens auf ihm, und ein paar vorzeitig gefallene Blätter raschelten unter den voranschreitenden Stiefeletten des Paars, seine mit Schnallen versehen, ihre geschnürt. Sie sprachen vergnügt über Jasper Slaymakers Schabernack, an dem auch er und John Reynolds sich beteiligt hatten; zu dritt waren sie in ihrem Gig bei der öffentlichen Auktion vorgefahren, hatten laut ein Gebot abgegeben und waren davongerast, nicht ahnend, daß man sie erkannt hatte. Der Auktionator hatte in aller Feierlichkeit bei ihrem als Witz gemeinten Gebot den Hammer niedersausen lassen und sie zu den neuen Besitzern eines Hotels und eines veralteten Fährbetriebs in Columbia erklärt, Preis: sechstausendsiebenhundert Dollar – für Buchanan die Einkünfte eines guten Jahres, für Ann eine lachhafte Summe.

Staub trübte ihre Schuhspitzen, als die Plankenwege aufhörten und ein Sandpfad begann, der am Eisenzaun des Friedhofs entlanglief. Einfache, oben gerundete Grabsteine aus Schiefer und aus einem weichen, seifenweißen Dolomit standen aufrecht auf dem umfriedeten Platz, die ältesten trugen Namen, die schon ins Vergessen hinüberblaßten. Die Stille des Friedhofs beschwichtigte die Spaziergänger; in den langen Gesprächspausen war das Zirpen der Zikaden zu hören, das den Sommer zur Ruhe bettete, und das Zwitschern der Vögel, das lauter und emsiger wurde, während die Hitze des Tages sich sacht zurückzog. Ein Rundhorizont ununterbrochenen Schattens tat sich vor ihnen auf, ein Gewölbe aus Ulmenzweigen, die still nach Licht und Luft strebten. Ann faltete mit schnappendem Geräusch ihren seidenen Sonnenschirm zusammen.

Als hätte das Klicken des Verschlusses ihm die Zunge gelöst, nahm Buchanan mit angespannter, sich rechtfertigender Stimme seinen Klagefaden wieder auf: «Dein Vater denkt, daß ich zu nachgiebig bin. Meine Jungfernrede in der Assembly hat ihm mißfallen, er fand, ich hätte mich zu sehr den demokratischen Grundsätzen angenähert, aber ebensowenig hat ihm am Vierten Juli meine Attacke gegen die vorige Regierung behagt, in der ich die von den Franzosen abgeschaute Demagogie anprangerte, die leichtfertige Zerstörung der Nationalbank und, damit Hand in Hand gehend, die Aufhebung aller Kreditbeschränkungen. Seit Madison in Princeton vom Radikalismus gekostet hat, hat er eine Leidenschaft für die gottlosen Doktrinen des französischen Rationalismus gehabt; er hat uns in einen verheerenden Krieg geführt und sich dabei als wenig mehr denn Napoleons Handlanger erwiesen. Monroe ist zwar von gemäßigterem Zuschnitt, stammt aber vom selben Pariser Schneider; seine Frau und seine Tochter Eliza Hay haben aus Washington ein wahres Versailles verleumderischer, hohler Etikette gemacht. Dieser Kontinent war als Zuflucht vor Europa gedacht, nicht als provinzielle Imitation der Alten Welt. Wie alle soliden Männer in Lancaster bin ich Föderalist bis auf die Knochen, in der konservativen, ausgewogenen Weise des unsterblichen Washington. Besitzrechte, aber nicht Herrschaft durch die Reichen. Recht auf persönliche Freiheit, aber keine radikale Herrschaft des Pöbels, keine Dauerrevolution. Washingtons nobles Beispiel und die schöne Ausgewogenheit der Verfassung weisen denselben Mittelweg zwischen ungangbaren Extremen, und wenn ich deshalb, weil ich diesem Weg folge – der manchmal breit ist, manchmal schmerzlich schmal –, ein Gegenstand der Verleumdung und des billigen Spotts von allen Seiten bin, seien es Eisen-, seien es Strohmänner, dann muß es eben so sein», fuhr er fort und heischte mit einem Seitenblick auf seine Gefährtin Anerkennung für diese Anspielung auf die Colemans. «Ich danke Gott in Seiner Allmacht», schloß Buchanan, «daß ich nach Beendigung meiner zweiten

Wahlperiode in der Assembly kein öffentliches Amt mehr bekleide und nie mehr eines bekleiden werde; liebste Ann, meine Frau wird nie den Demütigungen und der vielfältigen Undankbarkeit der Politik ausgesetzt sein.»

«Wirst du wirklich nie mehr ein öffentliches Amt bekleiden? Ich spüre in dir ein Streben nach der weitesten Zuhörerschaft, einen Willen, der subtiler ist als der meines Vaters, doch nicht weniger unerbittlich.»

«Sei versichert: die Domäne des hiesigen Rechts und der häusliche Herd, an dem du regierst, werden mir und meinen bescheidenen Fähigkeiten Wirkungskreis genug sein. Im öffentlichen Leben», fuhr er fort, entspannt und so rücksichtsvoll ihr gegenüber, daß sie es nicht anders als mit Freude vermerken konnte, «zeigt sich eine Habgier, eine wachsende Roheit, die ich verabscheue. Je mehr die Kolonien sich nach Westen ausbreiten und je reicher die Küstenstädte werden, je bunter in der Zusammensetzung ihrer Einwanderer, desto mehr wird der gemeine Mann mit seiner angeborenen Gier und seinen niederen Trieben zum Maß aller Dinge; die Vornehmheit der Gründer geht zu Ende. Der kleine Maddy war der letzte der unabhängigen schöpferischen Geister, und Monroe wird der letzte Präsident in Kniehosen sein. Die gegenwärtige Ära der Verträglichkeit ist nichts weiter als die Ruhe vor dem Sturm, da der Westen sich entweder als Kind des Nordens oder des Südens zu erkennen geben muß. Elf Staaten mit Sklaverei, elf ohne und Missouri. Die Missouri-Frage ist eine Klippe, an der das Schiff, das so tapfer geflickt und zu Wasser gelassen wurde, entzweibrechen kann; unser amerikanisches Problem ist, daß wir Land und Klimazonen für viele Nationen haben, aber danach trachten, nur eine zu sein.»

«Vielleicht», sagte Ann, im Bemühen, Schritt zu halten mit der neuen Freiheit des Umgangs, zu der die Ausgiebigkeit seiner Einlassung aufforderte und die in ein Reich jenseits der Regionen kleinlichen Streits und divergierender Loyalitäten führte, «wartet meine Familie nur auf lebhaftere Zeichen deiner Zuneigung und deiner Vertrauenswürdigkeit. Mein Vater ist unverhüllter als du aus eigenem emporgekommen, und Edward leidet unter dem Fluch bedenklicher Gesundheit.»

«Wenn wir erst sicher verheiratet sind», sagte Buchanan und drückte ihre Hand, die auf seinem Arm ruhte, mit seiner freien Hand, während er mit zwei Fingerspitzen seiner behandschuhten anderen den schlanken Spazierstock hielt, dessen silberner Knauf die Form eines lächelnden Fuchskopfs hatte, «wird der Fluß des Wohlwollens leichter fließen. Ein geschaffenes Faktum spricht für sich selbst und sorgt für seine Anerkennung. Eine etablierte eheliche Verbindung diktiert ihre Friedensbedingungen. Bis zu unserer Heirat sind wir anfällig für störende Beeinflussung. Der Loyalitätsanspruch deiner Familie muß dich unvermeidlich in Bedrängnis bringen; ihr Anrecht auf deine Liebe besteht schon seit deiner Kindheit, wohingegen meine Ansprüche jüngsten Datums sind und unsicher auf scheinbar freiwillig getroffener Entscheidung beruhen.»

Scheinbar wegen seines presbyterianischen Fatalismus, für den jeder schimmernde Moment gefangen war in einem unabänderlichen Netz göttlicher Vorherbestimmung? Die Colemans gehörten der Episkopalkirche an, waren von Papismus und puritanischer Düsternis gleichermaßen entfernt. «Und wann gelangen wir in diesen gesegneten etablierten Stand?» fragte Ann, und nun war ihre Stimme es, die angespannt und laut klang. «Wir sind nicht mehr jung; du hast im April dein achtundzwanzigstes Jahr vollendet, und ich werde nächsten Monat dreiundzwanzig sein. Die Freundinnen aus meiner Kindheit sind schon alle verheiratet. Selbst die striktesten Schicklichkeitsregeln verlangen nicht, daß wir mehr als ein, zwei Saisons abwarten.»

«Die Saison kann nicht dieser Herbst sein», sagte er plötzlich bestimmt, mit der unzugänglichen Direktheit, deren Rechtsanwälte fähig sind. «Das schwierige Problem der Columbia Bridge Company, zusätzlich zu den anderen Fällen, mit denen ich mich zu befassen habe, wird mir kaum ein paar freie Stunden lassen; die finanzielle Notlage, in die Monroe und sein Yankee-Richelieu Quincy Adams die Nation gestürzt haben, hat vor allem für Anwälte Arbeit geschaffen.»

«Oh!» – ein Ausruf der Enttäuschung kam ihr über die Lippen. «Muß ich noch einen Winter als alte Jungfer erleben?» Sie fühlte, wie sich ihr das Herz zusammenkrampfte bei der Aussicht auf graue nasse Wochen und Monate, die sie noch immer im Gewahrsam ihrer Eltern verbringen mußte, während ihre fünf Brüder und vier Schwestern, die Überlebenden von vierzehn Geburten, das Haus heimsuchten, kamen und gingen, George mit seinem verbitterten, schon vom Tod gezeichneten knochigen hohlen Gesicht, Edward arrogant und zynisch in seiner schwelenden Wut über seine schlechte Gesundheit, Thomas etwas spielerischer in seiner Herrscherlichkeit über die Schwester, die in der Geburtskette gleich nach ihm kam, alle mit ihren geschwätzigen Frauen, Weibsbildern, so in sich ruhend und willfährig wie Teig, während ihre törichte Schwester Sarah, großäugig und überspannt, auf der Schwelle zum Frausein, vorgab, verliebt zu sein in etwas, von dem sie sich einbildete, es sei Gott. Es kam Ann so vor, als ob all diese Verwandten, sei es, daß sie taktvoll drum herum redeten oder offen stichelten und zankten, ihr zu verstehen gäben, daß sie ihre Gattenwahl mißbilligten, als ob sie ihr, durch ihr Räuspern und ihre Höflichkeiten und schweren Familienausdünstungen, ein Nieseln der Vorhersage auf den Kopf siebten, die unausgesprochene Meinung, daß dieser große glatte Sprecher vieler diplomatischer Worte nicht der war, der er prunkend zu sein vorgab mit seinem rostroten Schwalbenschwanz und der untadelig geschlungenen Krawatte, sondern daß er ein Gleisner war, ein Betrüger, einer, der auf ihr Vermögen und auf die Coleman-Beziehungen aus war und weniger als ein Mann. *Er ist kein Mann.* Er war ein Wesen von einer anderen Art, ein Halbmann, eine Chimäre, geboren aus diesen unbeständigen modernen Zeiten, eine Lügenbrut, und ihr Verlöbnis hatte dadurch einen verhängnisvollen Beigeschmack, ein Aroma des Irrtums, das ihr die Kehle zuschnürte und ihr dann und wann während des Tages, in müßigen Momenten, Tränen in die Augen schießen ließ, ihre Worte mit böser Laune schärfte und ihr die Vorstellung aufzwang, daß in den Gesichtern derer im Hause, die sie liebten, auch der Dienerschaft und der Kinder ihrer älteren Geschwister, Mitleid und Sorge zu lesen war. Ihre Phantasie war oft lange Stunden hintereinander in die fiebrigen Inhalte von Büchern getaucht – Liebesromane und gereimte Ergüsse, in Philadelphia und Baltimore rasch hergestellte Drucke englischer Texte, die eilig wie Konterbande an diese kunstlosen Küsten gebracht worden waren –, und Bilder flackerten in seltsamen heißen Wellen in ihr, so daß sie nach einem Nachmittag, den sie im oberen Salon damit zugebracht hatte, den Traum eines andern zu träumen, ihren Gedanken mißtraute und sogar den Meldungen ihrer Sinne, die, ohne eigentlich verzerrt zu sein, von etwas kühlem, verschwommenem Täuschenden überzogen waren wie von Mondlicht. Sogar jetzt, in diesem Augenblick im Freien, unter den vielen zitternden grünen Blättern und neben dem Eisenzaun, der in einem Muster aus Kreisen und Speeren am Pfad entlanglief, schien der Mann an ihrer Seite, der sich zu ihr beugte und darauf wartete, daß sie auf sein grobes Ansinnen, die Hochzeit hinauszuschieben, reagiere, mit einer trügerischen Dünnheit aufzuragen, wie ein großes Emblem aus bemaltem Blech, von viel weniger Dichte als die Ladenschilder an der King Street und die Grabsteine aus Schiefer auf dem Friedhof. Sie standen da, diese Steinsilhouetten, stellvertretend für Leute, dachte Ann, die einst so lebendig waren wie sie und manche jünger als sie – ihre Schwester Harriet war jünger gewesen – und die jetzt tot in ihren Särgen lagen und verwesten wie die verhungerten Lämmer im hohen Weidegras, an deren steifen verfilzten Körpern krächzend die Krähen rissen. Eine Zeile von Lord Byron kam ihr in den Sinn, aus einem Gedicht, das von faszinierender Morbidität war und das sie in einer schlanken Ausgabe von *Der Gefangene von Chillon und andere Gedichte von 1816* gefunden hatte, ein Büchlein, in dessen burgunderroten Einband der saure Schweiß ihrer Finger während des vergangenen Sommers Ovale von blasserem Rot gebrannt hatte: *Ich hatte einen Traum, der nicht ganz Traum,* und noch eine: *Das Licht der Sonne war verlöscht.* Ann hätte am liebsten geschrien. Buchanans statisches Bild füllte ihr Gesichtsfeld, beugte sich respektvoll zu ihr, zart, voll Bedauern jetzt, nach seinem gespaltenen Anerbieten, ihr ergeben, aber nicht für sie dazusein – seine akkurat geschwungenen, beweglichen Lippen, sein massiges, besitzergreifendes Gesicht, seine rührend fehlsichtigen Augen, sein hochstrebender Kamm aus bräunlich-blondem Haar. Krallen packten ihr Herz; Schnäbel rissen daran. *Glücklich jene,* kam es ihr inmitten der Wärme-, der Unwirklichkeitswellen, *die da wohnten im Strahl der Bergesfakkeln der Vulkane.* Sie fühlte sich gefangen im Sarg eines Buchs. Dieser Mann war eine einzige steife Seite. Sie hatte Angst, das Buch könnte sich mit einem Knall über ihr schließen, für ihn aber würde es immer weiter gehen, in fremde Länder und höchste Ämter, eine Saga der Ausdauer. *Und auf dem Meere lagen unbemannt die Schiffe, faulend mit zerbrochnen Masten* – wie furchtbar, es dürfte nicht erlaubt sein, daß Dichter junge Frauen so erschrecken, das ging vielleicht in England bei den gebildeten Ständen, wo das Leben ein Spiel war, aber nicht hier in diesen bewaldeten Staaten, wo das Leben einfach und hart und ernst war und auf einem Boden stattfand, der erst vor kurzem den wilden Rothäuten entrissen und mit ihrem Blut getränkt war, wie die sich verfärbenden Blätter jedes Jahr bewiesen. Buchanan verharrte immer noch neben ihr, stumm, auf ein Zeichen ihrer Liebe und Ergebenheit wartend, obwohl er wegen seiner juristischen Geschäfte Lancaster oft würde verlassen müssen. Vielleicht vergrößerten die heißen Wellen in ihr die Zeit, und jeder Augenblick dieses dunstigen warmen Spätnachmittags, spät im Sommer, spät am Tag, mit seinem schmalen Vogelgezirp und den zierlich geäderten Ulmenblättern über ihr, wurde von ihnen unterteilt.

Die Winde moderten in stiller Luft,
Die Wolken kamen um, die Finsternis
Bedurfte ihrer nicht – sie war die Welt.

Der obere Salon, wo Ann den Frieden fand, sich ihren Büchern hinzugeben, und wo das laute Leben auf der King Street sich nur bemerkbar machte, wenn zwei Betrunkene miteinander grölten, und die Luft nach kalter Asche, Möbelpolitur, abgestandenem Potpourri und sonnenwarmem Plüsch roch, war um sie versunken, die Wände mit der rotgestreiften, mit blaugoldenen Medaillons gemusterten Tapete waren schwindligmachend zurückgewichen, als sie diese letzten Worte las. Eine Welt ohne Wolken, ohne Winde – aber natürlich, die Welt im Sarg würde nichts mehr haben.

Buchanan, höflich beunruhigt von ihrem Schweigen, ihre innere Erregung wenn nicht gar Vorahnung spürend, wagte es, noch einmal den Rücken ihrer Hand zu berühren, ihre vier Finger mit den rosa Nägeln, die auf seinem Rockärmel ruhten, und bei dieser Berührung kam wieder Leben in sie, ihr Herz pumpte das Blut durch die geschmeidigen Adern ihres hochgewachsenen jungen Körpers und unterhielt in ihrem schmalen Kopf das polychrome Licht des Bewußtseins. Ihr Universum schrumpfte auf diese freundliche vertraute Umgebung zurück und ihre Befindlichkeit auf die einer Frau, die an der Schwelle zum Eheleben stand, bald ein eigenes Haus haben würde mit gewachsten Möbeln, ehrerbietigen Dienern, prasselnden Kaminfeuern und Fenstern, die mit Essig und Wasser geputzt werden mußten, wie Mutter es ihren Mägden auftrug, eine Tasse Essig auf einen Eimer Wasser. Byrons schreckliche Vision war es jetzt, die unwirklich und täuschend erschien, ein Traum, nicht mehr. Leise plaudernd und mit langsamerem Schritt, als erholten sie sich gemeinsam von einem leichten Fieberanfall, machten Buchanan und Ann sich auf den Rückweg, gingen durch die South Queen Street zum Centre Square, als die ersten Kerzen in den dämmerigen Hinterzimmern der gediegenen Häuser aus Ziegeln und Kalkstein angezündet wurden, dann nach rechts einen halben Block bis zum Wohnsitz der Colemans, wo Ginger, ein freigelassener schwarzer Sklave, von dem es hieß, er habe eine Onondaga-Großmutter gehabt, ihnen kantonesischen Tee servierte, der per Schiff über drei Ozeane zu ihnen gebracht worden war, und ein Gläschen Pfirsichbrandy, gebraut von Mähren in North Carolina, für den Herrn.

Eine andere Erinnerung, nicht eigentlich aus den Ford-Jahren, sondern aus dem letzten April der Nixon-Regierung [*Rückblick*-Red.: nachprüfen, aber Ostern '74 fiel, nach meinem ewigen Kalender, auf den 14. April] gilt der Silhouette der Vollkommenen Ehefrau, scharf ausgestanzt vom Hintergrund meines Gedächtnisses sich abhebend wie eine Wetterfahne aus Blech: Genevieve Mueller, wie sie in schickem Frühlingskostüm, bestehend aus einer kastenförmigen Jacke mit schwarzweißem Hahnentrittmuster und einem weißwollenen Faltenrock, auf der Straße vor ihrem Haus in Wayward unter der riesigen, noch übriggebliebenen Ulme stand. Sie wollte eben zu ihrer Haustür gehen, wir waren nicht verabredet, ich war nur zufällig gerade mit dem Auto in die Stadt gefahren, zum Three-Store (Tankstelle, Lebensmittel plus kleine Eisenwaren und Drugstore, wo es auch Zeitungen, Magazine, Paperbacks, Plastikspielzeug und Tennisbälle gab), um mir die Sonntagszeitung zu holen, und war auf dem Rückweg zu meinem Haus, wobei ich den Umweg an ihrem Haus vorbei machte, einem ehemaligen Farmhaus aus dem frühen neunzehnten Jahrhundert mit kürbisgelb gestrichener Bretterverkleidung und rostbraunen Fensterläden und Holzsimsen, das zwischen sich und der Straße einen Vorgartenrasen und ein paar ums Überleben ringende Azaleen hatte: ein bescheidenes symmetrisches Haus, das durch das verschwenderische Ausmaß meiner Sehnsucht und Begierde etwas Majestätisches bekommen hatte. Manche Nacht, wenn ich eine Babysitterin zu Hause abgesetzt hatte, war ich auf dem Rückweg an diesem alten Farmhaus vorbeigefahren und hatte an Genevieve gedacht, die da drinnen schlafend in den Armen dieses methodischen Dekonstruktivisten aus dem Mittleren Westen lag, und hatte fast geweint vor Neid auf die Seligkeit, die ich mir da oben hinter den abgedunkelten Fenstern vorstellte. Seit jenen Nächten fruchtlosen Sehnens war fast ein Jahr vergangen – ich hatte meinen automobilen Umwegbogen in Schnee und Frühlingsregen beschrieben, unter sommerlich dichtem Blätterbaldachin und dann unterm unbesonnen verschütteten Sternensalz, das durch die Netze der von aller Last befreiten Zweige schien –, da hatten sie und ich, plötzlich, vor kurzem erst, unterm Deckmantel des geschäftigen Hin und Her einer akademischen Gemeinschaft, einen Weg gefunden, in Kontakt zu kommen, uns gegenseitig unser beider Unzufriedenheit zu gestehen, miteinander zu schlafen, uns ineinander zu verlieben, fiebrige Versprechen auszutauschen, deren genaue Bedeutung und eventuelle Einlösbarkeit meinem Herzen nebelhaft blieb. Dieser Nebel sollte sich rasch lichten. Ich machte eine Vollbremsung, freudig erregt nicht nur vom Anblick der vollkommenen Figur meiner Liebsten, so hübsch ausbalanciert und knapp und schick, in schwarzweißem Hahnentritt der zärtlichen Oberfläche des heiligen Morgens aufgeprägt unter der Vasenform der ausdauernden Ulme, die schleierig überquoll von blaß chartreusefarbenen Knospen, sondern auch vom harzigen, hitzigen Frühlingsgeruch in der Luft, der mich, ungeachtet meiner achtunddreißig Jahre, einlud, für immer jung zu sein. Ich war voll von den Säften kürzlich gemachter sexueller Eroberung. Das Leben war süß. Genevieve trug hochhackige Schuhe in scharf kontrastierendem Schwarzweiß, und die Natur um sie her stand gleichfalls auf Zehenspitzen. Mit einem ihrer tiefen Blicke – ihre Augen satt dunkelbraun wie schwarzer Kaffee in einem Gesicht leuchtender, von keinem Makel getrübter Blässe, die langflügelige Nase zu einem zarten knochigen Bogen gewölbt – kam sie um den Kühler meines Autos, meines [siehe Seite 31] piratenhaften, heiter-lässig unsicheren, verwegen verrosteten Corvair herum auf die Fahrerseite. Mein Verdeck war aufgeklappt. [Ich sollte schreiben: «Sie trat vom Kantstein herunter und kam um den etc.», nur daß das zwanglose Städtchen Wayward, wie das Lancaster meiner Phantasie, wenig Kantsteine und Gehwege hatte und an dieser Stelle, wo die Ulmenwurzeln den Pflasterern ohnehin Probleme bereitet hätten, gar nichts.]

«Ich habe es ihm gesagt», sagte sie.

«Du hast es ihm gesagt?» wiederholte ich geistlos. Ich hätte nicht sagen können, ob der Geruch nach Furcht – elektrisch, wie der nach Ozon – von ihr ausging oder von mir. «Du hast ihm *was* gesagt?» Ich brauchte nicht zu fragen, wer mit «ihm» gemeint war.

«Das mit uns.»

Ich konnte nicht aufhören zu denken, wie hübsch Genevieve aussah im fedrigen Sonnenlicht unter der Ulme, an einem Ostermorgen, da die ganze Stadt wie geräumt schien, als ob man einen Film drehen wollte – kein anderes Auto in Sicht, kein Vogel, der mit seinem Zwitschern die Tonspur vollärmte. Sie sah unverwandt die Straße hinunter, als stünde dort der Regisseur.

«Im Ernst?» Jetzt klang meine Stimme doch gezwungen. Meine ganze Welt, unordentlich oder nicht, war mir unter den Füßen weggerissen worden.

Die Scharfeinstellung ihrer Augen veränderte sich ein wenig, um mein Gesicht mit einzubeziehen. Das Sonnenlicht hatte die weiße Härte, die es immer im Frühling hat, bevor die Blätter hervorkommen. Jeder Kiesel auf der Straße, krustig vom Sand und Salz des vergangenen Winters, warf einen halbmondförmigen Schatten. Belanglose Gedanken knisterten mir im Kopf, zum Beispiel, was für ein angenehm geräumiges Land Amerika war mit seinen Freiheiten und Einfamilienhäusern und daß ich diese fatale Neuigkeit in einer würdigeren Haltung hätte entgegennehmen sollen, anstatt hilflos in meiner feschen alten Badewanne mit Heckmotor zu hocken. Genevieve sprach sehr schnell, sehr atemlos. «War das falsch? Er hat seit einiger Zeit etwas geahnt, wir sind gestern abend ins Reden gekommen, und er war so arglos, daß es mir grausam vorkam, es ihm nicht zu sagen. War es nicht richtig?»

Ich liebte sie so sehr, sie sah so vollkommen aus – ihr Gesicht nur eine Idee breiter, als es ideal gewesen wäre, wie das eines Kindes –, daß ich töricht lächelte und nickte und mich durch und durch schleierig fühlte, wie die Ulme. «Und was hat er gesagt?»

«Ach», sagte sie und sah über mich und mein Auto hinweg die Straße hinunter, zur Stadtmitte hin. Sie war offenkundig für den Kirchgang angezogen, kam gerade von dort, und vielleicht kam auch er gleich von der Kirche, mit den beiden kleinen Töchtern. Es fiel schwer, auch am Ostermorgen, ihn sich als Kirchgänger vorzustellen, beruhte seine berufliche Karriere doch auf dem Bloßlegen bedeutungsloser Binarismen und leerer Signifikanten.

«Wir haben so viel gesagt. Wir waren bis drei Uhr auf und haben unsere ganze Ehe durchgekaut. Aber im großen und ganzen hat er gesagt: In Ordnung, wenn's das ist, was ich möchte, und wenn du mich heiratest.»

Die Vollkommene Ehefrau. Mein. Es war beschlossene Sache. Ich war auf dem Weg zum Paradies. Ich fühlte mich ein bißchen überrumpelt, wie der gute Schächer am Kreuz. Aber immerhin, es war eine Richtung. Ich mußte mich jetzt nur noch meiner eigenen Frau und Kinder entledigen. Sie waren dekonstruiert worden, wußten es aber noch nicht. Ich würde es ihnen sagen müssen. Der Frau, den Kindern. Es war eine nicht ungewöhnliche Krise in dieser geschichtlichen Ära, aber es ist ein Unterschied, ob man ein Ereignis rein statistisch sieht, als etwas, das sich zwischen Menschen zuträgt, die in einem geschichtlichen Kontinuum aufgehen, oder ob es einen persönlich betrifft, für das eigene einmalige Leben eine einzigartige, unwiderrufliche Veränderung bedeutet und einen Nachhall erzeugt, der die gesamte eigene Identität durchbebt, bis ans Ende der persönlichen Zeit. Weil Geschichte immer *mehr* Zeit voraussetzt, rückwärts und vorwärts, ist sie in der Hinsicht *weniger* ernst als ein einzelnes, nicht ausdehnbares Leben.

Die Vollkommene Ehefrau und ihr unvollkommener Ehemann waren vor drei Jahren ans College gekommen. Sie waren sieben oder acht Jahre jünger als wir, und so klein das College auch ist, vermischen die Fachbereiche sich doch nicht so rasch. Im Lauf der Zeit aber hatte ich Gelegenheit genug, Genevieve zu beobachten und sie für eine Kostbarkeit zu halten, die ihresgleichen suchte. Ich nahm Notiz von ihrer makellosen Figur, Brüste und Hüften betont, aber jedes Gramm unter Kontrolle, von ihrer exquisiten, wenn auch leicht männlichen Garderobe und der reschen, aber zärtlichen Art, mit der sie ihre beiden kleinen Mädchen erzog, deren eines eine komisch genaue Kopie der Mutter war, in den blassen Farbtönen des Vaters, während das andere, mit Genevieves schwarzen Augen, Brauen und Haaren bedacht, beträchtlich viel von Brents dogmatischer Kantigkeit hatte, seinem vorspringenden Unterkiefer, seiner gefurchten, besorgten, skeptischen Stirn. Im und am überdachten Pool des Wayward College war Genevieve zu den Zeiten, da das Lehrerkollegium ihn nutzte, eine Nymphe, wie kein Werbezeichner sie attraktiver hätte zu Papier bringen können; sie trug mit Vorliebe eine eckige Schwimmkappe aus weißem Gummi und einen einteiligen schwarzen Badeanzug, der in seiner professionellen Strenge überwältigender war als jeder bauchentblößende Bikini. Auf Kollegiumsparties war sie das Urbild in Wollstoff gehüllter, mit einem einzelnen Armreif geschmückter Korrektheit, aufmerksam und aufgeschlossen im Gespräch mit der Rektorin mit dem lavendelfarbenen hochgekämmten Haar und dem königlich purpurnen hawaiischen *muu-muu*, liebenswürdig reserviert und ein wenig neckend mit den schmächtigen jungen Dozenten und ihren allzeit kichernden Freundinnen und heiter-direkt mit denen, die ihrem Mann akademisch gleichgestellt waren. Ich selber sah sie meist im Profil, bewunderte ihre nachdenklich geschürzten Lippen, ihr eines blitzendes Auge unter den dick verklumpten gebogenen Wimpern und ihre hauchfeine Nasenkrümmung, die ich für mediterran ansah, ererbt aus dem mythischen Zeitalter matriarchalischer Königinnenreiche, eine genetische Spur gelassen vernichtender weißer Göttinnen. Anfangs mieden wir einander bei diesen geselligen Zusammenkünften; ein gefährlicher Magnetismus war zwischen uns, den wir beide vom ersten Augenblick an spürten. Als wir es schließlich wagten, höflich miteinander zu reden, kam mir ihre Unterhaltung ein wenig flach vor, zu sachbezogen und (mit den schweifenden Andeutungen meiner Frau im Hintergrund) grobdrähtig; aber ich führte das auf geistige Verschmutzung durch ihren Mann zurück, mit seinem kampflustig einsilbigen Vornamen und dem jungenhaften Vorstoß borstigen beigefarbenen Haars über der schräg abfallenden Stirn. Er war streitsüchtig, abweisend, anmaßend und kam groß an bei den Studentinnen; er machte sich mit TV-reifer Glätte bei ihnen beliebt und kam ihren leeren, vom Fernsehen ausgescheuerten Gehirnen entgegen, indem er ihnen zu Gefallen den gesamten Kanon abendländischer Meisterwerke abtat: jedes von ihnen (bis auf *Wuthering Heights* und Frederick Douglass' Autobiographie) ein Überbleibsel aus den Jahrhunderten weißer männlicher Unterdrückung, mit dem man so vorsichtig umgehen mußte wie mit Atommüll. Auf Kollegiumsversammlungen sprach er, obwohl nicht einmal eine halbe Generation jünger als ich, mit der arroganten Autorität des Neuen Denkens; graue Köpfe beugten sich und räumten das Feld für «wissenschaftliche Untersuchungen», deren idealer Gegenstand die Tagebücher – falls sich welche finden ließen – schwarzer Sklavinnen waren, in diesem sonderbaren Institut, das sich der Betreuung wohlerzogener, wohlbetuchter Mädchen verschrieben hatte, die hier, auf ihrem Weg vom Vater zum Ehemann, vorübergehend Station machten. Er war aktiv, dynamisch, überzeugungsstark und engagiert. Er nahm das Unterrichten *zu* ernst, so schien es mir – nahm es als eine Art politischer Betätigung, als eine Gelegenheit, sich in Macht zu üben, gerade während er die Macht männlicher Weißer der vergangenen Generationen verteufelte. Sei's drum, ich lud ihn ein, beim Tennis und Squash mein Gegner zu sein, weil ich auf diese Weise seiner Frau näherzukommen hoffte. (Genevieve in weißem Tennisdress! Mit einem herzzerreißenden kleinen schwarzen Rand an ihren Söckchen! Ihre Rückhand war noch besser als ihre Vorhand, und als wir ein Liebespaar geworden waren, vertraute sie mir an, daß sie von Natur Linkshänderin sei, aber die auf Schönschreiben erpichten Lehrerinnen einer rückschrittlichen, von Nonnen geführten Schule im südlichen Wisconsin sie zur Rechtshänderin umgepolt hätten.) Als es soweit war, daß wir zu ihnen zum Dinner geladen wurden, bestaunte ich ihre makellose Haushaltsführung, ihre Feinschmeckerkochkunst und die überwältigend inszenierte Präsentation der beiden kleinen Töchter, die in bodenlangen pastellfarbenen Nachthemden und allerliebsten seidigglänzenden Bettjäckchen auftraten, um den Gästen gute Nacht zu sagen. Es war ihr gelungen, Kinder in ihrem Haushalt auf europäische Weise als anmutige Zierde der Eltern erscheinen zu lassen, im Gegensatz zu unserem scheußlichen amerikanisch-demokratischen Stil, bei dem sogar ein Säugling zu allem und jedem sein geräuschvolles Votum abgeben durfte. Was Dekoration anging, gab es davon in meinem eigenen Haus einfach zuviel – zu viele Bilder an den Wänden, zu viele abgetretene Teppiche, die sich auf dem Fußboden überlappten, zu viele achtlos geerbte Möbel, zu viele Umschlagtücher und Katzen, die Fussel und Haare auf den Sofakissen hinterließen, zu viele halbleere Flaschen in der Speisekammer und überall, sogar in den Bädern, Stapel halbgelesener Bücher –, hier dagegen war von allem gerade genug da, Bücher, Tische, Vasen, Sessel: eine kühle Knappheit, die nichts mit Armut zu tun hatte, ein Wohlstand, arm an Übermaß. Auch dem Garten um ihr maßvolles Haus, in einer Straße mit vielen älteren Häusern, die unterschiedlich vorm Verfall in der Depressionszeit bewahrt worden waren – bei manchen waren die originalen Bretter durch Schindeln ersetzt, andere hatten Seitenverkleidungen aus Aluminium –, war Genevieves Ordnungswille anzusehen: die Blumenbeete waren unkrautfrei, die Pflanzscheiben der Ziersträucher mit Rindenmulch abgedeckt. Und als es schließlich dazu kam, daß wir uns liebten, auf den harten Fußböden und gemieteten Liegestätten, deren sich der Ehebruch *faute de mieux* bedient, tat sie es rasch, bestimmt, beherzt, entschlossen. Da war nichts von der weiblichen Wirrsal und dem endokrinen Groll, diesem Labyrinth, durch das ich mich mit der Königin der Unordnung zu kämpfen hatte. Ich stellte mir das psychosexuelle Innere meiner Frau wie einen den Gezeiten unterworfenen Sumpf vor, durch den sich ein schmaler Pfad wand, an riesigen nickenden Rohrkolben und verborgenen Reihernestern vorbei, auf dem man leicht ausrutschen und in die zu beiden Seiten gähnende Gleichgültigkeit stürzen konnte. Genevieves Inneres war im Vergleich dazu von Großstadtstraßen durchzogen, gerade, breit und zügig. Wenn sie in dieser Hinsicht auch nur im geringsten enttäuschend gewesen wäre, hätte ich mich vermutlich nicht an dieser kieseligen, ulmenschattengestreiften Straßenecke vis-à-vis einer vollendeten Tatsache befunden.

Wenn du mich heiratest. Sie hatten einen Deal ausgehandelt. Sie waren ein Team, eine Schere. Schnipp hier, schnipp da. Der zweite Faden war meiner, ein empfindliches loses Ende.

Die Welt hatte ihr Wesen geändert; innerhalb eines Augenblicks war die berauschende Frühlingsluft zu einem nassen heißen Waschlappen geworden, der mir gegen das Gesicht gedrückt wurde – der Druck des Wirklichen, des Irdischen, des numinos Schwerwiegenden. Ich wußte nicht, was ich sagen sollte, als sie da in ihrer Vollkommenheit vor mir stand, so schwarz und weiß, so ängstlich und ernst. Sie sprach wieder und ihre Augen waren größer, als hätte ich so etwas wie eine neue Begrenzung, die sie berücksichtigen mußten. «Habe ich es falsch gemacht? Ich dachte, wir seien uns einig.»

Wir waren uns einig, wir waren übereingekommen, daß wir uns liebten, so süß, daß wir einander nie wieder verlieren wollten. Ich war nur noch nicht ganz bereit, diese Übereinkunft in die Praxis umzusetzen, in die juristische Tat, zu der Immobilienmakler, Richter, schmeichelzüngige Anwälte, verlassene Kinder gehörten. Aber ich hatte nicht das Herz, das zu sagen, raffte mich nur dazu auf, sie, das Kind, das ich gerade vor mir hatte, zu beruhigen mit den Worten: «Nein, es war richtig. Es hört sich so an, als seiest du sehr ehrlich und tapfer gewesen.»

Sie nickte angespannt und knapp und steckte dies Zugeständnis weg. Ich gab mich Stück um Stück her.

«Wo ist Brent jetzt?»

«In der Kirche», sagte Genevieve. «Die Schlange beim Abendmahl war gewaltig, und ich sagte, ich ginge schon mal vor, um den Lammbraten ins Rohr zu schieben. Wahrscheinlich fahren sie noch beim Drugstore vorbei und holen die Zeitung.»

Sie sah mich von der Seite an und wartete auf eine Antwort, aber ich lächelte nur stumm, mit absurdem Elan, Frucht zu vieler in der Kindheit gesehener Hollywoodfilme. Cool bleiben, erst recht in der Krise. Cary, Gary, Alan, Errol. Unterdessen schien mein Magen mich durch eine enorme Falltür zu verschlingen.

«Ich wollte dich morgen im Büro anrufen. Er sagt, er will erst ausziehen, wenn das Schuljahr vorbei ist. Wir wollen den Mädchen vorher nichts sagen, damit ihre Noten nicht leiden. Du hast also bis Juni Zeit, um mit Norma zu reden.»

Meine Rolle war fix und fertig geschrieben; ich war eine Person in ihrem Stück. «Ich habe gar nicht gewußt, daß Brent zur Kirche geht», sagte ich.

«Nur einmal im Jahr, mir und den Mädchen zu Gefallen.»

«Er liebt dich.»

«Er sagt, ja.» Irgendein kleines Zucken – in der Luft, in meinem Gesicht – brachte den Vorwärtsdrall ihres rundlaufenden Gehirns ein wenig ins Stocken. «Möchtest du einen Rückzieher machen?» fragte sie mit einer Stimme, die eine Nuance lauter geworden war, um der Klarheit willen. «Du kannst, Alf.» Ihre Stimme senkte sich und tauchte in Zärtlichkeit ein, ganz so, wie eine Schleierwolke am Himmel das weiße Sonnenlicht dieses Tages dämpfte, der den Winter hinter sich gelassen hatte. «Du mußt nichts tun, was dir falsch vorkommt.»

«*Du* und *ich*, das kommt mir richtig vor», sagte ich, den flauen Versuch einer Erklärung machend. «Es ist nur, daß das Ganze –»

«Zuviel ist», sprach sie für mich den Satz zu Ende. «Es *ist* auch viel. Ich denke, ich für meinen Teil mache auf jeden Fall weiter. Er und ich sind schon zu weit gegangen.»

Er und ich, mein Blut schäumte vor Eifersucht bei dieser Redewendung. Und der Gedanke, daß Genevieve sich befreite, um im sexuellen Dschungel der Ford-Ära umherzustreunen, war unerträglich, unerträglich in der total verfinsternden Weise wie der Gedanke an den Tod. Ich mußte diese Frau haben, und wenn es mich umbrachte, beschloß ich. Und egal, wen es sonst noch umbrachte. «Bis Juni lebt ihr weiter zusammen, du und er?» fragte ich.

Sie blinzelte; ihre Wimpern waren am Sonntagmorgen nicht so lang und zusammengeklumpt wie bei einem Party-Make-up. Jede Wimper war einzeln zu sehen, und das gab ihr einen sternenäugigen Blick. «Das war sein Vorschlag», sagte sie.

«Ihr beiden vögelt auch weiter miteinander?»

«Und du und Norma?»

«Ich habe ihr noch nichts gesagt. Die Situation ist nicht vergleichbar. Abgesehen davon vögeln wir ohnehin nicht soviel. Wir nehmen es uns vor und kommen wieder davon ab. Du und dieser Wichser, ihr tut es wirklich. Du hast es wirklich fertiggebracht, ihm von uns zu erzählen. Nicht zu fassen.» Genausowenig konnte ich fassen, daß ich so viel Zorn an den Tag legte; aber andererseits gab die Tatsache, daß ich mir soeben gelobt hatte, für sie zu sterben, wenn es sein mußte, das Recht dazu.

Das Kinn der Vollkommenen Ehefrau, auf gleicher Höhe mit meinen Augen, war wie die Spitze eines Valentinsherzens oder einer kleinen, leicht abgerundeten Pflanzschaufel geformt und hatte eine winzige Vertiefung, zu flach, um als Grübchen bezeichnet zu werden; und dieser verschwindend zarte Schatten begann jetzt zu zittern. Ich hatte sie, die schon erschöpft war von der Sitzung mit Brent, so getroffen, daß ihr die Tränen kamen. Und der Ostermorgen hielt nicht für immer den Atem an: irgendwo wurde eine Hintertür zugeschlagen. Ein Vogel, von den Dinosauriern herstammend, verlautbarte einige Klauseln einer langen hoheitlichen Proklamation. Mein Fuß drückte leicht aufs Gaspedal. Brent mußte jeden Augenblick in seinem militärbraunen Peugeot um die Ecke biegen, bewaffnet mit zwei kleinen Mädchen in gesmokten Kleidern. Auch sie eine Kernfamilie, die ich zertrümmerte. Mir war so übel, daß ich mich am liebsten selber abgeschafft hätte, aber der Tag mit seiner kaum glaublichen alten Botschaft hielt mich über Wasser mit meinem aushöhlenden neuen Wissen. Ich war der ins Leben gerufene neue Mann. «Tut mir leid», sagte ich zu Genevieve, meinen Zornausbruch meinend. Der Anblick ihres Gesichts – seine perlklare Haut und leicht kindliche Breite – weckte in mir oft einen väterlichen Ernst, ein Gregory-Peckhaftes Timbre kummervoller Maskulinität. «Es ist alles in Ordnung. Ich liebe dich. Ich bin froh, daß du's ihm gesagt hast. Jemand mußte den Stein ins Rollen bringen. Sei tapfer, Liebling. Ich wär liebend gern dein Mann.» Und ich brachte mich selber ins Rollen, fuhr mit halber Geschwindigkeit heimwärts durch die holprigen, pockennarbigen Salz-und-Pfeffer-Straßen von Wayward, Straßen, so vertraut wie alte Kordhosen, die an den Knien bis auf Kette und Schuß durchgescheuert sind und die man Morgen für Morgen anzieht, weil Kleingeld und Brieftasche schon in ihren Taschen stecken.

Als ich die Erscheinung weiblicher Vollkommenheit außer Sichtweite hinter mir gelassen hatte, konnte ich mir wieder ein normales Bild von mir machen: ein angenehmer heidnischer Familienvater, der in sein Haus, das schon vollgestopft war mit den Bulletins unserer Kultur, den sonntäglichen *Manchester Union-Leader* und die *New York Times* brachte, die köstlich überquollen von Nixons sich immer weiter verästelnden Betrügereien: Grand Jury, Richter Sirica, Leon Jaworski, House Judiciary Committee, und obendrein schuldete er eine halbe Million zuwenig gezahlter Steuern. Ich mußte Norma sagen, daß ich sie verlassen würde, sie und die Kinder. Aber wann? Unser gemeinsames Leben war so vollgestopft mit Verabredungen und Verpflichtungen. An ebendiesem Nachmittag mußte ich, ich hatte es versprochen, mit Andy und Buzzy – und Daphne, falls sie laut genug brüllte, wenn wir ihr sagen würden, daß sie zu klein war – in einen düsteren Film gehen, der *Chinatown* hieß, und später am selben Nachmittag waren wir bei den Wadleighs eingeladen, zu Cocktails und Heavy Horsd'œuvres (was hieß, wir könnten bis in die Nacht bleiben, zu essen gäbe es genug). Die gesamte Musikabteilung würde dasein und einige der preisgekrönten Musikstudentinnen, exotisch wie Alpakas mit ihren langen Hälsen und goldenen gebürsteten Haaren, und eine bunte Mischung aus den anderen Fachbereichen, und alle zusammen würden wir es uns gemütlich machen und uns erleuchten lassen von Jim-Beam-Bourbon und Gallo-Weißwein und mehr oder weniger verstohlenen Zügen an einer gemeinschaftlichen Zigarette mit faschistischerweise verbotenem Pot, und der großköpfige Ben würde sich an eines seiner zahlreichen Pianos setzen und wie mit drei oder vier ungestümen Händen zu spielen anfangen, dort, in dem modernen Haus aus Glas und Redwood, das mit Wendys Geld (ihre Mutter war eine Sears oder vielleicht eine Roebuck) hoch über dem Fluß gebaut worden war, und die Studentinnen würden scheu ihre Gitarren auspacken und mit süßen, dünnen Stimmen die Protestsongs singen, die Amerikas Vietnamverstrickung überdauert hatten – wer würde so eine Party auslassen wollen? Ich nicht. Ich fragte mich, ob die Muellers kommen würden und ob Genevieve, *mia promessa sposa*, mir auf irgendeine Art einen verlobten Blick zukommen ließe. Wie ich mich unzulänglich erinnere, *waren* sie da, und sie ließ mir nichts zukommen. Keinen Blick. Die vollkommene Verstellerin.

Die zwölfstündige Kutschenfahrt von Philadelphia nach Lancaster rüttelte noch unangenehm in Buchanans Knochen nach, die zudem steif waren von der feuchten Kühle des späten November, als er, nach Einbruch der Dunkelheit, die sechs Granitstufen zu William Jenkins' Vordereingang hinaufstieg. Die Tür unter der halbkreisförmigen Lünette, zwischen den Seitenfenstern aus bleigefaßtem klaren Glas, war nach neuester Lancaster-Mode glänzend schwarz lackiert, was einen starken Kontrast zu dem polierten Messingklopfer ergab, der die Form einer mit dem Kopf nach unten hängenden Wassernixe hatte, deren nackte Brüste das Klopfen besorgten: eine abwegige Spielerei, vor der die Hand des Gentleman unwillkürlich zurückzuckte, obschon er es gewohnt war, in diesem Hause vorzusprechen.

Das Haus der Jenkins stand an der South Duke Street, auf halbem Weg zwischen dem Wohnsitz der Colemans und Buchanans Junggesellenräumen, und es schien füglich und klug, so abgespannt er war mit seinen durchgerüttelten Knochen, seinen überanstrengten Augen und der wunden Kehle nach vier Tagen juristischer Untersuchung und Disputation in der krankmachend überfüllten Stadt der Brüderlichen Liebe, seinem Mandanten zu Hoffnungen berechtigende Nachricht zu bringen, bevor er sich in die East King Street begab, ein stärkendes Gläschen Madeira zu sich nahm und sich dann, nach einem raschen einfachen Mahl, das ihm das Aufwartemädchen in seine Behausung hinauftrug, zu einem diplomatischen Abendbesuch bei den Colemans einfand. Es gab emotionale Flurschäden zu bereinigen, darüber war Buchanan sich im klaren. Der Herbst des Jahres 1819 hatte seiner Verlobten ebenso wie der Nation hart zugesetzt; seine wiederholten geschäftsbedingten Abwesenheiten waren für Anns nervöse und – ein unbeteiligter Beobachter hätte sagen können – weidlich gehätschelte Veranlagung eine bittere Zumutung gewesen. Er selbst verargte ihr nicht ihr Bedürfnis, sich ihren Launen hinzugeben, sowenig wie man einem edlen Traber ungebärdige Anwandlungen und wild rollende Augen verargt. Für ihn hatte ihr Naturell den Wohlgeschmack des Luxus – eine luxuriöse Selbstbezogenheit, gefördert von der Gesellschaft, als Bestätigung ihrer hohen Stellung, die, sobald sie verheiratet wären, auch die seine sein würde.

Doch das Vorgefühl, daß Anns ihn unaufrichtig begrüßende Eltern da sein würden, mit ihnen Sarah, ihre siebzehn Jahre alte Schwester, die ihn mit ungebührlicher, hartnäckiger Neugier nach glanzvollen Einzelheiten aus der Metropole befragen würde – seine Anwaltspflichten hatten ihn viel zu sehr in Anspruch genommen, als daß er von der Stadt etwas gehabt hätte, nur eine hastige Mahlzeit in einem überfüllten Gasthof und, um einen klaren Kopf zu bekommen, ein abendlicher Spaziergang durch die Market Street, am Präsidentensitz vorbei, von dem Washington stets in einer cremefarbenen französischen Kalesche, mit Amoretten und Blumen verziert, aufgebrochen war –, und vielleicht auch Edward, finster und unerbittlich korrekt, seinen Husten und jedes Wort offener Mißbilligung unterdrükkend, indes seine Augen in der Zimmerecke glommen, aus den flackernden Schatten heraus, die die Tranlampen der Colemans an die Wände warfen: dies Vorgefühl war nicht dazu angetan, seinem inneren Frösteln abzuhelfen; besser, er wärmte sich einen Augenblick bei den Jenkins auf, wo er ehrlich willkommen war, wo man ihn lange kannte und seine Aufwartung einen klaren pekuniären Sinn hatte. Am westlichen Himmel verharrte noch ein bräunliches Licht. Niedrige Wolken spuckten ein paar frühe trockene Schneeflocken. Vom kleinen halbrunden Portikus aus, den die sechste Stufe bildete, sah er, daß innen alles hell erleuchtet war; obwohl es mit den finanziellen Geschicken der Jenkins gegenwärtig nicht zum besten bestellt war, benutzten sie Kerzen erster Qualität, aus Walrat, und hatten vor kurzem eine Argand-Lampe erworben, eine ingeniöse Schweizer Erfindung, ohnegleichen unter den Beleuchtungskörpern, mit einem Glaszylinder und einer automatischen Pumpe, die den kreisförmigen Docht gleichmäßig und stetig mit Öl versorgte.

Mary Jenkins öffnete selbst die Tür, das runde Gesicht von einem Spitzenhäubchen mit Rüschenrand umrahmt. «Lieber Mr. Buchanan, treten Sie ein! Mr. Jenkins ist nicht da, er verbringt die Nacht bei seiner unpäßlichen Mutter auf Windsor Forge, aber meine Schwester Grace ist hier, um mich zu trösten, und nun Sie! Bitte, kommen Sie doch näher, damit ich Sie einander vorstellen kann!»

Er zögerte, die nackte Nixe hatte sich, durch das dünne Handschuhleder hindurch, so eisig angefühlt, daß seine Fingerspitzen immer noch kribbelten, und die Farmhäuser, Stoppelfelder und dunkelnden Wälder, die er wie betäubt durch das Kutschenfenster wahrgenommen hatte, verschlierten ihm gleichsam noch den Blick – sie waren Beweis für die gedeihende Weite des Landes, trotz der finanziellen Panik, die den Markt mit so viel unerwünschten Immobilien überschwemmt hatte, daß nicht einmal Sheriffliegenschaften zu Geld zu machen waren. «Ich – ich hatte nur Ihrem verehrten Gatten über den Fortgang des Verfahrens in der Columbia-Bridge-Company-Sache berichten wollen, bevor ich mich zurückziehe, um nach fast einwöchigem Aufenthalt in Philadelphia wieder zu Kräften zu kommen.»

«Kommen Sie hier zu Kräften – wir saßen gerade im Salon, zu träge, um uns von der Stelle zu bewegen. Wir machen frischen Tee. Oder wäre ein Cordial eine angenehmere Entschädigung für die lange Fahrt? Grace», rief sie von der Halle aus in den lichterglänzenden Salon, «rate, wer zu Besuch gekommen ist! *Der* Mann in Lancaster, mit dem ich dich schon immer bekannt machen wollte!»

Buchanan trat zaghaft, den hohen Seidenzylinder in der Hand, ins Wohnzimmer und erblickte, in einem gewissen Schleier von Historizität, ein Zauberwesen, das auf einem rosenfarbenen Sofa mit geschwungener Rückenlehne saß.

Oder vielleicht, um der Überlieferung zu ihrem Recht zu verhelfen, war sie oben gewesen und, mit den Worten der lebhaftesten, wenn auch anonymen und unzuverlässigen Schilderung dieser Begebenheit: *Gespannt auf die Stimmen lauschend, die aus einem Zimmer unten im Haus zu ihr heraufdrangen, war Miss Hubley angenehm überrascht zu erfahren, daß Mr. Buchanan der Besucher war, und ihre Neugier, nicht weniger als ein wohldefiniertes persönliches Interesse am Besucher, offenbarte sich auf eine sehr konkrete Weise.*

Eilig die verführerischste Toilette vollendend, die sich ihrem gefühlsbetonten Temperament anbot, verließ Grace Hubley ihr Schlafzimmer und betrat die Geschichte. *Buchanan und sein Teilhaber* [ein Phantom, heraufbeschworen nur von dieser Schilderung; gewiß nicht Molton Rogers, der war abwesend und bemühte sich um Eliza Jacobs, die drei kurze Jahre später im Kindbett sterben sollte; auch der sagenhaft dicke John Passmore nicht, der war 1819 Bürgermeister von Lancaster, der erste der kleinen Stadt] *waren überrascht, als sie plötzlich einen leichten Schritt auf der Treppe vernahmen, das Rascheln vornehmer Seide und dann die bezaubernde junge Dame erblickten, die vor die bewundernden Besucher hintrat.*

Jung: Grace Hubley war am 27. April 1787 geboren, mithin zweiunddreißig Jahre alt, vier Jahre minus vier Tage älter als James Buchanan und zwei Jahre älter als ihre Schwester Mary. Der Sirenenbusen verströmte also den reifen Charme überlegener Erfahrung. In den Worten des Berichts, eines Zeitungsartikels, der sich säuberlich aufgezogen, doch ohne Herkunfsangabe im Archiv der Buchanan Foundation in Wheatland befindet: *Ihre Kultiviertheit erfuhr eine Steigerung durch einen längeren Aufenthalt bei Verwandten in Philadelphia, die sie in das gesellschaftliche Leben der Stadt einführten und sie in intime Berührung mit den maßgeblichen Gastgeberinnen und Herren jener Zeit brachten.* Jener Zeit, dieser Zeit, allezeit schlägt das Herz eines Mannes schneller beim Anblick einer fremden anmutigen Frau, die in einem Licht gebadet ist, das ihr eigenes zu sein scheint. Sie war hübscher als ihre Schwester, in dem runden Hubley-Gesicht hatte sich noch nicht das zerknitterte Selbstbehagen eingenistet, das die Befriedigungen und Besorgnisse des

Ehestands mit sich bringen. Kerzen, dicht gedrängt, getragen von Wandleuchtern aus Zinn, in die ovale Spiegel eingelassen waren, breiteten ein gesprenkeltes Lichtgewebe aus und füllten das exquisite hohe Zimmer mit einem Duft, der wie von weit her kam, vom Meer, eine seetanghafte Süße, nicht bloß süß, sondern erhaben, ein erhabener Wohlgeruch, der vom Meergeheimnis kündete. Buchanan hatte nie den Ozean geschaut, nur in Seefahrergeschichten und in Shakespeares *Sturm* von seiner Überquerung gelesen und gesehen, wie in Philadelphia die beiden großen Flüsse, der Schuylkill und der noch mächtigere Delaware, anschwollen auf ihrem Weg zum Rendezvous mit der Mutter aller Wasser. Ausflüge an die Chesapeake Bay waren bei der wohlhabenden Jugend von Lancaster nicht unüblich, aber er war so neu in diesem Kreis und so fleißig bestrebt, sich das Erreichte zu bewahren, daß er sich bislang nicht an die Küste vorgewagt hatte. Die heilenden Bergquellen von Bedford Springs waren Kühlung genug für seinen Sommer, fern vom duftenden Kehricht der Gezeiten, den verschwenderischen Weiten des Sandes, der gewaltigen Unbekümmertheit der endlosen Wellen, deren Unermeßlichkeit unser Bewußtsein verhöhnt.

«Meine Schwester, Miss Grace Hubley», hörte er Mary Jenkins in seiner verzauberten Betäubtheit sagen. Ein kleines Feuer, von der Größe einer Katze, schnurrte im Kamin. Die in dichten Gruppen stehenden, widergespiegelten Kerzen spendeten genügend zusätzliche Wärme, um es Miss Hubley zu gestatten, ein, wie dem Besucher schien, freigebiges Maß an Haut zu entblößen unterm Faltenwurf eines locker drapierten, glitzernden Schals. «Und dies ist Mr. James Buchanan junior, ehemals Mitglied des Repräsentantenhauses von Pennsylvania und ein Rechtsanwalt, dessen vielfältigen Rat Mr. Jenkins außerordentlich schätzt.»

Das neue Gesicht im Zimmer war wie ein Strahlen im flimmernden Gewebe strahlenden Glanzes. Miss Hubleys Haar, vom gleichen blassen Braun wie das Buchanans, war hinten zu einem straffen Nest aus Flechten hochgesteckt, vorn fielen Löckchen frei herab, von einem schimmernden, herzrührend genau gezogenen Mittelscheitel. Ihre langen Brauen wölbten sich wißbegierig, ihr zart gefärbter Mund drückte ein kissenweiches Vergnügen an sich selbst aus, und die kokette Art, wie er sich bewegte, war Temperamentswelten von Anns spitzen, ungeduldigen Lippen entfernt. Als Miss Hubley nun sprach, kamen ihre Worte in einem bezaubernden, südstaatenhaft schleppenden Tonfall. «Oh», sagte sie, «man muß sich nicht lange Stunden im Haus der Jenkins aufhalten, um von Mr. Buchanan reden zu hören. Er ist *der* Mann in Lancaster, auf den alles Augenmerk gerichtet ist.»

«Ich bin ein strebsamer junger Mann aus den Tuscaroras, Miss Hubley, und begehre nicht mehr zu sein als das. Im Gefunkel dieser liebenswürdigen Stadt bin ich nur ein mattes, obschon getreuliches Licht.» Doch er setzte sich – auf einen Stuhl mit ovalem Sitz und sich verjüngenden geschwungenen Beinen, deren neogriechische Kannelierung von den Streben der Rückenlehne aufgenommen wurde, die zu einem lyraförmigen Mittelstück zusammentrafen – nah ans Ende des mit rosa Damast bezogenen Chippendalesofas, auf dem Grace Hubley sich schimmernd niedergelassen hatte. Der irisierende Seidenschal mit persischem Muster, ein orientalisch angehauchter Stoff von der Art, wie sie seit Napoleons ägyptischem Raubzug in Europa modern war, gewährte im warmen Kerzenlicht den Anblick der Elfenbeinhaut ihrer runden Schultern und des gepuderten Busenansatzes, den das Décolleté ihres hochtaillierten Kleides aus *vornehmer Seide* entblößte. Er beugte sich herab und plazierte seinen Zylinder, der seinen eigenen eleganten Seidenschimmer hatte, zwischen seine Stiefel, seine Philadelphia-Stiefel, die aus dünnerem schwarzen Leder waren als seine Lancaster-Stiefel und nach Husarenart schräg angesetzte Kappen hatten.

«Sie untertreiben, um anderen Schmeicheleien zu entlocken», warf seine neue Freundin ihm heiter vor. «Sie haben Ihre Gebirgsmanieren abgelegt, sofern sie Ihnen je zu eigen waren.»

«Meine liebe Mutter ist eine Frau von einiger Bildung, die die alten Dichter ebenso liebt wie die Bibel, und mein Vater ist ein Mann, der begütert genug war, mich aufs College zu schicken, obschon er meinen starken Rücken auf seiner Farm gebraucht hätte. Er begründete seinen Wohlstand als Getreide- und Futtermittelhändler in einer Grenzlandniederlassung. Sein Vater, mein Großvater, hatte ihn verlassen, als er ganz jung war und noch im County Donegal lebte, und als der Staub unserer Revolution sich legte, löste er sich aus der Abhängigkeit vom Bruder seiner toten Mutter und schiffte sich ein.» Aus Furcht, diese Darstellung, die er impulsiv von sich selbst gegeben hatte, könnte sich prahlerisch ausnehmen, setzte er hinzu: «Aber mein Maßstab für Erfolg bleiben doch die schlichten christlichen Tugenden, und als im vergangenen Juni vor drei Jahren meine zweite Amtszeit im Repräsentantenhaus endete, gab ich mit Freuden alle politischen Ambitionen auf.»

Mary Jenkins erhob loyal Einspruch: «Durch den Fall des Richters Franklin sind Sie jedoch im Blickpunkt der Öffentlichkeit geblieben, und es wird gemunkelt», erklärte sie ihrer Schwester, ihrem Gast die Ehre der dritten Person zukommen lassend, «daß die Föderalisten Mr. Buchanan nächstes Jahr für die Wahl in den Kongreß zu Washington aufstellen wollen. Und vor kurzem erst sind er und Mr. Jenkins und James Hopkins dazu berufen worden, eine Kommission zur Beratung unseres Kongreßabgeordneten in der Frage der Sklaverei in Missouri zu bilden.»

Buchanan beeilte sich, seine Rolle herunterzuspielen: «Lancaster ist eine kleine Stadt, Miss Hubley, und wenige Hunde müssen an vielen Straßenecken bellen.»

«Ich nehme doch an, Sie raten dazu, *gegen* eine Ausweitung der Sklaverei zu stimmen. Ich finde es niederträchtig, wie diese Pflanzer ihre teuflische Institution über Gottes gesamtes Terrain verbreiten wollen!»

Eine derart leidenschaftliche Meinung, bei der Zunge und Herz die Vernunft überflügelten, zog Buchanan an und beunruhigte ihn. «Wir raten in der Tat dazu, Miss Hubley, wenn auch in weniger feurigen Worten als Sie. Da die Verfassung Sklaverei unbestreitbar gutheißt, schwebt mir für meinen Teil kein Einspruch dagegen vor, sondern ein gütlicher Vergleich *pro tempore*. Ein geographischer Kompromiß, wie ihn dem Gerücht zufolge Senator Clay demnächst vorschlagen wird, um das

Gleichgewicht der Kräfte im Senat zu erhalten, würde, dessen bin ich sicher, den lokalpatriotischen Wettstreit beschwichtigen, der in hohem Maß zur gegenwärtigen Panik des Verkaufens und Verklagens beigetragen hat. Denn wenn nicht der Geist des Kompromisses und der Vermittlung obsiegt, könnte diese junge Nation in drei Teile zerfallen, New England würde in die eine Richtung streben, der Süden in die andere, und die in der Mitte angesiedelten Staaten würden zurückbleiben als Häfen ohne Hinterland, das sie mit ihrem Handelsgut beliefern können. Entzweit, könnten unsere stolzen Staaten so unbedeutend werden wie bayrische Fürstentümer!»

Grace sagte theatralisch an ihre Schwester gewandt: «Oh, ich bewundere Männer, wie sie so vernünftig eins gegen das andere abwägen! Ich, Mr. Buchanan, kann nicht ruhig bleiben beim Gedanken an das Schicksal dieser armen versklavten Schwarzen, die Art und Weise, wie auf den Feldern nicht nur die Männer geschunden werden, sondern auch die farbigen Damen – ich kann nicht, es ist eine Schwäche meiner Natur, über ein solches Unrecht nachdenken, ohne daß mein Herz sich aufbäumt und sich danach sehnt, diese ungeheuerlichen Sklaventreiber in den Hades zu schicken, wo sie bis in alle Ewigkeit schmachten sollen!»

Buchanan sagte begütigend: «Nun, nun, diese besondere Einrichtung hat auch noch andere Aspekte. Sie sprechen als Tochter eines Soldaten, Miss Hubley, aber hier im friedlichen Pennsylvania nehmen wir einen weniger absoluten Standpunkt ein. Die Sklaventreiber sind, zum einen, selber getrieben, von Umständen, die sie nicht geschaffen haben. Leibeigenschaft – und gewiß beklage auch ich den Mißbrauch, der da zuweilen betrieben wird – ist so alt wie der Krieg und dem Massaker vorzuziehen. In manchen Gesellschaften, zum Beispiel in der des alten Griechenland, hat der Kontrakt zwischen Herrn und Sklaven dem letzteren beträchtliche Vorteile verschafft, und unsere Brüder in den Südstaaten behaupten, daß ohne die väterliche Führung dieser Institution der Neger an seiner ihm eingeborenen Trägheit und Unfähigkeit zugrunde ginge. Gegenwärtig sehen unsere Freunde im Süden ihren Anteil am nationalen Wohlergehen schwinden;

man könnte meiner Überzeugung nach der Territorialfrage viel von ihrer Dringlichkeit nehmen, wenn man neue Territorien, im Süden des Südens sozusagen» – er machte eine flinke schnappende Handbewegung und schreckte damit beide Teile seines kleinen Publikums auf –, «gnädigerweise abtrennen würde von den zerfallenden Hoheitsgebieten der moribunden spanischen Krone. Kuba, Texas, Chihuahua, Kalifornien – sie alle warten nur darauf, daß man sie sich nimmt.»

Er lehnte sich zurück und war sich angenehm des busenwogenden Eindrucks bewußt, den seine männliche Aggressivität gemacht hatte. Jetzt wandte er sich betont, mit einem charakteristischen Rucken seines Kopfes, Mrs. Jenkins zu, die die ganze Zeit gestanden hatte, aufrecht gehalten von den Fäden hausfraulicher Pflicht. «Aber ich darf mich nicht verplaudern, so angenehm es auch wäre, noch zu verweilen», sagte er. «Haben Sie die Güte und teilen Sie Mr. Jenkins mit, daß die Sache der Columbia Bridge Company dank meiner energischen Nachhilfe eine erfreuliche Wendung genommen hat, und wenn er über Einzelheiten in Kenntnis gesetzt werden möchte und auch darüber, wieviel Wegstrecke wir meines Ermessens noch vor uns haben, so kann er mich morgen den ganzen Tag in meiner Kanzlei antreffen.»

«Selbstverständlich richte ich es ihm aus», sagte die vortreffliche Ehefrau. «Aber, bitte, Mr. Buchanan, Sie beschämen mich, wenn Sie mir nicht gestatten, daß ich Ihnen etwas zu trinken anbiete und danach ein kleines Abendessen. Meine Schwester und ich wollten uns gerade zu einer einfachen Mahlzeit niedersetzen – Gepökeltes vom Schwein, Röstkartoffeln, gedörrtes Mais-und-Bohnen-Gemüse und Pfirsichtorte mit Rosinen. Es würde unsere trübe Tafel erglänzen lassen, wenn Sie uns Gesellschaft leisteten, und Ihnen bliebe für einen Abend das Wirtshaus erspart.»

«Die Leute machen zu viel her von meinen Wirtshausbesuchen, sogar als ich noch ungebunden war, taten sie das», sagte er in gespieltem Vorwurf und richtete, mit einem Rucken des Kopfes, den Blick auf Miss Hubleys Alabaster-Décolleté, das bar jeden Medaillons oder eines anderen Liebespfands war. Die Bindung an Ann lag ihm unbehaglich auf der Seele; er sollte sich schleunigst fortmachen aus diesem Haus und an der Tür der Colemans lebendiges Zeugnis ablegen von seiner sicheren Rückkehr aus Philadelphia.

«Oh, *bitte*, bleiben Sie noch», stimmte Grace Hubley ein. «Sie tun uns damit einen Gefallen, der auch dann noch anhält, wenn Sie gegangen sind, denn Schwestern brauchen ständig etwas, worüber sie schwatzen können.»

Zwischen gefalteten Schwingen aus pfauenschillernder persischer Seide leuchtete die gepuderte Haut der Frau in seinem getrübten Gesichtsfeld, das, um Schärfe zu gewinnen, dauernd kleine Anpassungen des gesamten Kopfes benötigte. «Es wäre eine Ehre für mich, hilfloser Gegenstand Ihres schwesterlichen Gedankenaustauschs zu sein», erklärte er feierlich, «doch es kommt nicht in Frage, daß ich Ihnen meine Gegenwart für die Dauer eines Abendessens aufbürde. Mrs. Jenkins», verkündete er weiter, in einen heiter geselligen Ton fallend, «ich werde auf Ihr freundliches Drängen hin eine Tasse Tee trinken, um Miss Hubley Gesellschaft zu leisten, und einen Fingerhut voll Port, um dem Tee Gesellschaft zu verschaffen.»

Als Mrs. Jenkins hinausging, um diese neuen Vorkehrungen zu treffen, schien das funkelnde Leuchten im Zimmer sich zu verstärken; das schnurrende kleine Feuer im Kamin – die Marmoreinfassung wie die Fassade eines griechischen Tempels, mit kannelierten Säulen und klassizistischem Gesims, dessen Fries mit Akanthusgirlanden in Basrelief geschmückt war – fügte sein Flackern und Lodern ins strudelnde Gewebe des Kerzenlichts. Den Kopf schräg zur Seite neigend in unbewußter Nachahmung von Buchanans Kopfhaltung, sagte Miss Hubley liebenswürdig, darauf Bezug nehmend, daß er sein Verlöbnis erwähnt hatte: «Ich habe überaus Gutes über Miss Coleman gehört. Sie ist so ungewöhnlich, wie sie schön ist, und ihre Familie ist von unübertroffener Vorzüglichkeit.»

«Die Colemans sind schwer zu übertreffen, das ist wahr», sagte er, sich einen Anflug von Ironie in diesem ernsten Zusammenhang gestattend. «Sogar im Alter von einundsiebzig noch hat der Richter seine Geschäfte fest im Griff, und seine erwachsenen Söhne tun das Ihre, seinen Einfluß zu mehren.»

«Mary sagt mir, ganz Lancaster finde, Sie seien ein fahrender Ritter, der der Coleman-Burg die Stirn bietet und die schmachtende Prinzessin errettet.» Als die bezaubernde Erscheinung lachte, änderte die verschattete Partie zwischen ihren Brüsten die Form. Ihre Stimme schuf Kissen in der Luft, in die Buchanan sich, nach langen Tagen näselnden Juristengewörtels in einer bedrückenden Metropole, dankbar einsinken ließ.

«Sie würde nicht lange schmachten, wenn besagter Ritter eine tödliche Lanze nehmen dürfte.»

Grace Hubley schürzte nachdenklich ihre vollen, selbstgefälligen Lippen. «Möglicherweise macht es eine Frau unsicher, wenn sie zu viele Reize hat; es verwehrt ihrem Gemüt die ergebene Zufriedenheit, die ein einmal geschlossener Handel mit sich bringt.» Hier sprach sie, weniger boshaft als sonst, aus Erfahrung, aus schon gemachter und vorausgeahnter: uns ist überliefert, daß *Grace Hubley eine junge Frau mit drei unglücklichen Liebesaffären* [war], *abgesehen von der Rolle, die sie in der Buchanan-Coleman-Episode spielte. Dreimal verlobt, mit der Aussicht auf Heirat, wurde sie vom Mißgeschick und von einem wankelmütigen Naturell schließlich zum Altjungfernstand bestimmt.*

Auch Buchanan hat womöglich unter einem Zuviel an Attraktivität gelitten. Ein Jahrzehnt später hatte er auf die Washingtoner Journalistin Ann Royall eine Wirkung, die sie, im dritten Band ihres *Black Book* (1828/29), in die Schwärmerei ausbrechen ließ: *Keine Beschreibung, auch die des talentiertesten Autors nicht, kann eine Vorstellung von Mr. Buchanan vermitteln. Er ist noch jung (und Junggeselle, meine Damen!) und von kräftiger, ansehnlicher Gestalt. Sein Gesicht ist großflächig und gefällig, seine Augen sind von einem sanften Blau, das eine kneift er häufig zusammen, und er hat die Angewohnheit, den Kopf zur Seite zu neigen.* Er war der erste Sohn seiner Mutter gewesen und mit dem Tod seiner älteren Schwester Mary, der in das Jahr seiner Geburt fiel, ihr ältestes Kind. Fünf Schwestern folgten, vier überlebten, sie wurden seine Spielgefährten und sein Publikum. Seine Fähigkeit, sich in weiblichem Beifall zu sonnen, war grundsätzlich bodenlos, und Ann Colemans gute Meinung zog in gewisser Weise einen Boden ein, der von ihrer Familie noch verstärkt wurde. Grace Hubley wiederum, so erfahren wir, besaß *eine Schönheit und Munterkeit des Wesens, welche sie zum bewunderten Liebling ihres Bekanntenkreises machten.* Das federleichte Wortgeplänkel mit ihr war für seine Eitelkeit – vielleicht können wir's uns so vorstellen –, was ein tiefes Faß mit gesiebtem Mehl für den Unterarm eines Mannes ist. Er tauchte in sie ein, er nahm ihre Farbe an. Die Schatten, die die Colemans in seinem Kopf warfen, zerstreuten sich im Licht *dieser liebenswürdigen Unterhaltung, die von Miss Hubleys scharfem, sachlichem Verstand sehr geschickt gelenkt wurde. Goldene Minuten flogen auf geflügelten Sohlen dahin.* Als die Umarmung des Novemberabends sich fester um sie schloß und in den Fenstern des hohen Wohnzimmers mit seinen feinen ländlichen Möbeln nur die zitternden bernsteinfarbenen Spiegelbilder der brennenden Kerzen zu sehen waren und Mary Jenkins sich entfernte, um Anweisungen für das bevorstehende Abendessen zu geben, vertiefte sich vielleicht die Unterhaltung zwischen diesen beiden Fremden, dem *bewunderten Liebling* und dem Lieblingssohn, dieser noch vor der Wendemarke des dreißigsten Jahrs stehend, jene schon darüber hinaus, wurde intimer und wagte sich zur innersten Quelle des Trostes und der Ängstigung vor, welche die Amerikaner des frühen neunzehnten Jahrhunderts in sich hegten und deren unermüdliche Bewahrung so auffallend ihre Energie verzehrte und doch auch speiste – der christliche Glaube. Verblüfft über ihre mehrfach geäußerte, unbeirrbare Ablehnung schwarzer Sklavenschaft in all ihren Formen, ja schockiert von ihrer leichtfertigen schnellzüngigen Verurteilung einer Institution, die so ausführlich und ehrfurchtgebietend in den Gesetzen hinsichtlich des Eigentums und der Produktionsmittel verankert war, sagte er: «Miss Hubley, ich beneide Sie um die Klarheit Ihrer Ansichten. Gottes Entwurf, das ist offensichtlich, gibt Ihrem Vorstellungsvermögen keine Rätsel auf.»

«Was für Rätsel da auch sein mögen, Mr. Buchanan, ich überlasse ihre Lösung dem Herrn.» Mittlerweile hatte sie den Tee gegen einen Armagnac in tulpenförmigem Glas eingetauscht, und so etwas wie rosige Wärme und zutrauliche Mattigkeit machten ihre Gesten größer unter dem sich lockernden, exotisch langen persischen Schal.

Er beugte seine *kräftige, ansehnliche Gestalt* vor auf dem zierlichen Stuhl mit der Lyra-Rückenlehne und den kannelierten Beinen, so daß sein Blick ein wenig mehr von Miss Hubleys leuchtend ausgebreitetem Décolleté aufnehmen konnte. «Darf ich fragen –» Er zögerte. «Ich frage mit aller Ehrerbietung und in vollem Ernst – ist Ihnen die innere Erfahrung des Erwähltseins zuteil geworden, auf die sich Ihre schöne Sicherheit gründet?»

Sie rückte ihren Schal zurecht, um sich einen Zollbreit mehr Deckung zu verschaffen, und sagte dann in entspannter Selbstoffenbarung: «Ich würde es nicht mit einem so politischen Wort ausdrücken – aber solange ich zurückdenken kann, habe ich deutlich wahrnehmbar die Nähe des Herrn gefühlt. Er sieht mich prüfend an – Er ist zufrieden mit mir – Er tadelt mich – Er erfreut sich meiner.»

«Ah, ich beneide Sie wirklich! Meine eigene Mutter könnte nicht heiterer und zuversichtlicher sprechen.»

«Aber trifft es denn nicht auf jeden zu, Mr. Buchanan? Zumindest auf jeden, der der weißen und gebildeten Rasse angehört?»

«Sie fragen, und ich kann nicht antworten», gestand der zukünftige Staatsmann ein und senkte, in einem Anflug von Scham, den Blick. «Mein persönlicher trauriger Fall mag singulär sein. Pfarrer, Prediger, Diakon, alle sprechen gleichermaßen von der Notwendigkeit, Jesu wirklich zu begegnen, ihn geradezu mit den Sinnen zu erfahren, doch muß ich zu meinem Unglück freimütig bekennen, daß mir dergleichen auch bei stundenlangem Gebet verwehrt bleibt, ja sich nicht einmal in meinen Kindheitserinnerungen finden läßt. Der große Wald um Story Batter, die Flüche der Viehhändler und das Elend ihrer Tiere, sogar die milden, vom Zufall gelenkten Launen des Himmels über allem schienen damals von einer undurchdringlichen Gleichgültigkeit zu zeugen, deren kühlen Tenor kein noch so heftiges Verlangen meinerseits verändern konnte. Der presbyterianische Glaube beruht auf der vorherbestimmten Gnadenwahl und ihrem Gegenteil, der Prädamnation; kann es sein, muß ich mich fragen, daß meine Erstarrung des Herzens in diesem Hinblick Zeichen einer ewigen Verwerfung ist – eine unheilbare Abwesenheit dessen, wovon Ihr Name kündet: Grace, Gnade?»

Sie hatte ihre entspannte Pose, einen Arm im seidenen Ärmel auf der unbequemen geschwungenen Mahagonikante der Sofarückenlehne ausgestreckt, absichtlich geduldig beibehalten, spürend, daß dieser hochbegabte und doch spirituell gelähmte Mann im Begriff war, eine Erklärung abzugeben, die, für ihn, von gefährlicher Tiefe war. Rasch nahm sie ihren hingelagerten Arm von der Sofalehne, beugte sich ein wenig vor, Buchanans ihr zugeneigte Körperhaltung widerspiegelnd, und sagte mit gesenkter, aber immer noch singender Stimme: «Es ist nicht Frauenart, Mr. Buchanan, Zweifel zu einem Gesprächsthema zu machen. Hilflos werden wir geboren, hilflos sterben wir, und in der Zeit dazwischen sind wir auf das Erbarmen derer angewiesen, die stärker sind. Es ist nicht unsere Aufgabe, mit Gott zu rechten. Das Leben ist dennoch schön, ganz unstreitig; Fülle und Herrlichkeit der Erde sind nur äußere Bestätigung der Liebe, die wir uneingeschränkt von innen strömen fühlen. Es gibt Wahrheiten, die sich nicht mit dem Verstand fassen lassen. Sicherlich besänftigt Miss Coleman, bis zu dem Grade, in dem schon Vertrautheit zwischen Ihnen herrscht, Ihre Ungewißheiten und zaubert Ihre Zweifel hinweg.»

«Ach, Miss Hubley, im strengsten Vertrauen gesagt, nicht nur, daß sie selber zweifelt, sie spottet obendrein! Sie gibt sich ungestüm der Lektüre von Lord Byrons schwülstigen und zynischen Ergüssen hin und hegt, fürchte ich, Sympathie für die verworfensten Antiprinzipien der europäischen Anarchisten!»

«Aber wie ist das möglich? Ihre Familie ist die reichste in Lancaster!»

«Sie führen als Einwendung das an, was gerade der Grund ist. Nur Überfluß kann sich verderbenbringende Gedanken leisten. Überfluß und Armut jenseits aller Hoffnung.»

Grace Hubley lehnte sich zurück, sie fand, daß sie dies Anfangsgespräch so weit geführt hatte, wie es irgend möglich war; sie fühlte, wie in ihrem Magen Hunger und Armagnac aufeinander klirrten, und wurde sich der Müdigkeit bewußt, die dieser Mann bei all seiner Brillanz und Empfänglichkeit auslöste. Ihm fehlte wahre männliche Spontaneität, jene potentielle Grausamkeit, die dem weiblichen Interesse die entscheidende Wachsamkeit, die letzte wollüstige Abrundung gibt. «Nun», sagte sie in sachlichem, abschließendem, einstweiligen Rückzug bedeutendem Ton, «es gibt viele christlich eingestellte Frauen mit gesunden, normalen Ansichten, denen Ihre Aufmerksamkeiten willkommen wären, Mr. Buchanan, und die ein linderndes Licht auf die Sache mit Ihrer Gnadenwahl werfen würden.» Sie hatte sich lange genug kokett verhalten, nun erging sie sich in theologischer Belehrung. «Ich fürchte, Sie quälen Ihren Verstand, wo nur die Seele entscheiden kann. Man darf mit Gott nicht handeln, wie man es mit Männern von Einfluß tut. Gott nimmt in diesem Sinne keinen Einfluß. Er läßt nicht mit sich handeln. Er stellt uns vor die Wahl, ihn anzunehmen oder ihn abzulehnen. Nehmen Sie ihn an, Sir, ganz einfach und ohne Krittelei, wie eine Frau es tut – eine Frau von gesunder Veranlagung und normaler Einstellung natürlich.»

Noch ehe ihm diese Anspielung auf Ann Coleman ganz zum Bewußtsein kam, trat eine andere gesunde Frau, die wackere, pflichttreue Mary Jenkins, ins Zimmer; die goldenen Minuten waren dahingeflogen, *die Stunde des Abendessens war gekommen. Trotz ihrer ausgiebigen Überredungsversuche nahm Buchanan von einer Teilnahme Abstand.* Er griff nach seinem Zylinder, nahm die taubengrauen Handschuhe heraus, erhob sich mit einem Knacken seiner reisemüden Knie und sagte zur Traumerscheinung in Seide – die in seinen Augen gleichwohl etwas von einer Feindin hatte, einer Kombattantin in den implikationsreichen Gefechten geschlechtlicher Anbahnung: «Diese unverhoffte Begegnung ist nicht nur sehr angenehm, sondern auch lehrreich gewesen, Miss Hubley. Werde ich wohl noch einmal die Freude haben?»

«Wenn Gott es will», sagte sie artig, zuversichtlich, daß es so sein würde.

Aber es war nicht so; hereinbrechende Ereignisse fegten jede Möglichkeit dazu hinweg. Wenn man Grace Hubley, unter dem Aspekt einer liebenden, aber strengen Vorsehung, als die Urheberin des Unglücks betrachtet, das Buchanan bevorstand, als Verschulderin der Neurose, die Jahrzehnte später seine Präsidentschaft verkrüppelte und unsere Nation in ihren blutigsten Krieg stürzte, dann verdiente sie es, bestraft zu werden. Nicht nur, daß sie unverheiratet leben mußte: sie starb einen gewaltsamen, qualvollen Tod. *Als sie älter wurde und dreimal Verlobungen gelöst hatte, die ihr hochachtbare Gatten eingetragen hätten, widmete sie ihre Energien zum größten Teil der Fürsorge für ihre Freunde, von denen viele ebenso unbekümmert und fröhlich waren, wie sie es einst gewesen war. Bei der Rückkehr vom historischen alten Hotel in Wabank, wo sie einer Gesellschaft junger Leute als Anstandsdame beigewohnt hatte, ereilte sie ihr Tod. Sie stand vor einem offenen Kamin, mit dem Rücken zum Feuer, als plötzlich, unvermutet, ein Funke ihr Kleid entzündete, und bevor sie um Hilfe rufen konnte, war sie am ganzen Körper aufs schrecklichste verbrannt und starb unter erbärmlichen Schmerzen innerhalb weniger Stunden.* Das Datum ist, dank einem Grabstein, bekannt: 19. November 1861. Die Desaster der Union am Bull Run und bei Ball's Bluff waren bereits Geschichte; ihr Tod war das Aufflammen eines Streichholzes in einer um sich greifenden Feuersbrunst. Gewiß aber beging Grace Hubley, nachdem Buchanan *Abstand* [nahm] *von einer Teilnahme am Abendessen der Familie Jenkins, sich eilends in seine Wohnung begab, wo er sich sein einsames Mahl schmecken ließ und sorgfältig Toilette machte für die am nämlichen Abend stattfindende Zusammenkunft mit seiner Verlobten*, nicht die wie folgt geschilderte melodramatische Perfidie:

Kaum hatte er das Jenkins-Haus verlassen, eilte Miss Hubley in ihr Boudoir und brachte rasch ein paar Zeilen an Miss Coleman zu Papier, die der zarten, sensiblen Empfängerin «den grausamsten aller Schläge» zufügten. Der Brief war kurz und bündig und besagte, daß Mr. Buchanan im Haus der Jenkins vorgesprochen habe, um ihr seine Aufwartung zu machen, und «daß sie zusammen einen sehr angenehmen Nachmittag verbracht hätten».

Nein, bevor man so eine ausgemachte und sinnlose Bosheit für möglich hält, klammert man sich lieber an den gedämpften, aber musikalischen Satz, mit dem George Ticknor Curtis in seiner von Buchanans jüngerem Bruder Edward und seiner Nichte Harriet Lane Johnston autorisierten Biographie von 1883 den Skandal abtat: *Wir wissen jetzt, daß der Trennung der Liebenden ein Mißverständnis seitens der Dame zugrunde lag, dessen Anlaß höchst geringfügig war, jedoch von leichtfertigen, indiskreten Zungen aufgebauscht wurde und auf ein besonders empfindsames Gemüt einwirkte.* Was für Zungen? Jenkins-Zungen, Rogers-Zungen, Jacobs, Reynolds, Boyd, Shippen, Slaymaker? Eine Stadt hat viele Zungen und doppelt so viele Augen und Ohren.

Curtis wußte mehr, als er mitteilte, hatte aber nicht das Päckchen mit den Andenken gesehen, die für Buchanan so kostbar waren, daß der vorsichtige alte Mann sie einer New Yorker Bank zur Aufbewahrung schickte, als Pennsylvania, und also auch Wheatland mit seinem geschmähten Bewohner, ein Einmarsch konföderierter Truppen drohte. Jemand hatte dem ehemaligen Präsidenten in seiner Abgeschiedenheit einen Klatschartikel über den Vorfall mit Ann Coleman gezeigt, und, in Curtis' Worten: *Er sagte daraufhin tief bewegt, es gebe Papiere und Andenken, die er gewissenhaft aufgehoben habe und die sich derzeit in einem versiegelten Päckchen in einem Bankdepot in der Stadt New York befänden; sie würden Auskunft geben über den nichtigen Grund dieser Trennung. Seine Testamentsvollstrecker fanden diese Papiere, eigens verschlossen und versiegelt, und zuoberst eine Anweisung von seiner Hand, daß sie ungelesen vernichtet werden sollten. Sie befolgten den Befehl und verbrannten das Päckchen, ohne das Siegel zu erbrechen.*

Noch eine Verbrennung, und diesmal war kein verirrter Funke daran schuld. Warum hob er diese Papiere und Andenken gewissenhaft auf, wenn die Testamentsvollstrecker sie wirklich verbrennen sollten? Ganz sicher wollte er, daß wir – die Nachwelt, für die er Geschichte sein würde – den wahren Sachverhalt erführen. *Mr. Buchanan hatte die Angewohnheit, nahezu alles, was ihm in die Hände kam, aufzubewahren.* Curtis war der dritte auserkorene Biograph und der erste, der von der Masse der Buchanan-Papiere nicht überwältigt wurde. Die erste Wahl war auf Mr. William P. Reed aus Philadelphia gefallen, *einen persönlichen Freund… zu dem er großes Vertrauen hatte*; Buchanan hatte ihn in seinem Testament eingesetzt, *privates Mißgeschick jedoch hinderte ihn daran, mehr zu tun, als Mr. Buchanans umfangreiche Papiere durchzusehen.* Edward und Harriet, erpicht, den Bruder und Onkel rehabilitiert und gerechtfertigt zu wissen, fanden einen anderen Verfasser. *Nachdem Mr. Reed von der angefangenen Arbeit zurückgetreten war, wurden die Papiere in die Hände des Richters John Cadwallader aus Philadelphia gelegt, auch er ein persönlicher Freund des Präsidenten. Dieser Gentleman starb, noch bevor er mit dem Werk begonnen hatte.* Curtis, ein Neuengländer, Harvard-Absolvent und Rechtsanwalt, der Berufsschriftsteller geworden war und Buchanan nie gesehen hatte, hielt durch, geduldig, penibel. Er hatte eine ausführlichere Darstellung des Coleman-Zwischenfalls verfaßt und zeigte sie Samuel L. M. Barlow, seinem und Buchanans Freund, ob der sie so billige. Barlow, man stelle sich das vor, billigte sie *nicht*; er schrieb Curtis: *Ich bin der festen Meinung, daß Sie den wesentlichen Teil dessen, was Sie zum Thema seiner Verlobung mit Miss Coleman geschrieben haben, nicht veröffentlichen sollten… Mrs. Barlow stimmt meiner Ansicht in vollem Umfang zu.* O Mrs. Barlow, was für eine Kröte Sie sind – hocken da versteckt im Garten der Geschichte!

Wir werden, wie unser Held, im dunkeln gelassen. In der sogenannten Stadt Lancaster wurde es Nacht, so entschieden wie in einem Dorf. Nur durch die Fenster der Wirtsstuben am Centre Square und an den umliegenden Straßen drang Licht auf die

Gehwege aus rohen Planken, die hohl unter Buchanans eiligen Stiefelabsätzen dröhnten. Das abgeschrägte Mansarddach aus blauschwarzen Wolken, an dessen Traufe ein brauner Sonnenuntergang matt hervorgelugt hatte, riß jetzt auf und ließ ein Gesprenkel trockener kalter Sterne sehen. Die kraftlosen kleinen Schneeschauer des Nachmittags waren kristallklarer Luft gewichen, die nach Holzrauch, frischem Pferdemist und abendlichem Bier roch. Er konnte seinen Atem vor seinem Gesicht sehen. Ein undeutliches, vorausahnendes Schuldgefühl mischte sich rumorend unter den sauren Inhalt seines Magens: Tee, Portwein, Lititz-Brezeln und ein einsames Abendbrot. *Es ist nie mit Gewißheit zu ermitteln gewesen, ob Buchanan an jenem Abend von seiner Verlobten empfangen wurde. Wenn es so war, kann die stumpfeste Einbildungskraft sich mühelos ein Bild machen von der Frostigkeit, welche die Begrüßung bestimmt haben muß. Angesichts des züchtigen, empfindsamen Wesens der jungen Frau scheint es indes unwahrscheinlich, daß sie sich der Tortur einer solchen Begegnung ausgesetzt haben sollte.* Aus welcher Richtung auch immer er sich dem Coleman-Haus näherte, die Fassade war dunkel; die Eingangstür war ihm verschlossen. In den Scheiben der Wohnzimmerfenster spiegelte sich nur von weitem herdringendes Licht – wie ein Rest Flüssigkeit, der in einer geleerten Schüssel geblieben ist. Der zukünftige Staatsmann stand zögernd draußen vorm Haus, schwankend zwischen der Sehnsucht, hinter Anns Fenster möge eine Fackel der Erkenntnis aufflackern, und der Furcht vor ebendiesem Aufflackern, und schließlich zog er sich, seine Würde und Mattigkeit bewahrt habend, in seine Junggesellenbehausung zurück.

Hier haben Sie, liebe *Rückblick*-Redaktion, meinen Versuch, in das Gewebe der Rekonstruktion die Unbestimmtheit von Begebenheiten einzuflechten. Wie in der Physik: je näher wir den Fakten kommen, desto unbekannter werden sie, voll von Sprüngen und Widersprüchlichkeiten unentzifferbarer Quanten. Alles, was wir haben, sind Dokumente, die nicht übereinstimmen. Hat es, könnten wir mit Fug fragen, überhaupt einen Nachmittag gegeben, an dem Buchanan mit Grace Hubley zusammengetroffen ist? Wir erfahren das erstemal davon in einem Artikel – ärgerlicherweise ohne Datum und von Klein beim Zitieren leicht redigiert –, der aus der Feder Blanche Nevins stammt, einer Tochter des Reverend John W. Nevin (Buchanan-Intimus während der sieben Ruhestandsjahre und 1868, bei der Beerdigung des Präsidenten, mit der Predigt betraut) und der Martha Jenkins Nevin, deren Vater William Jenkins' Bruder Robert gewesen war. Mit anderen Worten, Blanche Nevins Mutter war Mary Jenkins' und Grace Hubleys angeheiratete Nichte gewesen; ihre Darstellung hat die Authentizität des Familienwissens. *Einige Zeit nachdem die Verlobung bekanntgemacht worden war, mußte Mr. Buchanan eine Geschäftsreise antreten. Er kehrte nach wenigen Tagen zurück und machte einen zwanglosen kleinen Besuch bei*... [Auslassungen nicht von mir] *Mrs. William Jenkins, mit deren Gatten ihn enge Freundschaft verband. Bei ihr weilte ihre Schwester, Miss Grace Hubley*... [siehe eingeklammertes Dementi oben] *eine hübsche und bezaubernde junge* [zu *jung* s. Erörterung S. 74] *Dame. Aus diesem unschuldigen Besuch erwuchs das ganze Unglück. Eine junge Dame* [eine andere *junge Dame*, vermutlich] *erzählte Miss Coleman davon und erregte so ihre Eifersucht. Es empörte sie, daß er andere besuchte, bevor er bei ihr gewesen war. Einer momentanen Eingebung folgend, schrieb sie einen zornigen Brief und gab ihm sein Wort zurück. Der Brief wurde ihm überbracht, als er im Gerichtsgebäude war. Personen, die sahen, wie er das Schreiben entgegennahm, sagten hinterher, sie hätten bemerkt, daß er blaß wurde, als er es las. Mr. Buchanan war ein stolzer Mann. Das große Vermögen seiner Braut bedeutete für ihn nur eine weitere Barriere, die ihn daran hinderte, sie zu bewegen, sie möge die Zurückweisung, die sie ihm angetan, nochmals überdenken.*

Hat es eigentlich je eine Ford-Administration gegeben? Die Beweise dafür, daß es sie gegeben hat, machen einen eher dürftigen Eindruck. Ich habe heimlich ein paar objektive Recherchen angestellt, obwohl Sie Erinnerungen und Impressionen wünschen, beides rein subjektiv. Die Schlager der Jahre 1974 bis 76 waren offenbar

«Seasons in the Sun»
«The Most Beautiful Girl»
«The Streak»
«Please, Mr. Postman»
«Mandy»
«Top of the World»
«Just You and Me»
«Rhinestone Cowboy»
«Fame»
«Best of My Love»
«Laughter in the Rain»
«The Hustle»
«Have You Never Been Mellow?»
«One of These Nights»
«Jive Talkin'»
«Silly Love Songs»
«Black Water»
«Don't Go Breakin' My Heart»
«Play That Funky Music»
«A Fifth of Beethoven»
«Shake Your Booty»
«Breaking Up Is Hard to Do»
«Love Is Alive»
«Sara Smile»
«Get Closer»

Ich erinnere mich nicht, irgend etwas davon gehört zu haben. Wann immer ich das Radio einschaltete, schickte WADM J. S. Bachs heiteres Geklingel aus oder die wogende Zuckerwatte von P. I. Tschaikowski, dem Erfinder der Soundtrack-Musik. Nein, warten Sie – «Don't Go Breakin' My Heart» rührt an irgend etwas in mir, ich kann es fast summen, und dasselbe gilt für «Breaking Up Is Hard to Do», wenn es nicht überhaupt derselbe

Song ist. Tatsächlich geben mir sämtliche fünfundzwanzig Titel das unbehagliche Gefühl, daß sie ein und derselbe Song sind. Die zehn zuoberst auf den Bestsellerlisten jener Jahre stehenden Sachbücher waren *All The President's Men; More Joy: Lovemaking Companion to the Joy of Sex; You Can Profit from a Monetary Crisis; Angels: God's Secret Agents; Winning Through Intimidation; Sylvia Porter's Money Book; Total Fitness in 30 Minutes a Week; Blind Ambition: The White House Years; The Grass Is Always Greener over the Septic Tank* und der *Hite-Report*; ich habe keines davon gelesen. Auch Belletristik entzog sich meiner Aufmerksamkeit. Die breite Masse, nicht ich, begeisterte sich für die wissenswerten Einzelheiten so klotzig und univerbal betitelter Filme wie *Jaws, Shogun, Ragtime, Trinity, Centennial* und *1876* oder für den melancholischen Eskapismus von *All Things Bright and Beautiful* und *Watership Down*, der, wie ich mich sehr vage erinnere, irgendwie von Kaninchen handelte. Die beliebtesten TV-Shows waren *All in the Family, Happy Days* und *Laverne and Shirley*; ich habe keine einzige Folge gesehen, da es in meinem versteckten Gehäuse keinen Fernsehapparat gab. Ich hörte mit halbem Ohr die Nachrichten im Radio, wenn eine Frau gerade mal wieder auf Ford anlegte oder Ford es auf die Kambodschaner abgesehen hatte – Kambodscha war das Herz der Finsternis der Welt in jenen Jahren –, im großen ganzen aber bestanden die Nachrichten, die mich betrafen, in dem, was per Telephon oder über die Treppe zu mir kam.

Je länger ich in meinem Bau in Adams saß, desto mehr Besucher zog ich an. Ich war eine Art Vakuum, für die Natur, zumal für die weibliche, ein Horror. Studentinnen kamen unangemeldet vorbei: ich erinnere mich an das Schnarren meiner Türklingel, die zaghafte Mädchenstimme, Entschuldigungen in die eingerostete Sprechanlage stammelnd, unten im kleinen Vorflur, dessen Fußboden mit Reklamewurfsendungen und fehlgeleiteten Postsachen übersät war, an mein hastiges Wegräumen herumliegender Unterwäsche und schmutziger Teller, während die Studentin die läuferlose Treppe heraufstieg und ihr das junge Herz in der Brust flatterte wie ein eingesperrtes Rotkehlchen.

Diese Wayward-Mädchen hatten alle Autos – was heißt Autos: Kabrios im Herbst und Frühling und Geländewagen mit Allradantrieb in der Blizzard-Saison. Für sie war es kein großes Kunststück, über die Brücke zu fahren und zu meinem Versteck zu finden hinter der alten Schuhfabrik (kaputtgemacht durch italienische Importe und zum Teil kleinen Elektronikbetrieben überlassen, die alle hofften, der nächste Apple zu werden), knapp einen Block von der zur Hälfte mit Brettern vernagelten Hauptgeschäftsstraße entfernt, die auf dem Reißbrett den Namen Federal Avenue erhalten hatte, als der Ort – wenig mehr als eine Mühle, ein Gasthof und ein Wasserfall, als er 1797 Adamstown genannt wurde – in den dreißiger Jahren des vorigen Jahrhunderts unter dem Verdränger des zweiten Adams, unter Andrew Jackson, als ideale Industriestadt geplant wurde. Die Stadt war auf dem Papier ein Arbeiterparadies: die stolze Hauptstraße endete vor den Toren der größten Textilfabrik, parallel dazu ein prächtiger Wohnboulevard mit einem breiten baumbestandenen Mittelstreifen, wie die Park Avenue, und zwischen beiden Straßen eine große flache, allen zugängliche Grünanlage. Im Mittelpunkt eines symmetrischen Wegenetzes standen ein Musikpavillon und ein Denkmal für die beiden föderalistischen Präsidenten Washington und John Adams, zusammen mit zwei Grazien in Nachtgewändern, die nicht Martha und Abigail darstellten, sondern die abstrakten Huris der Republik, Freiheit und Gleichheit, und die in diesen verworfenen Zeiten vieldekoriert waren mit polychromen Graffiti: aufgesprühten Vulven, Aufforderungen wie FICK MICH und LUTSCH MEINEN SCHWANZ und dergleichen mehr. Jacksons Stadtplanzeichner hatten nicht so recht mit den Irinnen und den Polinnen gerechnet, die die ländlichen Yankee-Mädchen an den idyllischen Webstühlen ablösen sollten, auch nicht mit den Hispanics und den Asiaten, die in diesen letzten Jahrzehnten in so verwirrenden Mengen aufgetaucht waren mit ihren schnellzüngigen Sprachen und ihrer von der Alten Welt geprägten Vorliebe für Verbrechen aus Leidenschaft. Aber die Stadt hat ihr Straßennetz zu den umliegenden Hügeln hin erweitert, um mehr Menschen beherbergen zu können, im Sozialamt sind zweisprachige Schilder aufgehängt worden, die High-School hat mehr dunkelhäutige Berater eingestellt, und die Grünanlage ist an den Tagen der Heiligen für Fiestas freigegeben. Darf ich bei dieser Gelegenheit, liebe *Rückblick*-Redaktion, meinen grundsätzlichen Optimismus bekunden, ja mein Hochgefühl angesichts der amerikanischen Entwicklung? Die Fackel leuchtet noch und zieht Falter aller Schattierungen an. Lebe frei oder bleib zu Hause.

Welche Studentin war es? Meine hauptsächliche Erinnerung – oder Impression –, die einen strahlenden Halo erzeugt und nach Verbalisierung drängt, bezieht sich auf den Druck ihrer Brust gegen die Rückseite meines Arms oberhalb des Ellbogens, als wir gemeinsam ihr Referat durchblätterten, drüben am Fenster mit dem mürben braunen Rouleau, das wie ein Graham-Cracker aussah, neben meinem mit Buchaniana überhäuften Schreibtisch. Wachsige Photokopien, bekritzelte Karteikarten, überfällige Leihbibliotheksbücher – die Unordnung machte mich ganz krank, aber ich hatte die Hoffnung, einen sauberen Erzählfaden herauszuspinnen, der eines Tages in der Sonne schimmern würde wie eine straffe Angelschnur.

Das unmißverständliche Schuppern von lipoidem Gewebe war ein Stück Unordnung mehr, das ich nicht gebrauchen konnte. Ich wollte einen Schritt nach vorn machen, meinen Oberarm von dem Druck befreien, aber behindert durch meinen Schreibtischstuhl, konnte ich mich nur zur Seite wegbewegen, eine Ausweichtaktik, die sie mühelos konterkarierte, indem sie ihre Füße in den Leinensneakers – das Ganze spielte sich vor der Ära der klobigen, viellagigen Rennschuhe ab und nach der Hoch-Zeit der Papagallo-Ballerinas – ein paar Zoll näher an meine Mokassins heranschob. «Miss Arthrop» – nennen wir sie Jennifer Arthrop, ein Name, aufs Geratewohl herausgepickt –, «Sie brauchen nicht so dicht neben mir zu stehen.»

«Ich kann nichts *sehen*, Professor Clayton, wenn ich weiter weg stehe. Ich habe nur meine Sonnenbrille dabei.» Kurzsichtigkeit bei Frauen wird von der Evolution favorisiert, vermute ich; Männer sind von ihr bezaubert, ein Blick, der sich auf den Kochtopf konzentriert, auf die Nähnadel, auf unmittelbare männliche Bedürfnisse. Jägerischem Tun dagegen ist sie abträglich – bei Männern setzt sie sich offenbar vermittels der Gene sozialer Parasiten fort.

Die Arbeit in meinen Händen, ein zusammengeheftetes Bündel 21 mal 29,5 cm großer Seiten, bedeckt mit erratischen, auf einer – damals noch – mechanischen Maschine getippten Zeilen, entzieht sich den Augen der Erinnerung, aber sagen wir, zur Korrekturbrille der Erfindung greifend, daß die Überschrift lautete: «Protestantisch-christliche Mythisierung als Vollstrekkungshilfe männlich-aggressiver Außenpolitik in den Regierungen William McKinley und Theodore Roosevelt». Fünfzehn Seiten, mit doppeltem Zeilenabstand, eine Seminararbeit für zusätzliche Anrechnungspunkte von einer meiner besseren Studentinnen. Miss Arthrop kam aus Connecticut, wo ihr Vater Geschäftsführer einer Gesellschaft für Kommunikationswesen war und ihre Mutter einen Geschenkladen betrieb. Ihre Rechtfertigung dafür, daß sie in meinem Schlupfwinkel aufkreuzte, der Wohnung eines in Scheidung lebenden Mannes, war die leichte Verspätung ihres Referats; Freitag hätte sie es abliefern müssen, Montag würde es entschieden zu spät kommen und wäre dazu verurteilt, von vornherein eine etwas schlechtere Note zu erhalten. Heute war Sonntag, eine Grauzone. Ihre bewunderungswürdig feste Brust drückte sich wieder gegen die Rückseite meines sensiblen Arms im dünnen Hemdärmel. In meiner Verzweiflung rückte ich von ihr weg, bewegte mich in ungeschicktem Schwenk um meinen Drehstuhl herum zum Fenster hin und wäre mit den Knien um ein Haar gegen die scharfgratigen staubigen Heizungsrippen gestoßen; das Rouleau war halb hochgezogen, und ich sah, daß der Tag in der unteren Fensterhälfte, zwischen meinem Gebäude und der Fabrik, ein trüber war. Mein Ausweichmanöver ließ Miss Arthrop in ihrem gut gefüllten Pullover an der Ecke des Schreibtisches zurück, blinzelnd, an eine Karyatide erinnernd, der mit einem Ruck das lastende Gebälk vom Kopf genommen worden war. Der Pullover war gestreift und grobnoppig, als sei sie gerade von einem Skiausflug zurückgekommen. Vielleicht war's so. Vielleicht funkelte, als ich das Rouleau ganz hochzog, eine Reihe tropfender Eiszapfenspitzen auf.

Ich ging nervös auf und ab, um Distanz zu halten und die unwillkürlichen Anfänge einer Erektion zu verbergen und zu unterdrücken, und blätterte in ihrer Arbeit. McKinley ein glühender Ohio-Methodist. Mutter hoffte, er würde Geistlicher werden. Seine berühmte Schilderung 1898 vor einer Abordnung von Methodisten, wie er sich vor den Allmächtigen hingekniet habe und zu dem Entschluß gekommen sei, daß er die Philippinen haben müsse. Sexuelle Bedeutung des Begriffs «Sich hinknien». Philippinen auf zeitgenössischen Karikaturen als leichtgeschürzte Maid dargestellt, die von viriler U.S.-Figur senilem spanischen König weggenommen wird. McKinleys Bekenntnis: *Und dann ging ich zu Bett und schlief ein, tief und fest*, wie nach Koitus. Anspielung auf Vagina im Namen Dewey Bay. Weibliche Darstellungen von Samoa (1899 mit Deutschland geteilt) und Hawaii, dessen Annexion von McKinleys Unterstaatssekretär der Marine Theodore Roosevelt betrieben wurde. Saftige Königin Liliuokalani. Unverhohlener Phallozentrismus von Roosevelts Big Stick. Penetrante Binarismen seines öffentlichen Diskurses: hart / weich, stark / schwach, kühn / ängstlich, eckig / rund. *Wie der Soldat und der Jäger sein.* Sexistische Charakterisierung des lateinamerikanischen (weich–schwach–rund) Kolumbien, das sich sträubte, die Kanalrechte abzutreten (Virginität): *Man kann mit der kolumbischen Regierung so wenig zu einer Einigung kommen, wie man Johannisbeergelee an die Wand nageln kann.* Auf der Hand liegende sexuelle Symbolhaftigkeit von Gelee nageln und Kanal graben. Miss Arthrops Dekonstruktion fing an, mich in Aufregung zu versetzen. TRs Bedürfnis, William Howard Taft, seinen einstigen Protegé, der sich als undankbar und als Widersacher erwiesen hatte, zu dephallisieren (Miss Arthrops Wortschöpfung) mit der homoerotischen Bekanntmachung: *Ich habe mich bis auf die Haut entblößt.* Seine Art, die USA als Frau zu sehen, die «kontrolliert» werden muß, wie seine berühmte emanzipierte Tochter Alice: *Ich kann entweder Präsident der Vereinigten Staaten sein, ode[...] Alice kontrollieren. Beides kann ich unmöglich schaff[...]*

Ich war schon viele Arbeiten dieser Art durchge[...] noch nie hatte die Autorin daneben gestanden, feierlic[...] wartend, und wenige Schritte entfernt mein ungemachtes Be[...] Die Crux mit systematischem Feminismus ist, daß er die Phallozentrik eher steigert als dämpft. Er erschwert das sexuelle Vergessen, auf das wir für den schicklichen alltäglichen Umgang miteinander angewiesen sind. Ich konnte die Augen nicht von ihren Brüsten lassen, dem rund vorspringenden Sims, den sie unter dem groben Pullover bildeten, und nicht vom Schwung ihrer Hüften, die wir für dies Gedenken in elastische Skihosen stecken wollen. Etwas Ungepflegtes, Teigiges war an Mädchen in der Spätadoleszenz, das sie für gewöhnlich, glücklicherweise, davor bewahrte, attraktiv für mich zu sein; dem uralten abstrakten Ideal der *jeune fille* stand der irritierende konkrete Einzelfall entgegen, das nur einmal vorhandene weibliche Individuum mit zu spitzem Kinn, allerlei Babyspeck, der noch herunter mußte, einer schrecklich vulgären, fast noch kindlichen Stimme oder einem nicht wegretuschierten Pickel neben der leicht knollenförmigen Nase. Wenn man kurz sondierte, was sie so fühlten und dachten, taten sich täppische Abgründe auf, von deren Rand ich eilig zurückwich.

In jener fernen Ford-Ära – eine unwissende, naive Zeit – hatte das College, ob Sie es glauben oder nicht, keine erklärte Position bezüglich Unzucht zwischen Lehrern und Studentinnen. In den Sechzigern gar hatte behutsame, kundige Defloration bei manchen der jüngeren, nicht fest verheirateten Kavaliere im Lehrkörper als außerplanmäßiger Service gegolten, der im Gehalt inbegriffen war. Nach barbarischen Maßstäben, die einer ländlichen oder tribalen Welt dumpfer Tierhaftigkeit entstammten, waren Mädchen mit Vollendung des achtzehnten Lebensjahrs mündig – herzlichen Glückwunsch. Das gesellschaftliche Experiment, das mit bohemehaftem Leben begonnen hatte, in Kommunen fortgesetzt wurde und in Koedukations-Studentenheimen gipfelte, war bei der Entdeckung angelangt, die schon vor utenberg existierende Gesellschaften gemacht hatten: Sex hat seine Grenzen, wie Essen. Es kann ein Punkt der Sättigung erreicht werden, und alles Vögeln in der Welt wird nicht an Bankfundamenten rütteln oder die Mauern des Pentagon zum Einstürzen bringen. Die Erde *scheint* sich nur zu bewegen. Der Puritanismus hatte die Schwerkraft der Materie überbewertet. Die Vereinigten Staaten der Ford-Ära hatten den Boxhieb landauf, landab betriebener Unzucht weggesteckt und festgestellt, daß sie, so enttäuschend es auch war, immer noch fest auf den Beinen standen. Es gab also kein gesetzliches Verbot – auch nicht die Wahrscheinlichkeit eines späteren Prozesses wegen Vergewaltigung oder sexueller Belästigung –, das mich hätte hindern können, auf Miss Arthrops Schuppern näher einzugehen. Was dagegen sprach, waren allenfalls meine offiziellen Gelübde der Königin der Unordnung gegenüber, abgelegt bei einer sehr dürftigen Zeremonie in einer Kongregrationalkirche, sowie meine inoffiziellen Versprechen ewiger Treue, die ich in manch heißer Dunkelheit der Vollkommenen Ehefrau gegeben hatte, ferner der hartnäckige Nachgeschmack gelegentlichen Knabberns an Wendy Wadleigh und schließlich meine Ahnung, daß dies beharrliche, leicht pastöse Mädchen, das mir am Wochenende ein Referat vorlegte, nicht das war, was es zu sein schien. Sie hatte, apropos unideale *jeunes filles*, zehn oder fünfzehn Pfund zuviel auf den Knochen – nicht daß man in der Ford-Ära, soweit sie mir erinnerlich ist, einen Abscheu vor Übergewicht gehabt hätte, wie er in den antiinflatorischen Reagan-Jahren an den Tag gelegt wurde oder in der Coolidge-Hoover-Periode asketischer Prohibition.

Ausflüchte machend, trotz all der oben erwähnten Bedenken stark versucht, mich vom Stapel zu lassen, auf dies kleine, in keinem Atlas verzeichnete Meer hinaus, fragte ich: «Was meinen Sie, Miss Arthrop, warum Kuba nie annektiert wurde, weder im Gefolge des spanisch-amerikanischen Krieges noch vorher, in der Zeit vor dem Bürgerkrieg, als überall in Zentralamerika Filibuster am Werk waren und im Ostende-Manifest von 1854 darauf gedrängt wurde, daß man Kuba den Spaniern abkaufen oder, falls das fehlschlüge, mit Gewalt wegnehmen sollte?»

Sie machte einen Schritt vom eiszapfenfransigen Fenster weg, so daß jetzt ihre gesamte Seite – Schenkel, Hüfte, dicke Taille, weiche Schulter – von Licht beleckt wurde und ihre Augen, streifig von Eiszapfenschatten verhangen, einen schmelzenden Ausdruck bekamen. Diese kurzsichtigen unbebrillten Augen in dem pummeligen Gesicht wirkten wässerig und klein, und doch hatten sie etwas Anziehendes, der Ruf unbefahrener Salzmeere war in ihnen und wurde von einer Brise der Bereitwilligkeit getragen, die von ihrem zotteligen gestreiften Pullover aufstieg, von ihren enganliegenden moosgrünen Skihosen, ihren schmuddeligen Tretorn-Tennisschuhen, die die Wayward-Mädchen winters und sommers trugen, bei Sonnenschein und Matschwetter. «Wer war Ostende?» fragte sie mit leiser krächzender Stimme, als habe die Hitze in meinem Zimmer ihre Stimmbänder ausgetrocknet. Das Heizungsventil war kaputt und ließ sich nicht zudrehen; sogar in den kältesten Nächten mußte ich mein Schlafzimmerfenster ein paar Zentimeter weit offenlassen.

«Das ist eine Stadt an der belgischen Küste», sagte ich professoral und machte gleichfalls einen Schritt vom Fenster weg, zwängte mein Becken hinter die geschwungene Kante meines Lesesessels, dieses mächtigen braunen Doughnut aus Schaumstoff und Naugahyde (s. S. 30). «Dort haben sich die drei in Frankreich, Spanien und Großbritannien akkreditierten Gesandten der Vereinigten Staaten getroffen, um die Kuba-Frage zu erörtern. Der Gesandte in Großbritannien war zu jener Zeit James Buchanan.»

«Wer war James Buchanan?» fragte Miss Arthrop.

Damit hatte sich die Sache erledigt. Auch wenn ich der Fairness halber zugeben muß, daß mein Seminar, zu dem sie sich eingeschrieben hatte (Wintersemester, drei Scheine), «Die lange Zeit des Post-Bellum, 1865 bis 1914» zum Thema hatte, wurde Miss Arthrops Sirenengesang durch diese Offenbarung abgrundtiefer Ignoranz doch ziemlich ausgelöscht. Außerdem flackerte ein unheimlicher Gedanke in mir auf: sie war geschickt worden. Bei *mir* hatte sie ihren ganzen poststrukturalistischen Jargon nicht gelernt. Sie war Brent Muellers – was? Schülerin,

Jüngerin, Eroberung, Handlangerin. Sie war von ihm geschickt worden, um mich zu verleiten, seine Frau zu betrügen, meine vollkommene Liebe. Kaltblütige Niedertracht! Während meine Gedanken weiterkreiselten, sagte ich: «Der fünfzehnte Präsident der Vereinigten Staaten, unmittelbar vor Lincoln. Geboren 1791, auch in einer Blockhütte. Aber Sie haben meine Frage nicht beantwortet. Von Ihrem eigenen Standpunkt phallischer Aggression her gesehen und vorausgeschickt, der amerikanische Süden wollte Kuba haben, um sowohl sein Sklaventerritorium zu erweitern als auch zu verhindern, daß es eine Schwarzenrepublik wird wie Haiti: warum hat das Manifest Destiny – ein Schlagwort, das, wie Sie wissen, 1845 von dem Journalisten John L. O'Sullivan geprägt wurde – es sich dann nicht einverleibt?»

«Ich weiß nicht», war alles, was sie sagen konnte, alles, was ich von ihr hören wollte. Ich hatte sie ent-fraut, sie in den Keuschheitsgürtel studentischer Inferiorität gesperrt.

«Sehen Sie sich die Form von Kuba an», sagte ich streng. «Wenn die nicht phallisch ist. Und was ist das Haupterzeugnis des Landes? Zigarren. TR hatte schon seinen Big Stick, und wenn's etwas gibt, das ein Big Stick haßt, dann ist es ein anderer Big Stick. Wir hätten uns Castro ersparen können, wenn Kuba wie die Jungferninseln geformt wäre.»

Der Verfasser dieser Zeilen ist sich angesichts der zeitlichen Entfernung (die aber, wenn ich darauf hinweisen darf, geringer ist als die zwischen Jesu Priesterschaft und der Niederschrift der frühesten Evangelien) nicht absolut sicher, ob er sich so geistreich ausgedrückt hat, so souverän über geopolitische Kenntnisse der Neuen Welt gebot, die Abwehrhaltung aber ist authentisch wiedergegeben, ebenso die sexuelle Aggression dieses Kindes, die Art, wie es mit seiner Gegenwart mein belangloses Apartment in eine moralische Arena verwandelte, eine Kampfstatt, wo allem, dem Schloß an der Tür, dem Rouleau vorm Fenster, dem modernistischen kunstledernen Sessel, taktische Bedeutung zukam. Der Feind meines neuen Lebens hatte diese Spionin ausgesandt, um die Klarheit meiner Position zu unterminieren. Ich war im Begriff, meine unvollkommene, aber gut eingespielte Ehe für eine vollkommene, wenn auch noch unerprobte zu opfern. Zuzulassen, daß dieser Teenager (diese Zwanzigjährige, höchstens) sich auszog und der Stachel meines Fleisches in ihn eindrang, wäre ein schwerer, eindeutiger Fehler gewesen, auch wenn es nicht grundsätzlich als untunlich galt, sich mit Studentinnen einzulassen. Wie kann man einem Mädchen, das im Bett gut ist, eine schlechte Note geben? Wie kann man respektvolle Aufmerksamkeit für seine Vorlesungen erwarten, wenn es heißt, der Alte ist im Bett nur so lala?

Doch diese Erkenntnisse machten es nicht leichter, den weiblichen Eindringling aus meiner Behausung zu entfernen. Ihre Körperlichkeit schien mit jeder Minute, die verstrich, zuzunehmen. Die Möglichkeit, daß sie die roboterhafte Sexsklavin von Brent Mueller war mit seinem strammen, aerobicgestählten Leib und dem mit dem neuesten akademischen Chic ausgestatteten Gehirn und daß sie mit zweischneidiger Absicht aus dem Bett dieses hinterlistigen Hahnreis zu mir gekommen war, gab ihrer blubberigen, knospenden Weiblichkeit einige Anatomie. Zu dem milden Aroma der Bereitschaft, das von ihr ausging, des Offenseins für alles, was sich aus der Situation ergeben könnte, gesellte sich der scharfe Moschusduft der Gefahr. Mir brach der feine Schweiß des Verlangens aus. Diese großen Brüste zu *sehen*, fest wie Muskelgewebe am stämmigen Körper im Skidress, die rötlichen Warzen und rosigen Areolen, und diese stillen Hüften und Hinterbacken zu berühren, die Finger zu krümmen und ihr meine Nägel in eines Folterers höchster Verfeinerung epidermaler Lust ins Fleisch zu graben... Nur hektisches pedantisches Geplapper konnte mein Verlangen zügeln, mich in die üppig mit Köder bestückte Falle zu stürzen. «Ich persönlich», sagte ich und versuchte, meine Atmung unter Kontrolle zu halten (ich neige in angespannten Situationen zu Asthma), «war immer stark berührt von der lieb hysterischen Art, mit der McKinley sich dieser Methodisten-Delegation offenbart hat. Er hatte etwas Fürsorgliches, Verletzliches, und ich sage das nicht bloß, weil er ermordet wurde, das ist eine billige Art und Weise, sich Sympathie zu verschaffen. Seine Frau Ida war eine furchtbare Prüfung für ihn – sie verfiel, als ihre Mutter und zwei Töchter innerhalb weniger Jahre starben. Sie wurde Epileptikerin. Es kam vor, daß sie mitten während eines Staatsbanketts einen Anfall erlitt. Wenn er so einen Anfall kommen sah, sprang der rührende Präsident McKinley auf, legte ihr eine Serviette übers Gesicht, um die häßlichen Verzerrungen zu verdecken, und trug sie aus dem Saal. Nicht genug damit, war sie ein besitzergreifendes, leicht reizbares Weibsstück. Als er Gouverneur von Ohio war, hat sie verlangt und erreicht, daß er ihr jeden Tag um drei von seinem Bürofenster aus mit einem Taschentuch zuwinkte. Ein Mann, der's mit Ida ausgehalten hat, kann nicht ganz und gar schlecht und phallisch sein, meinen Sie nicht auch? Was Roosevelt angeht – nun ja, er hat kompensiert. Er war als Kind schwächlich und asthmatisch – wie ich übrigens – und hat eine ziemlich hohe, effeminierte Stimme gehabt. Was ich toll fände, wäre, wenn eine Studentin irgendwann für mich über Effemination bei Präsidenten schriebe – der Präsident als Mutter der Nation. LBJ zum Beispiel – er hat uns alle voller Kummer geliebt, obwohl wir so gegen ihn protestiert haben. Der mütterlichste war natürlich der, der die meisten amerikanischen Jungs in den Tod geschickt hat – Lincoln.»

Jennifers blasses rundliches Gesicht war inzwischen genauso plusterig-unordentlich wie ihr Pullover; im verebbenden Licht dieses Winternachmittags hatte auch ich jetzt das Gefühl, kurzsichtig zu sein. «Das Phallische ist nicht nur schlecht», sagte sie, noch einmal den Versuch machend, verführerisch zu sein, dem perfiden Auftrag dieses kinderausbeuterischen Schurken Brent Mueller nachzukommen.

«Wie Schmutz am richtigen Platz», sagte ich.

«Verzeihung, wie meinten Sie, Professor Clayton?»

«Eine Redensart, die Sie nicht kennen können, Sie sind zu jung dafür», sagte ich. «Schmutz ist nur Materie am falschen Platz.»

«Meine Mutter sagt das immer», sagte sie. «Ich habe eben nur nicht präzise verstanden –»

«– so dämmerig, wie's hier ist», sprach ich den Satz für sie zu

Ende. «Erzählen Sie mir von Ihrer Mutter. Sie betreibt einen Geschenkladen. Möchten Sie so leben wie sie?»

«Nicht präzise so, denke ich.» Diese jungen ungeformten Geister, sie stoßen auf ein Wort, in diesem Fall «präzise», und müssen es unentwegt benutzen, bis ihnen das nächste über den Weg läuft. «Sie hat mit zwanzig geheiratet.»

«Begehen *Sie* nicht diesen Fehler, Jennifer. Ich möchte gern, daß Sie nach bestandener Abschlußprüfung in Wayward Ihren Bachelor of Arts an einem guten Vierjahrescollege machen, möglichst einem mit Koedukation. Eine reine Mädchenschule wie diese hier ist ein Anachronismus – Frauen müssen Männer nicht auf einen anderen Planeten verbannen, um ihre Persönlichkeit zu entfalten. Ein grausamer Anachronismus – er setzt die Lehrer im Kollegium, die dem andern Geschlecht angehören, zu sehr unter Stress.»

Es war grausam von Gott, hätte es ihn gegeben, ungeformte Geister in derart ausgeformte Körper zu stecken. Jennifer plusterte sich, schien, geschwellt vor lauter Selbstvergnügen, vom Boden abzuheben, so daß ihre pulloverbedeckten Brüste aufsteigen wollten, als seien sie mit Helium gefüllt. «Möchten Sie nicht, daß ich noch ein bißchen bleibe und einen kleinen Drink zu mir nehme?» Skandalöserweise war während der Ford-Ära in allen sechs New-England-Staaten Alkoholgenuß gesetzlich erlaubt, sobald man lächerliche Achtzehn war. «Oder vielleicht Plätzchen und Milch?» setzte sie hinzu, kokett etwaige Gedanken in meinem Kopf parodierend, daß sie zu jung für die ganze Sache hier sei und also auch für Alkohol.

«Guter Gott, nein, liebes Kind», erwiderte ich, mich in einer Gegenparodie etepetete und ältlich gebend. «Die Leute könnten reden. Sie wollen doch sicher nicht, daß Ihr guter Ruf leidet. Diese Kategorien gibt es doch noch? Existiert da draußen nicht noch ein Heiratsmarkt, zumindest ein schwarzer? Das traute Heim hier ist Erwachsenengelände, mir ist schleierhaft, wie Sie es gefunden haben.»

«Professor Mueller –», fing sie an und erkannte dann ihren Fehler.

«Aha. Also doch. Bestellen Sie Ihrem Spezi Brent, er soll mit seinen kleinen Aporien gefälligst auf *seiner* Seite vom Fluß bleiben.»

«Was ist eine Aporie?»

«Eine Sackgasse. Nicht Sie, Jennifer, nur dieser faule Trick, den Ihr Mentor sich da ausgeheckt hat. Der Mistkerl versucht, mir seine Frau wegzunehmen.» Von ihrem Gesicht, das immer weiter außer Sicht geriet, je tiefer der Winter den Deckel auf den schmalen Raum zwischen meinem Fenster und der Fabrik senkte, war jeder Ausdruck weggewaschen. «Ich freue mich schon darauf, Ihre Arbeit zu lesen – wir tun so, als ob heute nicht Sonntag wäre, sondern Freitag, damit Ihnen nichts abgezogen wird. Denken Sie darüber nach, was ich über den Mutteraspekt bei Präsidenten gesagt habe. Wenn dies ganze Gedöns über Sexismus vorbei ist, werden wir uns zusammen hinsetzen können und feststellen, daß Männer und Frauen wie Tweedledee und Tweedledum sind, also im Grunde gleich. Mit einer, wie Jacques Derrida sagt, *différance*. Nicht zu verwechseln mit dem, was bei Nietzsche *ressentiment* heißt.»

Unmöglich, viel zu literarisch, sagen Sie? Bedenken Sie, *Rückblick*-Redaktion, ich war hyperstimuliert; meine Haut prickelte, mein Puls war weit über hundert. Ich wollte das richtige Verhältnis zwischen mir und diesem Mädchen herstellen, wollte ihre zweibrüstige Herausforderung annehmen, ihr den unförmigen Pullover über den Kopf pellen, ihre kringeligen Locken zerzausen, die heimlich stützenden Nähte ihres BHs ans noch verbliebene Tageslicht bringen und mich, in der altehrwürdigen Weise, dephallisieren lassen. Wir sind, jeder Mann, jede Frau, Türen, die sich öffnen und den Blick auf ein Wunderland freigeben, ein wechselseitiges Universum mit Smaragdwäldern und rubinroten Empfangsräumen.

Jennifer Arthrop schien tatsächlich perplex zu sein. Unser Zusammentreffen war an seiner Aporie angelangt. Meine sexuell erregte Aufgekratztheit muß ihr so vorgekommen sein, als machte ich mich über sie lustig, als täte ich sie hochnäsig professorenhaft einfach so ab, wo sie sich doch in gutem Glauben bereit erklärt hatte, mein blauer Engel zu sein, während mir das Eigelb übers Gesicht kleckerte und ich krähte wie ein Hahn. Doch es regte sich auch so etwas wie Erleichterung in ihrem unfertigen verwischten Gesicht, als ich sie vorsichtig zur Tür dirigierte. Ich hatte sie mit keinem Finger angerührt, wie man so schön sagt. Nicht einmal mit dem Finger. Ich schob Kette und Riegel zurück und ließ in breiter werdendem Spalt den läuferlosen Treppenabsatz und das rachitische Holzgeländer sehen. Mir tat alles weh, eine andere Redensart. Und noch ein paar: letzte Chance. Der Spatz in der Hand. Wer A sagt, muß auch B sagen. Sollen die Leute doch denken, was sie wollen. Eine verpaßte Gelegenheit ist ungefähr so sinnvoll wie ein Loch im Kopf. Meine Besucherin trat rasch auf den Treppenabsatz hinaus, als tauche sie in kaltes Wasser, und preßte sich den blauen Parka, den sie im Vorbeigehen aus meinem braunen Doughnut-Sessel geangelt hatte, gegen die plattgedrückten Brüste. Sie war noch mal davongekommen, sexuell davongekommen. Ich sagte in väterlichem Schnarrton, ihr noch einmal meine Ablehnung hinreibend: «Seien Sie vorsichtig, Miss Arthrop, die Stufen draußen sind vereist. Mein Vermieter ist ein verkrüppelter Geizkragen, der in Massachusetts lebt.»

Als Jennifer die knarrende Treppe hinunterging, hörte ich, wie sie, zurückhöhnend, summte: «Don't Go Breakin' My Heart.»

[**Oder, in einem anderen Teil** des Smaragdwaldes:]

Buchanan war an jenem grauen Morgen im späten November gegen neun Uhr im Gerichtsgebäude. Ein Brief wurde ihm überreicht. Er las ihn und erbleichte.

Vielleicht erbleichte das ganze Gerichtsgebäude, das 1787 als Ersatz für das alte, 1784 abgebrannte erbaut worden war. In den palladianischen Fenstern der im oberen Stockwerk gelegenen Präsenzbibliothek, wo die handgeschriebenen, leinengebundenen Urteile und Revisionen von den durchgebogenen Kiefernholzbrettern genommen wurden und achtlos aufgeschlagen auf den Eichentischen liegenblieben, zeigte sich die Sonne als wunder weißer Punkt am düster bewölkten Himmel. Die Kanzlisten,

Gerichtsdiener und Anwaltskollegen in Buchanans Nähe, nicht zu vergessen die Schranzen und geschmeidigen Mietlinge, die sich in Scharen einfinden, wo immer bedeutsamen Geschäften nachgegangen wird, erbleichten mitbetroffen, sie spürten, daß dies ein kritischer Augenblick mit historischen Auswirkungen war. Der Brief war auf blauem Hadernpapier geschrieben, in Ann Colemans großen ungeduldigen Schriftzügen, mit Querstrichen bei den «t»s und aufsteigenden Endstrichen bei den Schluß-«e»s, deren emotionale Heftigkeit rücksichtslos den Gänsekiel auseinandergespreizt hatte.

Geehrter James Buchanan,
die Anzeichen mehren sich, daß Ihre Empfindungen für mich nicht so herzlich und aufrichtig sind, wie ein feierliches Eheversprechen es gebietet. Ich habe erfahren – leider aus einer Quelle, die ich nicht anzweifeln kann –, daß, während ich in meinem Elternhaus, wenige Schritte entfernt, freudig Ihrer Rückkehr aus Philadelphia entgegensah, Sie Mrs. William Jenkins und ihrer Schwester Miss Grace Hubley einen längeren Besuch abgestattet haben – einen Besuch, den Sie bis nach Einbruch der Dunkelheit, bis zur Nachtmahlszeit ausdehnten.

Ich beriet mich mit meinen Eltern und bat dann, daß die Willkommenslichter in unserem Haus gelöscht würden. Ich habe nicht geschlafen und schreibe Ihnen nun beim ersten Morgenschein. Dies neuerliche Beispiel Ihrer Mißachtung, von dem sich sagen ließe, daß es, für sich genommen, nicht so schwer wöge, bestätigt indes in nicht mehr zu übersehender Weise die vielen kleinen Gleichgültigkeitsbezeigungen, die Sie mir in diesem Herbst haben zuteil werden lassen. Wenn ich versuchte, meinem Gefühl des Verlassenseins Ausdruck zu geben, beriefen Sie sich darauf, daß Sie von der Vielzahl neuer juristischer Aufgaben, welche aus der nationalen Notlage erwuchsen, zu sehr in Anspruch genommen seien, und so beschied ich mich und konzentrierte mich darauf, Sie während dieser Zeitspanne in Ihrem Streben zu unterstützen. Zuversichtlich verschloß ich mich den Stimmen um mich her, die darauf beharrten, daß Ihr Interesse nicht auf mein Wohlergehen gerichtet sei, sondern auf meinen Reichtum.

Ihr Ernst, Ihre Strebsamkeit, Ihre Zurückhaltung, sogar Ihre in Abständen auftretende Melancholie und der damit einhergehende Mangel an Selbstvertrauen – all das schien mir das richtige Kleid für die Seele eines Mannes, eine Seele, die sich der meinen verbinden könnte, die Schutz für meine Zerbrechlichkeit und Erfüllung für meine Sehnsüchte bereithielte. Ich öffnete mich Ihnen wie niemandem sonst – denn jede Knospe blühet nur ein einziges Mal. Welch ein vernichtender Schlag war es für mich, mit wieviel Entsetzen und Scham war es verbunden, als ich in diesen Herbstmonaten nach und nach erkennen mußte, daß meine innigen Gefühle bei Ihnen auf eine täuschende Kühle treffen, die so unveränderlich ist wie die Maske des Todes. Hätten Sie meine Zuneigung als einen Ihnen anvertrauten Schatz entgegengenommen und nicht als Schmuck, den Sie sich angeheftet haben, dann stellten Sie Ihr neuerworbenes Prestige nicht vor den Schwestern Hubley zur Schau und tändelten nicht überall in Lancaster herum, bei den Dutzenden munterer Gelegenheiten, von denen wohlmeinender Klatsch mir berichtet. Wenn Sie mich wahrhaft liebten, hätte allein die Schwere Ihrer Knochen verhindert, daß Sie sich einer so treulosen Flatterhaftigkeit überlassen!

Ich kenne im voraus Ihre Beteuerungen, Ihre gewandten Argumente. Ich höre, wie Ihre Stimme sich auf die Umstände beruft und gute Vorsätze ins Feld führt. Glauben Sie mir, der Weg zu einer gemeinsamen Zukunft ist uns ein für allemal versperrt. Unser Verlöbnis ist gelöst. Ich werde alle Pfänder unserer Liebe, briefliche sowohl als auch dingliche, an Ihre Adresse in der King Street zurücksenden und bitte Sie, Ihrerseits ebenso zu verfahren und alles mir Zustehende an mein Elternhaus zu retournieren, das ja nur wenige Schritte entfernt liegt. Ich wünsche Sie nicht wiederzusehen, und da Sie für sich in Anspruch nehmen, ein Mann von Ehre zu sein, erwarte ich, daß Sie sich mir, außer zu flüchtigem Gruß, nicht mehr nähern.

In aufrichtiger Trauer
Ann Caroline Coleman

Ihr voller Name, um die Beleidigung des *für sich in Anspruch nehmen, ein Mann von Ehre zu sein*, noch zu verschärfen. Doch auf einem gesonderten, kleineren Bogen Papier, rosafarben, zum Andenken oder als partielle Zurücknahme ein paar Gedichtzeilen, niedergeschrieben von ihrer Hand:

«Wie sollt ich dich grüßen? –
In Tränen und stumm.»

«Mein Herz war nie willig zu finden
Die Mängel, die mancher sonst fand.»

«O du, entrafft in Schönheit hier,
Kein Grabstein laste schwer auf dir,
Doch sei der Rosen frühster Schein
Des Jahrs auf deinem Rasen dein,
Im Dämmer wildernder Zypressenzier.»

«Denn das Schwert nutzt ab die Scheide,
Und der Seele Glut die Brust,
Und das Herz muß, wie vom Leide,
Ruhn auch von der Liebe Lust.»

Dank der letzten, vielzitierten Strophe war es Buchanan möglich, diese Fragmente zu identifizieren: sie stammten aus der gotteslästerlichen Feder Lord Byrons, dieses aristokratischen Schreiberlings, der so viele empfängliche junge Herzen zu apostatischem und melancholischem Gehabe verleitet hatte. Von Anns ungeratenen Angewohnheiten war ihm ihre Schwäche für das kandierte Gift dieses satirischen, verkommenen Akolythen des Tyrannen Napoleon als die am wenigsten liebenswürdige erschienen, als die, der am vordringlichsten hätte abgeholfen werden müssen, sobald sie seine rechtmäßige Ehefrau geworden wäre. In den Vereinigten Staaten war kein Platz für geckenhafte Anarchie. Wenn er an das harte Leben seiner Mutter in Stony Batter dachte – das Wäschekochen, das Hühnerausnehmen, der in den Augen brennende Gestank nach Holzrauch und Lauge und trocknenden Tierhäuten, das laute Durcheinander von Pferden und Hunden gleich draußen vor der Blockhüttentür, das Rumpeln und Rutschen von Fässern und Kisten und die zotige Sprache der Viehtreiber, vor der weder ihre Ohren noch seine, als er Kind war, geschützt werden konnten, die frommen Dichtungen Miltons und die gemessenen Verse Popes, an denen sie abends, in Augenblicken der Ruhe, im flackernden Schein eines zwischen die Steine des Herds geklemmten Kienspans ihre schöne Stimme übte – wenn er an dieses Leben dachte und es mit Anns verhätschelter, launenhafter Existenz verglich, mußte er einen gewissen Unwillen niederkämpfen, das war nicht zu leugnen. Doch jetzt wurden ihm diese Verse als letzte zarte Brücke über einen Abgrund der Trennung angeboten, sie hatten etwas Klagendes, Anhaftendes und luden ihn, im selben Augenblick, da Ann seine Abschaffung verfügte, dazu ein, die Spur aufzunehmen. Nun gut, er würde ihr ein paar Tage Zeit lassen, damit ihr stürmischer Zorn und die Mäuler in Lancaster sich beruhigen könnten, und dann in Erwägung ziehen, die Brücke zu überqueren. Buchanan war ein stolzer Mann. Er war nicht zur Verteidigung Baltimores ausgerückt und hatte bei strömendem Regen Pferde für die Dritte Kavallerie requiriert, er hatte sich auch nicht, 1812, als einsamer Reiter durch Kentuckys dunkle, blutige Gründe geschlagen und wieder zurück, hatte nicht dreimal die demokratischen Feinde des Richters Franklin in der Staatslegislatur überlistet, um jetzt bei dieser Eisengießereibesitzerstochter um Vergebung zu betteln. Er hatte sich ihre Zuneigung erworben, dessen war er sich sicher, und die weibliche Seele, konservativ von Natur, wendet sich nicht so ohne weiteres von einer etablierten Liebe ab. Wenn er sich mit der Antwort auf ihren Brief ein paar Tage Zeit ließ, konnte ihm das nicht schaden. *Zeit bringt Rosen*, hatte seine Mutter mehr als einmal zitiert, um seine jugendlichen Verletztheiten zu lindern.

All dies in sekundenschneller Reaktion, auf der Ebene bewußter Einschätzung und Berechnung. Untergründig aber ein Übelkeit verursachendes Rutschen. Seine Gesichtsfarbe war die eines

Mannes, der vor einer Stunde eine schlechte Auster gegessen hat oder der soeben zu einem tödlichen Duell gefordert worden ist. Die Demütigung. Die Schmach. Wie sollte das gehen, daß sie einander nicht mehr sahen und er dennoch nicht ausgeschlossen war von all den strahlenden Zirkeln der Lancaster-Gesellschaft? Rings um ihn in den geradlinigen Straßen dieser Stadt, in der es keine Geheimnisse gab, wimmelte es von Ohren, die zum Lauschen gespitzt waren, und von Mündern, die nur darauf warteten, loszugackern. Seine Reputation war zuschanden gemacht worden durch diese Repudiation. Ein dunkler bitterer Geschmack, Haß auf all die Eisen-Colemans stieg ihm hinten in der Kehle hoch, und er mußte ihn wieder hinunterschlucken, wie er da zwischen den Bibliotheksregalen und den aufgeschlagen herumliegenden Büchern stand und die Männer im Raum sich langsam wieder ihren Beschäftigungen zuwandten, als seine Blässe nachließ. Warum führte Gott diesen Schlag gegen ihn? In seinem Herzen war's wie der dumpfe Aufprall eines Fasses voller Nägel, das mit splitternden Dauben hinten von einem Conestoga-Wagen fiel und eine Delle so tief wie ein zinnerner Schöpflöffel im Erdboden hinterließ. Gott hatte ihm das letzte Mal 1808 einen solchen Schlag zugefügt, als sein Vater den Brief vom Direktor des Dickinson-College geöffnet hatte. Damals waren ihm auch so ein schrecklicher Geschmack, so eine Ungläubigkeit in der Kehle hochgestiegen. Und das Mal davor war, als die kleine Elizabeth starb. Das war 1801 gewesen. Sie waren zu der Zeit schon nach Mercersburg umgezogen, und sein Vater hatte nicht nur einen Laden, sondern auch eine Farm. Seine neue Schwester – er hatte schon drei – schlief in einem Winkel des Zimmers seiner Mutter in einer Wiege. Tag für Tag sich über sie beugend, sich wundernd, warum ihr Bettchen immer so roch wie das Stroh, wenn der Stall nicht ausgemistet worden war, sah der kleine Jamie seiner Schwester zu, wie sie in ihrer Wiege nach Luft rang. Ihre glänzenden blauen Augen sahen zornig aus und sanken tief in die Knochenhöhlen, und ihre Wangen wurden mager und runzlig. Sie sah immer weniger wie ein Säugling aus, immer mehr wie ein alter Mensch oder ein alter zorniger Affe. Ihre

Hände rollten sich auf der Brust zusammen, und ihre Augen wurden matt wie Kerzenwachstropfen, und dann kam ein Morgen, da war sie am ganzen Körper wächsern, ihr Lebensfunke war erloschen, und sie war im Himmel, bei seiner Schwester Mary, die in dem Jahr gestorben war, da er geboren wurde, als ob sie ihm Platz gemacht hätte. Elizabeth war der Name seiner Mutter, so wie sein Name der seines Vaters war. Elizabeths zorniger blauer Mund mit seinen trockenen Quäklauten und dem gelben Erbrochenen war dreieckig geworden, ein scharfkantiges Loch, das nach unten führte, ins Nichts, und etwas Furchtbares – das unbeugsame Nein, das Gott verhängen konnte – senkte sich in den Magen ihres Bruders wie ein Stein, wie der Fall eines Fasses mit Nägeln. An jenem Tag, so schien es seinem fehlerhaften Gedächtnis, hatte seine Mutter in ihrem Leid Zuckermaisküchlein gebacken, als ob sie ihre anderen Kinder – Jamie, Jane, Maria und Sarah – dafür belohnen wollte, daß sie weiterlebten.

Ich erinnere mich, wenigstens scheint es mir so, an einen Augenblick – er muß sich zumindest ein Jahr nach Beginn der Ford-Administration zugetragen haben, denn er zeugt von einem fortgeschrittenen Stadium familiärer Neugruppierung –, da Genevieve und ich ihre beiden kleinen Töchter zu Bett brachten: auf einem Futon, der auf dem Fußboden des Wohnzimmers meines Apartments in Adams ausgebreitet war. Die Mädchen, Laura und Susan, waren neun und sechs Jahre alt. Die Vollkommene Ehefrau und ich hatten ihnen in meinem Wandschrank von einer Küche mit den verborgenen Kakerlakentruppen, die in der Nacht aufzumarschieren pflegten, ein vollkommenes Kinderessen gemacht – sagen wir, gut durchgebratene Hamburger, nicht tiefgefrorene Erbsen und Pommes frites und zum Nachtisch Eis am Stiel. Wir spielten alle zusammen irgendein Brettspiel – ich weiß nicht mehr, wie es ging, es basierte auf den zotteligen Monstern der *Sesamstraße* und hatte ein Rad, das man drehen mußte und das immer wieder beim selben Tortenstück der Anweisungsscheibe steckenblieb – und brachten dann die Mädchen zu

Bett und gingen selber schlafen. Ganz so, als ob wir richtig verheiratet und von Rechts wegen eine Familie wären.

Mir kommen die Tränen bei dieser so hübschen und gefährlichen Erinnerung. Die Mädchen starrten ernst zu uns auf, die glatten Ponys zu Hochglanz gebürstet – Laura war sandhell wie ihr Vater, Susan hatte das strenge, unvermischte Schwarzhaar ihrer Mutter, das von fast chinesischem Lüster war –, und der weit aufgerissene Blick ihrer Augen glich dem der kleinen Lieblingspuppen und Stofftiere, die mit ihnen unter der L.L.-Bean-Steppdecke steckten. Laura drückte ein Plastik-Glamourgirl mit Glasseidenhaar und langen steifen rosa Plastikbeinen an sich und Susan ein schlappes Lamm mit schmutziger Wolle. Materie am falschen Platz. Daß sie da waren, auf meinem Fußboden, haute – eine Redensart jener Ära – voll bei mir rein. Gleichzeitig Gastgeber und Eindringling, Zerstörer und Ernährer, machte ich ein Gewese um praktische Einzelheiten. Würde es ihnen zu warm werden, weil ich doch die Heizung nicht abstellen konnte? Ich würde das Fenster einen Spalt weit aufmachen. Sollte ich die Badezimmerlampe anlassen, damit sie im Dunkeln hinfinden könnten? Ja, aber ich würde die Tür nur ein ganz kleines bißchen offenlassen, damit das Licht ihnen nicht ins Gesicht schiene. Würde das Geräusch des Stadtverkehrs und das flackernde Neonschild des Restaurants sie am Einschlafen hindern? Ich könnte das Rouleau herunterziehen und das Fenster dann vielleicht doch lieber ganz schließen. «Eure Mommy und ich, wir sind gleich im Zimmer nebenan, falls ihr irgendwas braucht.»

«Ihr könnt eure Tür zumachen», sagte Laura mit, wie ich mir einbildete, frühreifem Verständnis für unser Bedürfnis nach Ungestörtheit. Rückblickend war's wohl eher *ihr* Bedürfnis, meine Umstandskrämerei zu beenden.

Ich lachte komplizenhaft. «Danke, Laura, aber da *ist* komischerweise gar keine Tür. Es ist kein Platz da, um eine Tür auf- und zuzumachen, das Bett beansprucht das gesamte Schlafzimmer, und der Heizkörper ist auf dieser Seite, und da hat jemand, der vor mir hier gewohnt hat, die Tür aus den Angeln genommen und sie weggeworfen.»

«Ist das nicht gegen das Gesetz?» fragte die kleine Susan.

«Du meinst», sagte ich, «wie wenn man von einem Kissen das Schildchen abschneidet, auf dem steht: Abschneiden gesetzlich verboten?»

Die beiden Mädchen starrten stumm, den Scherz nicht verstehend, zu mir herauf. Doch ich war ein neuer Faktor in ihrem Leben, und sie wollten vorsichtig, respektvoll sein.

Wo war ihr wirklicher, ihr rechtsgültiger Vater? Jetzt kommt es mir in den Sinn: er war in den Bergen, beim Skilaufen. Die Paare im Kollegium hatten ihr mitfühlendes Herz für ihn entdeckt und luden ihn ständig irgendwohin ein – zum Segeln, zum Skilaufen, drei Tage ins Tenniscamp. Er war der allgemeine Liebling. Zu dem Zeitpunkt damals, als wir, die Mäuschen, spielten, war er, da bin ich mir ziemlich sicher, mit den Wadleighs unterwegs. Die hatten sich, nach einem Jahr aushäusiger Umtriebe und gründlicher Konsultation ihrer Finanzberater, wieder zusammengetan. Wendys Geld hatte sich wie ein zäher Leim in die Fugen ihrer Ehe gesetzt, und Ben besaß zu viele Klaviere, um auszuziehen. Zusätzlich zu ihrem modernistischen Haus überm Fluß hatten sie ein Condo in einem postmodernen Komplex oberhalb von Conway, nahe dem Wildcat. Brent machte also mit den Wadleighs die Pisten unsicher, während seine vollkommene Ehefrau und ich in den Slums von Adams trautes Heim spielten. Nicht in «den Slums», die ganze Stadt war, wie manche zu sagen pflegten, ein Slum. Nur die kühnsten unserer Wayward-Mädchen überquerten je allein die Brücke, um Schneestiefel zu kaufen oder ihre Schreibmaschinen reparieren zu lassen, und ein übler Bursche war, wer eine von ihnen auf einen Streifzug durch die ethnischen Bars einlud, die sich in langer Kette mit den fast gänzlich leerstehenden Fabriken abwechselten.

Von der schwankenden Höhe meines verdorbenen Erwachsenseins sah ich auf die starrenden kleinen Mädchen hinab. Laura hatte unter Brents borstigem beigefarbenen Haar die zarten Züge Genevieves – die Schlehenaugen, die sternstrahlenhaften Wimpern, die feingewölbte Nase mit den zusammengepreßten Nüstern –, und Susans schwarzes Haar, seidiger noch als das ihrer Mutter, umrahmte eine Stirn und eine Kieferpartie, die ausgeprägt und leicht eckig waren wie bei Brent. Aber Genevieve hatte auch nicht gerade ein fliehendes Kinn; es war pflanzschaufelförmig [Red.: Habe ich das schon gesagt?], mit einer köstlichen, küssenswerten flachen Stelle, fast einer Delle, kleiner als ein Zehncentstück, in der Mitte. Tatsächlich waren die Mädchen noch ungeformt, und Spuren ihrer Eltern strudelten innerhalb einer reinen Potentialität, die in mir das starke Gefühl von separater Identität wachrief, von genetischer Synthese, die vorwärts in eine Welt geschleudert war, welche mich am Ende zurücklassen würde. Im Augenblick aber ragte ich über ihnen. Die Mädchen waren immer freundlich, wenn auch schüchtern mit mir gewesen; für sie war ich ein Mann, der erschienen war, um ihre Mutter in dem Vakuum, das ihr Vater hinterlassen hatte, zu trösten und abzulenken. Ich wurde für das Heilmittel gehalten, wo ich in Wahrheit das Übel war. Diese Täuschung, die bei meinen eigenen, älteren Kindern nicht funktionierte, machte mich traurig und freute mich zugleich; in jener peinlichen Übergangszeit gehörten die Augen, die mich als einzige nicht anklagten, wenn sie sich mir zuwandten, den beiden Menschen, denen ich am meisten angetan hatte. Und was mir noch mehr Schuldgefühle machte: sie waren entzückende präadoleszente Miniaturausgaben meiner Geliebten und hatten nichts von dem mißlichen hormonellen Überdruck und Übergewicht, worunter meine inzwischen zwölf gewordene Daphne zu leiden begann.

«Träumt schön, Kinder», sagte ich zu meinen kleinen Gästen, meinen zukünftigen Stieftöchtern, und so schurkisch ich auch war, hatte ich doch nicht die Stirn beziehungsweise die physische Elastizität, mich hinunterzubeugen und ihnen einen Gutenachtkuß zu geben. Ich zog mich in die Küche, den Bußwinkel, zurück, um das Geschirr abzuwaschen, während die Vollkommene Mutter auf dem Futon zwischen den Mädchen kniete, ihnen die letzten Tröstungen des Tages zuflüsterte und mit einem süßen, verhauchten Wiegenlied und einem Gebet endete. Sie betete mit ihnen, eine Tatsache, die ich ebenso aufregend fand wie ihren hochgereckten, in die Breite gezogenen Derrière, als sie sich tief herabbeugte und ihr Haar sich mit dem ihrer Töchter vermischte.

Wie weit hatte ich mein altes Selbst zurückgelassen und war in ein neues geschlüpft! Meine eigenen Kinder gingen, anderthalb Kilometer entfernt, ohne Gebete zu Bett, in einem hohlen kalten Haus, das riesig geworden war durch das Fehlen eines in ihm wohnenden Mannes, und ich posierte hier in meinem überheizten Unterschlupf als väterlicher Engel, hatte mir meine männliche Erfüllung um den Preis eines vernichtenden Schlags gegen all diese knospenden Leben erkauft. Es war, als hätte ich schmirgelnde Schmetterlinge in mir, die die Innenwände meines Magens wundgescheuert hatten. Die runden weißen Teller, die ich sauber, einen nach dem andern, aus dem Seifenwasser im Porzellanausguß hob, wo sich in wenigen Stunden die Kakerlaken zu ihrer nächtlichen Versammlung einfinden würden, gehörten einem anderen Universum an als ich; ich konnte nie sauber werden.

Und doch... familiäre/erotische Neugruppierungen wie diese gingen auch anderenorts vor sich. Die Königin der Unordnung war keine Heilige. Jetzt, wo Ben Wadleigh fürs erste wieder in seiner Ehe mit Wendy verstaut war, verschwand meine Frau in Begleitung eines bunten Sortiments von Galanen in der Nacht, einschließlich eines, wie meine Kinder mir in schockiertem Ton sagten, Schnösels, der viel jünger war als sie und behauptete, Tischler zu sein, und wir alle wußten, was das in der Ford-Ära bedeutete – wenn jemand sagte, er sei Tischler, dann hieß das, er war ein Aussteiger, ein Hippie, ein Upperclass-Bürschchen, das sich sein Gehirn mit Drogen weggeätzt hatte. Norma war grundsätzlich mit einer Scheidung einverstanden, war aber in ihrer unordentlichen Art zu träge, um juristische Schritte zu unternehmen, und ich hatte nicht das Herz, sie zu drängen. Es genügte, daß sie, die mit den Kindern zusammenlebte, sich in deren Augen schlimmer ausnahm als ich, eine Art verlorener Sohn außer Sichtweite drüben in Adams, der hin und wieder im Haus aufkreuzte und sich das gemästete Kalb schmekken ließ.

Als die Teller alle, wie keramisches Fischbein, hinter einem Haifischgrinsen aus abgewaschenen Messern und Gabeln im gummibezogenen Gestell staken, ging ich leise ins abgedunkelte Wohnzimmer zurück und begegnete auf halbem Weg Genevieves Bild. Ihr eine Spur zu breites Gesicht, ihre schlanken Hände, noch immer mit Trauring, das Dreieck des weißwollenen Rollkragenpullovers im V-Ausschnitt ihrer schwarzen Cashmerejacke schwammen in den gezackten Schatten des Zimmers wie trockene Stellen in einem zu stark eingefärbten Zeitungsrasterbild. [*Rückblick*-Red.: Falls zu viele Vergleiche, streichen Sie welche, ganz so wie die herzlosen Vogelmütter bei manchen Arten zulassen, daß die schwächeren Jungen von den stärkeren aus dem Nest gestoßen werden.] Wenn ich Genevieve umarmte, war es jedesmal ein kleiner Schock für mich, zu spüren, wie wirklich sie war – die knochigen Partien ihres Rückens, die Muskelmasse ihres Brustkorbs, die ovoide Kompaktheit ihres Kopfes mit seinen beweglichen, verletzlichen, begierigen Gesichtskomponenten. Wir küßten uns immer, als müßten wir ein Bedauern ersticken, das sonst womöglich ausgesprochen würde. In diesem Augenblick küßten wir einander nur flüchtig, denn die Mädchen waren vermutlich noch wach und beobachteten uns. Wir hatten vom Abendessen noch ein wenig Weißwein übrig und nahmen die Flasche und die beiden Gläser, die zum Trocknen im Gestell standen, mit ins Schlafzimmer. Weil es kein anderes Möbel im Zimmer gab, setzten wir uns zusammen aufs Bett, und weil es keine Tür gab, sprachen wir im Flüsterton. Der Schein der Stadtlichter, der von unten heraufdrang, einschließlich des Neonflakkerns hinten an der Straße, füllte das enge Zimmer mit einer wischenden Helle, deren Vielschichtigkeit durch das halb heruntergezogene Rouleau noch vielschichtiger wurde.

«Was ist los, Alf?» fragte sie sanft. «Du bist so traurig.»

«Ich bin nicht traurig», log ich, wissend, daß die Wahrheit irgendwann herauskäme, so sicher, wie unsere Unterwäsche von uns abfallen würde, «ich bin nur ein bißchen still. Die Mädchen waren so süß heut abend. Sie haben Vertrauen zu mir.» Dadurch, daß wir mit heiseren gedämpften Stimmen sprachen, veränderte sich die Natur dessen, was wir sagten, alles bekam etwas Dringliches; wir gaben Paßworte in einem *film noir* von uns.

Zur Helle im Zimmer gesellte sich ihr Lächeln, das unterhalb ihrer weißen, mit Glanzlichtern betupften Augäpfel schimmerte. Es ist immer unvorstellbar für mich gewesen, wie Menschen mit bloßen Daumen anderen die Augäpfel herausquetschen konnten, obwohl diese Praxis historisch zur Genüge belegt ist. «Warum auch nicht? Du bist sehr vertrauenswürdig.»

Sie war mit ihren Statements der Zeit oft ein wenig voraus; sie meinte, ich würde vertrauenswürdig *werden*, wenn ich mich zum legalen Stiefvater der Kinder machte. «Frag mal meine eigenen Kinder, wie *die* das sehen», blubberte es aus mir heraus.

Ihr Lächeln verglomm, aber es bestand keine Gefahr. Sie war schon öfter an diesem Punkt angekommen. «Du unterhältst sie», legte sie mir dar. «Du besuchst sie. Du besuchst sie oft, und ich beklage mich nie.» Ihre kleine Litanei hatte einen schwingenden Rhythmus, wie das Schlaflied, das sie den Mädchen vorsang, Abend für Abend. Sie beschleunigte das Tempo. «Du gibst ihnen fast dein ganzes Geld, und du bist sehr geduldig mit ihrer Mutter. Du hast was von einem Heiligen, Alf.»

Ich mußte lachen über diesen letzten Satz, obwohl die Schattengruben ihrer Augenhöhlen, der Knochen-Cupulae, die die verletzlichen Schlehen hielten, randvoll mit feierlichem Ernst waren. Die Wundheit in meinem Magen ließ allmählich nach. Die gute alte Redekur. «Meine Kinder sind auch süß», sagte ich. «Sie klagen mich nie an, sie fragen mich nie, wieso alles so ist, wie's ist.» Das stimmte nicht ganz: Daphne, das Küken unter den dreien, aber eine angehende Frau, hatte kürzlich angefangen, den Problemen, die die beiden Jungen stoisch ignorierten, auf den Grund zu gehen.

Genevieve schlug einen neuen Kurs ein, und ihre *voce* war nicht mehr ganz so *sotto*; ihr Mutterinstinkt sagte ihr, daß die Mädchen jetzt schliefen. «Sie *brauchen* nicht zu fragen, Alf. Sie konnten sehen, wie ihre Mutter dich behandelt hat. Du hast in der Hierarchie dieses Haushalts unter den Katzen rangiert. Jeder in Wayward hat das sehen können. Mit das erste, worüber einige aus dem Kollegium mit uns tratschten, als wir hierherkamen, war, wie sehr Norma dich bevormundet hat.»

Mein Gattenimpuls war, Norma zu verteidigen, zu erklären, daß ich nicht besonders gelitten habe, daß zum Bevormunden zwei gehören, daß wir, seit unseren entspannten Cambridge-Tagen, eine gemeinsame Art zu leben entwickelt hatten, einen Stil gegenseitiger freundlicher Vernachlässigung; aber da die Vollkommene Geliebte sich, ehefraulich genug, mit mir den Abend um die Ohren schlug und die Rücksichtnahme eines Ehemanns von mir erwarten durfte, unterdrückte ich diesen Impuls mit einem Schluck unseres übriggebliebenen Weins. «Was wurde im Kollegium sonst noch über uns geredet?» fragte ich.

Genevieve war nicht erbaut von meinem neugierigen Vorstoß, von der Art, wie ich das für sie untypische Abweichen von der Diskretion ausnutzte, aber sie mußte wohl oder übel mitmachen, aus denselben Gründen, aus denen ich unseren riskanten Versuch, heute nacht Familie zu spielen, reibungslos verlaufen lassen wollte. Im Zentrum unseres Skandals, mit zentrifugalen Ehegesponsen, hatten wir einander, so sicher wie die Hauptakteure einer «arrangierten Heirat», auf dem Hals. Sie sagte widerstrebend: «Sie haben davon gesprochen, was für eine begabte Malerin Norma sei und wie schade, daß sie nie ein Bild zu Ende malt, und was für ein brillanter Kopf du wärst und daß es eine Schande ist, daß du mit deinem Buch über Buchanan nie fertig wirst.»

Ich erwartete, daß sie weiterredete, wie die Königin der Unordnung es getan hätte, die ihre Gedanken bis zu einer provozierenden Aporie mäandern zu lassen pflegte oder in ein mähliches Verstummen hinein, das, aufgrund unserer alten Gewohnheiten, anregend mit einer unausgesprochenen Intuition meinerseits harmonierte. Aber der Stil dieser neuen Frau war, aufzuhören, wenn sie nichts Eindeutiges und Bestimmtes mehr zu sagen hatte. Das bürdete mir mehr Konversationslast auf, als ich gewohnt war. Ich machte einen Versuch: «Wahrscheinlich *möchte* ich nicht fertig werden. Ich fürchte mich, von ihm getrennt zu werden.»

«Von Buchanan?» sagte sie, ehrlich überrascht. Wir konnten einander noch überraschen, das war hübsch.

«Ja. Ich liebe ihn», sagte ich; ich fühlte, daß mir der Wein zu Kopf stieg, und hoffte, daß ich in meinem Schwips nicht den Fehler machte, sie zu sehr gegen den Strich zu bürsten. Aber wie konnte sie eifersüchtig sein auf einen Mann, der seit langem tot war? Staub, das war er jetzt, auf dem Woodward Hill Cemetery, Staub und Knochen und ein paar Hautreste, wie ein Mylodon.

Ihr Lächeln kam und ging rasch, Frauenwärme unter der Oberfläche des Halbdunkels im Zimmer signalisierend, eines Halbdunkels, das vom nächtlichen Adams mit bläulichen und gelblichen Lichtflecken betupft wurde. «*Ist* er liebenswert?» fragte sie vernünftig.

«Nicht sehr», gab ich zu, und dann, eine Kehrtwendung machend: «Doch. Sehr. Er war steif und gewissenhaft und vorsichtig. Seine präsidialen Ansprachen sind so trocken, daß man ihn hassen möchte. Aber dann tut man es doch nicht, man spürt plötzlich eine Denkweise hinter den Worten, die einem einleuchtet, die versucht, einen Balanceakt hinzukriegen. Die Leute des neunzehnten Jahrhunderts haben alle etwas Einleuchtendes gehabt, auf eine Weise, wie wir es nicht mehr haben. Sie hatten noch eine Sprache, mit der man etwas anfangen konnte. Aber», fuhr ich fort und legte eine präliminarische Hand unten auf ihren Rücken, auf das kleine Fettpolster, das von ihrem Hintern hochgeschoben wurde, so wie sie da, mit yogamäßig gekreuzten Beinen, auf meinem Bett saß, «es ist kein Kunststück, einen liebenswerten Menschen zu lieben, das kann jeder. Der Historiker ist herausgefordert, die nicht Liebenswerten zu lieben. Buchanan hatte Angst vor der Welt. Er dachte, sie hätte es auf ihn abgesehen, und das stimmte, er hatte recht. Er hat versucht, Frieden zu halten. Alle Präsidenten in dem Jahrzehnt haben das getan, Fillmore, Pierce, Buchanan, alle drei haben das versucht, ich will sagen, sie haben es geschafft, sie haben den Süden bei Laune und in der Union gehalten, was wichtig war, denn wenn der Krieg in den fünfziger Jahren ausgebrochen wäre und nicht erst 1861, hätte er womöglich einen ganz anderen Ausgang genommen; der Süden konnte mit all seinen Aktiva aufwarten – der militärischen Tradition, den großen Offizieren, dem spezifischen Südstaaten-

Patriotismus, King Cotton –, und der Norden mußte sich erst noch berappeln. Die Geschichte hat's ihnen herzlich schlecht gedankt – den Doughface-Präsidenten, den südstaatenfreundlichen. Die Geschichte liebt Blut. Sie liebt die großen Blutvergießer. Der arme Buchanan war seiner Zeit voraus, er hat versucht, die Menschheit eine Stufe höher zu bringen, raus aus dem Blut. Andererseits muß man sagen, er hat die Macht geliebt, diese spinnenartige Macht, die Politiker damals hatten, als alle Fäden bei nur ganz wenigen zusammenliefen; er war Polks Außenminister, und Polk hat sich *nicht* gescheut, Blut zu vergießen. Die Art und Weise, wie die beiden Mexiko in den Krieg gelotst haben, war wirklich ziemlich schändlich und gerissen, die mexikanischen Regierungen wechselten in einem fort, man kann fast sagen, es gab überhaupt keine Regierung, gegen die man hätte Krieg führen können. Und Jackson scheute natürlich auch nicht vor Blutvergießen zurück. Buchanan wurde ein Jacksonian, weil Jackson *der* Machtfaktor war, der einzige übrigens, als die Aristokraten mit Quincy Adams im Sande verlepperten; eine komplette neue Partei kam auf, die Whigs, zu keinem andern Zweck und Ziel, als gegen *ihn*, Jackson, zu sein; sie haben sich den Namen Whig gegeben, um durchblicken zu lassen, daß Jackson ein Tory war. King Andrew haben sie ihn genannt. Die Whigs haben was Trauriges an sich: ihre großen Figuren, Webster und Clay, haben es nie zur Präsidentschaft gebracht, und die zwei Präsidenten, *die* sie wählten, Harrison und Taylor, waren beide Generale und starben, kaum daß sie im Amt waren; es war wie ein Fluch. Buchanan wurde Jacksonian, um sein eigenes politisches Überleben zu sichern, aber Jackson schüchterte ihn ein, genauso wie Gott es tat. Es war eine Umkleideraum-Geschichte, so wie ich das sehe; um ihm seine Verachtung zu zeigen, schickte Jackson ihn nach Rußland. Das machte man damals mit politischen Freunden, die man nicht leiden konnte, man machte sie zu Gesandten in Rußland. Man stellte sie kalt. Eine Menge Pennsylvanier wurden Botschafter in Rußland, weil keiner je so recht wußte, was er innenpolitisch mit Pennsylvania anfangen sollte; es war riesig und hockte da in der Mitte von allem, der Keystone

State, der Schlußsteinstaat eben, schien aber irgendwie nichts daraus machen zu können. Henry Adams, der Historiker, sagt an irgendeiner Stelle, Pennsylvania sei so damit beschäftigt gewesen, der ideale amerikanische Staat zu sein, daß es zwischen seinen eigenen Interessen und denen der gesamten Union nie unterschieden habe. Der Grund», schloß ich, als meine Hand hinuntergefunden hatte in ihren lieben kleinen Slip – ein Gefühl von Seide, auch ihre Haut: Seide, meine Hand das Fleisch in einem seidigen Sandwich –, «weshalb ich das verdammte Buchanan-Buch nicht fertigbekomme, ist, daß ich zu viel und doch nichts wirklich Neues zu sagen habe, immer nur die alten Fakten, wieder und wieder durch den Wolf gedreht.»

«Du könntest sie dekonstruieren», schlug sie vor, mit einer Stimme, die durch die Streichelbewegungen meiner Hand auf ihrem Rücken wärmer geworden war, träger.

Es ärgerte mich, daß sie die dunkle Kunst ihres Mannes ins Spiel brachte. «Ich weiß nicht, wie das gehen soll», sagte ich. «So, wie ich das sehe, nimmt man der Geschichte, wenn man sie dekonstruiert, ihre Wirklichkeit, ihre Schuld, und für mich ist die Schuld das Wichtigste an der Geschichte – Schuld und Scham, ich meine, als entscheidendes Substrat menschlicher Realität.»

«Ist es das, was ich für dich bedeute?» fragte sie lächelnd, eingelullt von meiner Hand, zu der sich jetzt die zweite gesellt hatte, die linke, die sich in den durch Genevieves Yoga-Haltung entstandenen gespreizten Schoß kuschelte. «Schuld und Scham? Das ist so traurig, Alf. Das ist nicht alles, was einem beigebracht wird, wenn man katholisch erzogen wird. Gott ist herabgestiegen und gestorben, um uns zu retten. Die Welt ist sein Geschenk, das er uns zweimal gemacht hat. Genieß es.»

«Tu ich, tu ich. Wie *geht's* unserm Freund Brent denn?» fragte ich, ein bißchen grausam, als ob sie ihn erwähnt hätte.

«Unverändert. Er ist sehr sachlich. Ein bißchen kühl, nachdem ich sein letztes Angebot ausgeschlagen habe.» Er machte ihr dauernd Angebote; das letzte war, daß, wenn sie zu ihm zurückkehrte, er seinen Posten aufgeben und mit ihr Wayward verlassen würde. Er hatte gesagt, hatte Genevieve mir berichtet, es sei auch mein Wunsch, daß sie von hier weggehe, auch wenn ich es nicht fertigbrächte, das auszusprechen. Sie hatte mich am Telephon gefragt, und verängstigt geklungen, ob das wahr sei. Es war wahr, eine gewisse Erleichterung war über mich gekommen bei dem Gedanken, daß er sie woandershin bringen könnte, aber ich sagte, nein, natürlich sei das nicht wahr, und das war ebenfalls wahr. Die Vorstellung, daß sie aus meinem Leben verschwand, traf mich mit einem dumpfen Schlag, der alles übrige auslöschte: lieber sollte die Welt zusammenkrachen und in Flammen aufgehen, samt allen beteiligten Kindern.

«Was ist mit ihm und den Wadleighs?» fragte ich.

«Ich würde mich nicht trauen, das zu fragen», sagte sie verhältnismäßig kühl. Sie straffte ihren Rücken und nahm meine linke Hand aus ihrem Schoß, die sich an der Innenseite eines seidigen langen Schenkels hinaufgetastet hatte, bis zum Schritt des Slips, der sich feucht anfühlte. «Nichts, da bin ich sicher. Brent ist sehr konventionell. Vergiß nicht, wir kommen beide aus dem spießigen alten Mittleren Westen. Als wir erst mal verheiratet waren, ist es ihm nie in den Sinn gekommen, untreu zu sein. Deswegen war's so schrecklich leicht, ihn zu täuschen», gestand sie. «Ich habe mich so schuldig gefühlt.»

Mir gefiel das: ich wollte, daß sie meine Schuld teilte. Es störte mich, daß sie von uns ein Bild hatte, als seien wir in einem überlegten, Schritt für Schritt geschehenden Übergang begriffen, bei dem Brent und Norma keine unüberwindlichen Hindernisse darstellten. Es trug zu einem gewissen Mangel an Resonanz in ihrer Vollkommenheit bei. Vielleicht resoniert Vollkommenheit nicht. Ich hatte ihr nie von meinem Erlebnis mit Jennifer Arthrop erzählt und von meinem Gefühl, daß das Mädchen Brents Betthase und Sendling war, ausgeschickt, mich in die Falle zu locken.

Sie hatte meine Hand aus einem bestimmten Grund entfernt. «Laß mich nachsehen, ob die Mädchen schlafen», sagte sie, zu einem verschwörerischen Flüsterton zurückkehrend. Sie stand vom Bett auf, und ich aalte mich in der Gewißheit, daß sie wiederkommen würde. Ich konnte sehen, wie ihr Schatten sich tief über die Mädchen beugte; ich hörte, wie sie in der Küche kompetente Geräusche machte und meine Aufräumversuche zu Ende führte, und dann rauschte die Toilettenspülung. Ins Badezimmer gelangte man von der Küche aus, eine Anordnung, bei der die Wasserleitungen an einem Fleck konzentriert waren und der Rest des Apartments den höheren menschlichen Funktionen vorbehalten blieb. Ich döste fast ein in meiner Zufriedenheit, umsponnen von den vernehmbaren Fäden unserer wilden Ehe auf Zeit. Laura oder Susan bewegte sich im Schlaf und stöhnte deutlich die Worte hervor: «Böser Hund», und irgendwo weit weg in Adams heulte beruhigend eine Peterwagensirene. Nicht unser Problem. Anderer Leute Scherereien.

Ich schreckte auf, als meine provisorische Ehefrau in unser mit Bett gefülltes Schlafzimmer zurückkam: leuchtend nackt, ihre makellose Weiße zerschnitten von Schatten, die der durchs Fenster fallende Lichtschein schuf. Sie hielt die Kleider, die sie abgelegt hatte, zusammengefaltet gegen ihre Brüste gepreßt; ihr Schamdreieck war kraß, wie mit dem Prägestempel, in ihre Blässe gestanzt. Sie war kräftig gebaut, ihre Schultern waren eine Spur eckiger und breiter als bei den meisten anderen Frauen, und ihre Brüste waren wie die einer griechischen Statue, weit auseinander stehend und fest, weder groß noch klein, mit Warzen, die erotisch so stark reagierten – sie wurden hart und runzelten sich –, daß sie sie manchmal selber streichelte, sie mit den Fingerspitzen spielerisch liebkoste und sie, während sie hart wurden, zwischen meinen Lippen aus und ein gleiten ließ. In den kubistischen Verschachtelungen von Hell und Dunkel im Zimmer waren ihre Schulterblätter und Beckenknochen als scharfe Grate sichtbar, so daß ihre Nacktheit eine Struktur hatte, eine Gefügtheit, eine Intensität der Anatomie wie die einer unbeholfen gemeißelten Eva, die, leicht vorgebeugt, ein riesiges Feigenblatt an sich drückend, ein mittelalterliches Portal schmückt. Meinen Händen aber war sie ganz seidig und farnig, ein sich verzweigender Baum voll reicher, pflückbarer Überraschungen, königinnenhaft im üppigen Schimmer ihrer Haut, mädchenhaft in ihrer willfährigen Akrobatik, eine vollkommene Mischung aus aufmerksam gespanntem Nerv und ruhsamem Fleisch, und dazu diese Kompaktheit, wie die eines feiner gearbeiteten Mannes, so daß ich immer das Gefühl hatte, *mir selbst zu begegnen*. Ganz und gar, obgleich ich hier in dieser verschatteten Kammer, während wir uns bemühten, unsere Geräusche zu unterdrücken, damit die Kinder nicht aufwachten, nur schimmernde Teile sah – die Wölbung einer Hinterbacke, die Zähne in ihrem offenen Mund, das Blitzen ihres Rings an ihrer Hand an meinem aufgerichteten Schwanz.

«Liebling», hauchte ich. «Tu mir einen Gefallen.»

«Was, Liebling?»

«Nimm deinen Trauring ab.»

Sie zögerte. «Warum?»

Ich packte ihren Kopf, um meine Lippen fest gegen ihr Ohr zu drücken. Ihr feines schwarzes Haar strich mir klebrig über den Mund und die Unterseite der Nase. «Damit du ganz nackt bist. Damit du ganz mir gehörst. So gehörst du zur Hälfte noch ihm.»

Sie schüttelte den Kopf wie ein Hund, um ihr Ohr von meinen Lippen, ihren Schädel von meinen Händen zu befreien. Sie starrte mich an und sagte in gleichgültigem, neutralem Ton: «Und solange du zuläßt, daß Norma die Scheidung hinauszögert, gehörst du zur Hälfte noch ihr.»

«Sie hat eingewilligt. Es wird schon werden. Sie ist eben langsam. Herrgott, laß sie doch.» Ärger war in mir hochgestiegen und brachte den Liebessaft zum Gerinnen. Sogar mitten im Lieben bestand Genevieve auf unserer Abmachung. Ich versuchte, ihr den Ring abzuziehen. Sie beugte das Gesicht auf unsere Hände nieder und biß mir heftig in den Finger. Ich zog meine Faust weg und boxte sie ihr in die Seite, unterhalb der Rippen, wo der Körper weich und ungeschützt und flüssig ist, eine Ansammlung von Tintenfischen, Schnecken und Quallen. Sie rollte mit einem erstickten Stöhnen von mir weg, spreizte dann aber die Beine und hieß mich ohne Worte, über sie zu kommen und sie zu ficken. Sie kam schnell, einen Herzschlag vor mir, wie um mich in meine Schranken zu weisen. Ich ergoß mich, so schien es mir, einem Strom gleich in ihr heißes Inneres. Keine Kondome damals, keine Angst vor dem Mikroskopischen. Die Gefahren waren alle makrokosmisch, unbestimmt und riesenhaft; Brents psychologische Gegenwart kam mir wie ein Berg vor. An seinem Fuß lagen wir verausgabt und schlüpfrig von kleinen Bächen komplexer Moleküle. Der Trauring war noch an ihrer Hand. Ich fragte mich, ob ich sie so nicht am liebsten hatte, mit goldenem Ring an einen anderen gefesselt, während ich ihre vollkommene Möse vollpumpte. Wie weiter oben dargelegt [S. 29], waren Körperflüssigkeiten in der Ford-Ära noch heilig und rein. Ich wollte, schläfrig, alles von Genevieve trinken – den Tau auf ihrer Oberlippe und am Haaransatz, den bitteren Sumpf ihrer Achselhöhlen, den glitschigen See ihres Bauchs, den Schweiß ihrer Füße. Ich nehme an, ich wollte mein eigenes Sperma aus ihr trinken, da unten, wo sie, mit Wendys Worten, ganz naß und schmierig war. Ich erinnere mich an eine andere Frau irgendwo im Gestrüpp der Ford-Zeit, die, als ich mich entrollte und sie auf den Mund küßte, nachdem ich eine gute Weile bei ihr auf Tauchstation gewesen war, ausrief: «Ich küsse meine eigene Möse!» Es sind tiefe Wasser, in denen wir uns selbst begegnen, auf uns treffen mit Atemgeräten.

Entschuldigung, *Rückblick*. Ich wollte nicht auf diese zur Veröffentlichung ungeeignete Weise drauflosplappern. Ich wollte die Passage beenden mit «mir selbst zu begegnen», kursiv gesetzt. Meine Geliebte, Brent Muellers Frau, begegnete mir, traf mich unmittelbar in jenen fleckig erleuchteten sexuellen Katakomben, die berühmt sind (s. *Romeo und Julia*) für fehlgeschlagene Verabredungen.

Ann Coleman – nach Philadelphia abgereist! Übermüdet, die Nasenflügel gerötet von einer beginnenden Erkältung, bestieg sie früh am Samstag morgen, dem vierten Dezember, die Postkutsche und trat die beschwerliche Tagesreise auf der Mautstraße an. Der heraufziehende Tag war vorerst nur als ungesunde Röte tief am östlichen Himmel sichtbar, ein Spalt fahlen Lichts unterhalb einer Kuppel aus Dunkelheit, an der, Flocken gefrorenen Taus gleich, noch Sterne hafteten, wiewohl der Mond schon verblaßt war. Rohe, klamme Kälte griff nach ihren Händen, ihren Fesseln. Ihre Haut schien ihr überempfindlich; vielleicht hatte sich Fieber zum Schnupfen gesellt. Ihr Kopf kam ihr eigenartig vor – seine scharfen Wahrnehmungen waren losgelöst von ihr selbst, wie ein Zuschauer von einer Darbietung. Die Erde war frosthart, und auf dem Halteplatz vor dem White Swan Hotel hatte alles – das quietschende, mit gefrorenem Schlamm verkrustete Fahrwerk der Kutsche; die zuschlagenden Türen, die mit den Bildern englischer Rennpferde in ovalen Rahmen verziert waren; die nervös scharrenden Hufe der realen, von den Geschirren zernarbten Pferde; sogar die Stimme des Kutschers, der in deutscher Sprache die Gepäckträger anherrschte, Knaben noch, welche die Hoffnung auf ein paar Pennies aus ihren warmen Betten getrieben hatte – einen lauten, ungeschlachten, ungezügelten Klang. Ihre jüngere Schwester Sarah begleitete sie: das ist historisch verbürgt, ebenso wie die kaum glaubliche Tatsache, daß Sarah sechs Jahre später, mit dreiundzwanzig Jahren, im gleichen Alter, in dem Ann jetzt war, unter fast den gleichen Umständen wie ihre ältere Schwester in Philadelphia den Tod finden sollte. Wieviel oder wie wenig Robert Coleman, neben den Berks-County-Vorurteilen seiner Frau und den Stimmungsschwankungen seiner übererregbaren Tochter, zum Auseinanderbrechen des Verlöbnisses zwischen Ann und dem stattlichen, strebsamen jungen Rechtsanwalt aus Mercersburg beigetragen haben mochte, es war Coleman allein, der, sechs Jahre später, den Reverend William Augustus Muhlenberg aus Sarahs Leben verbannte, wegen keines größeren Vergehens als dem, daß der junge Geistliche, es muß 1822 gewesen sein, darauf beharrte, abendliche Gottesdienste in der St.-James-Episkopalkirche abzuhalten. In jenen Tagen rollten wohlhabende, erfolgreiche Männer, weiß, protestantisch, landbesitzend, über kleinere Existenzen hinweg wie Fässer, die bis zum Bersten ihrer Dauben mit Selbstgerechtigkeit, dick wie Melasse, gefüllt sind.

Am letzten Tag des Juli 1802 geboren, war Sarah 1819 erst

siebzehn Jahre alt, mit rosigen Wangen und plappernden Lippen zwischen ihrer Schute und den unter dem Kinn zu einer Schleife gebundenen seidenen Schutenbändern. Sie würde einmal einen schönen Mund haben, sah Ann; die Oberlippe schmiegte sich sanft vorstehend auf die untere wie bei einer Löwenmaulblüte, die sich öffnet, wenn man sie zusammendrückt. Ein flaches Grübchen in ihrer Wange kam und ging, während zwischen ihren Lippen munteres Geschnatter und sichtbarer Atemdampf hervorsprudelten. Sie war die molligere von den Schwestern, ihr Haar war lockiger, ihr Denken oberflächlicher und beeinflußbarer; die Wangen gerötet, die Augen glänzend, wie mit Tränen lackiert, war sie bis zur Albernheit erregt und überdreht durch dieses Abenteuer, einen Besuch bei ihrer beider Schwester Margaret, die in einer imposanten, aus Ziegeln erbauten Stadtvilla an der Chestnut Street lebte, zusammen mit ihrem Gatten, dem Richter Joseph Hemphill, welcher im scherzliebenden Commonwealth Pennsylvania allenthalben als «Einmalredner Hemphill» bekannt war, weil seine Antrittsrede im Siebten U.S.-Kongreß sich auch als seine letzte erwiesen hatte. Die jungen Damen aus Lancaster wollten einkaufen, das Theater besuchen und, sofern das Wetter und ihr Befinden es zuließen, sich in den Straßen mit den prächtigen georgianischen Gebäuden ergehen, die Zeugnis ablegten von der Bedeutung Philadelphias während der Kolonialzeit und von dem Jahrzehnt, da es der Nation als Hauptstadt gedient hatte. Gaslampen* und Scharen von Menschen in extravaganter Aufmachung und Geschäfte voll europäischer Galanteriewaren aller Art! Der Vater hat sich diese Vergnügungs-

* 1816 in Philadelphias Neuem Theater installiert, ihr erster öffentlicher Auftritt in Amerika. Zum allerersten Mal traten sie zehn Jahre zuvor in Erscheinung, als David Melville in Newport, Rhode Island, kühn zu Gas griff, um sein Haus und die Straße unmittelbar vor seiner Tür zu beleuchten. Auf der anderen Seite des Ozeans führte London 1807 als erste Stadt Gas zu öffentlichen Zwecken ein, und Paris übernahm es 1818 als Straßenbeleuchtung.

reise ausgedacht, um Ann von ihrem Kummer und Groll abzulenken, erkennt Sarah, aber nur verschwommen, so geblendet ist sie von der Vorstellung Philadelphias, vom endlos abwechslungsreichen und verheißungsvollen Erwachsenenleben, das sich gleich dahinter auftut. Nichts, was sie bekümmern könnte an diesem Morgen, der Stein in Anns Bauch, die kranke Verzweiflung. Auch als Ann wegen der Kälte des dunklen Dezembermorgens die Hände tiefer im Muff aus Marderfell vergräbt, bleibt das hohle Unbehagen in ihr und wächst sich zu Übelkeit und einem Gefühl tiefer Schwäche aus. Vielleicht ist sie schwanger – doch nein, das ist nicht Geschichte, das ist bloße Spekulation. Buchanan war jungfräulich – unser einziger jungfräulicher Präsident. Ann macht ihn dazu, entmännlicht ihn für immer in dem Augenblick, da sie den Fuß in die Kutsche setzt, welche sie fortträgt aus seinem Leben und aus der Geschichte.

Die Reisetaschen sind in dem Gefährt verstaut. Vielleicht war es noch ein plumper, ungefederter Postwagen mit Segeltuchverdeck, offenen Seiten und rohen Holzbänken; ich würde meine Damen jedoch lieber einer neumodischen Equipage anvertrauen, einer sogenannten Concord-Kutsche, deren eiähnliche Form von den «Tallyhos», den Vierspännern, inspiriert wurde, die auf britischen Regency-Stichen abgebildet sind und deren hohe, breitbereifte Räder mit den Baumstümpfen und Steinbrocken fertig wurden, die noch auf dem Fahrweg lagen. Um die Stöße so gut wie möglich abzufangen, war die «Schwingboden»-Karosserie an «Kutschriemen» aufgehängt, mehrfachen Ledergurten, die den Wagenkasten vor- und zurückschaukeln ließen, so daß es, wie ein Reisender berichtete, *dem heftigen Schlingern eines Schiffes* [glich], *das bei starkem Wind volle Kraft voraus fährt.* Seekrankheit war unvermeidlich, selbst für Passagiere, die weniger zerbrechlich und moros waren als Ann Coleman, und selbst wenn es durch gnädigen Zufall, der selten genug eintrat, keinen der Mitreisenden im geschlossenen Coupé, während die Meilensteine vorbeirumpelten, nach dem Trost des Tabaks verlangte und keiner den käsigen Geruch eines dringend Badebedürftigen verströmte oder die Dünste eines halbverdauten Ale herausrülpste. Die neunundsechzig Meilen von Lancaster nach Philadelphia waren eine Tortur, auch in einer hübschen Concord-Kutsche aus hellem Eichenholz, deren Polstersitze mit Seide bezogen und deren Innenwände mit mythologischen Sujets bemalt waren, Bildern, welche die gegeneinander schaukelnden Gefangenen der Reise mit den zwischen blauen Wellen und weißen Säulen auftauchenden rosa Gestalten von Amor und Psyche, Venus und Mars, Artemis und Aktaion zerstreuten. Ann war bei ihrer Ankunft in Philadelphia kränker als bei der Abfahrt vom Centre Square in Lancaster. Die Nase lief ihr unaufhörlich; ihre Schläfen schmerzten; ihre Kehle fühlte sich wund an; ihre Stirn war heiß, als die Schwester die Hand darauf legte. Ann hatte Schüttelfrost – in einer Zeit, da jede Erkältung Vorbote einer Krankheit mit bösem Ende sein konnte – und ging unverzüglich zu Bett.

Und doch promenierte sie vier Tage später, am achten Dezember, in den Straßen Philadelphias und begegnete einem Freund der Familie Coleman, dem Richter Thomas Kittera, der am folgenden Tag in sein Tagebuch schreiben sollte: *Gestern um die Mittagszeit traf ich auf der Straße die junge Dame bei blühender Gesundheit, und nur wenige Stunden später beklagten ihre Freunde ihren Tod. Sie war einem Manne versprochen gewesen, doch auf Grund eines unerquicklichen Mißverständnisses war das Verlöbnis zerbrochen. Dieser Umstand lastete auf ihrem Gemüt. Am Nachmittag hatte sie unter einem Anfall von Hysterie zu leiden; am Abend war sie so wenig unwohl, daß ihre Schwester ins Theater ging. Nach Einbruch der Nacht wurde sie von so heftigen hysterischen Krämpfen geschüttelt, daß die Familie sich veranlaßt sah, nach Ärzten zu schicken; die meinten jedoch, es werde bald vorübergehen, was es auch tat, doch ihr Puls wurde nach und nach schwächer, bis sie um Mitternacht starb. Dr. Chapman, der mit Dr. Physick gesprochen hat, sagt, ihm sei nie zuvor ein Fall bekannt geworden, wo Hysterie zum Tode geführt habe. Für zärtliche Eltern, sechzig Meilen entfernt, welch eine schreckliche Nachricht, für eine jüngere Schwester, die den Abend in Torheit und fröhlichem Überschwang verbracht hat, welch eine Lektion in Weisheit! Geliebt und bewundert von allen, die sie kannten, wurde sie in der Blüte ihres Lebens, mit Bildung, Schönheit und Reichtum gesegnet, innerhalb eines kurzen Augenblicks dahingerafft.*

Diesen Tagebucheintrag hat George Ticknor Curtis aus einem verlorengegangenen Original abgeschrieben und in seine Notizen aufgenommen, in seiner langweiligen Diskretheit aber in der veröffentlichten Biographie unerwähnt gelassen. Doch sie ist Geschichte, Richter Kitteras Eintragung. Sie hat die Dokumentenvernichtung überlebt, die immer noch wütet – Dokumente werden zershreddert, eingestampft, zusammengepreßt, der Putzkolonne preisgegeben, tief in grünen Plastiksäcken vergraben, gnadenlos durch den Wolf unaufhörlichen kosmischen Vergessens gedreht. Richter Kitteras Eintragung, zwischen Curtis' Notizen in der Historical Society of Pennsylvania verwahrt, wirft ein wässeriges Licht, als ob eine der mit Wasser gefüllten Kugeln (die man, bevor man geschliffenes Glas nahm, als Linse benutzte, um sowohl die Kerzenflamme als auch den Gegenstand, den man sehen wollte, zu vergrößern), zwischen die matte Sonne jenes Dezembermittags und die Silhouetten der jungen weiblichen Figuren geschoben worden sei, die sich von dem blaubraunen Kopfsteinpflaster der menschenreichsten Stadt der Nation abhoben. Waren ihre Arme beladen mit eben gekauften Dingen, die die Provinzler in Lancaster blenden würden? Wurden sie von Dienstboten des Hauses Hemphill begleitet? War es denkbar, daß Richter Robert Coleman [wie viele Richter in diesem Bericht auftreten – ein ganzer Chor von Richtern!], der reichste Mann in Lancaster, seine kostbaren Töchter ohne eigene Begleitung auf Reisen geschickt hätte? Sagen wir, er hat ihnen eine korpulente alte lutherische Duenja mitgegeben, mit einer rosa Warze seitlich über der Oberlippe unter schwarzen Schnurrbarthärchen und mit wassersüchtigen Fußknöcheln und beginnendem Kropf und einer seufzenden Spielart von Philosophie, die Nihilismus mit frommer Resignation tarnt. *Das Leben ist voller Enttäuschungen*, und *Die Zeit heilt alle Wunden*, lehrt sie müde ihre Schutzbefohlenen, die Geduldsspeise der Alten an die hungrigen Jungen verfütternd. Wenn es sie gegeben hat und sie war dabei auf dieser Reise, dann hat sie keine Spur in den Archiven hinterlassen; Dienstboten waren zu jener Zeit so zahlreich und so unterhalb jeglicher Beachtungsschwelle, wie es heutzutage Haushaltsgeräte sind: vielleicht kommt eine Zeit, da unsere Energiequellen erschöpft sind, eine Post-Erdölzeit, die sich nicht vorstellen kann, daß wir unablässig Automobile benutzt und täglich gedankenlos ein Dutzend Schalter an- und ausgeknipst haben. Doch aus den hinterlassenen Dokumenten, den empfindlichen, vergänglichen Dokumenten, geht, umgeben von so viel ewigem Schatten, exakt hervor, von welchen Lustbarkeiten Sarah sich an jenem verhängnisvollen Abend berücken ließ: sie sah den berühmten Joseph Jefferson, Großvater eines Mannes gleichen Namens, der noch berühmter werden sollte, und einen Mr. Bentley samt Gattin in dem Stück *Die griechische Tochter*, außerdem William Collins' «Ode an die Leidenschaften» und die komische Oper *Das Adoptivkind*. Den historischen Zeugnissen läßt sich auch der volle Name des oben erwähnten unwahrscheinlichen Dr. Physick entlocken: Philipp Syng Physick (1768–1837), ab 1819 Professor der Anatomie an der University of Pennsylvania, ein berühmt geschickter und gnädig rascher Entferner von Hämorrhoiden, Rachenmandeln und Gallensteinen.

[«Ode an die Leidenschaften»! Ich sollte, in Erinnerung an meine eigenen durchlebten Leidenschaften, auf die Hysterie eingehen, Anns Hysterie, die nach Dr. Chapmans Erfahrung einzigartig in ihrer Tödlichkeit war. Von ihrem Vater als einem schweren, alles überrollenden Faß voll selbstgerechter Melasse ist schon die Rede gewesen. Dazu kommen knisternde Wolken von Klaustrophobie, die sich nicht als feministisch erkennt. Von allen Seiten bedrängen sie patriarchalische Verbote und Weisungen, und die bedrückenden großen Gesichter ihrer Mutter und ihres überheblichen Bruders Edward (das ihrer Mutter eine selbstgefällige Mischung aus Eisen und Teig, ein stumpfes Old-Gesicht) senken sich auf sie nieder, als sei sie ein Säugling in der

Wiege, und schnüren ihr die Luft ab, dazu das Bild, das vor ihrem geistigen Auge steht: Buchanans undurchdringliches, schiefgeneigtes Gesicht über der prüden weißen Krawatte und dem rostroten Gehrock, das sie, wie in jenem Augenblick am Friedhofszaun, letzten September (s. S. 57), an ein dünnes, bemaltes ausgeschnittenes Stück Blech erinnert, eine fühllose schräge Wand, mit der sie nicht fertig wird, durch die sie nicht hindurchkommt – ein Schreckensbild, auf einer transzendentalen Ebene, auf der ihr Ichbewußtsein sich schneidet mit unserer Wahrnehmung von ihr, wie sie hier gefangen ist in Philadelphia, fern vom tröstlichen Mutterboden des rötlichen, staubigen Lancaster, nicht zählend, zum kosmischen Vergessen verurteilt, eine mindere historische Figur, deren kleines Leben in der Lawine geschichtlich verbürgter Ereignisse höchstens eine Fußnote wert ist, nicht mehr als ein aufschimmernder Augenblick in der gleichgültigen, rasenden Kaskade der gewaltigen Menschheitsannalen – nein, das ist zu sehr *mein* Schrecken, meine Hysterie, meine H(i)st(o)rie, würden die Dekonstruktivisten vielleicht sagen, wenn jetzt nicht auch sie samt ihren lebensfeindlichen Kon(tra)zeptionen aus der Mode kämen und weltauf, weltab zum Gespött würden.

In diese Leere, wo die Geschichtlichkeit aufhört, muß ich etwas stopfen, irgend etwas. Vielleicht einen kleinen Byron, dessen Verse Ann geschlürft hat wie todbringenden Nektar – sagen wir, die letzte, schwellende Stanze seiner «Epistel an Augusta», geschrieben 1816 (als im Neuen Theater die Gaslampen installiert wurden), veröffentlicht jedoch erst 1830, ein Jahr und ein Jahrzehnt zu spät für Ann:

In deiner Brust, o Schwester, eingeschreint,
Du in der meinen, sind wir ungetrennt;
Wir sind und waren stets trotz jedem Feind
Ein Seelenpaar, das keine Wandlung kennt;
Gleichviel, ob nah, ob fern, sind wir vereint
Von Lebens Anfang bis zu seinem End,
Und naht der Tod, so trotzt auch ihm das Band,
Das unser Leben o so fest umwand!

Oder vielleicht:]

Als Ann ins Hemphill-Haus zurückkehrte und man ihr sagte, Margaret sei ausgegangen, um eine Besorgung zu machen, ging sie die Treppe hinauf und wollte in das Schlafzimmer, das ihr für die Dauer ihres Aufenthalts zugewiesen war; doch außerstande, die Unruhe in sich zu bezwingen, suchte sie Zuflucht bei ihrer jüngeren Schwester Sarah im angrenzenden Zimmer. Sie klopfte, und eine Stimme hinter der Tür hieß sie näher treten. In das Zimmer zu gehen, das nach vorn, auf die Straße hinausging, während sie von ihrem aus auf die Hofseite sah, verschaffte ihr für einen kurzen Augenblick die Illusion, als entkomme sie dem düsteren Aufruhr, der unter ihrer Schädeldecke herrschte. Der Anblick der Siebzehnjährigen, die keck, mit angezogenen Knien, auf der Fensterbank saß und auf das großstädtische Fluten des Verkehrs hinuntersah, auf Kutschen und Karren, Herren mit hohen seidenen Zylindern und Straßenhändler mit tief ins Gesicht gezogenen Wollmützen und Ohrenschützern, rief ihr ins Gedächtnis zurück, daß es mehr, unendlich viel mehr in der Welt gab als ihr, Anns, romantisches Elend mit seinem unentwegt in ihr klimpernden Panikton, indes die dahintickenden Minuten einen unerträglichen, einen unausdenkbaren, einen *beleidigenden* Verlust in Unvergänglichkeit einsiegelten.

Das frische, arglose Gesicht ihrer Schwester, das im Nachglanz irgendeines Tagtraums leuchtete, war wie der Lichtspalt unter der Tür eines Schranks, in den man sie zur Strafe für eine Tat gesperrt hatte, deren Schlechtigkeit sie nicht verstand.

«Träumst du gerade von deinem Prinzen, liebste Sally?» Die Ann, die redete, die heiter scherzte und ihre Lebendigkeit zu den kleinen Szenen familiären Lebens beisteuerte, war wie ein Parallelselbst, das weitermachte, während die wahre Ann, die in der Seele verwundete und beschimpfte Ann, immer tiefer, zum Ertrinken tief, in irrationale Verzweiflung sank. Das Fieber hatte nachgelassen, aber ein trockener Husten war zurückgeblieben, und das Gefühl, daß sie nicht mehr ganz sie selbst war, hatte sich verstärkt.

«Ich sehe mir an, wie viele merkwürdige Leute es auf der Welt gibt!» erwiderte ihre Schwester. «Vielleicht sind die Leute in Lancaster genauso merkwürdig, aber man sieht sie alle Tage.»

«Ja, rate, wem ich eben in der Walnut Street begegnet bin, dem Richter Kittera. Du erinnerst dich an ihn? – so ein langsam sprechender, weihevoller Polonius. Um der freundschaftlichen Beziehungen willen, die unsere Familie zu ihm unterhält, habe ich mich bemüht, die Begegnung mit Anstand zu überstehen.»

«War's schwer?» Daheim in Lancaster hätte Sarah nicht so direkt und naseweis gefragt, aber hier in der fremden Umgebung, im Haus einer Schwester, die alt genug war, um ihrer beider Mutter zu sein, rückte sie im Rang näher an Ann heran. Außerdem erhoffte sich Ann in ihrem düsteren Gemütszustand Aufheiterung von Sarah, Strahlen aus dem Land der Lebenden, und das reifende Kind spürte dies und fühlte sich folglich geschmeichelt und ermutigt.

«Nein», sagte Ann bereitwillig. Sie wurde schulmeisterlich; in Sarah, das fühlte sie, hatte die große Stadt einen Hunger nach jenen Umgangsformen geweckt, deren Abwesenheit den Ungebildeten so bittere Verlegenheit macht, deren Erwerb jedoch eben die Beziehungen unter Menschen erleichtert, die für gewöhnlich nur die Frucht der Enttäuschung tragen, und der darum kaum je ein Trost ist. «Wenn man sich ein artiges Benehmen zu eigen macht, wird das Herz bis zu einem gewissen Grad folgen. Deshalb, Sally, müssen Frauen immer heiter und höflich sein, auch wenn sie nur unter sich sind. Es war in Wahrheit eine wohltuende Erleichterung, mit jemandem zu plaudern, der nichts von meiner Schande wußte und der mich so sah, wie ich einstmals war, als mir noch alle Wege offenstanden.»

Sarah nahm die Einladung zu protestieren an. «Es hat durchaus keine Schande über dich gebracht, daß du dich aus dem Verlöbnis mit Mr. Buchanan gelöst hast. Niemand in Lancaster würde es wagen, so etwas zu denken.»

Ann setzte sich erschöpft auf das Bett ihrer Schwester. «Aber jeder sieht es doch als Schande an, daß ich dem Werben eines Mannes nachgegeben habe, der es so offenkundig nicht wert war, der sich so gleichgültig, so verwerflich gezeigt hat. Vor allem die

Jenkins müssen mich für eine Närrin halten. Und ich stimme ihnen in ihrem Urteil zu. Entgegen dem guten Rat meiner Eltern und meiner Brüder habe ich mein Herz einem Phantom, einem Blender vermählt, und jetzt kann mein Herz nicht schnell genug den Kontrakt brechen!» Eine befriedigende Hitze hüllte ihre Augen ein, und Tränen mußten weggeblinzelt werden.

«Ann, du bist gewiß ungerecht gegenüber Mr. Buchanan. Du hast gute Gründe, aber du bist ungerecht. Sein Fehler, wenn man es denn einen Fehler nennen kann, war, daß er so übertrieben genau seinen beruflichen Pflichten nachgegangen ist; und wenn er noch einen anderen Fehler hat, dann den, daß er nach allen Seiten zu freundlich ist – er begegnet dem Barbier und dem Stiefelputzer mit derselben Höflichkeit wie seinesgleichen.»

«Nach allen Seiten freundlich zu sein bedeutet nichts Freundliches für *mich*, wenn ich mißachtet dahinwelke und er unterdessen die Stadt für sich einnimmt.» Ann dachte, dies sei doch eine zu harte Lektion für den weichen Ton vor ihr, und mit geziemendem weiblichen Ehrgefühl erklärte sie: «Es war nicht nur die Tändelei mit der in die Jahre gekommenen Miss Hubley; es waren die tausend Zeichen flüchtig maskierter Gleichgültigkeit, sogar dann, wenn er mir ewige Ergebenheit schwor. Mit seiner letzten Kränkung hat er nur all die anderen bestätigt. Wie mein Vater mir versichert und wie viele andere Herren von Einfluß und Ansehen ihm insgeheim beipflichten, kennt dieser Mann keine Ergebenheit außer der, welche er seinem eigenen Vorteil schuldet. Sein Vater ist, wie jeder weiß, durch unlauteres Vorgehen hochgekommen, und dessen Vater vor ihm hat seine Familie im County Donegal allein zurückgelassen.»

«Ich habe nie einen Liebsten gehabt», sagte Sarah errötend und sah wieder auf den Verkehr der Chestnut Street hinab, ihr fast noch kindliches Profil ernst im grauen Licht des Fensters, «doch ich meine, Mr. Buchanan war so verliebt in dich, wie seine vorsichtige Natur es zuließ. Er ist kein Pirat und kein

Poet, und er hat auch nicht das Feuer unseres Vaters, aber es war eine Güte an ihm, die lange gewärmt hätte.»

«Sieh an, du bist ja auch weihevoll, kleine Sally! Ich dachte immer, du träumst, wenn Dr. Clarkson seine Predigten hielt, aber du hast ja zugehört, hast sie in deinen Kopf gelassen und auf deine Zunge!» Sarah war fromm, inbrünstiger als die konventionelle Gläubigkeit ihrer Eltern ihr abverlangt hätte. Es hatte sie sehr mitgenommen, als kürzlich die alte steinerne St.-James-Kirche mit den rottenden Bankreihen und den erlauchten Gedenktafeln abgerissen wurde, und sie war nun freudig erregt bei der Aussicht auf ein neues, prächtigeres Gebäude, zu dessen Errichtung ihr Vater die großzügigsten Spenden gab.

«Du darfst dich nicht lustig machen über meine Gläubigkeit», sagte das Mädchen, und eine unabhängige Selbstsicherheit blitzte auf, die Ann, trotz ihrer Verzweiflung, bewundern mußte. «Wenn du die Kirche so liebtest wie ich, wärest du in deinen Neigungen vielleicht beständiger und nicht so voreilig in deinen Urteilen über Mr. Buchanan.»

«Nenn nicht immerfort diesen Namen! Ich *bin* beständig, so beständig, daß mein Lebensmut nach dem Bruch mit ihm ganz abgesunken ist, auch wenn mein Kopf und all seine Ratgeber es so für das Beste halten.»

«Vielleicht ist das Herz klüger als der Kopf.»

«Quäl mich nicht mit dieser Möglichkeit – ich leide doch Qual genug!»

Bei diesem Aufschrei verließ Sarah die Fensterbank und umarmte die Schwester, leicht, fast mütterlich und zugleich mit der Schüchternheit einer jüngeren Schwester sich ihr zuneigend. «Es kann alles wieder gut werden», sagte sie in drängendem Ton. «Übermorgen fahren wir zurück, dann erscheint das Ganze vielleicht schon in einem andern Licht. Auf Mr. Buchanan ist Verlaß; er wird erkennen, daß du das, was du getan hast, Papa und nicht dir selbst zuliebe getan hast. Und wenn Papa sich beruhigt hat, wird er sich erweichen lassen und deinem Glück nicht mehr im Wege stehen. Er hat keinen vernünftigen Grund, sich deiner Verlobung zu widersetzen; manch ein Vater in Lancaster wäre glücklich, könnte er die Hand seiner Tochter einem so hochstehenden Mann geben.»

«Warum ist er mir nicht hierher gefolgt, wenn auf ihn so viel Verlaß ist?»

«*Du* hast *ihn* abgewiesen», hielt Sarah ihrer Schwester vor. «Es ist zu einem Wettstreit des Stolzes gekommen, deiner gegen seinen. Dein Stolz ist der Stolz einer Frau, und er sollte nachgeben.»

«Woher hast du diese Weisheit? Warum muß immer die Frau diejenige sein, die nachgibt?»

«Nachgeben liegt in unserer Natur, denn wir sind nicht berufen, Kriege zu führen, sondern Familien zu umsorgen. Mama gibt Papa oft nach und verliert nichts dabei. Im Gegenteil, sie gewinnt – sie bekommt die Münze seiner Dankbarkeit ausbezahlt und mehrt ihr seelisches Kapital.»

«Mr. Buchanan» – Ann sprach den Namen entschlossen aus, als wolle sie sich wieder an diese Silben gewöhnen – «ist nicht Papa, und ich bin nicht Mama, auch wenn wir beide, sie und ich, die Töchter von Eisenwerksbesitzern sind.»

In der Wange ihrer Schwester erschien das Grübchen. «Bei dir ist das Eisen aber feiner bearbeitet, folglich hast du dir den ziselierteren Gefährten ausgesucht, und nun lehnst du ihn ab, weil er nicht massiv genug ist.»

Mit den Fingerspitzen massierte Ann sich die hohe, gewölbte Stirn mit dem einzelnen verirrten Löckchen. «Sally, von deinen vielen Belehrungen habe ich den schrecklichsten *mal de tête*. Das Fieber, das ich in der Kutsche hatte, kehrt von Zeit zu Zeit zurück. Letzte Nacht habe ich kaum geschlafen, die Gedanken gingen mir wie ein Mühlrad im Kopf herum, und ich konnte sie nicht anhalten. Es ist nicht so leicht, wie du denkst, Dinge ungeschehen zu machen. Papa verzeiht dir noch alles, mit Kindern macht man das so. Mir verzeiht er nichts, nichts, was ihn vor der Öffentlichkeit so in Verlegenheit bringt wie dieses Verlöbnis und was daraus geworden ist. Wirklich, ich muß mich um meinen armen Kopf kümmern. Ich glaube, ich werde dir und den Hemphills heute abend meine düstere

Gesellschaft ersparen und euch allein ins Theater gehen lassen.»

«Oh, Annie – Mr. Jefferson mit dem komischen englischen Akzent! Und Collins' ‹Leidenschaften›, in Musik gesetzt! ‹Frohlockend, bebend, rasend, keuchend›», zitierte sie, des komischen Effekts wegen.

Ann gewährte ihr ein Lächeln, doch nur ein mattes. Diese heißen Wellen der Unruhe stiegen wieder in ihr auf, Wellen, die eine Verstörung, eine Seekrankheit der Seele anzuzeigen schienen. «Ich *muß* mich jetzt ausruhen, liebe Sally. Wenn Margaret zurückkommt, sag ihr, ich schlafe, und bete, daß es so ist.»

Dieselbe unzuverlässige Quelle, die sich mit einzigartiger anekdotischer Ergiebigkeit über die zufällige, einige Wochen zuvor stattgehabte Begegnung mit Grace Hubley verbreitet, stellt die Möglichkeit zur Debatte, daß Buchanan Ann tatsächlich folgte. *Eine Darstellung der Tragödie, die allem Anschein nach den Stempel der Authentizität trägt, behauptet, daß Buchanan vor dem Tod seiner Verlobten einen Brief von ihr erhielt, in dem sie ihn bat, zu ihr nach Philadelphia zu kommen. Und man erzählt sich, daß er in größter Eile Reisevorbereitungen traf. Er befahl, daß man seinen zweirädrigen offenen Wagen anspannen sollte, und war bald darauf auf der Mautstraße unterwegs nach Philadelphia. Eines nach dem anderen wurden die historischen Gasthäuser, die verstreut am historischen King's Highway lagen, passiert, und nur selten wurde haltgemacht an diesem bedeutsamen Morgen, was, wie Buchanan glaubte, ihn schneller der Aussöhnung mit Ann Coleman entgegentrug.*

Um die Abendbrotszeit war das «Half-Way House» zu Downingtown erreicht, und die Reise wurde für die kurze Dauer einer Mahlzeit unterbrochen. Als das Abendessen vorüber war, hielt Buchanan sich ein wenig abseits von den anderen Gästen des Wirtshauses und sah auf die Straße hinaus, wo die schwachen Straßenlaternen zu glimmen begannen.

Merkwürdiger Tag, der vom Morgen bis zur Abendbrotszeit so rasch verging und an dem man nur einen Punkt auf halbem

Weg erreicht haben sollte. Sicher war der einsame Reisende um die Abendbrotsstunde an seinem Ziel angekommen, dem Hemphill-Haus in Philadelphia, und nach den geziemenden Höflichkeiten an der Tür, bei denen die sehnsüchtige Eile eines Liebenden sich über die fürsorgliche Unschlüssigkeit einer älteren Schwester und die vorsichtigen Bedenken eines Schwagers hinwegsetzte, fand Buchanan die, welche das Objekt seiner Leidenschaften war, auf einen Diwan hingestreckt, unwiderstehlich in einem duftigen Empirekleid und in ein bodenlanges Tuch gehüllt, das die vom samtverhangenen Fenster herwehende Kühle abwehren sollte.

«Da bin ich», sagte er schlicht. Er sah großartig aus in seinem weiten Reisemantel, die hohe Gestalt und den großen blonden Kopf leicht, in aufmerksamem Winkel vorgeneigt, um den fast unmerklichen Sehfehler auszugleichen.

«Ich habe den flehenden Brief geschrieben», erklärte sie mit matter, doch klarer Stimme, «weil ich meinem Herzen Genüge tun mußte. Ich war im Unrecht, als ich eifersüchtig war wegen deines ganz und gar schicklichen Besuchs bei den Jenkins. Ich war im Unrecht, als ich zuließ, daß die mürrische Mißbilligung meiner Eltern und Brüder auf meine eigenen Gefühle abfärbte. Mein Herz gehört rechtmäßig nur einem, James Buchanan, und der bist du.»

«Und ich war im Unrecht», sagte Buchanan warm und mit erregendem Timbre, indes seine eindrucksvolle, elegante Gestalt sich bückte, um sich auf der Kante des mit einem erhaben moirierten schweren Wollgewebe bezogenen Diwans niederzulassen, dort, wo die Rundung ihrer musselinverschleierten Hüfte einige wenige Zollbreit Platz gewährte, «als ich zuließ, daß mein Streben nach Ansehen und Ruhm in der Rechtswissenschaft mich von deiner Seite entfernte und die ununterbrochene Aufmerksamkeit schmälerte, auf die du, kraft unserer öffentlich bekanntgemachten Verlobung, einen unumschränkten Anspruch hattest. Wenn du mir, geliebter Engel, die Gunst erwiesest, diese Verlobung zu erneuern – ein inbrünstiger Wunsch, der sich seit deinem harschen ersten Brief und deiner jähen Abreise aus Lancaster in nicht endenden Gebeten meiner Brust entrungen hat –, dann entsagte ich jeglichem Ehrgeiz außer dem, deinem Glück zu dienen.»

«Mein Glück», sagte Ann, das sanfte Gewicht ihres Oberkörpers auf einen schöngeformten rosa Ellbogen stützend, «wohnt allein da, wo ich dir gefalle und mir das Recht auf deine ungeteilte Aufmerksamkeit erwerbe, wenn die Dringlichkeit deiner Pflichten es erlaubt.»

Sie umarmten sich, ein inniges Aneinanderdrängen von Stoff und Haar und darunterliegendem Fleisch, von Dezemberkälte, die er in den Falten seiner Kleider trug, und Fieber, das noch in ihren zarten Gliedern verweilte, und neuerlich gelobter gegenseitiger Treue. Fortan widmete er sich einer diskreten, auf örtliche Fälle beschränkten Praxis – Testamente, Konkurse, Landstreitigkeiten –, die ihn selten aus den geradlinigen Bezirken des inneren Lancaster hinausführten und deren bescheidene Einkünfte aufs glücklichste ergänzt wurden durch Anteile am Coleman-Vermögen, das schließlich, aufgrund der melancholischen Unumgänglichkeit des Todes, an die Erben fiel. Liebenswürdig und geduldig ging er auf die Marotten und Schwächen seiner immer fülliger und selbstzufriedener werdenden Gattin ein, und die Ehe trug reiche Frucht: drei Knaben und vier Mädchen, alle von wohlgestaltem Äußeren und, wenn man das unsichere gesundheitliche Klima der Zeit bedenkt, wunderbar unberührt von jedweder verhängnisvollen Krankheit. Die Lücke in den ortsansässigen föderalistischen Kreisen, die durch Buchanans Ausscheiden aus der aktiven Politik entstand, war rasch geschlossen; Edward Coleman, Anns feindseliger Bruder, wurde nachhaltig versöhnt durch seine 1820 stattfindende Wahl in den nationalen Kongreß, die rapide Beförderung in den Rang eines Senators und die krönende Berufung auf den Posten des Generalbevollmächtigten Gesandten am Hofe des Sultans des Osmanischen Reichs. Stephen A. Douglas, der Kleine Riese aus Illinois, ging aus der Wahl von 1856 als der fünfzehnte Präsident der Vereinigten Staaten hervor. Mit seiner legendären Kunst der schlüssigen Rede und seiner mutigen und zugleich taktvollen Art, von Mann zu

Mann zu verhandeln, ein Sohn des Westens, geliebt vom Süden und geschätzt vom Norden, machte er die streiterfüllte Amtszeit des willensschwachen Franklin Pierce wieder wett; Douglas gelang es, den Einfluß sowohl der Abolitionisten als auch der Eisenfresser zu ersticken und, mittels des unblutigen und unfehlbaren Instruments allgemeinen Wahlrechts, die Sklaverei aus den Territorien und Border States zu verbannen wie auch das unnütz aufgeworfene Problem wegen der entlaufenen Sklaven nach und nach zu beseitigen. Sklaverei, wie sie nunmehr isoliert in den allersüdlichsten Südstaaten existierte, während der sprießende, durch Industrie und Handel erzeugte Wohlstand der mittelwestlichen und mittelatlantischen Regionen die Nation voranbrachte, wurde als eine Anomalie betrachtet, die vergehen würde. Sie war nicht nur inhuman, sie war ökonomisch von Nachteil; Lohnarbeit war billiger und effizienter. Im November 1860 war es für Douglas, der auf Alkohol und fettreiches rotes Fleisch zugunsten einer entschlackenden Diät aus Meeresfrüchten und kurzgegartem Gemüse verzichtet hatte, ein leichtes, über den Kandidaten des tiefen Südens, Senator Jefferson Davis, und den republikanischen Anwärter, einen kaum bekannten, nur einmal gewählten Abgeordneten aus Illinois namens Abraham Lincoln, den Sieg davonzutragen. 1861, um die Zeit, als Douglas zum zweitenmal das Präsidentenamt antrat, hatten sowohl die Vereinigten Staaten als auch Mr. und Mrs. James Buchanan, nun seit vierzig Jahren verheiratet, sie fast ganz vergessen, als seien sie nur ein Fiebertraum gewesen, jene Augenblicke, da die Musik der Leidenschaften getobt hatte.

Doch nein, es war kein Traum. Ann zog sich in ihr Zimmer zurück, das nach hinten hinausging, auf einen feuchten kleinen eingefriedeten Garten, in dem noch Moos und Efeu grünten und unheimliche Pflanzen, die wie aus Wachs zu sein schienen, eine Nachäffung lebendiger Vegetation, und ihr Zustand verschlechterte sich. Der Nachmittag ging zur Neige, und mit ihm schwanden ihre Lebensgeister, als versickerten sie mit dem dünnen schrägfallenden Sonnenlicht, das, während die Uhrzeiger von der vierten zur fünften Stunde krochen, mit einem letzten, schaurig fahlen Orange in Philadelphias abertausend westwärts gewandten Fensterscheiben blinkte. Die sanften, gleichwohl scharfsinnigen Vorhaltungen ihrer jüngsten Schwester gingen ihr nicht aus dem Sinn, sie veränderten, während sie sich Gedanken darüber machte, die Form; Satzfetzen, an die sie sich erinnerte, lösten sich aus dem Zusammenhang und nahmen ein eigenständiges, wurmhaftes Leben an. Es war weniger der Vorwurf der Selbstsucht, der sie traf, als vielmehr die Implikation, daß sie so dumm gewesen sei, nur wegen irgendwelchen frivolen und bösartigen Lancaster-Klatsches ihre beste Heiratsmöglichkeit ausgeschlagen zu haben. Dunkler als der Schatten lächerlicher Fehleinschätzung ragte das Gespenst dauerhafter Beschädigung ihrer Würde vor ihr auf, das Gefühl, besudelt worden zu sein von Mächten, die sich heimlich ihren hitzigen, unbeugsamen Willen zu Diensten gemacht hatten. Sie war eine Coleman, und die Colemans wußten, welche Stellung ihnen zukam: eine hohe. Als sie zuließ, daß Buchanan ihr Leben berührte mit seinem elegischen, silbrigen, vorsichtigen, doch beharrlichen und listig wirksamen Werben um ihre Hand, war sie in ein schmachvolles Chaos gesunken, in *wilde Unrast*, wie es in einem Gedicht hieß, das sich nicht aus ihrem Gedächtnis tilgen ließ, ein Chaos mit Bildern von Vulkanen und Kannibalismus, *wechselseitiger Scheußlichkeit*, eine aufgewühlte schlammige Wirklichkeit unmittelbar unter dem Glitzern und der Behaglichkeit einer nachmittäglichen Teestunde, *ein Klumpen Tod, ein Chaos harten Staubes*. Sie hatte etwas dargestellt, hatte ihre Rolle ausgefüllt, und jetzt fühlte sogar ihre Schwester, die gerade gestern noch ein Kind gewesen war, sich befugt, über sie zu befinden, ja sie zu bemitleiden angesichts dieser übelkeiterregenden Lähmung, die über sie gekommen war. Nur Gott, der Gott oberhalb und jenseits des abstrusen Gottes, zu dem Sarah und die Eltern in dieser baufälligen alten Kolonialkirche beteten, konnte ihr heraushelfen aus diesem Schmutzpfuhl der Schande: doch als sie sich mit ihrer Seele und ihrer ständig zu ihr sprechenden, nie verstummenden inneren Stimme diesem einen denkbaren allmächtigen Erlöser entgegenstreckte und nach ihm greifen wollte, ging ihr Griff ins Leere;

da war nichts, nur Schweigen, stumme Abwesenheit, geschaffen von ihrem alten Spöttermut, bevor Buchanan Unentschlossenheit und Schwäche in ihr Leben gebracht hatte.

Allein in ihrem Zimmer, fühlte sie sich gefangen in ihrem eigenen Schädelgewölbe, einer geschlossenen ovalen Kammer, in der es unerträglich widerhallte von Bildern, die sie nicht kontrollieren, nicht in eine Ordnung bringen konnte: das große Gesicht ihres Vaters mit dem langen dünnen Schildkrötenmund und dem gepuderten, nach hinten gekämmten und in einem Zopf zusammengefaßten Haar; das Gesicht ihrer Mutter, runzlig wie ein welker Apfel, schwerlidrig in das kräuselige Geklöppel der Spitzenhaube gezwängt; Buchanans seltsames, schiefgeneigtes, blasses Gesicht, über ihr hängend, außer Reichweite pendelnd wie ein Wirtshausschild, von Winden berührt, nicht aber von ihren Händen oder der Liebkosung ihrer Stimme. Sein freundlich rücksichtsvolles Wesen, seine unschuldige Geselligkeit, sein wachsendes Ansehen – all das war nun für sie verloren, und wenn sie fragte, warum, erhielt sie keine Antwort, sondern traf statt dessen auf sich selbst – eigensinnig, stolz, leichtfertig, so hatte Sarah sie genannt –, wie sie hinausging, um einen unverzeihlichen Brief aufzugeben, in einer Landschaft, die *baum-, menschen-, leblos* war. Ihr Leben war dahin – ein Fallen der Würfel, das uns zwingt, sie abzugeben. Anns Gehirn kreiste auf seiner ovalen Bahn und fand keinen Ausweg, keine Möglichkeit zum Entrinnen, die ihr zur Ehre gereichte. Das Tageslicht in den gläsernen Rechtecken des Fensters, das auf den dumpfigen grünen Garten hinausging, einen leeren dunklen Garten erstarrter Formen, der von den giftigen Ausdünstungen Philadelphias durchweht war, trübte sich nach und nach, das Orange des Sonnenuntergangs verwandelte sich in ein lastendes Braun; von den Fenstern des Erdgeschosses zwei Stockwerke tiefer drangen Küchengeräusche herauf. Sie mußte in einen leichten Schlaf gefallen sein, denn sie sah sich selbst, so nah, daß sie die rosige Haut ihrer Wange bewunderte, wie sie als Kind in Colebrookdale barfuß über den feuchten Rasen lief und Jagd auf Leuchtkäfer machte. Sie fing einen, und als er dalag mit geknicktem schwarzen Flügel und nie wieder fliegen würde, beleuchtete das goldene Pulsen seines Hinterleibs die Linien in ihrer Handfläche.

Ihre Schwestern kamen und sahen nach ihr, erst Sarah, dann Margaret. Das Klicken des Türschlosses dröhnte wie der Hammerschlag in einer Schmiede; die Hitzewellen in ihr wallten stärker und schneller auf; sie war schweißnaß zwischen den Brüsten und unter den Armen; der Musselin ihres Kleides war durchweicht; um sie war ein Horizont von Seekrankheit, und von der Taille an abwärts fühlte sie sich sonderbar taub, so als treibe sie davon. Die besorgten Worte der Schwestern, der Tee, den eine Dienstmagd brachte, ein stämmiges Mädchen namens Abigail, das ihr auch half, das naßgeschwitzte Kleid abzulegen und ein trockenes überzustreifen, waren weniger wirklich als die Laufspur in ihrem Kopf, auf der sich die immer gleichen Gedanken im Kreis bewegten und einen sich zuspitzenden Zorn erzeugten, der sich gegen die Eltern und den abgewiesenen Verlobten richtete, weil die sie in ihre engen Erwartungen, ihre starren und eigennützigen Begriffe von richtigem Leben zwängen wollten. Sie bekam keine Luft. Zwischen ihren Rippen hatte sich etwas so sehr verkrampft, daß es ihr den Schmerz zum Rücken herauspreßte, oben zwischen den Schulterblättern. Als Margaret zum zweitenmal zu ihr hereinschaute, nicht mehr als ein bläulicher Schatten im schlammigen Licht des Zimmers, konnte Ann nur in kurzen, abgehackten Sätzen sprechen, unterbrochen von mühevollen Versuchen, Luft zu holen, sie aufzuschlucken wie Wasser aus einem kleinen flachen Löffel.

Margaret war mit den Jahren leicht in die Breite gegangen, und mit einer Stimme, die fast so bestimmt klang wie die eines Mannes, tat sie kund, daß sie und Mr. Hemphill beschlossen hätten, Dr. Chapman rufen zu lassen, ihren Arzt.

Der Gedanke an seinen Besuch gefiel Ann. Seit Kindheitstagen hatte sie es gern, wenn der Doktor mit seiner schwarzen Tasche zur Visite kam und in ihr Schlafzimmer vordrang, zu dem kein anderer fremder Mann Zutritt hatte. Als Margaret gegangen war, schloß Ann die Augen und war wieder in Colebrookdale, glitt mit Edward und Thomas und Harriet durch einen endlosen seidigen Juniabend. Harriet ist gestorben. Sie war erst elf. Die Arztvisiten haben bei ihr nicht geholfen. Der Tod kann nicht so schlimm sein, er kommt zu jedem. In ihrem weißen Kleid, lichternd wie die Leuchtkäfer, erscheint ihr die tote Schwester frei. Ann kann nicht glauben, daß Buchanan sie derart leiden läßt – daß er sie dazu verurteilt, hier zu liegen, eingesperrt in ihre zornige Entscheidung, ihr zerbrechlicher Schädel im Zangengriff eines Grobschmieds.

Ein Dienstmädchen bringt eine Kerze herein. Die Flamme im bauchigen Glasschirm glimmt schwach, eine verflackernde Höhlung im Mittelpunkt der Kreise, die Anns getrübter Blick spinnt. Vielleicht wird sie blind. So etwas gibt es. Gerade heute nachmittag, kurz bevor sie Richter Kittera traf, hat sie auf der Chestnut Street einen blinden Mann betteln sehen. Die Fenster des Zimmers sind dunkel geworden über dem nun unsichtbaren Garten; seine erstarrten grünen Formen lauern versteckt unterm weißen Moos aus Rauhreif. Eines der boshaften Gewächse da unten hat die Eigenart, bei Kälte seine Blätter so fest wie kleine Zigarren zusammenzurollen. Der Gott, der so oft nein sagt, kann auch zum Auge nein sagen. Er hat uns das Wunder der Sehkraft geschenkt, die irgendwie im durchlässigen Gallert des Augapfels enthalten ist, und er kann sie uns auch wieder wegnehmen. Es gibt viele Blinde, so wie es viele Arme gibt. In Philadelphia haben die Bettler sie entsetzt; in Lancaster gibt es keine, nur Männer, die von Farm zu Farm gehen, Gelegenheitsarbeit tun und in den Scheunen schlafen, wilde Tiere von menschlicher Art, die einem nicht in die Augen blicken, wenn man sie ansieht.

Dr. Chapman ist eingetroffen: ein kleiner Tumult an der Haustür, leises Reden in der Eingangshalle, Schritte mehrerer Personen auf der Treppe. Sein Schatten schiebt sich in das Licht der Kerze, die auf dem hohen Nachttisch steht, immer noch diese konzentrischen Ringe wie von aufgestörtem Wasser um sich, und bekommt plötzlich deutliche Konturen, nimmt Raum vor ihren Augen ein – ein ausladender, sparsam sich bewegender Mann mit ingwerrotem Haar, das sich von seiner breiten Stirn straff nach hinten zieht und mit einem schmutzigen elfenbeinfarbenen Band zusammengehalten ist. Er steht tröstlich-massig über ihr, seine bestickte Weste und das nachlässig befestigte Jabot flimmern zwischen langen offenen Rockaufschlägen aus rostrotem Tuch. Er legt ihr den knöcheligen Handrücken auf die Stirn, nimmt ihr feuchtes Handgelenk zwischen seine kühlen dicken Finger und sieht lange und nachdenklich ins durchlässige Gallert ihrer Augen. «Sie grübeln zuviel und quälen sich, daher Ihr Fieber», verkündet er.

Sie erklärt ihm, daß ihr das Atmen schwerfalle, und schildert ihre Empfindungen von Taubheit und zugleich wallender Hitze. Das panische Rennen in ihrem Kopf, sie gegen sich selbst, und das Gefühl von grundloser Ablehnung und Beleidigung, das ihr auf unerträgliche Weise das Herz zusammenschnüre. Er setzt sich zu ihr, auf einen brokatbezogenen Stuhl, den jemand herbeigetragen und neben das Bett gestellt hat. Dr. Chapman versucht, ihr ein Vater zu sein, nimmt sie in der gerippten Verschwommenheit des Kerzenlichts wahr – als sei es nicht schon Teil ihres Leidens, das bedrückende Gewicht eines Vaters. «Ihr Körper sträubt sich gegen ein kürzlich eingetretenes Ereignis», eröffnet er ihr feierlich. «Sie müssen sich fügen und sich in Gottes Hände begeben. Das Unvermeidliche in Frieden anzunehmen ist das *sine qua non* der gesunden Seele.»

«Wie können wir das Unvermeidliche anders erkennen als dadurch, daß wir uns bemühen, es zu verändern, und damit scheitern?»

«Bemühen müssen wir uns alle, Miss Coleman, aber wir können nicht über Nacht unsere Natur verändern und auch nicht die Natur der Vorkehrungen Gottes in dieser gefallenen Welt des Staubes. Mrs. Hemphill sagt mir, Sie hätten vor kurzem in einer Herzensangelegenheit Enttäuschung erlitten.»

«Ich war es, welche die Enttäuschung zugefügt hat; der Herr, um den es geht, ist, so denke ich jetzt, falsch beurteilt worden.»

Dr. Chapman hört das gern; seine dicken Hände heben sich zu einem reflexhaften Gruß von den Knien seiner altmodischen Breeches und lassen sich wieder nieder, während seine tiefe, gemächliche Stimme dartut: «Dann unterrichten Sie ihn davon, sobald die Umstände es erlauben. Oder unterlassen Sie es, wenn die Vorsehung es so will. Sie sind jung, und das junge Herz übertreibt – ja, es muß übertreiben, um den Körper der großen Aufgabe zuzuführen, die vor ihm liegt. Die Aufgabe der Zeugung meine ich, und all dessen, was an gesellschaftlicher Etablierung dazugehört. Unsere Fluchten in die Poesie und in sehnsüchtige Schwärmerei steuern auf ein praktisches Ziel zu. Wir möchten uns einen Platz in der Welt schaffen und unserem Vater hoch oben, der seinen Geschöpfen befiehlt, fruchtbar zu sein und sich zu mehren, zur Freude gereichen. Zumal dem schönen Geschlecht ist der Wunsch auferlegt worden, fruchtbar zu sein. Doch die Sache mit der fleischlichen Liebe regelt sich, wie mich meine langjährige klinische Beobachtung lehrt, ganz von selbst, wir werden da von einem inneren Imperativ gelenkt und sind viel weniger dem äußeren Zufall anheimgegeben, als wir meinen. Ich kenne den in Rede stehenden Gentleman nur dem Vernehmen nach, und sein Leumund ist durchweg gut; doch muß auch das kleinste Bedenken, das Sie in diesem Anfangsstadium hegen mögen, Beachtung finden, denn in den langen Jahren der Ehe neigt man dazu, den andern samt seinen Fehlern zu vergrößern, wie Milben, die unterm Mikroskop grauenerregend werden. Bedenken *werden* einem kommen, doch besser, sie kommen später als früher.»

Dr. Chapman schnaubt leise – Ann vermutet, weil er an eigene bittere Erfahrungen denkt – und hebt die Hände auf dem Podium seiner dicken Schenkel auf die Fingerspitzen, so daß seine Ellbogen nach außen zeigen. Die vom Kerzenlicht unregelmäßig gebleichten Züge seines Gesichts ziehen sich in die Höhe, als wollte er «Ah!» sagen, und sacken dann wieder zu einem barschen Ausdruck herunter. «Meine liebe junge Dame, ich bitte Sie, beachten Sie Ihre inneren Regungen und Eingebungen und verdammen Sie Ihren Körper nicht zum Krieg mit Ihrem aufbegehrenden Geist. Um einen harmonischeren Zusammenklang zwischen beiden herzustellen, werde ich Ihnen ein Anodynum verschreiben. Haben Sie Erfahrung mit Laudanum?»

Das exotische Wort in des Doktors sonorer Aussprache ragt

wie ein Engel über ihrer beider beratenden Köpfen auf. Sie antwortet so leise, daß er sich vorbeugen muß und seine Ellbogen noch weiter nach außen zeigen. «Ich habe es einige Male genommen, vor ein paar Jahren wegen Zahnschmerzen und in jüngerer Zeit wegen der allmonatlichen Beschwerden und der damit zusammenhängenden Gemütsverstimmung.»

«Das Elixier hat wunderbare Wirkung», versichert Dr. Chapman und blickt sich nach der besorgten Familie um, die zusammengedrängt an der Tür steht und einen einzigen großen Schatten bildet. «Es kräftigt die Verdauungsorgane, beseitigt Schmerz und löst die bösen Knoten der Seele.» Seine Stimme hat zugenommen an bewußtem Wohlklang und weicher Fülle. Er klappt eine große schwarze Ledertasche auf und holt eine zugekorkte Phiole hervor, die wie ein kleiner Mann aus dünnem Glas mit runden Schultern und birnenförmigem, korkenbemütztem Kopf aussieht. Die gelbe Trübung innerhalb der Flüssigkeit – wie schwebender Staub, wie die kreiselnden goldenen Sprenkel im Wasser einer dunkelgrundigen Quelle – wirft einen bernsteinfarbenen Schein auf das Gesicht des Arztes, als er die Phiole gegen die Kerze hält. «Das Heilmittel des Paracelsus», intoniert er. «Er hat es nach *laudare*, loben, benannt. Jedoch nicht aus Goldstaub und geschmolzenen Perlen hergestellt, wie der Schelm behauptet hat. Es ist eine Opiumtinktur, Opium in Alkohol. Die Dosis muß exakt abgemessen werden. Die Arznei bringt Frieden, enthält aber auch einen Dämon.» Der Arzt wendet den Kopf – sein drahtiges Ingwerhaar hat einen Glorienschein aus tanzenden Fädchen – und spricht zum zusammengeklumpten Schatten hinter ihm: «Mrs. Hemphill, gibt es in diesem Haus einen Tropfenzähler und einen Teelöffel?»

Mit eiliger Geschäftigkeit wird beides gebracht, und in ehrfürchtigem Schweigen sehen alle zu, wie der Physikus die Tropfen einen nach dem andern in den Löffel zählt. «Achtzehn, neunzehn...» Die Schatten seiner Brauen und seiner Nase wechseln rastlos die Form auf seinem Gesicht; seine konzentrierten, lidüberhangenen Pupillen sind punktiert von der widergespiegelten Kerzenflamme; jeder zögernde kugelförmige Tropfen trägt einen Sekundenbruchteil lang, bis er sich zitternd löst, einen funkelnden kleinen Edelstein in sich. «... vierundzwanzig, fünfundzwanzig. Und wenn diese Dosis nicht innerhalb einer halben Stunde Erleichterung bringt, noch einmal fünfundzwanzig Tropfen. Aber danach nichts mehr bis zum Morgen», sagt Dr. Chapman warnend, fast grimmig, und hebt den mächtigen glorienumschienenen Kopf, die Oberlippe von Schatten gespalten wie die eines Löwen. «Einer Nervenkrise, die von solch einer Dosis unberührt bleibt, ist mit Chemie nicht beizukommen. Ein Übermaß –» Um die Patientin nicht zu beunruhigen, spricht er nicht weiter, aber es besteht auch gar keine Notwendigkeit, den Satz zu Ende zu führen. In dieser Epoche ist Selbsttötung mittels Laudanum ein alltäglicher Gegenstand gedämpften Salonklatsches, sogar im unschuldigen binnenländischen Lancaster, auch wenn schriftliche Berichte darüber von den abergläubischen Journalen der Zeit, für die es das im Überfluß ausgeübte Privileg Gottes war, Leben zu nehmen, zumeist unterdrückt wurden. Und Ann ist als leidenschaftliche Leserin der zeitgenössischen britischen Dichter ohnehin vertraut gewesen mit den ketzerischen Zaubersprüchen vom Dahingerafftwerden in Schönheit, vom Leeren opiatgefüllter Kelche und vom Hinsinken, dem Lethe-Fluß entgegen.

Das potente bräunlichgelbe Elixier, kraft Kohäsion einen zitternden Hügel in der kleinen Löffelmulde bildend, funkelt, als ein Hausmädchen, die sommersprossige dralle Abigail, es Anns geöffneten Lippen entgegenhebt. Der Arzt hat von diesem Dienst Abstand genommen – er erscheint ihm für einen Mann, der noch so bei Kräften ist wie er, zu intim angesichts dieser jungen, überaus reizvollen, wenn auch verstörten Patientin. Die Kühle des Zinns hält die beharrlich drängende Flüssigkeit fest. Die Dienstmagd kippt den Löffelgriff nach oben, und Ann schluckt. Unter dem süßlichen Brennen des Alkohols verbirgt sich eine fremde Bitterkeit, eine Andeutung von etwas Asiatischem, von etwas, das man nicht hat reifen lassen, von grünen abgeschlagenen Mohnköpfen. Der Arzt hat die Darreichung der Medizin aufmerksam beobachtet und erhebt sich nun mit einem merkwürdigen lauten Ausatmen, das gleichsam einen Schlußpunkt setzt: eine Angewohnheit, mit der er sich von unglücklichen Krankenbetten verabschiedet, wenn er alles von dem wenigen getan hat, das die Medizin dieser Zeit vermag.

Es folgen der Austausch von Höflichkeiten, das Versprechen, morgen wieder vorbeizuschauen, und halblaut besprochene Einzelheiten darüber, wie man eine leichte häusliche Überwachung der Patientin bewerkstelligen könne. Das Familiengedränge verebbt. Zurück bleibt die kleine mannförmige Phiole – Ann sieht sie aus dem Augenwinkel auf dem hohen Nachttisch stehen. Auch Sarah bleibt anfangs noch im Zimmer. Sie sagt: «Ich hoffe so sehr, liebe Schwester, daß es nicht meine Worte waren, die deine Qualen verschlimmert haben. Ich habe mehr gesagt, als ich wußte, ich habe geredet, ohne nachzudenken und ohne die wahre Tiefe deines Grams zu kennen.»

«Du hast gehört, was der gute Dr. Chapman gesagt hat», erwidert Ann mit einem Aufblitzen ihres Geistes, «unsere inneren Regungen und Eingebungen wollen beachtet sein, deine ebenso wie meine.»

«Nicht, wo mein Interesse so viel geringer ist als deines und die Konsequenzen mich so wenig betreffen. Wenn ich dir Mr. Buchanan wieder aufgeschwatzt haben sollte, vergib mir solche Einmischung. Er würde nicht wollen, daß deine Gesundheit in Gefahr gerät, auch wenn es sein eigenes Unglück besiegelt.»

Ann ist es leid, dies Thema zu verhandeln, und sagt müde: «Ich frage mich vielmehr, ob meine unglückliche Verfassung, dieser Fieberanstieg, nicht bloß von den Anstrengungen der Reise herrührt und von dem Gegensatz, der zwischen dem so sehr gefestigten gesellschaftlichen Stand der Hemphills und dem meinen besteht. Ich fühle, daß all die angesehenen Colemans mich verurteilen. Ich habe mich gegen ihren Willen für Mr. Buchanan entschieden, und als sie anfingen, sich mit ihm abzufinden, habe ich mich von ihm getrennt. Und er – er wäre so gern einer von uns gewesen.»

«Wir alle wollen nur dein Glück, ob du nun allein bleibst oder dich verheiratest.»

«Und wie steht's mit *deinem* Glück an diesem Abend? Du darfst die Theatervorstellung nicht versäumen. Höchstens eine Stunde noch, und der Vorhang hebt sich. Du kannst mich wirklich allein lassen, Sally.»

«Oh, wir würden uns nicht unterstehen, ohne dich zu gehen.»

«Ich bitte dich darum; es ist mir sogar lieb, wenn du gehst. Margaret und Mr. Hemphill haben diesen Ausgang seit langem geplant, und es würde mich demütigen, wenn ich nach Lancaster zurückkehren müßte mit der Geschichte, wie meine armen Nerven dir verwehrt haben, deinen ersten Theaterabend zu genießen. Vielleicht finden die Hemphills in ihrem Bekanntenkreis einen Verehrer für dich, der meinen Platz neben dir einnehmen kann. Oh, bitte, geh, Sally, dann kann ich ausruhen. Ich spüre, daß das Heilmittel des Paracelsus in mir seine Wirkung tut. Ein unverdientes Wohlgefühl durchströmt meine Glieder, eine Glückseligkeit, als ob in meinem Innern ein Knoten durchschnitten worden wäre. Geh und freu dich an Mr. Jefferson und all diesen Leidenschaften. Als deine ältere Schwester *befehle* ich es dir.»

«Nun, wenn du es mir befiehlst, werde ich den Hemphills sagen, sie möchten sich zum Ausgehen rüsten», willigt Sarah ein, und ihre Augen funkeln, als badeten sie schon im Licht der Theaterlampen; doch sich in fraulicher Geduld übend, bleibt sie noch einige Minuten sitzen, als Anns Augen sich schließen und ihr Atem leise raspelnd auf den tiefen Selbstvergessenheitsfluten hinstreicht.

Lethewärts wird Ann von der Droge getragen, nicht aber ruhig durch die Nacht geleitet. Sie wacht auf, und da ist die Kerze im bauchigen Glasschirm auf Fingerlänge heruntergebrannt, und der Hepplewhitestuhl mit der brokatbezogenen Sitzfläche, auf der sowohl Sarah als auch Dr. Chapman gesessen hatten, ist leer. Das Muster des Brokatstoffs versammelt sich zur Mitte hin in einer blauen Rose – ein seltsames Mitternachtsblau, wie von Kohl, der im Frost gedunkelt ist. Jede Sinneswahrnehmung hat eine Intensität, die wie von einem Lichtschein umgeben ist. Von der Straßenseite des Erdgeschosses am anderen Ende des Hauses dringt leises Stimmengewirr herauf, nicht viel deutlicher als das Murmeln eines Baches, doch mit dem zeitweiligen Aussetzen und eifrigen Wiederanknüpfen, wie es menschlichen Unterhaltungen eigen ist. Margaret und der Schwager sind ins Theater gegangen, zusammen mit Sarah. Diejenigen der Kinder, die noch im Haus leben, müssen, wie Ann jetzt, im Bett sein. Also wird diese Unterhaltung von den Dienstboten geführt, die sich's während der Abwesenheit ihres Herrn wohl sein lassen, oder von Gästen, denen Ann nicht vorgestellt worden ist, oder die Stimmen hallen aus einem Nachbarhaus herüber. Den Gedanken, daß Mr. Buchanan gekommen ist, um sich ihr zu erklären und sie mit sich zu nehmen, unterdrückt sie, obwohl ihr Puls bei dieser Möglichkeit rast: es wäre zu schön, um wahr zu sein.

Schwer und matt an allen Gliedern, das lose Kleid feucht vom unnatürlichen Schlaf, schiebt Ann sich aus dem warmen Bett, hockt sich auf den kaltrandigen Nachttopf und erleichtert ihre Blase in einem Strahl, dessen Geruch ihr mit der beißenden Schärfe von Pferdeharn in die Nase steigt. Ein Zeichen von Ungesundheit, so ein starker Geruch. Aber vielleicht ist es die durch die Droge bewirkte Erweiterung ihrer Sinne, die ihn so stark macht. Ihr fiebernder Körper empfindet die Kälte des Zimmers wie einen Anschlag auf ihre Haut, gegen den ihr kreisendes Blut keine Abwehr mobilisieren kann. Unwillkürlich erschauert sie, so heftig, daß ihre Hände in der klammen Luft hin- und herrukken. Als ihr Gehirn sich von seinen Träumen frei macht – plausible Dramen, die rasch ins Vergessen absinken, ein paar Fetzen zurücklassen, die schmelzen, sobald ihr Gehirn sie zu fassen versucht: ihr Vater und ihre Mutter im vorderen Salon der Jenkins an der South Duke Street; ihr Vater hielt eine Teetasse in der Schwebe unter seinem Doppelkinn, die Untertasse ein paar Knöpfe tiefer; ihre Mutter saß auf dem Sofa, sie trug ihre Spitzenhaube; Ann fühlte, wie aufgestauter Zorn ihre Brust sprengte, der Griff einer Reitpeitsche lag ihr lang und ledrig in der Hand; alle beteiligten sich an einem hitzigen Gespräch (es waren noch andere im Zimmer, die Slaymakers und die Jacobs), bei dem es um Mr. Buchanan ging, darum, daß ein Gebot, welches er unbedacht auf einer Auktion abgegeben, alle Banken in Lancaster in den Konkurs getrieben und die ganze Stadt in eine verheerende finanzielle Panik gestürzt hatte, und sie, Ann, weinte und sagte, es sei nicht böse Absicht gewesen, er habe sich bloß vertan in seinem Eifer und seiner Sehnsucht, anerkannt zu werden von seinen Standesgenossen und Logenbrüdern; und dann waren sie draußen, im Freien, vielmehr, sie war allein draußen, in einem kleinen Gehege voll froststarrer Farne und Efeuranken und bemooster Backsteine, alles rings um sie her steil aufsteigend wie die Wände eines Brunnens, und ganz oben ein Stückchen Himmel, nicht größer als der Mond, und der Schattenriß eines Mannes, der stumm in die Tiefe starrte, und sie versuchte, um Hilfe zu schreien, und das Schweigen, das aus ihrer zugeschnürten Kehle kam, muß der Grund gewesen sein, weshalb sie so jäh erwachte –, als es sich in ihrem Kopf aufklart, sieht sie die Entsetzlichkeit ihrer hoffnungslosen, erniedrigten gesellschaftlichen Stellung. Sie denkt daran, wie sie neben Buchanan herschritt und sie beide als ein schönes Paar erschienen, das auf einem fein ausgeführten Stich von Lancaster, vormals Hickory Town, dargestellt ist, und kann nicht glauben und muß es doch glauben, daß es einen solchen Spaziergang nie wieder geben wird, daß sie nie mehr eine solche Zweiergruppe bilden werden. Alle möglichen überzeugenden Traumbilder – sie die Herrin seines Hauses, eines Hauses, das vornehmer war als alle Häuser ihres vulgären und tyrannischen Vaters, die Einrichtung von eher europäischem Gepräge, ein Bücherschrank mit Glastüren und dahinter Rousseau und Voltaire, auf französisch, und Weidenbäume auf einer weiten Rasenfläche, die sich an einer sanften staubigen Landstraße hinzog – haben sich verflüchtigt und keine Spur hinterlassen.

Sie muß sich umziehen. In diesem feuchten Kleid wird sie sich den Tod holen. Wo sind all die anderen? Philadelphia kommt ihr ganz verlassen vor. *Aus einer Stadt zahlloser Menschen lebten/ Nur zwei noch, und die beiden waren Feinde.* Sie erinnert sich, daß sie auf einem Bord im Zedernholzschrank zusammengefaltete Flanellnachthemden hat liegen sehen. Sie zieht das lose fallende Kleid aus und tritt ans blaue Fenster, nackt im feuerlosen Zimmer wie eine griechische Sklavin aus Marmor, und sieht auf den moosigen Garten hinunter; seine Formen sind reglos, farblos im Mondlicht, mit Schatten bekritzelt. Die Kälte des Zimmers umschließt ihren bloßen Leib; ihre Zähne klappern aufeinander, und ihre schlanken Arme beben. Warum hat man sie so allein gelassen? Hätte nicht einer der Dienstboten Feuer machen müssen? Eisfarne haben in den Ecken der Scheiben zu sprießen begonnen. Sie streift sich das Flanellhemd über den Kopf, über das lange schwarze Haar, und flüchtet sich zum Bett zurück, zu den klammen, verschwitzten Laken aus irischem Leinen. Verschwommene Schatten kratzen an ihren nackten Füßen. Diese Zehen, wir haben sie bislang noch nicht gesehen, die weißen Fesseln, straff und schmal, durchzogen von blaßblauen Adern. Ihr Körper ist in seiner Blüte, der Körper einer Frau, aber noch fest wie der eines Mädchens, vollkommen in seiner Anatomie, doch die Nerven, welche die Adern ihres Geistes sind, zerrüttet.

Als sie zitternd und schwindlig wieder im Bett liegt, spürt sie, wie die vom Laudanum bewirkte Mattigkeit in ihren Gliedern ebbt und flutet, und zugleich werden ihre Niedergeschlagenheit und ihr Gefühl von Hilflosigkeit immer stärker. Ein unüberwindliches Problem, das mit Stolz zu tun hat – ein reines Selbstbild, das nun für immer befleckt ist –, hat ihre Gedanken behindert, hat sie immer wieder zurückprallen lassen in ihr Gehirn, in den knisternden Innenbezirk ihres Kopfes, wo wieder die Gespenster umgehen. Welch ein Friede, wenn sie für immer einschliefe! Welch eine Rache an der Welt, die sie in diese enge Sackgasse getrieben hat: all die einander übertrumpfenden eitlen Rechthaber, die sie umzingeln, würden sich einen in der Trauer über die jähe Abwesenheit in ihrer Mitte, eine Abwesenheit, die plötzlich rein und unanfechtbar wäre, jenseits von Tadel und Veränderung.

Begeben Sie sich in Gottes Hände, hatte der gute Doktor Chapman angeordnet. Ann versucht sich vorzustellen, daß riesige Hände unter ihr sind, freundlich gehöhlt, die Linien deutlich sichtbar, als würden sie von einem pulsenden Glühwürmchen erhellt. Doch wenn Gottes Hände wirklich da wären, würden dann jemals unschuldige Kinder sterben? Ihre Schwester Harriet mit elf, ihr Bruder Thomas Bird gar schon im zweiten Lebensjahr und Stephen und Robert als Jünglinge, alle tot, ins Grab gesunken wie kleine Vögel, die im Winter mit steifen Flügeln auf kiesbestreute Gartenwege fallen. Alles ist so, wie Byron gesagt hat – wie ging es genau – ...*grausig schrien / Die wilden Vögel, und sie flatterten / Entsetzt am Grund und wußten nicht, wohin. / Die wilden Tiere kamen zahm und zitternd, / Und Schlangen wanden sich inmitt der Menge*... Seit Christus bei seinem Sterben am Kreuz Gott angerufen hat, haben viele Menschen versucht, an das ewige Licht zu glauben, aber kurz vor Beginn dieses Jahrhunderts haben die französischen Anarchisten die Dunkelheit hereingelassen, und auch Adams, Washington und Tom Paine haben das getan, indem sie gegen einen König rebellierten, dessen Herrschaft von Gottes Gnaden war. Und auch wenn jetzt aus Geld und Stein eine neue St.-James-Kirche gebaut wird, welche die alte ersetzen soll, wird die Dunkelheit doch bleiben, sie ist unser Element, unsere Strafe dafür, daß wir frei sein wollen, wie Adam und Eva, als die Schlange ihr Angebot machte.

Wie soll sie schlafen, wenn in ihr ein so düsteres Gewitter tobt? Sie denkt an die gesegnete Ruhepause, die die kleine wolkige Flasche mit dem engen Hals und dem spitzbübischen Korkenhut ihr gewähren kann. Ohne diesen Trank zu schlafen, erscheint nicht möglich, sowenig wie ein Korken unter Wasser bleiben kann und ein Mann Schlaf findet, der am Morgen gehängt werden soll. Der nächste Morgen und die lange rasselnde Kette von Tagen, die er hinter sich herschleift, bedrohen ihr Gemüt wie mit Donnerschlägen. Dieses Dröhnen in ihrem Kopf verästelt sich in jeden Winkel ihres Körpers, ein furchtbares Pulsen, ein krankes Feuer, das in ihren Adern vibriert. Ihre Beine fühlen sich kalt an und bewegen sich unablässig, rastlos ganz von allein, und die wachsende Kälte des Zimmers wirft sich ihr aufs Gesicht und jagt ihre flatternden Hände unter die Decke zurück. Wo sind die Dienstboten? Sie hört nicht mehr den plätschernden Bach der Unterhaltung weit unten im Haus. Sarah und die Hemphills – kann es sein, daß sie noch immer im Theater sind? Nimmt das leere eitle Vergnügen denn nie ein Ende? Sie muß ihre eigene Dienstmagd sein. *Fünfundzwanzig Tropfen:* soviel darf sie zusätzlich nehmen, hat Dr. Chapman gesagt. Frohlokkend wie eine Reisende, die am Ende ihrer Reise anlangt, zerrt Ann den Korken heraus. Doch sie kann nirgendwo auf dem hohen Nachttisch den gläsernen Tropfenzähler des Arztes finden; der Teelöffel aber ist da, funkelnd, sein Griff lang wie jener der Peitsche in ihrem Traum. Mit zitternder Hand gießt sie eine kleine Menge in die flache Mulde des Löffels. Sie versucht sich zu erinnern, wie voll der Löffel beim erstenmal war, und bevor sie zuwenig nimmt, gießt sie lieber so viel von dem Laudanum, das die Zähflüssigkeit von Birnensaft hat, in die Mulde, bis sie randvoll ist und der Kohäsionshügel nicht mehr höher ansteigen kann. Das Dreschen in ihrem Kopf, ein regelmäßiges Flügelschlagen von Gedankenkrähen, hält an. Sie empfängt wieder die verschleierte Bitterkeit auf der Zunge und sieht das schiefe Gesicht, das sie zieht, als blicke von irgendwoher im Schlafzimmer ein Spiegel sie an. Sie legt vorsichtig den Löffel zurück und läßt den Kopf in die beiden mit Gänsedaunen gefüllten Kissen zurücksinken. Ihr Körper ist abscheulich, denkt sie, wie ein langes, sich schlängelndes Tier, mit dem sie in einen Kampf verwickelt ist, ein aus Adern bestehender Krake, der von den trügerisch glänzenden dunklen Augen herniederhängt, die hohe weiße Stirn, die Gott mit Seinem Kuß berührt, Ihm gleich. Mit unseren Stirnen sind wir Gott gleich, die Stirnen der Kühe freilich sind breiter. Die Hindus verehren Kühe, hat sie gelesen, und die britischen Missionare können es ihnen nicht austreiben, trotz all ihrer Bibeln.

Ungeduldig wartet sie auf das träge Wohlgefühl, das Erlöschen des Feuers in ihren Adern, das Aufgehen der inneren Knoten. Sie wartet lange. Das Problem, das Buchanan für sie ist, will sich nicht legen, schnellt immer wieder auf wie eine bemalte, auf eine Sprungfeder montierte Figur, und der Kopf vollführt die schräggeneigte kleine Drehbewegung, um die Fehlsichtigkeit auszugleichen. Sie hatte ihn, er liebte sie, sie liebte ihn, sie hat ihn weggestoßen. Die Welt kommt ihr sehr mechanisch vor. Man drückt etwas nach unten, und etwas anderes springt hoch. Ihre Gedanken werden maskulin, widerstreiten einander wie die angestrengten, laut vorgetragenen Argumente zweier Anwälte im Gerichtssaal, die sich weiter und weiter zanken, zu keinem anderen Zweck als dem, die Honorare in die Höhe zu treiben. Sie muß sich ihrem Verlobten wieder verbinden, lautet der Schiedsspruch, und sie wird morgen damit beginnen, indem sie ihre Flucht nach Lancaster und den Bruch des Verlöbnisses rückgängig macht. Zugleich braucht sie aber Ruhe, sonst wird sie nicht fähig sein, ihr Leben auf der neuen Basis von Unerschrokkenheit und Loyalität ihrem zukünftigen Gatten gegenüber ins Werk zu setzen. In ihrer Kehle ist ein Film, eine Schleimblase, die ein wenig kratzt und sich durch Räuspern nicht beseitigen läßt. Ihr Schädel kommt ihr so dünnwandig vor wie ein ausgeblasenes Ei. Sie hebt den Kopf aus der Vertiefung im feuchten Daunennest und starrt auf den Flaschenhomunkulus. Er ist ihr Freund, ihr einziger Gefährte. Sein gläserner Leib ist kühl, der Griff des Löffels aber ist sonderbar warm. Sie ist diesmal geschickter beim Entfernen des Korkens. Sie bedient sich großzügig; die sie geliebt haben – ihr Vater, ihre Mutter, ihre Verehrer, ihre Schwestern –, würden es so wollen. *Wunderbare Wirkung.* Wenn die säumige Abigail schließlich doch ins Zimmer kommt oder Meg und Sarah vom Theater zurückkehren und von Gaslampen plappern, möchte Ann nicht geweckt werden. Sie möchte allein sein mit den Bildern, die ihr Gehirn herstellt – intime Bilder, wie das Züngeln einer Schlangenzunge in einer ihrer Nebenhöhlen. Schlaf, Schlafträume sind es, die wir erreichen wollen, das tiefe freie Fließen ihrer Bilder, auf der anderen Seite eines Vergessens, das zu überqueren wir uns fürchten, vor dem unsere Nerven scheuen wie das Pferd, dessen strengen Harn sie gerochen hat.

Jetzt offenbart sich die göttliche Gegenwart; Ann kann die riesige Hand unter sich fühlen, sie ist spürbar bis in die Porenstruktur der warmen Haut hinein. Alles ist, wie es sein sollte: getaucht in eine triumphierende Liebe, die keine Unterbrechung kennt. Die Sonne scheint Tag und Nacht, obwohl der Erdball nicht aufhört, sein Gesicht ins Dunkel zu wenden. Wie erstaunlich, denkt Ann, daß uns eine so offen zutage liegende Wahrheit – Gottes unermüdliche, unerschöpfliche Liebe – bis auf wenige Augenblicke unseres irdischen Lebens verborgen bleibt. *Die Ausbreitung gütigerer Gefühle, die durch Opium bewirkt wird*, schreibt Thomas de Quincey ungefähr zur gleichen Zeit auf der anderen Seite des Ozeans, *ist kein fieberhafter Ausbruch, kein flüchtiger Anfall; sie ist die gesunde Wiederherstellung jenes Zustands, den der Geist normalerweise annähme, wenn irgendein tiefsitzender Reiz des Schmerzes weggenommen ist, der die ursprünglich gerechtfertigten und guten Impulse eines Herzens gestört und bekämpft hat.* Güte und das helle Empfinden von Güte erfüllen Ann: wie eine magische Flüssigkeit, die in ein frauenförmiges Gefäß gegossen wird und dann wie festgewordenes Eisen in seiner reglosen Form aus Sand und Lehm ruht.

[*Rückblick*-Redaktion: Verfahren Sie ganz nach Gutdünken, streichen Sie diese Passage oder verbessern Sie sie, vorausgesetzt, Sie haben den Platz, sie zu drucken. Sie hat mir viele Schwierigkeiten bereitet. Hätte ich mein Buch je vollendet und veröffentlicht, wären die Schwierigkeiten noch größer gewesen. Die Präsensform hat sich mir aufgedrängt als Möglichkeit, näher an Ann heranzukommen – die antihistorische Zeitform der ewigen Bewegung, der Auferstehung. Es mag ein Fehler sein, de Quincey anzuführen, aber man hat instinktiv das Bedürfnis, diese Ausschneidepuppen mit den Reißzwecken zeitgenössischer Zitate ans Anschlagbrett zu heften. Dr. Chapman mag sich zuviel bei Shakespeares geschwätzigen Apothekern ausgeliehen haben, aber ich habe beschlossen, das so zu wollen, inklusive Zaubertränklein und so fort. Ich wäre lieber ganz ohne Dialog ausgekommen – er läßt Ann zu vernünftig, zu unhysterisch erscheinen –, aber es *müssen* Stimmen um sie gewesen sein, als sie ihre Krisis durchlitt. Denn wäre Ann wirklich lange genug allein gewesen, um das Laudanum zu nehmen? In Richter Kitteras Tagebucheintrag findet sich eine merkwürdige Abfolge von Zeitangaben: *am*

Abend... nach Einbruch der Nacht... bis sie um Mitternacht starb. Wie viele Zeugen sind dabeigewesen, als *ihr Puls nach und nach schwächer* wurde? Die Menschen sind in der Geschichte mehr allein, als wir meinen – General Wolfe, zum Beispiel, starb nicht so, wie Benjamin West ihn gemalt hat, im Mittelpunkt des Panoramas, sondern abseits neben einem Busch am Rand des Schlachtfelds, und bei ihm waren nicht mehr als zwei Männer. Und wie traurig allein war Marilyn Monroe in ihren benommenen letzten Tagen, trotz all ihrer Berühmtheit und ihrer hochmögenden Liebhaber! Ich habe mir viele Gedanken über die Zimmertemperatur gemacht. Wie kalt könnte es gewesen sein in einem Zimmer in Philadelphia am achten Dezember? Nicht so kalt wie in New Hampshire, aber auch nicht südstaatenhaft. Heizte man ausschließlich mit Holz und nicht mit Kohle? War zu der Zeit der Franklin-Ofen überall in Gebrauch? Aber vielleicht nicht in Schlafzimmern, schon gar nicht in Gästeschlafzimmern? Und der Nachttopf, der im Zimmer gewesen sein *mußte* – hat er neben dem Bett gestanden, und sie hat sich draufgehockt wie Molly Bloom, oder hat er im eleganten Stadthaus des Einmalredners Hemphill einen diskreteren Platz gehabt, in einem kleinen Kabinettschrank? In der DAR-Kollektion zeitgenössischer Interieurs in Washington habe ich einen Nachttopf gesehen, der kleine Messingrollen hatte und sich aus einer Kommode herausziehen und wieder hineinschieben ließ. Wie Sie sehen, hat es mir besser gefallen, daß Ann sich ohne Umstände hinhockt. Durch die kalte Berührung auf ihrer Haut ist sie für mich lebendig geworden. Ich habe in dem Augenblick angefangen, mich in sie zu verlieben. Ich habe mich ihr nie näher gefühlt als bei dem flüchtigen Anblick ihres blaugeäderten bloßen Fußes, der sich wölbt und sich vom Boden abstößt, als sie ins Bett zurückkehrt. Diesen Fuß *muß* es in jener Nacht so gegeben haben – oder trugen alle Socken oder gestrickte Fußwärmer oder den Indianern abgeguckte Mokassins? Was das Nachthemd betrifft, so habe ich herausgefunden, daß die erste geschichtliche Erwähnung eines solchen Gewands im Zusammenhang mit Ann Boleyn gefallen ist, der es auch nicht beschieden war, alt zu werden.* Zum Fuß zurück: ich kann ihn *schmecken*, diesen mageren schöngeformten Fuß samt Fessel, der so ausgeklügelt funktionell ist mit seinen Bändern und Kapillaren und den sechsundzwanzig Knochen (s. *Gray's Anatomy*: sieben an der Fußwurzel, fünf im Mittelfuß und drei in jedem Zeh bis auf den großen, der nur zwei hat, eine Modifikation, die die *à-pointe*-Position im klassischen Ballett ermöglicht) und den blinden Armeen der Zellen, die alle leben wollen, und in engem Verbund noch fünfzig Jahre lang ihre Funktionen erfüllen möchten. Ich liebe diesen blaugeäderten Fuß. Lebe, Ann! Schreib die Geschichte neu!]

Der melodramatische, gleichwohl pervers lebendige Bericht, aus dem ich schon früher zitiert habe [S. 74 und 138] fährt, nachdem er Buchanan in einem Gasthaus nahe Downingtown hatte einkehren lassen, wo die schwachen Straßenlaternen zu glimmen begannen, mit serener Ungenauigkeit fort: *Es war noch nicht dunkel, und ein Leichenzug zog vorbei, der augenscheinlich auf dem Weg nach Lancaster war. Buchanan schaute ihm vom Fenster aus müßig zu. «Wer ist gestorben?» fragte er. Niemand der untätig Herumstehenden wußte es, doch ein Mann, der von der Straße hereinkam, um sich an der Theke zu erfrischen, sagte, die*

* Während ich dies schreibe, liebe Historikerkollegen in New Hampshire, ist eine junge Dame unseres Staates, die genauso alt war wie Ann Coleman bei ihrem Tod, nämlich dreiundzwanzig, eine gewisse Pamela Smart, Medienberaterin an der High-School, angeklagt und für schuldig befunden worden, mit Hilfe eines Videos von *9 ½ Wochen*, in *Halliwell's Film Guide* beschrieben als «Crash-Kurs in verschärftem Sex für alle, die sich in diesem Fach vervollkommnen wollen», einen fünfzehnjährigen Schüler verführt und ihn und seine Schlägerkumpel zum Mord an ihrem Ehemann angestiftet zu haben. Sie ließ den Prozeß teilnahmslos über sich ergehen, aber als bei einer nachträglichen Vernehmung der trauernde Vater ihres verblichenen Mannes sie im Zeugenstand des längeren attackierte, sprang sie auf und rief mit ihrer mitreißenden jungen Stimme: «Hohes Gericht, ich halte das nicht aus!» Wir haben es alle im Fernsehen gesehen; man mußte sie lieben für diesen Ausruf. Er bringt mich so nah, wie es mir überhaupt möglich ist, an die Wahrheit von Ann Colemans gemutmaßtem und umstrittenem Selbstmord heran: Hohes Gericht, sie hat's nicht ausgehalten.

Prozession habe weiter stadtwärts angehalten, und der Beerdigungsunternehmer habe ihm erzählt, daß die Tote Ann Coleman sei, ein Mädchen aus Lancaster, welches während eines Besuchs bei Freunden in Philadelphia verstorben sei.

Als Buchanan dies hörte, stöhnte er auf und wurde kreidebleich, doch er blieb reglos am Fenster stehen und starrte in die heraufziehende Nacht hinaus, die den düsteren Begräbniszug in fahles Dämmer hüllte.

Eine besonders konfuse Erinnerung aus den Ford-Jahren – wahrscheinlich aus dem zweiten Winter, nach dem Wetter und der gewissen Mattigkeit zu urteilen, die sich über die Szenerie gelegt hatte – bezieht sich auf einen Besuch meiner Mutter in meinem alten, mit Schals und Tüchern dekorierten und mit einem Mansarddach behelmten Haus in Wayward, wo Norma und meine Kinder noch immer die Stellung hielten: für mein schuldbewußtes inneres Auge ein Häuflein kampfbereiter, abgerissener Verteidiger im Innern einer verlorenen Feste. Irgendwie hatte die Königin der Unordnung es in ihrer ingeniös zerzausten Art geschafft, daß meine Mutter ein paar Tage und Nächte bleiben wollte, und da es sich um *meine* Mutter handelte, war ich es allen Beteiligten schuldig, ebenfalls anwesend zu sein. Es machte alles Sinn, als Norma es mir erklärte, und machte keinen Sinn mehr, als ich es Genevieve erklärte, die entsetzt und indigniert war. Die Argumente jeder der beiden Frauen wirkten unwiderstehlich auf mich, wenn ich mich im jeweiligen Gravitationsfeld befand, und verdampften augenblicklich, wenn ich frei flottierte – wenn ich gerade, sagen wir, über die Betonbrücke zwischen Adams und Wayward fuhr oder in einem Waschsalon an der Federal Street, umschwappt von hundert schmutzigen Unterhosen, in einem weggeworfenen *Oui* blätterte.

Der einzige Grund für dieses ungelegen kommende Familientreffen kann eigentlich nur der achtzigste Geburtstag meiner Mutter gewesen sein. Sie wurde geboren, als Cleveland zum zweiten Mal Präsident war. *Ich* wurde geboren, als sie schon das einundvierzigste Lebensjahr vollendet und sich längst mit einer kinderlosen, aber nicht unbefriedigenden Existenz als Kleinstadtlehrerin für die vierten Klassen und treuliche Gehilfin meines Vaters abgefunden hatte, der zusammen mit seinen beiden vergleichsweise übel beleumundeten Brüdern eine Futtermittel-/Saatgut-/Eisenwarenhandlung in Hayes, Vermont, meinem winzigen Geburtsort nördlich von Montpellier und südlich vom Mount Elmore, besaß und betrieb. Sie erledigte die Buchführung und half samstags hinter dem Ladentisch aus, obwohl die Futtersäcke natürlich viel zu schwer für sie waren. Der Verkehr bestand damals noch zur Hälfte aus Pferdefuhrwerken, und das blieb so bis in die späten vierziger Jahre. In meinem kleinen Eckschlafzimmer mit der angesengten braunen Tapete und dem runden schwarzen Ofenrohr (das auf seinem Weg von der Küche zum Dach bei mir durchkam und meine einzige Heizung war), wachte ich auf und schlief ich ein zum schläfrigen *klipklop* der Farmerwagen aus den umliegenden Hügeln, wo die Kühe steifbeinig auf felsigen Weiden standen, die steil genug waren, um in Skihänge verwandelt zu werden. Eine einzige Tankstelle mit einer Vielzahl von Benzingemischen, die in einer Reihe rostiger, glasköpfiger Pumpen zur Auswahl standen, versorgte sämtliche Verbrennungsmotoren der Stadt, und manchmal wurden Schafherden die Hauptstraße hinaufgetrieben, und dann kamen alle Räder ins Stocken. Die Leute machten Obst ein und hielten Hühner bis weit in die fünfziger Jahre, als ich mich verabschiedete und nach Süden aufs Middlebury College ging. Um die Zeit begannen New Yorker die Landschaft zu beherrschen, indem sie alte Farmhäuser aufkauften und sie in Sommerrefugien und Ski-Chalets ummodelten. Aber auch die Stadtleute brauchten Eisenwaren – elektrische Rasenmäher, Kettensägen und Heckenscheren anstelle von Heurechen und Sensen. Als das Heugeschäft wegfiel, fing der Verkauf von Hunde- und Katzenfutter an. Meinem Vater ging es gut bis zum Ende; er starb im selben Jahr wie John Kennedy, plötzlich, aber nicht ganz unerwartet. Sein Herz hatte ihn verschiedentlich vorgewarnt und blieb stehen, als er gerade den Barn dance tanzte; er und meine Mutter waren seit Anbeginn ihrer Ehe Mitglieder im Hoedown-Verein von Hayes und Calais gewesen. Die letzten Worte, die er auf Erden hörte, waren: «Rücken an Rücken mit dem Partner!» Eine schöne Ehe und mein altkluges zaghaftes Ich ihre einzige, unverhoffte Frucht. Wenn ich von der Warte der Midlife-Rebellion auf mich selbst zurückblickte, sah ich ein irgendwie ältliches Kind, pflichtbewußt, aber allergisch gegen Tiere und Greiskraut und mit einer Vorliebe, sich im Haus aufzuhalten, ganz nah am warmen Ofenrohr. Meine Mutter zog sich ein paar Jahre bevor mein Vater tot umfiel, vom Schuldienst zurück und machte noch einige Jahre über seinen Tod hinaus in der Futtermittelhandlung weiter, bis meine Onkel, tief in Alkohol und privaten Schulden versunken, beschlossen, das Geschäft an einen Skimobil-Händler aus Burlington zu verscherbeln. Als sie sich mit ihren Frauen und der Beute nach Florida davonmachten, ging sie zu meiner bitteren Enttäuschung mit ihnen: ich hatte immer angenommen, daß sie ebensosehr ein Teil von Hayes war wie die zusammengeschweißten Kanonenkugeln neben dem Bürgerkriegsdenkmal und daß sie meinen Vater nie verlassen, ihn nicht allein schlafen lassen würde in den langen Schneewintern unterm Stein aus teils naturbelassenem, teils poliertem Granit mit seinem einzelnen CLAYTON und den beiden Vornamen Theodore und Elvira, welch letzterer an Stelle seiner beiden Endziffern eine erwartungsvolle Leere aufwies.

Inzwischen war sie seit mehr als einem Dutzend Jahren Witwe. Oben im Norden war sie gemütlich dick gewesen wie eine Eskimofrau; in Florida, wo Essen die hauptsächliche Freizeitbeschäftigung ist, hatte sie sich anfangs noch stärker gemästet, und sie war auf paradoxe Weise bleich geworden im feuchten, summenden Schutz klimatisierter Apartments. Nun aber hatte die Appetitlosigkeit des Alters einiges vom weichen Zuviel jener frühen Ruhestandsjahre abgeschmolzen, und ihr Gesicht hatte die glasige gelbgraue Farbe in den Tropen gestählter Weißer; ihre nördliche Haut hatte in Florida eine eidechsenhafte Struktur bekommen: nirgendwo tief gefurcht, aber über und über fein gekörnt.

Wenn sie tatsächlich ihren achtzigsten Geburtstag mit uns beging, muß es Kerzen, Kreppapierhüte und Knallbonbons gegeben haben und schüchterne kleine Geschenke, gekauft von kindlichem Taschengeld und lose verpackt von ungeschickten Händen. Die Gebirgstrockenheit und das lehrerinnenhafte Gehabe meiner Mutter hatten die Kinder abgestoßen, als sie kleiner waren – sie hatten der aufgesetzten Vergnügtheit meines Vaters den Vorzug gegeben, der blitzäugigen Bin-gleich-wieder-bei-Ihnen-Betriebsamkeit eines Kleinstadtkrämers. Aber nun, da er seit über einem Jahrzehnt tot und ich seit mehr als einem Jahr nicht mehr bei ihnen war, hatten meine drei Kinder sich für sie erwärmt – sie war für sie so etwas wie ein Überbleibsel einer Familie von der Art, wie Norman Rockwell sie gemalt hatte. Ihre Langlebigkeit schien ganz selbstlos motiviert: die drei in ihren Rollen als Enkelkinder zu bestärken, während ein abwesender Vater und eine geistesabwesende Mutter ihren Status als Kinder erschüttert hatten.

«Nein, ich habe keine Ahnung, warum ich so lange lebe», könnte sie auf die entsprechende Frage eines der drei, vermutlich der großäugigen Daphne, erwidert haben. Daphne muß mittlerweile fast dreizehn gewesen sein, Buzzy noch vierzehn und Andrew seit einem Jahr im Besitz eines Führerscheins. Er war zum Flughafen in Boston gefahren, um sie abzuholen, und ich sollte sie in zwei Tagen wieder hinbringen – die Länge ihres Aufenthalts wurde vom Spartarif ihres Tickets diktiert. Drei Tage lang heile Familie spielen und nicht einmal von weitem meine wahre und vollkommene Gefährtin sehen! Die Anwesenheit meiner Mutter lag mir schwer auf der Brust. Sie wußte nur, daß Norma und ich «Probleme» hatten und daß ich, wie ein Viertkläßler, der in eine Ecke des Schulhofs läuft, um von den übrigen Kindern wegzukommen, auf die andere Seite des Flusses gezogen war. «Jemand stirbt aus lauter Bosheit nicht, hat man gesagt, als ich Kind war.»

«O *nein*!» erscholl der Pro-forma-Protest, während sie mit zittriger, aber geübter und bestimmter Hand Kuchen austeilte und sich dabei eines schmalen Palettenmessers bediente, das in der unordentlichen Küche meiner rechtmäßigen Ehefrau noch am ehesten wie ein Tortenheber aussah.

«O *doch*», beharrte sie, «und ich weiß sogar, *warum* ich so böse bin. Als ich ein kleines Mädchen war, habe ich ganz lange Haare gehabt, bis zur Taille runter, sie waren, was man kastanienbraun nennt, mit einem Tick Rot, aber nicht annähernd so rot wie bei eurer Mutter, und *meine* Mutter hat sie mir jeden Morgen geflochten, zwei lange Zöpfe, und die hat sie mir dann um den Kopf gewickelt und mit Haarnadeln so fest gesteckt, daß ich den ganzen Tag das Gefühl hatte, als würde mir der Skalp vom Schädel getrennt. Es tat *weh*.»

Die Kinder lachten abrupt auf bei dem energischen Piks dieses letzten Worts.

«Hast du deiner Mutter denn nie gesagt, daß es weh tut?» fragte Buzzy. Er war der offenste von den dreien, derjenige – es schmerzte mich, das zu sehen –, der in seiner Neugier am vertrauensvollsten war. Andrew hatte seine wachsende Rüstung männlicher Utensilien – Führerschein, Rockbänder, Magazine mit nackten Mädchen, Zigaretten, die er nicht allzu gründlich außer Sichtweite in seinem Zimmer verwahrte –, und Daphne steckte noch im Kokon hoffnungsvoller kindlicher Unwissenheit, Buzzy aber hatte nichts, das ihn vor den Fakten des Lebens hätte schützen können. Oder will ich eigentlich sagen, daß es nichts gab, was meine schmerzliche Identifikation mit ihm hätte ablenken können?

«Oh, das hätte ich nie ge*wagt*», sagte meine Mutter. «Wie sie's gemacht hat, war's eben üblich. Als ich ein kleines Mädchen war, haben die Leute alles nur auf *eine* Art und Weise gemacht, sonst wurden sie weggejagt und mußten nach Ohio oder Michigan oder Montana ziehen, wo's egal war, was sie machten. Und sie kamen nie mehr zurück.» Ihre alten Reptilienaugen hinter der Brille, deren Gestell nach Florida-Art aus mehreren glitzernden Kunststoffmaterialien geformt war, um Ähnlichkeit mit Schmetterlingsflügeln zu bekommen, wurden groß und rund in gespielter Angst, und ihr Publikum lachte, halb erschreckt.

Der Spukteufel kommt und holt dich
Wenn du
Dich nicht
Vorsiehst!

ging der Refrain eines Gedichts, das sie früher mit ganz demselben Gesichtsausdruck ihren Viertkläßlern vorgelesen hatte. «Zu *meiner* Zeit», sagte sie abschließend, «fand man, daß es den Menschen *gut*tut, wenn sie ein bißchen leiden.»

Ihre Ausführungen waren, das fühlte ich, auf mich gezielt. Bei den Claytons gab es so was nicht, von der Familie weglaufen, sei es auch nur anderthalb Kilometer weit. Es hatte nie eine Scheidung bei den Claytons gegeben, auch in ihrer Familie, bei den Heebes, nicht: ich hatte sie das oft sagen hören. Doch zugleich war in dem, was sie sagte, eine Unterströmung des Verzeihens, eine gewisse spielerische Milde. Florida hatte sie gesellig und tolerant gemacht, im Gegensatz zu früher, als mein Vater Geselligkeit für zwei betrieben hatte. Sie sah fern, die schamlosen Talk-Shows und die vulgären Serien; sie hörte die Horrorstories ihrer Mitsenioren, die Geschichten des modernen Lebens. Überhand nehmende Scheidungen, Zusammenleben ohne die Vorteile von Hochzeitszeremonien, Homosexualität ohne Schuldbewußtsein, promiske Kommunen. Loyalität gegenüber dem Ehepartner ein Witz, Loyalität gegenüber der Nation eine Schande. Und nun auch noch das: ihr Sohn der Flut endlosen Begehrens erlegen. Ich war nicht imstande, das Paradoxon zu erklären: ich gab diese Ehe auf um der Ehe willen, um eine vollkommene Ehe zu gründen. Der eheergebenste methodistische Diakon in Hayes hätte kein strikterer Anhänger der alten Gelübde sein können als ich, sobald ich die richtige Frau haben würde. Ich war ein glühender Verfechter der Ehe, nur eben nicht *meiner* Ehe, meiner gegenwärtigen Ehe. Einstweilen saß ich da, das schwarze Schaf meiner Familie, und wurde sanft gehänselt.

«War Daddy so, als er ein kleiner Junge war?» fragte Daphne, ihre Wangen gerötet von zuviel Kuchen und Kerzenlicht. «Böse?»

«Aber *nein!*» beteuerte meine Mutter emphatisch vom Kopfende des Tisches her, wo sie, Norma gegenüber, Platz genommen hatte, und lenkte ihr rundäugiges Starren durchs Kerzenlicht dorthin, wo ich anstelle eines vierten Kindes saß. «Er war ein *braver* Junge, darin waren sich alle Nachbarn einig. Es schien sie zu überraschen, denn ich hatte nicht als braves Mädchen gegolten – ich konnte ja nicht erklären, wie diese Zöpfe an meiner Kopfhaut gezerrt und mich so *wild* gemacht hatten. Ich habe euren Daddy mein kleines Wunder genannt», fuhr meine Mutter fort, «ihr wißt ja, er ist entstanden, als sich das eigentlich schon längst nicht mehr gehörte.» Hier hatte ihr Alter sie zu einer Ausdrucksweise verleitet, die von einer leicht peinlichen Schrulligkeit war; sie erkannte rasch die Ratlosigkeit in den Gesichtern ihrer kindlichen Zuhörer und stellte wie eine gute Lehrerin klar: «Ich war einundvierzig, als er geboren wurde. Sein Vater und ich hatten solche Angst» – an dieser Stelle lachte sie und entblößte die rührende Vollkommenheit ihrer Zahnprothese –, «meine Güte, wie ahnungslos man damals war, wir haben bloß aus Aberglauben bestanden, wir hatten Angst, weil wir nicht mehr jung waren, würde der kleine Alfred sich als schwächlich und kränklich entpuppen. Aber seht ihn euch an – wird nächstes Jahr vierzig und könnte, abgesehen von ein paar grauen Haaren, euer älterer Bruder sein!» Alle bewunderten mich; aus dem Augenwinkel nahm ich wahr, wie sogar die Königin der Unordnung, die geistesabwesend nahe meinem Ellbogen an dem Platz saß, den ich verlassen hatte, mir das Gesicht zuwandte. «Er hat früher so an Asthma gelitten», redete meine Mutter weiter, einen Mitleid heischenden Ton anschlagend, als müßten alle am Tisch ihre mütterliche Besorgnis teilen. «Es gab Nächte, in denen sein Vater und ich umschichtig wach blieben, weil das arme Kind so nach Luft rang, als könnte jeder Atemzug sein letzter sein; aber der Arzt sagte, das würde sich mit den Jahren legen, und das tat's auch!» Die Kinder starrten mich staunend an – eine Kostbarkeit, die ihnen irgendwie abhanden gekommen war. Andrew, das spürte ich, tat es leid, daß ich so zur Besichtigung ins Licht gehalten wurde; er war auf mehrerlei Weise schmerzlich und unangenehm berührt und wandte stirnrunzelnd den Blick ab, sah nach unten, die Brauen umwölkt unter dem zotteligen, ungekämmten Siebzigerjahre-Langhaar. Ich malte mir aus, daß er versuchte, durch die Interferenzen dieser anderen Psychen hindurch, mit meiner die Solidarität zweier erwachsener Männer herzustellen, und doch innerlich besiegt war von der nicht wegzuleugnenden Kränkung durch meinen Treubruch. Aber vielleicht sehnte er sich auch nur nach einer Zigarette und einer kleinen Tour mit dem Volvo, um herauszufinden, was seine Kumpel am Abend vorhatten.

Meine Mutter hätte vielleicht aufgehört, wenn eines der Kinder etwas gesagt hätte, aber niemand von uns machte den Mund auf, so beschäftigt waren wir mit den wunden Punkten, die sie mit ihrem monologischen Loblied auf mich berührte. «Nur daß er immer so lieb und verantwortungsbewußt war, sogar mit Tieren. Insofern ist euer Daddy vielleicht doch ein sehr zartes Kind gewesen. Er kam oft weinend nach Hause, weil er mit angesehen hatte, wie die anderen Jungen und sogar ein paar von den Mädchen Sachen gemacht haben, die Kinder eben machen – Grashüpfern die Beine ausreißen, Frösche mit Streichhölzern quälen und noch mehr dieser Art.»

Ich fragte mich, ob das das Band zwischen Buchanan und mir war – hilfloses Danebenstehen, während Lebenskraft ihre unbarmherzigen Taten vollbringt.

«Und *nie* hat er seinem Vater und mir auch nur die geringsten Probleme gemacht – bekam immer so gute Noten und half schon im Geschäft aus, als er kaum bis zum Ladentisch reichte. Wir haben manchmal gesagt, man könnte denken, wir wären die Kinder und dieser Junge wär der Erwachsene. Ehrlich.»

Es stimmte, einer meiner ersten Eindrücke war gewesen, daß meine Eltern, die so viel älter waren als die Eltern meiner Freunde, nicht der üblichen kindlichen Ungebärdigkeit ausgesetzt werden dürften, weil sie womöglich krank werden und aufhören könnten, mich zu beschützen. Meine instinktive, schon in frühem Kindesalter eingenommene Haltung der ganzen Welt gegenüber könnte als überbesorgt bezeichnet werden. Oder als dünkelhaft – ich bildete mir ja ein, daß das Glück eines jeden von *mir* abhing.

War es eine optische Täuschung, oder stak Normas blaß verschwommenes Gesicht in meinem Augenwinkel fest, rührte sich nicht mehr, war gebannt und sinnend mir zugewandt, mir, der ich durch die Bewunderung meiner Mutter in einem ganz neuen Licht erschien? Die alte Dame war endlich zum Schluß gekommen und führte sich eine Gabelvoll Geburtstagskuchen an den offenen Mund. Mit einem verlegenen Kratzen im Hals schob Andrew sich vom Tisch weg, um aufzustehen; sein jüngerer Bruder machte es ihm nach. Daphnes glänzende Augen trübten sich, und ihre rosigen Wangen wurden blaß, als ihr aufging, daß das Geschichtenerzählen vorbei war und damit die freundliche Illusion von einer Generationen umfassenden heilen Familie. Normas Gesicht sprang in meinem Augenwinkel beunruhigend nah heran, und in drängendem Flüsterton sagte sie: «Sprich mit Buzzy, seine Schulnoten sind in letzter Zeit ganz furchtbar.»

Und wie unheimlich es dann war, nicht mit Rechtfertigungen, ausgesprochenen und unausgesprochenen, das Haus zu verlassen, sondern zu bleiben, als sei ich der Wiedergänger meines jüngeren, monogamen Selbst. Während meine Mutter ihren Kuchen zu Ende aß und Norma sich eine Zigarette anzündete und sich noch einen Schluck Weißwein eingoß, half ich Daphne, den Tisch abzuräumen, und bewunderte in der Küche laut ein streifiges Pferdeaquarell, das sie gemalt hatte und das mit Magneten, die genau wie Kekse aussahen, wie Oreos und, besonders überzeugend, Schoko-Chips, an der Kühlschranktür befestigt war. Sie hatte angefangen, in einem Stall in der nächsten Stadt, Richtung Seabroke, Reitstunden zu nehmen. Was würden Mädchen in dem Alter ohne Pferde tun! Die Sublimierungs- und Erziehungsmaschinerie der Gesellschaft lief trotz meiner Abwesenheit weiter, mit nur einem Elternteil als Treibstoff. Andrew rief mir von draußen zu, ich solle meinen 69er Corvair, meine unsichere Junggesellenkarre, ein Stück wegbewegen, damit er den 72er Volvo, der zu seinem und Normas Wagen geworden war, aus der Ausfahrt bugsieren konnte. Ich ging hinaus, ohne den

Mantel überzuziehen; ich fröstelte und sagte: «Laß es nicht spät werden.»

«Geht klar», sagte er, als hätte ich noch ein gewisses Recht, ihm Vorschriften zu machen. Unser Atem schuf männliche Dampffahnen in der Nachtluft, wie wir da neben den massigen, sprödblättrigen Rhododendren und dem niedrigen schrägen Verschlag standen, welcher der Eingang zum Keller war. Der Keller war für mich besonders schuldbesetzt, als hätten sich all meine versäumten häuslichen Pflichten dort unten versammelt und sich mit Staub und Rost überzogen.

«Wie –» Mein Atem stand einen Augenblick still. «Wie geht's denn allen so, was denkst du?»

Er wußte, was ich meinte. «Alles okay», sagte er. «Wir gewöhnen uns.»

Der Ausdruck durchbohrte mich mit einem Kältegefühl, durch den dicken Baumwollstoff meines Hemds hindurch. Gewöhnte ich mich auch? Wenn große Finger kamen und dem Grashüpfer die Beine ausrissen, zuckte ich jetzt nur mit den Achseln und lächelte? Rächte ich mich jetzt für all die frühe Weichherzigkeit?

«Mach dir keine Sorgen, Dad», beruhigte Andrew mich. «Geht schon alles seinen Gang. Was sein muß, muß eben sein. Wenigstens bist du noch in der Nähe. Ich hab Freunde, die sehen von ihren Vätern überhaupt nichts mehr.»

«Ist 'ne traurige Welt», sagte ich lahm.

Auch Andy hatte zuwenig an, die kleine grüne Windjacke des Baseballteams seiner High-School (er war Baseman am zweiten Base bei den JVs) schützte ihn nicht gegen die Kälte; er schlug sich die Arme über Kreuz gegen den Körper, so daß die Worte verwackelt aus ihm herauskamen. «Für Buzzy und Daphne sieht's schlechter aus, sie kommen noch nicht so unter Leute wie ich und fühlen sich nach der Schule ziemlich allein, sitzen bei Mom fest. Aber sie werden ja auch mal erwachsen und kommen drüber hinweg.»

«Sicher?» Es kam als Frage heraus, nicht als Bejahung. «Und deine Mutter? Fühlt sie sich auch allein?»

Ich hatte mich hineingesteigert und wollte sie jetzt hören, all die harten Antworten. Was, wenn der Spukteufel kam und mich holte?

Der Junge sah weg. «Sie geht ab und zu mal aus. Dad, ich muß los.»

«Tatsächlich? Wohin denn? Und mit wem?»

«Keine Ahnung. Mit irgendeinem Kerl. Sind alle eklig.»

Das war eine Schlußbemerkung. Wir standen noch einen Moment da und überlegten, ob wir uns einen Kuß geben sollten, fanden es dann aber unpassend. Die Tür des Volvo knallte zu. Wir hatten diesen Kombi im Jahr von Nixons Erdrutschsieg gekauft, weil er irgendwie zeigte, daß man liberal war, gegen Vietnam und für Abtreibung und Umweltschutz, aber ich hatte immer gefunden, daß er holprig fuhr und zuviel Benzin verbrauchte. Ich vermißte ihn nicht.

Ins Haus zurückgekehrt, besuchte ich meine Mutter, die sich mit einem schwarzen Kaffee – kein koffeinfreier für sie, auch kein plörriger Kräutertee – in der Bibliothek niedergelassen hatte. Sie wirkte klein, wie sie zusammengekauert in dem Ohrensessel saß, den wir secondhand am Centre Square in Cambridge gekauft hatten und dessen silbrigblauer Samt weiß abgewetzt war an den Stellen, wo mein Kopf und meine Handgelenke den Flor weggescheuert hatten. Sie schrumpfte; ihre Hände waren in fleckiges Papier gewickelte Knochenpäckchen. Rings um sie standen meine alten Bücher, die noch aus meinen College- und Doktorandenzeiten stammten und die ich wiederholt eingepackt und ausgepackt und immer wieder in ordentlichen Reihen aufgestellt hatte: Trevelyan und die Beards, Gibbon und Churchill, *Europa nach Napoleon* von Thomson und *Geschichte Japans* von Sansom, *Der Geist des Mittelalters* von Taylor in zwei Bänden und, ebenfalls in zwei Bänden, *Die Entwicklung der Amerikanischen Republik* von Morison und Commager – stattliche, in efeugrünes oder marineblaues Leinen gebundene Ausgaben, Wortpaläste, von deren Inhalt mir wenig geblieben war, nur die Sicherheit, daß, wenn es sein müßte, ich jederzeit ins Labyrinth eindringen und die Kammer wiederfinden könnte, in der die gewünschten Auskünfte warteten wie goldene Kostbarkeiten, die in einem selten besuchten, schläfrig bewachten Museumsraum verwahrt wurden. Paperbacks wie Cashs *Der Geist des Südens* und Braudels *Dynamik des Kapitalismus 1400–1800* brachten mit ihren lebhafteren Rücken Abwechslung in die chronologische Ordnung der Reihen. Schon hatte sich an manchen Stellen, vor allem dort, wo mein Buchanan-Projekt Bände herausgebrochen und Lücken gerissen hatte, Abweichendes eingemogelt – die Taschenbuch-Krimis, die die Königin der Unordnung gern im Bett las, in Hochglanzumschlägen steckende Romane von Anne Tyler, Barbara Pym und Lois Gold und exotische belehrende Wälzer wie *Auf was man bei Musik achten muß* von Aaron Copland und *Geschichte der abendländischen Musik* von einem gewissen Donald Jay Grout, beides vermutlich Überbleibsel ihrer Affäre mit dem umgänglichen Ben Wadleigh. Es juckte mich in den Fingern, diese Buchreihen zu redigieren und neu zu ordnen, aber weder war ich bereit, an seinen Platz zurückzustellen, was ich weggenommen hatte, noch hatte ich das Recht, die verbliebenen Bücher anzurühren.

Ich wandte mich meiner Mutter zu und sagte mit falscher Munterkeit: «Wie fühlst du dich denn so – kommt nicht alle Tage vor, daß ein Mensch achtzig wird.»

«Dem Herrn sei Dank. Ich hoffe, er tut mir nicht noch viele solcher Geburtstage an.»

«Sag doch *so* was nicht, Mutter. Die Kinder waren heute abend entzückt – wir alle waren's – von deiner Lebendigkeit, deinem Witz, deiner Erinnerungsgabe. Obwohl du beim Anpreisen meiner Tugenden nicht so dick hättest aufzutragen brauchen. Sie müssen nicht überzeugt werden, sie hätten mich *gern* zurück.»

«Norma auch?»

«Natürlich. Wenigstens nehme ich es an.» Ich hatte es nie bezweifelt – gab es Grund, es zu bezweifeln?

«Also dann, wo ist das Problem?»

«*Ich* bin das Problem. Mir gefällt's da draußen, außerhalb dieses Hauses. Ich schreibe an meinem Buch über Buchanan weiter. Komme endlich mal zu Potte mit meiner ganzen» – in der Ford-

Ära war zwar vieles erlaubt, aber «Scheiße» sagte man dann doch nicht zu seiner achtzigjährigen Mutter – «meinem ganzen Kram.»

Wenn mir «Scheiße» über die Lippen gekommen wäre, hätte uns das vielleicht auf eine neue Ebene der Offenheit und Vertrautheit gehoben. Aber Vermonter Schicklichkeitsregeln bestimmten noch immer unser Verhältnis zueinander, und sie spürte das Gewicht ihrer achtzig Jahre. Sie seufzte und sagte: «Dieser Buchanan. Ich habe nie jemanden gekannt, der etwas Gutes über den zu sagen gehabt hätte, bis *du* ihn dir vorgenommen hast. Er hat versucht, das ganze Land nach Süden zu verschieben, das gehörte zum republikanischen Evangelium, als ich ein Mädchen war.»

«Eine ganz und gar ungerechte Beschuldigung», sagte ich. «Er hat versucht, das Land zusammenzuhalten, das war sein einziges Verbrechen. Aber wir Neuengländer haben schließlich unseren Willen bekommen, Mom. Wir haben unseren Krieg bekommen.» Ich sah, daß sie dem nicht folgen konnte, und sagte: «Geh zu Bett, wann immer dir danach ist. Ich muß Buzzy noch gute Nacht sagen.»

Als ich die vertrauten knarrenden Treppenstufen hinaufging, hörte ich, wie Norma Daphne etwas vorsang, leise und süß, aber natürlich nicht so süß, wie Genevieve für ihre beiden Töchter gesungen hatte. Mezzo gegen Koloratur. *Geschichte der abendländischen Musik:* das wurmte. Möglicherweise hatten die Wadleighs, als sie sich wieder zusammentaten, beschlossen, eine – wie es damals modern war – «offene» Ehe zu führen. Wendy hatte im Jahr zuvor ein paarmal bei mir hereingeschaut und zugelassen, daß sich eins aus dem andern ergab, und ich hatte mir geschmeichelt, daß sie Ben betrog; wenn er aber von diesen Besuchen wußte, dann war es widerwärtigerweise so, als hätte ich auch ihn gefickt. Sex ist in gewissem Maß immer auch Gruppensex. *Eklig*, mit Andrews jähem, von Herzen kommendem Wort.

Aber Buzzys Zimmer hatte noch die präsexuelle Aura – die Poster mit ausländischen Autos und Kampfflugzeugen, die in einer Reihe aufgestellten Plastikdinosaurier, das nach oben durchs Fenster auf den leblosen Mond und die unberührten Sterne gerichtete Teleskop, den Geruch nach Klebstoff, nach Sammeln und Basteln, den Geruch, den das Universum hat, wenn es neu für uns ist. «Hi.»

«Hi.» Es war dunkel im Zimmer, und er war schon im Bett. Seine Stimme klang in der Dunkelheit tiefer, als ich sie in Erinnerung hatte.

«Wie geht's, Kumpel?»

«Gut.»

«Wirklich?» Vorsichtig, damit ich nicht das Teleskop auf seinem Stativ umwarf, bahnte ich mir einen Weg durch das mit Hobby-Krimskrams vollgestopfte Zimmer und setzte mich auf die Bettkante. «Deine Mutter hat gesagt, du bringst in letzter Zeit schlechte Noten nach Hause. So was brauchte dir doch nicht zu passieren. Du bist intelligent.»

Blaues Licht von der Winternacht draußen lag auf seinem Profil; seine kurze Nase mit dem abgeflachten Rücken sah aus wie die eines Babys; seine Haare, denen vor meinem inneren Auge ein für allemal der Bürstenschnitt verpaßt worden war, den er mit sechs Jahren gehabt hatte und der seinen Kopf rund wie einen Ball hatte aussehen lassen, waren in Wahrheit reichlich lang, wie bei einem Rolling Stone, und in ihrer fettigen Strähnigkeit ziemlich unappetitlich. Er hätte, wenn man von seiner tiefen Stimme absah, ein schmuddeliges Mädchen sein können. «Ich bin nicht so intelligent.»

«Wieso sagst du das?»

Er wandte mir das Gesicht zu; sein babyhaftes Profil verschwand. «In der Schule, wenn wir lesen, merke ich, daß die andern mehr davon haben als ich. Und sie sind schneller.»

«Wirklich?» Es fiel mir schwer, von den Höhen meiner Präokkupationen herabzusteigen – der sublime Sex mit Genevieve im stillen Zentrum unseres Skandals, das dunkle Verhängnis, das sich eines Nachts gegen Ende des Jahres 1819 um die schwarzhaarige, heißblütige Ann Coleman zusammengezogen hatte – und mich auf die schwierige kleine Welt dieses männlichen Kindes einzulassen, aber es mußte sein. «Wann hast du das letztemal deine Augen untersuchen lassen?»

«Vor einer Weile. Er sagt, das rechte Auge wär ein bißchen schwach, und das nächste Mal müßte ich mir vielleicht ein Rezept geben lassen.»

«Gut», sagte ich forsch. «Wir besorgen dir ein Rezept.»

«Mit Brille seh ich bekloppt aus», protestierte Buzzy.

«Du brauchst sie nur zum Lesen aufzusetzen.»

«Ja.» Liebes Kind, nahm so rasch und demütig die Beschwernis einer Brille hin, eines Jochs, das sich ihm aufs Gesicht legen würde. Doch er ließ, tapferer und realistischer als ich, in seinem wichtigen Punkt nicht locker. «Ich *seh* die Wörter, sie machen bloß keinen Sinn in meinem Kopf – die Buchstaben sind irgendwie wild durcheinander.»

«Na ja, es gibt so was wie Dyslexie, vielleicht sollten wir das bei dir mal testen lassen. Die Gehirne mancher Leute stellen die Buchstaben um; das hat nichts mit der generellen Intelligenz zu tun.»

Respektvoll erwog er diese Beschönigung, die ich ihm anbot, sagte dann aber störrisch: «Ich bin nicht intelligent. Andrew ist intelligent. Er begreift alles auf Anhieb. Daphne auch, obwohl sie ein Mädchen ist. Aber das macht ja nichts.» In der Ford-Ära, der Fairness halber muß das gesagt werden, machte die antirassistische, antisexistische Einstellung, vor allem in den Köpfen der Mittelschichtjugend, echte Fortschritte.

«Du bist mir immer intelligent vorgekommen», sagte ich zu Buzzy. «Was du alles sammelst und wofür du dich alles interessierst. Und du hast immer gute Zensuren bekommen. Nicht sehr gute, aber gute.» Ich hatte immer sehr gute Zensuren bekommen, meine Mutter hätte das sofort unterstrichen. Und wohin hatten sie mich gebracht? Zu fortgeschrittenen Leistungen in Ehebruch und Kindervernachlässigung.

«Bis zum letzten Jahr», sagte er. «Bis zur siebten Klasse. Jetzt bin ich in der achten. Du bist nicht dagewesen.»

Er meinte es als freundliche, sachliche Feststellung, aber ich war wie betäubt. Das Mondlicht blau auf den Schneefetzen im

Garten, durch die Zweige von Buzzys Fenster gesehen. Ein Gefühl sanften, endlosen Fallens. Eine tiefernste Wunde in Dingen, die die Welt uns normalerweise übersehen läßt. Ich mußte es aussprechen: «Meinst du, das ist der Grund? Weil ich nicht hier bin? Wenn ich zurückkäme, glaubst du, du könntest dich dann konzentrieren und besser lesen?»

Er beeilte sich, mich zu entschuldigen. «Nee. Ich hab meine Meinung in dem Punkt ein bißchen geändert. Gibt 'ne Menge Kids, deren Eltern sich getrennt haben.»

«Das ist, als sagte man, dadurch, daß jeder hungert, fühlt sich der eigene Magen voll an.» Er lächelte darüber, ich konnte das sehen. Meine Augen hatten sich an das Dunkel in seinem Zimmer gewöhnt. Formen hatten Gestalt gewonnen, hatten sich durch Halbmonde aus bläulichem Licht ins Sein gerundet. «Buzzy», sagte ich, «es tut mir so leid. Deine Mutter und ich – wie soll ich sagen –, wir bemühen uns, für den Rest unseres Lebens die richtige Lösung zu finden. Wir haben dich alle beide sehr lieb. Ich hab ein elend schlechtes Gewissen wegen dieser Sache, die ganze Zeit.»

«Du hast nichts damit zu tun, Dad. Es ist *mein* Problem.»

Seine Stimme klang fest, gelassen. «O mein Kleiner.» Ich wollte meinen Kopf auf seine Brust legen, mißtraute aber dem melodramatischen Impuls. Warum sollte er, zusätzlich zu allem anderen, was schon auf ihm lastete, Mitleid mit mir haben müssen? «Es ist so tapfer von dir, daß du das sagst. Wir lassen ein paar Tests machen und stellen fest, was deine Lesefähigkeiten beeinträchtigt.» Die akademische Phrase brachte mir zum Bewußtsein, daß ich dabei war, mich zu drücken. Er hatte ein ernstes Thema angeschnitten, er versuchte, sich einer Grenze zu stellen, die seinem Leben gezogen war, etwas, das Ähnlichkeit mit dem Tod hatte, und ich war es ihm schuldig, das Problem mit ihm zusammen anzugehen in dieser einen Nacht, die ich wieder, wie ein Bewohner, hier im Haus verbrachte. «Es gibt verschiedene Arten von Intelligenz», war alles, was mir einfiel. «Manch einer ist sehr sensibel und intuitiv und künstlerisch begabt, schneidet aber bei akademischen Prüfungen eher schlecht ab.

Viele der ganz Großen, Einstein und Edison zum Beispiel, sind in der Schule nicht zurechtgekommen. Was nicht heißen soll, daß du nicht zurechtkommen wirst; es gibt nur einfach mehr im Leben als die Schule. Keiner von uns ist so intelligent, wie er gern sein möchte, aber was soll man machen – wenn wir intelligent wären, wären wir nicht wir.»

Er sah, daß ich getan hatte, was ich konnte, daß mein Trostfläschchen leer war. «Na gut», sagte er, mich aus meiner Schuld entlassend, und setzte hinzu: «Vielleicht bin ich einfach bloß faul gewesen. Das Zeug, das man lesen muß, ist so blöde, *Farm der Tiere* und so, lauter Sachen, die einem beweisen sollen, wie schlimm Kommunismus ist.»

«Bestimmt ist das der Grund», sagte ich und stand auf, erleichtert, daß er für mich das Schlupfloch gefunden hatte. «Sei nicht faul», konnte ich jetzt sagen. «Gib deinen Lehrern eine Chance. Sie sind auch nur Menschen. Sie geben sich Mühe. Wir sind doch alle aufeinander angewiesen.»

In dieser jammervollen Welt, meinte ich. Ich wollte Daphne noch gute Nacht sagen, aber ihre Tür war zu, und kein Lichtschein drang unter ihr hervor. Ich ging hinunter, in die Küche, wo Norma sich gerade ein Glas Wermut eingoß, und sagte: «Armer Kerl, ich kann's gar nicht ertragen. Ich hab ihm den Kopf versaut.»

«Oh, sei nicht so ichbezogen.»

«Das sagt *er* auch. Aber ihr seid beide bloß nett zu mir. Wo ist meine Mutter?»

«Nach oben gegangen. Ich mußte sie zur Treppe bringen. Sie ist in toller Verfassung, wirklich, aber plötzlich war sie hinüber.»

«Ich auch. Ich bin ganz zittrig. Buzzy tut mir so leid, ich fühle mich so hilflos. Wir sollten ihn auf Dyslexie untersuchen lassen.»

«Ist doch längst passiert. Vor knapp zwei Jahren. Das Ergebnis war, daß mit ihm alles in Ordnung ist. Hast du das tatsächlich vergessen?»

«Ich kann nicht alles im Kopf haben. Dann lassen wir ihn eben noch mal untersuchen, und besorg ihm wenigstens eine Brille, zum Donnerwetter. Was für 'ne Mutter bist du eigentlich – mußt du denn dauernd Murks machen? Andy sagt, du bist jeden Abend mit irgendwelchen Kerlen unterwegs.»

Sie warf mir einen merkwürdigen, kühlen Blick zu, als hätte ich geschrien, um ihre Aufmerksamkeit zu erlangen. «Das hat er nicht gesagt», sagte sie. Sie war seiner sicher, sie lebte mit ihm, ich nicht. «Er würde nie so etwas sagen. Du scheinst ziemlich durcheinander zu sein. Wie wär's mit einem kleinen Schluck?»

Die Decke der Küche war sehr niedrig, und das von oben fallende Licht drückte auf unsere Köpfe und warf abwärts gerichtete Schatten auf unsere Gesichter. Norma trug keinen Lippenstift, ihr Mund war von derselben blassen Farbe wie ihr Kinn und wie die Hand, die das Glas mit der blaßgrünen Flüssigkeit hochhob. Das einzige Mal, daß sie sich die Haare bei einem Friseur hatte machen lassen, war auf einem Schiff gewesen, das uns im Sommer, bevor sie mit Andy schwanger wurde, nach Europa brachte, und der mit Spray in Form gehaltene Bienenkorb hatte sie so verlegen gemacht, daß sie nicht eher Ruhe gab, bis sie ihn im Pool des Schiffes weggeschwommen hatte. Ihre Lippen waren im harten Deckenlicht farblose Kissen aus leicht rissigem Fleisch. Ihre Sommersprossen waren um diese Zeit im Jahr verblaßt. Es gab Gegenden – der Nacken, die Innenseiten der Oberarme, die Partien unterhalb der Hinternhälften, die sie mich sehen ließ, wenn sie die Beine für mich öffnete –, welche sich nie mit Sommersprossen sprenkelten. «Hast du Lust, dein altes Bett auszuprobieren?» fragte sie leichthin und blickte von mir weg zu einer Ecke der Geschirregale, in der die staubigsten Teetassen hockten.

Ich hatte Lust, aber ich sagte: «Ach, komm, Norma. Das kann ich ihr nicht antun.»

«Mir *hast* du's angetan. Tust es immer noch.»

«Nach vielen Jahren. Und richtig ist es nicht. Ich versuche jetzt, alles richtig zu machen, laß uns dabei bleiben. Laß mich über den Fluß zurückfahren. Ich bin rechtzeitig zum Frühstück wieder hier, Ehrenwort.»

Die Königin der Unordnung wurde in ihrer künstlerischen Sorglosigkeit selten wütend, aber jetzt war's soweit, und ich bekam es mit der Angst. Ihre Augen, blaßgrün wie ihr Wermut, hatten plötzlich rote Ränder, und ihre Lippen preßten sich so fest zusammen, daß die Zahl der feinen Risse sich verdoppelte. «Nein, verdammt. Sie ist *deine* Mutter, du bleibst gefälligst hier. Ich geh allein zu Bett, wie immer. Deine Tugendhaftigkeit, wenn's das ist, worum es dir geht, ist bei *mir* sicher, Freundchen.»

In hochmütigem Schweigen, die Wangen zorngefleckt, wie die Hände meiner Mutter vom Alter gefleckt waren, ging sie mir zu meinem Zimmer voran – ihrem Studio, einem großen Raum, den wir aus zwei kleinen Mädchenkammern gemacht hatten, indem wir, bald nachdem das Haus zu unserem geworden war, die Wand zwischen ihnen einrissen. Ich war damals ein begeisterter Hausbesitzer gewesen, ein Freund des Vorschlaghammers und des Mörtelbretts. Der Raum wurde jetzt ganz von Normas Maltätigkeit und ihren Gemälden beansprucht; die Wände waren über und über mit Bildern bedeckt, und rings an den Fußleisten lehnten zusätzliche Leinwände, dick übereinander wie umgefallene Dominosteine; nur wenige Gemälde waren fertiggestellt, alle aber hatten ein paar Stellen, die von einer spontanen hingewischten Stimmigkeit waren und sich oft abseits der Mitte befanden, auf die sie alle Sorgfalt verwandt hatte. Immer da, wo sie sich konzentrierte, wirkte ihr Pinselstrich schwer und steif. Manche der Bilder waren Stilleben, Obst- und Gemüsearrangements, die von organischer Fäulnis überzogen waren, andere zeigten Ausblicke vom Haus aus, einschließlich der Fensterstreben, die wie die Stäbe eines Käfigs wirkten. Auf wenigen – verhältnismäßig sehr wenigen – waren die Kinder abgebildet, ernst, mit abgeschnittenen Füßen und unvollendeten Armen, und zwei oder drei hatten ein ganz neues Thema, Norma selbst, im Spiegel gesehen, mit dem verstohlenen Dreiviertelblick, der allen Selbstporträts eigen ist, ob sie von van Gogh oder Velázquez sind. Es muß schwer gewesen sein für sie, die immer wegsah, sich beharrlich in die eigenen ausweichenden Augen zu starren. Das eine Bild, wahrscheinlich im Sommer gemalt, zeigte sie nackt von der Taille an aufwärts – genauer gesagt, von ein wenig unterhalb der

Taille, wenngleich die perlenblasse Fläche des Unterbauchs, aus den flüchtigsten, hingehauchtesten Blau- und Blaugrüntönen und wasserhellem Ocker komponiert, unvollendet geblieben war. Aber auch wenn sie zu Ende gemalt hätte: ihr Schambusch wäre nicht mit drauf gewesen. Der ganze Raum roch streng nach Ölfarbe und Terpentin. So entspannt sie in vielem war, hatte sie doch immer Hemmungen gehabt, mein Gesicht zwischen ihren Beinen zu dulden: wegen ihres Geruchs. Dieser viel stärkere Geruch aber machte sich breit, wo immer sie malte. Ich sollte auf einem alten Schaumstoffsofa schlafen, das ungefähr aus dem Jahr 1960 stammte und ein Überbleibsel aus dem Apartment an der Kirkland Street war. Es hatte neueren Anschaffungen weichen müssen und war hier abgestellt worden, wo die Katzen und Hunde es als Bett benutzten, während ihre Herrin malte und die Nachmittage schlückchenweise in die Undeutlichkeit der Dämmerung hinein vertrödelte. Der grobe graue Bezug war so dick mit Tierhaaren bedeckt, als wollten sie eine zweite Stoffhaut bilden; für die Nacht waren gestärkte zitronenfarbene Laken drübergebreitet und ein paar alte Wolldecken, die, wie ich feststellte, als ich mich auf mein schmales Lager legte, nach Mottenkugeln dufteten.

Ich konnte nicht schlafen. Daran erinnere ich mich deutlich. Das Geräusch der Füße meiner mir fremd gewordenen Ehefrau, zuerst in Schuhen, dann ohne, über mir in unserem alten Schlafzimmer und der nostalgische Gestank ihrer Ölfarben rings um mich hielten mich mit erotischen Möglichkeiten wach, die ungenutzt geblieben und darum um so attraktiver waren. Ich muß masturbiert und mich bemüht haben, es säuberlich und ruhig vonstatten gehen zu lassen, obwohl die kleinen, nach innen geschnörkelten, sich verjüngenden Beine des Sofas eindeutig gewackelt und gequietscht hatten. Die zur Familie gehörenden Tiere, abgesperrt von einem Bereich, den sie sonst in ihre Streifzüge einbeziehen konnten, miauten und schurrten und kratzten draußen an der verschlossenen Tür und tappten nur widerstrebend davon. Die Heizkörper reagierten auf das melancholische Gezeitenrauschen des Ofens unten mit einem Ticken und Gurgeln, an das ich nicht mehr gewöhnt war. Gegen elf Uhr dreißig kam Andrew nach Haus – der Volvo röhrte in der Auffahrt wie ein Schotterwerk, und als der Junge die Küche nach einem letzten kleinen Imbiß vor dem Schlafengehen durchstöberte, spielte sich das so tumultuös ab wie der Überfall eines Infanteriezuges. Als die Bewohner des Hauses dann zur Ruhe kamen und der Thermostat dem Heizofen befahl, still zu sein, wurde es kalt in meinem Zimmer mit den vielen Fenstern. Wie Ann Coleman wünschte ich, die Diener kämen und machten Feuer. Die hohen starrenden Fensterscheiben hatten keine Rouleaus, und das Mondlicht fiel in hallenden Rechtecken auf den Fußboden. Im Wald unten am Fluß stieß eine Eule ihren leidenden, fragenden Ruf aus – wie ein leuchtendes Ektoplasma, das sich klumpig ergoß. Der Schlaf der andern im Haus, drei Generationen, die alle mit mir verbunden, alle meinetwegen emotional versehrt waren, drückte sich auf mich nieder, während ich mich erst vorsichtig, dann wild zwischen den zerkrumpelnden Laken hin und her drehte und meinen Frieden mit dem Kissen zu machen versuchte, das flacher und weicher war als die beiden in meiner schäbigen, aber vertrauten Bleibe in Adams.

Nach ein, zwei Stunden stellte sich heraus, daß ich nicht nur nicht schlafen konnte, sondern auch keine Luft bekam. Die üppig unter mir verstreuten Tierhaare und -schüppchen hatten mein Kindheitsasthma wiedererweckt. Zu diesen Allergenen gesellte sich die örtliche Unstille (Dielenknacken, Kontraktionen in den abkühlenden Heizungsrohren, Geraschel nachtaktiver Nagetiere in den Wänden, nicht zu reden vom Rauschen und Auspuffschnauben des verspäteten Verkehrs auf den gewundenen Straßen von Wayward, als unsere große Honigwabe mannbarer Weiblichkeit die letzten Drohnen entließ) und ein panisches Gefühl, *am falschen Platz zu sein,* Schmutz zu sein [s. Seite 102]. Je heftiger ich versuchte, Luft einzusaugen, desto schwerer fiel mir dies normalerweise unbewußt stattfindende Kunststück. Mein Rückgrat und mein Brustbein schienen immer enger zusammenzurücken wie die Wände der Kammer in Poes berühmter Horrorgeschichte. Es war absurd, in all meiner Panik und gebadet in kalten Schweiß, fühlte ich mich – apropos Schmutz am falschen Platz – an Jennifer Arthrops Besuch vor einem Jahr erinnert und wollte sie ficken, wollte der Szene einen anderen Schluß geben, einen, der mir passender schien als Jennifers peinlicher Abgang damals, und tat's, im Kopf, während meine Hand Wunder wirkte an meinem ungläubigen, schläfrigen Schwanz und meine Lunge, augenblicklich selbstvergessen, meinen aufgewühlten Organismus mit Sauerstoff versorgte.

Doch sobald die kleine Ejakulationswonne (und was für eine merkwürdige Wonne das ist – als schlüge man einen Purzelbaum, so kam es mir vor, als ich ein Junge war, oder als begegnete man einem Riesen in einem engen Gebirgstunnel, in dem er sich krümmen muß – eine irgendwie *eisige* Sensation, damals, in engmaschiger Adoleszenz) ein zweites Mal erreicht war, kehrte meine respiratorische Pein zurück, so heftig, daß ich nicht mehr liegenbleiben konnte; ich stand auf, wickelte eine nach Mottenkugeln duftende Wolldecke um mich, wanderte im Zimmer umher und inspizierte im kobaltblauen Mondlicht Normas Gemälde. Gegen drei ging ich, halb wahnsinnig vor Erschöpfung und Atemnot, auf Zehenspitzen aus dem Zimmer, kroch die sich beschwerende Treppe hinauf und weiter den langen Flur entlang zu meinem ehemaligen Schlafzimmer. Die Tür war angelehnt; ich stieß sie ein wenig weiter auf, stand eine Minute in diesem klaffenden Rachen und lauschte dem raspelnden tiefen Schlaf meiner Frau, spürte die Wärmestrahlung ihres Körpers, dachte dann aber an Genevieve, die gleichermaßen gattenlos in einer anderen Zelle unserer Gemeinschaft schlief, und fragte mich ernsthaft, was Norma in diesem Moment wohl für mich tun konnte: leergepumpt hatte ich mich selber, und vom friedlichen Ehelager war ich auf eigenen Wunsch getrennt. Ich ging wieder nach unten, wehrte mit dem bloßen Fuß die schwanzwedelnden, schnurrenden Annäherungsversuche der wachgewordenen Tiere ab und schloß meine Tür in der Hoffnung, mein spukhafter Ausflug habe meinen Geist so weit beruhigt, daß er sich sozusagen an der kämpfenden Lunge vorbei in den Schlaf zwängen könnte. Aber so war's nicht. Die Atemnot wurde immer schlimmer; meine Knochen schmerzten in einer unsichtbaren Bärenumklammerung. Ich fing an, Angst zu haben, daß ich wirklich ersticken könnte. Die Anwesenheit meiner – wenngleich schlafenden – Mutter unter diesem Dach warf auf meine moralische Verfassung ein nackteres Nordlicht, als ich es gewohnt war in den freundlichen Vernebeltheiten des College-Milieus, wo wir alle im voraus losgesprochen waren durch Rousseau, Nietzsche, Freud und Marx, diese großen Befreier, die zur weltumfassenden Überraschung und Erleichterung alle Niederträchtigkeit vom Individuum weggenommen und der Gesellschaft zugeschoben hatten. Nicht daß meine Mutter, die selber eine Verbannte war, vertrieben aus der behaglichen Unkompliziertheit von Hayes, mich offen verurteilt hätte; es war *sie in mir*, die mich zum Tod durch die Garrotte verdammte – in Spanien seit alters die Strafe für Raub –, weil ich im falschen Haus gefaßt worden war. Später versuchte ich, meine Empfindungen luftabschnürender moralischer Unmöglichkeit auf Ann Coleman zu übertragen, in einem Zusammenhang, den ich bereits erwähnt habe, und vielleicht habe ich sie so zur Genüge in diesem mir quasi abgenötigten Bündel an Erinnerungen, Impressionen und fehlgeschlagener Geschichte untergebracht.

Nach vier zog ich mich keuchend an – ich bewegte mich dabei mit der Zeitlupen-Effizienz eines Zombies –, schlich mich aus dem dunklen Haus zu meinem schlafenden Corvair und fuhr unter einem untergehenden, nicht mehr halben und noch nicht vollen Mond durch menschenleere Straßen, über die Brücke zum Krankenhaus in Adams, das hellerleuchtet an der städtisch erschlossenen Hügelflanke lag wie ein sinkendes Schiff. Japsend, Späße machend, mich in Erniedrigung suhlend, wie ein Huhn ein Staubbad nimmt, ließ ich mich von der Nachtschwester und einem armen unrasierten Pflichtassistenten in zerknautschtem grünen Spitalkittel verarzten. Das gewaltige Gähnen des jungen Mannes entblößte gelbe Backenzähne. Er gab mir eine Adrenalinspritze, und als meine Atmung sich auf wunderbare Weise wieder halbwegs normalisiert hatte, unterzog er mich einem ganz unnötigen EKG; das eiskalte Gel unter den elektrischen

Kontakten empfand ich als Bestrafung dafür, daß ich ihn geweckt hatte.

Erlöst und entlassen, nahm ich den Anblick des giebeligen Adams in mich auf und sog Gottes diesige Luft ein. Die mondlose Dämmerung war vom Lärm eines überraschend emsigen Frühverkehrs erfüllt. Ich fuhr nach Wayward zurück und kam gerade rechtzeitig, um mit meiner Mutter, einer Frühaufsteherin, eine Tasse Kaffee zu trinken. Ich hatte an der Federal Street, in einer koreanischen Bäckerei, die gerade aufmachte, frische Doughnuts gekauft, und meine Mutter war altmodisch genug, in ihnen etwas Köstliches zu sehen und nicht eine Gefahr für ihre Gesundheit. Sie war rundherum nett, mitfühlend und in Form, als hätte sie in meiner Elendsnacht zu aktiver Mutterschaft zurückgefunden.

Der Tag schleppte sich taumelig dahin. Ich stellte fest, daß ich auf untergründigen Wegen von Normas unruhigen Bezirken zum älteren Königinnenreich meiner Mutter übergewechselt war. Sie brachte mich oben in ihrem Zimmer, dem Gästezimmer, in ihrem derzeitigen Bett unter, einem alten Vierpfostenmöbel aus Kirschholz, das ich aus Versehen auf einer Auktion in White River Junction ersteigert hatte, als wir unser erstes Haus einrichteten, das apfelgrüne, anderthalbstöckige Cape-Cod-Cottage in Hanover. Ich döste die meiste Zeit vor mich hin, und meine Mutter brachte mir hin und wieder Toast und Tee und führte mich meinen Kindern als einen Mann vor, der genug gelitten hatte. Von Kissen gestützt, Bücher und Teetassen um die Knie, lag ich auf der hohen Matratze und hatte das merkwürdige erhebende Gefühl – ein Gefühl leeren Triumphes –, das eine schlaflose Nacht einem beschert. Wenn sie sich gerade nicht um mich kümmerte, führte die alte Dame in der Küche Verhandlungen mit Norma. Am Nachmittag verkündete sie: «Wir haben beschlossen, daß ich nach Adams hinüberziehe, in deine Wohnung. Es ist vermutlich die letzte Gelegenheit für mich, eine Nacht in einer Junggesellenbude zu verbringen.» So kehrte ich, als es dunkel wurde, mit der Quelle meines Seins ins schmuddelige, gemütliche Adams zurück.

Und hier gab ich ihr, bevor ich sie am nächsten Morgen zum Logan Airport und dem Flugzeug zurück nach Tampa brachte, mein Bett, das von mehr als einer Partnerin befleckt war, und schlief in tiefem Frieden auf dem Futon, der noch nach dem unschuldigen Schlummer der lieblichen dunkeläugigen kleinen Töchter Genevieves duftete. Auch meine Mutter schlief zur Abwechslung gut. «Ich wollte ja nie etwas sagen», sagte sie am anderen Morgen, «aber Normas Haushaltsführung hat mich immer nervös gemacht. Man weiß nie, was man in den Küchenschubladen vorfindet oder welches Tier gleich zu einem ins Bett springen wird.» Damit gab sie, so direkt, wie es ihr nur möglich war, ihren Segen zu meinem Auszug. Nichts in der Natur, nicht einmal die Ausdehnungskraft des Wassers, wenn es sich in Eis verwandelt, ist so unerbittlich wie die Liebe einer Mutter zu ihrem Sohn. Wir hatten, so benommen ich auch war, tags zuvor einen angenehmen Abend miteinander verbracht, hatten uns zwei Tiefkühlgerichte heiß gemacht, uns mit einem frischen Vorrat an Zimt-Doughnuts eingedeckt und uns lange über die alten Zeiten in Hayes unterhalten – über nichts Besonderes, waren nur Haus für Haus, Laden für Laden die Straßen durchgegangen und was aus den Leuten geworden war, die meisten inzwischen tot oder weggezogen, Namen und Gesichter mit Märchenbuchcharakter für mich, meine erste Menschheitserfahrung. Die muskulösen Oger, die in der Autowerkstatt dröhnend Metall gegen Metall schlugen, der bucklige Zwerg, dem das Kurzwarengeschäft gehörte, der böse Blick der Witwe hinter der Spitzengardine am Fenster des ungestrichenen Fachwerkhauses. Wenn uns ein vergessener Name wieder einfiel oder wir uns gemeinsam ein fast ganz in der Vergangenheit versunkenes Haus oder eine Ladenfront in Erinnerung riefen, lachten wir vor lauter Freude darüber, daß wir die Zeit besiegt hatten. Diese Erinnerungsarbeit machte meine Mutter jünger; aus dem untergegangenen Vermont kam ein beseelter Ausdruck nach dem andern hergeflogen und ließ sich, eine Schar mädchenhafter Zugvögel, auf ihrem gelblichen körnigen Floridagesicht nieder.

Rückblick, ich würde unsere Unterhaltungen gern neu erfinden und mehr Einzelheiten anführen, aber diese Episode, da ich mich im duftenden Studio meiner mir fremd gewordenen Ehefrau verkrampfe, meine Mutter kidnappe und sie in meinem zweifelhaften Liebesnest einquartiere, gehört nicht in unseren festgesetzten Rahmen, die Ära Gerald Ford mit ihren Auswirkungen, ihrer Bedeutung, ihrem Einfluß. Meine Mutter und ich gehören genaugenommen den Roosevelt-Administrationen an, vor allem der zweiten Amtsperiode, während deren ich sprechen und mich im dreidimensionalen Raum zu bewegen lernte und meinen Sinn dafür entwickelte, ein eigenständiges Selbst zu sein, getrennt von ihrem warmen, nährenden Körper. 1938, zur Zeit der Kongreßwahlen, bei denen die Republikaner (was manchmal vergessen wird) fünfundsiebzig Sitze im Repräsentantenhaus und sieben im Senat errangen, hatte ich, unter ihrer Anleitung und mit Hilfe einer Flasche, deren Gummisauger künstlich und sauer schmeckte und deren Milch entweder zu heiß oder zu kalt war, aufgehört, an der Brust zu trinken. Dies und mein Austritt aus ihrem Schoß einen Monat bevor Landon aufwachte und feststellen mußte, daß er verloren hatte, haben mich wahrscheinlich gewappnet für all die Entwöhnungen, die das Leben im Überfluß bereithält. Und doch, als meine Mutter 1978, in der hoffnungsvollen Anfangszeit der Regierung des evangelikalen Ingenieurs Carter, starb, war ich ganz überrumpelt davon, was für einen Verlust das bedeutete. Wer würde sich jetzt daran erinnern, wie ich als Junge, mit Keds an den Füßen, die backsteinernen Bürgersteige des schräggeneigten, ahornbeschatteten Zentrums unseres Städtchens entlangtrottete? Wen gab es nun noch, der sich mit mir Zimt-Doughnuts teilte und in ihnen nicht «Junk Food», sondern einen Leckerbissen sah? Die liebe alte Seele hatte mich allein gelassen mit meinem irgendwann kommenden Tod. Die Toten erteilen uns diese wichtige Lektion, die zu lernen wir uns so sehr sträuben: auch wir werden sterben.

Der Rest [hinsichtlich JBs] ist Geschichte. Buchanan erfuhr von Ann Colemans Tod nicht in irgendeinem erdichteten Gasthaus zu Downingtown, sondern dort, wo er sich gegen Ende des Jahres 1819 hauptsächlich aufhielt und seiner Arbeit nachging: im Gericht an Lancasters Centre Square. Zu Anfang jener Woche, als Ann sich in der Obhut der Hemphills von ihrer Flucht per Kutsche nach Philadelphia erholte, war ihm im Columbia-Bridge-Company-Fall ein außergerichtlicher Vergleich gelungen. Klein teilt uns mit: *Es war ein großer Triumph für ihn.* Doch ach, die vielen Triumphe seines geduldigen Lebens – er hat zum Beispiel nie eine Wahl verloren, weder die in die Gesetzgebende Versammlung von Pennsylvania noch die zum Kongreß- und später Senatsmitglied in Washington und schließlich zum Präsidenten – sollten bittere Einschränkungen erfahren. Einen großen Teil des sechsten Dezember, eines Montags, hatte er im Amtszimmer des Protonotars verbracht und in der spinnenbeinigen, gut leserlichen Handschrift, die sich in den noch vor ihm liegenden fast fünfzig Jahren kaum verändern sollte, viermal die Worte geschrieben: *6. Dezember 1819. Ich erkläre mich einverstanden, daß der durch Schiedsspruch zuerkannte, oben angeführte Betrag in drei gleiche Teilsummen aufgeteilt wird, welche vom Ausfertigungstage an mit Zinsen sowie pünktlich zur Zahlung zu kommen haben. Sollte eine der genannten Teilsummen zwanzig Tage nach Fälligkeit nicht bezahlt worden sein, so kann der Betrag besagter Teilsumme auf dem Wege der Zwangsvollstrekkung beigetrieben werden.* Unterzeichnet von *Christ. Bachman*, als wichtigem Kontrahenten bei diesem undurchsichtigen Rechtshandel, und von *James Buchanan* als *Proz.-Bevollm. d. Kläg.* Was für ein selbstsicherer, ungerührter junger Meister des pedantischen juristischen Procedere, der diesen Text nicht einmal, sondern viermal niedergeschrieben hat, wie wir auf zwei einander gegenüberliegenden Seiten im großen Hauptbuch der Transaktionen jenes Jahres sehen können, das die Lancaster Historical Society verwahrt! Vier Tage später, am zehnten Dezember, schrieb Buchanan an Robert Coleman, Anns furchteinflößenden und nun tiefgetroffenen Vater:

Hochverehrter Sir,
Sie haben ein Kind verloren, ein teures, teures Kind. Ich habe den Menschen verloren, dem allein auf Erden meine Liebe galt und ohne den das Leben sich mir jetzt als trostlose Leere darbietet. Alle meine Zukunftshoffnungen sind mit einem Schlage dahin, und jede Möglichkeit auf Glück wird, das fühle ich, mit ihr zusammen für immer ins Grab sinken. Es ist jetzt nicht die Zeit für Erklärungen, doch der Tag wird kommen, da Sie feststellen werden, daß sie, ebenso wie auch ich, schweren Verunglimpfungen ausgesetzt war. Möge Gott denen verzeihen, die das zu verantworten haben. Mein Groll gegen sie, wer immer sie sein mögen, ist im Staub begraben. Ich habe nur noch eine einzige Bitte, und um Ihrer Liebe zu Gott und zu Ihrer teuren, hingeschiedenen Tochter willen, die ich unendlich mehr geliebt habe, als irgendein anderer Mensch lieben könnte: schlagen Sie sie mir nicht ab. Gewähren Sie mir die traurige Freude, vor der Beisetzung ihren Leichnam zu sehen. Ich könnte es um nichts in der Welt ertragen, wenn Sie mir diese Bitte abschlügen.

Es gäbe noch eine zweite, die ich vorbringen möchte, doch wegen der böswilligen Verdrehungen, die man Ihnen zweifellos zugetragen hat, fürchte ich mich fast davor. Ich würde gern als Leidtragender ihren sterblichen Überresten auf dem Wege zum Grab folgen. Ich möchte die Welt davon überzeugen – und noch hoffe ich, auch Sie zu überzeugen –, daß sie mir unendlich teurer war als mein Leben. Ich mag der Erschütterung, die ihr Tod für mich bedeutet, standhalten, doch fühle ich, daß ich nie wieder Glück empfinden werde. Unaufhörlich schicke ich das Gebet zu Gott empor, daß es mir dessenungeachtet vergönnt sein möge, dem Andenken der teuren hingegangenen Angebeteten meine Ehrerbietung zu erweisen und zugleich ihre Freunde meiner Hochachtung und Verbundenheit zu versichern.

Möge der Himmel Sie segnen und Sie in den Stand setzen, den Schmerz mit der Seelenstärke eines Christen zu ertragen.

Für alle Zeit Ihr ergebener und dankbarer Freund
James Buchanan

Dieser Brief wurde mit Boten geschickt und an der Haustür zurückgewiesen. Ungeöffnet gelangte er in die – wie Curtis sie zeremoniös nennt – *privaten Depositen in Wheatland*; und so entging er dem Feuer, das die Testamentsvollstrecker unterwürfig Buchanans anderen Andenken aus der Zeit der unglücklichen Affäre mit Ann Coleman bereiteten [s. Seiten 87/88]. Der Eindruck, den man beim Lesen dieses aus gebrochenem Herzen quellenden Ergusses gewinnt, ist nicht der günstigste; zu oft kommt «teuer» darin vor, und eine Spur zuviel politisches Kalkül schwingt in dem Satz, er wolle *die Welt überzeugen*, indem er im Leichenzug mitmarschiert. Doch der Brief ist die Wehklage eines Romeo, verglichen mit dem anderen Buchanan zugeschriebenen Text aus jenen vom Donner gerührten Tagen, einem Nachruf, der am elften Dezember im *Lancaster Journal* erschien:

Am Morgen des vergangenen Donnerstag ist im dreiundzwanzigsten Lebensjahr, während eines Besuchs bei Verwandten in Philadelphia, Miss Anne Coleman, Tochter des Robert Coleman, Esquire, ansässig ebenhier, aus dieser Welt geschieden. Es fällt uns nur selten zu, am Grabe eines Menschen zu weinen, welcher so allgemein und so verdientermaßen beliebt war wie die Verblichene. Sie verkörperte alles, was die zärtlichsten Eltern, der innigste Freund sich nur wünschen konnten. Wiewohl sie jung, schön und von feiner Bildung war und Fortunas Lächeln auf sie niederschien, war sie sich doch, dank angeborener Bescheidenheit und innerer Werte, der eigenen Vorzüge nicht bewußt. Ihr Herz war der Sitz all der sanften Tugenden, welche den Charakter einer Frau adeln und ihm zur Zierde gereichen. Sie ist nun in eine Welt hinübergegangen, wo sie sich im Schoße ihres Gottes mit verwandten Seelen finden und glücklich sein wird. Möge die Erinnerung an ihre Tugenden in den Herzen ihrer auf Erden weilenden Freunde für alle Zeit lebendig bleiben. Möge ihre sanfte Seele, welche hinieden noch immer Frieden und Güte verbreitet, ihnen allen ein Schutzengel sein und sie vor den Fehlern bewahren, die ihr stets fremd gewesen –

«‹Der feinste aller Spinnenfäden
Ist eine dicke Schnur, ein Tau,
Verglichen mit dem Band,
Das Mensch und ird'sches Glück verbindet –
Es reißt beim kleinsten Windhauch.›»

Woher das Zitat in den merkwürdigen doppelten Anführungsstrichen stammt, wird nicht gesagt: es ist den vielgeliebten *Nachtgedanken* von Edward Young entnommen. Der Lehrjunge aus der Druckerei des *Journal*, der ausgeschickt worden war, das Manuskript abzuholen, erinnerte sich, Buchanan sei *vor Kummer so verstört gewesen, daß er außerstande war, die Anzeige zu schreiben.* In Lancaster brodelte es nach Ann* Colemans Tod von Gerüchten, sie habe Selbstmord verübt und Buchanan trage die Schuld daran: *Ich glaube, daß ihre Freunde ihn jetzt als ihren Mörder ansehen,* schrieb Hannah Cochran am vierzehnten Dezember ihrem Mann. Buchanan hatte Zuflucht bei Richter Walter Franklin gesucht, den er dreimal vor der Amtsenthebung bewahrt hatte und der, so grimmig klein war die Welt, an der East King Street Tür an Tür mit den Colemans wohnte. Manche meinen, Franklin habe den Nachruf geschrieben, weil Buchanan *vor Kummer* zu *verstört* war. Der Text hat geradezu etwas Schwülstiges, etwas Himmelwärtsstrebendes, das zu unserem erdenschweren Helden, dessen Vorstellungswelt so abgeplattet war wie das «J» in seiner immer gleichen Unterschrift, nicht recht passen will. In der Bemerkung im Nachruf, daß sie sich, trotz aller Gunstbezeigungen Fortunas, dank angeborener Bescheidenheit der eigenen Vorzüge nicht bewußt gewesen sei, will etwas Wahres an die Oberfläche dringen; Curtis, der Leute kannte, die Ann kannten, schreibt, sie sei ihm geschildert worden als *sehr schönes Mädchen von außergewöhnlich anziehender, liebenswürdiger Wesensart*, das *aber zurückhaltend und empfindlich* gewesen sei. Sie war scheu; war sie auch, was die

* Im Nachruf heißt es «Anne», auf dem Grabstein aber steht «Ann». Ich habe mich für den in Stein gemeißelten Namen entschieden.

Pennsylvania-Dutch «queer» nennen, schrullig, das heißt ungesellig? Wir können uns eine Ann, die im Schoße Gottes, umgeben von verwandten Seelen, ihr Glück findet, ebenso wenig vorstellen wie eine Ann, die unter den bukolischen Gschaftlhubern des alten Lancaster glücklich wird. Vor dem inneren Auge steht sie als eine, die sich jeglicher Gemeinschaft widersetzt. Auf dem Porträt, das in Buchanans Schlafzimmer in Wheatland hängt, wirkt ihre lange Nase eigensinnig, in ihrem großäugigen starren Blick ist nichts Einladendes, die einzelne in die Stirn gefallene Locke hat etwas leicht Derangiertes. Die Reichgeborenen sind schwerer zufriedenzustellen als die, die arm auf die Welt gekommen sind; Buchanan hat sich sein ganzes Leben lang verhalten wie einer, der gern hier ist in diesem Jammertal – ein geborener Kumpel und Ballsaal-Charmeur, dem es Spaß machte, mit seinen Mitsterblichen umzugehen, ob es die Zarin von Rußland war oder der schwarze Barbier in Lancaster, der das Lob anstimmte: *Nun, Sir, er wußte gar nicht, was das ist, Mann, Frau oder Kind eine unfreundliche Antwort zu geben.* Anspruchsloses Vergnügen an menschlicher Gesellschaft: eine Absurdität, die dem Leben förderlich sein kann, wie der Glaube an Gott. Buchanan hatte es, und Ann hatte es nicht; darin waren sie wie der Fisch und der Vogel in der Fabel, die sich ineinander verliebten.

Im selben Brief, in dem Hannah Cochran ihrem Mann mitteilt, Buchanan werde als Mörder angesehen, schreibt sie: *Als Mr. Buchanans Bitten abschlägig beschieden wurden, zog er sich für einige Tage zurück und machte sich dann beherzt wie eh und je wieder an die Arbeit. Man vermutet freilich, daß diese Affaire seinen Einfluß und sein Ansehen in Lancaster schmälern wird, da das Gerede über ihn kein Ende nimmt.* Er verließ jedoch bald darauf die Stadt, suchte wahrscheinlich Zuflucht bei seiner Familie in Mercersburg. In einem Brief vom 20. Dezember schrieb Amos Ellmaker ihm, *um von der furchtbaren gottgesandten Prüfung zu reden, die Ihnen auferlegt wurde, und Ihnen zu sagen, wie tief ich mit Ihnen fühle. Der Gedanke an Ihre Lage hat mich seit zehn Tagen kaum einmal verlassen. Ich vertraue darauf, daß Sie zu Ihrer inneren Ruhe und zu Ihrem Lebensmut zurückfin-*

den werden und zu dem geistig-seelischen Elan, der den meisten jungen Menschen zu eigen ist. Doch muß das große Heilmittel Zeit erst seine Wirkung tun, bevor mit einer Genesung zu rechnen ist. Die Sonne wird wieder scheinen – auch wenn ein von Trauer umfangener Mensch stets denkt, die Dunkelheit werde ewig währen. Erinnern Sie sich an die spanische Anekdote? Eine Dame, die ein geliebtes Kind verloren hatte, tauchte für viele Monate in tiefe, brütende Verzweiflung. Eines Morgens suchte ihr Beichtiger sie auf und fand sie, wie gewohnt, in Schmerz und Gram versunken. «Was!» rief er aus. «Haben Sie Gott dem Allmächtigen noch immer nicht vergeben?» Sie erhob sich, besann sich, nahm wieder am Leben teil und wurde sich selbst und ihren Freunden nützlich. Ellmaker fuhr fort mit dem Rat, *den Gefühlen und Gedanken, die in einem solchen Fall ganz natürlich sind, Luft zu machen und ihnen ungehemmten Lauf zu lassen, wenigstens eine Zeitlang – eine Woche, zwei Wochen, drei Wochen, wie die Natur es befiehlt –, und in dieser Zeit nicht den Versuch zu unternehmen, sich über das Unglück zu erheben; dann jedoch, wenn diese Zeit um ist, sich aufzuraffen, alle schwermütigen Gedanken, so gut es geht, abzuschütteln und sich kopfüber in die Arbeit zu stürzen.*

Im Wahljahr 1820 brauchten die Föderalisten von Lancaster einen Kandidaten für den nationalen Kongreß und einigten sich auf Buchanan. Jahre später, in London, bei einer Unterhaltung mit Samuel L. M. Barlow, dem nämlichen, der Curtis später anraten sollte, das meiste von dem, was dieser über die Coleman-Affäre wußte, zu unterdrücken, gab Buchanan seiner Bereitschaft zu kandidieren einen Anstrich von Verzagtheit und persönlichem Bedürfnis: *Ich hatte nie die Absicht, mich politisch zu engagieren, wollte immer nur meinem Beruf nachgehen. Aber alle meine Hoffnungen und Pläne für die Zukunft wurden durch einen traurigen Vorfall, der sich in Lancaster ereignete, als ich ein junger Mann war, zunichte gemacht. Um mich von meinem großen Schmerz abzulenken und weil ich sah, daß ich mir in einem politischen Amt die Freunde sichern konnte, die ich damals brauchte, nahm ich die Nominierung an.* Er führte den Wahlkampf dann allerdings mit so viel Energie, daß er sich einen offenen Brief einhandelte, der in Anspielung auf die jüngst stattgehabte Tragödie, wenn nicht gar unverhohlen auf einen von Anns Brüdern verweisend, mit «Colebrook» unterzeichnet war und folgende Niederträchtigkeit enthielt: *Gestatten Sie mir, Ihnen zu der traurigen Berühmtheit zu gratulieren, zu der Sie es in letzter Zeit gebracht haben. Der Schliff Ihrer äußeren Erscheinung und Ihre ständigen Bekenntnisse zur Vernunft hatten vordem all jene, die Sie nicht kannten, dazu verleitet, Sie für maßvoll & moderat zu halten.*

Die kursiv gesetzten Passagen auf den vorangegangenen Seiten stellen praktisch sämtliche noch vorhandenen zeitgenössischen Texte dar, die sich auf den plötzlichen Tod von Ann Caroline Coleman und James Buchanans Reaktion darauf beziehen. Die Texte sind wie Teile eines Puzzles, die nur grob zusammenpassen. Überall sind kleine unregelmäßige Lücken, und durch diese Ritzen, spürt man, schlüpft die Wahrheit. Anders als erzählende Literatur und Physik nimmt Geschichte nie richtig Gestalt an; sie ist ein Gerüst aus mehr oder weniger willkürlich erhalten gebliebenen verbalen und dinglichen Überbleibseln, auf das die Historiker Vermutungsklümpchen klatschen in der Hoffnung, daß die klobige Skulptur irgendwann lebendig wird. Eine der Freuden bei der Quellenforschung ist es, zu sehen, wie die Historiker, die vor einem dran waren, sich über dieselben Lücken und Verwerfungslinien hinweggemogelt haben, mit denen man sich nun selbst abplagt. Die Geschichte in ihrer Schartigkeit zerrt dauernd an unseren glatten Begriffen von menschlichem Verhalten. Wenn Buchanan so vom Gram gebeugt war, wie konnte er sich dann *beherzt wie eh und je* an die Arbeit machen? Im folgenden Jahr seiner juristischen Tätigkeit, 1820, erntete er von Alexander L. Hayes, Richter am Lancaster-County-Gericht, das Lob, er habe *nie zuvor einen Advokaten erlebt, der es mit Mr. Buchanan hätte aufnehmen können, weder im klaren & logischen Argumentieren gegenüber dem Gericht noch im überzeugenden Appellieren an die Vernunft und das Mitgefühl der Geschworenen.* Wenn Buchanan durch den rätselhaften Tod seiner Verlobten so in Ungnade gefallen war, warum wurde er dann wenige Monate später dazu ausersehen, für den Kongreß zu kandidieren? Er gewann die Wahl, ging – ein volles Jahr später, im Dezember 1821 – nach Washington, um seinen Platz im siebzehnten Kongreß einzunehmen, und war innerhalb von drei weiteren Jahren ein so wichtiger Spieler im nationalen Spiel, daß er in einen neuerlichen Skandal verwickelt wurde, diesmal einen, der rein politischer Natur war.

An irgendeinem Punkt in alledem, was ich hier schreibe, ist mir eingefallen, daß ich mit Genevieve für ein paar Tage nach New York fuhr. Frauen lieben New York, Gott weiß, warum. All die Kleider in den Schaufenstern oder die anderen Frauen in ihren Kleidern auf den Straßen. Das Geschwirr und Geschiebe vieler anderer, das Frauen brauchen, in Ballsälen oder in Serails; dies Zurschaugestelltsein. Inmitten der ragenden Vertikalen und der geraden Fluchtlinien des Manhattan-Gitters fühlt eine Frau sich vielleicht *gerahmt*, hervorgehoben, zur Bewunderung ausgestellt. Genevieve sah so heiter, so knusprig und sorglos und strahlend aus, als sie neben mir durch die Madison Avenue ging, eine kleine Steigung hinauf, an deren höchstem Punkt der Palast aus braunem Sandstein mit den beiden mächtigen Flügeln steht, von denen aus einst Kardinal Spellman und Bennett Cerf ihr jeweiliges Imperium lenkten und wo jetzt, glaube ich, die Königin der Steuerhinterziehung ein Glitzerhotel aufgemacht hat, wie gesagt, so heiter und knusprig und sorglos, daß ich sie küßte, sie einfach küssen mußte, mitten auf der Straße und zu ihrer Überraschung. In New York dringt die Natur von unten zu uns, aus dem Steigen und Fallen des Landes, das einst dicht mit holländischen Farmen besiedelt war; es läßt sich nicht ganz wegpflastern, dies Steigen und Fallen, es ist Natur, und wir waren Natur, sie und ich, erfrischt vom Lieben und Duschen im Hotelzimmer. Mein, diese zweiunddreißig Jahre alte Frau war mein, Hunderte Meilen weit weg von Wayward und Adams und dem alten braunen Sklaven von einem Fluß dazwischen, mein in ihrem kurzärmeligen Sommerkleid, die schwarzen Haare noch feucht vom Duschen und von mikroskopisch kleinen Regenbogen durchfunkelt wie Schnee, wie frischer Pulverschnee am Morgen, bevor er fest wird unter den vielen Skiern und wenn die blauen Schatten der Tannen noch lang sind, mein unter diesen Millionen Fremden, mir als Gefährtin beigesellt und frei von Schuld. Frei sein *und* sterben könnte das Motto unseres Staates lauten. Ich küßte sie. Es war Sommer, aber nicht stickig heiß. Ich möchte, daß es der Sommer der Zweihundertjahrfeier war, die Zeit, in die der epische Tag der großen Schiffe und des wolkenlosen, von Küste zu Küste sich spannenden Himmels fiel, da unsere nationalen Sorgen vorübergehend wie weggeblasen waren, aber das wäre dann schon das letzte Jahr der Ford-Ära gewesen; wahrscheinlicher ist, daß es der Sommer '75 war, vielleicht ein funkelndes Intermezzo im frühen Herbst, sechs Jahreszeiten seit dem Frühling, als sie mir, im schicken karierten Kostüm unter der knospennoppigen Ulme stehend, eröffnet hatte, sie habe mit Brent gesprochen und die Schienen für die Scheidung seien bereits gelegt. Zweifellos hatten wir uns unsere Freiheit seither verdient – hatten unsere sexuellen Sekrete in Kindertränen aufgewogen, unseren Skandal langsam in die College-Tapete hinüberschmelzen lassen, uns als Mr. und Mrs. Clayton an der Hotelrezeption eingetragen. In jenen von Ford bestimmten Jahren setzte sich in den Burgtürmen des Hotelmanagements mehr und mehr der Brauch durch, daß nur der Mann sich mit Namen eintrug und seine Begleitung lediglich der Zahl nach notiert wurde, ob er sich nun in Gesellschaft eines andern Mannes, eines Findelkindes, eines zahmen Känguruhs oder (wie in meinem Fall) einer hinreißenden Frau befand; ich aber hatte Nägel mit Köpfen gemacht, indem ich ein schwungvolles M/M vor meinen Namen gesetzt und sie so zu meiner mir rechtmäßig angetrauten Frau erhoben hatte, was sie in Kürze ja auch sein würde, sobald Norma die Termine bei ihrem Anwalt wahrnahm und Brent seine zusammengebissenen Kiefer entspannte. Er war mit den Töchtern nach Minnesota gefahren, um seine Eltern zu besuchen. Die beiden waren sektiererische Lutheraner allerstrengster Sorte und mußten äußerst behutsam mit den Fakten einer in die Brüche gehenden Ehe vertraut gemacht werden. Genevieve hatte also frei und konnte mich zum Treffen der Northeastern States' Historian's Association (NSHA) begleiten, einer Konferenz, bei der es um «Durch den Kalten Krieg bedingte Deformationen der Ökonomie und der Eliten in den Entwicklungsländern» ging, wenn ich mich recht erinnere, und die in einem großen Hotel an der Avenue of the Americas stattfand, einem Gebäude, dessen Teppichböden einen süßlichen Geruch ausdünsteten und in dessen Atriumhalle der größte Kronleuchter außerhalb Leningrads hing. Genevieve und ich wohnten mehrere Blocks vom intellektuellen Getöse meiner Akademikerkollegen entfernt in einem kleinen Hotel an der West Fifty-first Street, in dem hauptsächlich Europäer auf Geschäftsreise abstiegen, und ich schwänzte die meisten Gremiumssitzungen, Diskussionen und Referate. Dann und wann muß das Leben Vorrang vor der Geschichte haben, sonst wird es keine neue Geschichte geben.

Genevieve sah erfreut aus, aber das hatte weniger mit meinem impulsiven Kuß zu tun; der war so schnell gekommen, daß sie keine Zeit gehabt hatte, ihr Lächeln auszulöschen und die Lippen zu schürzen. Ein winziges Bläschen meines Speichels blinkte auf einem ihrer Schneidezähne und bildete einen infinitesimalen Regenbogen hier im Sonnenschein, im langen Lichtschlitz, den die Wolkenkratzer auf diesen Abschnitt der Madison durchgelassen hatten. Dann fiel ein diagonaler Schatten quer über unseren Weg wie eine Polizeibarrikade. Ihr Lächeln war eine Spur unsicher geworden. «Warum hast du das getan?» Es war ihr sehr um den äußeren Eindruck zu tun, das vergaß ich oft; sie war von Nonnen erzogen worden.

«Du hast so entzückend ausgesehen», versuchte ich zu erklären. «Ich bin so stolz, wenn ich mit dir zusammen bin.» Ich war verlegen. «Du bist vollkommen.»

Der Schatten wich nur zögernd aus ihrem Gesicht. «Niemand ist vollkommen.»

«Du ja. Zumindest für mich.» Ich kam mir allmählich dumm vor. Hoch über uns, unter den zerfasernden Kondensstreifen eines Jets, hatte ein schwindelnd hoher Glaskasten ein Stück aus der Sonne herausgebissen. Hier unten auf dem Pflaster hasteten Hunderte grau in grauer Fußgänger vorüber, ohne Augen für unsere Liebe, meinen Kuß, ihre Bedenken. Sie schob ihre Hand unter meinen Arm und stellte den Augenblick von eben wieder her, aber ich vergaß nicht, was da aufgeblitzt war: dies nicht vollkommene Übereinstimmen, die Entdeckung, daß ich glücklicher war, erfüllter von uns als sie.

Was haben wir getan in diesen drei Ehetagen und -nächten? Was andere auch tun – wir haben gegessen, geschlafen, sind ins Kino gegangen (*Tommy* vielleicht, ein Film, von dem mir außer einem gigantischen Klavier, einem Mann auf Stelzen und Elton John in irgendeinem sehr unbequem aussehenden Kostüm nichts in Erinnerung geblieben ist) und in eine Show (*The Wiz*, meinem Gedächtnis gleichfalls entschwunden, bis auf die zahlreichen, die Sicht behindernden Afrofrisuren im Publikum). Am letzten Tag kauften wir in aller Eile Mitbringsel für unsere fünf Kinder, I-❤-NY-Stoffpuppen für ihre Töchter und für mein gemischtes Trio rüde bedruckte T-Shirts und Glaskugeln mit Freiheitsstatue und Schneegestöber im Innern, letztere ein hübscher Tinnef, der mich von fern an die entzückende Miniatur-Sphäre nebst Dreieckturm erinnerte, die meine Eltern mir, als ich vier war, von der Weltausstellung 1939/40 mitgebracht hatten. Man konnte sie irgendwie anknipsen, dann leuchtete sie, und sie hatte eine geschwungene Rampe, auf der viele winzige Basrelief-Menschen in die Zukunft strömten, die jetzt war. Nein – die nie gewesen war. Weltkrieg, Holocaust, Kalter Krieg, Ölpest auf Ölpest, Hungersnot, Massaker, Serienmorde, Menschen das Ungeziefer des Planeten: die unschuldige Zukunft, die ich in jenem leuchtenden Souvenir gesehen hatte – in jeder Garage ein Helikopter –, sie war nie gekommen.

Wie kann ich, liebe Kollegen von der NNEAAH, es für Ihr Schriftliches Symposion wieder lebendig werden lassen, das betäubende Wunder, das schwindlig machende Eigentümliche, Stunde um Stunde mit der Frau eines andern zusammenzusein? Ich hatte nicht gewußt, wie ein Hamburger wirklich schmeckt, bis ich einen mit Genevieve im Coffee-Shop des Plaza aß am Abend, da wir, blinzelnd im Sechs-Uhr-Sonnenlicht, aus einer Spätnachmittagsvorstellung des lauten, grellen Films *Tommy* kamen und Hand in Hand vom sexuellen Karneval des Broadway mit seinen fetten Nutten in Hotpants aus Vinyl hinüberschlenderten in die relative Stille der Fifth Avenue, in der keine Einkaufenden mehr unterwegs waren, und dann weitergingen bis zum Rand des Parks. Er kostete, der Hamburger, $ 6.50, ein stolzer Preis damals, in jener unschuldigen Zeit vor Carters Inflation, und war viel zu mächtig – ein sperriges Sesambrötchen, dick mit Fleisch, Salat, Zwiebelringen und Tomatenscheiben gefüllt –, als daß ich ihn zwischen die Zähne hätte nehmen können, wie ein Junge aus Hayes das mit einem Hamburger immer gemacht hatte. Holzkohlenverbrannt von außen, roh wie Steak Tatar von innen, mußte diese hypertrophe Plaza-Version eines Schnellgerichts mit Messer und Gabel gegessen werden: Genevieve zeigte es mir, ihre beredten schmalen braunen Hände dabei selbst wie teures Besteck, ihre Fingernägel mit einem Rosa lakkiert, das zarter als ein Erröten war. Eingekapselt mit ihr in einer Vorschau auf unsere Ehe, rechtmäßig an ihrer Seite inmitten dieser gleichgültigen Menge, fühlte ich ein ständiges Zittern in der Brust, als ob jeden Augenblick eine Blase zerplatzen könnte. Staunend wie ein Höhlenmensch, der seine erste Sonnenfinsternis erlebt, beobachtete ich, wie ihre Höschen, spitzenbesetzt, bikiniklein, pastellfarben, erst sauber, dann schmutzig, dann wieder sauber waren und zum Trocknen auf dem beheizten Handtuchgestell im Bad hingen; einmal, als sie unter der Dusche war, schnappte ich mir eines, das sie auf den Teppich hatte fallen lassen, und vergrub meine Nase im blaßfleckigen Steg zwischen den Beinausschnitten, als wollte ich ihren Moschusduft für immer in meine Gedächtniszellen einprägen.

Es war nicht möglich, während unserer drei Tage die Hervorbringung von Exkrementen zu vermeiden, und wir waren beide gehemmt wie Katzen, die keine Sandkiste zum Scharren haben. Wenn ich morgens nach ihr das Bad betrat, witterten meine Nüstern den chthonischen Nachhauch – würziger als Normas

Fährte – dessen, was soeben eine ihrer sieben heiligen Öffnungen verlassen hatte. (Zwei Nasenlöcher, zwei Ohren, und zu den verbleibenden drei zählt nicht der Bauchnabel, der eine Sackgasse ist.) Etwas Platonisches, wie das Kreidegespenst eines Dreiecks auf der abgewischten Wandtafel oder wie die Vorstellung von Krieg, die eine zwecklose Friedenskonferenz heimsucht, haftete den Etappen auf unserem zeitweise mit abgewandten Augen gegangenen Weg durch den Dunstschleier unerlaubter Intimität an. Sie hielt das Zimmer aufregend sauber, wühlte sich des Nachts aber, ohne sich dessen bewußt zu sein, quer über die ganze Kingsize-Matratze an mich heran, um mich in eine panikartige Umarmung, ein Klaustrophobie verursachendes Gewirr aus schweißnassen Gliedmaßen und verknäulten Laken zu verwickeln. Sie schlief nackt, ich dagegen, der ich eine beinah kanadische Kindheit unter mehreren übereinander liegenden Woll- und Steppdecken verbracht hatte, brauchte ein wenig stoffiges Gewicht, eine Pyjamajacke oder wenigstens ein Unterhemd, um mich sicher zu fühlen und einschlafen zu können. Ich nehme an, sie schlief auch mit Brent nackt, und dieser Gedanke bereitete mir ziemliche Pein. Die beiden waren gerade so viel jünger als Norma und ich, daß sie die Emanzipationen der Sechziger in ihrer Jugend mitbekommen hatten und nicht rückwirkend, von Kindern und Beruf behindert, mit ihnen Schritt halten mußten. Im Schlaf – nie zuvor hatte ich sie schlafen sehen – schwitzte Genevieve aus allen Poren ihrer glatten brünetten Haut, und manchmal schlug sie um sich und stöhnte laut, ein rührendes kindliches wimmerndes Stöhnen, als ob ihr *élan vital*, der sich bei Tage mit einem sachlich frischen, von Nonnen erlernten Gebaren tarnte, nachts ohne Maske sei und sie quäle. Am Morgen aber konnte sie sich an keinen Alptraum erinnern, und wenn ich in sie drang mit besorgten Fragen, starrte sie mich mit noch undurchsichtiger gewordenen kaffeedunklen Augen an, als nähme ich mir zuviel heraus – als hätte ich irgendwelche gallischen Schicklichkeitsregeln verletzt, die selbst bei den Penetrationen und Entblößungen des Liebens noch gewahrt blieben. Ihr Mädchenname war Lavalliere; die Vorstellung, daß etwas angestammtes Französisches an ihr sei, ergriff Besitz von mir, nun da ich die Muße hatte, an ihrem Körper die delikaten Spuren einer lateinischen Behaartheit zu entdecken – den fast unsichtbaren dunklen Flaum an den äußersten Enden ihrer Oberlippe, dicht oberhalb der ein wenig strengen spitzen Winkel, in welche die Öffnung ihres Mundes auslief, und – maskulin in seinem bläulichen Schimmer – den ausgeprägten Schatten in ihren rasierten Achselhöhlen. Ich gab meiner vernarrten Hoffnung Ausdruck, daß sie, wenn wir verheiratet wären, ihre Achselhaare wachsen ließe, zwei borstige schmetterlingsförmige Tuffs, so stellte ich's mir vor, und daß sie ihren Beinen erlaubte, struppig zu werden wie die eines Bauernmädchens aus der Gascogne, auf daß es, durch diese hinzukommenden schwarzen Millimeter, entsprechend mehr von ihr gäbe, ein Mehr auf mein Geheiß, als Zeichen meines Besitzertums. Aber sie erschauerte in meinen Armen bei diesem Vorschlag; auch meine liebestrunkensten Ekstasen vermochten ihre durch und durch amerikanischen Hygiene-Prinzipien nicht zu erschüttern. Es kam öfter zu solchen winzigen Kollisionen, Augenblicken, die unkommentiert, doch nicht unbemerkt blieben, wenn meine erotischen Phantasien (die zurückgingen auf Phantasien, welche sich in den ethnischen Einfachheiten von Hayes entzündet hatten, wo die «Canuck»-Mädchen von der anderen Seite der stillgelegten Gleise dunkle, schmutzige Mysterien darstellten) bei ihr auf etwas hochmütig Andersgeartetes stießen. In der Tat stammte sie nicht aus den hintersten Provinzen des nördlichen New England, sondern aus dem hochzivilisierten Madison, Hauptstadt von Wisconsin und Sitz einer Universität, an der ihr Vater Professor für romanische Sprachen gewesen war.

Am besten machten wir uns eigentlich draußen auf den Straßen; die rassisch pluralistische Energie Manhattans, die gigantische Tollkühnheit des megastädtischen Abenteuers schienen uns in unserer eigenen Tollkühnheit zu bestätigen und uns einen ozeanischen Segen zuteil werden zu lassen. Türsteher, Kellner, Taxifahrer, Bettler, alle lächelten uns zu, als wären wir, was wir in der Tat *waren*: ein weiteres Paar einer weltweiten Spezies, die sich zum Zweck des Fortbestands und der Angstlinderung hauptsächlich der Paarform bedient – soignierte Paare in grauen Anzügen und Kostümen, die zur New Yorker Machtstruktur gehörten; ungewaschene, in Jeansstoff gewickelte, mit Liebesperlen behängte Paare der in die Jahre kommenden Gegenkultur; klammernde, knuffende jugendliche Paare; schwarzweiße Paare; europäisch-asiatische Paare; homosexuelle Paare, die Arme einer um des andern Taille geschlungen; uralte jüdische Paare, im Sonnenschein auf dem Gehweg blinzelnd wie Schildkröten, die sich auf ihrem vertrauten Felsen wärmen. Draußen fühlten wir uns normal, akzeptiert. Drinnen, im engen Hotelzimmer, das nach drei Tagen durch die eingeschränkten Bewegungen befangenen Miteinanderlebens abgenutzt war wie ein billiger Schuh, wurden wir Opfer solcher Unterhaltungen wie dieser:

«Wünschst du dir nicht», sagte Genevieve plötzlich, wenige Minuten nachdem wir uns geliebt hatten, und seufzte, als würden die Säfte sauer in ihr, «ich ginge einfach weg oder käme unter einen Bus, damit du zu Norma zurück kannst?»

«Großer Gott, nein. Warum sollte ich mir so was wünschen! Ich liebe dich.»

Sie gab mir einen zerstreuten, kühllippigen Kuß dafür, daß ich das sagte, rasch wie ein automatisches Niederknien, ging aber, anbetungswürdig ihre dunklen, breiten, Ali-MacGrawhaften Brauen runzelnd, weiter ihrem Gedanken nach. «Ich weiß, Alf, aber ist es nicht auch ein ziemlicher Schlauch? Du hast so ein angenehmes, bequemes, entspanntes Leben gehabt...»

«Das ist *deine* Meinung.»

«... ein nettes Haus, nette Kinder...»

«Du auch.»

«... und das alles für eine sexuelle Passion aufzugeben ist so...»

«So was?»

«... ach, du weißt schon...»

Sie ließ den Satz abreißen, erwartete, daß ich das lose Ende aufnähme und sie zum tausendsten Mal beruhigte. «Aber es ist nicht nur eine sexuelle Passion», sagte ich brav. «Ich liebe dich angezogen ebenso sehr wie ausgezogen. Ich liebe die Art, wie du einen Haushalt führst und wie du mit deinen Kindern umgehst. Ich liebe alles an dir. Du bist vollkommen.»

«Niemand ist vollkommen. Es macht mich traurig, wenn ich dich so etwas sagen höre. Es ist, als ob ich nicht real für dich wäre, so wie Norma es ist.»

«Ist das das Problem mit Norma – daß sie real ist? Ich muß sagen, es ist eine ziemliche Wohltat, aus dem Haus raus zu sein. Ich habe dir erzählt, wie ich in der Nacht, als ich da in der Falle saß, keine Luft kriegen konnte.»

«Das hat mich auch traurig gemacht, was ich da alles zu hören bekam. Daß du dich in diese Falle hast locken lassen und dann in so einen Konflikt geraten bist. Es läuft mit uns schon zu lange, Alf, als daß du noch in Konflikte geraten dürftest.»

«Ist man jemals», fing ich an, *nicht im Konflikt*?, sprach es dann aber lieber doch nicht aus, denn Genevieve wirkte in ihrer nackten Porzellaneleganz (ein Biscuitschmelz auf ihren gebräunten Schultern und Armen) eine Spur zerbrechlich und spröde. Ihre Lippen waren schmal und nachdenklich zusammengepreßt; ihre großen Augen – das Weiße darin so pur wie Scherben von feinstem Geschirr – musterten unverwandt mein Gesicht. Sie wartete eine Weile, daß ich meinen Satz beendete, und sprach dann die mir unliebste Silbe aus.

«Brent», sagte sie, «sagt, er ist jederzeit zur Scheidung bereit, jetzt wo seine Eltern weitgehend informiert sind, und er meint, Norma ist es jetzt auch.»

«Was weiß der schon von Norma», sagte ich mit träger Verachtung – ich konnte mir's ja leisten, so wie ich da mit seiner nackten Schönen auf dem Kingsize-Bett lag.

«Er trifft sich mit ihr», sagte Genevieve und sah mich leicht herausfordernd an, ihre geschwungenen Wimpern waren gegen die oberen Knochenbögen der Augenhöhlen gepreßt, als seien sie dort hingemalt worden. «Wußtest du das nicht? Sie sind ein paarmal miteinander ausgegangen.»

«Ausgegangen?» *Eklig,* hatte Andrew gesagt. War das der Galan, den er gemeint hatte? «Wie oft?»

Sie wich ein paar Zoll vor mir zurück auf dem enormen Hotelbett, erschrocken von der Heftigkeit meiner Reaktion. «Keine Ahnung. Mehr als einmal. Immerhin haben sie eine Menge gemein. Sie haben uns gemein.»

«Brent und Norma?» sagte ich und versuchte, sie im Geiste zu einem Paar zusammenzuspannen, um's mir vorstellen zu können. «Aber sie ist älter als er.»

«Das ist eine chauvinistische Bemerkung, Alf. Der Altersunterschied beträgt nur ein paar Jahre, genau wie bei uns, nur andersherum. Und sowieso behauptet niemand, daß sie miteinander schlafen.»

«Ja aber» – und ich vermute, diese Äußerung ist charakteristisch für die Ford-Ära –, «was sollten sie denn sonst tun!»

«Sie könnten sich unterhalten», sagte meine exquisite Geliebte sachlich. «Er ist beeindruckt. Er findet, sie kriegt ihren Shit allmählich auf die Reihe.»

Ich haßte diese Ausdrucksweise, diese verluderte Poppsychologie. Ich nahm es ihm übel, daß er so von meiner Frau sprach; ich nahm ihm übel, daß er einen solchen Satz ins Ohr meiner lieben Geliebten pustete. Aber es ließ sich nicht leugnen, Genevieve war keine Jungfrau, physisch nicht und gedanklich nicht; sie war vertraut mit *seinem* Shit. Sie hatten den gleichen Ton, die gleiche Einstellung. Die Vollkommene Ehefrau impliziert das Vollkommene Paar; wieder einmal, wie damals, als sie in ihren schicken Karos unter der plusterigen Frühlingsulme stand und wir hastig konferierten, während Brent sich aus unbekannter Richtung näherte, fühlte ich mich gefangen zwischen ihnen, eingeklemmt in dem Nußknacker, den sie bildeten. So nackt wie mit mir jetzt war sie mit *ihm* Nacht für Nacht gewesen, und sein zusammengekniffener Arsch hatte sich an das vollkommene Dreieck ihrer Muschi geschmiegt. Muschis waren dreieckig in der Ford-Ära, bevor Badeanzüge mit hohen Beinausschnitten die Frauen zwangen, sich die Leistengegend zu rasieren und nur einen schmalen vertikalen Streifen des natürlichen Schmucks stehenzulassen.

Genevieve beobachtete mich. Ihr opaker, abwartender, leicht herausfordernder Blick oberhalb des peripheren Schimmers ihres Körpers in den verknäulten, verschwitzten Laken war für ich weiß nicht wie viele Sekunden gefroren gewesen. «Was kriegt sie auf die Reihe?» fragte ich lahm – etwas anderes fiel mir nicht ein. In meiner Eifersucht bekam ich eine Erektion.

«Ach, sie ist nicht mehr so festgeklettet an dir. Nicht mehr so abhängig und gekränkt. Sie fängt an, Verantwortung für ihr eigenes Leben zu übernehmen.»

«Mit diesem Fiesling zu schlafen, den du zum Mann hast, das nennst du Verantwortung übernehmen?»

«Brent hat mit keinem Wort gesagt, daß sie miteinander schlafen. Aber warum sollten sie nicht? Wir haben sie freigegeben. Es ist nicht sehr schmeichelhaft für mich, Alf, daß dich das so aus der Fassung bringt.»

«Ich bin nicht außer Fassung. Sie können mich alle mal.» *Und du kannst mich auch,* ging der Satz in meinem Kopf weiter.

«Wenn sie sich mit einem – sagen wir mal – freien Mann zusammentäte, wäre das nicht besser, als noch mal mit Ben Wadleigh ins Heu zu fallen, nachdem er und Wendy beschlossen haben, ihre Ehe auf einer durch und durch kranken Basis fortzusetzen?»

«Wer weiß schon, was eine kranke Basis ist? Zumindest gehen die Wadleigh-Kinder unter ein und demselben Dach mit ihren beiden Eltern zu Bett.»

Ich machte ihr Vorwürfe; sie wußte das. Sie zog die Schultern mit der sanften biskuitporzellanenen Sonnenbräune hoch, die so anders war als Normas sorglos hingestreute Sommersprossen-Konstellationen. «Ich hab dir ge*sagt*», sagte Genevieve, «geh zurück zu ihr.»

«Ich will nicht», sagte ich in hartem Ton. «Ich will dich ficken, jetzt.»

«Das merke ich», sagte sie trocken.

Doch auf ihr, in ihr, konnte ich nicht an mich halten: «Aber sie ist so künstlerisch und er so ganz und gar nicht!» *Dekonstruktivismus verachtet Kunst, nimmt ihr all ihre Vorwände weg,* lautete mein Argument, aber mir schien, es war nicht der Augenblick, es ihr darzulegen.

Ihr Achselzucken war diesmal rein innerlich, ein subtiles feuchtes Sichzusammenziehen, das ich für ein französisches Kunststück hielt. «Gegensätze ziehen sich an», sagte sie. «Das siehst du an uns.»

«An uns! Wir beide sind vollkommen gleich, außer daß wir Mann und Frau sind.» Ich glaubte das, weil unser Liebemachen uns in eins verschmolz, eins mit der Dunkelheit, eine Masse blinden Empfindens, ihr geliebter geschmeidiger, siebenmal empfänglicher Körper fest und anmutig, wie geschwungene Linien, die mein Geist unentwegt im pechschwarzen Hintergrund irgendeiner Höhle, vielleicht der von Plato, zog. Einmal, das weiß ich noch, wand und schlängelte sich unser Tier mit den zwei Rücken und dem einen hämmernden Herzen und der Haut aus Schweiß so sehr, daß es sich nicht mehr im Bett halten konnte und auf ein Knäuel weggestrampelter Laken und Decken auf dem Fußboden fiel, und statt sich wieder auf der Matratze zu versammeln, stopfte meine vollkommene Liebespartnerin ihr schwarzes Haar in den Nacken, so daß im trüben Licht, das von der Straße einfiel, ein Schimmer ihres Gesichts zu sehen war und ihr Mund meinen Schwanz fand, und ungeachtet meiner genanten, chevaleresken, unehrlichen Versuche, sie wegzuschieben, saugte und pumpte sie schonungslos weiter, bis ich kam, bis es hilflos aus mir herausschoß (wie Feuerwerk in einem keuschen Fünfzigerjahrefilm als Metapher für Sex), in ein warmes nasses Dunkel hinein, das ihr akkurater kleiner Kopf war. Ich konnte fühlen, wie sie lächelte, als sie geschluckt hatte, ihren Kopf (war er schwerer?) auf meine Brust legte und etwas murmelte, das so klang wie: wir seien «alle kreuz und quer miteinander verbandelt». Auch wenn ihre erregte Kunstfertigkeit bewies, daß sie so auch mit Brent und wahrscheinlich noch anderen umgegangen war, hatte der Akt etwas Singuläres, war er wie eine einzigartige Reise an den Rand der Selbstauslöschung, der Trip einer Besessenen, deren Bedürfnisse eins waren mit den meinen. Rückblikkend ist mir, als hätte ich mich nicht in ihren Mund verströmt, sondern ins Zimmer, in den schwarzen, von acht nicht sichtbaren Ecken begrenzten Raum, und als sei nur *mein* Körper anwesend gewesen, denn Genevieve hatte sich für die Dauer dieses Augenblicks in reinen brennenden Geist verwandelt.

Es war nicht dies Hotelzimmer mit der grüngestreiften Tapete, den nachgemachten Antiquitäten und dem Blick auf die Markise eines italienischen Restaurants an der West Fifty-first Street. Um so rasend vor Leidenschaft, so mänadenhaft zu sein, mußte sie eine Idee, eine Vorstellung von mir gehabt haben, wie ein Groupie, das einem Rockstar einen bläst. Je länger wir einander kennen, desto weniger haben wir eine Vorstellung voneinander; irgendwann haben wir bloß noch Fakten. Zu der Zeit, als Genevieve und ich den Ausflug nach New York machten, kannten wir einander ein bißchen zu gut, als daß sie mich auf dem brackigen Grund des karnivoren Meers hirnlos in sich hätte hineinschlingen können, indes ich in höchster wirbelloser Lust wieder und wieder einen zitternden Fühler um das knorpelige wachsige Loch in der Mitte ihres rhythmisch sich hebenden und senkenden Ohrs gleiten ließ. Nein, was an die Oberfläche meiner Erinnerung an unsere Dreitageehe treibt, ist eher eine kühle Rationalität. Ich war betroffen von der barschen Art, mit der sie ein schwarzes Zimmermädchen abwies, das eines späten Vormittags, als wir uns gerade liebten, an die Tür geklopft, dann den Schlüssel ins Schloß gesteckt und versucht hatte, in unser Zimmer zu gelangen. Glücklicherweise war die Kette eingehängt; aber das Mächen, vielleicht dämlich oder stoned, rüttelte weiter an der Tür und stemmte sich dagegen, und Genevieve verließ nackt das Bett, bückte sich am geöffneten Türspalt zur Schwarzen hin und befahl ihr, zu gehen und später wiederzukommen. Ihr herrischer Ton schnitt sich in mich, als ich da so liebestrunken auf unserem breiten Meeresbett lag, und es mag sein, daß ich auf meine Wunde hingedeutet habe, denn als sie in meine Arme zurückglitt, murmelte sie: «Sie sind da, um uns zu Diensten zu sein.»

Das war eine Offenbarung. Sie erfaßte auf europäische Weise die Ordnung, die Hierarchie der Gesellschaft. Wäre es Norma gewesen, die mit mir im Bett lag, wir hätten eine verlegene egalitäre Verpflichtung gegenüber dem afroamerikanischen Zimmermädchen empfunden, das zweifellos seinen festgelegten Arbeitsplan hatte und, hundert Blocks weiter nördlich, seine privaten Probleme, letztendlich die Folgen der Sklaverei und der rassischen Vorurteile, und schuldbewußt hätten wir uns angezogen und das Zimmer geräumt. Genevieve dagegen sah die Realität in ihren wahren feinen Schattierungen von Verpflichtung und Privileg. Zu den hausfraulichen Tätigkeiten, denen sie in unserem Zimmer nachging, gehörte das Bestellen von Frühstück und Tee; mich faszinierte das, denn ich hatte immer das undeutliche Gefühl gehabt, daß es irgendwie unhöflich sei, nicht den Frühstücksraum des Hotels mit seinem Geruch nach brutzelndem Fett und seinem ausländischen Sprachengewirr aufzusuchen. Morgens klopfte es an die Tür, sie verschwand im Bad – wobei ihre Haut flüchtig, wie hingewischt aufflimmerte wie der Wedel eines hüpfenden Rehs –, und ich streifte mir hastig die Hosen und das Button-down-Hemd vom vergangenen Abend über, ließ verlegen den klappernden, betont unbeteiligten Kellner ein, unterschrieb die Rechnung und gab ihm ein unbeholfen überhöhtes Trinkgeld. Sie kannte die Welt, wußte, wie sie im Innersten zusammenhing, wie sie funktionierte und Belohnungen und Strafen sich nach einem durch Tradition geeichten Maßstab richteten. Wie alle hingerissenen Schüler dämpfte ich Bewunderung durch Groll. Die Ordnung, die sie in meinem Leben schaffen würde, basierte darauf, Menschen zu verdinglichen, sie auf ihren Verwendungszweck zu reduzieren. Wenn das Zimmermädchen so abgefertigt werden konnte, was würde dann mit mir passieren, wenn mein geheimnisvoller Zweck erfüllt war?

In der Zwischenzeit starben Tschou En-lai, Paul Robeson und André Malraux, Howard Hughes und Martin Heidegger, Agatha Christie und J. Paul Getty. Das Schwül-Sinnliche, Rutschende, das diese Erinnerungen haben, läßt mich darüber nachdenken, ob sie sich tatsächlich auf den Sommer der großen Schiffe beziehen. Wenn ja, dann ist der Film, den wir in einer Großstadtlandschaft, geschmückt mit rotweißblau gestrichenen Feuerhydranten, gesehen haben, nicht *Tommy* gewesen, sondern *Cousin, Cousine*, die Show nicht *The Wiz*, sondern *The*

Belle of Amherst, und das Thema der Konferenz, auf der ich mit Abwesenheit glänzte, lautete: «Die Früchte der Revolution: Aus Kolonien werden Konkurrenten, 1776–1976».

[**Rückblick**: Von diesem Punkt an ist mein altes Ms. in fragmentarischem Zustand. Persönliche Ablenkungen und inhärente Schwierigkeiten haben das Projekt zum Entgleisen gebracht. Hinzu kommt, daß das Leben JBs nach 1820 mehr und mehr im gleißenden Licht historischer Dokumentation badet – siehe Klein, Curtis, Auchampaugh, Nevins, Nichols, Catton, Stampp etc. Zuzüglich der *Schriften*, von John Bassett Moore, diesem Heiligen, in zwölf dicken Bänden vorgelegt –, während mein Interesse mehr dem Unbeleuchteten zuneigte, der Unterseite, der Region der Schatten, wo ein privater Dämon unseren Staatsmann foppte und seine Würde mit peinlicher Verlegenheit, seine Friedfertigkeit mit Gewalt vergalt. Ein paar hingetupfte Feststellungen mögen Ihre eigenen wohlsortierten Historiker-Erinnerungen auffrischen und die Lücken im fortlaufenden Bericht ausfüllen: JB nimmt im Dezember 1821 seinen Platz als Abgeordneter im siebzehnten Kongreß ein – bewundert vor allen anderen Mitgliedern William Lowndes aus South Carolina – wird in den Ausschuß für Agrarfragen gewählt – spricht innerhalb von drei Wochen dreimal vor versammeltem Repräsentantenhaus – schreibt nach Hause, an Richter Franklin: *Man benötigt einen großen Stimmumfang, um den Saal zu füllen. Es ist ein sehr prächtiger, sehr eleganter Sitzungssaal, aber wenn man keine Stentorlunge hat, wird man nicht deutlich verstanden* – gesteht seinen eigenen Reden bescheiden zu: *Man sagt mir jedoch, daß ich gut zu verstehen bin* – hält im ersten Monat Rede nach Notizen des erkrankten Lowndes zur Verteidigung des Kriegsministers John C. Calhoun, was sein Bündnis mit den Südstaatlern befördert – hält Rede gegen Konkurs-Gesetzentwurf (befürwortet vom gleichfalls aus Pennsylvania kommenden Freund John Sergeant), aus der eine Vorliebe für Staatsrecht und Eigentumsrecht hervorgeht – Wiederwahl 1822, nach ausweichend geführtem Wahlkampf, bei dem er sich jeder aktiven Unterstützung des föderalistischen Kandidaten für das Gouverneursamt, Andrew Gregg, enthält, da er die Jackson-demokratische Welle in Pennsylvania steigen sieht – genießt das Washingtoner Gesellschaftsleben als Junggeselle mit romantischem Flair (wegen der Ann-Coleman-Tragödie), pflegt Umgang mit Mrs. George Blakes aus Boston und (um Klein zu zitieren) *den van-Ness-Mädchen, Cora Livingstone und Catherine van Rensselaer aus New York, den Damen Crowninshield aus Vermont, Priscilla Cooper, welche die Frau seines Freundes Robert Tyler wurde, den Schwestern Caton aus Baltimore* etc. – läßt sich abermals in Lancaster als Kandidat der «Federal-Republicans» für das Amt eines Kongreßabgeordneten aufstellen und schafft es ein noch nie dagewesenes drittes Mal bei der Wahl von 1824, bei der Jackson in Pennsylvania auf der ganzen Linie siegt, aber mit seinen 99 Wahlmännerstimmen gegen John Quincy Adams' 83, William Crawfords 41 und Henry Clays 37 knapp die Mehrheit verfehlt – übernimmt offenbar, als bereits prominenter «Mittler» aus Pennsylvania, die delikate Aufgabe, Jackson über seine Intentionen auszuforschen, für den Fall, daß das Repräsentantenhaus ihn zum Präsidenten wählt – die Gerüchteküche in Washington setzt in Umlauf, daß Adams, falls er mit Clays Hilfe die Wahl für sich entschiede, Clay zum Außenminister machen würde, wohingegen Jackson an Adams festhielte, der sich bereits unter Präsident James Monroe in diesem Amt ausgezeichnet hat.]

Am Morgen des 30. Dezember 1824 harrte der junge James Buchanan länger als alle anderen Gäste bei einer Versammlung in den Räumlichkeiten General Jacksons aus und erhielt zur Belohnung für seine Geduld die Einladung, mit dem ehemaligen Hinterwäldler und jetzigen Senator aus Tennessee einen Spaziergang zu machen. Jackson war hochgewachsen und, nein, nicht hager, sondern ausgemergelt, fast skelettdürr; seit seiner in Armut verbrachten Kindheit hatte seine Gesundheit immer ein wenig zu wünschen übriggelassen. Seine Augen waren von einem blitzenden Blau. Widerspenstige fahlgelbe Strähnen rahmten das vertrocknete Gesicht. Ein Band aus Aalhaut hielt den fettigen Zopf zusammen. Der Geruch, der von Jackson ausging, hatte für Buchanans Nüstern etwas leicht Ranziges, Rauchiges, wie Rindfleisch, das zu lange in der Räucherkammer gehangen hat, oder wie die angewärmte Innenseite hundslederner Handschuhe. Im Freien verflog dieser unangenehme Eindruck: die Stadt Washington atmete an diesem belebenden Wintermorgen, unter ihren kahlen Platanen und Robinien, eine Luft, die gereinigt war von der kaum erträglichen Hitze des langen Sommers. Die Schlaglöcher in den breiten Straßen trugen einen dünnen Eisüberzug, und der allgegenwärtige Eindruck des Unfertigen – mangelhaft finanzierte Anläufe zu marmorner Pracht gleich neben den Verschlägen, in denen die Neger (damals so genannt) und die weniger glückliche Schicht der Weißen Unterschlupf fanden, dazwischen hin und wieder die von der brutalen britischen Verwüstung des Jahres 1814 zeugenden verkohlten Ruinen, die man noch hatte stehenlassen – wurde gemildert durch einen malerischen Nebel, der von den Sümpfen am Potomac aufstieg. Verglichen mit Lancaster war Washington eine krude Stadt, ein großer Entwurf, der einstweilen aber nur skizzenhaft ausgeführt war.

Der Held von New Orleans verschwendete nicht viel Zeit mit Artigkeiten. «Sie zögerten heute morgen, Mr. Búchanan», sagte er, den Namen nach Grenzlandart auf der ersten Silbe betonend, «und hatten ein Funkeln in den Augen wie jemand, der sich einer Botschaft entledigen möchte.»

«Keine Botschaft, Sir, nur eine Frage», erwiderte der dreiunddreißigjährige Politiker, ein wenig aus der Fassung gebracht, doch Mut schöpfend beim Klang seiner eigenen Stimme, die ihm ein treuer Freund war, klar, nie erlahmend, wenn auch ein wenig hoch im Ton, und ihm bei mancher Gerichtsverhandlung, mancher Wahlkampfrede gute Dienste geleistet hatte, ja sogar gegen die katastrophalen akkustischen Verhältnisse im Sitzungssaal des Repräsentantenhauses ankam. «Jedoch», fuhr er fort, «bevor ich Ihre Geduld über Gebühr in Anspruch nehme mit meiner Frage, möchte ich die Bitte vorausschicken, daß Sie mir die Fortdauer Ihrer Freundschaft zusichern, denn von allem, was ich dem Staatsdienst verdanke, ist mir nichts so wertvoll wie sie, wenn ich einmal absehe von meiner Liebe für die Verfassung und das große christliche Volk, dem diese dient.»

«Hübsch gesagt, junger Mann», sagte Jackson, sich mit rauher Stimme, kaum seine Ungeduld verbergend, die Worte entschlüpfen lassend, «Sie haben meine Zusicherung.» Nirgendwo war die Begeisterung für Jackson so groß wie in Pennsylvania, man mußte diesen Laffen aus dem Keystone State wohl oder übel sein Stroh dreschen lassen.

Buchanan wagte noch immer nicht, sich ohne Umschweife auszudrücken. «Ich möchte meine Frage nicht an Sie richten, um meine eigene Wißbegier zu befriedigen, sondern die vieler anderer, Ihnen Wohlgesonnener, die sich für Ihre Absichten interessieren; sie betrifft ein Thema, über das Stillschweigen zu bewahren Sie Ihre Entschlossenheit haben durchblicken lassen, ganz wie es Ihnen entspricht und Ihnen zur großen Ehre gereicht. Ich bin mir dessen bewußt, daß im Falle Sie meine Frage für unziemlich erachten, Sie mir die Antwort verweigern können; ich bitte Sie jedoch, mir zu glauben, daß mich einzig die Freundschaft zu Ihnen leitet und die Besorgnis, das höchste Amt möge jenem Manne zuteil werden, der wie kein anderer geeignet ist, diese Republik zu führen – nämlich General Jackson!»

Im mittägigen Fußgängerverkehr längs der Pennsylvania Avenue mit ihren Reihen frisch gepflanzter junger Bäume, dem unfertigen Capitol am einen fernen Ende und dem kürzlich instand gesetzten Weißen Haus am anderen, schoß ein kleiner Negerjunge vor und zeigte, eine frische Behandlung mit Gänsefett anbietend, auf beider staubige Stiefel, die er auf einer Art Schemel polieren wollte, einer von zahllosen Füßen zerschrammten kleinen Holzkiste, welche er als Arbeitsgerät bei seinem ärmlichen Broterwerb benutzte. Jackson, mit dem sicheren Gespür des Visionärs für Proportion, warf dem kleinen Bittsteller einen raschen Blick zu und verwies ihn an seinen Platz, einen niederen, bedeutungslosen Platz, wohingegen Buchanan, so unpassend es war, von Mitleid für das Kind erfaßt wurde und von einem irrationalen Gefühl der Verpflichtung ihm gegenüber. Das Bedürfnis des Kindes, sich einen Penny zu verdienen, war wie eine

Schuldforderung an ihn, so wie das Weinen des Säuglings eine Schuldforderung an die Mutter ist und ihr die Milch in die Brust schießen läßt. Aber er konnte doch schlecht zulassen, daß ein Schuhputzerjunge eine mündliche Verhandlung störte, von der womöglich die Präsidentschaft abhing!

Der General drängte: «Reden Sie schon, Mr. Búchanan. Bei Ihrem Ansehen als Gentleman und Kongreßabgeordneter sollte es mich wundern, wenn Sie sich für Vermittlerdienste hergäben, die Sie für unziemlich erachten. Sie handeln aus lauteren Motiven: lassen Sie es also *meine* Sorge sein, was ich von diesem Vermittlerdienst halte.»

Buchanan hatte diesen Ausdruck nicht benutzt, «Vermittlerdienst», dies Wort, das die Beleidigung in sich schloß, er fungiere als Bote für höhergestellte Dritte, doch er hielt es für klüger, nicht zu widersprechen. Er hatte auch nicht gehört, daß seine Freundschaftsbeteuerung erwidert worden wäre. Trotzdem sprach er weiter, formulierte so, wie er es sich im voraus zurechtgelegt und eingeprägt hatte: «General, wir leben in Zeiten der Intrige und des Gerüchts; ich wünschte, wir lebten in besseren, aber so ist es nicht. Es geht die Rede, daß, wenn das Repräsentantenhaus Sie zum Präsidenten wählt – was ich inbrünstig und zuversichtlich hoffe –, Sie Mr. Adams an seinem derzeitigen Posten als Außenminister belassen wollen. Sie werden sogleich erkennen, wie schädlich ein solches Gerücht sich auf Ihre Wahl auswirken könnte. Es wird – ich denke, auch das ist Ihnen einsichtig – von den Freunden von Mr. Adams ausgestreut mit dem Ziel, die Freunde von Mr. Clay zu veranlassen, ihrem Plan zuzustimmen, welcher eindeutig lanciert worden ist, dessen hat man mich versichert, und dem zufolge Mr. Clay zum Außenminister berufen werden soll, wenn Mr. Adams die Präsidentschaftswahl gewinnt.»

Beide Männer blieben am Bordstein stehen und ließen in einem Geflirr von Federn, Hufen und mit Goldfarbe verzierten Ebenholzspeichen die elegante Equipage der französischen Gesandtschaft vorüberrollen, und Buchanan sammelte sich, um den entscheidenden Punkt vorzubringen: Konnte General Jackson den Freunden Henry Clays Hoffnung auf denselben Posten machen, als Gegenleistung für die Stimmen der Abgeordneten aus Ohio und Kentucky? Als der gegenüberliegende Bordstein sicher erreicht war, stellte er seine Stimme auf einen bedeutungsvolleren, wenngleich weiterhin beiläufigen Ton ein und sagte: «Ich denke, es wird Sie nicht überraschen zu hören, daß die Freunde Mr. Clays kein Verlangen haben, den Westen vom Westen zu trennen.» Für den Fall, daß dies zu subtil war für den peitschendünnen Apostel des rückständigen ländlichen Amerika, der mit seinen wilden hellen Augen über den Kopf seines Befragers hinweg die transparenten Baumkronen und Schieferdächer Washingtons musterte, als messe er die Begrenzungen des Käfigs aus, in dem er gefangen war, setzte der ehrerbietige junge Kongreßabgeordnete mit der Frage nach: «Gehe ich fehl, wenn ich vermute, daß Ihre Ansicht der meinen nicht unähnlich ist, nämlich, daß es in dieser Republik viele fähige und ehrgeizige Männer gibt – und Mr. Clay könnte man wohl dazu zählen –, die dem höchsten Posten im Kabinett keine Schande machen würden?»

«Zwischen Ihren und meinen Ansichten in diesem Punkt gibt es eine gewisse Übereinstimmung, Mr. Búchanan. Mr. Clay hat beträchtliche Fähigkeiten, und was Ehrgeiz angeht, ist keiner ihm ebenbürtig. War das die Frage, die Sie mir stellen wollten? Wenn ja, scheint sie mir die lange Einleitung nicht wert zu sein.»

Solchermaßen herausgefordert und aufgestachelt, machte Buchanan einen Ausfall gegen die – sozusagen – entblößte Brust der Angelegenheit. «Senator, meine Frage ist lediglich diese: Haben Sie je die Absicht angedeutet, die man Ihnen unterstellt, nämlich Mr. Adams als Außenminister beizubehalten? Wenn dem Eindruck entgegengetreten werden könnte, entweder von Ihnen persönlich oder von einem Ihrer Vertrauten, daß Sie sich Ihren Hauptkonkurrenten im Kampf um das höchste Amt, das für Sie erreichbar wäre, bereits selber ausgesucht haben, habe ich Grund zu der Annahme, daß der Wettstreit um die Präsidentschaft innerhalb einer Stunde beigelegt werden kann.» *Dieser obstinate Narr,* dachte Buchanan, *ein Kopfnicken, und die Präsidentschaft wäre ihm sicher.*

Der General fühlte, daß die Reihe nun an ihm war, etwas zu sagen, und er reckte sich in die Höhe, so daß Buchanan sich mit einem Kopfrucken auf die neue Entfernung einstellen mußte, in die das Gesicht seines verehrten Begleiters geraten war. Unter einer Platane mit schorfigem Stamm, nahe einer Bank aus verwitterten Latten, auf der ein Neger in fadenscheinigen blauen Feldarbeiterkleidern lag, der sich mit Hilfe von Rum in ein gnädiges fühlloses Dösen befördert hatte, kalt wie es war an diesem vorletzten Tag im Jahr, hielten sie auf ihrem Spaziergang inne. «Ich habe keinerlei Bedenken, Ihre Frage zu beantworten, Mr. Búchanan. Ich bin Mr. Adams freundlich gesinnt. Er hat mir beigestanden, als die Indianerfreunde meinen Kopf forderten, weil ich mit den verfluchten Seminolen aufgeräumt habe. Aber ich habe niemals angedeutet, daß ich ihn – oder daß ich ihn nicht – zu meinem Außenminister berufen würde.» Zornige Festigkeit straffte Jacksons dürre Gestalt, als stünde da nicht nur der einzelne Zuhörer, sondern ein ganzes Publikum, ein geisterhaftes riesiges Publikum, das bis an die Grenzen der Republik reichte. Seine Rede wurde rhetorisch, biblisch. «Es gibt Geheimnisse, die ich für mich behalte», sagte er, seinem mühsam unter der Oberfläche verborgenen Furor jäh Luft machend. «Nicht einmal den Haaren auf meinem Kopf würde ich sie offenbaren! Wenn ich glaubte, daß meine rechte Hand wüßte, was die linke in puncto Berufungen vorhätte, würde ich sie abhauen und ins Feuer werfen! In der Politik wie in allem andern, Mr. Búchanan, lasse ich mich einzig von Prinzipien leiten. Wenn ich zum Präsidenten gewählt werde, so wird das ohne Intrige, ohne jemanden zu bedrängen geschehen. Ich werde das Amt vollkommen ungebunden antreten, frei, die Regierungsposten mit jenen Männern zu besetzen, die ich für die fähigsten und vornehmsten des Landes halte!»

Buchanan konnte nur mit Mühe ein Seufzen des Abscheus unterdrücken angesichts einer derart verdrehten, geschwollenen Heuchelei, einer so von Tollheit diktierten Unfähigkeit zu verhandeln. Er machte eine Verbeugung. «Ihre Antwort ist von der Art, wie ich sie nicht anders erwartet hatte. Ich habe sie, Sir, nicht zu meiner eigenen Befriedigung erbeten. Darf ich fragen, ob es mir gestattet ist, sie anderen gegenüber zu wiederholen?» Denn nur eine kleine Umstellung, und aus Jacksons Aussage, er habe nicht *beschlossen*, Adams zu berufen, ließe sich machen: er habe beschlossen, *nicht* Adams zu berufen. Allein, Clays Leute würden mehr wollen, eine Spur mehr, gerade soviel mehr, daß eine winzige Wortverdrehung die Bresche schließen könnte und die Mission des jungen Kongreßabgeordneten als uneingeschränkter Erfolg gelten würde.

Aber die Bresche widerstand dem Geschlossenwerden. Der General hatte, bildlich gesprochen, sein hohes Roß bestiegen, dort im geklöppelten Schatten der kahlen Zweige, neben dem komatösen Neger, der seine Rast mit einer Lungenentzündung bezahlen würde. «Das dürfen Sie in der Tat, Mr. Búchanan», sagte der General mit schneidender Stimme, die so unerbittlich klang wie eine Zugsäge, wenn sie sich durchs Holz frißt. «Sie dürfen Mr. Clay und seinen Freunden bestellen, daß sich die Erde auftun und uns alle verschlingen wird, ehe ich durch Geschäftemacherei und Korruption auf den Präsidentensessel gelange! Die Legislatur von Kentucky hat Clay bereits angewiesen, mir seine Unterstützung zu gewähren, und er hat ihnen keine Antwort gegeben! Er widersetzt sich ihnen, indem er ein falsches Spiel treibt! Wenn es nicht ausreicht, anderthalbmal so viele Stimmen zu erringen wie der mir am nächsten kommende Opponent, wird das Repräsentantenhaus als Brutstätte der Korruption dastehen, und alle, die von der Korruption profitieren, werden vor der Öffentlichkeit entehrt sein!»

Buchanan wiederholte seine Verbeugung, und diesmal mußte er sich Mühe geben, ein Lächeln zu verbergen. «Ich verstehe, Sir. Ich danke Ihnen für Ihre Geduld und Ihre Offenheit. Guten Tag; die Pflicht ruft uns beide auf den Capitol Hill zurück.»

Die blitzenden Augen, die das undiplomatische Lächeln vielleicht doch wahrnahmen, sänftigten sich, und als die beiden Männer den Rückweg antraten, bedeutete Jackson dem schwereren, jüngeren, ebenfalls großgewachsenen Begleiter, näher heranzukommen. Seine Stimme wurde vertraulich und bekam einen stärkeren Hinterwäldler-Akzent. «Unter uns, Búchanan. Sie haben eine Zukunft vor sich, wenn Sie sie nicht mit Geschwätz vertun. Der gerade Weg ist immer der Königsweg. Wer auf den Umwegen des Kompromisses wandelt, wird in die Irre gehen.» Diese Anspielung auf Henry Clay, dessen meisterliches Zustandebringen des Missouri-Kompromisses ihm den Ehrentitel «der große Friedensstifter» eingetragen hatte, war eine Warnung, die Buchanan im stillen abtun konnte, wußte er doch, daß die Feindseligkeit Jacksons gegen Clay darauf beruhte, daß der Kongreßabgeordnete aus Kentucky Einspruch erhoben hatte gegen des Tennesseemannes 1819 vorsorglich unternommene Invasion in Florida; die Operation war gegen Spanier, Engländer und Seminolen gleichermaßen rücksichtslos gewesen, und nur die entschiedene Verteidigung, die Quincy Adams in seiner Eigenschaft als Außenminister ihm zukommen ließ, hatte Jackson vor einer Rüge des Kongresses bewahrt. Der Westen liebte den Westen nicht. Als dieser morgendliche Spaziergang, vorbei an den zusammengewürfelten Sehenswürdigkeiten der ehrgeizigen und baufälligen Hauptstadt der jungen Nation, sich jetzt langsam seinem Endpunkt näherte, tippte der General sich gegen die schmale Brust unter dem sperrigen Überzieher. «Hier drinnen», sagte er vertraulich, «trage ich Charles Dickinsons Kugel. Sie sitzt so nah bei meinem Herzen, daß die Chirurgen sich scheuten, sie herauszuschneiden. Er hat mich mitten in die Brust getroffen, und dann habe ich auf ihn angelegt. Der Schurke wollte seinen Augen nicht trauen; sie mußten ihn festhalten, damit er auf der Markierung blieb. Er kreuzte die Arme vor der Brust, da zielte ich tiefer, auf seine Männlichkeit. Er stöhnte tagelang, bis er starb. Geschah dem elenden Gecken recht, was mußte er die Ehre meiner Rachel in Zweifel ziehen. Durch meine Hand sind mehr Wilde, mehr Lumpen zu Tode gekommen, als in Gadsbys Hotel Platz finden könnten. Schutz und Schirm eines Vaters habe ich nie gekannt; zwei Wochen nach meiner Geburt hob er einen Baumstamm, der so schwer war, daß seine Eingeweide platzten. Er war ein Arbeiter aus Irland, da hinten in den Waxhaws.»

Buchanan dachte an seinen eigenen Vater, auch er ein Mann aus Irland, der eines gewaltsamen Todes gestorben war: vor nicht ganz drei Jahren war er mit dem Kopf auf das mit Eisen beschlagene Rad geprallt, als sein Kutschpferd durchgegangen war. Gewaltsame Tode waren in der Neuen Welt so alltäglich wie in der Bibel.

«Mir selbst», fuhr sein mit einemmal väterlicher Gefährte fort, «war mehr als zehnmal der Tod bestimmt. Als Bursche von dreizehn trug ich meine erste Wunde davon; mein Bruder Rob und ich arbeiteten als Meldeboten für die Revolution, und wir wurden geschnappt und gefangengesetzt. Ein Schweinehund von einem britischen Offizier hieb mir seinen Säbel über den Kopf – sehen Sie die Narbe? –, als ich mich weigerte, den Kot von seinen Stiefeln zu putzen. Dann mußten wir vierzig Meilen zu Fuß zum Gefängnis, mit offenen Wunden. Im Dreck dort holten wir uns die Blattern. Meine aufopferungsvolle Mutter kam, erflehte die Freilassung ihrer Söhne und wanderte mit uns heim in die Waxhaws durch einen Hurrikan; mein Bruder hat es nicht überlebt. Mein anderer Bruder, Hugh, war bereits vor seinen Schöpfer getreten, dank König George dem Dritten. Im selben Jahr noch raffte eine Seuche meine Mutter hinweg; sie war nach Charleston gegangen, um zwei Vettern auf einem Gefängnisschiff der teuflischen Briten zu pflegen. Sie warfen ihren Leichnam wie einen Hundekadaver in ein namenloses Grab und schickten mir ihre Kleider zu einem Bündel verschnürt. Seither bin ich immer allein gewesen.»

Sie näherten sich einer Kreuzung, wo sich die Möglichkeit eines taktvollen Auseinandergehens bot, doch Jackson, der spürte, daß Buchanan sich gern absentiert hätte, packte den Jüngeren am Arm und steuerte ihn weiter die Avenue entlang auf den Präsidentensitz zu, der damals noch ohne Portikus war und in dem James Monroe in stumpfer Whiskey-Lethargie die letzten Monate seiner zu Ende gehenden Era of Good Feeling absaß.

«Allein», setzte der Senator nach, «und nie richtig gesund, junger Mann. Als es mir in Nashville in den Sinn kam, mit einer Pferdepeitsche zu den Brüdern Benton zu gehen, zerschmetterte mir eine ihrer Kugeln die Schulter wie eine Porzellantasse; aber als der Doktor sein Messer zog, um mir den Arm zu amputieren, richtete ich eine Pistole auf den Spitzbuben. Ich blutete noch aus den Wunden, die die Bentons mir beigebracht hatten, als ich die Briten in New Orleans vernichtete; ich zerstampfte die Creeks und die Seminolen und war so von Darmkatarrh geschüttelt, daß mein Fieber das Sattelleder dörrte. Ich bin da draußen gewesen, Mr. Búchanan, auf der andern Seite. Sie sind noch auf dieser Seite, und das macht einen Mann zimperlich. Als ich ein junger Kongreßmann war, so wie Sie jetzt, bin ich nicht auf Zehenspitzen umhergegangen und habe Botengänge im Interesse Henry Clays gemacht; ich habe mich auf die Hinterbeine gestellt und mit lauter Stimme nein gesagt, als es um eine Abschiedshuldigung für den frömmelnden alten Dickkopf General George Washington ging. Er hat eine sentimentale Schwäche für Rotröcke und Rothäute gehabt und sich überdies für so etwas wie einen König gehalten, und ich habe ihn deswegen gehaßt.»

Buchanan, dem die Mutter vorm Einschlafen fromme Geschichten von Washingtons glorreichen Taten erzählt hatte, holte Luft, um höflichen Protest anzumelden, besann sich jedoch eines Besseren. Die Kraft dieses Mannes war wie die eines Flusses, der schäumend seine Wut verdoppelt, wo immer sich ihm ein Felsen in den Weg stellt. Wir Amerikaner sind aus freien Stücken nicht die eingebundenen, in Einklang gebrachten Diener eines Königs, der von Gott auf Erden eingesetzt ist, sondern haben uns in einen Wettstreit des freien Willens und der selbstischen Interessen begeben, ausgesetzt in einer Wildnis, in der es um Überleben oder Scheitern geht. Einer Eingebung des Mitgefühls oder der moralischen Erbauung folgend, versuchte General Jackson, seinem respektvollen Inquisitor eine Leitphilosophie nahezubringen.

«Junger Mann», sagte er mit einem leisen Keuchen, das eine gewisse Ermüdung verriet, «Sie verkennen, wo die Kraft in diesem Land sitzt. Nicht in den klugen Köpfen der Politiker und schon gar nicht in so einer Ansammlung von Wiesellöchern. Lassen Sie es sich gesagt sein: jeder Handel, den Clay und Adams miteinander abschließen, wird beide ins Verderben führen. Wenn Sie auf die andere Seite gelangt sind so wie ich und Ihr Appetit auf hohle Schmeicheleien seitens derer, die um Sie sind, gestillt ist, werden Sie wissen, wo die Kraft in Gottes ureigenem Land sitzt: in den untrüglichen Gefühlen der Menschen.» Mit dem kräftigen Arm, der einst zur Amputation vorgesehen war, schlug er sich nicht gegen die Brust, sondern weiter unten an den Aufschlägen des Überziehers gegen seine weichere Bauchpartie. «Sie haben's in ihren Eingeweiden. Sie wittern, ob einer falsch oder wahrhaftig ist. Sie müssen das Volk im Bauch haben, dann können Sie nichts falsch machen. Wenn nicht, haspeln Sie sich ab, soviel Sie wollen, Sie werden nichts richtig machen. Nehmen Sie einen prinzipienfesten Standpunkt ein, Mr. Búchanan, und fürchten Sie nie, sich Feinde zu machen.»

Da der Senator nun offenbar endlich willens war, sich zu verabschieden, verneigte Buchanan sich und wagte einen artigen Scherz: «Das soll meine Furcht nicht sein, General Jackson, solange niemals Sie dazu zählen.»

[Aber, wie wir Historiker wissen: 1826, als Buchanan, wieselartig, das nicht mehr opportune Föderalisten-Etikett, das ihm zu seiner vierten Amtszeit im Kongreß verholfen hatte, abzulegen trachtete und versuchte, in Pennsylvania eine sogenannte Amalgamationspartei aus föderalistischen deutschen Farmern aus dem Osten und schottisch-irischen Grenzlandsiedlern aus dem Westen, alles entschiedene Jackson-Anhänger, ins Leben zu rufen, spitzte sich die «Kuhhandel»-Kontroverse, die Adams' Präsidentschaft belastete, so zu, daß sie auch jenes im Freien geführte Gespräch mit General Jackson vor annähernd zwei Jahren einschloß. Im Oktober 1826 erhielt Buchanan von Duff Green, John Calhouns Wahlkampf-Organisator, einen mit freundlichen Drohungen gespickten Brief: *Die Rolle, die Sie in dem betreffenden Fall übernommen haben, ist mir bekannt, und die gebührende Rücksicht auf Ihre Gefühle hat mich bislang davon abgehalten, vor der Öffentlichkeit Ihren Namen zu nennen. Jetzt naht jedoch der Zeitpunkt, da es die Pflicht eines jeden sein wird, das in seinen Kräften Stehende zu tun, um den Handel aufzudek-*

ken, welcher die Koalition an die Macht gebracht hat. Wollen Sie die Freundlichkeit haben, mir nach Erhalt dieses Schreibens die Gründe mitzuteilen, die Sie bewogen haben, Genl. Jackson aufzusuchen und mit ihm über das Votum Mr. Clays & seiner Freunde zu sprechen, wenige Tage bevor bekannt wurde, daß diese definitiv beschlossen hatten, für Mr. Adams zu stimmen. Lassen Sie mich ferner wissen, welcher Art der Bekanntmachung dieser Angelegenheit gegenüber den Menschen im Lande Sie den Vorzug geben. Die Menschen im Lande! Buchanan brauchte vier Tage, um eine wohlüberlegte Erklärung aufzusetzen, mit der er sich gegen diese feindselige Taktik der Pro-Calhoun-, Anti-Clay-, Anti-Jackson-Fraktion zur Wehr setzte, die sich in seinem Heimatstaat zur «Family»-Partei zusammengeschlossen hatte, lauter reiche, miteinander in Beziehung stehende Ost-Pennsylvanier, die in ihrer Korrespondenz nachtragend von *Mr. Buchanan* sprachen, *dem es einige Jahre lang gefallen hat, als Demokrat mit liberalen Prinzipien zu gelten, während er zugleich von den Föderalisten als ihr Magnus Apollo unterstützt zu werden wünschte*, und die den Tag fürchteten, da *Mr. Buchanan mit gespreizten Beinen über unserer engen Welt stünde gleich einem Koloß und über das Recht der Ämterbesetzung und die Macht in Pennsylvania geböte.* Die Erwiderung, die er Duff Green schickte, berief sich auf die Menschen im Lande: *Ich verwahre mich dagegen, daß dieses Gespräch auf dem Wege des «Telegraph» oder irgendeiner anderen Zeitung den Menschen im Lande zur Kenntnis gebracht wird. Die Fakten, daß Mr. Clay & seine engen Freunde Mr. Adams zum Präsidenten gemacht haben & daß Mr. Adams unmittelbar darauf Mr. Clay zu seinem Außenminister ernannt hat, sind aller Welt bekannt. Die Menschen werden ihre eigenen Schlüsse aus einem solchen Verhalten und den damit verbundenen Umständen ziehen. Sie werden den Fall nach seinen Auswirkungen beurteilen.* Aber die Tatsache, daß er dies Gespräch geführt hatte, tauchte, als ein Aspekt des «Kuhhandels», immer wieder auf. Im darauffolgenden Jahr brachte Jackson selber in einem offenen Brief an Carter Beverly aus Virginia vor, ein Kongreßabgeordneter habe ihn zu einem korrupten Handel zugunsten von Clay bewegen wollen. Er nannte nicht den Namen des Kongreßabgeordneten, mußte es aber bald danach tun, wie Samuel Ingham von der Family-Partei Buchanan im Juli 1827 voller Häme schrieb: *Sollte Clay von Genl. Jackson den Namen verlangen, wird er keine Wahl haben, wie er ja von Anfang an keine gehabt haben dürfte ... Sie werden also in die Schlacht einbezogen und unter Feuer geraten, ich sehe aber keine Schwierigkeit in dem Fall, wenn Sie klug Stellung beziehen und sie kühn behaupten.* Das war zweifellos blanke Ironie, denn Buchanan war nicht für seine Kühnheit bekannt, und von seinem Standpunkt aus gesehen hielt der Fall nichts als Schwierigkeiten bereit. Es mußte für ihn so aussehen, als habe er nur zwei Möglichkeiten: entweder er gab zu, beteiligt gewesen zu sein am Versuch, einen Handel einzufädeln, oder er nannte General Jackson einen Lügner. Eine Woche nachdem er Inghams Brief erhalten hatte, bekam er ein Schreiben von Jackson, in dem es hieß: *Ich habe keinen Zweifel, daß Sie, wenn man Sie in aller Form darum ersucht, vor die Öffentlichkeit treten und die Aussage bestätigen werden, die Sie Major Eaton*, dann Mr. Kremer** & schließlich mir gegenüber gemacht haben, und die*

* Major John Henry Eaton, später, während Jacksons Präsidentschaft, Kriegsminister, hatte sich in die Tochter eines Schankwirts verliebt, die über beträchtliche amouröse Erfahrungen verfügte, sogar schon bevor sie, sechzehnjährig, einen Zahlmeister der Navy heiratete, den auf See zu halten der verliebte Eaton, zum fraglichen Zeitpunkt Senator, all seinen Einfluß aufbot, damit er die einsame Braut trösten konnte; die auf Jacksons Rat erfolgte Eheschließung mit dieser Margaret O'Neale Timberlake hatte nicht den erhofften Effekt gehabt, nämlich die entrüsteten Washingtoner Klatschmäuler, vor allem jene der weiblichen Anhänger des Calhoun-Lagers, zum Schweigen zu bringen. Buchanan war mit der Frage bezüglich Adams' Ernennung zuerst zu Eaton gegangen, und der Major hatte ihn ziemlich schroff angewiesen, den General persönlich zu fragen. Was Buchanan dann tat.

** George Kremer, Kongreßabgeordneter und Ingham-Gefolgsmann, behauptete im Januar nach Buchanans Unterredung mit Jackson in einem Brief an den *Columbian Observer* in Philadelphia, Clay habe angeboten, für jeden zu stimmen, der ihm das State Department gäbe; seine Forderung zum

Namen der Freunde von Mr. Clay nennen, die sie Ihnen gegenüber gemacht haben. Knapp einen Monat später sagte Jackson in einer Ansprache in Cincinnati, Buchanan sei der Kongreßabgeordnete gewesen, der ihm den Vorschlag gemacht habe, und Buchanan verfaßte am 8. August für das Lancaster-*Journal* eine detaillierte Wiedergabe jenes Gesprächs vom Morgen des 30. Dezember 1824, auf die sich *meine* Wiedergabe weitgehend stützt, bis auf die Einlassungen des Generals über sein Leben und seine Philosophie, die meine Erfindung sind. In der merkwürdigen Art von Dichtung und Wahrheit sind sie lebendiger geraten als alles in der wirklichkeitsgetreu wiedergegebenen Unterhaltung, außer vielleicht Jacksons jähe Bekundung, *daß es Geheimnisse gebe, die er für sich behalte, die er nicht einmal den Haaren auf seinem Kopf offenbare; daß, wenn er glaubte, seine rechte Hand wüßte, was seine linke in puncto Berufungen vorhätte, er sie abhauen und ins Feuer werfen würde.* Das springt mit einer unwirklichen Kraft hervor, mit einer Vehemenz, die weit über den Anlaß hinausgeht. Geschichte darzustellen ist wie einen Koffer mit Sachen zu packen, die ständig entweder zuviel für den vorhandenen Platz sind oder ihn nie richtig ausfüllen. Buchanan wagte dem General nur sehr verhalten zu widersprechen: *Ich erinnere mich nicht, daß General Jackson gesagt habe, ich könnte seine Antwort vor Mr. Clay und seinen Freunden wiederholen – wenngleich ich leider auch nicht sagen kann, er habe es mir nicht gestattet. Da die ganze Unterhaltung auf offener Straße stattgefunden hat, mag dies Detail meiner Aufmerksamkeit entgangen sein.* Seine entscheidende Aussage lautete: *Ich habe mich in der erwähnten Angelegenheit an General Jackson einzig als sein Freund gewandt, auf meine ganz persönliche Verantwortung und nicht als Agent Mr. Clays oder irgendeiner anderen Person.* Weiter hieß es in seinem Brief an den Herausgeber: *Ich bin nie ein politischer*

Duell zog Clay zurück, als man ihm sagte, Kremer habe vorgeschlagen, es mit Eichhörnchenflinten auszutragen. Jackson bezieht sich hier auf ein Gespräch, das Kremer vielleicht mit Buchanan geführt hat und in dessen Verlauf letzterer die epochale Unterredung vom 30. Dezember schilderte.

Freund Mr. Clays gewesen, seit er sich für das Amt des Präsidenten beworben hat, wie Sie sehr wohl wissen. Jackson, gewöhnt, daß Soldaten auf seinen Befehl ihr Leben riskierten, scheint blind gewesen zu sein für den Umstand, daß Buchanan, um ihm recht zu geben, sich selbst der Konspiration mit Clays Leuten hätte bezichtigen müssen. Die Kommentare der Zeitgenossen fielen unterschiedlich aus. *Jackson ist in eine höchst peinliche Lage gebracht,* heißt es in einem Brief an Präsident Adams. *Aber mehr als alles andere überrascht mich, in welche Situation der General seinen Freund bringt … Buchanan ist ruiniert, wenn irgend etwas einen Mann ruinieren kann, der in Parteizeiten Parteigänger ist.* William Rawle aus Philadelphia vertraute seinem Tagebuch an: *Jackson erscheint in außerordentlich nachteiligem Licht, es sei denn, wir lassen alles außer acht, was Buchanan geltend gemacht hat.* Henry Clay versuchte eine Ehrenrettung und sagte: *Ich könnte mir keine überzeugendere Erklärung von Mr. Buchanan wünschen.* John Calhoun schrieb: *Mr. B. empfindet, das ist eindeutig, die Peinlichkeit seiner Lage; deshalb sein Versuch, der ganzen Affäre den Charakter der Harmlosigkeit zu geben.* Buchanan machte seiner Verärgerung Ingham gegenüber Luft: *Sie werden General Jacksons offenen Brief, in dem er mehr oder minder deutlich auf mich verweist, gelesen haben. Sicher ist er Ihnen, insoweit er von mir handelt, als höchst ungewöhnliche Hervorbringung aufgefallen.* Doch sein friedliebendes Temperament möchte die Oberhand gewinnen: *Ich habe nicht geduldet, daß meine Gefühle über meine Urteilskraft obsiegen, sondern habe ruhig & beherrscht die Wahrheit gesagt. Wenn General Jackson und unsere Redakteure Besonnenheit an den Tag legen, wird der Sturm vielleicht vorüberziehen, ohne Schaden anzurichten.*

So ist es allem Anschein nach auch gekommen. 1828 wurde Buchanan, der inzwischen als Jackson-Demokrat firmierte, zum fünftenmal in den Kongreß gewählt, und Jackson fegte Adams beiseite und nahm selber den Präsidentensessel ein. Im Frühjahr 1830, als die Amalgamationspartei sich wegen Querelen um die Ämterbesetzung spaltete, außerdem von dem aufkommenden Haß gegen die Freimaurerei bedroht wurde und die Family-Partei sich gleichzeitig brüstete, die Kontrolle über die Vergabe des Gouverneurspostens in Pennsylvania zu haben, ferner über beide Senatssitze und einen Posten in Jacksons Kabinett verfügte (Ingham war Finanzminister geworden), kündigte Buchanan seinen Abschied von der politischen Bühne an, die er, man erinnere sich, zehn Jahre zuvor betreten hatte, nur *um* [sich] *von* [seinem] *großen Schmerz abzulenken und weil* [er] *sah, daß* [er sich] *in einem politischen Amt die Freunde sichern konnte, die* [er] *damals brauchte*. Aber meinte er es ernst? Als einem Vorschlag van Burens gefolgt und, um die peinvolle Peggy-Eaton-Affäre zu beenden, das gesamte Kabinett aufgelöst wurde, war davon die Rede, einen der freigewordenen Posten Buchanan anzubieten, ja ihn sogar zum Vizepräsidenten in Jacksons zweiter Amtszeit zu machen, da Calhoun, wie Spiro Agnew am Vorabend der Ford-Ära, von seinem Posten zurückgetreten war. Doch was dann tatsächlich von Andrew Jackson kam, war ein vergifteter Bonbon: er trug Buchanan die Gesandtschaft in Rußland an, *eine eklatante Herabsetzung*, laut Klein, *denn diese Ernennung bedeutete so etwas wie eine vornehme Verbannung für jene politischen Figuren, die man nicht übergehen konnte, zu denen man aber auch kein Vertrauen hatte*.]

Ich meine mich zu erinnern, daß Genevieve zwischen den beiden Akten von *The Belle of Amherst* ohnmächtig wurde: als wir aus dem Foyer zurückkehrten, wo wir zwei Drei-Dollar-Plastikbecher mit sogenanntem Champagner hinuntergekippt hatten, murmelte sie mir zu: «Liebling, ich muß mich übergeben.» Ich zuckte zurück, aber sie lehnte sich nur um so schwerer an mich, so schwer, daß ihr Körper in Schräglage ging wie ein Motorrad, das sich in die Kurve legt, und ich sie mit beiden Armen halten mußte, damit sie nicht unter die trampelnden Füße der Pausenmenge geriet, die es eilig hatte, wieder die Plätze einzunehmen und sich von Julie Harris weitere Gefühlswallungen servieren zu lassen. Wenn wir uns liebten, kam sie mir so schwerelos vor wie eine Akrobatin oder eines dieser seit neuestem vergötterten Turnkinder aus den Ländern hinter dem Eisernen Vorhang; jetzt aber war sie, trotz ihrer Zierlichkeit, bemerkenswert kompakt und schwerfällig; irgendwie gelang es mir jedoch, sie zur Damentoilette zu schleifen, gegen den erregenden Strom parfümierter, «frischgemachter» Frauen dort. Die geschminkten Augen dieser Frauen flammten vor Entsetzen, als ich mit meiner Last zur Tür hineintorkelte, aber dann, wie ein Ameisenschwarm, der sich auf das plötzlich in ihn hineinfallende Brotkrümchen ausrichtet, nahmen sie das Heft in die Hand. Sie betteten Genevieve auf eine rosa Couch im seidenen Vorraum; ich zog mich diskret zum Eingang zurück, von wo ich über die Schultern ihrer immer zahlreicher werdenden Betreuerinnen hinweg beobachten konnte, daß die Vollkommene Ehefrau grandios aussah – sie war zu ihrem eigenen Abbild in schimmerndem, farblosem Wachs geworden. Ihre präzisen, entschlossen geprägten Gesichtszüge waren zu vollkommenem Frieden geglättet. Sie trug ein hochgeschlossenes blaßgraues Brokatkleid in chinesischem Stil, und später behauptete sie, es habe an diesem Kleid gelegen und an den Klaustrophobie verursachenden Eigenschaften der Welt Emily Dickinsons, daß sie ohnmächtig geworden sei. In Wahrheit aber hatte sie, wie eine Woche später eine ärztliche Untersuchung ergab, ein Zwölffingerdarmgeschwür, das unter dem zunehmenden Stress, den es für sie bedeutete, Brent zu verlassen und darauf zu warten, daß ich mich von Norma loslöste, angefangen hatte zu bluten. Kein Champagner mehr für sie, statt dessen Maalox und entrahmte Milch. Ich fühlte mich schuldig, selbstverständlich. Im Augenblick aber war ich hingerissen von der Würde ihrer jähen Bewußtlosigkeit, die so viel reiner war als ihr ruheloser, gierig grapsender Schlaf. Riechsalze wurden hervorgeholt. In der Erinnerung beuge ich mich vor, um den bitteren ätherischen Duft inmitten der komprimierten Parfums der anderen Frauen tiefer einatmen zu können, dort in jenem seidenen Vorraum, in dem ein leiser Hauch von weiblichem Urin und von zarten, durch die Aufregungen der Theatervorstellung überhitzten Körpern hing. Ich bin stolz, daran erinnere ich mich, stolz auf Genevieve, stolz, ihr Begleiter zu sein. Mich so vorbeugend, ist mir, als tauchte ich erschauernd unter die Anästhesie täglichen Einerleis in den erhabenen, schrecklichen Ernst des Lebens – diese schöne Frau flach ausgestreckt und wir beide, sie und ich, weit weg von zu Haus, Materie am falschen Platz, hier in New York, wenn es stimmt, daß wir dort waren.

Apropos Theater: Wayward hatte eine Theater-Arbeitsgemeinschaft, die im Frühling und im Herbst Stücke aufführte. Erlauben Sie mir, geduldige *Rückblick*-Redaktion, daß ich die Szene entwerfe. *Zeit:* Frühling in New England, reinigende Winde, nickende Jonquillen und Asphaltstraßen, auf denen noch weiß das Salz des Winters liegt. *Ort:* das Studenten-Center, unser neuestes Gebäude, errichtet in den – wie es rückblickend schien – Hochkonjunkturzeiten Lyndon Johnsons, ein fünfgeschossiger Bau mit einem kolonialen Backsteinäußeren und einem bauhausartigen Zementinneren. Das Erdgeschoß war eine Art Shopping-Mall mit dem Campus-Buchladen, einigen Geschäften, in denen es die Kleidungsstücke und Einrichtungsgegenstände gab, die man nicht von zu Hause mitgebracht hatte, einer Kombination aus Lebensmittelladen und Drugstore und einer Pizzeria mit sechs runden Metalltischen, die sich in Imitation eines europäischen Bürgersteig-Cafés auf das Zementpflaster hinauswagten. Im ersten Stock, erreichbar über mehrere breite, neofaschistische Außentreppen wie auch über innere Treppenaufgänge und Fahrstühle, war der Speisesaal, in dem es täglich drei handfeste Cafeteria-Gerichte gab, und der zweite Stock, das heiße Zentrum studentischen Nachtlebens, war ein Mittelding zwischen einer Lounge und einer Spielhalle: in der Mitte aufgereiht längst durchgesessene, aus den Nähten platzende Sofas und Sessel und in dem öden offenen Raum drum herum und dahinter Einrichtungen zum Zeitvertreib – zirpende Videospiele, ein Coffee-Shop, der bis Mitternacht aufhatte, eine Reihe schlafloser Junk-food-Automaten und ein Kabuff mit mißhandelten Pingpong- und Billardtischen, denen es ganzjährig an Bällen fehlte. Hier kamen unsere Mädchen zusammen, nicht alle sechshundert auf einmal, aber doch viele, manche in männlicher Begleitung, aber nur wenige: sogar an Samstagabenden fand in der Lounge das statt, was die launig männlich-chauvinistische Generation meines Vaters ein Kaffeekränzchen genannt hätte – eine Ansammlung von Weiblichkeit in zerrissenen Jeans, mit Sprüchen bedruckten T-Shirts und schmutzigen, salz- und matschverkrusteten Sneakers, von der ein hohes Stimmengewirr ausging und ein unterschwelliger Geruch, der meine Pheromon-Rezeptoren mit so viel Strahlung bombardierte, als wäre ich ein ukrainischer Bauer am Tag, als Tschernobyl hochging.

Ich sehe ein, liebe NNEAAH, daß dieser letzte Satz sich in einer wissenschaftlichen Zeitschrift mißverständlich ausnehmen könnte, und wenn er Ihren Geschmack verletzt oder die karge Subvention gefährdet, die Sie aus dem schmalen Unterrichtsbudget des Granite State erhalten, streichen Sie ihn selbstverständlich heraus; doch ich versuche lediglich auf Ihr Geheiß, mich an die Ford-Ära zu erinnern, und die Sinne sind nun einmal Mnemosynes Diener. Das Aroma von hundert jungen Mädchen, die plappernd, kauend, an Strohhalmen saugend auf den Sofas und Sesseln hingerekelt lagen und laut, mit exzessiver Lebhaftigkeit einander ihre Probleme, ihre Tageserlebnisse, ihre Hoffnungen und Enttäuschungen mitteilten wie Amateurschauspielerinnen, die für die Hauptrolle üben – dieser Duft ist ein Zugang zur Wahrheit, zur historischen Wahrheit, nun da anderthalb Jahrzehnte verstrichen sind. Möglich, daß ein sittlich höherstehender Lehrer nur ihren Gedanken nachgespürt hätte; sein Sinnen und Trachten hätte sich auf das gerichtet, was sie zwischen den Ohren hatten, und nicht auf das, was zwischen ihren Beinen war, und er hätte Phantasien über ihre Semesterarbeiten und zukünftigen Berufe nachgehangen. Aber während der Ford-Ära war es noch nicht ausgemacht, daß die eigentliche Bestimmung der Frau darin lag, an der Wall Street zu schuften oder Helikopter in den Irak zu fliegen – es lag noch, übriggeblieben aus den lotusessenden Sechzigern, der Glaube in der Luft, daß das Sein, nicht das Tun das Entscheidende war und daß psychosexuelle Erfüllung, in der Praxis so vage wie möglich, das Ziel aller Erziehung darstellte.

Doch ganz abgesehen davon: bin ich der Hüter meines Reptilienhirns? Ich gestehe, ich hatte keinen speziellen Grund, durch das Studenten-Center zu gehen; es lag einfach auf meinem Weg. Zu meinen Junggesellengewohnheiten gehörte, daß ich noch spätabends in meinem Büro arbeitete, in Harrison Hall, benannt weder nach dem rasch hingeschiedenen neunten Präsidenten William Henry Harrison noch nach seinem ebensowenig des Erinnerns würdigen Enkel Benjamin, sondern nach Georgiana Harrison, der militant unverheirateten Gründerin und ersten Rektorin des Wayward Junior College, die ihres Vaters Textilfabrikgeld, verdient mit dem Schweiß bleicher Mädchen, die in Zwölfstundenschichten an mechanischen Webstühlen saßen, über den Fluß gebracht und in den neogeorgianischen Apparat einer emanzipierenden zweijährigen Collegeausbildung gesteckt hatte. Plieräugig von meinen Versuchen, der verschlungenen Karriere James Buchanans Leben einzuhauchen, verließ ich für gewöhnlich zwischen neun und zehn Harrison Hall mit seinen tickenden Heizkörpern oder tröpfelnden Klimaanlagen, je nachdem, welche Jahreszeit gerade war, und ging zum Lehrerparkplatz am hinteren Ende des Campus. Die bukolische Planlosigkeit unserer Campuspfade brachte es mit sich, daß es keinen eindeutigen Weg gab; man konnte jeden einschlagen, auch den durch das Studenten-Center, die Aura dort einatmen und das Geschnatter der Studentinnen für einen Augenblick zum Verstummen bringen. Sie waren, wie junge Tiere und wie von der Welt abgeschlossene Frauen, ungeheuer sensibel; ihre vereinigten Sensibilitäten kräuselten sich schon bei der leisesten Brise. Um mir selbst gegenüber ehrlich zu sein: es hatte etwas Tröstliches, aus dem feuchten Dunkel kommend diese fröhliche, lautstarke amerikanische Szene – mit den tschilpenden Videospielen, den klickenden Pingpongbällen und Billardkugeln – zu durchqueren, wenn ich auf dem Weg zu meiner mobilen Höhle, meinem Auto, und dann zu meinen bescheidenen Zimmern jenseits des Flusses war, wo ich auf ein quälendes, schwer zu beendendes Telephongespräch entweder mit Genevieve oder mit Norma gefaßt sein mußte, beides Sopranstimmen (einmal Mezzo, einmal Koloratur, erinnern Sie sich?), die im Subtext dieselbe Arie sangen: *Perchè devo dormire sola?* Warum war ich nicht, fragten beide Stimmen, ohne es zu fragen, bei ihr oder ihr? Das Studenten-Center war so etwas wie der letzte Hafen, flitterig kommerziell und gemeinschaftlich, am Rand meines kabbeligen Privatmeers.

Die Mall im Erdgeschoß war nach neun dunkel und verschlossen. Ich stieg eine der breiten mussolinihaften Treppen hinauf, auf eine Reihe leuchtender Glastüren zu, hinter denen, in einem Schattenspiel-Fries, die Silhouetten hyperaktiver Mädchen flakkerten, und ging hinein in den jugendlichen Tumult. Oft machte ich im Coffee-Shop des zweiten Stocks halt und ließ mir ein Sandwich mit Thunfischsalat oder ein Honig-und-Rosinen-Brötchen einpacken, um mich für die Nacht in Adams einzudekken. Eines Abends, als ich gerade durch die beschlagene Glastür in dies Minirestaurant trat, unmittelbar neben einem abgedunkelten Kabuff, in dem kräusellockige Studentinnen, tief in ihren Sesseln versackt, sich johlend über die Milwaukee-Verwicklungen von Laverne und Shirley amüsierten, stieß ich mit Jennifer Arthrop zusammen. Nicht im wahren Wortsinn, zum Glück, denn sie balancierte ein wackliges Papptablett, auf dem ein Pappbecher mit brühheißem Kaffee neben einem überdimensionalen Schokoflockentörtchen dampfte. In den Monaten, oder waren es Jahre, seit ich sie aus meiner Bude und dem Dunstkreis meines Bettes komplimentiert hatte, war ich ihr gelegentlich im Seminar und in den Korridoren unseres intimen Instituts begegnet, aber sie zu dieser nächtlichen Stunde zu treffen, wenn die Säfte zwischenmenschlichen Kontakts am üppigsten fließen, ließ einen Funken aufspringen; ich konnte den Schock in ihren kurzsichtigen Augen sehen und ihn, wie den Stoß eines elektrischen Wiederbelebungsapparats, in meinem Herzen fühlen. Zum Glück – abermals – hatte sie in der Zwischenzeit mehr als ein Schokoflockentörtchen gegessen, und ihr pastöses Übergewicht neutralisierte ein wenig meinen jäh aufgeschossenen nostalgischen Appetit.

Aber ich hatte die Komplexität unserer Begegnung unterschätzt. «Professor Clayton», sagte sie affektiert, ihre Verlegenheit abschüttelnd, «darf ich Sie mit meiner Mutter bekannt machen.» Tatsächlich, hinter ihr tauchte, ebenfalls ein Papptablett haltend, auf dem sich jedoch eine von wählerischem Geschmack zeugende Büchse Apfelsaft und eine gesundheitsförderliche Mandarine befanden, eine ältere Version ihrer selbst auf. Die Köpfe der beiden Frauen waren auf gleicher Höhe, aber Mrs. Arthrops Locken waren kunstvoll in einem metallischen Bronze getönt, zweifellos um Silberfäden zu kaschieren, und lagen strammer, gefestigter ihrer Schädeldecke auf. Ihr vielzahniges Lächeln, das mir entgegensprang, noch bevor wir einander vorgestellt waren, erschien mir allzu prompt, bis mir einfiel: *Sie betreibt einen Geschenkladen.* «Meine Mutter ist von Connecticut raufgekommen, um mich in *Lysistrata* zu sehen», erklärte Jennifer mit einem Anflug näselnder Quengeligkeit. «Wir kommen gerade von der Generalprobe. Sie übernachtet oben.»

Ich habe versäumt zu sagen, daß in den beiden obersten Stockwerken des Studenten-Centers ein Campus-Hotel untergebracht war, mit Zimmern für zu Besuch kommende Eltern, Vortragsreisende, Fachbeauftragte und Verkäufer neu durchgesehener Lehrbücher, die sich mit einem vereinfachten, korrigierten Kanon großtaten.

«Jennifer hat mir alles über die Vorlesungen erzählt, die sie letztes Jahr bei Ihnen gehört hat, Professor Clayton», sagte Jennifers Mutter überschwenglich. «Sie fand es wunderbar, wie Sie die Präsidenten lebendig werden ließen.»

«Nun ja, Präsidenten sind auch Menschen», schnappte ich schroff, da meine intensive kleine Wunschvorstellung von einem Roggensandwich mit Sojabohnensprossen und einer häuschenförmigen Viertellitertüte Milch, beides zum Mitnehmen verpackt, eben dabei war, unter der Wucht dieser Begegnung in Stücke zu gehen.

Jennifers Mutter lachte, als hätte ich etwas ziemlich Unanständiges gesagt. Ihre Zähne waren bemerkenswert groß und gleichmäßig, ohne künstlich auszusehen, und als sie die Lippen über ihnen schloß, war das ein Akt des Im-Zaum-Haltens, welcher ihrem Mund eine gelassene Präsenz gab, die ich aufregend fand.

Ihre Lippen waren voll und hatten am Ende eines langen Tages fern von Zuhaus ihre Lippenstiftfarbe eingebüßt, bis auf die Konturen: wie eine mit roter Tinte gemachte Zeichnung von einem Mund. Ihr rundes, doch nicht dickes Gesicht hatte den Glanz und den Schimmer der Jugend und eine höhere Albedo als das Gesicht Jennifers, die trotz all der jungen, drängenden Fülle ihrer Figur etwas Unausgereiftes hatte, etwas Stumpfes, Lichtabsorbierendes, während das reife Gesicht ihrer Mutter von jahrzehntelanger Pflege mit Moisturizern und Antiwrinkle-Creams leuchtete. Ich rechnete mir überschlägig aus, daß Mrs. Arthrop, die ihre jetzt zwanzigjährige Tochter zur Welt gebracht haben könnte, als sie selbst zwanzig war, nicht viel älter zu sein brauchte als ich, der ich im Oktober meinen neununddreißigsten Geburtstag begangen hatte, indem ich mich in meinem alten Haus, im Kreis der Kinder, zu einem im Dämmerlicht stattfindenden, von Norma ausgerichteten Abendessen setzte und den aus der Küche herbeigetragenen Kuchen mit seiner Kerzenkrone entgegennahm, deren Flammen ich, plötzlich asthmatisch, mit dreimaligem Luftholen nicht ausblasen konnte, was in den Gesichtern von Andy, Buzzy und Daphne Bestürzung entfachte, wußten alle drei doch, daß dies Unglück bedeutete und alle Glückwünsche aufhob, und mit versengten Brauen dann von diesem im Schoß meiner Exfamilie verbrachten, in zerfließendem Speiseeis schwimmenden Fest überwechselte zu einer nächtlichen Feier bei Genevieve, wo ich mich zur Hintertür hineinstahl, in Toilettenpapier gewickelte Geschenke (einen Bic-Stift, einen Magic-Rub-Radiergummi) von den beiden kleinen Mädchen überreicht bekam, bevor meine vollkommene Beinahe-Ehefrau sie zu Bett brachte, in einem hauchdünnen schwarzen Nachthemd wieder die Treppe herunterkam und, mit Rücksicht auf ihr Zwölffingerdarmgeschwür, zwei Champagnergläser mit weißer Milch – ein ziemlich verblüffender optischer Effekt – und zwei ambrosische Makronen kredenzte, ein Festmahl für Diät haltende Götter, das wir im Schein einer einzelnen hohen Kerze einnahmen, deren phallischer Wink alsbald befolgt wurde vom lebendigen Fleisch. Meine Geliebte lag auf ihrem modernistischen, mit Gänsedaunen gepolsterten Sofa und ließ das schwarze Schleiergewebe bis zu ihrer weißen Taille hinaufwehen, so daß ich mich sättigen konnte an ihrem nach Moschus duftenden Spalt; ein paar Makronenkrümel aus meinen Mundwinkeln hingen wie Sterne in ihrem prickelnden Schamwölkchen. Mein Schwanz schlug mir wieder und wieder gegen den Bauch wie ein Türklopfer, so hart war er.

«Haben Sie Lust, uns Gesellschaft zu leisten, Professor Clayton – empfinden Sie das als schrecklich dreist?» fragte Mrs. Arthrop ziemlich atemlos, zwei Fragen zu einer zusammenfassend. Mir schoß durch den Kopf, daß sie dachte, ich hätte mit ihrer Tochter geschlafen, und mir nun schlau den Status eines Schwiegersohns ehrenhalber einräumte. Was konnte sie auf diese Idee gebracht haben? Nur das schmollende, verlegene Gebaren, das Jennifer im Augenblick an den Tag legte, es sei denn, das Mädchen war eine ausgesprochene Lügnerin, was sogar normale Mädchen oft sind. Sie lügen, sie begehen Ladendiebstähle, sie machen Selbstmordversuche, alles als Teil ihrer sexuellen Entwicklung. Ich stellte mir mein einsames Zimmer vor, das Telephon, das jeden Augenblick schrillen und mir mit den Details zweier unglücklicher Frauenleben in den Ohren liegen würde, und kam zu dem Schluß, daß fünfzehn Minuten praktizierter Mutter-Kind-Lehrer-Beziehung nicht schaden könnten und dem Wayward-College, das ständig seine finanzielle Unterstützungsbasis zu verbreitern suchte, möglicherweise von Nutzen wären. Außerdem hatte Mrs. Arthrop etwas an sich, das schwer zu definieren war, etwas Angenehmes – etwas Leergelassenes, nicht Gekennzeichnetes, wie ein unbeschriftetes Preisschild, das eine Frau ausweist, die mit dir schlafen will. Oder ist es so, daß *du* mit *ihr* schlafen willst? Das eine wird zum andern im Schattenland, dem Reich des Unbewußten, wo sexuelle Interessenpolitik allen Versuchen des Gesetzgebers trotzt, mit Korruption und Gaunerei aufzuräumen.

Ich setzte mich mit den beiden Arthrops in eine Plastiknische und stellte mich innerlich darauf ein, meine erhoffte Milch durch einen geselligeren Kräutertee zu ersetzen und statt des Sojasprossen-Sandwich eine der verführerischen weihnachtlichen Mandarinen zu nehmen, wie Mrs. Arthrop sie schon auf ihrem Tablett hatte. «Na, wie war's denn auf der Probe?» fragte ich, mich Jennifer zuwendend, wegsteuernd von dem gefährlichen Blanko neben ihr, dem schimmernden Etwas-über-vierzig-Gesicht. Jennifer hatte dies Leergelassene nicht; wenige unserer Studentinnen hatten es. Sie waren angefüllt mit Vorstellungen und Unsicherheiten; vor ihnen lagen drei Viertel ihres Lebens anstatt eines abnehmenden Drittels. «Wer sind *Sie*?» fragte ich. «Lysistrata?»

Das war wirklich taktlos. «Ich bin Kinesias», sagte Jennifer. «Das ist eine kleine Rolle, eine Männerrolle, aber ich hab eine tolle Szene mit dieser Schwanzfopperin.»

Mrs. Arthrop ging mit einem Wimpernflattern über die Ausdrucksweise ihrer Tochter hinweg und erklärte mir: «Das Mädchen, das die Myrrhine spielt, ist ganz großartig. Sie erinnern sich sicher an die Handlung: sie läßt ihn in den Krallen seiner – wie wollen wir's nennen – seiner Leidenschaft zappeln, weil sie immer noch was holen will, das die ganze Sache vollkommen machen soll, ein Kissen, eine Salbe. Und natürlich kommt es nie zum Eigentlichen.»

«Marjorie Weisman», sagte Jennifer, die Studentin meinend, die die Myrrhine spielte. «Für meine Begriffe kniet sie sich zu sehr rein. Ich fing schon an, mir leid zu tun. Der arme Kerl.»

«Du warst wunderbar, Liebes», sagte ihre Mutter. «Ein richtiger Mann hätte es nicht besser machen können.»

«Man muß das Bedürfnis kriegen, sie zu vergewaltigen», räumte Jennifer ein. «Das Mädchen, mit dem sie das Zimmer teilt, hat mir gesagt, daß sie in gewisser Hinsicht sadistisch ist. Marjorie.»

Ich verspürte den sträflichen Drang, Mrs. Arthrop zuzuzwinkern: Jennifer hatte eine so feierliche Art, alles durchzukauen. Sogar die Luft um uns schien zu zwinkern – das Studenten-Center hatte, trotz all seiner hineingestellten Annehmlichkeiten, das kahle Betongefüge eines Parkhauses, und wie alle Parkhäuser wurde es vom trüben Flackern schadhafter Leuchtröhren erhellt.

Jennifers junges Gehirn schien sich zum erstenmal mit den überkommenen Zweiheiten männlich / weiblich, sadistisch / masochistisch, Lust / Zorn, Krieg / Liebe zu befassen.

«Nun, es geschieht alles für eine gute Sache, nicht wahr?» sagte ich nicht übermäßig intelligent und setzte mir selbst zur Erklärung hinzu: «Um dem Krieg ein Ende zu machen. Und zum Schluß wird alles gut, soweit ich mich erinnere.» Ich gab mich ganz als der Lehrer, der ausschließlich die Studentin Jennifer im Auge hatte, während ich mir doch nur allzusehr ihrer Mutter bewußt war, eine Gletscherspalte der Verlokkung, in die jeden Augenblick mein schlingernder Blick stürzen konnte.

«Ja, die Frauen werden wieder zu Sexsklavinnen», sagte Jennifer fuchtig. «Sie und der alte Aristophanes halten das für ein Happy-End, klar.»

«*Jen*nifer», sagte Mrs. Arthrop. «Spricht man so mit seinem Professor!» Sie war in meinem Alter, wir waren in denselben Korridoren der Zeit von Klasse zu Klasse gegangen, deshalb konnte ich aus ihrem mütterlichen Tadel den flirtenden Subtext heraushören, der von mehr Wärme sprach, als der gesellschaftliche Thermostat verlangte, und von einem Kitzelgefühl, das sich der (falschen) Annahme verdankte, zwischen ihrer Tochter und mir bestehe die Vertrautheit von Leuten, die miteinander geschlafen haben. In Wahrheit empfand ich Abneigung gegen die teigige Jennifer; sie war abgestandene Ware, betatscht, zumindest intellektuell, vom gräßlichen Brent Mueller, besudelt von seinem dem Kanon zuwiderlaufenden dekonstruktivistischen Chic, der alles Beredte, Schöne, Ehrfurchtgebietende plattmachte zu Propaganda, fertig gebündelt für die Müllabfuhr. Brent wohnte in einem ideologischen Flachland, aus dem ich Genevieve erretten wollte, und Jennifer war dort seine zweidimensionale willfährige Kreatur, wie ostentativ ihr stumpfes Fleisch auch gerundet sein mochte.

«Das ist in Ordnung so», sagte ich, zu meiner Verteidigerin gewandt. «Das Getue mit dem Respekt, den wir unseren Lehrern entgegenbringen sollten, war doch hierarchisches Affentheater. In Wayward ermuntern wir unsere Studentinnen, frei ihre Meinung zu sagen.»

«*Ich bin ein Weib, doch wohnt in mir auch Geist*», hob Mrs. Arthrop überraschend an und schloß die Augen, um nicht abgelenkt zu werden. «*Von Haus aus nicht verkürzt an Mutterwitz,/ Hab ich vom Vater und von ältern Männern / Manch weises Wort gehört und viel gelernt.*» Sie hob die schmierigblauen Lider – die Iris ihrer Augen von der unbestimmten organischen Farbe, die man Haselnußbraun nennt – und lächelte breit, die selbstsicheren Zähne entblößend. Das Schimmern ihres Gesichts war um eine Nuance intensiver geworden.

«Okay, Mom», sagte Jennifer, voller Unbehagen witternd, daß dies eine sexuelle Offerte war. An mich gewandt erklärte sie widerwillig: «*Sie* hat mal in einer Schulaufführung die Lysistrata gespielt.» Ein *Na und!* klang aus ihrem Ton heraus.

«In der Miss-Porter-School, ist eine Ewigkeit her», erweiterte Mrs. Arthrop bescheiden die Auskunft. «Als ich bei Jennys Probe zusah, ist mir diese Passage wieder eingefallen. Damals hat man überhaupt nichts dabei gefunden, daß sie gelernt hat, indem sie Männerunterhaltungen belauschte. Was wirklich gewagt erschien und bei einigen der Lehrer und beim Kaplan ziemlichen Anstoß erregt hat, war das Antikriegs-Thema, wann war denn das, neunzehnhundert... warten Sie, ja, ich war siebzehn, 1951, Korea war im Gange, und es war ganz in Ordnung, im abstrakten Sinne gegen Krieg zu sein, aber niemand hätte auch nur im Traum etwas gegen einen Krieg gehabt, den die Vereinigten Staaten führten.»

«Ja», stimmte ich ihr zu. «Der Krieg war vorbei, bevor ich achtzehn war, und ich weiß noch, daß ich mir ein bißchen betrogen vorkam.» So. Unser Alter war auf dem Tisch, wir mußten bloß noch rechnen. «Wie langen bleiben Sie denn?» fragte ich die Frau – eine richtige Frau. Die Mädchen in Wayward bestanden darauf, «Frauen» genannt zu werden, und ihre Boyfriends, die in der Pubertät darauf dressiert worden waren, hatten keine Schwierigkeiten damit, wir Älteren aber kamen immer wieder ins Stolpern.

«Nur diese eine Nacht», sagte Mrs. Arthrop mit einer enigmatischen Aufwärtsdrehung ihres Gesichts, als hielte sie es einem Spotlight entgegen, das noch immer auf ihre mädchenhafte Darstellung der Lysistrata niederschien. Sie war der Star gewesen, wo ihre Tochter nur eine kleine Rolle hatte. Die Welt kann grausam zu den Jungen sein. Denken Sie an die frischgeschlüpften Lederschildkröten, die sich verzweifelt abmühen, das schützende Meer zu erreichen, während die ausgehungerten Möwen in hellen Scharen auf den Strand niederstoßen.

Mir ist nicht alles bis ins kleinste in Erinnerung geblieben, aber wir unterhielten uns, Mrs. A. und ich, und waren bestrebt, Jennifer mit einzubeziehen, ja sie in den Mittelpunkt zu stellen, obwohl sie sich durch kurze, mürrische Antworten oder unangemessen streitsüchtige Bemerkungen immer wieder entzog, indes ihrer Mutter und meine Daumen sich in die weichen kleinen Mulden oben in unseren Mandarinen gruben und die pelzigen Segmente, die süßer als Weinbeeren waren, von ihren losen rauhen Häutchen befreiten. Ich konnte nicht umhin, eine gewisse Meisterschaft in den hellrotkralligen Händen Mrs. Arthrops zu gewahren und darin, wie ihr fleischiger Mund – fleischig, doch die Lippen flach ins Gesicht gebettet wie bei Jimmy Carter – die kleine mastikatorische Indiskretion bewältigte, sich beim Verzehren der einzelnen Mandarinensegmente der Kerne zu entledigen und sie über ihre, Mrs. Arthrops, Finger aufs Papptablett gelangen zu lassen. Ihre Lippen kamen dieser peinlichen Notwendigkeit mit einem faszinierenden Ausdruck von Leistungsbewußtsein, von Selbstwürdigung nach, der mit jedem ausgeworfenen Kern ein kleines Lächeln erzeugte.

Jennifer entzog sich schließlich ganz: sie sah eine Freundin aus dem Fernsehkabuff kommen – *Laverne and Shirley* hatte den letzten aufgezeichneten Lacher, das letzte Aufbranden der Titelmelodie abgeliefert – und verließ unsere Nische, um nach draußen zu gehen und sich hitzig flüsternd mit dem anderen Mädchen zu beraten. Ihre Mutter und ich waren allein. Das feine ölige Stechen von Mandarinensaft und der dumpfe untergründige Geruch vieler oft getragener Tretornschuhe dienen in dieser

Episode als die aromatische Begleitung, die mit halbem Ohr wahrgenommene Soundtrack-Musik, wie die Parfums und Riechsalze in der Damentoilette, als Genenieve ohnmächtig wurde. «Wie *sind* denn die Zimmer oben?» fragte ich, als Jennifer plötzlich weg war.

«Sie erfüllen ihren Zweck», sagte Jennifers Mutter deutlich, mich wissen lassend, daß ich es mit einer Frau von Welt zu tun hatte, die sich mit Hotelqualitäten auskannte und nicht automatisch zufrieden war. «Ziemlich minimal», sagte sie, entledigte sich selbstgefällig eines weiteren Mandarinenkerns und setzte dann hinzu, als wollte sie die Reize ihres Zimmers nicht unwiderruflich herabsetzen: «Vom Fenster aus sieht man auf einen Teich und eine merkwürdige lange braune Skulptur.»

«Die Studentinnen nennen sie Pomme frite. Sie hat in den Sechzigern bei einem Wettbewerb gewonnen, geht jetzt aber dauernd kaputt. Allem Anschein nach ist sie nicht ordentlich zusammengeschweißt worden.» Meine Konversationsversuche waren jämmerlich, eine idiotische Vergeudung der Abwesenheit Jennifers. Wir konnten sie durch die Glastür des kleinen Lokals sehen: sie stand da und sabbelte dem anderen Mädchen – schon gut, der Frau – unaufhörlich etwas ins Ohr. Das einladend leergelassene Preisschildchen, das für mein inneres Auge am Gesicht dieser wirklichen Frau mir gegenüber befestigt war, wich einem anderen Bild, nämlich dem, daß sie ungewöhnlich angefüllt war, vollgestopft, wie ein Wilder, dem man's gründlich eingetrichtert hat, mit soziologischen Daten, wie sie so oder ähnlich auch in mir gespeichert waren: Miss-Porter-School-Frömmigkeiten; Verliebtheits- und Hochzeitsbräuche der gehobenen Mittelschicht im Nordosten der USA; Marketing-Strategien, angewandt auf den kleinen Geschenkladen; elterliche, seit Dr. Spock selig zur Norm gewordene Probleme und Herzenskümmernisse. Gleich mir erinnerte sie sich an den Korea-Konflikt, den Beginn von Elvis, die Morde an den beiden Kennedys; gleich mir hatte sie irgendwo in einem schummerigen Wohnzimmer gesessen und zugesehen, wie Nixon tränenverstopft zurücktrat. Selbst ihr Auftritt in *Lysistrata* (ihre runden Mädchenbeine vor meinem geistigen Auge entblößt, wegen des unhistorisch kurzen Chitons, mit dem die Schulaufführungsregisseure meiner Jugend schamlos das Interesse an Aristophanes' ehrwürdiger, hieratischer alter Farce anheizten) war lebendiger für mich als der von Jennifers Generation, der verdunkelt war von Fordismen wie Feminismus und Androgynie. Mrs. Arthrops kleine glatte Füße waren sicher nackt gewesen, umsponnen von goldenen Sandalenriemchen, ihr unbronziertes Haar hatte sie hochgekämmt zu einer Claire-Trevor-Frisur, den Text hatte sie mit tapferer jugendlicher Stimme vorgebracht, kurz davor, Glaubwürdigkeit zu besitzen.

Sie las meine Gedanken. Die Hand zierlich nach hinten wegknicken lassend, als halte sie eine Zigarette, fragte sie mich: «Die Studentinnen – kommt es oft vor, daß Sie sich – wie wollen wir's nennen – näher mit ihnen einlassen, Professor?»

«Nicht so oft, wie die Leute denken», beschied ich sie ein wenig barsch. Ihre absurde Überzeugung, daß ich mit ihrer Tochter geschlafen hätte, ließ ihre Augen funkeln, als seien sie mit Belladonna vollgepumpt. Sie war wieder auf der Bühne, warf die Beine, hob die Stimme. Ihre Hände spielten in der Luft mit einer unsichtbaren Zigarette. Ich sagte: «Aber Sie sind keine Studentin, Mrs. Arthrop. Sie brauchen mich nicht ständig Professor zu nennen.»

«Wie *soll* ich Sie denn nennen?»

«Alf. Meine Eltern haben mich Alfred genannt, aus politischen Gründen. Und wie heißen Sie?»

Sie beugte sich ein wenig vor am Tisch in der Nische hier im heißdunstigen spätabendlichen Studentenlokal. Der Hochglanz ihres Gesichts, die gewinnende kleine Lücke zwischen ihren großen Schneidezähnen, das sichtbare Spekulieren in ihren hervortretenden Haselnußaugen, all das schien eine betäubende animalische Wahrheit auszudrücken, für die mein rudimentäres Stammhirn kein Wort hatte.

«Ann», sagte sie. Sie ließ die Hand mit der imaginären Zigarette auf die silbern gestirnte Resopaltischplatte sinken und schlug langsam, synchron mit dieser Bewegung, die Augen nieder, als kämpfe sie gegen ein Erröten an.

Oh. Ah. «Ann», wiederholte ich. Das gab mir den Rest.

Buchanan tanzte Walzer mit der Zarin von Rußland. Sie lag angenehm mollig in seinen Armen, die Seide ihrer taubengrauen Robe war am Rücken, unter seiner Hand, feucht von imperialem Schweiß, hier, inmitten der tausend sich spiegelnden Kerzen des Winterpalais, im Ballsaal mit dem in komplizierten Mustern gelegten Parkettboden, indes der unerbittliche russische Winter die Welt draußen, jenseits der hohen, von der heftig atmenden Festlichkeit beschlagenen Fenster, in Fesseln aus weißem Schnee gefangenhielt. Seit den Tagen im Dickinson-College, als er dafür berüchtigt gewesen war, auf Wirtshaustischen zu tanzen, hatte Buchanan Vergnügen an diesem selbstvergessenen Wiegen und Sichdrehen, ob es das gemessene Schreiten bei der Polonaise war oder die fließenden, ineinandergreifenden Triangulationen des Walzers. «*Vous dansez très bien, monsieur l'envoyé extraordinaire*», vertraute die Zarin ihm an, als die Pariser Musiker, gelangweilt und müde, bleich und unglücklich, mit zerfransten Jabots und blauen Nasen hier an diesem frostklirrenden äußersten Ende der Zivilisation die Melodie in noch drängenderem, unwiderstehlicherem Rhythmus spielten, mit starker Betonung auf jedem dritten Taktschlag. «*Peu d'hommes aussi grands que vous le feraient avec une telle grâce.*»

Hingegeben an die Ekstase der Musik, einen Augenblick nicht der erhabenen Würde der majestätischen Person gedenkend, die so mollig in seinen Armen war und sich willig führen ließ, wagte er einen kleinen Scherz: «*J'ai appris à danser avec Andrew Jackson. Mon Président fait ceux qui le suivent très agiles. Après l'avoir suivi, les pieds sont pleins de la grâce.*»

Vielleicht verstand sie einen so politischen Scherz nicht, obwohl sie ihr Leben in Palästen zugebracht hatte. Ihr Vater war König Friedrich Wilhelm III. von Preußen, ein uninspirierter Monarch, der, nach der vernichtenden Niederlage von Jena (1806) und dem demütigenden Abkommen von Tilsit (1807), wie alle Herrscher Europas in Angst vor Napoleon und dem Schatten des Jakobinertums regierte. Ihr Mann war zum Zeitpunkt der Eheschließung, am 1. Juli (alte Zeitrechnung) 1817, der Großfürst Nikolaus Pawlowitsch, der trotz der Kinderlosigkeit seines ältesten Bruders, welcher als Alexander I. regierte, keine Aussichten auf die Zarenkrone hatte, da es noch Konstantin, einen anderen älteren Bruder, gab. Ein luxuriöses aristokratisches Leben mit ein bißchen Garnisonsdienst (für den er eine gewisse grimmige Neigung hatte) vor sich wähnend, gab Nikolaus sich ganz den Freuden des Familienlebens hin; um das Heimweh seiner Frau zu lindern, importierte er die preußischen Gemälde von Caspar David Friedrich und trug so eine unübertroffene Sammlung dieses exemplarischen Romantikers zusammen. Die Zukunft birgt seltsame Schätze: Konstantin, der eine Polin geheiratet und sich in Polen niedergelassen hatte, verzichtete 1823 heimlich auf den Thron, und als Alexander am 1. Dezember (neue Zeitrechnung) 1825 starb, wurde Nikolaus Zar, ohne daß dies allgemein bekannt war, eben weil Konstantin sich nicht zu einer öffentlichen Verzichterklärung herabgelassen hatte. Verschworene Gardeoffiziere, vorgeblich die Rechte Konstantins verteidigend, in Wahrheit aber auf die Abschaffung der Leibeigenschaft und eine freiheitliche Umgestaltung der Regierungsform aus, setzten am 26. Dezember den Dekabristen-Aufstand in Szene, den Nikolaus, bekannt als scharfer militärischer Zuchtmeister, erbarmungslos niederwarf. Das Regime des neuen Zaren nahm damit einen reaktionären Anfang und setzte sich auch so fort: Verbot von Reisen ins Ausland, Gründung der Geheimpolizei (der berüchtigten «dritten Sektion»), Durchsetzung der Vorstellungen von Nationalität *(narodnost)*, Autokratie und orthodoxem Christentum. *Nikolaus war nicht blind für die Übel der russischen Gesellschaft*, teilt eine Quelle uns mit, *doch er befürchtete, daß Veränderungen alles nur schlimmer machen würden.*

Die Zarin, der bewußt wurde, daß dieser großgewachsene Amerikaner im gutgeschnittenen, freilich inmitten all der orden- und tressengeschmückten Uniformen düster wirkenden schwarzen Anzug mit ihr flirtete, erwiderte: *«Assez de grâce, peut-être, pour vous porter jusqu'à la présidence de votre grand pays, dans la manière du Général Jackson?»*

Sieben Jahre nach Buchanan geboren, sollte die Zarin sieben

Jahre vor ihm sterben. Sie hatte den germanischen, ein wenig fahlen und glanzlosen Teint der bessergestellten Frauen des Lancaster County, auch wenn sie durch fünftausend Meilen und zwanzig Breitengrade von diesen Geschlechtsgenossinnen getrennt war; insofern fühlte Buchanan sich vertraut mit ihr. Und sie sich mit ihm, denn gleich bei ihrer ersten Begegnung, als er ihr vorgestellt wurde, *sprach* [sie] *sehr freimütig*, wie es in einer Depesche an Präsident Jackson hieß: *Sie äußerte sich zu mehreren Themen und mit großer Verve. Unter anderm bemerkte sie, es sei weise von uns in Amerika, daß wir uns nicht in die törichten Probleme Europas verwickeln ließen, fügte jedoch hinzu, daß wir bei uns zu Hause genug Probleme hätten, und spielte auf unsere Schwierigkeiten mit einigen der Südstaaten an.* Ihre Bemerkungen zu diesem Punkt müssen Buchanan unbesonnen oder übertrieben ominös erschienen sein, denn er *suchte ihr mit wenigen Worten den Sachverhalt zu erklären, doch sie hielt beharrlich an ihrer Meinung fest, und ich wollte natürlich nicht mit ihr streiten.* Ihm war aber offenbar nach Streit zumute, denn mit einiger Erregung fährt er in seiner Depesche fort: *Die Wahrheit ist, daß man den Menschen in Europa und vor allem denen in diesem Land nicht verständlich machen kann, wie es bei einem Regierungssystem wie dem unseren zugeht. Wenn sie von ernsten Meinungsverschiedenheiten in den Vereinigten Staaten hören, müssen sie gleich vermuten, daß es in der Folge zu einer Revolution kommen könnte. Möge Gott verhüten, daß die Union je in Gefahr gerät!* Offensichtlich sah sie eine zweite amerikanische Revolution voraus, er dagegen nicht; und sie behielt recht.

Die Nase in ihrem großflächigen, glatthäutigen Gesicht war schmal und zugespitzt, *un peu retroussé*, und ihre Wangen trugen deutliche Rougeflecken. Mit dem Wert der Diamanten an ihrem Hals und in ihrer kleinen Tiara hätte man, schätzungsweise, tausend Leibeigene kaufen können.

Das armselige, schniefende, schlechtgekleidete Orchester importierter französischer Musiker wechselte vom Wiener zu einem Königsberger Tempo über, das forscher, militärischer war, und die angeblich Buchanans Füßen innewohnende Grazie erlahmte für einen Augenblick, während er sich eine geziemend bescheidene, doch nicht temperamentlos erscheinende Antwort auf die kaiserliche Sondierung hinsichtlich seiner Ambitionen zurechtlegte. Ein reflexhaftes *«Mais non, non»* verschaffte ihm Zeit, ihr die Erklärung zu unterbreiten: *«La grâce seule ne suffit pas, il faut aussi –»* Sein Gehirn, müde, in einer fremden Sprache herumzusuchen, schwankte zwischen «Fortüne», «entsprechende Freunde» und «das Volk». Nichts davon war, auf französisch, plausibel genug. Er dachte an General Jackson, an die vielen Begegnungen mit ihm, nach denen Buchanan sich ausnahmslos wie nach einer Unterredung mit seinem Vater gefühlt hatte: herabgewürdigt, zurechtgewiesen, und beendete seinen Satz schlicht mit *«– la force.»*

«La force? La force de la personnalité? La force des alliances politiques?»

Er sah, daß sie ehrlich zu verstehen suchte, wie ein System funktionierte, in dem Herkunft und Vererbung – unerforschlicher-, ja lästerlicherweise – nicht der entscheidende Faktor sind. Das merkwürdige Zusammengehen von Eigeninteresse und Moralismus, das in einer Demokratie Dinge in Bewegung setzt, ging über ihr Vorstellungsvermögen, war aber nicht mehr, wie durch die Dekabristen deutlich geworden, unterhalb der Schwelle herrscherlicher Aufmerksamkeit; die von ihrem Mann persönlich durchgeführten Verhöre und das Erhängen des Obersten Pestel und des Dichters Kondratij Rylejew hatten den aus dem Westen herwehenden warmen Atem der Freiheit in diesem despotischen, froststarren Reich nicht mehr verbannen können. Die intelligente Neugier der kecknasigen Zarin war für ihren Tanzpartner, hier in der erstickenden Hitze, inmitten des schwindlig machenden Wirbels betreßter Uniformen, einen Augenblick lang wie ein kleines nebliges Fenster in das ungeheure Verlies, darin alle Frauen – Queen Victoria ausgenommen – in diesem Jahrhundert zu politischer Impotenz verdammt waren, darauf beschränkt, die Hebel der Macht nur bewegen zu können, indem sie durch List und weibliche Reize ihre Männer bewegten. Die arme liebe Ann hatte sich daran wundgerieben, an dieser naturgegebenen Ohnmacht ihres Geschlechts, das nur über die Gefühle der Männer gebieten und im häuslichen Bereich regieren durfte.

«La force du destin», erwiderte Buchanan. *«Beaucoup d'hommes américains sont capables, mais peu achèvent, dans les chances d'élection, la position plus haute.»* Ihr königliches Gesicht bot ihm keine Reaktion auf das eben Gesagte, und er befürchtete, daß sie ihm vielleicht nicht hatte folgen können; vielleicht war *achever* das falsche Verb, und *position* war unpräzis. Und doch behielt er sogar in seiner Unsicherheit, sogar angesichts der Möglichkeit, daß er hier, auf dem höchsten Gipfel seiner Mission in Rußland, nicht ganz zureichend war, das Gefühl männlichen Wohlbefindens mit dieser Frau, die erst vor kurzem das Lager *d'accouchement* verlassen hatte, wo sie von einem weiteren Großfürsten entbunden worden war. *Sie tanzt außerordentlich gern und ganz vorzüglich*, schrieb Buchanan Hannah Slaymaker von seiner Wohnung am nördlichen Ufer der Newa aus. Im darauffolgenden Jahr schrieb er John B. Sterigere: *Ich denke, ich darf sagen, ich stehe hier in besonderer Gunst, besonders beim Kaiser und der Kaiserin. Sie haben mich letzten Winter stets mit einer Liebenswürdigkeit behandelt, die Aufmerksamkeit erregt hat. Ich staune wirklich selber über meinen Erfolg in dieser Hinsicht.* Ihre füllige germanische Weichheit in seinen Armen, die vorsichtige Einfachheit ihres Französisch, die feuchte Seide unter seiner Hand, sogar die leise Ratlosigkeit in ihren braunen, hell honigfarben gesprenkelten Augen, all das nährte sein Wohlbefinden, die fiebrige Illusion, die Oberhand zu haben, das Gefühl, daß in den schwingenden Bewegungen des Tanzes ihrer beider Körper miteinander verbunden waren durch eine Anziehungskraft, die sie fest zusammenhielt. Die Lippen der Zarin, schmal, doch rosig, immer mit dem Anflug eines – selbstgefälligen – Lächelns in den Winkeln, waren geöffnet, als warte sie darauf, daß er ihr Grund gebe, etwas zu sagen. Also fuhr Buchanan, ein kurzes Armrucken in die gemeinsame wiegende Walzerbewegung fügend, fort: *«Mais nous parlons des possibilités imaginaires. Je voudrais seulement que le traité de commerce et de navigation*

entre nos pays se conclure; donc, je retournerai à mon état natal de Pennsylvanie, où j'assumerai les devoirs et les plaisirs très modestes du citoyen privé. Ma carrière publique achève» – ja, das war hier das richtige Verb, aber er fügte noch eines zur Verstärkung an – *«fait sa fin avec cette mission ici, en Russie.»*

Sie lächelte; ihre kleinen runden Zähne schimmerten, und die entwaffnende Lücke war zu sehen, wo man ihr einen Eckzahn gezogen hatte. Ihre Juwelen und ihre Augen funkelten um die Wette; ihre nackten fülligen Schultern waren schweißüberglänzt. *«Je pense que vous avez longtemps le mal du pays, de votre pays chaud et fertile, dans la Pennsylvanie, alors qu'il faut vivre dans notre royaume tellement froid, tellement vaste et vieux et barbare.»*

«Ah, que non – pas barbare! Pauvre, peut-être – la plupart des gens sont pauvres et aussi, dans la vue d'un homme américain, très superstitieux.»

«Dans les Etats-Unis, personne ne croit?»

«Au contraire, votre Majesté – tous les gens croient dans le bon Dieu, parce que – ça va sans dire – Dieu a les donné, a nous donné, tant de bonheurs. La terre si grande, les beaux temps, les bois, les fleuves, et, au-dessus tout, notre constitution sage et généreuse – toutes les choses, les dons du bon Dieu! Mais, en comparaison du Dieu russe, notre Dieu tient à distance sublime; dans cette manière, il met à l'épreuve notre sincérité, et nous donne l'espace pour l'exercice de la liberté!» Buchanan war nicht sicher, ob er mit dieser unbeholfenen Ausdrucksweise der mächtigen Sache des Glaubens in seinem Heimatland gerecht geworden war, aber auf dem Gesicht der Zarin war eine Spannung – ähnlich wie ein anschwellender Wassertropfen sie hat, der jeden Augenblick an der Fensterscheibe hinunterlaufen wird –, an der er sah, daß sie nur darauf wartete, etwas sagen zu können.

«Votre pays est très curieux à mon sens – une Russie pleine d'Allemands! Mon mari», fuhr sie gutgelaunt fort, *«attend beaucoup de votre pays.»*

Er war nicht sicher, ob er richtig gehört hatte. *Attendre*, nahm er an, im Sinne von «erwarten». Der Zar, absoluter Herrscher im größten Staatsgebiet der Erde, erschien durch die intime Redewendung *mon mari* unwahrscheinlich verkleinert. Verwirrt erwiderte Buchanan bloß: *«Vraiment? Pourquoi?»*

«C'est simple, n'est-ce pas? La Russie a besoin d'amis, maintenant que la France et l'Angleterre ont conclus leur traité sur la question belge. Aussi, l'opinion publique et la presse européenne ont été peu aimables à mon mari concernant la question polonaise, et particulièrement les atrocités alléguées de la guerre, sa suppression héroique de leur révolte méchante. Dans toute l'Europe, le mouvement révolutionnaire naisse – ça bouillone! Et quel pays est la source du mouvement, à l'origine? Le votre! Ainsi, s'il y soit ce traité maritime, l'empereur pourra dire, ‹Voilà, mes bons amis, les américains, les gens les plus révolutionnaires au monde – ils ne résistent pas à ma politique polonaise!›»

«Je vous comprends, Majesté, et je vous remercie très sincèrement pour votre explication lucide.» Ihre munter vorgebrachten Worte waren tatsächlich eine Hilfe; Buchanan verstand nun besser, weshalb das Handelsabkommen, nach jahrelanger mürrischer Untätigkeit seitens der russischen Bürokratie, plötzlich, mit einiger Nachhilfe von Graf Nesselrode, dem Außenminister, und Baron Krüdener, dem Gesandten in den Vereinigten Staaten, entgegen den Bedenken des Finanzministers Graf Cancrene und des Innenministers Monsieur de Bloudoff, Fortschritte machte; gewisse Zolltarifsenkungen (bei Hanf, Segeltuch und geschmiedetem Eisen) im 1832 ausgearbeiteten Vertragsentwurf des Kongresses, dazu der letztjährige deutliche Anstieg russischer Importe von, vorwiegend, amerikanischem Zucker hatten sich natürlich günstig ausgewirkt, ebenso die besonnenen und schmeichelhaften Bemerkungen, die Buchanan in diejenigen seiner Depeschen eingeflochten hatte, von denen er wußte, daß die Spione des Kaisers sie öffnen und lesen würden. Doch die Erkenntnis, daß ein despotisches Regime sich von revolutionärem Druck befreien könnte, indem es einen Handelsvertrag mit der progressivsten Macht der Erde schloß, verdankte er der Kaiserin und der eigenartigen Neigung ihrer weiblichen Sonne, auf ihn niederzuscheinen. Seine letzte amtliche Mitteilung aus Rußland,

ein an den Außenminister Louis McLane adressierter Bericht über seine letzten Tage als Gesandter und seine offiziellen Abschiedsbesuche, enthält diesen geheimnisvollen – geradezu romantisch geheimnisvollen – Satz:

Am gleichen Tag hatte ich meine Abschiedsaudienz bei der Kaiserin, die sehr liebenswürdig war; doch was sich bei diesem Anlaß zugetragen, eignet sich nicht als Mitteilung in einer Depesche.

In Buchanans Brief an McLane finden sich mehrere Passagen, die es verdienen, zitiert zu werden. Zar Nikolaus, zum Beispiel, erkundigte sich nach dem Weg, den Buchanan auf der Heimreise nehmen würde, und ließ sich über die lästigen Franzosen aus. *Die Franzosen seien ein eigentümliches Volk. Sie seien so wankelmütig in ihrem Charakter und hätten eine so unstillbare Sucht, den Frieden in der Welt zu stören, daß sie immer eine Gefahr seien. Sie hätten jede Regierungsform ausprobiert und sich mit keiner zufriedengeben können. Französische Emissäre versuchten jetzt überall Unruhe zu stiften und in ganz Europa den Frieden zu zerrütten.*

Buchanan beschreibt – und man fragt sich, ob ihm die Parallele zu Ann Colemans Tod bewußt war – den faktischen Selbstmord von Nikolaus' ältestem Bruder, dem hübschen, unbeständigen und am Ende gemütsverdüsterten Alexander I. *Während seiner letzten Krankheit verweigerte er jede Arznei und duldete so, daß sein Leiden, welches anfangs nicht als gravierend galt, lebensgefährlich wurde. Als Sir James Wylie, sein Leibarzt, ihm vorhielt, daß seine Krankheit zum Tode führen müsse, wenn er sich nicht einer medikamentösen Behandlung unterzöge, sah Zar Alexander ihn ernst an und rief in der eindringlichsten Weise aus: «Und warum sollte mir daran gelegen sein zu leben?» Er verweigerte weiterhin alle Heilmittel, und die Folge war sein Tod. Auf die Wahrheit dessen, was ich hier berichte, können Sie sich verlassen. Das Gerücht, wonach er vergiftet worden, entbehrt jeder Grundlage.*

Zum Abschied umarmte und grüßte Zar Nikolaus den stämmigen Pennsylvanier nach russischem Brauch, *eine Zeremonie, auf die ich gänzlich unvorbereitet war, und trug mir auf, General Jackson auszurichten, er möge ihm als neuen Gesandten jemanden schicken, der genauso sei wie ich. Er könne sich keinen besseren wünschen.* Den russischen Brauch hat Buchanan ausführlicher in seinem Tagebuch vom Juni desselben Jahres beschrieben: *Als ich von Antoine Abschied nahm, fügte ich mich darein, daß er mich auf russische Art küßte – erst auf die rechte Wange, dann auf die linke und dann auf den Mund. Es war das erste Mal, daß ich dies an mir selbst erfahren habe.*

Man möchte sich vorstellen, daß Buchanan in Rußland glücklich war, umgeben von vierspännigen Karossen, dem Goldglanz, den nie schmelzenden Schneemassen, den nie endenden Bällen, der gemessenen Gangart der Hofintrige, den flirtenden (manchmal englisch sprechenden) Damen der königlichen Kreise. Gleich Benjamin Franklin ein halbes Jahrhundert zuvor am französischen Hof entzückte ein Amerikaner im schlichten dunklen Tuch des Demokraten den Zarenhof wie ein Zwerg, ein schwarzhäutiger Äthiopier – ein Abgesandter aus einer anderen Art von Weltraum. Die Welt war größer, als sie noch leerer war; es gab weiße Stellen auf der Landkarte, in denen Forscher es zu Ruhm bringen konnten, und Reisen streiften die Reiche der Phantasie. Beim Lesen des Tagebuchs, das Buchanan auf seinem Ausflug nach Moskau im Juni 1833 führte und das er mit Schilderungen von frommen Mönchen und schlitzohrigen Muschiks in gegerbten Schaffellen füllte, erscheint er einem glücklich. In den Ehrwürdigen Vater Antoine, den Archimandriten oder Abt des Troizko-Sergiewschen Klosters zweiundsechzig Werst nördlich von Moskau, muß er geradezu verliebt gewesen sein: *Sein langer Bart war vom herrlichsten Kastanienbraun und verlieh seiner Erscheinung etwas Ehrfurchtgebietendes, ungeachtet seiner verhältnismäßig jungen Jahre. Ich werde nie den Eindruck vergessen, den dieser Mann auf mich gemacht hat.* Bronzefiguren an einer Kirchentür in Nowgorod waren *seltsame, barbarische Figuren, nicht unähnlich denen in Mexiko.* Er war weit fort von zu Hause und war amüsiert, als eine Prinzessin Urussoff in Moskau sich erkundigte, *ob die Vereinigten Staaten noch zu England ge-*

hörten und ob die Leute in Amerika die englische Sprache sprächen. Die Unterhaltung mit einer anderen Gastgeberin, Madame S., *wäre angenehm gewesen, hätte nicht ständig ein Papagei sie unterbrochen, der kreischte, als wäre er zu diesem Zweck engagiert worden.* Moskau hat seit der Feuersbrunst 1812 *jedoch weitgehend das romantische und asiatische Gepräge verloren, das es früher gehabt hat. Die wuchtige, ungeschlachte Großartigkeit von Palästen, die planlos verstreut zwischen Tatarenhütten standen, ist allenthalben einem Netz luftiger, regulärer Straßen gewichen. Die Stadt macht äußerlich einen wohlhabenden Eindruck. Das, was sie am meisten von anderen Städten unterscheidet, ist die enorme Zahl ihrer Kirchen. Die Kuppeln, die sich in allen Farben und Formen über die Dachfirste der Häuser erheben und in der Sonne funkeln, bieten einen höchst bemerkenswerten, imposanten Anblick.* Ebenfalls imposant, wenn auch weniger attraktiv waren die Armeen von Bauersfrauen, die sich den Vorstehern des Findelhauses, auch Kaiserliche Erziehungsanstalt genannt, als Ammen anboten: *Es war eine ganz neuartige Erfahrung für mich, an den in langen Reihen sitzenden Frauen vorbeizugehen, die Säuglinge im Arm hielten oder in der Wiege neben sich hatten. Alles war sauber und ordentlich, obgleich die Frauen alles andere als ansprechend aussahen.* Einen angenehmeren Eindruck machten auf ihn die armen, aber vornehmen Kinder der Alexander-Stiftung, die durch Cholera und ähnliche Schicksalsschläge verwaist waren und aus allen Teilen des Reichs stammten, *250 Knaben und ebenso viele Mädchen.* Besonders angetan war er von den Schülerinnen, die zum Abendbrot versammelt waren, *alle gleich angezogen, in grünen Kleidern und weißen Schürzen, die die Oberarme bedeckten ... Bevor sie ihre Plätze einnahmen, sangen sie als Danksagung einen Choral in russischer Sprache. Ihr Vortrag war ausgezeichnet. Auf bewegende Weise schienen hier Güte und Frömmigkeit des weiblichen Herzens auf.* Sein Begleiter, ein Herr Gretsch, Herausgeber des *Kränzchens* in St. Petersburg, hielt eine Ansprache auf russisch, in der er erklärte, daß Buchanan *der Gesandte der Vereinigten Staaten* [sei], *einer großen und mächtigen Republik.*

Daß die Menschen dort über eine gute Erziehung und gutes Wissen verfügten, aber daß ein jeder arbeiten müsse. Daß ihre Regierung eine gute sei, daß sie aber keinen gütigen Kaiser hätten, der den Waisen zum Vater werde und ihnen auf seine Kosten Erziehung und Bildung ermögliche. Im Troizko-Sergiewschen Kloster war Buchanan nicht nur vom kastanienbraunen Bart des jungen Archimandriten beeindruckt, sondern auch vom Grabmal des Boris Godunow, das keine Inschrift trug, von den prachtvollen Stickereiarbeiten der Zarinnen Elisabeth, Anna und Katharina der Großen und von einem Kristall, in den auf wundersame Weise das Bildnis eines knienden Mönchs eingelassen war. In Peterhof, bei einem kaiserlichen Gartenfest, war er hingerissen von den Ausmaßen und der ingeniösen Anlage der Wasserspiele – *sie stellen Kerzen unter die Katarakte und bewirken so eine Unterwasser-Illumination* – und von einem *Karpfen, der seit einem Jahrhundert in dem See lebt und ein Halsband trägt. Zusammen mit anderen kommt er jeden Morgen, wenn eine Glocke schellt, an den Rand des Wassers, um sein Frühstück in Empfang zu nehmen.*

Glück! Was ist das? Es kann das Frühstück sein. Es kann ein fremdes Land sein, in dem wir als Gast behandelt werden und unsere Unkenntnis der Sprache uns vor vielen Schwierigkeiten bewahrt. Auf dem Gartenfest bestiegen die kaiserlichen Familienangehörigen und zahlreiche Würdenträger, unter ihnen Buchanan, *eigentümliche, von zwei prachtvollen Pferden gezogene, vierrädrige Gefährte*, die der Tagebuchschreiber nicht besser schildern kann denn als so etwas *wie ein Doppelsofa mit einer gemeinsamen Lehne, auf dem zehn von uns bequem Rücken an Rücken sitzen konnten, fünf auf jeder Seite.* [Später] *dann promenierten wir langsamen Schritts durch all diese Alleen, die von dichten Zuschauermengen gesäumt waren. Die Wirkung der Illumination war grandios. Großfürst Michael saß zu Pferde, und offensichtlich waren größte Vorsichtsmaßnahmen getroffen worden, wegen der polnischen Verschwörung.*

Doch das Glück hinterläßt einen ebenso geringen Bodensatz im Gedächtnis wie der Schmerz. Am Ende bleiben uns nur einige wenige flache Bilder, in Calcium auf die feuchte Substanz der Gehirnzellen gemalt, eine Anordnung von Zeichen, nicht dauerhafter als ein Fresko auf bröckelndem Putz. Wir lesen in Youngs *Nachtgedanken* von *prunkenden Tapisserien im Geiste ausgemalter Wonnen.* Die Zeilen gleich im Anschluß an jene, mit denen Buchanan oder Richter Franklin den Nachruf auf Ann abgerundet haben, lauten:

Ihr holden Bilder unbegrenzter Freude!
Reich übers Maß! Von keiner Zeit beschränkt!
Ein Glück, das ohne Ende, ist das Glück.

Und ein Glück, dem es an Unendlichkeit mangelt, so die unausgesprochene Folgerung, ist die Hölle. Wir wollen, daß das Leben ewig währt, sonst sind seine Freuden hoffnungslos vergiftet; das Band, das uns mit dem Glück verbindet, *reißt beim kleinsten Windhauch.* Buchanan *war* glücklich, als er sich in den rosigen runden Armen Alexandra Feodorownas wiegte, einer Frau, wie man mit Rührung aus der *Grande Encyclopédie* erfährt, *«d'une santé délicate, elle dut souvent quitter la Russie pour aller vivre à l'étranger. Son souvenir est resté populaire chez les Russes.»*

Mon souvenir de Madame Arthrop *est imparfait. J'ai oublié beaucoup, depuis cette escapade.* Doch haben wir auf die bewährte Art und Weise der Ford-Ära danach getrachtet, einander für die Dauer einiger heimlich eingeschobener Stunden glücklich zu machen. Bevor Jennifer in unsere Nische zurückkehrte, verstand Ann es, unter dem Vorwand abermaliger humoriger Verunglimpfung ihres «minimalen» Zimmers oben im Gebäude mich beiläufig, aber unmißverständlich seine Nummer wissen zu lassen: «Fünf null acht», mit einem Augenblitzen – das Haselnußbraun der Iris sich um Nuancen verändernd, wie Wendy Wadleighs Blau im Augenblick fleischlicher Vereinigung –, das keinen Zweifel hinsichtlich der Bedeutung des ausgesandten Signals ließ. Das imaginäre, dicht neben ihrem Gesicht flatternde

Preisschild hatte die Ausmaße einer Kapitulationsflagge angenommen. Mir ist die Nummer noch heute in Erinnerung, 508, jede geschwungene Ziffer prall von sexueller Aufforderung.

Als unser kleines Trio sich bald danach auflöste – Jennifer zog mit ihren Kumpaninnen ab, um sich an nächtliche Studien zu machen, ihre Mutter verschwand im Lift, um zu versuchen, ob sie für eine Nacht fern von ihrem Chintzschlafzimmer in Connecticut Schlaf finden würde –, blieb mir nichts anderes zu tun, als hinauszuschlendern, unter dem distanzierten, treibenden Mond diagonal die faschistisch breite Treppe hinunterzuspringen, mir energisch die Hände zu reiben und mit ein paar kurzen Atemstößen gegen die Frühlingskälte anzuschnauben, als könnte dies einem hypothetischen Zeugen, der mich beobachtete, mein Verhalten erklären, und raschen Schritts das abgenutzte, am Teich sich hinziehende Wäldchen zu durchqueren, wo junge ineinandergeschlungene Paare bei meinem Anblick auseinanderfielen wie aus dem Einwickelpapier gepellte Schokoladenäpfel. Als mein rasendes Herz sich dann spürbar in Sorglosigkeit hüllte, ging ich wieder schräg die breite Treppe hinauf, betrat durch einen anderen Eingang das Studenten-Center, das mittlerweile nur noch von einer Handvoll müde herumhängender Nachzüglerinnen bevölkert war, und schlich mich zu den Fahrstühlen, wo rechtzeitig, auf Knopfdruck, ein Stahlkasten erschien, bereit, mich verschwinden zu lassen wie ein Kaninchen in einem Hut mit doppeltem Boden. Meine Gewissensbisse, daß ich nicht pünktlich zu Hause war, nicht den Hörer abnehmen und mich dem Schwall trostheischenden Genörgels stellen konnte, unterdrückte ich mit der Überlegung, daß Amerikaner, wie Tocqueville als einer der ersten dargelegt hat, höher als jedes andere Gut die Freiheit schätzen. Auch wenn ich gebunden war an zwei Frauen, fünf Kinder, eine Mutter und ein unvollendetes Buch: hatte ich etwa nicht das Recht, mich frei zu bewegen? War dies die Sowjetunion, wo man eine Genehmigung brauchte, wenn man von Omsk nach Tomsk wollte? Hatten wir schon 1984, und Big Brother's Schwester beobachtete mich auf Schritt und Tritt? Ich zwängte mich rasch zwischen den Gummikanten der Lifttüren hindurch, drückte auf den grünen Knopf, der Aufwärts, Abenteuer und Ann bedeutete, und tappte mit zögernden, von der orangeroten Auslegeware lautlos gemachten Schritten den Korridor entlang. Es war das erste Mal, daß ich diesen Teil des Collegereichs betrat. Pfeile wiesen den Weg: ungerade Nummern rechts, gerade links. 502, 504, 506, Bingo.

Bevor Ann auf mein geschicktes kleines Klopfen öffnet – nicht mehr als ein leises Rückhandflattern meiner Fingerknöchel gegen die Tür, das ihr chevaleresk die Möglichkeit gab, es nicht zu hören, falls sie sich's anders überlegt und keine Lust mehr hatte –, lassen Sie mich, liebe *Rückblick*-Redaktion, den Moment in einen historischen Kontext bringen. Gerald Ford präsidierte während seiner zwei Jahre und fünf Monate dauernden Regierung einer Vielzahl – dürfen wir sagen, einer Millionenschaft? – sogenannter One-night stands; ein Grundsatz dieser Ära war, daß man jemanden nicht besonders gern haben mußte, um mit ihm oder ihr zu vögeln, die betreffende Person auch nicht besonders gut zu kennen brauchte. Vögeln war die Art, wie man sie kennenlernte, diese Ers und Sies, und erst dann entschied man, ob und wie sehr man sie mochte. Trotzdem erreichten heterosexuelle Kontakte in dieser Ära nie die verblüffende Leichtigkeit und Häufigkeit homosexueller Begegnungen, für die ein bloßes Loch in der sperrhölzernen Trennwand zwischen zwei Umkleidekabinen in der Sauna genügte. Zwischen Männern und Frauen spielten sich immer noch die alten Balzrituale ab, allerdings in wunderbar beschleunigter Form.

Ann öffnete umgehend, als ich klopfte, als hätte sie an der Tür gewartet; sie war im Morgenrock, in einem Zimmer, in dem nur eine funzlige Nachttischlampe, deren Pergamentschirm mit einem aufmerksam gespannten Neufundländer geschmückt war, ihren beigefarbenen Schein zum Mondlicht gesellte, das gegen die zugezogenen Vorhänge drückte. Wir umarmten uns fest, in wortloser Erleichterung. Der Morgenrock war aus vernünftigem Flanell, doch ich bemerkte bald, daß sie nichts darunter trug. Ich sagte immer wieder ihren Namen – «Ann! Ann!» –, bis sie sich leicht verärgert zeigte. Mein absurder Name war für derlei verzückte Intonationen nicht geeignet.

«Ich hab noch nie erlebt, daß jemand meinen Namen so ausgesprochen hat», protestierte sie. «Mein Mann sagt Annie zu mir. Annie Sure-Shot. Weil ich immer komme.»

Ihr Mann, von dem bislang noch nicht die Rede gewesen war, gewann durch diese launige Bemerkung eine Phantomrealität – er war gründlich vertraut mit diesem kräftigen Körper und dem direkten, vitalen, möglicherweise derben Wesen, das darin wohnte. Sicher war er selber ein großer massiger Typ, wenn er sie so liebevoll aufzog. Er trug eine Krawattennadel aus unechtem Gold, Hemden mit feinen blauen Streifen und weißen Kragen und solide schwarze extrabreite Wingtip-Schuhe. Er hatte ein bißchen von einem feinen Pinkel, ein bißchen von einem Gangster – ein solider Familienvater, der gelegentlich anderswo einen draufmachte, ein Mann, verliebt in alle Aspekte, unter denen man das Leben angehen kann, ohne Zeit für Bücher, für Geschichte, für Zweifel. Ein kurzes impulsives Ziehen am Flanellgürtel enthüllte die Herrlichkeiten seiner Frau. Ann Arthrop hatte die gleiche üppig gerundete Eindrücklichkeit wie ihre Tochter, nur daß die Kurven bei ihr von vier Jahrzehnten beeinflußt waren, so wie ein alter Fluß sich immer breiter hinwindet, aber sie hatte immer noch eine prahlerisch gute Figur und schenkte sich mir mit der amüsierten Tüchtigkeit einer Vorstadtmutter, die am Samstag nachmittag ein großes Tablett mit Erdnußbutter- und Marmeladenbroten für ihre Kinder und deren Spielkameraden zurechtmacht. Sie war von einer überfließenden Weiblichkeit; meine Hände quollen von ihrem Hintern über, ihre Brüste überschwemmten mir Mund und Nasenlöcher, so daß ich keuchend nach Luft rang. «Ann», *mußte* ich einfach wiederholen im Augenblick, da ich in sie eindrang. Ich hatte die Nachttischlampe ausgeknipst – der mit Hund verzierte Schirm war einem Keramikfuß mit grünköpfigen, in den Sonnenuntergang aufflatternden Enten beigesellt – und konnte ihre Augen nicht sehen. Sie war sachlich glatt und nahm mich mit einer gleichsam düster-ernsten, schluckenden Bewegung ihrer verschatteten

Augenhöhlen in sich auf, bot aber meinen aufgeregten, nervösen Küssen auf ihren Mund die Lippenspannung eines Lächelns.

Sie gehörte zu den Frauen, die etwas tun, um das Ihre zu bekommen; sie öffnete weit die Schenkel und klemmte ihr kleines, dem Penis homologes Teil entschlossen gegen mein Schambein, bis sie sich, in steigendem Tempo, eines Orgasmus und zweier leicht mechanischer Stöhnlaute entledigte. Ich folgte ihr, ohne zu hetzen; im Zaum gehaltene, dann losgelassene Selbstsucht ist der einzige Weg beim Lieben, bergab stürzend, zwischen engen Felsen hindurch, Tümpeln der Wohligkeit entgegen. Tau schimmerte im gedämpften Mondlicht auf ihrer Schläfe auf. Ich streckte mich ein wenig, reckte den Hals, um den salzigen Schweiß aufzulecken. Sie mißverstand die Bewegung und drückte mit beiden Händen meinen Hintern nieder. «Nein», sagte sie in heiserem Panikton. «Geh noch nicht raus.» Ihre festen Finger preßten sich mit der kühlen Berührung von Ringen in mich.

«Denk ja im Traum nicht dran», sagte ich, hatte aber schon ein immer stärker nagendes Schuldgefühl im Magen – Genevieve, die versuchte, mich anzurufen und mich über die neueste juristische Finte zu unterrichten, die der ruchlose Brent sich hatte einfallen lassen, Norma, die mir sagen wollte, daß Andrew einen furchtbaren Unfall mit dem Volvo gehabt hatte, meine Mutter, laut weinend, weil ihr Apartment in Clearwater gerade abbrannte... Die Gegenwart ist das Paradies, doch unser Gehirn erlaubt uns nicht, lange darin zu verweilen. Vergangenheit und Zukunft taten sich zusammen, um diesen Schatz, der, leicht keuchend, unter mir angestrandet war, zu schmälern. Auch sie fing an, wieder zu sich zu kommen. Sie ließ zu, daß ich aus ihr herausglitt und mich zur Seite fallen ließ, und setzte sich im Bett auf, so daß ihre Titten über meinem benommenen Gesicht schaukelten wie Treibgut. Sie rauchte wieder diese Phantomzigarette, den rechten Ellbogen in die linke Hand gestützt, rechtes Handgelenk zurückgeknickt. «Wann hast du aufgehört?» fragte ich.

«Vor vier Monaten. Hab seitdem ein paar Pfund zugenommen, Mist.»

«Steht dir sehr gut. Die Pfunde.»

Sie schnaubte und setzte hinzu: «Das Elend ist, wenn man aufhört, ist man gesünder. Ich bin die ganze Zeit geil.»

«Auch was Gutes», sagte ich. «Für mich, in diesem Fall.»

Sie schnaubte abermals, ein impertinentes Geräusch, wie ein halb unterdrücktes Niesen. «Na, Professor», sagte Mrs. Arthrop, «war ich besser oder schlechter als Jennifer?»

«Ich habe nie mit Jennifer geschlafen, ich schwöre. Hat sie das denn gesagt?»

«Nicht direkt in Worten, mehr mit Körpersprache.»

«Ich habe mich für dich aufgespart», sagte ich und fügte hinzu: «Liebe Ann. *Liebe* Ann.»

«Ich bin nicht so lieb», sagte sie und sah sich um, als suche sie einen Aschenbecher, in dem sie ihre länger werdende Asche abstreifen könnte. «Eigentlich eher ein bißchen hurenhaft. Aber es war einfach zu mies, mich allein in dies trostlose Zimmer zurückgehen zu lassen. Außerdem fand ich es, ehrlich gesagt, deprimierend, Jen bei der Probe zuzusehen. Sie ist keine Schauspielerin. Wie ist sie denn als Studentin?»

«Gewissenhaft. Versucht alles zu dekonstruieren. Macht aus jedem Thema eine feministische Angelegenheit. Machen viele von den Mädchen.» Meine Antwortsätze fielen knapp aus, weil ich fasziniert war von Ann Arthrops Körper, der immer deutlicher und vielfältiger wurde unter meinen Augen, je mehr sie sich an das Mondlicht gewöhnten, das sich gegen die Vorhänge preßte wie in Sackleinen gewickelter Blauschimmelkäse. In der Reife ihres Fleisches trieb jede große Rundung viele kleine Rundungen – sich abzeichnende feine Muskelstränge und winzige Hügel aus Fettgewebe –, so daß den idealen Formen des ewig Weiblichen eine endlose rubenshafte Tätigkeit irdischen Gerunzels eingeschrieben war. Sie hatte nicht die verlogene, vormals in Hayes und Hollywood geübte Masche übernommen, sich nach dem Koitus die Bettücher über die Brust heraufzuziehen, und ließ mich mit wortloser Belustigung das Laken noch weiter herunterstreifen, bis zu den starrenden Dunkelheiten ihres Nabels und ihres Schambusches. Ein Geruch ging von ihr aus, wie er bei Ebbe vom nassen Sand aufsteigt.

Sie redete weiter, fragte geziert schüchtern: «Hast du jetzt die Absicht, sie zu vögeln, nachdem du mich gehabt hast?» In ihren Connecticut-Kreisen nahm man offenbar kein Blatt vor den Mund. Oder versuchte sie nur beiläufig, meine romantische, allzu andächtige Stimmung zu dekonstruieren? Ich berührte sie hier und da, mit Zunge und Fingerspitze. Wie hübsch diese besondere Weiße ist, gleich oberhalb des Schamhaars, wo selbst der knappste Bikini die Haut bedeckt. Ihr Schweiß war süßer hier als an ihrer Schläfe, ein seltenerer Honig.

«Natürlich nicht», sagte ich. «Ich bitte dich. Diese Mädchen zahlen nicht Studiengebühren, um von der männlichen Lehrerschaft sexuell ausgebeutet zu werden. Schließlich ist es ihr Geist, der uns anvertraut ist.»

«Gut. Mein Mann würde dich umbringen», sagte sie freundlich.

Ich sah an den vielen kleinen Kämmen und Senken ihres Bauchs hinauf zur olmekischen Ausdruckslosigkeit ihres Gesichts hin. Schwere Steinlippen, nackt, nur an den Rändern mit Lippenstift nachgezogen. Schluckende Augenhöhlen, tief verschattet, in denen reptilische Lider sich bewegten und Wimpern zuckten, eilig wie Spinnen. «Habt ihr Affären, du und Mr. Arthrop?» fragte ich.

«Ich ja. Er nicht. Er hat zuviel zu tun, ist jeden Tag zwölf, vierzehn Stunden in der Stadt und leiert seinen Geschäftspartnern das Geld aus dem Kreuz. Er ist in der Kommunikationsbranche.»

«Weiß er Bescheid? Daß du?»

«Natürlich nicht.» Sie war jetzt bereit, die imaginäre Zigarette auszudrücken, und machte mit dem Finger eine malmende Bewegung auf dem kleinen Nachttisch. Der Tisch war, wie das Kopfteil des Bettes, an der Wand befestigt. «Er glaubt, daß er mich anbetet.»

Das war unfreundlich uns beiden gegenüber, so empfand ich's – das «glaubt» für ihn, und für mich, daß sie mir den Erfolg ihrer Ehe so unter die Nase rieb.

«Dies Interesse an den sexuellen Eroberungen deiner Tochter», sagte ich. «Findest du, daß das ganz normal ist? Ich kenne mich ja nicht so aus, *meine* Tochter ist noch ein Kind, aber ich glaube nicht, daß meine Frau –»

«Wahrscheinlich nicht», unterbrach sie mich. «Aber ist doch gesund, es zuzugeben, meinst du nicht? Sie kommt neu auf den Markt, ich bin ein Auslaufmodell, ich muß mich dran gewöhnen, aus zweiter Hand zu leben. Weißt du, Al, was ich mir manchmal ausmale?»

Ich hoffe, daß ich jeden Ausdruck des Abscheus unterdrückt habe. Niemand nannte mich «Al». Diese Frau fing an, mir zuviel zu werden. Doch die reine Höflichkeit zwang mich zu fragen: «Was?»

«Daß sie und ich», sagte sie, «uns einen Mann teilen, oder einen Jungen, es wär wohl eher ein Junge, wenn sie ihn nach Haus brächte, ich würd's lieber mit einem Jungen tun, als zuzusehen, wie sie von einem ausgewachsenen Mann in die Mache genommen wird.» Als sie meine stumme Fassungslosigkeit bemerkte, fügte sie rasch hinzu: «Ich stell's mir ja nur vor, ich würd's nie *tun*.»

«Du mußt ja eine Menge freie Zeit haben, wenn du sie mit solchen Vorstellungen vertun kannst», erlaubte ich mir zu sagen.

«Im Laden ist es an manchen Tagen ziemlich ruhig», gab sie zu. «An Sommernachmittagen, wenn alle am Strand sind. Und in den öden drei, vier Wochen vor Thanksgiving, wenn die Hochzeiten alle vorbei sind und der Weihnachtsrummel noch nicht in vollem Gange ist. Da kann man die Leute an einer Hand abzählen, die vorbeikommen. Ich würde gern am andern Ende der Mall was mieten, da gibt es mehr Laufkundschaft, wegen der Pizzerien.»

Ich bin benutzt worden, dachte ich bei mir und begriff, daß mein Wert für sie größtenteils auf ihrem irrtümlichen Glauben beruht hatte, ich hätte ihre Tochter verführt. Aber welchen Wert hatte sie für mich gehabt, was war der zündende Funke gewesen? Ihr Name. Eine Gelegenheit, die einsame Ann aus dem kalten Schlafzimmer der Hemphills zu erretten.

Während der Ford-Ära hielt man in sexuellen Dingen nicht

lange an einem Groll fest. Und die zu erbringende Leistung wurde nicht so perfektionistisch gesehen wie in den Eisenhower-Jahren, da Dornröschen so unbezwinglich von stachligen Hekken umschlossen war, daß es schon eines Excalibur schwingenden Prinzen ohnegleichen bedurfte. In der Ford-Zeit, wenn da eine Bettgeschichte nicht funktionierte, machte das nichts, es würde bald eine neue Gelegenheit geben. «Ich muß los», verkündete ich.

Diese sich kräuselnde Riesin, die sich so selbstsicher in der Üppigkeit ihres Fleisches zurücklehnte, tat die Drohung leichthin ab. «Wieso, Professor? Es ist noch nicht mal Mitternacht. Ich dachte, du lebst getrennt von deiner Frau.»

«Tu ich auch, aber...» Ich dachte an die Vollkommene Ehefrau, meine Transitgeliebte, verglich sie in ihrer gallischen Reinheit und Intensität mit diesem schlampigen, geschwätzigen Weibsstück, diesem Produkt des mittelmäßigen Amerika, und fühlte ein inneres Brennen, als sei mir eine Handvoll Pfeffer in den Magen gelangt. Doch ich blieb, wo ich war, hingekauert über dem Planeten von Ann Arthrops Bauch mit seiner hohen Albedo und dem Nabel im unbekümmerten Stil der Roosevelt-Ära: einer kleinen Fleischfalte, wie ein Augenlid.

«Wir könnten die Minibar plündern», sagte sie, «wenn's in diesem lausigen Loch eine gäbe.»

Ich versuchte, das Studenten-Center des Wayward-College zu verteidigen, und sagte: «Manchmal mieten Studentinnen diese Zimmer – wenn es hier Minibars gäbe, bestünde die Gefahr, daß die Kids sie leer räumen und die kleinen Zettel nicht ausfüllen, mit denen an ihre Ehrlichkeit appelliert wird.»

«Du mußt los, *ich* muß aufs *Klo*», sagte sie mit überflüssigem Nachdruck, «und 'n bißchen klar Schiff machen» und stolzierte mit schwabbelndem Hintern zum Bad, ihre zerstrubbelten Haare mit einer rührenden beidhändigen Geste zu einem kleinen Knoten zusammendrehend. Offenbar war sie entschlossen, mich in aller Deutlichkeit darauf hinzuweisen, daß dies eine sexuelle Begegnung war, mit dem üblichen Schleimüberfluß, der in die Toilette gehörte. Sie machte sich nicht die Mühe, die Tür zu schließen. Ich hörte, wie sie pinkelte und ruppig mit dem Papierhalter klapperte. Als sie nach lärmendem Gespritz und Toilettengespüle ins Zimmer zurückkehrte, Gesicht und Schenkelinnenseiten glänzend naß vom Waschlappen, lächelte sie, mich immer noch daliegen zu sehen, nackt und wartend. «Ich dachte, du mußt los.»

«Wie würdest du Schmutz definieren?» fragte ich.

Sie blinzelte, aber nichts konnte ihr die Sprache verschlagen. «Als Materie am falschen Platz», sagte sie. Jennifer hatte recht gehabt.

«Genauso komme *ich* mir vor», gestand ich, mit dem Pfeffergefühl im Magen.

«Meine Tochter versteht nicht», sagte sie, «wie es möglich ist, daß ich weiß, was für Scheißkerle Männer sind, und sie trotzdem liebe.»

Ich hatte es allem Anschein nach mit einer Art Masochistin zu tun oder mit einer Rohlingsnatur oder einer Kombination aus beidem, aber die langfristigen psychologischen Probleme der Dame gingen ihren Mann an, ihre Tochter, die Geschenkladenkunden, Nachbarn und den Seelenklempner, falls sie einen hatte. Mich ging einzig ihr blasser befeuchteter Körper mit seinem tausendfachen Gewackel und Geschaukel und den vielen zarthäutigen Öffnungen an. Gerade die Häme, mit der ich insgeheim ihre geräuschvollen Waschungen begleitete, hatte die Magie der Natur in meine Lenden zurückkehren lassen. Vielleicht, daß ihr das nicht entgangen war und ebendas sie zu ihrem herzlichen generischen Affront veranlaßt hatte. Fast demütig legte sie sich neben mich und ließ mich das zerknautschte Bettuch heraufziehen. Diesmal ging ich endlos auf sie ein. Wir trieben in eine Zone, in der es keine Anrufe mehr gab; wir waren vorübergehend frei. Die Campusgeräusche unter unserem Fenster waren zu einem einsamen Gute-Nacht geschrumpft, das ein Mädchen einem andern zurief, und zum verebbenden Flüstern des Verkehrs auf der Flußuferstraße und der Brücke nach Adams, wo mein Bett leer zur Decke hinaufstarrte. Ich hatte die Hoffnung, sie diesmal zu einer kleinen Fellatio herumzukriegen oder wenigstens dazu, daß sie sich auf mich setzte. [*Rückblick:* Kürzen Sie diese Passage, wenn Platzgründe es erfordern.] Ich liebe die passive Position, das seidige schwere Schaukeln hängender Brüste über mir, das Zelt aus weiblichen Haaren, das sich formte, als ihr olmekisches Gesicht sich majestätisch auf das meine niedersenkte, das ernste, zunehmend selbstversunkene Mahlen eines Arschs, der zu groß für meine Hände war. Weil dies unser zweites Mal war, dauerte es länger, und ich hatte ausführlich Gelegenheit, ihren Namen zu stöhnen. «Ann. Ann! O Gott, Ann. O Ann, Ann. Annnn» – die «n»s, das «A». Sie nahm es inzwischen mit Gelassenheit und sagte nichts mehr dazu; sie hatte mit genug Männern geschlafen, um zu wissen, daß wir, auf die eine oder andere Weise, alle abartig sind.

[**JB kehrt 1833 Rußland den Rücken** und legt auf der Heimreise einige Stationen in Europa ein – Lübeck, Hamburg, Amsterdam, Brüssel, Paris, London, Edinburgh, Glasgow, Belfast, Dublin – trifft sich mit Talleyrand, Esterhazy, Bülow, Palmerston – besucht das Städtchen Ramelton im County Donegal – *Dort sprach ich sündhaft oft heißem Whiskey-Toddy zu, den sie Punsch nennen* – nimmt, als er wieder in Lancaster ist, das alte Coleman-Haus an der East King Street in Besitz, das in seiner Abwesenheit John Reynolds und Nathaniel Sample für ihn erworben haben – stellt als Haushälterin die Nichte des Besitzers des White-Swan-Hotels ein, die achtundzwanzig Jahre alte Esther Parker, die ihm als «Miss Hetty» bis zum Tag seines Todes den Haushalt führen wird – kauft, befreit und behält als Dienstmägde zwei Sklavinnen (Daphne Cook, zweiundzwanzig, und Ann Cook, fünf, aus dem Besitz seines Schwagers Robert Henry in Virginia), um sich politische Peinlichkeit zu ersparen – macht einer Unbekannten den Hof, die im Haus des Richters Thomas Kittera (s. S. 129, 134) in Philadelphia lebt, scherzt in einem Brief an Kittera: *Versäumen Sie unter keinen Umständen, meiner Zukünftigen die herzlichsten Grüße zu übermitteln* – wird von der Gesetzgebenden Versammlung Pennsylvanias in den U.S-

Senat gewählt, wo er den Platz von William Wilkins einnimmt, den Präsident Jackson als Buchanans Nachfolger mit der Gesandtschaft in Rußland betraut – wird 1836, trotz der üblichen Zwistigkeiten unter den pennsylvanischen Demokraten, erneut in den Senat gewählt – bezieht in Washington Quartier zusammen mit Senator William Rufus DeVane King aus Alabama, weshalb die beiden zu Klatsch Anlaß geben und hinter vorgehaltener Hand «die siamesischen Zwillinge» genannt werden – streitet sich als Vorsitzender des Ausschusses für Auswärtige Beziehungen mit Präsident van Burens Außenminister John Forsyth – schreibt am 3. Juni 1837 an Mrs. Francis Preston Blair: *Ich rechne damit, noch vor Beginn des nächsten Jahres verheiratet zu sein & die Sorgen eines Familienvaters auf meinen Schultern zu tragen* – hält im September zugunsten der Trennung der Finanzen der Union und der Einzelstaaten von den Banken eine Rede, welcher der frühere Präsident Jackson bescheinigt: [sie] *muß zu einem dauernden Monument der Begabungen dessen werden, der sie verfaßt hat*, wird jedoch von der Staatslegislatur Pennsylvanias angewiesen, gegen van Burens Vorlage zu stimmen, was er tut, sich vor die Alternative gestellt sehend, *zu gehorchen oder zurückzutreten* – bekommt 1839 von van Buren den Posten des Justizministers angeboten, den er ausschlägt – rechnet damit, daß van Buren 1849 abermals gewählt wird, und hofft, seinen Wohnungsgenossen King als Kandidaten für das Amt des Vizepräsidenten aufstellen lassen zu können und sich selbst in Position für den Wahlkampf 1844 zu bringen – Whig-Kandidat General William Henry «Tippecanoe» Harrison schlägt jedoch van Buren und stirbt dann einen Monat nach Amtsantritt, wodurch der unpopuläre Südstaatler John Tyler auf den Präsidentensessel kommt, der erste Vizepräsident, der Chef im Weißen Haus wird, wo auch er sich gegen eine Nationalbank stellt und «Old Veto» genannt wird – 1842 wird Buchanan erneut in den Senat gewählt – durch den Tod seiner Schwestern Jane Lane und Harriet Henry werden fünf Waisenkinder seiner Obhut unterstellt, unter ihnen Harriet Lane, die später im Weißen Haus die Honneurs machen wird – er bricht romantische Beziehung zu

Dolley Madisons junger Nichte Anna Payne ab, indem er ihr ein Gedicht schickt, worin er erklärt, daß ihre neunzehn Jahre und seine einundfünfzig sich nicht vertrügen, er sie aber nie vergessen werde – auf dem Parteikonvent der Demokraten 1844 wird nach acht Wahlgängen der Außenseiter und Jackson-Protegé James K. Polk zum Präsidentschaftskandidaten nominiert – Anfang 1845 bietet der siegreiche Polk Buchanan an, sein Außenminister zu werden – JB versieht das Amt vier volle Jahre, obwohl er auf Kabinettssitzungen häufig anderer Ansicht ist als Polk – Polk führt Tagebuch, zum Teil, um bei Buchanans Meinungsbeweglichkeit den Überblick zu behalten, und schreibt: *Wenn ich die Zügel in seine Hände gäbe und zuließe, daß praktisch er der Präsident ist…* (dann) *habe ich keine Zweifel, daß er vergnügt und zufrieden wäre. Dies kann ich nicht tun* – doch Buchanans kompromißfähige Ansichten beeinflussen die entscheidenden Dispositionen in der mexikanischen und in der Oregon-Frage und tragen zu den letzten bedeutenden Erweiterungen des kontinentalen amerikanischen Staatsgebiets bei – er bittet 1845 Polk um Sitz im Supreme Court, schlägt ihn dann aber aus – schließt 1846 Vertrag mit Neu-Granada, der den USA Zugang zum Isthmus von Panama sichert, Grundlage für späteren Kanalbau – bekommt gegen Ende seiner Amtszeit als Außenminister nervöses Muskelzucken im Bein und eine schmerzhafte Geschwulst in der Nase, die eine Reihe von Operationen erforderlich macht – schreibt im Mai 1848 in einem Brief: *Ich habe es 1000mal bereut, das Außenministerium übernommen zu haben. Ich habe die Kärrnerarbeit dieser Legislaturperiode tun müssen, ohne die Macht zu haben, meinen Freunden Posten zu verschaffen. Ich habe keine Macht. Das ist mir bitter bewußt* – für die Präsidentschaftswahl 1848 stellen die Demokraten nicht ihn, sondern Senator Lewis Cass aus Michigan auf, der aber gegen den Whig-Kandidaten Zachary Taylor verliert, den Helden im Mexikanischen Krieg – Buchanan äußert Wunsch, *sich ins Privatleben zurückzuziehen und ein bißchen zu schreiben* – verweigert Kandidatur für Gouverneursposten von Pennsylvania, der infolge Rücktritts des tuberkulösen Gouverneurs Francis Shunk vakant geworden ist – erwirbt im Dezember 1848 den Landsitz Wheatland eine Meile westlich von Lancaster – ist inzwischen der «reiche Onkel» von zweiundzwanzig Neffen und Nichten und dreizehn Großneffen und Großnichten – renoviert den Besitz, legt Garten an, führt gastliches Haus, ermahnt Harriet Lane: *Laß dich nie von deinen Neigungen verleiten, irgendeiner anderen Person dein Interesse zu bekunden oder dich ihr gar zu verbinden, ohne mich vorher um Rat zu fragen* – handelt 1851, nach Relegation sämtlicher Studenten im vorletzten Studienjahr, Friedensabkommen zwischen den Studenten des Dickinson College und dem Lehrkörper aus – wird Präsident des Kuratoriums der zusammengelegten Franklin und Marshall Colleges und stiftet eintausend Dollar – hat Muße, Jareds fünfbändige Biographie über George Washington und Werke von Byron, Scott, Dickens zu lesen – um Klein zu zitieren: *Diese Tage vorübergehenden Ruhestands in Wheatland sollten die glücklichsten und sorglosesten seines ganzen Lebens sein* – das Präsidentenamt lockt noch – nachdem er sich gegen die von Cass unterstützte Volkssouveränitätsklausel des Kompromisses von 1850 gestellt und vehement die neue verschärfte Gesetzesvorlage zur Zwangsrückführung flüchtiger Sklaven befürwortet und wiederholt abolitionistische Agitation verdammt hat, liegt JB auf dem Parteikonvent 1852 bei mehreren Wahlgängen zunächst in Führung, kann sich aber, wegen der Weigerung William Marcys aus New York, ihm seine Stimmen abzutreten, nicht die Nominierung sichern, was auch Marcy selbst und Stephen Douglas nicht gelingt – sogenannte Buchaneers bewerkstelligen mit den Stimmen der Pennsylvania- und Virginia-Abgeordneten im neunundvierzigsten Wahlgang den Abstimmungssieg von Franklin Pierce aus New Hampshire und kassieren ihre Belohnung: Senator William R. D. King, Buchanans langjähriger Wohnungsgenosse, wird für die Wahl des Vizepräsidenten nominiert, obwohl er so schwer an Schwindsucht erkrankt ist, daß er in Havanna, Kuba, vereidigt werden muß und, wieder zurück in Washington, einen Monat nach Amtsantritt stirbt.]

W. R. D. King gehört zu jenen Berühmtheiten, deren starker

Eindruck, welchen sie zu Lebzeiten gemacht haben, auf den Tafeln der Geschichte nach und nach ausgelöscht worden ist. Fünf Jahre älter als Buchanan, wurde er in die Pflanzerkaste des Sampson County, North Carolina, hineingeboren: er schloß 1803 das Studium an der Universität seines Staates ab und wurde 1806 als plädierender Anwalt zugelassen. Er diente in der Staatslegislatur und wurde 1810, im Alter von vierundzwanzig Jahren, in den Kongreß gewählt; er war einer der jungen «Kriegsfalken», die 1812 dafür stimmten, daß die eben flügge gewordene Nation abermals Krieg gegen Britannien führte. Vermutlich [*Rückblick:* Konnte bislang nichts über seine militärische Karriere und seinen Dienstgrad finden; werde weiter recherchieren, wenn Sie diesen Abschnitt für Ihre Ford-Ausgabe brauchen können (eher unwahrscheinlich)] war es bei einer der konfusen, unbefriedigenden Kampfhandlungen im kleinen Krieg des kleinen Madison, daß King sich den Titel «Colonel» erwarb, mit dem Buchanan ihn ständig, in allen Briefen und öffentlichen Ansprachen, beehrte. 1816 wurde King zum Gesandtschaftsrat unter William Pinkney im Königreich Neapel berufen, und anschließend übte er dies Amt am Hof zu St. Petersburg aus – diese kalten, mit Parkett ausgelegten Säle hallten dauernd, so scheint es, von den Tritten der dicken Stiefel amerikanischer Politiker wider. 1818 zog King ins Dallas County in Alabama und wurde 1819 zum Senator dieses Staates gewählt und nach Washington entsandt. Dank getreulicher Immer-wieder-Wahl durch die zufriedenen Stimmberechtigten seines Adoptivstaates figurierte er so fünfzehn Jahre lang fast an der vordersten Front eines goldenen Zeitalters des Senats, da die unerbittlich wachsenden Spannungen einer jungen, durch die Sklavenfrage entzweiten Nation solche Riesen der Rhetorik wie Webster, Clay, Calhoun und Benton zu epischer Beredtheit anstachelten; King muß, wie Buchanan, Silas Wright und John Crittenden, zur zweiten Reihe dieser erlauchten Disputierer gezählt werden, doch für das zeitgenössische Wahrnehmungsempfinden gab es keinen großen Unterschied im Format. Die Geschichte begräbt die meisten Männer und übertreibt dann die Größe derer, die stehengeblieben sind. King wurde Senatspräsident *pro tempore* in den Jahren 1836 bis 1841, ein Amt, dem ungewöhnliche Bedeutung zukam wegen des unberechenbaren Temperaments und der seltenen Anwesenheit von van Burens Vizepräsident Richard Mentor Johnson, einem Wüstling aus Kentucky, dessen Ruhm darauf beruhte, 1813 den Indianerhäuptling Tecumseh erlegt zu haben («Rumpsey, dumpsey, Colonel Johnson shot Tecumseh», lautete der Slogan, den er bei seinem Wahlkampf skandieren ließ), und der mit seiner Mulattengeliebten zwei Töchter hatte, was eine so ungeheuerliche Taktlosigkeit war, daß sogar Jackson, der ihn van Buren aufgedrängt hatte, 1840 einräumte, er sei für die Demokratische Partei kaum noch tragbar. Als Zachary Taylor 1850 plötzlich starb und Vizepräsident Fillmore seinen Platz einnahm, wurde King regulär zum Senatspräsidenten gewählt.

Also, hat Buchanan King geliebt? Beide unverheiratet und Senatoren, lebten sie zusammen von 1836 bis 1844, dem Jahr, da Präsident Tyler King zum Botschafter in Frankreich ernannte. 1845 wurde Buchanan, als Außenminister unter Präsident Polk, Kings Vorgesetzter. King bat 1846 darum, abberufen zu werden; nach der Niederlage, die er als der Unionskandidat für den Sitz eines Senators von Alabama erlitten hatte, hielt er 1848 wieder Einzug im U.S.-Senat, im selben Jahr, da Buchanan sich in sein idyllisches Wheatland-Interim zurückzog. Ein Besucher in Wheatland schrieb 1856 in einem Brief, der in Buchanans Wahlkampfbiographie veröffentlicht wurde: *Ich war sehr erfreut, in seiner Bibliothek ein Porträt des verstorbenen Vizepräsidenten King zu finden, den er liebte (und wer tat das nicht?). Er erklärte, King sei der lauterste Staatsmann gewesen, den er je kennengelernt habe, und während seiner dreißig Jahre dauernden intimen Bekanntschaft mit ihm habe er ihn nicht ein einziges Mal als selbstsüchtig handelnden Menschen erfahren.* Amerikanische Schwule, die Whitman, Melville und Henry James als die Ihren vereinnahmt haben, dürften Genugtuung empfinden, daß es unter all unseren bärbeißigen, schmallippigen Präsidenten auch diesen Buchanan gab, unser einziges nie verheiratetes Staatsoberhaupt, das in der Hitze des Jahres 1860 von einer verleumderischen, aber nicht unpoetischen Pro-Douglas-Schrift folgendermaßen charakterisiert wurde: *Mr. B. hat eine schrille, fast weibliche Stimme und gänzlich bartlose Wangen; und er ist durchaus nicht, in gar keinem Betracht, der Mann, der sich für eine Chloe oder Phyllis in Pennsylvania, und sei es auch nur ansatzweise, zugrunde richten würde. Dennoch und trotz dieser Mängel stellen die stattliche Gestalt und das formvollendete Auftreten Mr. Buchanans höchst eindrucksvolle Charakteristika dar. Gleich Dekan Swift und Alexander Pope ist ihm sehr daran gelegen, im Rufe eines galanten Mannes von Welt zu stehen; und seine halb väterliche, halb liebhaberhafte Attitüde gegenüber den Damen verfehlt selten, der Eitelkeit seiner flatternden, funkelnden Opfer zu schmeicheln und ihre Dankbarkeit zu gewinnen.*

King war, wie die Geschichte uns versichert, der Inbegriff eines Gentleman aus den Südstaaten und ein mustergültiger – dürfen wir sagen, ein vollkommener? – Senator. Vielleicht kann man es sich so vorstellen, daß er sich in Buchanans Augen als schönes Ideal ausnahm, als ein männlicher Engel, der mit den vielfältigen Feinheiten der Kongreßpolitik vertraut war und sich im Netzwerk der Freundschaften auskannte, in dem politisch tätige männliche Weiße, sich gegenseitig in ihren Überzeugungen beeinflussend, bis zum Ausbruch des Bürgerkriegs verbunden waren und das sich von Texas bis Maine, von Michigan bis Florida spannte. Das Wort *Freund* kommt immer wieder in Buchanans Briefen vor; eine maßgebliche Quelle (*The Dictionary of American Biography*) sagt von ihm: *Sein Naturell war auf Freundschaften gestimmt, und jene, die er einging, waren beständig und befriedigend für ihn.* Im neunzehnten Jahrhundert kam es wesentlich häufiger vor, daß Männer auch ohne Orgasmus befriedigt waren. Ja, das Angenehme, Tröstliche, das männliche Freundschaft viktorianischen Angelsachsen gewährte, beruhte zum großen Teil gerade auf der entschiedenen Abwesenheit physischer Interaktion mit ihren Forderungen nach Zärtlichkeit, Sachkenntnis, Hygiene, Energie und ausgedehntem Vor- und Nachspiel. Männer waren schlicht nicht dazu ausgebildet, mit Frauen umzugehen. Als Ruskin seine Braut nackt sah, mit ihrem herzhaften Schambusch, stand er am Beginn einer sechsjährigen nicht vollzogenen Ehe, und nach viel ausweichender Sophisterei bezüglich der Nichterfüllung seiner Pflichten gestand er seiner jungfräulichen Gattin schließlich, er habe (in den Worten eines Briefs, den sie ihren Eltern schrieb und in dem sie um eine Annullierung bat) *vom ersten Abend an Ekel vor mir empfunden*. Die ungewürdigte Frau, geboren als Effie Gray, lebte genügend lange, um sich einer erfolgreichen, durch acht Kinder beglaubigten Ehe mit dem Maler John Millais zu erfreuen. Doch Millais, der *den* Tag in einem Brief an seinen *engen Freund* Charles Collins vorausempfand, verglich den Vorgeschmack seiner anstehenden Hochzeit mit dem *flüchtigen Anblick der Zahnarztinstrumente*, und obschon er behauptete, *nicht im mindesten nervös* zu sein, hielt seine Braut im Tagebuch fest, sobald sie das Abteil betreten hatten, in dem ihre Flitterwochen beginnen sollten, *wurde er sehr aufgeregt, und als die Bahn sich in Gang gesetzt hatte, war seine Aufgeregtheit so stark geworden, daß ich, anstatt getröstet zu werden, wie ich meine, daß eine Braut es im Augenblick eines solchen Abschieds erwarten kann, ihm meine ganze Anteilnahme zuwenden mußte. Er weinte ganz fürchterlich*. Impotenz im Augenblick der Defloration war nicht ungewöhnlich; Charles Kingsley warnte seine Verlobte: *Du weißt nicht, wie oft es vorkommt, daß ein Mann in seiner Hochzeitsnacht jählings kraftlos an Körper und Geist ist*, aber er sah tapfer der Zukunft entgegen, da er *gelernt haben würde, den Glanz deiner nackten Schönheit zu ertragen*. Fast die ganze Geschichte hindurch lieben Männer einander, ja, aber im Geiste, nicht im Fleisch; nur unsere groben materialistischen Vorstellungen suchen die männlichen Romanzen des vorigen Jahrhunderts zu deplatonisieren. Zeigt nicht jedes Detail der männlichen Ausschmückung – die schwarzen Ofenrohrzylinder und Hosenbeine, die ewigen Zigarren und der Kautabak und der von beidem zurückbleibende üble Mundgeruch – physische Unnahbarkeit an? Daß Junggesellen sich eine Wohnung teilten, war normale häusliche Sparsamkeit, siehe Dr. Watson und Sherlock Holmes. [*Rückblick:* Es wäre näher einzugehen auf unstreitige homosexuelle Kontakte zwischen Viktorianern; auf fundierte Statistiken über die Folgen zwangsverwalteter Abschottung junger Männer in Schulen, Gefängnissen, in der Armee und vor allem in der Marine (nachprüfen: Melville, Dana); auf wahrscheinliche Überträge von Sitten und Gebräuchen der mittleren Stände in der lockereren, dem Körperlichen zugewandteren Renaissance und im achtzehnten Jahrhundert etc.: ein Buch für sich und vielleicht bereits geschrieben. Wollen wir's hoffen.]

Ein noch existierendes Gemälde zeigt King als Jüngling von byronesker Schönheit, aber eine Photographie gibt einen King wieder, der einen mit seiner dunklen Haut, seinem glanzlosen starren Haar und den hohen ausgeprägten Wangenknochen an indianische Vorfahren denken läßt, was man nicht erwartet hätte bei einem Mann, der in einem Brief von Washington nach Wheatland im Mai 1850 die durch den Mexikanischen Krieg bewirkte Gebietsvergrößerung beklagte und davor warnte, noch weiter nach Zentralamerika vorstoßen zu wollen, weil *seine abseitige Lage und heruntergekommene Mischlingsbevölkerung uns ständig Schwierigkeiten bereiten würden.* Die Sache mit den Mischlingen machte diesen Herren schwer zu schaffen. Das Ostende-Manifest von 1854, das ganz und gar von Buchanans Hand abgefaßt war, drängte auf die Angliederung Kubas, entweder indem man es kaufte oder es sich mit Gewalt nahm, und behauptete, wir würden *unserer Pflicht abtrünnig sein, unwürdig unserer tapferen Vorväter, und feigen Verrat an unserer Nachwelt begehen, wenn wir duldeten, daß Kuba afrikanisiert und ein zweites Santo Domingo wird samt all den damit verbundenen Schrecken für die weiße Rasse, und die Flammen* [schwarzer Rebellion und Machtübernahme] *auf unsere benachbarten Küsten übergreifen und das schöne Gebilde unserer Nation ernsthaft gefährden oder gar verzehren ließen.*

Man sucht in der Korrespondenz von Buchanan und King nach Spuren homosexueller Leidenschaft und findet wenig. Im August 1846 nimmt Buchanan in seiner Eigenschaft als Außenminister Kings Rücktrittsgesuch vom Gesandtschaftsposten in Frankreich entgegen, und vielleicht meint er es doppeldeutig, wenn er, auf Präsident Polk bezogen, schreibt: *Als er deinem Ersuchen stattgab, trug er mir auf, dir zu sagen, er sei sich zutiefst des Patriotismus, der Umsicht und Fähigkeit bewußt, mit denen du die Aufgaben deiner wichtigen Mission erfüllt hast; und mir sei erlaubt hinzuzufügen, daß es mir aufrichtige Freude bereitet, das Organ seiner Bestätigung zu sein.* Die hypothetischen Liebenden waren zu diesem Zeitpunkt seit zwei Jahren voneinander getrennt gewesen und hatten einen kalten Ozean zwischen sich gehabt. In dem Brief von 1850, aus dem ich oben zitiert habe, gestattet King sich kokett, während er sich über den räuberischen Einfall in Zentralamerika äußert, eine Selbstcharakterisierung, die auf feminine Nachgiebigkeit hindeutet, auf ein Zurückstekken um des guten Endes willen: *Ich bin, wie du weißt, ein friedliebender Mensch und stets geneigt, die sanfteste Methode zur Erreichung eines Ziels anzuwenden, wie sehr mir auch an ihm gelegen ist.* Im großen und ganzen aber unterdrücken die beiden Männer schriftliche Anspielungen auf ihre Beziehung, ja sie beschließen ihre Briefe sogar regelmäßig mit höflichen Grüßen an Miss Lane einerseits und eine gewisse Mrs. Ellis andererseits, die unentwegt in Kings Nähe zu sein scheint. Doch ist es nicht abwegig, sich vorzustellen, daß die Rede, die Buchanan am 5. Januar 1838 vor dem Kongreß hält und in der er den Antrag des Missouri-Senators Benton unterstützt, eine Sonderkommission solle sich mit John Calhouns Resolutionen gegen Einmischung in Sklaverei-Angelegenheiten befassen *(Daß die Einmischung eines Staates oder seiner Bürger mit dem Ziel, die Sklaverei im betreffenden Distrikt oder in einem der Territorien abzuschaffen, mit der Begründung oder unter dem Vorwand, sie sei unmoralisch oder sündhaft, und daß ferner die Einbringung respektive Verabschiedung einer diesbezüglichen Gesetzesvorlage oder Akte durch den Kongreß einen direkten und gefährlichen Angriff auf die Institutionen sämtlicher Sklavenhalterstaaten bedeuten würde)*, in ihrer untypischen Gefühlsheftigkeit ein Liebeslied für King ist, gesungen im intimen alten Sitzungssaal des Senats mit den in konzentrischen Halbkreisen um das Rednerpodium angeordneten Pulten, den roten Samtdraperien, den Wandgemälden und der Besuchergalerie, die sich wie der Logenrang eines Theaters im Halbrund über dem Saal hinschwingt.

Kings dunkelschönes, glimmend aufmerksames Gesicht muß wie ein oval gerahmter Stahlstich in der Mitte von Buchanans flackerndem Gesichtsfeld gehangen haben, während er die Rede vortrug. Seine hohe klare Stimme in den Saal hinausschickend, legte der Pennsylvanier den imposanten Kopf mit der flaumigen Krone blassen eichenfarbenen Haars schief, das nun, im siebenundvierzigsten Jahr, von mehr als nur ein paar weißen Fäden durchzogen war. Seine Arme gestikulierten in gestelzter Imitation der römischen Oratoren, an deren lateinischen Ergüssen er und seine Kollegen geschult worden waren. «Es läßt sich nicht verheimlichen», sagte er klingend, denn er hatte bemerkt, daß die Senatoren von Delaware und sein Freund Mr. Wall aus New Jersey gegen den Antrag gestimmt hatten, «daß jene von uns in den Nordstaaten, die entschlossen sind, die Rechte der Sklavenhalterstaaten unter allen Umständen zu wahren, sich in höchste Verlegenheit gebracht sehen.» Er bat den Süden um Nachsicht wie ein Mann, der, verliebt in seine rabenhaarige Mätresse, noch Weib und Kinder hat – die pennsylvanischen Wähler in ihrer frommen, ländlichen, zolltarifhassenden Unschuld –, auf die er Rücksicht nehmen muß. «Wir befinden uns nahezu buchstäblich zwischen zwei Feuern», fuhr Buchanan fort. «Während wir vorn von den Abolitionisten angegriffen werden, bringen unsere Freunde im Süden» – seine Stimme wurde mitleiderregend brüchig und stieg dann an, um bis zu den hinteren Reihen der Besuchergalerie zu dringen, wo einige Zuschauerinnen, die Schwierigkeiten gehabt hatten, überhaupt eingelassen zu werden, nun vernehmlich miteinander plauderten – «uns ständig in eine Lage, aus der ihre Feinde und unsere Feinde erheblichen Vorteil schlagen könnten.»

Buchanan spürte in seiner erregten Einbildung die rhetorische Hitze am ganzen Leib, wie eine Rinderhälfte am Spieß, die sich auf einem Gartenfest am Unabhängigkeitstag überm Feuer dreht; Senator Kings Gesicht, der scharfe Mittelpunkt eines weit ausgebreiteten verschwommenen Leuchtens lauschender Gesichter, wandte sich zur Seite: der Freund flüsterte dem anderen Senator aus Alabama etwas zu, dem backenbärtigen Clement Comer Clay aus Huntsville, der, ehemals Gouverneur seines Staates, nach Washington geschickt worden war, um den Platz John McKinleys einzunehmen, welchen Präsident van Buren an den Obersten Gerichtshof berufen hatte. Sogar mitten beim Vortrag seiner Rede durchfuhr es Buchanan mit einem eifersüchtigen Stich, daß er nicht teilhatte an diesem Flüstern, diesem vertraulichen politischen Meinungsaustausch der beiden Südstaatler. Beim Anblick von Kings Profil mit seiner dunkelhäutigen Halbblutgelassenheit hatte der Senator aus Pennsylvania das Gefühl des Unerlaubten, mit dem wir einen geliebten Menschen beobachten, der davon nichts weiß – als nähmen wir heimlich einen Schluck aus einem geheiligten Gefäß. Es schwindelte Buchanan in der eigenartigen Kluft zwischen diesem Anblick, der sich ihm hier, in diesem öffentlichen und sozusagen schon historischen Ambiente bot, und den zahlreichen privaten Eindrücken von King, die er in der lederigen, unaufgeräumten, behaglichen, tabakgeschwängerten Junggesellenwohnung genoß, wo sie, aus verschiedenen Schlafzimmern auftauchend und von getrennten Aufgaben heimkehrend, oft den Frühstücksspeck und abendlichen Bordeaux teilten. King war immer untadelig, erschien auch um Mitternacht glattrasiert, sein maskuliner Geruch betont durch einen Hauch Pimentöl oder Eau de Cologne. Gerechter Zorn kräftigte Buchanans Trompetenstimme, als er fragte: «Was ist das Übel, über das die Südstaaten sich beschweren? Zahlreiche Abolitionsgesellschaften sind überall in den Mittel- und den Nordstaaten entstanden, und zu welchem Zweck?» Er kannte die Antwort: damit New England seiner beharrlichen puritanischen Übellaunigkeit Luft machen konnte und um eine Schwächung des Südens zu erzielen, der im Verhältnis zum Norden mit seinen für Hungerlöhne schuftenden Industriearbeitern und den elenden Einwandererhorden in den Städten so wohlhabend und ökonomisch so stark war. Aber Buchanan begnügte sich mit einem Wort der Beschwichtigung für seine Wählerschaft, diesen Eintopf aus pennsylvanischen Stimmberechtigten, der am Köcheln gehalten wurde von der strittigen Nationalbank-Frage und der heuchlerischen Philadelphia-Gang unter der Anführung von Biddle und Dallas und den Quäker-Plutokraten: «Der Zweck kann nicht sein, in den freien Staaten eine Meinungsänderung hinsichtlich der Sklaverei herbeizuführen. Wir haben dort keine Sklaven; wir werden dort niemals Sklaven haben.»

King hatte eine schöne dunkeläugige Art, ernst, fast zornig zu blicken, wie Ann Coleman früher, als walle ein unergründlich tiefes Wasser auf, und wie Ann hatte er eine breite, auffallend helle Stirn – bei ihr die Auswirkung allgemeiner weiblicher Blaßhäutigkeit, bei ihm das Werk des breitkrempigen Pflanzerhuts, den er gewissenhaft zum Schutz gegen die Südstaatensonne trug. Dieser glänzende schwarze Blick schien Buchanan prüfend zu befragen und dann zu bestätigen, als er dem versammelten Senat vortrug: «Der Zweck kann auch nicht sein, auf die Sklavenhalter einzuwirken; denn die Abolitionisten müssen wissen, jedermann, der vom Klang meiner Stimme erreicht wird, weiß es» – der entscheidende paradoxe Punkt, die Rechtfertigung für den Pfad der Mäßigung und geduldigen Nachsicht –, «daß ihre Einmischung in diese Frage die Sklavenhalter zusammengeschweißt hat, mit dem Ergebnis, daß in den betreffenden Staaten Einmütigkeit gegen die Abschaffung der Sklaverei herrscht.»

King hatte seinem Wohnungsgefährten oft erzählt, wie seine Ansichten, die sich anfangs, als er ein Jüngling in North Carolina gewesen war, kaum unterschieden hätten von denen eines Pennsylvaniers, insofern als er für eine nach und nach zu vollziehende Freilassung der Sklaven gewesen sei mit anschließender Rückführung nach Afrika und Ansiedlung in Liberia (dieser vielversprechenden jungen Kolonie, deren Gouverneur gegenwärtig Buchanans Vetter Thomas war), sich in Alabama, als immer mehr Baumwollplantagen sich im Staat ausbreiteten, verfestigt hätten zu einer unnachgiebigen Verteidigung der Besonderen Institution gegen die Angriffe derer, die, da sie nicht mit dem Neger lebten, gänzlich fehlgingen in ihrem Verständnis von ihm – seinen Begrenztheiten, seinen Verwendungsfähigkeiten, seinen Bedürfnissen. Buchanan sehnte sich danach, King und dessen

Südstaatenfreunde vor den Verleumdungen des Nordens zu schützen, ganz so, wie er vergebens getrachtet hatte, Ann vor ihren gefühllosen Eltern und Brüdern zu bewahren, vor deren Sarkasmen, die den Raum verheert hatten, welchen die zarte Verbindung zwischen ihnen beiden gebraucht hätte, um heranzureifen und mit Feingefühl und Geduld den wechselseitigen Beistand zu begründen. Schwindelig am Abgrund der Zeit stehend, den die Erinnerung aufgerissen hatte, fürchtete Buchanan, seine Kraft könnte ihn gerade in dem Augenblick verlassen, da er eine unstreitige Tatsache formulierte: «Bevor diese unselige Agitation begann, gab es in einigen der Sklavenstaaten eine große und wachsende Partei zugunsten einer allmählichen Abschaffung der Sklaverei; und jetzt ist dort keine Stimme mehr zu hören, die eine solche Maßnahme unterstützte. Die Abolitionisten haben die Freilassung der Sklaven in drei oder vier Staaten dieser Union um mindestens ein halbes Jahrhundert hinausgeschoben.»

Im Gegensatz zu Calhoun, der zunehmend zu erkennen gab, daß er anders dachte, standen King und seine Freunde fest zur Union und waren, wie Buchanan, entsetzt über jeden Versuch, das Gewebe bundesstaatlicher Einheit zu zerreißen. Nur Wahnsinn, der Wahnsinn von Blut und Feuer und Schießpulver, der in den kranken Gehirnen einiger weniger, nicht ins Gewicht fallender Opportunisten lauert, konnte darauf sinnen, ein Gewebe zu zerstören, das so wohlüberlegt, mit einem so ausgeklügelten Kontrollsystem und Zusammenspiel von Rechten und Pflichten geknüpft war. «Sie haben durch ihre Einmischung eine derart verhärtete öffentliche Meinung geschaffen, daß in diesen Staaten jetzt niemand die Kühnheit hätte, eine diesbezügliche Frage in seiner Gesetzgebenden Versammlung anzuschneiden.» Daß es diesen doktrinären Extremismus gab, der von einer verantwortungslosen Presse verbreitet wurde und die Stimmen mäßigender Vernunft einschüchterte, wußte er von King und anderen verantwortungsbewußten Unionsanhängern aus dem Süden. Ein gewisses Mitleid mit dem Schwarzen, das auch von den freundlichen Bildern seiner Daphne Cook und der kleinen Ann Cook und von Enoch, dem farbigen Barbier an der Queen Street, herrührte, die vor seinem inneren Auge standen, überschattete jetzt Buchanans Stimme, indes King ihn unbewegt ansah und von ihm eine öffentliche Demonstration seiner Loyalität zu verlangen schien, die den Genuß des Bordeaux an diesem Abend, kurz vorm Schlafengehen, steigern würde.

«Was also», fragte der Redner, und sogar die Damen auf der Galerie schienen sich jetzt zu schweigendem Zuhören zurechtzurascheln, und die schwarzen Saaldiener verharrten still an den Eingängen und an der rückwärtigen Wand, wo an diesem bitterkalten Wintertag in mehreren Kaminen helle Flammen loderten, «ist der Zweck dieser Gesellschaften – nein, ich möchte das Wort ‹Zweck› nicht gebrauchen, denn ich kann und will ihnen nicht so niederträchtige Absichten unterstellen –, wohin also tendiert ihr Tun? Dahin, Groll und Erbitterung bei den Negern zu schüren; vage Vorstellungen von Freiheit und trügerische Hoffnungen in ihnen zu wecken; sie unzufrieden und unglücklich zu machen und, schließlich, einen Sklavenaufstand samt allen damit einhergehenden Greueln zu entfachen und das Land in Blut zu tauchen.» Blut. Er dachte an seine Schwester Jane, wie sie in Mercersburg Blut gespuckt hatte. Er dachte an das Elend, das durch die schwere Wirtschaftskrise und den großen Bankkrach im vergangenen Jahr entstanden, und an die Kriegsgefahr, die durch die Aufbringung und Versenkung der *Caroline* auf dem Niagara heraufbeschworen, und daran, daß der alte König William IV. gestorben war und seine eigenwillige achtzehn Jahre alte Nichte nun als Königin in einer Welt regierte, die gefährlich geworden war durch Britanniens einschüchternde Schiffe, und er dachte an seine Schwester Harriet und ihren Mann Robert Henry, die mit ihren vielen Kindern in Greensburg ihr Leben aufzehrten, und als er an all das dachte, schien es ihm, als mähe der Tod sich tatsächlich mit stetigem Sensenschwung durch das Feld der Welt und als seien unsere armen Versuche, den Engeln des Untergangs und der Zerstörung zuvorzukommen, so kläglich rührend wie der stumme Aufschrei der Halme.

Dennoch, es war kristallklar: der Versuch zur Vorbeugung

mußte unternommen werden, unter Gottes schwerem Stiefelabsatz, während die Abolitionisten unwissend Absolutes einklagten, das die Verfassung nicht vorsah. «Einerlei, wie treu der Süden zur Union steht», sagte er laut warnend, und eine drängende Schwere war in seiner Stimme, wie eine anschwellende Träne, die jeden Augenblick über den Rand eines unteren Lides treten wird, «das Maß der Geduld mag trotzdem erschöpft sein. Wenn ein Familienvater in eine so bedauernswerte Lage gebracht wird» – und die Erinnerung an seinen eigenen Vater kehrte ihm zurück, dessen massiger Schatten sich in der niedrigen dunklen Blockhütte zu Stony Batter hin und her bewegte, schnell wie eine Fledermaus zwischen den Funken aus dem offenen Herd und der zitternden Kerzenflamme drüben in der Ecke, wo Maria, das Baby, in der Wiege schlief und die kleine Jane in ihrem Rollbettchen – der Vater, der mit Dingen hantierte, so wie er den ganzen Tag im Laden mit Fässern und Kisten umging, der alles an seinen Platz stellte und die Hütte für die Nacht verriegelte, sie sicherte gegen Indianer und Wölfe, gegen Bären und betrunkene Viehtreiber und aufgewiegelte Sklaven –, «daß er des Nachts nicht Ruhe findet, weil er befürchten muß, sein Haus könnte noch vor Morgengrauen in Flammen gehüllt und seine Liebsten könnten hingemetzelt sein oder noch Schlimmeres erduldet haben» – das schöne Geschlecht möglicherweise, in einem Äußersten an Unglück in dieser Welt, dazu gezwungen, sich den ungezähmten animalischen Trieben des schwarzen Mannes zu unterwerfen –, «wird das mächtige Gesetz der Selbsterhaltung ihn nötigen, sich Sicherheit zu verschaffen, auf welchem Wege auch immer sie zu haben sein mag.» Getötet vor fast zwanzig Jahren von einem durchgehenden Kutschenpferd, dieser kraftvolle Schatten väterlichen Schutzes – der Kopf des Alten war auf den Eisenreifen geschlagen und hatte sich bei diesem Zusammenprall als der Schwächere erwiesen. Gestorben ohne Testament, es dem überarbeiteten, frisch in den Kongreß gewählten Sohn überlassend, den Besitz zu entwirren.

«Sir», sagte Buchanan, den Senat im Singular anredend, als hätten sich all die verschiedenartigen Persönlichkeiten, die im

Sitzungssaal zugegen waren, in dem einen aufmerksamen, empfänglichen männlichen Antlitz im scharfgestochenen ovalen Zentrum seines Gesichtsfelds vereinigt, «ich habe den Fortgang dieser Agitation lange mit großer Sorge beobachtet und vermag auf Ehre und Gewissen zu sagen» – seine Stimme war so vertraulich geworden, daß sie leise wurde wie in einem ernsten Gespräch unter vier Augen –, «daß ich nie zuvor eine so tiefe Eindringlichkeit und Entschlossenheit der Einstellung erlebt habe, wie sie derzeit bei den klar denkenden, besonnenen Männern des Südens hinsichtlich dieser Frage besteht.» Klar denkend, besonnen – das war King. *Er gehört zu den besten, lautersten & konsequentesten Männern des öffentlichen Lebens, die ich je gekannt habe*, wird Buchanan vierzehn Jahre später Franklin Pierce schreiben, wenige Monate vor dessen Amtsantritt und vor Kings Tod, *& er ist außerdem ein Ratgeber, auf dessen Urteil und Diskretion Verlaß ist.* Und, ebenfalls 1852, wird er einem anderen Briefpartner mitteilen: *Ich habe Ihnen einen Brief geschrieben, wie ich ihn so noch keinem anderen Freund geschrieben habe, mit einer Ausnahme: King.*

Was ist es, das uns manchmal, in seltenen Fällen, befähigt, an die Wände fremder Sensibilität und feindlichen Eigeninteresses zu rühren, die uns umgeben, und ein Paneel zu entdecken, das unserem leisen Druck nachgibt? Es muß auf Intuition beruhen, gestützt durch freundliche Anhaltspunkte, daß ein anderer uns mag. Nicht viele mochten Buchanan. *Er hat als Politiker nur selten freundschaftliche Gefühle geweckt*, läßt Roy Nichols – freimütig dem *ad-hominem*-Argument zugetan – uns wissen. *Man sucht unter seinen unzähligen Briefpartnern nahezu vergebens nach einem, der ihn zwanglos angeredet hätte. Vizepräsident William R. King, der 1853 starb, war so ziemlich der letzte der wenigen, die ihre Briefe mit «Lieber Buchanan» begannen.* Im Jahr vor der Rede zu Calhouns Resolutionen hatte *Senator W. R. King*, laut Klein, *ihn zu Beginn des Frühjahrs* [damit aufgezogen], *daß er seine eigentlichen Geschäfte aus «Liebeslust und -leid» vernachlässige.* King war ein wenig belustigt über den Anwalt vom Lande mit dem großen blassen zerzausten Kopf, der immer zur Seite geneigt war, als zöge die Narbe einer alten Halsverletzung, einer alten Gefühlsverwirrung an ihm; nicht zuletzt mochte King an Buchanan vermutlich die Zuneigung, die dieser den Männern und Frauen des Südens entgegenbrachte, weil er in ihnen das Gegenteil jener klirrend begehrlichen Mentalität sah, die ihn an seinem Krämervater verletzt hatte, an den eisenschmiedenden Colemans und den Politikern New Englands und New Yorks, welche Handlanger der Industrieinteressen waren. Es gab zwei breite Strömungen in der Wirtschaft des Landes, Agrikultur und Industrie, und eine Weile flossen sie Seite an Seite dahin, wie es, nach den Berichten von Afrikaforschern, eine Strecke lang der Weiße und der Blaue Nil tun. Gleich dem Lancaster County veränderte der Süden sich nur langsam, seine sanft gewellten schwarzerdigen Landstriche dösten im sonnensatten Dunst unerschütterlichen Agrariertums. Als Buchanan zu King hinblickte, sah er Sicherheit und Zivilität, sah er Leben, den Wimpernschlag einer Einladung, gleichfalls zu leben, zu genießen, zu lachen, zu plaudern, zu soliden, klaren Schlüssen zu kommen. Er sah Dr. John King, den presbyterianischen Pastor aus Mercersburg, der den jungen Jamie ins Gebet nahm, und William Lowndes, den Abgeordneten aus South Carolina, dessen legalistische Gründlichkeit und persönliche Bescheidenheit dem Kongreßneuling von 1821 als Beispiel dienten.

«Sie lieben die Union», erklärte er laut, diese klar denkenden, besonnenen Männer des Südens meinend, «doch wenn ihre Segnungen nicht anders zu haben sind denn in ständiger Furcht, sie könnten zerstört werden, wird die Notwendigkeit sie dazu treiben, sich von ihr abzuwenden. Dies ist die derzeitige Befindlichkeit in den Südstaaten. Die Union ist jetzt in Gefahr, ich möchte in aller Deutlichkeit auf diese Tatsache hinweisen.» Wie zur Beruhigung seiner Zuhörer, vor allem der Damen auf der Galerie, denen seine Aussage den Atem verschlagen hatte, verkündete er in ahnungsvollem Echo auf die Kritiker seiner eigenen künftigen Präsidentschaft: «Der Tapfere sieht der Gefahr ins Gesicht und bezwingt sie; der Feige dagegen schließt bei ihrem Herannahen die Augen und wird zerschmettert. Die Union», sagte er seinem

Wohngefährten direkt ins starrende Gesicht, als sehe er den Tag voraus, da sogar klar denkende, besonnene Männer des Südens sich gegen ihn stellen würden, «ist mir so teuer wie mein Herzblut. Ich würde», gelobte er klingend, «mein Leben, meinen Leumund und alle irdische Hoffnung dafür geben, sie zu erhalten.»

Der Koitus ist das Urbild aller Leidenschaft: er beschreibt eine Kurve des Ansteigens und Abfallens, und nichts kann ihn für immer am höchsten Punkt festhalten. Buchanans Rede verlor nach und nach ihren hochgespannten Herzenston und wurde didaktischer, bedeutungsschwerer. «Und», fragte er, «wenn die Union über der Sklavereifrage zerbricht, was ist dann die Folge?» Er beantwortete sich die Frage selbst: «Keinerlei Beziehungen zwischen den verschiedenen Teilen, gegenseitige Mißgunst und unversöhnliche Kriege. Die Hoffnungen freiheitsliebender Menschen überall auf der Erde wären vernichtet, und der Despotismus könnte seine Herrschaft über die Welt wiedererlangen. Ich könnte Ihnen im Detail die Übel vor Augen führen, welche eine Spaltung nach sich zöge, doch ich enthalte mich dessen. Ich werde den Vorhang nicht weiter lüften. Die Szene wäre zu schmerzlich.»

Und was lasse sich zum gegenwärtigen Zeitpunkt tun, um unerträglich schmerzlichen Szenen vorzubeugen? Zuallererst, so schlug er vor, könne die Sonderkommission dem Senat eine Resolution vorlegen, die bestätige, was bereits in der Verfassung geschrieben stehe: Jeder Staat, in dem Sklaverei gesetzlich anerkannt sei, habe auch ein Recht darauf. Nicht einmal die Abolitionisten leugneten diesen Grundsatz, den der erste Kongreß feierlich aufgestellt habe und der höchst eindeutig Bestandteil der Verfassung sei. «Dies also», konstatierte Buchanan, «ist keine Frage der Moral, dazu angetan, das Gewissen der Menschen zu belasten, es ist eine Frage verfassungsmäßigen Rechts.» Eine zweite Resolution, tat er kund, möge festlegen, daß Sklaven, wie jede andere Art von Eigentum, von einem Staat in den anderen transferiert werden könnten. Und eine dritte solle darauf bestehen, daß die Sklaverei beibehalten und nicht verboten werden dürfe im District of Columbia, welcher an die Union abgetreten worden sei von zwei Sklavenhalterstaaten, die sich in ihrem guten Glauben getäuscht sehen müßten, würde durch ein Verbot ebendiese Abtretung «in das Mittel verkehrt werden, Frieden und Sicherheit dieser beiden Staaten zu verletzen und zu zerstören».

Für einen Politiker aus dem Norden, auch wenn er ein Doughface war wie Buchanan, ging eine solche Sprache ziemlich weit; dies Risiko auf sich zu nehmen war sein Liebesangebot. Doch King hatte ihm wieder das ungerührte, fast seminolenhafte Profil zugekehrt, um mit dem andern aus Alabama zu flüstern, mit Senator Clay aus Huntsville, nicht dem Großen Friedensstifter aus Kentucky, nicht mit Clay, dem Whig, dem Antijackson, der zwar viel von Jacksons heftigem Eigensinn besaß und mit mehr Verstand und Redekunst begabt war, aber das Volk nicht so im Bauch hatte. Buchanan, immer noch auf dem Podium stehend, von der Sonderkommission und den Resolutionen redend, die sie formulieren sollte («setzen wir die Resolutionen im versöhnlichsten Geist auf und kleiden wir sie in eine Sprache, die keinen Senator in seinen Ansichten kränken wird»), fand sich in der Lage eines Mannes, der, nachdem er in den Turnierschranken des Schlafzimmers heldenhafte Taten vollbracht und die Höhen der Ekstase mit der Geliebten erklommen hat, sehen muß, daß diese in ihren Bedürfnissen noch nicht zufriedengestellt und voller Erwartungen ist und eine, wie es scheint, unmenschliche Gleichgültigkeit gegenüber seiner eigenen delikaten Situation an den Tag legt. King hatte aufgehört, ihm zuzuhören. Sein Tomahawkgesicht war kaum noch zu sehen, so dicht war es an das lauschende Ohr des neben ihm sitzenden Kollegen herangerückt. «Die Mittel- und die Nordstaaten sind das Feld, auf dem diese große Schlacht ausgetragen werden muß», schloß Buchanan, und seine Stimme klang heiser und erschöpft. «Ich fürchte und bezweifle nicht den Ausgang, wenn Senatoren aus dem Süden, wo die Menschen sich schon einig sind, sich nur bereitfinden würden, den Rat derer anzunehmen, welche die volle Wucht des Kampfes ertragen müssen.» So endete er, wie viele es tun, indem er jene um Gnade bat, die er zu lieben gewagt hatte.

Als ich irgendwann während des Gerangels zwischen Ford und Carter, im zweihundertsten Jahr nach der Unabhängigkeitserklärung, diesen Teil meines nie sich vollendenden Werks verfaßte, hatte ich die Absicht gehabt, Buchanans Liebe zu King der meinen zu Genevieve nachzubilden, aber dann kam immer wieder störend mein One-night stand mit Mrs. Arthrop dazwischen – das Übernatürliche, das ihr Gesicht auf den ersten Blick gehabt hatte, nicht nur wegen seiner hohen Albedo (vgl. das Leuchten von Kings Plantagenbesitzerstirn), sondern auch wegen des immateriellen Etwas, das ihm anhaftete, wegen dieses geisterhaften kleinen Schilds, auf dem stand, daß sie's «bringen» würde. Natürlich machte ich mir vom alten Buck und von Colonel King keine solchen profanen Vorstellungen. Männer des neunzehnten Jahrhunderts, dachte ich, liebten einander mit nicht mehr Körperlichkeit, als Melville sie in seinem «Junggesellenparadies» beschreibt. Was ich in dem verschwommenen Sitzungssaal, gesehen mit Buchanans fehlsichtigen Augen, zu vermitteln suchte, war die Art, in der das Anwesendsein des geliebten Menschen – wie eine Sonne am Himmel oder wie, vielleicht, eine lebende Beute im Spinnennetz – eine ganze Szene zum Leben erweckt. Ich erinnere mich, umgekehrt, an eine Party, auf der Genevieves Abwesenheit eine große fühlbare Leere schuf.

Beim Abfassen dieser vorhergehenden Szene war's, lassen Sie mich das im Interesse meiner Historikerkollegen hinzufügen, daß mich lähmend die Hoffnungslosigkeit überkam, in einer Zeit, da die Geschichte sich von Königen abgewandt hat hin zu den gewöhnlichen Helden des Alltags, zum Kaufmann und zum Bauern, die bislang in den Rathaus- und Herrensitzarchiven begraben waren, und hin zu den Frauen und Sklaven, die patriarchalische Historiker immer nur am Rand ihrer dem Establishment entgegenkommenden Berichte erwähnt hatten und die nun, in dieser ständig sich wandelnden Neue-Welt-Nation, aus dem Verborgenen, dem Unbedeutendsein gerettet wurden – die Hoffnungslosigkeit, wie gesagt, mich je in die übervorsichtigen Erwägungen eines strikten, südstaatenfreundlichen Verfechters der Verfassung einfühlen zu können, dessen ängstliche Paragraphenreitereien sämtlich hinweggewischt werden sollten von einem Blutbad und von Lincolns großzügigeren, weniger skrupulösen Begriffen von den Rechten und Pflichten des hohen Amtes, in dem er ihm nachfolgte. Amerikanische Sklaverei *keine Frage der Moral, dazu angetan, das Gewissen der Menschen zu belasten*? Allein mit dieser Äußerung verscherzt Buchanan sich die Sympathie aller Historiker, mit Ausnahme eines besonders verstockt geduldigen, der versuchen würde, Tatsachen und Meinungen im Dunkel hinter der Szenerie zu erfassen, in den staubigen Kulissen und auf dem Schnürboden, im komplizierten System von Gewichten und Gegengewichten, und nicht so sehr im vereinfachenden Bühnenlicht der Rückschau. Heutige Studenten, Jugendliche, die aus der klingelnden Kinderschule des Fernsehens in den verwirrenden Wald von Texten geraten sind, haben keine Geduld mit ihren Vorvätern und wenig Interesse an den erratischen Halbschritten, in denen ein Volk moralischen Wandel vollzieht und mittels deren wohlmeinende Männer von Einfluß in Zeiten des Aufruhrs und bei langer, durch widerstreitende gleich starke Interessen bewirkter Stagnation den Ausweg suchen, der am wenigsten Schaden anrichtet. Buchanan wurde von seinen Zeitgenossen, im Norden wie im Süden, als Verräter verunglimpft. In seinem letzten Lebensjahrzehnt schrumpfte der Kreis derer, die ihm mit Wärme und menschlicher Zustimmung begegneten, auf ein kleines Häuflein zusammen – einige wenige Treugesinnte im Kabinett, Harriet Lane, Miss Hetty, Hiram Swarr, ein paar Bedienstete in Wheatland. Die Parallelen, die einem in den Sinn kommen, verzeihen Sie mir, sind Jesus und Hitler. Aber, sagen Sie, wir alle kommen in unser Gethsemane, unseren letzten Bunker. Buchanans Ende, sage ich, spielte sich auf offener Bühne ab, innerhalb der Geschichte, oder fast innerhalb, und fiel zusammen mit einem Gezeitenwechsel in der nationalen Politik. Aber wie auch immer: der Versuch, ihn, wenn schon nicht zu rehabilitieren, so doch zu reanimieren, zeichnete sich als aussichtslos ab, als zuviel für mich, für meine schwachen Kräfte, die durch Privatangelegenheiten zersplittert waren, damals, in der Zeit unter Gerald Ford.

Bei der Party, auf der Genevieve so auffällig abwesend war, an der ich aber teilnehmen mußte, handelte es sich um das Fest für den gesamten Lehrkörper, das die Rektorin jedes Jahr im frühen Herbst gab, wenn New England seine schönste Seite präsentiert – ein rötliches Blätterleuchten, wie das Irisieren einer Seifenblase, die gleich platzt. Ich habe bereits das splendide purpurne *muu-muu* erwähnt [S. 64], eines der vielen prunkvollen Gewänder, mit denen sie ihre ausladende Korpulenz kühn als eine Spielart von Schönheit auszugeben suchte, und auch ihre lila getönte unverrückbare Hochfrisur. Nicht erwähnt habe ich bislang ihren minuskülen Ehemann, ihren stets in dunkle Anzüge gekleideten Satelliten, fast möchte man schreiben «Parasiten», der ihr mit seinem ererbten Vermögen und einem – in Anbetracht seines kretinösen kleines Gesichts – überraschend cleveren Umgang mit Wertpapieren ermöglicht hatte, eine triumphale, wenn auch bescheiden dotierte Karriere im Erziehungswesen zu machen. Bevor sie zu uns kam, hatte sie eine Dekanstelle an einem kalifornischen Football-College innegehabt, das in einem der Täler lag, die von gestohlenem Colorado-Wasser und der Arbeit illegaler mexikanischer Einwanderer leben. Die schlaffen Zyniker im Kollegium nannten sie unsere peppige Organisiererin. Nicht alt, nur weiter fortgeschritten in der Lebensdekade, in der ich mich selber bald befinden würde (s. S. 186, 231), gefiel sie sich noch immer mit den breiten klirrenden Armreifen und den schaukelnden Ohrgehängen der Sechziger, und sie putzte sich, als ob ihr massiger Körper ein ganzjähriger Weihnachtsbaum wäre. Aber sie konnte eine strenge Mama sein, mit einem westküstenhaften High-Tech-Management-Stil. Wie Ford, als er Präsident wurde, hatte sie die Karnevalslaune gedämpft. Sie hatte den Eltern und den Männern ehemaliger Studentinnen energisch Geld abgeknöpft und Wayward aus seiner efeuumrankten Insolvenz herausgeholt, und sie sprach einnehmend davon, aus unserem Institut ein Vierjahrescollege mit Koedukation zu machen und voraussichtlich mit einem Football-Team, das Förderer anlokken würde. Es gab keine Entschuldigung, mit der man ihrer Party zu Beginn des neuen Studienjahrs hätte fernbleiben können. Ich mußte hin, ebenso Brent Mueller und beide Wadleighs, sogar meine allem Organisierten eher abholde Königin der Unordnung, als Teilzeitlehrerin an der Kunstabteilung beschäftigt, hatte zu erscheinen. Genevieve aber, deren Fürsorge für ihre beiden kleinen Töchter selbst die flüchtigste Beziehung zum Lehrkörper ausgeschlossen hatte, als sie vor fünf Jahren hierherzogen, war nicht eingeladen und lebte zu sehr getrennt von Brent, um in seiner Begleitung zu kommen. Es gab Drinks, Häppchen, von rehäugigen Stipendiatinnen gereicht, Hintergrundmusik, von Ben Wadleighs neuestem Schützling auf dem Keyboard geklimpert, gezwungenes Lachen, freundliche Gesichter, aber keine Genevieve. Eine Veranstaltung ohne Leben, ohne Seele, ohne Sinn. Ohne Mittelpunktschönheit. Ohne Erwartung, ohne Spannung. Ohne die Möglichkeit bereitzuhalten, daß man sich selbst als hochragendes geschlechtliches Wesen empfand – Alf der Liebende, Held eines der Liebesepen, die auf der ganzen Welt gesungen werden. Alf und Isolde, mit ihrem Bettschwert und dem sprudelnden Minnetrank. Alf und Kleopatra, die Welt um sie her versunken. Alf und Julia, den abschließenden Knalleffekt mit ihrem Doppelselbstmord setzend. Ich fühlte mich schuldig in Genevieves Abwesenheit, als ob ich sie ausschlösse. Als ob ich auf irgendeiner untergründigen und (vor Freud) unerklärlichen Ebene teilhätte an ihrer Ermordung oder an der des Kindes – unserer gerade laufen lernenden Liebe –, das wir in unserer nunmehr über zwei Jahre währenden Romanze hervorgebracht hatten. Um die Anwesenheit ihrer Abwesenheit zu verdrängen, trank ich mehr als sonst.

Die Party. Oh, ich könnte einige der Gäste skizzieren, nachdem ich so knallig-anschaulich unsere Frau Rektor dargestellt habe, die hin und her driftete wie eine leuchtende kompakte Wolke in ihrem regenbogenrandfarbenen Kleid und von den Augustwochen in ihrem Cottage am Squam Lake so braun war wie eine hawaiische Königin, die die Missionare begrüßt, aber Sie wissen ja, liebe Kollegen von der NNEAAH, akademische Geschichten sind unweigerlich, wie Romane über Hollywood, von Wasserspeierfiguren bevölkert, um die indignierte Überlegenheit des Autors zu beweisen. Deshalb erspare ich Ihnen unseren Germanistikprofessor mit den vorstehenden gelben Zähnen und den fältchenumknitterten Augen, die die bläuliche Nichtfarbe von kraqueliertem Glas hatten, und seinen angejahrten Körper, den er in seiner Eitelkeit mit einem fanatisch befolgten Programm, bestehend aus Radfahren, Squash und Jogging, so fit wie den eines Jünglings hielt; ich erspare Ihnen auch seine jüdische Frau mit den pockennarbigen flachen Wangen, den seelenvollen Bärenaugen und dem gekränkten klagenden Bronx-Tonfall; und den Dekan der Chemieabteilung, um dessen Glatze ein Kranz von Flaumhaar lag, das zu Berge stand, als ob es sich in jähem Schreck elektrisch aufgeladen hätte; und die erschöpfte Schönheit des Gesichts seiner Frau, wenn sie zusammenzuckte beim Klang seiner Stimme, die dröhnend laut war wie die eines Schwerhörigen; und unseren schlipslosen jungen Mathematiker mit dem asexuellen begehrlichen Blick, der eine Ahnung von ganz und gar abstrakten Befriedigungen aufkommen ließ; und unseren Alibischwarzen, unseren aus Cincinnati stammenden Professor für Afroamerikanistik mit seiner radiosprecherhaften klaren Aussprache, die abrupt in unverständliches Genuschel umschlagen konnte, wenn ihm feindselig zumute war; und seine elegante Frau aus Antigua mit einer Haut so braun wie Kakaobutter und Zähnen so weiß wie Kokosnußfleisch, wenn sie lächelte; und unseren mißgelaunten untersetzten Physikprofessor, einen Trinker, der nie betrunken war, so ernüchternd wirkte sich auf ihn die Bestallung am wissenschaftlich rückständigen Wayward College aus; unseren hochaufgeschossenen schmerzgeplagten Biologieprofessor, der von lebenslänglicher Arbeit am Mikroskop eine verkrümmte Wirbelsäule hatte; und die jungen Zweitgattinnen der beiden, ehemalige Studentinnen, die die Scheidungsskandale abgewettert und ihren Männern jeweils zu einer zweiten Familie verholfen hatten, muntere Tennisspielerinnen, deren Gesichter mit den feinen Spuren aktinischer Schädigung und den Schüppchen abschilfernden Sonnenbrands besternt waren; nicht zu reden von unserer Hippie-Wirtschaftswissenschaftlerin, einer der wenigen Frauen auf diesem Gebiet, ein wahrer Glücksfang, ihr Körper im enganliegenden Wollkleid von einer *gleichsam fließenden, abwärts gleitenden Anmut*, wie D. H. Lawrence sie Constance Chatterley zuschreibt, ihr Gesicht aber unheimlich und beunruhigend mit der Brille gegen Kurzsichtigkeit, deren Gläser dick wie Flaschenböden waren; nicht zu reden auch von unserem Pionierarbeit leistenden Professor für Filmwissenschaft, der bleich wie ein Gespenst war und sich in bestürzenden optischen Sprüngen bewegte, als sei er achtlos geschnitten und geklebt worden; ich verschone Sie auch mit den läppischen jungen Studienberatern, die aus PR-Gründen in sorgfältig ausgebeulten Ivy-League-Tweedanzügen herumliefen; mit den wackeren Sporttrainerinnen, ihren burschikosen Frisuren und der mißtrauischen, verschwollenen Art zu gucken im allgemeinen Stimmengewirr; und mit all den anderen – Gastdozenten, Assistenten –, die zu uns sechzig hinzukamen und zur Erziehung und Bildung unserer sechshundert jungen Frauen beitrugen. Es gab einen harten Kern von zwanzig, die meine vertrauten Kollegen, meine Freunde waren, Mitüberlebende von hundert gemeinsamen Mitternächten, von tausend Morgen, da wir, von Kaffee aufgeputscht, unsere nebeneinanderliegenden Käfige voll langmähniger Löwinnen betraten. Sie waren mehr als Kollegen, sie waren die Zeugen meines Lebens, meiner irdischen Pilgerreise, kannibalische Verzehrer meines lebendigen, in Klatsch umgewandelten Leibes, und ich war das gleiche für sie. Sie wußten, daß ich mich seit zwei Jahren in Adams und in meinem akademischen Bau in Harrison Hall verkroch; sie kannten Norma, sie kannten Genevieve, sie kannten Brent, den famosen Dekonstruktivisten. Ihnen gegenüber brauchte ich nichts zu erklären; ich mußte mich bloß anziehen – graue Hose, Buttondown-Hemd, schmaler Schlips, marineblauer Blazer – und hingehen.

Wir müssen uns unterhalten haben. Aber worüber? Es muß irgendein Thema gegeben haben, oder sechzig Themen, eins für jeden Mund. Das Getöse einer Partyunterhaltung hängt in meiner Erinnerung wie das Wogen einer Musik, die ich nicht summen kann, wie der Nebel, der mich eines Sommertags daran hinderte, den Weg zum Hafen von Hampton zu finden. Mit ein bißchen Nachforschung ergeben sich mögliche Themen. Der Tod von Mao Tse-tung am 9. September. Olof Palmes sensationelle Wahlniederlage am 19. September, das erste Mal seit über vierzig Jahren, daß die Sozialisten verloren hatten; das konservative Rollback hatte begonnen, und Palme würde am Ende der Kugel eines Attentäters zum Opfer fallen. Oder vielleicht redeten wir über Sport – am 12. September unterlag ein anderer Schwede: Björn Borg verlor gegen Jimmy Conners im Finale bei den U.S. Open, und Chris Evert schlug Evonne Goolagong, ein amerikanischer Sieg auf der ganzen Linie. Es war ein großer Monat für Amerikaner: ein sowjetischer Pilot lief mit einer MiG-25 neuesten Typs über, Christo brachte sein zwei Millionen Dollar teures, neununddreißig Kilometer langes Environment-Kunstwerk *Running Fence* in Kalifornien zu Ende, und unser Space Shuttle wurde im selben Staat vorgestellt, in dem am 13. September das erste Recht-auf-Sterben-Gesetz der Nation verabschiedet wurde. Im Sommer jenes Jahres hatten die Demokraten sich auf Carter und Mondale geeinigt, war Viking I auf dem Mars gelandet, hatten die Israeli über hundert Geiseln auf dem Flughafen von Entebbe in Uganda gerettet, hatte Bruce Jenner im Zehnkampf bei den Olympischen Spielen in Montreal gewonnen und Renee Richards sein/ihr erstes Tennismatch als Frau. Ich kann nichts von alledem aus dem Partygetöse heraushören, obwohl alles geeignet gewesen wäre, unsere Heiterkeit anschwellen zu lassen; was ich statt dessen höre, ist eine gewisse Mittsiebzigerjahre-Enttäuschung darüber, daß der Himmel nicht heruntergefallen war und wir als Nation, als Lehrkörper, als ein Kreis alternder Erwachsener verpflichtet waren, unseren Trott fortzusetzen. Wir hatten Liebesperlen getragen und Dope geraucht, wir hatten nackt getanzt und auf die Flagge geschissen, wir hatten Hanoi bombardiert und waren auf dem Mond gelandet, und der Himmel blieb trotzdem unbeeindruckt. Die Geschichte schlug eine neue Seite auf, die Union hinkte weiter, die Toten wurden untergepflügt, die unehelichen Kinder gesäugt und nach Wildblumen und den religiösen Stadien des Buddhismus benannt, die schlechten LSD-Trips wurden von den reichen Eltern bezahlt, die für die Rechnungen der psychiatrischen Kliniken aufkamen. Junge Amerikaner, Söhne und Töchter von Konzernjustitiaren, hatten sich gegen den Heiligen Geist versündigt und standen am nächsten Morgen auf, pinkelten und warfen einen Blick in den Spiegel, um zu sehen, ob's einen Unterschied gab. Anscheinend gab es keinen. Nichts blieb mehr versteckt, jedes Tabu war gebrochen, und immer noch hielt Gott sich abgewandt und weigerte sich, Grenzen zu setzen. Ein Präsident war erschossen, ein Krieg war verloren worden, unser Imperium hatte den Stempel bekommen, böse zu sein, unser Status als vom Himmel begünstigte Nation war aufgehoben, aus unserem Festzugsballon war die Luft herausgelassen worden, und doch stolperten wir weiter, wie wir es auch 1865 getan hatten, planlosen Schritts und langsam, jenseits von Eden unseren einsamen Weg einschlagend. Natürlich hatten wir schon früher in den Apfel der Niederlage gebissen – z. B. 1812 bis 14 im Krieg gegen England, auch bei Jacksons trügerischem kleinen Sieg in New Orleans –, aber lebendige Geschichte ist nicht älter als eines lebendigen Menschen Gedächtnis, und keiner von uns, der unter vierzig war, erinnerte sich an die Verzweiflung während der Depressionszeit, als nicht nur rebellische junge Hüpfer, sondern vor allem arbeitslose Arbeiter glaubten, daß das System der Feind sei und der Kommunismus uns retten könne. Ein Historikerkollege hat unsere Kultur eine Kultur des Narzißmus genannt. Wenn Vater das Zimmer verläßt, fangen die Spiegel an der Wand zu starren an. Die Ära Ford war eine Zeit postapokalyptischer Demoralisation, eine Zeit erschreckender Permissivität.

Warten Sie – es *gab* ein Thema auf der Party. Eines, das von Gruppe zu Gruppe flog. Sexuelle Belästigung. Der Ausdruck war neu, die Idee fremd. Eine Spanischstudentin im ersten Jahr hatte sich beim Dekan beschwert, daß Professor Alvarez – auf der Party wie Genevieve durch Abwesenheit auffallend – seinen pädagogischen Einfluß benutzt habe, einer neunzehnjährigen Schutzbefohlenen, nämlich ihr selber, sexuelle Gefälligkeiten abzunötigen. Der Skandal bestand darin, daß sie bei den Oberen

Klage geführt und ihre Eltern (beide unseligerweise Anwälte) miteinbezogen hatte, und nicht etwa darin, daß sie verführt worden war. Die Sache brachte etwas frostig Ernüchterndes in unseren Serail, wo Sex mit verträumten Mädchen ab achtzehn als eine der inbegriffenen Vergünstigungen für männliche Mitglieder des Lehrpersonals galt [s. S. 97]. Hatten nicht die jüngeren Ehefrauen in unserem Kreis ebendiesen akademischen Weg beschritten und sich dann verheiratet? Waren Studentinnen mit achtzehn nicht ebenso rechtsgültig erwachsen wie ein graumelierter Guru im vierten Lebensjahrzehnt? War die Macht, die der Guru als Spender von Referatsthemen und Zensuren hatte, nicht ein ebenso legitimer Zauber wie die tauige Jugend seiner Schülerin? Ist Macht, um es kurz zu machen, nicht das, was Männer an Stelle von Schönheit haben? Was bedeutete das – Belästigung, Nötigung – auf dem freien und offenen erotischen Markt, wo jeder Händler mit seinem Pfund wuchern mußte? Konnte man die junge Señorita – Lydia Biddle, um genau zu sein, eine unscheinbare Blondine von höchst mittelmäßiger Attraktivität und Intelligenz, worin sich alle, die sie im Seminar gehabt hatten, einig waren – nicht mit gleichem Recht beschuldigen, mit der Beschaffenheit und dem Duft ihrer frischen Reife den Professor belästigt zu haben? Immerhin hatten wir sie noch nicht ganz hinter uns gelassen, die Ära, da kreischende halbwüchsige Mädchen Rockstars auf offener Bühne sexuell attackierten und Gefahr liefen, im Kabelgewirr einen tödlichen Schlag zu bekommen. Ein guter Fick, versicherte einer der vielen Gurus jener Zeit, hat noch niemandem geschadet. [Nachschlagen, wer's war: Abbie Hoffman? Bobby Seale? Timothy Leary?] Alvarez war ein ziemlich schüchterner, schmächtiger Mann mit dem üblichen romanischen Bärtchen und einer großen Familie, die er in Providence gelassen hatte, wo er Assistenzprofessor an der Brown University gewesen war; er hatte die Beförderung und die damit verbundene Gehaltserhöhung gern angenommen, seine Kinder aber nicht den Gefahren des steuerfreien pädagogischen Milieus in New Hampshire aussetzen wollen. Zweifellos hatte ihn die blasse Hautfarbe seiner Schülerin beeindruckt und der sehr englische Name – der aristokratische Nicholas Biddle war natürlich Jacksons Hauptgegner gewesen, als der Präsident im Namen des einfachen Mannes und des Spekulanten im Westen Krieg gegen die Nationalbank machte. Lydia Biddles Anschuldigungen zeigten das Ende einer anderen Ära an, das Ende des freien Liebesflusses, der die Gebiete zwischen Rassen, Klassen und Generationen fruchtbar machte und, angekündigt von den Legalismen des Bürgerrechtskampfs, den Beginn der Kristallisation der Gesellschaft in schrille Blöcke, die alle ihre Macht mit der Androhung gerichtlicher Schritte zu erweitern trachteten. In Amerika, wo genau definierten Rechten so viel Gewicht beigemessen wird, läuft es immer auf diese Zufluchtnahme beim Gesetz hinaus, die dazu führt, daß Rechtsanwälte uns beherrschen, die das Geld aus der Wirtschaft unseres Landes saugen, wie Blattläuse einen Rosenbusch auszehren. Das Ehepaar Biddle beabsichtigte, Alvarez vor Gericht zu bringen, weil er Lydia um ihre Jungfräulichkeit gebracht habe – wenn's denn so war. Wie gesagt, ein Frosthauch durchwehte die Party. Nicht minder übel die plötzliche Nähe Brent Muellers, der sich an mich herangeschlichen hatte und sagte: «Hast du die kleine Biddle nicht in den ‹Anfängen von Amerika› gehabt?»

«Nur im Seminar über ‹Räuberbarone und Trustbuster›», erwiderte ich. Ich weiß nicht warum, aus irgendeiner feigen Verknotung in meiner Psychologie war ich dankbar, daß das Opfer meiner eigenen sexuellen Aggression ausgerechnet mich ausgesucht hatte. Auf dem Papier immer noch ihr Ehemann, hatte er für mich den fetischistischen Zauber von Genevieves getragenen Slips. Leichtsinnig, obwohl er mein Todfeind war und mich, ohne mit der Wimper zu zucken, dekonstruiert hätte, vertraute ich ihm an: «Auf mich hat sie einen asexuellen Eindruck gemacht.»

Er blinzelte durch einen Schleier zu mir hin; immer hing Genevieve zwischen uns, ihr Körper in Stücke gerissen, traurig und obszön, ein Kadaver, den wir Hyänen knurrend unter uns aufteilten. «Niemand ist asexuell», belehrte er mich. Wenn Alvarez wegen dieser Sache einkassiert wird, dann heißt das, daß ein völlig neuer Wind weht. Diese Gören haben uns alle in der Zange – Erpressungsmöglichkeiten noch und noch! Ob du's tust oder nicht, du bist dran.»

Ich versuchte, mich seiner forschen Ausdrucksweise anzupassen. «Ich hab's nie für 'ne gute Idee gehalten, diese Babies zu vögeln. Versaut dir deinen Unterricht – *muß* ja. Halt dich an deine eigene Generation, *da* ist die Resonanz.» Das war taktlos, sogar für meine Verhältnisse, ging mir auf – ihm die Resonanz seiner eigenen Ehefrau anzupreisen. Nicht, daß sie oder er *genau* meine Generation waren; eine gewisse Plattheit in ihren Äußerungen erinnerte mich zuweilen an den Unterschied. Das Schaufelrad der fortlaufenden Geschichte hatte uns nicht in ganz dem gleichen Winkel ausgeschüttet: bestimmte einschneidende nationale Momente, wie Pearl Harbor, waren für sie Legende und für mich Erinnerung; bestimmte Propheten, die ihnen heilig waren, wie Eugene McCarthy, waren in mir auf eine bereits ermattete Empfänglichkeit gestoßen; und sie hielten bestimmte Freiheiten für selbstverständlich, die ich noch erregend fand [s. S. 199]. Hastig setzte ich hinzu: «Diese Gören – die könnten vom Mars sein, so 'ne Scheiße haben die im Kopf.»

Während ich benommen weiterschnatterte, getrieben von meinem abartigen Tick, der mich meinen Feind lieben ließ, musterte Brent mich aus wachsamen, ausdruckslosen Augen. «Jennifer Arthrop», sagte er. «Die war vom Mars?»

«Hab sie mit keinem Finger angerührt», prahlte ich. «Das hat sie dir doch sicher gesagt. Es sei denn, sie ist eine krankhaftere Lügnerin, als ich glaube.»

«Ein sehr verantwortungsbewußtes, aufrichtiges Mädchen», sagte er und beobachtete mein Gesicht immer noch mit so viel Aufmerksamkeit, daß ich mich fragte, ob ich vielleicht Käsebällchenkrümel am Kinn hatte. «Ihr einziges Problem ist ihre Mutter», sagte er. Sein schiefes Lächeln enthüllte einen nach dem andern seine Zähne, wie Computer-Bytes, die aus den Tiefen eines mühsamen Number-Crunching emportauchen.

«Ihre Mutter», wiederholte ich. Eine Grube entstand, wo noch Sekunden zuvor mein Magen unschuldig ein paar von Frau

Rektors dampfendheißen Käsebällchen auf Melbatoast verdaut hatte. Ann Arthrop: ihr großer nackter Körper, so blaß und dienlich wie ein Daumen, ihre saloppe unbekümmerte Art, über ihr Leben zu reden. Keine große Geheimnishüterin. Wahrlich, unser Leben ist wie das Universum: nichts geht verloren, alles erfährt nur eine Umwandlung auf der Rutschbahn zur Unordnung hin.

«Du hast ihre Mutter kennengelernt, glaube ich», insistierte Brent, und sein Lächeln enthüllte im Winkel links einen Backenzahn, der schwarz war von alten Füllungen. Am Kiefergelenk, unterhalb des Ohrs, war ein merkwürdiger glänzender Muskelknoten, wie eine Nuß, die sich mit Fleisch überzogen hatte.

«Kurz.»

«Aber vielleicht eindringlich.»

Dies Zimmer von ihr, 508, mit dem Blick auf die Pomme frite. Die Möbel, die funzlige Lampe mit den Enten auf dem Keramikfuß, die Toilette mit der donnernden Spülung, die hafermehlfarbene Tapete mit vage «historischem» Muster, all das erhob sich von seinem winzigen neuralen Speicherraum und stülpte sich über mich wie zwei riesige Ohrenschützer. Er sagte etwas, und ich hörte nichts. Der Muskel am Ende seines Kiefers, da wo er sich zum Ohr hin hob, sprang immer wieder vor, das konnte ich sehen. Sein ständig sich veränderndes Lächeln kam mir wie eine kleine graue Schlagzeile vor, die ich zwanghaft, unter dem Druck, wie er einen in Alpträumen quält, wieder und wieder zu lesen versuchte. *Er weiß es*, dachte ich, und mein Gehirn, das einen Adrenalinschuß erhielt, durchlief eine Reihe blitzschneller Einschätzungen der möglichen Schadenshöhe. Enorm. Geht so. Nicht der Rede wert. Unterstützt von einem weiteren Glas Wodka-Tonic, das ich mir von einem vorbeischwebenden Silbertablett gegriffen hatte, genoß ich noch immer das warme Gefühl einer durchdringenden Liebe, in die Brent und ich ganz rosig, ganz blutig eingetaucht waren wie Zwillinge, die durch den Geburtskanal rutschen.

«Sie schien mir eine ganz angenehme Frau zu sein», sagte ich abwehrend. «Sie war mit Jennifer zusammen, letzten Frühling, beide kamen gerade aus einer *Lysistrata*-Probe. Wir haben uns für einen Augenblick im SC zusammengesetzt. Sie hat mir mitgeteilt, daß sie an der Miss-Porter-School in Connecticut eine größere Rolle im selben Stück, genaugenommen die Hauptrolle, gehabt hat, und ließ durchblicken, daß *sie* auf der Bühne besser war.» Frauen gegen den Krieg. Frauen im Krieg. «Was, glaubst du, besagt *Lysistrata* eigentlich?» fragte ich, in der Hoffnung, ihn abzulenken, wenn ich ihn auf sein Spezialgebiet lockte. «Was für Werte dient Aristophanes uns *wirklich* an, wenn er uns diese Frauen vorführt, die derart mit ihren Mösen feilschen? Ich habe das Gefühl, Aristophanes war ein schrecklicher Frauenfeind. Und hat Krieg ganz geil gefunden.»

Brent wollte sich nicht ablenken lassen. «Eine Frau mit einem ziemlich überbordenden Machtstreben», sagte er zickig; er hatte sich einer Vorstellung von privaten Machtverhältnissen akkulturiert, die für meine altmodischen Begriffe einen zu taktischen und schematischen Beigeschmack hatte. «Trumpft vor der Tochter mit ihren Seitensprüngen auf, um den Vater in Schranken zu halten. Schläft sogar mit Jennifers Freunden, um *sie* in Schranken zu halten. Die Kleine wehrt sich, so gut sie kann. Sie stiehlt.»

«Sie stiehlt?»

«In Geschäften. Nicht im Laden ihrer Mutter, das wäre eine zu direkte Feindseligkeit. In anderen Läden. Kleine Sachen. Und wirft sie dann weg.»

«Wieso weißt du so viel?»

«Sie erzählt es mir. Ich bin ihr Fachbereichsberater. Sie erzählt mir alles, was ich wissen muß, um den Müll wegräumen zu können.» Sein unangenehmes schiefes Lächeln dehnte sich und zeigte noch einen Backenzahn mehr. «Das ist meine Spezialität, Alf. Mich durch den Müll zu pflügen. Deine nicht. Du kugelst dich *im* Müll. Apropos Jennifer, wie geht's denn meiner Gen? Was macht ihr Ulkus?»

Ich straffte mich, empfand plötzlich so etwas wie eine aus dem neunzehnten Jahrhundert kommende Arroganz. «Genevieve ist wunderbar, wie immer. Eine vollkommene Frau, du weißt das.»

«Niemand ist vollkommen.» Das hatte mir doch schon einmal jemand gesagt – wer? «Wenn sie vollkommen wäre, hätte sie nicht zugelassen, daß du ihr einen Ulkus verpaßt.» Brent schob sich näher an mich heran. «Willst du nicht wissen, was Jennifer mir neulich über ihre Mutter erzählt hat? Da war so 'n Junge –»

«Nein», sagte ich, endlich, durch den behaglichen Nebel des sich in mir umwandelnden Wodkas hindurch, die klamme Berührung echter Feindschaft spürend. Krieg kommt vor. Kräfte messen sich miteinander. Der Tod, so abstrakt auf dem Friedhof und in Bevölkerungsstatistiken, wird wirklich zu dir kommen. «Ich bin nicht interessiert, weder an der Mutter noch an Jennifer. Nennen wir sie Klein-Jen. Zuerst hattest du Groß-Gen, jetzt hast du Klein-Jen. Wieso fragst du mich nach Genevieve», fragte ich ihn. «Du siehst sie. Du besuchst die Kinder.»

«Wir reden nicht miteinander», informierte er mich. «Wir leben getrennt. Wir sind nicht wie du und Norma und tun so, als sei nichts passiert. Aber vielleicht *sollten* wir. Reden. Vielleicht wird's Zeit. Ja, ich würde gern mal mit Gen reden.»

Er versuchte, mir angst zu machen, soweit war alles klar. «Nur zu», sagte ich.

«Du hättest nichts dagegen?»

«Sie ist deine Frau. Nur zu. Mach dich an sie ran.»

«Worüber unterhaltet ihr beiden euch?» Es war Norma – sie hatte sich aus dem summenden Gewirr der Party gelöst und war zu uns getreten. Sie war ein wenig gerötet unter ihren Sommersprossen, erhitzt vom Alkohol. Ihr Haar in seiner natürlichen Welligkeit entschlüpfte der Partyfrisur und gab ihr ein wuscheliges jugendliches Aussehen, obwohl sie meiner Generation angehörte. Sie äugte erst zu ihm, dann zu mir, dann wieder zu ihm. «Ich dachte, ich hätte eben meinen Namen gehört. Guten Abend, Brent. Na du.»

Wir plauderten. Wie seltsam bezaubernd es war, so in Festgarderobe und überaus zivilisiert mit der eigenen entfremdeten Ehefrau und dem entfremdeten Gatten der Geliebten zusammenzustehen in diesem provinziellen Winkel der abendländischen Zivilisation, Zweigstelle Nordostamerika, in einer anmutigen Backsteinvilla im abendlichen Dämmerlicht eines wunderschönen Tages im frühen Herbst, da die Zuckerahorne sich gerade verfärbten, die Rotahorne schon verfärbt waren und die Eichen sich ihr Chlorophyll noch bewahrten. Tage und Nächte waren jetzt gleich lang. Brent und Norma hatten dieselbe Größe, ihre Augen – grün wie Wermut, blau wie toter Fisch – waren in Höhe meines beunruhigten, emsigen Mundes. Die Grube in meinem Magen begann sich zu schließen, und rumpelnd setzte sich der Verdauungsprozeß wieder in Gang, nun da Norma aus unserem Duo ein Trio gemacht hatte. Wenn viele Menschen zusammenkommen – wie zum Beispiel in der Abfertigungshalle eines Flughafens –, vermittelt das die Illusion von Sicherheit. So viele leger, sogar albern gekleidete potentielle Passagiere, die an ihren Babytraggurten nesteln und in ihre Zeitungen vertieft sind, werden ganz gewiß nicht abstürzen. Auf einer Party wie dieser wird das Leben, das man sich gerade neu eingerichtet hat, ganz gewiß nicht zu Bruch gehen. Das heimliche Abenteuer mit der üppigen, fleischeslustigen Ann Arthrop – in dem Augenblick, als die unbekümmerte, nichts wissende Norma sich zu uns gesellte, schien es durchaus möglich, daß es sich nie zugetragen hatte. Beweist die Geschichte denn nicht zur Genüge, wie wenig das, was passiert *ist*, auch wirklich feststeht, so daß sogar die intensiv dokumentierte Auslöschung von sechs Millionen Juden und Lee Harvey Oswalds am hellichten Tag abgefeuerte Schüsse auf John F. Kennedy und (nicht zu vergessen) J. D. Tippitt, den Streifenpolizisten, immer noch ernstlich debattiert werden?

Ich habe vergessen, was danach kam. Brent wird sich, jagoeske Aparts murmelnd, davongemacht haben. Ich und die mir zutiefst vertraute Norma waren allein, schüchtern, auf einer Insel inmitten der Party wie ein Mann und eine Frau, die sich gerade kennengelernt haben. Sie sah zerzaust aus mit dem silbrigen Tuch von der Größe einer Babydecke, das sie sich um die Schultern drapiert hatte, aber nicht unglücklich: sie gewöhnte sich – meine Augen konnten mir das nicht schnell genug bestätigen – an das Leben allein, der rosa Hauch auf ihren Wangen war ein Zeichen, daß es ihr gutging, daß sie bald würde auf eigenen Füßen stehen können. Ich muß sie gefragt haben, wie sie mit ihrem Anwalt verblieben sei, nun da seine Sommerferien vorüber waren, denn ich sehe sie in den Nebeln verschwommener Erinnerung über meine Schulter hinweg zum Stuckplafond der Rektorinnenvilla hinaufstarren und höre sie etwas sagen, das so klingt wie: «Er sagt dauernd, ich soll ihm all diese finanziellen Fakten und Zahlen beschaffen, aber ich hab keine Ahnung, wo die sind, und ich will dich ja auch dauernd in deinem Apartment anrufen, aber *wenn* ich's dann mal versuche, bist du nie da, und dann vergesse ich es immer wieder.»

Ich sagte ziemlich streng: «Alles, was nicht im Banksafe ist, ist in meinem alten Schreibtisch im zweiten Stock in der mittleren Schublade rechts. Und in einem der offenen Fächer müßte noch ein Sparbuch liegen.»

«Ich glaube, ich habe nachgeguckt, und all die Bankauszüge haben mir angst gemacht. Manche von denen sollten weggeworfen werden, aber welche? Es könnte doch sein, daß die Leute von der Steuer gerade die sehen wollen, die nicht mehr da sind. Und es macht mich traurig, da hinaufzugehen und deinen alten Schreibtisch zu sehen, an dem du immer das ganze Wochenende verbracht hast. Und den Banksafe mag ich auch nicht. Das letzte Mal, als ich da war, mußte ich richtig weinen – die drei Geburtsurkunden von den Kindern und unsere, alles zusammen. Wir haben beide diese altmodischen Geburtsurkunden, die Krankenhäuser früher ausgestellt haben, mit den kleinen Babyfußabdrükken, heute gibt's das nicht mehr. Und unsere Heiratsurkunde und die Policen für die Lebensversicherung, die unsere Eltern für uns abgeschlossen haben, jede über tausend Dollar, die Summe erscheint einem jetzt so rührend, aber damals war sie's wahrscheinlich nicht. Und stapelweise Dias, die du von meinen Bildern gemacht hast, für den Fall, daß das Haus abbrennt. Das Fach *riecht* sogar nach unserem Haus in Hanover – erinnerst du dich noch an den mäusigen Geruch, wenn man zur Vordertür reinkam?»

«Norma, um Gottes willen, du mußt dich endlich zusammennehmen. Es ist jetzt zwei beschissene Jahre her, daß ich ausgezogen bin, und du barmst über Babyfußabdrücke.»

«Du hörst dich an wie mein Rechtsanwalt. Nur daß es sich für ihn jedesmal um Zeit handelt, die er auf die Rechnung setzen kann. Apropos sexuelle Belästigung, er hat mich eingeladen, mit ihm essen zu gehen.»

Mein Magen höhlte sich wieder aus, als balancierte ich auf Planken über einem hohen Stahlgerüst und hätte aus Versehen hinuntergeschaut.

«Hast du ja gesagt?»

Sie strich sich mit dem Rücken der Hand, die nicht das Glas hielt, über eine besonders abgeirrte Haarpartie, was aber ohne sichtbaren Erfolg blieb. «Warum nicht? Er ist jung und ehrgeizig und verheiratet, aber solche Leute müssen auch essen.»

«Du bringst das fertig? Gehst mit deinem verheirateten Anwalt essen? Kommt die Einladung dir nicht ein bißchen unmoralisch vor? Er nutzt dich aus!»

«Ach, weißt du», sagte sie, «als Frau gewöhnst du dich an so was. Wegen des finanziellen Krams – vielleicht, wenn du jetzt mit zurückkämst, könntest du mir die Schublade zeigen und mir auf die Sprünge helfen.»

«Du lieber Himmel, da kommen doch bloß dieselben Zahlen zutage, die mein Anwalt schon längst hat. Alles, was dein Anwalt tun muß, um ein bißchen Bewegung in die Sache zu bringen, ist, sich mit meinem in Verbindung zu setzen. Er sollte überhaupt nicht er*war*ten, daß du irgendwas weißt!»

«Außerdem», sagte die Königin der Unordnung mit ihrer freundlichen, ungehetzten Stimme, «hat Daphne seit einiger Zeit Fieber.»

«Wie lange schon und wie hoch?»

«Oh, ich weiß nicht. Zwei oder drei Tage. Um vierzig herum, kommt drauf an, wie man das Thermometer ins Licht hält. Ich kriege sie nicht dazu, den Mund geschlossen zu halten, wenn sie's drin hat.»

«Du mußt mit ihr zum Arzt!»

«Ich fand bislang, sie war zu krank, um aus dem Haus zu gehen, und das gibt es ja nicht mehr, daß Ärzte zu einem kommen.»

«Ich kann nicht glauben, daß du dermaßen gleichgültig bist!»

«Und Andy hat einen Kratzer in den Volvo gemacht, vielleicht solltest du dir's bei Gelegenheit mal ansehen. Er sagt, seit der Unfall passiert ist, zieht das Auto nach rechts. Bedeutet das nicht, daß die Reifen sich ungleichmäßig abfahren?»

«Wann ist das passiert? Wessen Schuld war das?»

«Du brauchst nicht zu schreien, Schatz. An der Ecke, wo die Uferstraße auf die 1 A trifft, da ist zusätzlich viel Verkehr wegen des neuen Einkaufszentrums. Er sagt, irgendeine alte Dame ohne Augen im Kopf ist direkt vor seiner Nase vom Supermarkt-Parkplatz runtergefahren, aber ich habe den Verdacht, er war zu schnell. Er fährt sehr ungestüm, jetzt wo er sich sicher fühlt.»

Mir hatte es nahezu die Sprache verschlagen, aber ich war nicht gänzlich unglücklich, wurde noch immer vom Wodka und von diesem behaglichen Flughafen-Gefühl getragen, das die Party mir vermittelte. Ihre Art, sich beiläufig, von der Seite her, der Katastrophe zu nähern, war mir vertraut. Ein frischer Drink, transparent und kalt, fand sich in meiner Hand. Die Limonenscheibe hielt sich aufgrund einer cleveren Bemühung, so schien es, am Glasrand fest. «Wie lang ist der Kratzer?»

Normas Augen, blaßgrün wie Strandglas, sahen zerstreut an meinem Gesicht vorbei. «Es ist eigentlich kein Kratzer», sagte sie. «Eher so eine längliche Delle. Aber die Scheinwerfer funktionieren noch, mehr oder weniger. Alf, ich verstehe nicht, warum du nie in deinem Apartment bist, wie am Anfang, und an deinem Buch über diesen Präsidenten schreibst, dessen Namen ich ständig vergesse.»

«Buchanan. Ich komme momentan nicht weiter. Ich bin viel in der Bibliothek und recherchiere noch. Erste Hälfte des neunzehnten Jahrhunderts, da war der Kerl einfach überall. Er hat praktisch das Land geführt.»

«Zumindest nachts müßtest du doch da sein, wenn du deinen kleinen Bijou herzt. Oder macht ihr beiden das jetzt im Wald? Das ist hübsch, nicht? Wie Nymphen und Satyrn.»

«Sie muß sich um ihre kleinen Töchter kümmern», sagte ich schroff. «Sie kann nicht einfach in der Nacht losstreunen, wie du das offenbar machst. Uns geht's gut. Mach dir um uns keine Sorgen. Genevieve ist noch immer phantastisch.»

Sie schien mich nicht zu hören und sagte nach einer Pause: «Es tut mir leid, daß du nicht weiterkommst. Du kannst wieder an deinen alten Schreibtisch, wenn du möchtest.»

In diesem Augenblick gesellten sich die Wadleighs zu uns; Ben hatte seine Schülerin auf Autopilot geschaltet und ließ sie weiterklimpern. Wendy hatte sich die Haare kurz schneiden lassen wie die anderen Sportlehrerinnen und sah in ihrem gelben Rüschenrock wie ein Elf in einer Butterblume aus. Paare, die zusammenbleiben, trotz alledem, haben eine eigenartige Fröhlichkeit an sich, wie Teufelskerle, die über die Stromschnellen sausen, oder wie trotzig gesunde Alkoholiker. «Ihr beide solltet nicht miteinander reden», sagte Wendy vergnügt, und mit glänzenden Augen setzte sie hinzu: «Alfred *et ux.*»

«Sämtliche Anwesenden sind schockiert», versicherte Ben uns mit seiner tönenden Chorleiterstimme. Ich sah ihn mit Normas Augen an und erkannte, daß er liebenswert war – großspurig, aber intelligent, tönend, aber echt, künstlerisch veranlagt wie sie und leichtfüßig, Anhänger des Ungesagten und Überhörten wie sie. Das Leben angehen wie ein Wasserläufer, nur zarte Dellen in die Oberflächenspannung machen, während man sich fortbewegt. Was mich betrifft, so war es vielleicht naiv von mir gewesen und plump, in die Vergangenheit eindringen, nach Perlen tauchend mich in sie versenken zu wollen. Es war lustig, hier mit den Wadleighs zu stehen, als ob wir zwei Paare wären, Ben größer als ich und Wendy kleiner als Norma. Den Wadleighs war verständlicherweise daran gelegen, daß wir uns wieder zusammentaten, denn dann würden wir wieder zugänglich sein. Ihre Dyade liebte unsere Dyade. Wir ergingen uns ein Weilchen in boshaftem Getuschel und bemerkten, daß die Party um uns her immer spärlicher wurde, so sehr, daß Frau Rektors Gatte kam und sich mit Small-talk-Saugnäpfen an uns heftete. Wir bedankten uns beim Gastgeberpaar und gingen unserer Wege. Nicht ganz getrennter Wege, denn die Wadleighs teilten sich ein Haus aus Glas und Redwood hoch über dem Fluß, und Norma und ich schlenderten durch das Dunkel und das Geraschel der ersten weichen abgefallenen Blätter im ausgedörrten Kleinstadtgras (das von so anderer Beschaffenheit ist als niedergetretenes Großstadtgras oder unbetretenes Gras auf dem Land). Normas Körper neben meinem hatte etwas von einem sanften Revenant. Ich murmelte, daß ich mir gern die Schramme im Volvo ansehen würde, und da ich spürte, daß sie wegen dieser schon Rost ansetzenden Beschädigung ihres Autos, trotz aller zur Schau getragenen Unbekümmertheit, den Tränen nahe war wie vorhin bei der Erinnerung an die Babyfußabdrücke, bot ich ihr an, auf einen Sprung mit ihr ins Haus zu gehen, nach der fiebernden Daphne zu sehen und meinen alten Schreibtisch zu durchsuchen. Vielleicht würde ich Notizen finden (dies mein heimlicher Gedanke), die definitiv das Geheimnis um James Buchanan entschlüsselten. Mein Umgang mit Geschichte war ebenso abergläubisch wie unsystematisch.

Sterne, es müssen Sterne über dem Mansarddach gewesen sein – das gegürtete Hingebreitete des Orion, der Große Wagen, in Balance gehalten von seiner Deichsel, die ganze herzzerreißend zufällige Anordnung, funkelnd in Erwartung des ersten Frosts. Hatten wir weiße Atemfahnen vorm Mund? Vielleicht noch zu früh. Deutlich erinnere ich mich hingegen, wie die Königin der Unordnung mehrere Stunden später, nachdem wir uns in unserm alten Bett, dem schicken Redwoodmöbel von Furniture in Parts, geliebt hatten, den Kopf auf dem Kissen abwandte und in ihrem beiläufigsten, ausdrücklichst nur konstatierenden Ton sagte: «Du machst das jetzt besser.»

Eine mütterliche Bemerkung, Lob für ein Kind, das mit einer neuen Fähigkeit von der Schule heimkommt. Mein Schwert war in der Scheide Genevieves gehärtet und meine Technik war gewetzt worden, um der scharfkantigen Vollkommenheit meiner Geliebten besser zu entsprechen. Vorher war Sex Gerühre und Gerammel für mich gewesen. Vorher hatte ich nur mit dem Schwanz gevögelt – die kribbelnde Eichel, darauf aus, loszuspritzen, hatte ungeduldig zugestoßen. Jetzt setzte ich das ganze Becken ein, die gesamte untere Hälfte meines Rumpfs, und ließ mich immer wieder wie in eine Onyxwanne sinken, kalt kontrolliert, indes ich schwitzte wie ein Turner. Sex ist unpersönlich, eine gutgeölte Maschine, die am besten arbeitet, wenn es rings um sie dunkel ist. Die Vollkommene Ehefrau hatte mich das gelehrt, und die unvollkommene war empfänglich dafür. Ich war der Kolben, sie der Zylinder. Eine tiefe Feindseligkeit hielt uns glattgängig und sorgte dafür, daß wir ganz leicht entsetzt waren. Als wir unter zweimaligem Erschauern – ihres war unwillkürlich, meines absichtlich, wie um die Sache endgültig zu erledigen – zu Ende kamen, sah Norma mit übelnehmerisch funkelnden Augäpfeln zu mir auf und kniff mich in die Seiten, dorthin, wo die Rippen um die Ecke biegen, so daß es weh tat. Dann ließ sie los, wandte das Gesicht auf dem Kissen ab und machte mir ihr Kompliment.

Ich erinnere mich auch, wie wir, bevor wir ins Bett gingen, das große stille Haus betraten und meine Nase sich wegen der Katzenhaare kräuselte und zu einem Niesen verkrampfte und ich das Gefühl hatte, daß ich zu dieser ungewöhnlichen Besuchsstunde die Möbel – den Leinengurtstuhl, das Schaumgummisofa, den niedrigen Sessel mit den von Tüchern kaschierten durchgescheuerten Lehnen, die ballonrunden Papierlampenschirme aus Taiwan – bei einer verschwörerischen Besprechung überraschte, daß diese seelenlosen Dinge sich verschworen hatten, die Vergangenheit zu rekonstruieren, mit ihren zerbrechlichen, widerspenstigen Formen sich dem Fluß der Zeit in den Weg zu stellen.

Die Zeit ist etwas Sonderbares – die Party kann nicht länger als bis halb acht gedauert haben, und doch scheint sie in der Erinnerung bis nach zehn gegangen zu sein. Auf Zehenspitzen waren wir in den ersten Stock hinaufgegangen. Andrew war in den zweiten Stock gezogen, hatte sich eine unabhängige Domäne in den niedrigen Räumen da oben geschaffen, aus denen zu unterschiedlichen Zeiten das Dröhnen von Rockkassetten herunterdrang, das rhythmische Rumpeln seines Heimtrainers und das Klacken der Gewichte, die er seit einiger Zeit stemmte. Er war dabei, seinen Körper zu etwas Schönem zu formen. Seine Mutter hatte Befehl, ihn nicht zu stören, und obwohl wir von der Auffahrt aus, als unsere beiden Autos knirschend anhielten, seine erleuchteten Fenster gesehen hatten, die wie zornige Augen aus dem Mansarddach leuchteten, stiegen wir nicht die zweite Treppe hinauf, die sich vom Flur im ersten Stock nach oben schraubte. Mißbilligung dünstete auf uns herab.

Ein paar Meter von uns entfernt füllte Buzzy sein kleines dunkles Zimmer mit tiefen Atemzügen; als wir die Tür ein wenig aufstießen, fiel der Strahl der Flurlampe auf eine veraltende Kindheitsausrüstung: sein Teleskop; sein Glasterrarium, aus dem alle Eidechsen und Skorpione längst verschwunden waren; die Poster einiger Rockstars, nacktarmige Männer mit strähnigem Haar und Lederwesten, wie muskulöse Grubenarbeiter, die sich entblößt haben, um unter Tage nach kostbarem Metall zu schürfen; ein anderes Poster, einen blitzenden italienischen Sportwagen zeigend, der mit dem Körper einer jungen, in Leopardenfell gekleideten Frau drapiert war; der stumme Radiorecorder mit dem schlaflos glimmenden roten Lämpchen; ein zerschrammtes kleines Regal, das ein Gelege verwegener Bücher (Tolkien und Frank Herbert) und einen fleddrigen Stapel alter Schulhefte beherbergte; und Wandborde, auf denen er in sorgfältig eingehaltenen Abständen seine Plastik-Dinosaurier aufgestellt hatte und Sporttrophäen aus Stanniol, gewonnen in der Grade-School, als er noch ein kleiner Junge war und sein Selbstvertrauen ungetrübt. Wir zogen vorsichtig die Tür zu, als ob sie zu einer Schatzkammer voll trauriger Geheimnisse führte, ließen sie aber angelehnt, damit ein Spaltbreit Licht zu ihm hineinfiel, falls er aus einem unruhigen Traum erwachte.

Daphnes Zimmer lag auf der anderen Seite des Flurs, der an unserer – an Normas – Schlafzimmertür endete. Meine Tochter wurde wach, oder war schon wach gewesen, und schrie auf, als sie neben ihrer Mutter einen zweiten Schatten näher kommen sah. «Wer bist du?» fragte sie, und ihre Stimme klang wie die einer noch Schlafenden oder einer Fiebernden.

«Ich bin's, dein Vater, Schatz», sagte ich im Flüsterton, um ihr zu bedeuten, daß sie leise sein solle, und machte Anstalten, ihr prüfend die Hand auf die Stirn zu legen. Sie stieß jedoch einen so schrillen Angstschrei aus – wie ein kleines Tier, auf das man getreten ist –, daß ich mitten in der Bewegung innehielt.

«Daphne, es ist Daddy», sagte Norma beruhigend. «Er will nur sehen, wie krank du bist.»

Daphne hörte nicht. «Du bist ein Elefant», sagte sie, an mich gewandt, mit einer Stimme, die vom weißen verschwommenen Ganzen ihres Gesichts ausging, aber nicht zu ihm gehörte – eine Stimme wie in einer Séance. Sie zögerte, tastete danach, einen komplexen Gedanken in Worte zu fassen. «Er hat einen giftigen Pilz gegessen und wurde ganz torkelig, und dann ist er gestorben.»

«Babar», sagte die Königin der Unordnung sanft erklärend hinter mir. Als ob nicht ich es gewesen wäre, der den Kindern diese Bilderbücher öfter vorgelesen hatte als sie.

«Geh weg», sagte Daphne hohl, wie in Trance. «Du tust andern weh.»

«Nicht dir», sagte ich, und auch meine Stimme klang fremd, tunkte tief in die gravitätischen Töne väterlicher Vertrauenswürdigkeit, «nicht meiner kleinen Daphne», und es gelang mir, den Arm auszustrecken (ein Rüssel, wahrlich) und ihr meine Fingerspitzen auf die Stirn zu legen. Die straffe Wölbung fühlte sich warm und trocken an. «Du hast einen Infekt», stellte ich fest.

Sie starrte mich an, und ihr fiebriger Wahn lichtete sich. «*Du* bist es», sagte sie und stieß einen gewaltigen zitternden Seufzer aus.

Ich setzte mich zu ihr auf die Bettkante und stopfte die Decke fester um sie. «Das war gemein von dir», schimpfte ich, «mich als Elefanten zu bezeichnen. Du hast einen kleinen Infekt, deshalb bist du so heiß, und wenn's morgen nicht besser ist, geht Mommy mit dir zum Arzt, damit wir wissen, was los ist. Und jetzt mußt du schlafen.»

Dieser energische anweisende Ton, hervorgerufen durch mein altes Haus und seine vielen schemenhaften Bedürfnisse, lebte noch einmal auf, nachdem wir uns geliebt hatten, Norma und ich;* sie lag noch nackt im Bett, als ich mich rasch anzog und auf sie niederzischte: «Hör zu. Du hast über zwei Jahre Zeit gehabt, dich auf die Situation einzustellen. Bring um Gottes willen endlich die Scheidung in Gang, oder *ich* reiche die Klage ein. Für Ben und was da sonst noch läuft, kriege ich mühelos die Beweise zusammen. Du bringst mich um mein Leben mit deinem Rumgegammel und den ewigen Hinhaltemanövern.»

Franklin Pierce' Präsidentschaft brachte William King die Vizepräsidentschaft, Buchanan die Stellung des Gesandten in London und Nathaniel Hawthorne, der Pierce' Wahlkampfbiographie geschrieben hatte, den sehr einträglichen Posten eines Amerikanischen Konsuls in Liverpool. In Hawthornes Tagebuch findet sich der Eintrag, daß er am 6. Januar 1855 Besuch vom Gesandten erhalten habe, der in Begleitung seiner Nichte Harriet Lane nach Liverpool gekommen sei, weil diese bei der Hochzeit einer dort ansässigen jungen Amerikanerin die Rolle der Brautjungfer übernehmen sollte. Der Gesandte sprach bei seinem Konsul vor, welcher seine erst als Junggeselle, dann als verheirateter Mann gelebte Zurückgezogenheit, die ihm zu seinen Meisterwerken verholfen, aufgegeben hatte, um auf diesem Posten mit Leuten unterschiedlichsten Rangs regen Umgang zu pflegen. Man wüßte gern, wie weit Buchanan sich des Genies seines Untergebenen bewußt war; *Der scharlachrote Buchstabe* erschien, begleitet von viel Lob und öffentlichem Aufsehen, im Jahr 1850, also in der Zeit, da Buchanan, halb im Ruhestand in Wheatland

* Bedarf dies einer Erklärung? Eine Frage der Gelegenheit und, sagen wir, der Romantik – der Romantik des fiebernden Kindes, der geschlossenen Tür am Ende des Flurs, des Blicks aus dem Fenster, das früher unser Fenster gewesen war, auf den seitlichen Hof hinaus, der reglos in der blauen Nacht dalag wie ein froststarrer Garten aus Farnen. Ein sentimentaler Überhang von der Party, auf der wir vorübergehend wieder wie ein Paar erschienen waren. Fragen Sie nicht, *Rückblick*. Ab einem gewissen Punkt ist Geschichte wie Topographie: sie kennt kein Warum, nur ein Hier und ein Dort.

lebend, Muße zum Lesen hatte. Mit Sicherheit hatte Harriet Lane einiges von Hawthorne gelesen, denn der Autor, der ihr am 9. Januar in Liverpool bei einem Dinner begegnet war, notierte ziemlich mürrisch in seinem Tagebuch: *Sie machte mir einige Komplimente; ich kann mich jedoch nicht erinnern, daß ich ihr welche gemacht hätte.* Sein auf den ersten Blick vorteilhafter Eindruck von der energischen Fünfundzwanzigjährigen mit den veilchenblauen Augen läßt bei näherem Hinsehen einen gewissen Vorbehalt erkennen: man kann spüren, wie das feingewebte Naturell des großen Träumers sich windet: *Miss L. ist von eher englischem denn amerikanischem Äußeren, sie hat stärkere Kontur als die meisten unserer jungen Damen, ist allerdings hübscher als Engländerinnen im allgemeinen, daneben ungewöhnlich selbstbeherrscht und sicher im Auftreten, ohne Affektiertheit oder Dünkelhaftigkeit, doch ist sie sich so selbstverständlich ihres Rangs bewußt, als sei sie die Tochter eines Earl. ... Ich unterhielt mich ein wenig mit ihr und fand sie eher vernünftig, frischweg und robust denn sanft und gefühlsbetont.* Durch dasselbe Seidengewebe von Hawthornes gelegentlich felinem Stil gesehen, kommt Buchanan um einiges besser weg: *Ich mag Mr. –. Man kann ihn in seinem Auftreten nicht eigentlich vornehm nennen, dem steht das Bäurische seiner Person entgegen; überdies hat er die Angewohnheit, das eine Auge zuzukneifen und auf mißliche Weise den Kopf schief zu halten. Gleichwohl ist seiner stattlichen Erscheinung eine gewisse Würde zu eigen, und das Bewußtsein von seiner hohen Stellung und Bedeutung verleiht ihm Gelassenheit und innere Unabhängigkeit. So einfach und offen er sich gibt, mag er durchaus ebenso listig und geschickt sein, wie man es gemeinhin von Diplomaten sagt; ich gewahre jedoch nur gesunden Menschenverstand und Schlichtheit der Rede, auch eine Aufgeschlossenheit und Freundlichkeit, die ausreichen, ihn zu einem angenehmen Gesprächspartner zu machen.*

Ihre Unterhaltung könnte in Hawthornes Amtszimmer im wenig einladenden Konsulat stattgefunden haben, das in *einem schäbigen, rußfleckigen drei Stockwerke hohen Gebäude* untergebracht war... *am unteren Ende der Brunswick Street... un-*

weit der alten Docks. Der gichtige, Zylinder tragende Gesandte muß, wenn es so gewesen ist, seinen korpulenten Leib *eine enge und schlechtbeleuchtete Stiege* hinaufbugsiert haben, die zu *einem ebenso engen und schlechtbeleuchteten Gang* führte, welcher an den meisten Vormittagen verstopft war von *zerlumptem, piratenhaft aussehendem Gelichter... das behauptete, unserer Handelsmarine anzugehören.* Sich um *diese Vertreter einer höchst unglücklichen Kategorie von Mensch* zu kümmern machte einen großen Teil von Hawthornes Aufgaben aus, wie er auf den Anfangsseiten seiner zu dem Buch *Our Old Home* zusammengefaßten autobiographischen Skizzen schreibt – er hatte es zu tun mit dem *Abschaum jeder seefahrenden Nation auf Erden; von der Art waren die Seeleute, mit deren Hilfe wir England damals die Herrschaft auf den Weltmeeren streitig machen wollten. Nicht einer unter zwanzig,* berichtet er uns, *war wirklich Amerikaner,* aber alle wandten sich an den amerikanischen Konsul um Hilfe in ihrem Elend und ihrer Bedürftigkeit – *schiffbrüchige Besatzungen, die Unterkunft, Kost und Kleidung benötigten; Kranke, die um Ausweisscheine fürs Spital baten; mit blauen Flecken übersäte, blutende Kreaturen, die sich über Mißhandlungen seitens ihrer Offiziere beklagten; Trunkenbolde, Desperados, Herumtreiber und Halunken, überraschend durchsetzt von einer ungewissen Anzahl ehrlicher Männer.* Durch diese Menge verrohter Unglücklicher, die meisten von ihnen in roten Flanellhemden, hatte Buchanan sich vielleicht, mit Krawatte und im Cutaway, einen Weg gebahnt, um zu den vorderen Amtsräumen zu gelangen, in denen die Vizekonsuln und Schreiber saßen, und von da ins Allerheiligste, *ein Zimmer von sehr bescheidener Größe, dessen Wände so gestrichen waren, daß sie wie mit Eichenholz getäfelt aussehen sollten, und das trüb erhellt wurde von zwei Fenstern, durch welche man, über eine Seitenstraße hinweg, auf die rohe Ziegelseite eines riesigen Baumwollspeichers sah, eines schmuckloseren und häßlicheren Baus, als er je in Amerika errichtet worden war.* Möglich, daß Buchanans leicht schielender Blick von der großen, an der Wand hängenden Karte der Vereinigten Staaten gefesselt wurde, die das Land so zeigte, wie es vor zwanzig Jahren ausgesehen hatte.

«Ihrem Bild unseres Heimatlandes ermangelt es an Texas und am gesamten Territorium Kalifornien, das wir Mexiko abgerungen haben», sagte er jovial, sobald die zur Begrüßung gehörenden Höflichkeiten ausgetauscht waren. Die beiden Männer waren sich schon einmal begegnet, im vergangenen April, als der Gesandte in Liverpool auf die Ankunft seiner Nichte, Miss Lane, gewartet hatte. *Ich habe den alten Herrn zum Essen eingeladen*, schrieb der Autor seinem Verleger, *und er hat mir besser gefallen, als ich dachte.*

«Würden wir, von jetzt an gerechnet, in zwanzig Jahren eine Karte zu zeichnen haben, so wiese sie, fürchte ich, vielleicht noch weniger Territorium auf als diese hier», erwiderte Hawthorne, und der einschmeichelnde Klang seiner Stimme bemäntelte ein wenig das Schwarzseherische der Vorhersage. Er betrachtete seine Rolle als Konsul mit einer gewissen Belustigung, empfand sie als so etwas wie Hochstapelei und hatte deshalb keine große Sorge, daß er bei seinem Vorgesetzten Anstoß erregen könnte. Überdies legte der Ältere eine Ferienheiterkeit an den Tag – Überseeferien von seinem Streben nach politischer Fortüne und Liverpool-Ferien von seinen Pflichten in London. Und die Leute sehen einem bekannten Schriftsteller eine ganze Menge nach, stellt solche Nachsicht doch eine preiswerte Form von Kunstförderung dar.

Buchanan hatte sich eine Zigarre angezündet und beschwichtigte paffend: «Aber, aber, Mr. Hawthorne, so schlimm wird's nicht werden. Ein bißchen stillschweigende Duldung hier, ein kleiner Kompromiß da, und wir bekommen die Union schon durch. Wenn Sie Ihre lautstarken Freunde, die Abolitionisten, zu mehr Mäßigung anhalten und wir unsere Freunde, die Eisenfresser, ein wenig dämpfen, wird allein schon die politische Ökonomie, wie sie sich im Westen entwickelt, die Sklavereifrage obsolet machen.»

«Ich fürchte, Sir», sagte der dunkelschöne Konsul (dessen zurückhaltende Art eine gewisse vorzeitige Müdigkeit erkennen ließ), «daß diese Frage sich auf beiden Seiten zur Leidenschaft entzündet hat und daß sich nichts mehr dämpfen läßt, es sei denn mit Blut. Senator Douglas hat, indem er das Kansas-Territorium für die Squattersouveränität öffnete und die Entscheidung über die Sklaverei den Siedlern überließ, dort einen Hexenkessel geschaffen, der Fanatiker und Verrückte anzieht und das bewaffnete Gesindel aus Missouri.»

«Gleichviel, Baumwolle wird nie in Kansas wachsen. Der Missouri-Kompromiß, das habe ich immer gesagt», bekräftigte Buchanan und lehnte sich tiefer in den knarrenden Windsor-Lehnstuhl zurück, der inmitten dieser abgewetzten Möbel als Ehrenplatz diente, «hätte nie aufgehoben werden dürfen. Douglas hat die Südstaaten-Demokraten besänftigen und seine Aussichten aufs Präsidentenamt bei der Wahl nächstes Jahr verbessern wollen, in Wahrheit aber hat er die Partei gespalten und zugleich den Whigs den Garaus gemacht. Die Know-Nothings haben jetzt fest das Heft in der Hand, und aus der Opposition gegen die Kansas-Nebraska-Akte ist eine neue Partei erwachsen, die sich den alten Jefferson-Namen ‹Republikaner› gegeben hat. Soviel zu persönlichem Ehrgeiz, Mr. Hawthorne, wenn er sich mit der großen Politik verflicht. Douglas wird nun nie Präsident werden; er hat zu viel Haß geweckt.» Der angestrengte Blick des alten Mannes wanderte zu des Konsuls Bücherschrank, auf dem *eine grimmige, furchteinflößende Büste von General Jackson* stand, *dessen Kopf bis über die Ohren im Militärkragen steckte wie im Brett eines Prangers und der mit unbeweglich gerunzelter Stirn jedem Engländer entgegenstarrte, dem es einfallen sollte, über die Schwelle zu treten.*

Der Konsul folgte Buchanans Blick, taxierte den grübelnden, ja bestürzten Ausdruck im Gesicht seines Besuchers und suchte, indem er zustimmte, ihn zu beruhigen: «Senator Douglas ist kein Jackson, auch wenn er vielleicht hofft, einer zu sein. Als Idee hat Squattersouveränität etwas an Jackson Gemahnendes.»

«Jackson war ein großer Hasser», seufzte Buchanan, seinem Mund zugleich eine neuerliche Tabakrauchwolke entströmen lassend, «aber er hatte den Süden auf seiner Seite. Unsere Union ist in der merkwürdigen Lage, daß keine Wahl ohne den Süden gewonnen werden kann, aber auch keine mit dem Süden allein. Die Nation hat nur wenige Männer, die mit dieser Schwierigkeit fertig werden können.»

Hawthorne, der sich zwar den meisten öffentlichen Aufgeregtheiten gegenüber mäkelig distanziert verhielt, war in seiner Eigenschaft als Konsul doch Politiker genug, um zu wissen, daß der stattliche alte Herr, der da vor ihm saß, bereits als der einzig mögliche Präsidentschaftskandidat der zerrissenen Demokratie gehandelt wurde. [*Rückblick*-Red.: «Demokratie» ist hier natürlich die alte Bezeichnung für die Demokratische Partei. Fußnote? Oder allgemein verständlich für unsere gebildete Leserschaft?] «Vielleicht war es ein günstiger Wind, Herr Botschafter», sagte er ein wenig boshaft, der Ton seiner Anrede ein Hinweis für den Gast, daß die Mutmaßung so oder so ausgelegt werden könne, «welcher Sie in Ihr Londoner Amt getragen hat. Wären Sie noch Mitglied des Senats gewesen, hätten Sie da mit Ja oder Nein gestimmt, als über diese verwerfliche Kansas-Nebraska-Vorlage entschieden wurde?»

Buchanan richtete mit kühler Überlegung, die der Konsul bewundern mußte, seinen Silberblick auf den Fragesteller und sagte: «Unter uns – ich hätte keine andere Wahl gehabt, als so zu stimmen, wie auch Sie es getan hätten, wenn Sie in ein Amt gewählt worden wären, nämlich mit unserem Wohltäter und erkorenen Führer, General Pierce, der die Unterstützung der Vorlage zu einer Frage der Loyalität seiner Regierung gegenüber gemacht hat. Gleichwohl war die Volkssouveränitätsklausel ein schwerer und überflüssiger Fehler, sie wurde hastig in einem Spätstadium beim Ausarbeiten der Gesetze eingefügt. Douglas wollte das Territorium aufs allereiligste organisieren, um zu verhindern, daß es Indianerterritorium würde und somit der Bau einer Eisenbahnlinie nach Chicago, in seinem eigenen Staat, blockiert wäre. In seiner Hast, Illinois und sich selbst zu nützen, hat er drei Jahrzehnte prekären Gleichgewichts zunichte gemacht. Verglichen mit Jackson, dessen persönlicher Freundschaft ich mich rühmen durfte, ist Douglas ein prinzipienloser

Zwerg – verzeihen Sie meine Unverblümtheit –, der sich häufig berauscht, zumal, und besonders abträglich, am Klang seiner eigenen Stimme.» Der alte Mann rückte sich auf dem hörbar protestierenden Gästestuhl im Konsulatsbüro zurecht und lächelte über die eigene Indiskretion. Doch nun hielt er die Zeit für gekommen, das Thema zu wechseln. «Ich nehme an», sagte er, «in der Kunst gibt es, anders als im politischen Geschäft, wo dergleichen oft vorkommt, nie die Unterscheidung zwischen formaler Zustimmung zu einer Sache und dem innerlichen Anerkenntnis ihrer Klugheit.»

«In der Kunst», sagte Hawthorne, «verhält es sich bisweilen so, daß man aufgefordert wird, seine Texte, zum Wohl der Allgemeinheit, zu stutzen. Zum Beispiel hat mein Vorwort zum *Scharlachroten Buchstaben*, in dem ich durchaus gutartig, freilich mit übertriebener Genauigkeit meine ehemaligen Arbeitskollegen im Zollamt zu Salem porträtiert habe, dortselbst einen derart heftigen Aufruhr ausgelöst, daß man mich drängte, es bei nachfolgenden Auflagen fortzulassen; doch ich widerstand diesen Appellen. Ein Kunstwerk, das Kompromisse macht, wird augenblicklich wertlos, denn wir erhoffen uns von der Kunst eine über das Diesseits hinausgehende Integrität.»

«Wenn wir in der Politik so rigide alle Kompromisse ablehnten – ich fürchte, das Chaos würde über die Menschheit hereinbrechen.»

«Was immer noch sein kann, trotz so vieler Kompromisse.»

«Was immer noch sein kann», stimmte der alte Mann zu, um die Unterhaltung voranzutreiben; er wollte noch ein weiteres skandalöses Durcheinander zur Sprache bringen. «Vor nicht ganz drei Monaten habe ich – höchst ungern, wie ich betonen möchte –, zusammen mit Mr. Mason, dem Gesandten in Frankreich, und Mr. Soulé, dem Gesandten in Spanien, an einer Konferenz in Ostende und dann in Aix-la-Chapelle teilgenommen, auf der ein vertraulicher Bericht für Außerminister Marcy und General Pierce aufgesetzt werden sollte, mit dem Inhalt, ob und wie Kuba vom bankrotten spanischen Thron zu erwerben sei.»

«Ich habe darüber in der Zeitung gelesen», sagte Hawthorne

ruhig. «Die britische Presse hat sich außerordentlich verärgert gezeigt, und die auf dem Kontinent erst recht.»

«Oh, der U.S.-Kongreß auch – wir sind aufs schärfste kritisiert worden», sagte Buchanan, «und das mit einigem Recht! Die ganze Sache wurde von zwei nichtsnutzigen, im Dienst unserer Regierung stehenden Schwadroneuren initiiert, Dan Sickles und Pierre Soulé, beide von hitzigem Wesen und fix bei der Hand, wenn's darum geht, den kürzesten Weg zu nehmen, handle es sich um diplomatische Kanäle oder um anderer Männer Frauen. Ich habe Sickles auf seine Bitte hin aufgefordert, in die Londoner Gesandtschaft einzutreten in der Annahme, daß wir zum Ausgleich für seine Unbeherrschtheit und Prahlsucht die Gesellschaft seiner charmanten jungen Frau hätten; aber er hat sie zu Hause in New York gelassen und statt ihrer eine gewisse Miss Fanny White mitgebracht, mit der ihn allem Anschein nach nichts als Liebe verbindet! Und was Soulé angeht, der hat vom Naturell her nichts, was ihn zum Gesandten befähigte: aus Frankreich stammend, wo er wegen Hetze gegen die bourbonische Restauration im Gefängnis gesessen hat, ist er als politischer Flüchtling nach Louisiana gekommen und hat seine antimonarchistischen Aktivitäten dann in Spanien fortgesetzt, indem er die Kuriertasche für umstürzlerische Briefe zur Verfügung stellte, und ausgezeichnet hat er sich auch dadurch, daß er den französischen Gesandten in Madrid beim Duell um des letzteren Ehefrau niedergeschossen hat!» Der alte Mann beugte sich vor auf dem protestierenden Stuhl, dessen Beine und Querstege und Rückenlehnenstäbe locker waren vom Hinundherrutschen zahlloser unglücklicher Bittsteller; er hustete, hatte sich am Zigarrenrauch und an seinem Lachen verschluckt und hielt inne, um sich mit einem Taschentuch, das er aus seinem schwarzen Ärmel gezogen hatte, die Augen abzutupfen. «Also, diese beiden Hitzköpfe waren in Aktion getreten – Sickles war nach Washington gereist und hatte dem Präsidenten etwas von einer leichten Beute vorgeschwatzt, und Soulé hatte verlangt, unser Kaufgebot von hundertdreißig Millionen solle der spanischen Königin zusammen mit einem einschüchternden Ultimatum unterbreitet werden –

und hatten auf diese Weise unseren Mr. Marcy dermaßen in die Klemme gebracht, daß er nicht anders konnte, als Soulé die Weisung zu erteilen, ‹die Insel vom spanischen Dominium zu detachieren› – ich zitiere ihn wörtlich. Unterdessen war Dan Sickles nach Europa zurückgekehrt und hatte jeden, der es hören wollte, wissen lassen, zu welch rigorosem Handeln General Pierce, seinem Verständnis nach, Befehl gegeben habe. Natürlich oblag es dann, trotz meines Protests, mir und Mason – und Mason sah die ganze Konferenz als Witz an und war kaum je anwesend –, ein gültiges Memorandum zu formulieren, das Soulés Drohungen die Schärfe nähme, gleichzeitig aber alle wesentlichen Punkte zum Ausdruck brächte. Wenn ich mich auch nicht rühmen kann, ein künstlerischer Autor zu sein wie Sie, war mein Entwurf doch so geschickt, daß er Marcy ein wenig Luft verschaffte und er Soulé letzten Dezember zum Rücktritt überredete. Im Fall Kuba ist es, wie in so manch anderem, das beste, nichts zu tun. Der Faktion der Jungen Amerikaner mit ihrer Hoffnung auf eine Filibuster-Expedition ist ein Strich durch die Rechnung gemacht worden, und Kuba wird uns in die Hände fallen, wenn die spanische Fäulnis weiter fortschreitet, so will es die Vorsehung. Die Presse, die sich nur auf ordinäre Sensation versteht, beschuldigt mich, die Losung ‹Verkauf oder Annexion› ausgegeben zu haben, dabei war in Wahrheit ich es, der die Regierung von einer so verhängnisvollen Option abgehalten hat – sie hätte den europäischen Mächten womöglich Gelegenheit gegeben, mit einer karibischen Intervention unseren heimischen Frieden zu erschüttern! Britannien ist in Kriegsstimmung, wie Sie vielleicht spüren. Es hat aller Freundschaft zwischen mir und Außenminister Lord Clarendon bedurft, die Reaktion auf unsere Zerstörung des nicaraguanischen Greytown im Zaum zu halten und, wichtiger noch vom diplomatischen Standpunkt aus, zu verhindern, daß die eherne Weigerung unseres Präsidenten, Captain Hollins' unbesonnene Tat öffentlich zu mißbilligen, böse Folgen zeitigt! Glücklicherweise hat die Beschießung kein einziges Leben gefordert, wenngleich eine große Zahl von Lehmhütten dem Erdboden gleichgemacht worden ist.»

Hawthorne staunte im stillen über die Fähigkeit des Alten, sich an dem Ränkespiel zu ergötzen, welches die Machthabenden in Szene setzen. Der Gesandte wußte, daß sein Zuhörer dem Präsidenten, seit den gemeinsamen Jahren am Bowdoin-College, ein enger und ergebener Freund war, und während er seiner Rede scheinbar ungehemmten Lauf ließ, vermied er doch sorgfältig jede offene Anspielung auf Pierce' mangelhafte Eignung. Weder Pierce, der ihn auf dem Parteikonvent 1852 bei der Wahl zum demokratischen Präsidentschaftskandidaten geschlagen, noch Marcy, der ihm störrisch seine New Yorker Stimmen verweigert und so dazu beigetragen hatte, daß ihm ebendiese Nominierung versagt blieb, konnte zu Buchanans Freunden gezählt werden, und doch war er hier (dachte Hawthorne) und diente ihnen beiden auf diesem überwiegend dekorativen Posten, jeder wirklichen Verhandlungsvollmacht beraubt, bestrebt, das Beste aus ihren planlosen Weisungen zu machen, und doch eigenartigen Gefallen an dem Amt findend. Wie immer seine eigentliche Natur und seine Möglichkeiten sein mochten, er war zum Sklaven des öffentlichen Lebens geworden, befaßt nur mit dessen äußerlichen Formen und Nuancen, die, wie jene des weiblichen Teils der Gesellschaft, mit einer Geste, einem Wort die männlichen, über den Planeten brandenden Kraftströmungen zu regulieren suchen und der Welt blutigem Geschäft von Geburt und Mord ein erträgliches Gesicht verleihen wollen. Buchanan und Miss Lane machten beachtliche Figur in hohen britischen Kreisen, und tatsächlich hielt sich hartnäckig das Gerücht, daß die Nichte des Gesandten demnächst in eine adlige Familie einheiraten könnte. Wie alle, die eifrig reden, hatte der Mann etwas mitzuteilen oder zu verbergen. Doch das Bäuerliche, Ehrliche, das er hatte – eine sonnendurchwirkte Unschuld, im Faß langer Erfahrung gereift, eine unverdorbene Begabung zur Freude, die der verschatteten New-England-Psyche fremd war –, machte den alten Staatsdiener zu einem angenehmen Gesprächspartner und vermittelte seinem Gegenüber das Gefühl, daß er – unterhalb des *Bewußtsein*[s] *von seiner hohen Stellung und Bedeutung* – darum bat, weniger als der in der Öffentlichkeit stehende denn als der nachdenkliche Mann angesehen zu werden.

Der Konsul, der aufgrund seiner untergeordneten Stellung dem Gesandten Respekt schuldete, andererseits aber die Verantwortung des Gastgebers hatte, hielt es für klug, nun, da der Ältere sich so viel von der Seele geredet hatte, ein Thema einzuführen, bei dem er seinen Teil der Unterhaltung beitragen könnte. Er griff Buchanans Erwähnung der englischen Stimmung auf und erweiterte sie zu einer Frage nach der generellen englischen Persönlichkeit, wie sein amerikanischer Landsmann sie empfinde, und erfuhr von Eindrücken, die, wiewohl auf allgemeinerer Ebene gesammelt, den seinen nicht unähnlich waren. Buchanan war der Meinung, die Briten wären bereit, um ihr Einflußgebiet an der Mosquitoküste zu kämpfen, wenn ungeschickte, durch interne Schwierigkeiten abgelenkte amerikanische Politik John Bull die Entschuldigung lieferte, die er benötigte, um seine einschüchternde Taktik anzuwenden, und Hawthorne fand die Briten anmaßend und kalt. *Es gibt ein paar Engländer, die ich mag*, sagte er vielleicht in umgangssprachlicher Paraphrase seiner Worte in *Our Old Home – für zwei oder drei unter ihnen empfinde ich, ja, ich möchte fast sagen, Zuneigung; dennoch verbindet uns nicht das Band, das es gäbe, wenn sie Amerikaner wären. Etwas Kaltes, Dünnes schiebt sich zwischen uns, selbst wenn wir im vertrautesten Miteinander sind. Alnaschar aus Tausendundeiner Nacht kommt mir in den Sinn, der mit der Prinzessin ins Bett ging, aber die kalte Klinge seines Krummsäbels zwischen sie und sich legte. Vielleicht fühlte ich anders, wenn ich zu Hause wäre, aber hier, in dem fremden Land, verwischt sich mir nie der Unterschied zwischen Engländer und Amerikaner.* Buchanan nickte eifrig zustimmend; als seine Zeit als Gesandter in England um war und er nach Amerika zurückkehrte, tat er vor einer Menschenmenge in New York City kund: *Ich bin in Übersee gewesen, in anderen Ländern. Ich habe willkürliche Machtausübung erlebt. Ich habe die Leute in anderen Ländern aufmerksam betrachtet. Aber es gibt kein Land unter Gottes Himmel, wo ein Mensch sich seinem Mitmenschen so nahe fühlt wie in den Vereinigten Staaten.* Ermutigt durch die herzliche Zustimmung seines bedeutenden Gastes und durch das zweite Glas vormittäglichen Brandys aus dem Konsulatsschrank, ging Hawthorne dazu über, im unausgesprochenen Gegensatz zu den graziösen amerikanischen Schönheiten, wie sowohl er als auch Buchanan sie kannte, englische Frauen zu karikieren. *Als Faustregel gilt, daß sie in der Jugend nicht besonders begehrenswert sind, doch vollends grotesk werden, wenn sie die mittleren Jahre hinter sich haben – sie werden dann enorm, setzen, wie es scheint, nicht bloß Fett an, sondern schieres Fleisch und sind von gräßlich ausladender Wuchtigkeit. Man stellt sich vor, daß sie aus lauter Roastbeef zusammengesetzt sind und ihre gewaltigen Hinterteile aus dicken, großen Steaks bestehen. Wenn sie sich setzen, nehmen sie einen beträchtlichen runden Platz auf Gottes Schemel ein und sehen aus, als könnte nichts sie je von der Stelle bewegen. Tatsächlich müssen sie über gewaltige physische Kraft verfügen, denn immerhin sind sie ja imstande, sich selbst zu bewegen.*

Die Reaktion des Gesandten auf dieses Wortbild war so erfreulich – er mußte sich, unter mehrfachem Auf- und Abschlingern seines großen, wohlgepolsterten Leibes, die Heiterkeit aus dem Bauch pressen –, daß Hawthorne hinzusetzte, um die Unterhaltung wieder auf einen nüchternen Ton zu stimmen: «Es muß sie geben, aber mir war's bislang nicht beschieden, auch nur eine einzige zu sehen: schmale, damenhafte alte Frauen, wie man sie so häufig bei uns zu Hause antrifft.»

Die ranke Ann würde dazugehören, dachte Buchanan und *war* ernüchtert. Ein Leben mit ihr an seiner Seite, indes die Zeit nach und nach auf ihrer beider Körper einwirkte: das erschien ihm plötzlich als etwas, das erreichbar gewesen war und das er nur um Haaresbreite verfehlt hatte. Er war im Augenblick außerstande zu sprechen, diesem gutaussehenden, reservierten Yankee mit den buschigen Brauen und den tiefliegenden Augen etwas zu sagen – *diese wunderbaren Augen*, hatte Elizabeth Peabody einmal ausgerufen, *die wie Bergseen den Himmel zu spiegeln scheinen.*

Hawthorne spürte das Hindernis im Gedanken- und Redefluß des Gesandten und wartete reglos. Er gehörte nicht zu jenen Männern, jenen herzhaften Südstaatlern, denen in Sklavenhütten und in den Bordellen der Flußstädte unkomplizierte Initiation zuteil geworden und die es komisch und kauzig fanden, daß Buchanan nie geheiratet hatte. Er wußte aus eigenem Erleben, wie leicht es kommen konnte, daß ein Mann Junggeselle blieb, nie die Energie für den entscheidenden Schritt aufbrachte, und unterdes verstrichen die Tage und Jahre, gingen ineinander über, wie damals im Mannings-Haus an der Herbert Street Nummer 12, er im kleinen Zimmer unterm Dach seine dunstigen, zarten Erzählungen schreibend, seine Mutter abweisend und verstimmt in ihren altertümlichen Witwenkleidern, seine Schwester Ebe die einzige Seelengefährtin, die er hatte, die kleine Schwester Louisa der Familie einziges Bindeglied zu den Leuten in der Stadt, diejenige, die Besorgungen für sie machte und sie mit Klatsch versorgte, denn seine Mutter, Ebe und er wagten sich nur bei Dämmerung hinaus, machten dann Spaziergänge an den Kais entlang, am Wald und an sumpfigen Wiesen vorbei, manchmal bis weit zum Galgenberg hin, wo die Hexen gehängt und verscharrt worden waren, und kamen auf dem Rückweg durch stolze Straßen, an denen die roten Backsteinhäuser von Salems chinesischen Kaufleuten standen. Wäre nicht die Tatkraft einer anderen Familie gewesen – die der intellektuellen Wichtigtuerin Elizabeth Palmer Peabody und ihrer beiden Schwestern –, säße er womöglich immer noch dort, abgeschieden, eingekapselt in so etwas wie eine dunkle, unerklärliche Schmach. Lizzy Peabody hatte ihn ans Tageslicht gezerrt, und Sophia, die kränkelnde Jüngste, hatte ihn, der nicht mehr jung war, mit den Krallen der Liebe gepackt. Bei seinem ersten Besuch, hatte Sophia später ihrem Ehemann erzählt, war Lizzy in den ersten Stock hinaufgestürzt, wo ihre Schwester mit einem ihrer Migräneanfälle darniederlag, und hatte gerufen: *O Sophia, Mr. Hawthorne und seine Schwestern sind da, so etwas Herrliches hast du nie gesehen – er ist schöner als Lord Byron! Du mußt aufstehen und dich anziehen und herunterkommen!* Ihrer Beute offenbar schon damals sicher, hatte

Sophia den Befehl lachend abgetan: *Ich finde, es wäre ziemlich albern aufzustehen. Wenn er einmal gekommen ist, wird er auch ein zweites Mal kommen.* Und das hatte sich als wahr erwiesen. Er wußte wie jeder andere – die Geschichte war allgemein bekannt in politischen Kreisen –, daß Buchanans Leben früh ein Stigma bekommen hatte: der Streit der Liebenden, der jähe und unerklärt gebliebene Tod, die vergebliche Bitte, am Begräbnis teilnehmen zu dürfen, der Fluch der trauernden Familie und die eigentümliche Flucht des Überlebenden in öffentliche Ämter. Ohne Zweifel war dies der Weg gewesen, auf dem Buchanan zum Politiker geworden war, so wie jene zwölf in Abgeschiedenheit verbrachten Jahre ihn, Hawthorne, zum Schriftsteller gemacht hatten. *In dieser bedrückenden Kammer wurde der RUHM erlangt.* Das Schicksal krümmt und biegt uns, um uns seinen Absichten anzupassen.

«Bei uns in den Staaten sieht man auch nie dicke Ackerpferde. Wir nehmen sie zu hart heran», sagte Buchanan, sich auf amerikanische Frauen, ihre Schmalheit beziehend. Der alte Mann war aus seiner Versunkenheit aufgetaucht und lenkte jetzt, den weißhaarigen Kopf zur Seite neigend, seine Aufmerksamkeit einem anderen Wandschmuck in des Konsuls Zimmer zu, *einer farbigen Lithographie, die in Lebensgröße und mit ehrlich wiedergegebener Häßlichkeit der äußeren Erscheinung General Zachary Taylor zeigte* und, in den fünf Jahren seit seiner vorzeitig beendeten Amtszeit dunkel geworden durch den schmierigen, vom Kohlenrost aufsteigenden Rauch, den Ehrenplatz über dem Kaminsims einnahm. «Ich hoffe, Mr. Hawthorne, mit Ihrem Terminkalender hinken Sie nicht so hinterdrein wie mit Ihren Präsidentenporträts. Sie liegen zwei Präsidenten zurück.»

«Wir liegen auch ein, zwei Kriege zurück», sagte Hawthorne und zeigte auf einige kleinere Bilder, *primitive Stahlstiche, unsere siegreichen Seeschlachten im Krieg von 1812 feiernd.*

«Der alte Zack», sagte Buchanan sinnend. «Manche sagen, er sei von einem Agenten des Südens vergiftet worden, als sich herausstellte, daß er in Wahrheit gegen die Ausdehnung der Sklaverei war, ein Free-Soiler. Wäre er nicht gestorben, hätte er gegen den Kompromiß von 1850 sein Veto eingelegt, was vermutlich den Bürgerkrieg zur Folge gehabt hätte.»

Hawthorne war der Meinung, und er behielt sie diplomatisch für sich, daß der gefeierte Kompromiß nichts weiter als ein Larifari gewesen war, eine zum Scheitern verurteilte Bemühung, die nicht zu beschwichtigenden Ängste des Südens zu beschwichtigen, welcher die Sklaverei in einen immer kleineren Teil eines Landes abgedrängt sah, das sich seit 1800 um das Dreifache vergrößert hatte. Ganz Kuba in die Waagschale geworfen, und Nicaraguas Mosquitoküste obendrein, zu einem Gleichgewicht würde es nicht kommen.

«Ich habe immer befürwortet», sagte Buchanan, «daß die Grenzlinie des Missouri-Kompromisses bis zum Pazifik verlängert wird. Daß die Territorien unterhalb 36° 30′, sofern sie um Aufnahme ersuchen, für oder gegen die Sklaverei abstimmen, wie es ihnen beliebt. Keines wird dafür stimmen, das gilt auch für Kansas. Was der Süden in dieser kritischen Zeit vom Norden braucht, sind nicht Strafpredigten und Flugschriften, welche die Sklaven anspornen, den Pflanzer und seine schlafenden kleinen Kinder zu massakrieren, sondern Nachsicht, wie wir sie einem Kranken entgegenbringen würden, für den es keine Hoffnung auf Genesung gibt – wie wir sie schutzlosen Minoritäten in unserer Mitte gewähren, etwa den Mennoniten und den Juden.» Mag sein, daß er etwas unnötig Strafpredigthaftes in seiner eigenen Stimme wahrnahm, denn er fiel wieder in einen vertraulichen, eine Spur rechtfertigenden Ton und beugte sich vor auf dem wackeligen Bittstellerstuhl: «Aber durch eine Laune des Schicksals haben meine Ansichten nur selten der Prüfung einer hitzigen öffentlichen Abstimmung standhalten müssen: ich gehörte noch nicht dem Kongreß an, als der Missouri-Kompromiß geschlossen wurde; während der schlimmsten Zeit der Nullifikationskrise war ich Gesandter in Rußland; 1850 war ich aller Ämter ledig und hegte meinen Garten in Lancaster, und der üblen Kansas-Nebraska-Debatte bin ich enthoben durch meine Mission hier in England.»

«Ein gesegnetes Leben», murmelte Hawthorne.

«Ich wurde früh verwundet auf der Kampfstatt des Lebens», vertraute Buchanan dem anderen an, als wisse er, daß dieser seine Geschichte kannte, «und seither bin ich ein Mann des Friedens. Zuweilen konnte ich nicht einer Meinung sein mit Jackson und Polk, und zwei härtere Dickköpfe hat das Land nicht gesehen seit dem ersten John Adams, aber einen Bruch habe ich stets vermieden.»

«Es könnte sein, Sir, daß das Schicksal in nicht allzu ferner Zukunft eine große Aufgabe für Sie bereithält.»

Eine leichte Röte stieg in Buchanans Gesicht. «Unmöglich, lieber Freund. Ich habe ein Gesuch um Abberufung im nächsten Oktober eingereicht. Freudig und entschlossen beabsichtige ich, mich für immer aus dem öffentlichen Leben zurückzuziehen. Ich bin dreiundsechzig Jahre alt und habe mannigfaltige familiäre Verpflichtungen, wiewohl keine, die ich selbst zu verantworten hätte; ich nenne einen behaglichen Landsitz mein eigen, in den ich seit mehr als drei Jahren meinen Fuß nicht gesetzt habe, und – wenn ich es wagen darf, dies auszusprechen vor einem, dessen Worte vom göttlichen Atem berührt sind –, ich möchte ein Buch schreiben, meine Memoiren, unter besonderer Berücksichtigung der Regierungszeit Mr. Polks. Wenn es mir auch an schöpferischer Gestaltungskraft gebricht, bin ich auf meine schwerfällige Art doch ein Mann des geschriebenen Worts, der die Schriftform stets jeder anderen Art der Mitteilung vorgezogen hat. Wenn Henry Clay mich mit Hohn und Verachtung überhäufen wollte, sagte er nur: ‹Er schreibt *Briefe*!› Nun, ich gebe es zu, manche Nacht bin ich schreibend an meinem Tische sitzend eingeschlafen. Wenn die Leidenschaften verflogen sind und was wir zu erreichen trachteten, von der Geschichte zunichte gemacht worden ist, bleiben doch die Worte, die wir schreiben, und werden für uns sprechen.»

«Für einige wenige Gesegnete», stellte Hawthorne richtig. «Für alle anderen gilt, daß Bücher in das tiefste Grab sinken. Doch was Ihren Rückzug ins Privatleben anbelangt, Sir – wird das Volk das zulassen? Wenn unser Freund, der General, der unter der erdrückenden Last privaten Leids und innenpolitischer

Spannungen seinen Pflichten nachgekommen ist, im Geschrei über Kansas eine erneute Nominierung verfehlt –» Er ließ den Gedanken sich selbst vollenden. Ein anderer kam ihm in den Sinn: daß er die Beteuerungen Buchanans, dieser beabsichtige, sich endgültig zurückzuziehen, an General Pierce weiterleiten solle; doch er verwarf diesen Gedanken. *Eine sehr vulgäre Idee, List und Tücke zu unterstellen, wenn es doch einen klaren, ehrlichen Aspekt gibt.*

Buchanan wurde noch lebhafter, und die rosige Farbe seines Gesichts vertiefte sich. «Ich bin fest entschlossen. Ich werde mich nie als Kandidaten aufstellen lassen. Und ich habe diesen Entschluß meinen Freunden in einer Weise mitgeteilt, die es mir nicht erlaubt, ihn umzustoßen. Ich gebe zu, ich wäre froh gewesen, hätte man mich 1852 für die Präsidentschaft nominiert, und ich hätte mich auch '48 oder '44 nicht verweigert, doch jetzt ist es zu spät, ich bin zu alt. Für mich ist die Zeit der Besinnung und des Ausruhens gekommen, die Zeit, meine Beziehungen zu meinem Schöpfer zu verbessern, denn bald werde ich, wie ich in Demut hoffe, vor sein Angesicht treten.»

Hawthorne schlug bei diesem Ausbruch von Frömmigkeit unwillkürlich die berühmten Sternenaugen nieder und sagte so leise, daß sein Gegenüber sich anstrengen mußte, ihn zu verstehen: «Bitte, nicht *so* bald. Komme, was mag, Mr. Buchanan, Sie sind in diesem Augenblick der einzige Demokrat, den man sich, ohne sich lächerlich zu machen, für dieses hohe Amt vorstellen kann.»

Und der alte Mann errötete noch mehr. Seine Lippen öffneten sich und zitterten nur, er mühte sich um eine Ausrede, die gleichwohl dem *hohen Ziel* gerecht würde, *welches er sich sein halbes Leben lang gesteckt hatte*. Die Röte erregten Ehrgeizes hatte sich über sein ganzes Gesicht gebreitet, reichte vom weißen Leinen des altmodischen Stehkragens bis hinauf zum hochstehenden weißen Haarschopf. Sichtbar kämpfte er um Fassung und heftete seinen schieläugigen Blick nachdenklich auf den einzigen englischen Gegenstand an der Wand, *ein Barometer, das regelmäßig den einen oder andern Grad unerfreulichen Wetters anzeigte und so selten auf Schön stand, daß ich begann, diese Hälfte seines Kreises für überflüssig zu halten.* «Verstehen Sie Französisch, Mr. Hawthorne?»

«Un peu.» Er hatte ein bißchen Montaigne, Rousseau, Racine, Voltaire gelesen zu Hause unterm Dach, in Büchern, die Ebe aus dem Salemer Athenäum mitgebracht hatte, und später, während der Wochen, die er bei Horatio Bridge in Augusta verbrachte, hatte er nächtliche Unterhaltungen mit Bridges Tutor und Kostgänger Monsieur Schaeffer geführt, einem kleinen blonden Elsässer, der tagsüber versuchte, dummen jungen Maine-Schädeln Französisch einzupauken, und abends zurückkam mit dem Ruf: *«Je hais les Yankees!»*

«Ich bin kürzlich auf eine Bemerkung von La Rochefoucauld gestoßen, in der eine tiefe Weisheit liegt», sagte Buchanan. *«‹Les choses que nous désirons n'arrivent pas› – comprenez?»*

«So weit ja.»

Der Akzent, der sich am Hof von St. Petersburg bewährt hatte, war vorsichtig genau, prüfte jedes Wort, wie jemand, der sich über dünnes Eis fortbewegt. *« – ‹n'arrivent pas, ou, si elles arrivent, ce n'est, ni dans le temps, ni de la manière qui nous auraient fait le plus plaisir.› Oui? Comprenez-vous? C'est une vérité dure, n'est-ce pas?»*

«C'est dure, c'est triste, mais vrai. C'est la vie.»

«La vie humaine depuis la Chute – depuis Adam und Eva, hm?» Und der Alte lachte, ein hohes Lachen, das mit einem kurzen keuchenden Atemzug wieder eingesogen wurde, kaum daß es heraus war, und darein mischte sich ein leiser Schrei, der von dem malträtierten Stuhl aufstieg, als sei in sein Holz, seine gedrechselten, sich verjüngenden Stäbe die Pein all der Flehenden eingegangen, die sich je in seiner harten Umarmung gewunden hatten. Hawthorne fühlte den eisigen Griff des Unheimlichen an seinem Hals – es war, als sei der Schrei nicht in diesem dumpfigen Amtszimmer aufgestiegen, sondern in ihm selbst, in seinem von Gespenstern heimgesuchten, widerhallenden Schädel.

Wann war es? Meine Erinnerung möchte unser Gespräch einem rauhen grauen Tag im frühesten Frühling zuschieben, rußgesprenkelte Fetzen nicht geschmolzenen Schnees unter den Sträuchern der Muellers und an der Nordseite des schrägen Verschlags über ihrer Kellertreppe, aber nach dem, was darauf folgte, muß es im Herbst gewesen sein, genauer, im Spätherbst, nach dem Election Day. Die Ford-Ära nähert sich dem Ende; Ford hat verloren, wenn auch nur knapp; die Blätter, die so rötlich, so rosig, so golden durchschimmernd gewesen sind am Tag, da die Rektorin ihre Cocktailparty gab, sind abgefallen. Mehr noch: sind zusammengeharkt, in Säcke gestopft oder zu Mulch verarbeitet und rotten bereits in satte dunkle Erde hinüber. Ahorne und Buchen und einige der noch lebenden Ulmen des südlichen New Hampshire – ein waldiger Staat, der wie Pennsylvania in über zweihundert Jahren nicht mehr als einen Sohn für die Präsidentschaft beigesteuert hat, ein Staat, der zu gut ist, könnte man sagen, um große Männer hervorzubringen, die uns anderen solche Opfer abverlangen; ein Staat, in dem Mt. Washington, diese bitterwindige Felskuppel, nie in Mt. Pierce umbenannt worden ist – standen silbrignackt am mäandernden Wayward River, der einst weiter nördlich ein paar Mühlen angetrieben und reingehalten hatte und jetzt frei war und sich nutzlos ins Meer ergoß. *Lebe frei oder stirb* ist unser Motto; niedrige Steuern: unser Stolz. Wir sind der am viertstärksten industrialisierte Staat der Union. Obschon nicht so wildromantisch wie Maine, haben wir doch unsere Nischen ländlicher Armut und trauriger Ausbrüche sexuell motivierten Mords. Unsere Highways sind von ehrlicher Ungepflegtheit, nicht gestriegelt wie in Vermont, wo die grünen Hügel feist sind von New Yorker Geld – nicht bei uns. In Wayward gab es keine zwei Straßen, die parallel liefen, und die Hälfte hatte keine Gehsteige. Genevieves Haus, Sie werden sich erinnern [s. S. 60], stand gegenüber einer mächtigen alten Ulme und war *ein ehemaliges Farmhaus aus dem frühen neunzehnten Jahrhundert mit kürbisgelb gestrichener Bretterverkleidung und rostbraunen Fensterläden und Holzsimsen*, ein symmetrisches, bescheidenes Haus, das für mich jedoch etwas

Majestätisches hatte, weil es ihren lebensvollen Körper und ihren leuchtenden, disziplinierten Geist umschloß. In letzter Zeit gelangte ich selten über die Schwelle. Brent ging aus und ein, besuchte seine Töchter, und Genevieve fand, es sei zu verwirrend für die beiden, wenn ein anderer Mann ebenso freizügigen Gebrauch vom Vorder- und Hintereingang machte. Außerdem würden die Nachbarn auf mein Auto aufmerksam werden, ein auffällig altes, immer älter werdendes Corvair-Kabrio, wenn es häufig dort parkte, wo der Vorgartenrasen der Muellers in die asphaltierte Straße hineinstruppte, und wer weiß, was für nachbarliche Zeugenaussagen die Anwälte ihres Mannes ins Feld führen würden, wenn es hart auf hart ging? In der Ford-Ära war abergläubische Angst vor Rechtsanwälten und Anlageberatern, als den potentiellen Urhebern finanziellen Ruins, noch nicht verdrängt worden von der Furcht vor fallierenden Banken und bizarren Krankenhausrechnungen wie in der gegenwärtigen, der Bush-Ära.

Der Vorgartenrasen der Muellers sah nicht nur abgeharkt aus, sondern geschrubbt, und die Azaleen waren in Sackleinen gewickelt. Neben der großen alten Ulme stand ein blauer Plastikbehälter, aus dem irgendein Linderungsmittel in ihre vergifteten Kapillaren tropfte, und ihre toten Äste waren nicht zu unterscheiden von den lebenden in der saisongemäßen Unbelaubtheit. Der Tag fühlt sich in meiner Erinnerung weiterhin beharrlich wie ein Frühlingstag an, einer jener ungezählten stumpfen Tage, die uns zu unserm Tod hinführen; der Frühling ist bei uns in New England die unbefriedigendste Jahreszeit, die Luft ist schwer von der grauen Hoffnungslosigkeit der Natur, die sich schleppend aufrafft und noch einmal die Anstrengung unternimmt, auf eine Unkrautgeneration die nächste folgen zu lassen, indes vom Atlantik her unverändert die Winterwinde blasen.

Doch als ich dann im Haus war – ich hatte in einer einzigen Bewegung an die Vordertür geklopft und sie geöffnet –, übten die Arrangements der Vollkommenen Ehefrau, ihre allgegenwärtige, Klarheit stiftende Hand, erquickende Wirkung auf mich aus. Der Glastisch mit den eisgrünen Kanten auf seinem stabilen Chrom-X. Der Wollteppich mit seinen eindeutigen Siebziger-

Jahre-Harmonien in Lachsrosa und ausgewaschenem Lindgrün. Die abstrakten Drucke an den Wänden, auf deren Oberflächen aus drastischem Schwarzweiß sich fleckig mein Kopf spiegelte. Die sauberen Scheiben des Wohnzimmerfensters.* Das Abprallen der Erdtöne von den eckigen, mit Keder eingefaßten Kanten des Sofas und der Sessel. Das Eßzimmer, wo auf Zehenspitzen acht Stühle aus gebeizter Buche, die Sitzflächen aus Binsengeflecht, auf die nächste Abendgesellschaft warteten, um einen polierten Tisch herum, in dessen Mitte eine türkisfarbene Glasvase mit spiraligem Rippenmuster stand, in der ein empfindsamer Strauß aus braun-und-gelben Astern steckte, den schnell vergänglichen letzten Blumen des Jahres. Überall das Blitzen von Gepflegtheit, das Fehlen von Unordnung. Nirgendwo ein Hundehaar, eine Staubflocke. Alles war so planvoll, so bewußt wie eine Architekturskizze, in die mit eleganter Hand menschliche Figuren eingezeichnet sind, um den Maßstab anzuzeigen – Ovale für Köpfe, Strichbeine für Männer, dreieckige Röcke für Frauen, Chiffren, durch die die Fluchtlinien einfach hindurchgehen.

Genevieve trug engsitzende weiße Calvin-Klein-Slacks, die Hüfttaschen wie Tätowierungen auf Gesäßhälften aus leuchtendem Stoff gestichelt, und einen schwarzen Cashmerepullover mit Rollkragen, in dem ihr Haar gefangen war, als hätte sie den Sweater gerade eben übergezogen und sich noch nicht die Zeit genommen, ihre seidige schwarze Mähne aus der elastischen

* Vermutlich fühlte ich mich daran erinnert, wie ich als Kind mit meiner Mutter unsere Fenster in Hayes geputzt hatte – das Herunterrinnen des nach Ammoniak riechenden Seifenwassers, das Quietschen des immer schwerer und glitschiger werdenden Lappens, der wachsende Schmerz im Unterarm, die sonnige Schärfe der Luft, die im nördlichen Vermont auch im August kühl sein kann. Ein Kind sieht keinen Unterschied zwischen sauberen und schmutzigen Scheiben, folglich war das Ritual, so wie manch anderes Erwachsenenverhalten, eine rein magische Handlung für mich, eine Qual, ersonnen, mich an die Seite meiner Mutter und unter ihre liebende Aufsicht zu bringen. Durch Genevieves mustergültig durchsichtige Scheiben gesehen, schien das Draußen sich näher herangeschlichen zu haben, wie ein Tier, das gleich zum Sprung ansetzt.

Umklammerung zu befreien. Sie sah aufreizend androgyn aus, wie ein Page in einer modernistischen Shakespeare-Inszenierung. Ihre Füße – ich glaube nicht, daß ich dies falsch in Erinnerung habe – waren nackt, eben als ob sie dies Kostüm überstürzt, unmittelbar vor ihrem Bühnenauftritt, übergestreift hätte. Vielleicht hatte ich dadurch, daß ich nach meinem Klopfen nicht gewartet hatte, sondern sofort eingetreten war, sie zu solcher Eile gedrängt. Wie gesagt, ich wurde immer seltener zu ihr nach Hause eingeladen, je mehr unsere Affäre zu einer Gewohnheitssache wurde. Sie kam zu mir nach Adams, oder wir machten kleine Ausflüge mit dem Auto und fanden ein Motel, das nicht zu nah am Highway stand und möglichst nicht zu zweifelhaft war. Rasthauszimmer waren nicht schlecht mit ihrer raschen elektrischen Wärme und dem Blick nach hinten hinaus, auf Kalmien oder Flieder im Schutz der Kiefern; in Ramada Inns gab es zu viel betrunkenes Vertretergealber auf den Fluren. Meine Geliebte erschien mir in ihrer rosalindenhaften Aufmachung so vollkommen, so knapp und anmutig, daß ich zögerte, sie zu umarmen; es kommt mir wie eine Täuschung vor – als ob allerneueste Computertricktechnik die schwerfälligen Signale meines alten Gedächtnisspeicherbands verstärkt hätte –, daß wir uns dann doch umarmten. Ihr lieber, kräftiger, breitschultriger Körper, der etwas sehnsüchtig und athletisch Vorstoßendes bekam, weil ihre bloßen Füße sich auf die Zehenspitzen reckten, lehnte sich eng gegen mich und blieb mit beunruhigender Endgültigkeit an mir haften.

Sie hatte in meinem Büro angerufen und mich zu sich bestellt. Ihre Stimme hatte besonders humorlos und direkt geklungen. Sie rief von der Arbeit an. Die widerwillig gegebenen Almosen ihres akademischen Gatten als unzulänglich empfindend, hatte sie einen Job in Portsmouth angenommen, in einer Boutique, die die Schwester der Frau eines anderen Collegelehrers aufgemacht hatte, die Schwester der vom Tennisspielen gestählten und brünierten Zweitgattin des schmerzschiefen Biologieprofessors. Der Laden lag in Portsmouths aufgemöbelter Hafengegend, alte Lagerhäuser aus Backstein, die man wieder instand gesetzt hatte, damit sie das neue Handelsgut aufnehmen konnten, in diesem Fall die Tweedsachen, Pullover und eleganten Kostüme der Zeit nach der Gegenkultur. Vernünftige Kleidung in ruhigen Farben war wieder gefragt. Genevieve betätigte sich nicht bloß als Verkäuferin, sondern, nach einigen Wochen, während deren sich ihr Talent, ihr Gespür für Mode entfaltete, auch als stellvertretende Geschäftsführerin und Einkaufsberaterin. Sie hatte Erfolg, aber das bedeutete, daß sie an den meisten Tagen nicht da war, und wenn sie nach Haus kam, hatte sie alle Hände voll zu tun, mußte die Mädchen bei der Nachbarin oder bei der Babysitterin einsammeln, die sie nach der Schule zu sich genommen hatten, mußte Abendbrot machen und die Aufgaben nachholen, die sie, als sie ausschließlich Hausfrau gewesen war, über den ganzen Tag verteilt hatte, um die Zeit auszufüllen.

Also wird's wohl doch kein trüber Nachmittag gewesen sein, sondern Abend. Ihre geputzten Fensterscheiben waren schwarz, bis auf den bleichen Schein hin und wieder vorbeiwischender Autoscheinwerfer. Beim Anschwellen und Vergehen solcher vorübergleitenden Lichtkegel hatten wir uns mehr als einmal geliebt, sie rücklings auf dem daunengefüllten Sofa, mein Gesicht über ihrem schwarzen Dreieck oder ihren runden Brüsten mit den harten dunklen Spitzen, indes das Licht auf unseren Körpern kam und ging, als machte es Aufnahmen für ein sentimentales Photoalbum unserer Liebe.

Ich hatte in irgendeiner Kneipe in Adams beziehungsweise im gynozentrischen Studenten-Center eine Kleinigkeit gegessen, nachdem ich lange Stunden da oder dort am Schreibtisch gesessen und mich mit dem mittlerweile ziemlich verwirrenden Buchanan befaßt hatte. Sein Leben war, von innen gesehen, ein Abkommen mit Gott wie das jedes andern, aber von außen wurde es immer komplizierter, die handelnden Personen in der Story wurden immer zahlreicher, alte, auf der Hinterbühne agierende Drahtzieher wie John Forney fielen weg, und neue tauchten auf wie John Slidell, Frauen geisterten weiterhin in den Randkulissen, JBs Briefe und Memoranden türmten sich, seine Karriere trieb ihrem Höhepunkt im Weißen Haus entgegen, sein Leben war zu einem

Inkubus geworden, der meinem Leben Kraft wegnahm. Mein Leben hatte an irgendeinem unbemerkten Punkt seinen Gipfel erreicht und sich an den Abstieg gemacht. Mein vierzigster Geburtstag war gekommen und gegangen, kaum beachtet, ungefeiert. Jeder war zu beschäftigt gewesen, einschließlich Norma. Ich lag müde auf dem Sofa. Genevieve war wieder nach oben gegangen und sang ihre Töchter in den Schlaf. Ihre Stimme war rührend, wenn sie sang, zitterig, aber in der richtigen Tonlage, kindlicher als ihre Sprechstimme. Die Lieder waren mir unbekannt; meine Mutter hatte viele gute Eigenschaften gehabt, aber gesungen hatte sie nie; sie pflegte in unserer weißen Kongregationalkirche mit fest zusammengepreßten Lippen zu stehen, während wir anderen uns durch den Choral wurstelten und jaulten. Für mich war's, als sänge Genevieve immer ein und dasselbe Lied, eine Melodie, die sich auf und ab bewegte und dort wieder ankam, wo sie begonnen hatte, wie Musik es immer tut. Sie wiederholt und wiederholt sich, wird immer dringlicher bei ihrer Suche nach diesem Etwas, das sie nie wirklich findet. In meiner Junggesellenklause schaltete ich reflexhaft, sowie ich zur Tür hereinkam, mein kleines Radio ein, um das Schweigen und den Straßenlärm zu übertönen, und reichlich zwei Jahre WADM hatten in mir eine gewisse Verachtung für Musik keimen lassen: sie müht sich und kämpft, sie schreit, sie flüstert, sie versuchts's noch einmal, eine halbe Oktave höher, aber sie gelangt nirgendwohin, sie findet den Ausweg nicht, sie hört irgendwann auf. Das Höchste, das man über sie sagen kann: Sie ist besser als das Schweigen.

Genevieve kam die Treppe herunter und sah aus, wie ich sie beschrieben habe. Vielleicht hatte sie inzwischen weiße Clogs an den Füßen oder Pantoletten mit Blockabsätzen und vorn offen, so daß die lackierten Zehennägel zu sehen waren, dunkle Tupfen, die Schlußpunkte hinter dem erregenden Kapitel ihres Körpers; aber ich glaube nicht, nein, ihre Füße waren nackt nach einem langen Tag, den sie in engen Schuhen, stehend, in der Boutique in Portsmouth verbracht hatte. Die Boutique hatte einen Namen, der mir soeben wieder eingefallen ist: Fancies.

«Was zu trinken?» fragte sie, gegen ihre eigene Müdigkeit ankämpfend. «Ein Bier?»

«Welche Sorte?»

«Löwenbräu, glaube ich.»

«Brent hat wieder was in den Kühlschrank getan», folgerte ich. Löwenbräu war seine Marke. Französische Ideen, deutsches Bier, alles importiert. Er äffte Derrida nach und fuhr einen Peugeot. Kein Wunder, daß wir uns zu einer Schuldnernation entwickeln.

Empfindlich auf meinen unausgesprochenen Groll reagierend, sagte sie: «Warum sollte er nicht hier sein! Er ist Freitag für mich eingesprungen und hat sich um die Kinder gekümmert, weil der Laden da bis neun aufhat. Das Weihnachtsgeschäft hat angefangen.»

«Armes Ding. Wir müssen dich rausholen aus dem Laden da.»

Sie sah mich an, als wolle sie abschätzen, wie ernst ich das meinte. Dabei hatte ich gar nichts gemeint, hatte ihr nur mein Mitgefühl ausdrücken wollen. Ich betrachtete uns als Leidensgefährten. Daß ich der Grund dafür war, daß sie litt, kam mir nicht in den Sinn. «Warum?» fragte sie. «Ich bin gern dort. Ich genieße den Kontakt mit anderen Menschen, hier habe ich ja nicht viel, in Wayward schneiden mich alle. Die Arbeit lenkt mich ein bißchen ab von dem, was ich aus meinem Leben gemacht habe.»

«Ein Löwenbräu wär gar nicht so übel», sagte ich.

«Ob ich mir ein Glas Wein nehme?»

«Was ist mit deinem Geschwür?»

War das ein Erröten? Sie errötete nie, aber jetzt doch, wie Buchanan. «Ich bemogele es gerade ein bißchen.»

«Wein klingt gut. Ich nehme auch ein Glas.»

«Es ist nur noch ganz wenig in der Flasche.» Sie zögerte und beschloß dann, immer noch errötend, es zu sagen. «Brent hat sie fast ganz ausgetrunken, als er hier war.»

Eine Erwähnung Brents mochte angehen, aber zwei waren zuviel. Ich richtete mich auf. «Ihr scheint ziemlich viel miteinander zu trinken, du und er. Komm her. Ich räume das Sofa für dich und hole dir den Wein.»

«*Du* möchtest doch Wein.»

«Wenn's bloß noch ein Glas ist, will ich es dir nicht wegnehmen.»

«Oh, nimm's mir ruhig weg. Du hast mir auch alles andere weggenommen.»

«Was meinst du damit?» Die Elektrizität, die von ihr ausging, war nicht bloße Einbildung von mir. Sie traf mich, nahm mir ein wenig den Atem. Sie bauschte ihr die Haare auf, die im Rollkragen des schwarzen Pullovers gefangen waren.

«Was meine ich wohl damit!» schrie sie. «*Alles*. Mein Ansehen, mein angenehmes Leben. Meine Selbstachtung. Meine Kinder lieben mich noch, aber in fünf Jahren, wenn sie verstehen, was passiert ist, nicht mehr. Ich bin wie eine Hure mit dir. Ich tue alles, um dir zu gefallen. Ich bin noch nie mit einem Mann so gewesen wie mit dir.»

«Das ist schön», sagte ich, geschmeichelt.

«Für dich», sagte sie.

«Für dich nicht?»

«Für mich ist es noch was ganz anderes. Es ist Wahnsinn, Alf.»

«Natürlich wollte ich sagen, daß es auch für mich noch was ganz anderes ist. Es ist der Himmel. Du bist der Himmel, Genevieve.» Ich sprach ihren Namen selten aus. Er war zu lang, aber ich brachte es nicht über mich, ihn zu «Gen» abzukürzen, wie Brent das so roh und launig tat.

«Das ist es nicht, und ich bin's nicht», sagte sie prosaisch. «Wir leben auf der Erde und das nicht einmal sehr lange.» Meine Neigung, mich poetisch auszudrücken, mit Worten zu vergrößern und zu erhöhen, sozusagen zu *konstruieren*, und ihre eher praktische Veranlagung waren schon früher in Widerstreit geraten, zum Beispiel damals unter der knospenden Ulme, als sie verfügte, daß wir beide unsere Ehepartner zu verlassen hätten. Ich hatte es getan, in einer Szene, die so quälend gewesen war, daß ich es nicht ertrage, sie mir noch einmal in Erinnerung zu rufen, auch nicht Ihnen zuliebe, *Rückblick*. Ich war meiner Verpflichtung nachgekommen; ich hatte ihrer Liebe Sicherheit geboten; ich war ihr weißer Ritter. Doch ein Widerwille oder eine

Unzufriedenheit färbte ihren Ton, als sie sagte: «Ich hole dir ein Bier. Der Wein schmeckt inzwischen wahrscheinlich sowieso nicht mehr besonders.»

Sie kehrte mit einem runden Tablett zurück, auf dem ein Weinglas und ein Bierglas standen, die ihren Umrissen nach ein perfektes heterosexuelles Paar abgaben, und setzte sich nicht zu mir aufs Sofa, sondern auf den dazu passenden, blaßbeige bezogenen Sessel, der auf der anderen Seite des Glastisches stand. Als sie mit rascher, schmalknöcheliger Bewegung die Beine übereinanderschlug, blitzte die Unterseite ihres mit weißem Jeansstoff bespannten Schenkels auf, und mein Mund wurde trocken vor Begierde. Ich sehnte mich, dort zu sein, zwischen diesen sauberen Schenkeln, an dem süß schmutzigen pelzigen feuchten Platz zwischen ihnen. Sie sah mir zu, wie ich einen goldenen Schluck von Brents Bier nahm, und lächelte. «Lieber Alf», sagte sie. «Du bist so unschuldig gierig.»

«Durstig», korrigierte ich unschuldig. «Ich möchte mit dir schlafen, ich möchte es so sehr, daß ich plötzlich einen ganz ausgedörrten Mund bekommen habe.»

Streng stellte sie die Beine wieder nebeneinander und drückte die Knie zusammen. «Erzähl mir von Ann Arthrop.» Ihr großer klarer Blick, die dunkle Iris ganz oben im Weißen, ließ nicht ab von mir, während sie einen prüfenden kleinen Schluck vom Wein nahm. Sie zog eine Grimasse und gab einen französischen Laut von sich, etwa so: *iuug*, ganz schnell hervorgestoßen.

Eine Sekunde lang hatte ich gedacht, sie meine jemanden in der Buchanan-Saga, deren Nebelschleier fast ständig mein Gehirn umhüllten. Die Frau oder vielleicht die unverheiratete Schwägerin eines seiner Südstaatenminister, vorgeschickt, den alten Junggesellen von der Verräterei dieser Kabinettsmitglieder abzulenken. «Ich glaube», sagte ich vorsichtig, «sie ist die Mutter von Jennifer Arthrop, einer Lieblingsstudentin von Brent.»

«Fein, Darling. Das glaube ich auch. Und wann genau hast du sie gefickt?»

«Wer sagt, daß ich sie gefickt habe?»

«Leugnest du, daß du sie gefickt hast?»

Zu den zahllosen Dingen, die ich an Genevieve mochte, gehörte dies: Wenn sie das Wort, das sie suchte, erst einmal hatte, dann blieb sie auch dabei. Sie hatte für eitle, müßige Abwechslung nicht mehr Bedarf als eine Maschine. Vollkommenheit *ist* so. «Ich leugne es ja nicht», sagte ich. «Ich will nur wissen, wer's sagt.»

«Wen interessiert schon, wer's sagt», sagte sie.

«Brent war's», sagte ich anklagend. «Der schweinemäßige alte Brent sagt es, er hat es von seiner verzogenen kleinen Lieblingspflutsche Jennifer, ihre Mutter hat's ihr gesteckt, weil zwischen den beiden eine sexuelle Rivalität besteht. So einer Mutter-Tochter-Kiste schenkt man doch kein Vertrauen!»

Rückblick-Redaktion, Sie wissen, wie in Zeichentrickfilmen der Kater auf Murmeln ausrutscht, die die Mäuse hingeschüttet haben, erst rutscht er langsamer, dann immer schneller, bis seine Beine zu einer verwischten Propellerscheibe werden, und immer mehr Murmeln rollen ihm unter die Füße, so daß er eine schreckliche Ewigkeit braucht, bis er fällt? Genau so war jetzt unsere Unterhaltung: ich versuchte verzweifelt, mich in der Luft zu halten.

Genevieve war unerbittlich. «Willst du sagen, Mrs. Arthrop hat ihre Tochter angelogen? Warum sollte sie das tun?»

«Um sie zu ärgern. Um Verwirrung zu stiften. Warum lügen Leute denn? Weil sie dickköpfig sind – weil sie sich gegen ein totalitäres Schicksal behaupten müssen. Lügen ist so was wie ein Votum; es ist praktizierte Demokratie.»

«Wann war es, Alf?» Ihre Stimme klang betont geduldig.

«Wer sagt denn, daß überhaupt was war? Im Winter.» Nein, das war, als Buchanan mit der Zarin von Rußland Walzer tanzte. «Im Mai vielleicht. Ich habe Mrs. Arthrop im April oder Mai zusammen mit Jennifer drüben im Studenten-Center getroffen, nach einer Probe zu *Lysistrata*, die vor Beginn der Abschlußprüfung zur Aufführung kam.»

Genevieves herrliche Augen, keine versenkten mißtrauischen Gallertklümpchen, wie wir anderen sie haben, sondern skulpturale Gebilde – leicht mandelförmig, ich sagte es vielleicht schon, als habe sie einen Tropfen orientalischen Bluts in sich, ein wenig so, wie Senator King etwas leicht Seminolenhaftes hatte – weiteten sich; ihre Sternenlider, die Wimpern so dicht, daß Mascara sie zusammenklumpte, zuckten in kaltem Zorn. «Und dann bist du mit ihr gegangen. In dieser Nacht hast du sie gefickt, und am nächsten Abend seid ihr beiden wie ein reizendes altes Ehepaar losgezogen, um Klein-Jennifer spielen zu sehen.»

«Die Vorstellung war am Nachmittag», korrigierte ich sie. «In Truman Hall. Und selbstverständlich bin ich nicht hingegangen, weder mit noch ohne Mrs. Arthrop. Was für eine schockierende Idee. Ich habe sie am nächsten Tag überhaupt nicht mehr gesehen, die Frau hat sich in ihr Auto gesetzt und ist dahin gefahren, wohin sie gehört, nach Connecticut zu ihrem Mann, der gräßlich sein muß. Er nennt sie Annie, wie in ‹*get your gun*›.» Die Murmeln unter meinen Füßen hatten aufgehört zu rollen. Zu meiner enormen Erleichterung hatten wir den Augenblick des Geständnisses irgendwie umgangen und waren sicher auf der anderen Seite. Die Mrs. Arthrop-Episode lag hinter uns, war Teil unserer Vergangenheit, auf der wir nun weiter unsere makellose Zukunft errichten konnten.

«Woher weißt du das?» fragte Genevieve, nichts von der guten, zuversichtlichen Stimmung erkennen lassend, in der ich mich befand.

«Was denn? Daß sie mit dem Auto nach Connecticut zurückgefahren ist? Das nehme ich an, weil es sechs Monate her ist und ich nichts sonst gehört habe. Wenn sie einen Unfall gehabt hätte, wären die Zeitungen davon voll gewesen.»

«Daß ihr Mann sie Annie nennt.»

«Ach so, keine Ahnung. Hat sie wohl im Coffee-Shop im Studenten-Center erwähnt. Ich habe ein Sandwich mit Sojasprossen gegessen und sie eine Mandarine. Jennifer war die ganze Zeit auf dem Sprung, wollte irgendwelche Freundinnen nicht verpassen und hat uns schließlich sitzenlassen.» Warum wollte dieser Vorfall nicht vergehen, nicht in die Geschichte absinken? Ich hatte angenommen, daß wir's inzwischen beide als gegeben betrachteten, daß ich mit Ann geschlafen hatte.

«Du lügst», sagte Genevieve.

«In welchem Punkt denn? In puncto *Lysistrata*? Ich gebe dir mein Ehrenwort, ich leiste einen Eid auf tausend Bibeln, daß wir nicht zusammen in die Aufführung gegangen sind.» Obwohl sie mich so weit hatte, daß ich mich fragte, ob ich es nicht hätte tun sollen – ob die guten Manieren es nicht eigentlich verlangt hätten. «Ich wär da womöglich mit Brent zusammengetroffen, der bestimmt da war, um seinen Schützling zu bewundern. Ich treffe nicht gern mit Brent zusammen.» Wieviel von meinem Verhalten, dachte ich, als ich diese Sätze hinterherschickte, war wohl wirklich unschuldig. Das meiste. Etwa achtundneunzig Prozent.

Ihre wunderbaren Augen, wie bemalte Marmoreier, waren plötzlich gerötet und standen voller Tränen. Ich war bestürzt. Daphne weinen zu sehen war nicht so schlimm gewesen. Mit gebrochener Stimme stieß Genevieve hervor: «Ich weiß nicht, wann du lügst und wann nicht.»

Ich mußte das geradebiegen; unsere Beziehung war im Begriff, über irrelevanten Kleinigkeiten in die Brüche zu gehen. «Genevieve, Liebe, bitte, hör mir zu. Ich bin mit Jennifer Arthrops Mutter *nir*gendwo hingegangen. Ich habe nie mehr von ihr gehört, kein Sterbenswörtchen. Sie war ein knallhartes Weibsstück aus der oberen Mittelschicht. Ich *bin* in der Nacht mit ihr im Bett gewesen. Es tut mir leid, es war – wie hast du gesagt? – Wahnsinn. Es war nichts. Es war wie eine Fußnote, die der Leser übergehen kann. Du bist es, die ich liebe. Die ich anbete. Ich möchte, daß du meine Frau wirst. Ja, ich fühle, daß du schon meine Frau *bist*.» Selbst in diesem Augenblick, da ich die glühende Wahrheit sagte, log ich. Es war nicht nichts gewesen. Ich hatte das reiche majestätische Geschenk ihres üppigen, selbstbewußten Körpers bekommen, der in der Festlichkeit des Fleisches über mir geragt hatte wie ein Daumen, der hochgehalten wird, um die ferne kühle Scheibe des Mondes zu verdunkeln. Das vielfältige Geschaukel ihres Leibes, ihre schwer hängenden Brüste, das winzige Zimmer mit dem Blick auf die Pomme frite, die kitschige kleine funzlige Nachttischlampe mit ihrem Sonnenuntergang, die alles sah – ich hatte mich oft, mit Vergnügen und Stolz, in jene Nacht zurückgedacht.

«Du hast sie gefickt», stellte Genevieve trockenen Auges, der Klarheit halber, fest.

«Genevieve, *bitte*. Warum müssen Frauen dauernd ‹ficken› sagen! Wir haben miteinander geschlafen, es war ganz natürlich, wie die Gezeiten. Es war nur ein einziges Mal.» Genaugenommen waren Ann und ich zweimal gekommen, dachte ich. Ich hoffte, diese Überlegung, diese spitzfindige Modifizierung ließe sich nicht von meinem Gesicht ablesen. Der rotgeränderte Blick der vollkommenen Frau war scharf wie der eines Falken; ihre Lippen, nie schwellend (wie beispielsweise Sarah Colemans), waren schmal geworden.

«Wer sagt sonst noch ‹ficken›? Wen vögelst du sonst noch alles, während ich den ganzen Tag auf den Beinen bin und jedem erzähle, gut kniebedeckt ist jetzt in, und abends nach Hause rase, um Susan und Laura was zu essen zu machen, und sie zu Bett bringe und ihnen sage, daß Mommy sie liebhat und Daddy sie liebhat, auch wenn er nicht da ist, und Gott sie liebhat, auch wenn er ihre Gebete nicht immer gleich erhört? Ich frage sie nicht, worum sie beten, ich *weiß*, wovon ihre Gebete handeln, *ich* bin's, die sie nicht erhört, nicht Gott. Dann mache ich die Runde durchs Haus und schließe ab und liege da und bete, daß du anrufst, und gebe mir Mühe, nicht zu große Angst zu haben und nicht mehr auf das Knacken und Knarren zu lauschen und auf die Geräusche, die der Kühlschrank unten macht, wie ein Mann, der umherstapft, und schlafe ein bißchen, damit ich am nächsten Tag wieder ausgeruht und liebenswürdig im Laden stehen kann.» Ich hatte sie noch nie so viel reden hören, mit so wenig Selbstzensur; ich bekam endlich die ungekürzte Fassung. «Du weißt nicht, was es bedeutet, eine alleinstehende Frau zu sein», fuhr sie fort, «du bist ein Mann, du bist wie ein stumpfsinniger Bär, du ziehst einfach los, in irgendeine Höhle, und wenn sich etwas Weibliches hineinverirrt, dann springst du drauf. Während ich mich gedemütigt fühle und Angst habe, nicht nur für mich, für mein selbstisches Selbst, sondern auch für meine armen lieben kleinen Mädchen, schlägst du vor diesen schmachtenden hirnlosen Wayward-Gören dein Rad und fickst jede, die dir gerade gefällt, weil's so schick ist, dickköpfig gegen das totalitäre Schicksal anzugehen. Wer ist denn totalitär? Ich vermutlich. Nicht die süße alte Norma, die ist zu desorganisiert. Die ist einfach nur eine große duselige mütterliche Wolke von, von» – und mit einem ungeduldigen Fingerschnippen schlüpfte sie in eine Sprache, die zu ihrer Ehe gehörte, ins Derridianisch ihres Mannes – *«dissémination.»*

Eine rutschende, herzstockende Sekunde lang dachte ich, sie sei auch über meinen Fehltritt mit Norma im Anschluß an die Party bei der Rektorin informiert. Wer könnte sie informiert haben? Brent, meine Nemesis, hatte uns miteinander reden und vielleicht auch zusammen weggehen sehen. Dieser Schweinehund. Er war rings um mich herum, schnitt mir die Luftzufuhr ab. Wie der Geruch von Normas Farben in jener anderen Nacht.

Ich tat einen tiefen Atemzug, um mich zu verteidigen, da fragte Genevieve: «Was hat dich angezogen?»

«An wem?»

«Mein Gott, Alf, wie viele Flittchen gibt es denn! An der Arthrop. Brent sagt, sie ist fett und schlampig.»

«Woher weiß er das denn?»

«Versuch nicht, mich abzulenken. Er hat sie irgendwo gesehen, als sie hier war, vielleicht auf der Probe, vielleicht bei der Aufführung. Ich schnüffele nicht in seinem Leben herum. Sie muß entsetzlich sein. Was hat dich an ihr gereizt?»

Ich hielt stand und sagte es ihr nicht; es war zu intim.

«Was hat sie gehabt, das ich nicht habe? Größere Brüste? Raffiniertere Kunststücke im Bett? Wieso wußtest du das, bevor du mit ihr zusammen warst? Oder erkennen Männer so was im voraus? Können sie's riechen? Wollte sie's von hinten, in den Arsch?»

Sie brachte meine prüde Seite zum Vorschein. Ich erschauderte und sagte: «Sei nicht vulgär. Sie hatte nichts, das du nicht auch hast. Du bist vollkommen. Für mich wenigstens.»

«Da lachen ja die Hühner.» Ihre Sprache wurde salopp und

grob, nun da ihre Zunge sich gelöst hatte. Ich mochte das nicht. Ich hatte ihre gemessene Ausdrucksweise gemocht, ihre altmodische aufrechte Haltung, ihre korrekten, ein wenig zu strengen Kleider.

«Ihr Name», gestand ich. «Sie hieß Ann. Wie Ann Coleman, Buchanans lebenslange Liebe.»

«Das ist lachhaft», sagte sie. Ich haßte diese Phrase. Sie klang nach Brent, auf Lehrkörperversammlungen, die Stimme heutigen Denkens, die in falschem volkstümlichen Tonfall etwas entlarvt.

«Es ist die Wahrheit. Was ist sonst noch die Wahrheit?» überlegte ich laut, eine List anwendend, zu der ich griff, wenn ich es mit unaufmerksamen oder ungebärdigen Studentinnen zu tun hatte: ich zog mich dann in den Monolog zurück, vertiefte mich forschend, mit Eindruck machender Aufrichtigkeit in mich selbst. «Sie war eine Frau. Eine andere Frau, eine neue Frau, ich weiß es nicht. Wenn ich mich ganz und gar unempfänglich gezeigt hätte, hätte das einen totalen Mangel an intellektueller Neugier bedeutet. Für sie galt sicher das gleiche. Menschen sind nun einmal intellektuell neugierig. Ich habe gesagt, es tut mir leid, Gen, nun komm! Es ist sechs Monate her, es ist vorbei. Wenn der verdammte Brent nicht wär –»

Sie weinte wieder, ungehemmter jetzt, als ob ihr präzises, schön modelliertes Gesicht inzwischen drauf gekommen sei, wie's geht. Die Tränen quollen ihr über die unteren Lider; ihre Lippen zitterten wie die eines geohrfeigten Kindes; der zarte Schatten der Vertiefung in der Mitte ihres schaufelspitzenförmigen Kinns flackerte wie eine defekte Glühbirne. «Es – es macht alles so sinnlos», schluchzte sie.

«Wieso sinnlos? Was meinst du mit ‹Sinn›? Was für einen Sinn hat irgendwas von alledem hier, auf lange Sicht, wenn wir alle tot sind, wenn unsere Kinder tot sind und deren Kindeskinder?» Ich merkte selber, daß ich mich wie ein spöttisch vorwurfsvoller Professor anhörte. Es war Brents Geist, gegen den ich ankämpfte; er beherrschte sie, er soufflierte ihr, flüsterte ihr die Worte zu, dicht an ihrem zarten Ohr diese mit massiven Scharnieren befestigte Mundpartie, deren Kaumuskulatur überentwickelt war von den langen Jahren, in denen er die Pfeife fest zwischen die Zähne geklemmt hielt. Er war im Zimmer, wie Rauch von einem Feuer, das die Camper glaubten gelöscht zu haben, das aber unter den Kiefernnadeln weiterschwelte. Zum erstenmal dämmerte mir, daß das Sofa, auf dem ich saß, an diesem Abend aller Wahrscheinlichkeit nach nicht zum Liebemachen benutzt werden würde; wir waren zu weit vom Kurs abgekommen; ein Richtkreis in meinem Magen maß den immer weiter werdenden Winkel der Unwahrscheinlichkeit. Bis jetzt hatten wir langsam, aber stetig die Wellen der Gesellschaft durchpflügt, die uns trugen und uns wiegten; nun aber trieb unser stolzes weißes Liebesboot mehr und mehr leewärts. Oder eine andere Metapher: Die Klippenwand, die ich fast erklommen hatte, kippte mit einemmal vor. «Ich kann nicht glauben», sagte ich drängend – ich war ziemlich außer mir, versäumte aber, meinen autoritären Ton abzulegen –, «daß dieser eine in höchstem Maß belanglose Vorfall dir so viel ausmacht. Brent amüsiert sich die ganze Zeit mit Klein-Jennifer, das ist doch offensichtlich, und außerdem geht er, wie du selbst mir freundlicherweise gesagt hast, mit Norma aus und Gott weiß mit wem sonst noch!»

«Ich habe Brent rausgeworfen.» Ihre Stimme klang wieder deutlich und fest, auch wenn ihre Tränen noch flossen und ihrem Gesicht im trüb erleuchteten Wohnzimmer einen Schimmer gaben, eine Albedo, die mich an jemand anderen erinnerte – an wen? Vielleicht an Sarah Coleman, an jenem Abend, als sie so jung, so hoffnungsfroh ins Theater ging, das man kurz zuvor mit Gaslampen ausgerüstet hatte. «Ich habe kein Recht, ihn einzuengen oder über das, was er tut, ein Urteil abzugeben. Bei dir, dachte ich, *hätte* ich ein gewisses Recht. Ich habe ihn deinetwegen rausgeworfen.»

«Du hast ihn ganz von dir aus rausgeworfen – du hat mit ihm gesprochen, ohne mich vorzuwarnen. Unsere fünf Kinder – zisch, puff, weg mit ihnen!»

«Oh, das schon wieder.» Mit einer scharfen Bewegung ihrer weißen Hand wischte sie meinen alten Groll beiseite, den ich trotz aller guten Vorsätze mehr als einmal nicht hatte verbergen können. «Wenn du so auf Kinder versessen bist, hättest du Norma treu bleiben sollen.»

«Ich wußte nicht, wie.» Die Worte rutschten mir so heraus und klangen ein wenig rätselhaft. Meinte ich, daß ich sie nicht an die Wand nageln konnte, so wie es Teddy Roosevelt mit dem Johannisbeergelee gegangen war? Oder daß der Gerald-Ford-Zeitgeist ein solches Wissen ausschloß? «Jedenfalls warst du nicht gerade eine Barbie-Puppe, die da einfach so im Regal saß. Erinnerst du dich, wie ich damals auf einer Party bei den Wadleighs in aller Unschuld in der Küche stand und mir die Notizen und aus dem *New Yorker* ausgeschnittenen Cartoons ansah, die sie mit Magneten an die Kühlschranktür geheftet hatten, und du reinkamst, weil du Wendy gerade beim Gläserabräumen oder so ähnlich halfst, und mir ohne alle Umstände einen gewaltigen Zungenkuß gabst und sagtest: ‹Sei nicht so ein Angsthase›?»

«Nein», antwortete die Vollkommene Ehefrau. «Daran erinnere ich mich überhaupt nicht.»

Ich war fasziniert von dieser totalitären Fähigkeit, die Geschichte abzuändern; wieviel kreativer und menschlicher war sie letztlich doch als das haarspalterische Bemühen, das Besondere, das Essentielle von Ereignissen herauszuarbeiten.

«Ich erinnere mich aber sehr wohl», fuhr sie fort, «wie du einmal zu mir nach Hause kamst, um ein Buch von Lacan oder Paul de Man zurückzubringen, das Brent dir geliehen hatte, und ich dich bat, das Ganze zu beenden, da auf dem Sofa habe ich gesessen und dich angefleht, es war heller Vormittag, ich weiß noch, es hatte geschneit, alles war so hell, und ich kam mir so nackt vor, so benutzt, so ehebrecherisch –» Sie verstummte, die Tränen überwältigten sie wieder, sie schlug die Hände vor das schöne, ein wenig breite Gesicht, ihr Haar, das sich inzwischen zur Hälfte aus dem Cashmere-Rollkragen befreit hatte, hing in trostlosen Strähnen über ihre gekrümmten, zuckenden Schultern herab.

Gezüchtigt, erschrocken sagte ich: «Natürlich hast du das Recht. Ich fand's wunderbar, dir treu zu sein – jemanden zu haben, dem ich treu sein *konnte*.»

Ihre Hände fielen herunter, ihr Gesicht hob sich, ihre Augen flammten: «Aber du bist es nicht gewesen!» Als ob diese bloß mein eben Gesagtes meinende Feststellung auch für das gelte, was ich im Geiste, der innersten Bedeutung nach, in einem großen, umfassenden Sinn, Tag für Tag gesagt hatte: ich hatte mich ihr anverlobt gefühlt. Sie sagte: «Ich habe keine Ahnung, wie viele es sonst noch gegeben hat.»

«Liebste, es hat keine sonst gegeben.» Bis auf Norma, die schließlich meine rechtmäßige Ehefrau war, und Wendy, mit der zu vögeln für mich das Beseitigen alter Spannungen bedeutete und nicht etwa das Schaffen neuer Probleme, und die schlanke Blonde, die für zwei Tage hier gewesen war, um einen Vortrag zum Thema «Transaktionsanalyse» zu halten, und die ausgerufen hatte: «Ich küsse meine eigene Möse!» (was irgendwann während der letzten Nixon-Monate gewesen sein könnte, um präzise zu sein), und die semiplatonischen Geplänkel mit einigen Wayward-Mädchen, Studentinnen im zweiten Jahr, die sowieso bald abgehen würden. Laß dich nie mit einer Studentin im ersten Jahr ein; die trödeln dann bis in alle Ewigkeit herum, werden abhängig und entwickeln einen Elektra-Komplex. Ich hatte anhaltende Schwierigkeiten, mir den Ernst dieser Unterhaltung bewußtzumachen. Unterhalb der Ebene unserer gekränkten Worte zog sich für mich der Gedanke hin, daß auch vollkommene Paare mal streiten, daß wir wie jedes seit langem bestehende Paar einen Streit hatten, daß er uns dem Zustand des Verheiratetseins näherbrachte, dem Zustand, der einen Streit möglich machte. Ebenso muß es für einen Mann auf dem Sterbebett schwer sein, sein Sterben ernst zu nehmen; sein Sohn fragt, ob er sich das Auto ausleihen kann, seine Frau kreischt unten, daß die Geschirrspülmaschine überläuft, seine hiesige Sportmannschaft hat viermal in Folge verloren, seine Lieblingsserie kommt heute abend um halb neun im Fernsehen. Die ganze Zeit liegt er wirklich im Sterben, er wird bald Lichtjahre jenseits all dieser Lappalien sein, aber einstweilen ist er noch hier und muß teilnehmen. Einstweilen war Genevieve noch da, vor meinen Augen. Ich saß in ihrem makellosen Wohnzimmer und sonnte mich in dem gesteigerten

Gefühl, lebendig zu sein, wie nur sie es mir gab; ihre eigenartige Schönheit, ihre Ernsthaftigkeit, Knappheit und ruhige Energie lösten in mir etwas wie Fröhlichkeit aus, sogar während sie weinte, unser gemeinsames Leben wegweinte, als habe sie eine flammende Wunde davongetragen, deren Blutung kein Druckverband stillen konnte.

Meine Hände wollten das Loch heilen und griffen hilflos in die Luft. Ich stand vom Sofa auf und ging zu ihr, wie sie da elend zusammengekauert im Sessel saß, und legte ihr meine Hände auf die breiten Schultern, den festen Rücken. «Verzeih mir», sagte ich. «Ich liebe dich. Ich will dich. Normas Anwalt kommt demnächst von einer Tagung in Arizona zurück und hat versprochen, daß er sich als erstes nach den Ferien mit meinem in Verbindung setzt. Es kommt Bewegung in die Sache, ehrlich.»

Ohne den Kopf zu wenden, so daß mein Mund an ihrem Ohr blieb, langte sie zu ihrer Schulter hinauf und legte die linke Hand [s. S. 65] auf meine, wie um mich zu beruhigen. Ihr Schluchzen hatte sie jetzt im Zaum. «Setz dich, Alf. Ich muß dir etwas sagen.»

«Oh, ja?» Es war, als ob das Samenkorn der Schuld, das träge und trotzig in mir gelegen hatte, jetzt aufginge und zur Blüte drängte – Kaskaden fiebriger weicher Blumen, die sich in jede Ritze drängten. [Sie kennen dies Gefühl, *Rückblick*-Red., dies Rutschen, dies ungeheure Kippen, den panikartigen Wunsch, den Rückwärtsgang einzulegen, und all das verquickt mit einer gewissen Verärgerung darüber, daß die emotionale Heftigkeit einer Frau einen am nüchternen Arbeiten hinderte.] Ich nahm einen Schluck von dem Bier, das die ganze Zeit dagestanden hatte. Es schmeckte bitter, nach gestoppter Gärung in teutonischen, innen aus Glas bestehenden Bottichen.

«Du hattest recht», sagte sie, ein wenig schnulzend, als ob das Lied, das sie ihren Töchtern vorgesungen hatte, noch in ihrer Kehle wäre, und faltete die Hände zwischen ihren weißen Knien: eine Geste, die beunruhigend sanft war, als wünschte sie, sie könnte den Schlag, den sie führen mußte, zurückhalten. Genevieves Kopf, hatte ich manchmal gedacht, war voller Posen –

Schablonen, mit denen sie ihren Körper, ihr Gesicht, ihre Stimme ständig in Übereinstimmung brachte. Es gab ihr Glanz, aber auch die grausame, entschiedene Unzugänglichkeit, die zu solchem Glanz gehört. «Brent *ist* neulich abend sehr lange geblieben, und zusammen haben wir fast den ganzen Wein ausgetrunken, wie du ja gesehen hast. Er hat mir einen Vorschlag gemacht – ich sagte, ich würde darüber nachdenken, müßte aber erst mit dir sprechen. Jetzt *habe* ich mit dir gesprochen.»

Ich bin zwar mein ganzes erwachsenes Leben lang Lehrer gewesen, vertrage es aber nicht besonders gut, wenn ich selbst belehrt werde. Ich werde dann störrisch; eine gewisse Feindseligkeit baut sich auf, während ich respektvoll schweige. Ich mochte ihren geduldigen, instruktiven, mütterlichen Ton nicht. Gewiß, eine vollkommene Ehefrau sollte mütterlich sein, aber nicht so, daß der Ehemann es merkt.

«Er hat gesagt», fuhr sie fort, «daß Yale ihm ein Angebot fürs Sommersemester gemacht hat. In der Anglistikabteilung hat es einen Selbstmord gegeben und eine Schwangerschaft. Die Bezahlung würde am Anfang nicht besser sein als hier, und mindestens drei Jahre lang würde er nur den Status eines Lehrbeauftragten haben, aber im Ernst kann er nicht nein sagen. Das wäre, als sagte man nein zum Vatikan, wenn man Priester ist. Er muß hin.»

Genevieve hatte im Bett und auf Cocktailparties eine schöne Direktheit, kehrte sich einem frontal zu, deshalb war es eine verblüffende Abweichung, als sie mir jetzt das Gesicht im Halbprofil zuwandte, das schwarze Haar straff über das Ohr gelegt wie bei einer der Brontës, sein Schimmer in der gerahmten, abstrakten Lithographie sich spiegelnd, die hinter ihr hing. Sie zuckte mit den Wimpern, nicht kokett, eher wie ein Stotterer, der ein Hindernis in seinem Sprechapparat wegblinzeln möchte. «Er hat mich gefragt, ob ich mitkommen will», sagte sie. Wieder huschte dies Erröten über ihr Gesicht. Sie linste aus den Augenwinkeln zu mir herüber, gab sich dann aber wieder so wie immer und sah mir gerade ins Gesicht, sogar die Hände auf ihren Knien lagen vollkommen symmetrisch nebeneinander. «Die Kinder würden sich wahnsinnig freuen», sagte sie.

«Ab-b – aber» – ich stotterte selber vor Aufregung – «du liebst ihn nicht. Du liebst mich.» Doch als ich versuchte, mir ein Bild von unserer Liebe zu machen, kam mir nur tiefe Dunkelheit in den Sinn, und der Urlaut ihres Schluckens und der malzige Meeresgeruch ihres Atems danach. Abgesehen von unserem Ausflug nach New York City waren wir nicht genug im Hellen gewesen. Wir waren ein unterentwickelter Film.

«Ich habe dich sehr geliebt», sagte sie, wieder in diesem langsamen Singsang, das Perfekt nicht besonders hervorhebend, «aber du hast mich ausgelaugt, Alf. Ich bin es müde, in einer unwirklichen Welt zu leben. Ich muß mich jetzt einfach ausruhen, normal sein, zusehen, wie meine Töchter heranwachsen, und selber älter werden.» Ist es ein Streich, den meine Erinnerung mir spielt, daß sie in dem Augenblick, da sie dies sagte, in die Breite zu gehen schien und ihr eine Spur zu flächiges Gesicht mit den dunklen Brauen und dem kleinen hochmütigen spitzen Kinn plötzlich dem friedlich kompakten Körper einer Hausfrau entsprach, die gelassen dasaß, die Taille nicht mehr akrobatisch geschmeidig, sondern stämmig, die nervösen schlanken Beine im Begriff, matronenhaft watschelig zu werden? «Ich komme mir manchmal albern vor, daß ich mich so romantisch und leidenschaftlich geriere. Schließlich bin ich nicht mehr zwanzig. Ich bin dreiunddreißig. Ich glaube, die Nonnen haben mir da was eingebrockt – sie haben meine Entwicklung verzögert. Na ja, wenn ich denn schon eine solche Affäre haben mußte, bin ich froh, daß du derjenige warst, Alf. Du verstehst es wirklich, eine Frau in Atem zu halten.»

«Aber ich sagte doch, Norma kommt in Bewegung. Du und ich, wir können in sechs Monaten verheiratet sein, wenn die verdammten Anwälte in New Hampshire bleiben.»

«Norma kommt in Bewegung», sagte Genevieve, «aber ach, wie langsam. Brent hat gesehen, wie ihr beide euch auf der Party der Rektorin unterhalten habt, und er sagt, ihr hättet so ausgesehen, als fühltet ihr euch sehr wohl miteinander.»

«So? Ich kann mich nicht erinnern. Es gab eine Menge Unangenehmes über die Kinder, das sie bei mir abladen mußte.» Wenn ich nicht aufhörte, würde ich auf die Beule im Auto zu sprechen kommen, auf Andy oben im zweiten Stock, auf Daphnes Fieber und auf einen Betrug, von dem sogar Brent nichts wußte. Nicht, daß es in der Ford-Ära eine Sache auf Leben und Tod gewesen wäre, so wie heute, wenn man mit jemandem ins Bett ging. Aber sogar damals – um in der historischen Perspektive zu bleiben – war es nicht ganz und gar unerheblich.

Die Vollkommene Ehefrau lächelte traurig. «Brent sagt, ihr beide hättet ausgesehen, als wäret ihr füreinander geschaffen.»

«Brent-schment», schnaubte ich, und dann sagte ich: «New Haven ist eine furchtbare Stadt. Außerhalb des Yale-Campus ist tote Hose.» Aber noch während ich so redete, wurde mir bewußt, wie armselig, wie rührend provinzlerisch die halbländlichen Reize von Wayward und seiner Umgebung waren.

«Schlimmer als dein Apartment in Adams kann es nicht sein», sagte sie.

«Wir gehen weg von hier», versprach ich. «Auf der Stelle. Wir nehmen die Mädchen mit und suchen uns in New York ein Hotel.»

Das traurige Lächeln hielt an. Die Schablone war fixiert. «New Yorker Hotels kosten sechzig Dollar pro Nacht. Wie geht es nach der ersten Woche weiter?»

«Ich suche mir einen Job in der Werbung. Ich gebe japanischen Geschäftsleuten Englischunterricht.»

Sie schüttelte den Kopf, hin und her, hin und her, mit empfindlicher metronomischer Präzision, die ihr die furchterregende Unerbittlichkeit des Unbelebten gab. «Manchmal trifft das, was wir uns wünschen, zu spät ein», sagte sie. «Vor zwei Jahren, auch noch vor einem Jahr hätten wir so eine Entscheidung erzwingen und die Welt die Scherben auflesen lassen können. Sie hätte es getan. Sie hätte Nachsicht mit uns gehabt. Liebenden gegenüber ist sie nachsichtig. Aber jetzt – unsere Sache hat etwas Schales bekommen, Alf. Mrs. Arthrop war kein Versehen. Es würde andere Frauen geben, wahrscheinlich *hat* es andere gegeben –»

«Nein», log ich, mit hohler Leidenschaftlichkeit, aber immer noch erwartungsvoll, immer noch darauf hoffend, gerechtfertigt zu werden. Moderne Belletristik – denn natürlich ist diese Rekonstruktion jetzt, fünfzehn Jahre später, belletristisch – blüht einzig dadurch, daß sie zeigt, was es *nicht* gibt: es gibt weder Gott noch Verdammnis, noch Erlösung, weder bindende Gelübde noch das Gefühl, daß das eigene Leben etwas ist, das bei einer späteren Bilanzaufstellung beurteilt und neu durchgerechnet wird, vor einem Gericht, das auf dem hellsten, fernsten Quasar stattfindet. Die Vorstellung von einem ewigen Maßstab ist ganz verlorengegangen, und auch die Befähigung, die Adam und Eva und ihre frühen Nachkommen hatten: durch eine einzige, trotzige Entscheidung das eigene Leben abzutun. Diese alten Fabeln *gibt* es natürlich – als Gespenster, die unser Denken heimsuchen.

«Brent ist bereit, mir alles zu verzeihen», sagte Genevieve gerade.

«Kunststück», sagte ich. «Was will er denn verzeihen? Ein poststrukturalistischer Bastard wie der hat nicht das Recht, von Verzeihen zu reden, als ob das was bedeutete. *Ich* müßte *ihm* verzeihen, daß er dich zuerst geheiratet hat. Aber ich tu's nicht. Ich verzeih diesem überheblichen Arschkriecher nicht, der jetzt nach Yale runter will, um noch größere Ärsche zu finden, in die er kriechen kann.»

Ihr Lächeln war nicht mehr ganz so traurig; ein Funkeln füllte ihre Augen, wie eine neue Sorte Tränen. «Laß doch dies Konkurrenzdenken. Brent ist viel traditionalistischer, als du denkst. Er glaubt an die Familie. Ich verrate dir ein Geheimnis. Seine Eltern haben sich scheiden lassen, als er drei war, dann hat seine Mutter ihren Geliebten geheiratet, und sie wurden glühende Lutheraner. Er hat geschworen, daß er *seinen* Kindern so was nie antut. Sich scheiden lassen. Er sagt, wenn ich zurückkomme, würde er sogar zulassen, daß ich mir Liebhaber nehme, falls er sexuell nicht ausreichend für mich sein sollte.»

Das war eine peinigende Aussicht, sein bislang niederträchtigster Schachzug: eine Kette lizensierter Liebhaber, anderer Ichs, die ihren exquisiten Sex genossen, ihren feuchten Atem, ihre Seufzer der Befriedigung, während ihre Schönheit breiter und ihre Sinnlichkeit tiefer wurde. Mir wurde schwindlig bei der Vorstellung; ich rutschte vom Sofa und fiel auf die Knie. Zufällig hatte sich in der Gegend ihres Sessels ein Nagel in den trockenen Dielenbrettern aus dem frühen neunzehnten Jahrhundert gelokkert und ragte in die Höhe; ich fühlte den Stich und hörte, wie der graue Flanell meiner Hose riß.

Meine Erinnerung hängt an diesem ärgerlichen Mißgeschick fest, ich weiß nicht mehr, was ich noch alles sagte; die Versprechungen waren mir ziemlich ausgegangen. Möglich auch, daß der ausgefranste brennende Schmerz in meinem Knie sich nachteilig auf meine Beredsamkeit auswirkte. Sie hatte sich jetzt völlig in der Gewalt. Meine Angst, sie könnte sich, mit Brents stillschweigender Einwilligung, viele Liebhaber nehmen, tat sie als läppisch ab, so wie man die Angst eines Kindes abtun würde. Nach mir, nach *uns*, versicherte sie mir, würden sie ein Abstieg sein. Nein, Treue ihrem Mann gegenüber würde ihre Passion, ihre Buße, ihre Nonnenschaft sein. Wie umwerfend sie – für mein geistiges Auge – in ihrer Ordenstracht sein würde, mit Brusttuch und Flügelhaube! Vielleicht war sie schon die ganze Zeit Nonne gewesen – vielleicht war das das Geheimnis ihrer makellosen Haltung. Je ausschweifender meine Appelle wurden, desto stärker nahm ihre sanfte Unerbittlichkeit zu; schließlich zupfte ich, im Bemühen, aus diesem Wrack von einem Stelldichein etwas zu retten, am Reißverschluß ihrer engen weißen Calvin-Klein-Jeans, langte ihr unter den schwarzen Pullover – «Huuh, Alf», schrie sie unwillkürlich auf, «deine Hände sind eisig!» – und schlug vor, daß wir ein letztes Mal miteinander schliefen. Auch das wurde abgelehnt, es würde uns zu traurig machen, da wir beide doch wüßten, daß es das letzte Mal wäre. Es gab Dinge, die man lieber nicht gewußt hätte. Sie war eine Realistin, meine vollkommene Geliebte, und ich, ich war der sterbende Mann, den ich beschrieben habe, jener Mann, der nicht glauben kann, daß am Fußende seines Bettes ein blinder, weißer Abgrund gähnt, daß der Film nach wenigen Metern zu Ende ist und die leere Spule im Projektor klappert, daß es kein Morgen geben wird. Wir haben Schwierigkeiten, ans Gestern zu glauben, aber ans Morgen glauben wir mit absoluter Gewißheit. Ich konnte nicht glauben, daß dies das Ende war. Ich war bei ihr; ich fühlte mich unheimlich lebendig, erfüllt von dem Leben, das nur sie in mir weckte; für die Dauer dieser wenigen Sekunden, da mir noch ihre Gegenwart blieb, war ich glücklich.

[**Kehrt am 24. April 1856**, einen Tag nach seinem fünfundsechzigsten Geburtstag, in die Staaten zurück – vermeidet offizielles Diner in New York und vermeidet im großen und ganzen Erklärungen, an denen die eine oder andere Faktion der zerstrittenen Demokratie Anstoß nehmen könnte – sagte in Baltimore: *Spaltung ist ein Wort, das nicht einmal im Flüsterton unter uns ausgesprochen werden sollte.... Es gibt nichts Beständiges, außer dem Himmel und der Verfassung* – am 22. Mai 1856 dringt Kongreßabgeordneter Preston S. Brooks aus South Carolina in den Senat ein und schlägt Senator Charles Sumner aus Massachusetts, einen führenden Abolitionisten, mit Guttaperchastock bewußtlos – zwei Tage später massakrieren John Brown und Söhne fünf Südstaatler am Pottawatomie Creek in Kansas – im Juni, auf demokratischem Parteikonvent in Cincinnati, siegt Buchanan im siebzehnten Wahlgang vor Pierce und Senator Stephen Douglas, dem Favoriten des Südens, und wird als Präsidentschaftskandidat aufgestellt – Wahlprogramm sieht vor, daß an Sklavereifrage nicht mehr gerührt werden solle, und verlangt Anerkennung des *Recht*[s] *der Bevölkerung aller Territorien... sich eine Verfassung mit oder ohne einheimische Sklaverei zu geben* – in Pittsburgh nominiert Partei der Republikaner ihren ersten Präsidentschaftskandidaten, den Forschungsreisenden John C. Frémont, und formuliert ein Wahlprogramm, das den Territorien *diese beiden Relikte der Barbarei, Polygamie und Sklaverei*, verbietet und verspricht, alle, die verantwortlich sind für die *abscheulichen Freveltaten* in Kansas, Präsident Pierce eingeschlossen, *ihrer sicheren und angemessenen Strafe* zuzuführen – in den nachfolgenden Wahlkampfreden hoffen führende republikanische Politiker, *die Parteien des Landes zu einem Angriffs-*

krieg gegen die Sklaverei zu bewegen (William H. Seward, Gouverneur von New York), und sie *sehen dem Tag entgegen, da es im Süden zum Sklavenaufstand kommt, da der Schwarze einen Vernichtungskrieg gegen seinen Herrn beginnt* (Ohio-Abgeordneter Joshua R. Giddings) – Buchanan hält während des Wahlkampfs keine Reden, sondern bleibt in Wheatland und schreibt ausgiebig Briefe, in denen er eine mögliche Spaltung verdammt und erklärt: *Wir haben so oft «der Wolf kommt» geschrien, daß es jetzt, wo der Wolf vor der Tür steht, schwer ist, die Leute zu bewegen, es zu glauben* –

Am 15. Oktober gewinnen Demokraten mit knappem Vorsprung Pennsylvania, was Buchanan die Wahl sichert – endgültige Auszählung ergibt 1832955 Stimmen für Buchanan, 1339932 für Frémont und 871731 für den Kandidaten der Amerikanischen (Know-Nothing-)Partei, Millard Fillmore, den dreizehnten Präsidenten der Vereinigten Staaten – bei Wahlmännerstimmen komfortable Mehrheit von 174 zu 114 zu 8 – die Antrittsrede, die Buchanan unter dem schwächenden Ansturm der sogenannten National-Hotel-Krankheit hält und bei der er einen in Lancaster maßgeschneiderten Rock trägt, dessen Futter *prachtvoll gemustert* [ist] *mit einunddreißig Sternen, einen für jeden Staat in der Union und beherrschend in der Mitte Pennsylvania*, versichert in ihrer einen unerwarteten Passage, die Territorialfrage [sei] *zum Glück eine Sache von nur geringer praktischer Bedeutung und überdies eine gerichtliche Angelegenheit, die rechtmäßig vom Supreme Court der Vereinigten Staaten verhandelt werden* [müsse], *bei dem sie nun auch anhängig* [sei], *und der sie jetzt zügig und endgültig klären* [werde] – die zwei Tage später ergehende Entscheidung in der Sache des um den Status als Bürger kämpfenden Sklaven Dred Scott, die jedes Gesetz, das einem Territorium Sklaverei verwehrt, für verfassungswidrig erklärt, entfesselt im Norden Sturm des Protests – Buchanan, von Postenjägern bedrängt, übt Recht der Ämterbesetzung so aus, daß ehemalige treue politische Freunde wie John Forney, David Lynch und Dr. Jonathan Foltz sich von ihm abwenden – Börsenpanik von 1857 läßt weitgehend verschont gebliebenen

Süden überheblich triumphieren: *Cotton is King*, während im geschwächten Norden hungrige Arbeiter *Bread or Blood* skandieren und Industrielle und Republikaner höhere Zolltarife fordern –

Buchanan besteht darauf, daß die in Lecompton für Kansas formulierte, formaljuristisch legale, aber nicht dem mehrheitlichen Willen der Bevölkerung entsprechende Pro-Sklaverei-Verfassung dem Kongreß zur Ratifizierung vorgelegt wird, und will Kansas nur unter dieser Bedingung als Staat in die Union aufnehmen, was zur Folge hat, daß ein Keil zwischen Douglas und den Südstaatenflügel der Demokratischen Partei getrieben wird und Kansas für die nächsten drei Jahre Territorium bleibt – Streit wegen Lecompton-Verfassung erzeugt Eindruck, daß Buchanan dirigiert wird vom «Direktorium», bestehend aus Finanzminister Howell Cobb aus Georgia, Innenminister Jacob Thompson aus Mississippi und Senator John Slidell aus Louisiana, dem Einpeitscher des Senats und führenden Kopf bei der Nominierung und Wahl des Präsidenten – als Howell Cobb einmal gefragt wird, warum er so besorgt scheint, soll er geantwortet haben: *Ach, es ist nichts Besonderes, Buck opponiert bloß gegen die Regierung.* – Zu Beginn der Lecompton-Affäre schreibt Pierce' Sekretär B. B. French an seinen Bruder: *Ich hatte große Hoffnungen auf Mr. Buchanan gesetzt, ich hielt ihn wirklich für einen Staatsmann, bin jetzt aber zu dem Schluß gekommen, daß er der elendeste Dummkopf ist, der je auf dem Präsidentensessel gesessen hat* –

Im April 1858 endet «Mormonenkrieg» glimpflich, als Buchanan, nach Entsendung von Truppen unter Colonel Albert Sidney Johnson, Thomas L. Kane aus Philadelphia gestattet, nach Salt Lake City zu reisen und zu einer gütlichen Einigung mit Brigham Young, Nachfolger des Sektengründers Smith im Prophetentum, zu kommen, der sich der Autorität der Unionsregierung und des neu eingesetzten Territorialgouverneurs Alfred Cumming unterwirft – im August schickt Buchanan neunzehn Kriegsschiffe den La Plata hinauf, um sich für paraguayanisches Unrecht an U. S.-Bürgern zu revanchieren – erhält erste offizielle Grußbotschaft via atlantischem Kabel von Königin Victoria und antwortet höflich, trotz patriotischen Zorns in der Presse über rüde Kürze der Botschaft, die bei Übermittlung durch Kabeldefekt verstümmelt wurde – britisch-amerikanische Beziehungen werden freundschaftlicher, und Briten verzichten auf Recht der Durchsuchung von Schiffen auf hoher See –

Rededuelle zwischen Lincoln und Douglas im Sommer 1858, während des Senatswahlkampfs in Illinois, sorgen dafür, daß Aufmerksamkeit der Nation auf Sklavereifrage gerichtet bleibt und Kluft zwischen Douglas und Buchanan sich vertieft – Wahlergebnisse von 1858 bedeuten Niederlage für demokratische Administration und Aufstieg der Republikaner, obwohl Douglas in Illinois gewinnt – Buchanan schreibt Harriet: *Nun also! Wir sind mit dem Feind zusammengetroffen & wir sind ihm erlegen. Ich habe dies seit drei Monaten vorausgeahnt & war also nicht überrascht, nur über das Ausmaß unserer Niederlage. Ich staune über mich selbst, mit wieviel Gelassenheit ich es trage* – streitsüchtiger Kongreß blockiert Buchanans außen- und innenpolitische Initiativen, bringt am 3. März 1859 Gesetzentwürfe zur Finanzpolitik zu Fall – Postminister Aaron Brown stirbt vier Tage nach verlorenem Kampf um Bewilligung von Geldern zum Ausgleich des Postdefizits – Elisabeth C. Craig, Witwe und angeblich schönste Frau von Athens, Georgia, die mit Mary Ann Cobb, Gattin des Finanzministers, nach Washington gekommen ist und den Entschluß geäußert hat, den Präsidenten in die Falle zu locken, reist nach zwei Monaten Aufenthalts im Weißen Haus wieder ab – Buchanan gesteht Howell Cobb, er habe unruhige Nächte verbracht und von ihr geträumt –

Kurze Reise in den Süden im Frühjahr 1859 trägt Buchanan öffentliche Ovationen ein, und eine Zeitung schreibt, der Präsident sei *so keck und munter wie ein junger buck* (Bock) – macht im Sommer wie immer vierzehn Tage Ferien in Bedford Springs, Pennsylvania, diesmal mit reicher Strohwitwe, einer Mrs. Bass aus Virginia, und ihren drei Töchtern – sie bekommen Zimmer neben JBs Erzfeind Senator Simon Cameron, und Abolitionisten überreden Mrs. Bass' schwarzes Dienstmädchen wegzulaufen – John Browns Überfall auf Harper's Ferry vom 16. bis 18. Oktober wird von einer Kompanie der Marineinfanterie unter Colonel Robert E. Lee niedergeschlagen –

Im Frühling 1860 bricht Parteikonvent der Demokraten in Charleston zusammen, als Südstaatler, wütend über Douglas' Weigerung, «Eigentum» (z. B. Sklaven) in Territorien unter Schutz zu stellen, den Saal verlassen – im Mai gründen Gemäßigte aus den Border States Constitutional-Union-Partei und stellen John Bell aus Tennessee als Kandidaten auf; Republikaner nominieren in Chicago Abraham Lincoln aus Illinois – im Juni erneutes Treffen der Demokraten in Baltimore, das wieder platzt; Douglas wird im Hauptsaal nominiert, in einem Nebensaal stellen die Abtrünnigen John C. Breckinridge auf, Buchanans Vizepräsidenten – von März bis Juni vernimmt Covode-Ausschuß, im März 1859 zusammengetreten, um zu untersuchen, inwieweit Kongreßmitglieder bestochen wurden, damit sie dafür stimmten, daß Kansas unter Lecompton-Verfassung in die Union aufgenommen wird, eine Reihe von regierungsfeindlichen Zeugen, Buchanan aber weist Anschuldigungen kühn von sich und sagt am 22. Juni: *Ich bin siegreich aus dieser Prüfung hervorgegangen. Ich fühle mich vollkommen rehabilitiert. Der Ausschuß hat keine Resolution eingebracht, die ein Amtsenthebungsverfahren gegen mich erwarten ließe; keine Resolution, die auf einen Tadelsantrag hinausliefe; nicht einmal eine Resolution, die auf irgendwelche Mißstände in irgendeinem der Ministerien hinwiese und Korrekturmaßnahmen seitens der Gesetzgebung forderte. Dies ist das höchste Lob, das man den Chefs dieser Ministerien zuteil werden lassen kann* – ebenfalls am 22. Juni legt JB Veto gegen Entwurf des Heimstättengesetzes ein, mit der Begründung: *Dieser Gesetzesantrag, der vorsieht, ihm* [«dem redlichen armen Mann», den er vorher erwähnt hat] *ein Stück Land aus regierungseigenem Besitz zu geben, ist dazu angetan, die Leute zu demoralisieren und den edlen Geist der Unabhängigkeit zu unterdrücken. Er könnte bei uns die verderblichen Sozialtheorien aufkommen lassen, die sich in anderen Ländern als so verhängnisvoll erwiesen haben* – vielköpfige japanische Delegation, gekommen, um ersten Handelsvertrag zwischen Japan und USA zu unterzeichnen, fasziniert Washingtoner Gesellschaft und beschenkt Buchanan mit größter Porzellanschüssel der Welt – im August, in Bedford Springs, tritt Buchanan an den Reverend William M. Paxton, Pfarrer an der Ersten Presbyterianischen Kirche von New York City, heran und befragt ihn so *eingehend, wie ein Rechtsanwalt einen Zeugen befragen würde, nach alle dem, was mit Wiedergeburt, Sühne, Reue und Glauben zu tun hat.* Am Ende sagt er: *Nun, Sir, ich hoffe, ich bin ein Christ. Mir scheint, ich habe viel von dem erfahren, was Sie schildern, und sobald ich mich zur Ruhe setze, werde ich mich für die Presbyterianische Kirche erklären, vorläufig muß ich, mit Rücksicht auf die Religion, damit warten. Wenn ich es jetzt täte, würden sie von Maine bis Georgia «Hypokrit» schreien* –

Anfang Oktober 1860 besucht der neunzehnjährige Prinz von Wales, der inkognito als Baron Renfrew reist, das Weiße Haus, und nach einem Staatsbankett gestattet JB, zum erstenmal in seiner Amtszeit, ein Kartenspiel – anschließend stellt der Präsident fest, daß die königliche Gesellschaft sämtliche Betten im Weißen Haus belegt hat, und muß auf einem Sofa schlafen – Abraham Lincoln gewinnt im November die Wahlen, erhält eine Million Wählerstimmen weniger als seine drei Gegner zusammen und siebenundfünfzig Wahlmännerstimmen mehr – in Columbia, South Carolina, tönt der Kongreßabgeordnete Laurence Keitt: *South Carolina wird entweder aus der Union austreten oder seine Arme um die Pfeiler der Verfassung schlingen und alle Staaten ins gemeinsame Verderben ziehen* – John Slidell schreibt Buchanan aus Louisiana: *Ich bedaure zutiefst die Mißlichkeiten, die die letzten Monate Ihrer Amtszeit Ihnen bringen werden* –

Apropos Mißlichkeit, *Rückblick*-Red.: Alles Folgende ist fragmentarisch, unbefriedigend. Nach dem Bruch mit Genevieve wurde mir klar, daß mein Versuch, das Buch zu beenden, und der Versuch, sie zu heiraten, Aspekte ein und derselben vergeblichen Anstrengung gewesen waren, mein Leben zu ändern.]

«Mr. Floyd, werden Sie Rekruten nach Charleston schicken, um die Forts wehrtüchtiger zu machen?»

Seit langem schon stand es nicht gut um den Kriegsminister John Floyd, der mit mittlerem Namen Buchanan hieß. Vormals Gouverneur von Virginia, Sohn eines Vaters, der ebenfalls Gouverneur gewesen, hatte er, wie viele Männer, die in patrizischen Glanz hineingeboren sind, das ein wenig schlafwandlerische Gebaren derer, denen im Leben fast alles geschenkt worden ist. Stutzerhaft aufgemacht, trug er das Haar so lang, daß es in zwei kräuseligen Flügeln von seinem über der Stirn kahl werdenden Schädel abstand; seine Lider hatten etwas traurig Hängendes, und sein Mund war zu einem altjüngferlichen Gefältel zusammengezogen; sein gefurchtes, trockenhäutiges Gesicht zeugte von häufigen Krankheiten und in Abständen wiederkehrender Erschöpfung. Bloße fünfzig zu dem Zeitpunkt, da er – auf den Rat Slidells, des Senators Bright und des Gouverneurs Wise, die alle drei, mit Rücksicht auf ihre eigenen Ambitionen, Kabinettsposten ausgeschlagen hatten – von Buchanan mit dem Ministerium betraut worden war, hatte Floyd sich in den alten Augen des Präsidenten seine Jugendlichkeit bewahrt und war auf verzeihliche Weise empfänglich für den Einfluß von Männern, die härter und hungriger waren als er selbst.

Der Covode-Ausschuß war bei seiner hinterlistigen, böswilligen Vorgehensweise auf untunliche Geschäfte gestoßen, die Floyd, unbekümmert, wie er war, mit einigen der auf Buchanans Seite stehenden Ultrakonservativen aus New York gemacht hatte, mit John Mather und Augustus Schell, dem Zolleinnehmer des New Yorker Hafens, und mit Schells Bruder Richard: das Kriegsministerium hatte für $ 200000 bei Willet's Point auf Long Island ein Baugrundstück für Befestigungsanlagen gekauft, das Militäringenieure kürzlich zum Preis von $ 130000 für untauglich befunden hatten, und, zusammen mit Partnern aus Virginia, für bloße $ 90000 das achttausend Morgen große Fort-Snelling-Reservat in Minnesota, ein Gelände, das für unentbehrlich erklärt worden war. Buchanan hatte sich persönlich eingeschaltet, um den Kauf einer viel zu teuren Liegenschaft in Kalifornien zu verhindern.

Floyd hatte finanziell keinerlei Vorteil von diesen Geschäften, doch seine ganze Art war die eines Mannes, dem nach und nach seine Ehre abhanden kommt, der sie ganz allmählich, durch eine kleine Unbedachtheit nach der andern, versickern läßt. Die Meigs-Affäre hatte im Sommer Schande über die Administration gebracht. Captain Montgomery Meigs, ein gewissenhafter und fähiger, aber äußerst strenger Beamter, den Pierce' Kriegsminister Jefferson Davis mit der Aufsicht über eine Reihe von Großprojekten in Washington betraut hatte, einschließlich der Fertigstellung der Kuppel und der Seitenflügel des Capitol, lag seit langem schon mit Floyd in Fehde; er beschuldigte ihn, mit Kontrakten politische und private Gefälligkeiten zu erweisen. Zum Beispiel vergab Floyd den einträglichen Auftrag, im Capitol eine Heizung zu installieren, an einen Arzt aus Virginia, der nichts von Heizungen verstand und die Absicht hatte, seine Konzession weiterzuverpachten. Meigs, einer prominenten Familie in Philadelphia entstammend, beschwerte sich mehr als einmal bei Buchanan, der bestrebt war, in dieser wie in jeder anderen Sache Frieden zu halten; der Senat jedoch verabschiedete, auf Betreiben des von rigorosen Prinzipien geleiteten Jefferson Davis, Zusatzanträge zur Gesetzesvorlage hinsichtlich der Bewilligung von Geldern und legte fest, daß die halbe Million, die zur Fertigstellung eines Aquädukts bereitgestellt war, nur ausgegeben werden dürfe, wenn Meigs die Oberaufsicht führte. Damit war Floyds Versuch hinfällig, Meigs zu einem Bauprojekt auf den Dry Tortugas im Golf von Mexiko versetzen zu lassen.

So daß Buchanan kaum mit beruhigenden Auskünften rechnen konnte, als Floyd, einer dringenden Note Folge leistend, sich interesselos, fahl und mürrisch in den Amtsräumen des Präsidenten einfand, um mit diesem den Zustand der bundeseigenen Forts im Hafen von Charleston und die Wahrscheinlichkeit, daß sie angegriffen würden, zu erörtern.

[Nein – hielt hier inne – alles zu ähnlich dem, was andere geschrieben haben, Nevins und Nichols vor allem, zu viele Pro-Nordstaaten-, Anti-Regierungs-Unterschwelligkeiten. Floyd war ein komplexerer Fall, er war nicht nur ein verführbarer, gar korrupter Virginia-Aristokrat. Obwohl Südstaatler, war er gegen die Sezession und hat möglicherweise im Winter 1860/61, nach der Wahl Lincolns, Buchanan vor dem Einfluß der zur Sezession bereiten Cobb und Thompson gewarnt. Floyd war auch das einzige Kabinettsmitglied, das gewisse Sympathien für Douglas hatte und bestrebt war, den Bruch zu kitten, der der Demokratischen Partei den Garaus machte. Philip Gerald Auchampaugh vertritt in seinem *James Buchanan und sein Kabinett am Vorabend der Sezession* sogar die Ansicht, daß er gar kein schlechter Administrator war: *Floyd war eine starke Persönlichkeit und besaß Intelligenz, außer vielleicht im Umgang mit Auftragnehmern. Er war tatkräftig, rege, kam immer seinen Geschäften nach, außer wenn es ihm absolut unmöglich war, zugegen zu sein. Seine Amtsführung scheint kompetent gewesen zu sein. Die Armee wurde in so gutem wehrtauglichen Zustand gehalten, wie die Mittel es erlaubten.* Auchampaugh verteidigt beziehungsweise übergeht das, was zu Floyds Sturz geführt hat: das kontinuierliche Abzeichnen – auch dann noch, als Buchanan ihn anwies, damit aufzuhören – von Rechnungen der im Westen ansässigen Generalunternehmer-Firma Russell, Majors und Waddell, die die Truppen im Utah-Krieg versorgt hatte, als der Kongreß zögerte, die nötigen Geldmittel zu bewilligen. Diese «Akzepte» wurden vom Generalunternehmer den Banken als Sicherheiten für Darlehen vorgelegt. Die Summen stiegen jedoch derartig an – nach den Berechnungen des Untersuchungsausschusses beliefen Floyds Akzepte sich auf annähernd sieben Millionen Dollar –, daß die Banken mißtrauisch wurden, sich auf das Geschäft nicht mehr einließen und William H. Russell nach einem illegalen Ausweg suchte: er tat sich mit einem kleinen Angestellten aus dem Land Office zusammen, Godard Bailey, einem Spieler und Verwandten von Mrs. Floyd, um die nun wertlosen Akzepte gegen Indianer-Treuhandpapiere einzutauschen, nicht registrierte, verkehrsfähige Obligationen im Wert von mehr als drei Millionen Dollar, die in einem Tresor verschlossen lagen. Jedesmal, wenn Russell Geld brauchte, tauschte Bailey ein Akzept gegen einen Obligationsschein ein und schaffte auf diese Weise schließlich $ 870000 beiseite. Aber der 1. Januar 1861 nahte, die Coupons der Obligationen mußten zur Einlösung präsentiert werden. Bailey, in Panik, legte seinem Dienstherrn, dem Innenminister Thompson, ein schriftliches Geständnis ab und fertigte eine Kopie für Floyd, der aus anderen Gründen krank darniederlag. Thompson, ein hartnäckiger, energischer Mann aus Mississippi, jagte drei schlaflose Tage und Nächte hinter Russell her, bis er ihn, zusammen mit Bailey, im Gefängnis hatte. Dieser Finanzskandal – Südstaatler hatten leichthin Gelder durchgebracht, die für unsere Ausdehnung gen Westen bestimmt waren – brach zu ebender Zeit los, da Buchanans Kabinett sich mit dem explosiven Problem der Charleston-Forts herumschlug, mit der brennenden verfassungsrechtlichen Frage des Rechts der Einzelstaaten auf Sezession – gab es das? – und dem Recht der Bundesregierung, zu einer Sezession nein zu sagen.

Vor dem Hintergrund nationaler Spaltung, drohenden Bruderkriegs, seit Jahrzehnten steigender regionaler Spannung wegen der moralischen Frage, ob diese Gesellschaft weiterhin schwarze Sklaverei in ihr Gewebe einflechten soll oder nicht, ist die Ahndung der von Floyd, Russell und Bailey begangenen Missetaten von beinah komischer Unerheblichkeit. Die Sache war äußerst peinlich für Buchanan und ist es immer noch für amerikanische Historiker, die, wenn sie über diese spannenden letzten Monate seiner Administration schreiben, sich die Mühe machen müssen, zu verstehen und zu erklären, was «Akzepte» und «Indianer-Treuhandobligationen» waren. Diese ökonomischen Details, die uns zwar nachdrücklich daran erinnern, daß unser Manifest Destiny eine unsichere und überdehnte finanzielle Unterseite hatte und daß persönliches Gewinnstreben die hauptsächliche amerikanische Triebkraft ist, macht einem Nichtmarxisten wie mir ziemliche Kopfschmerzen. Doch der Skandal war seinerzeit von großer Tragweite und läßt sich nicht abtrennen von den Kämpfen in Buchanans Kabinett, denn er steigerte die

Erregung, den schrillen Ton und zwang Buchanan schließlich, den Virginier um seinen Rücktritt zu bitten, auch wenn er zu feige oder zu weichherzig war, es selbst zu tun, und seinen pennsylvanischen Landsmann, den Justizminister Jeremiah Black, bat, ihm diese Aufgabe abzunehmen. Black weigerte sich, JB wandte sich daraufhin an Breckinridge, und der trat dann an Floyd heran, welcher – aber ich eile meiner Darstellung voraus, dank des alles durcheinanderbringenden Floyd, der übrigens Tagebuch geführt hat. Ich hasse Geschichte! Nichts ist einfach, nichts ist folgerichtig, die Überlieferung ist korrupt. Zudem erscheint das Ich innerhalb dieser Klammern nicht klüger als jenes außerhalb, obwohl es fünfzehn Jahre älter ist. Ich versuchte es noch einmal:]

Präsident James Buchanan war in strenger, feierlich-ernster Stimmung. Er hatte seinen Kriegsminister, John Floyd aus Virginia, einbestellt und fragte ihn: «Mr. Floyd, werden Sie Rekruten nach Charleston schicken, um die Forts wehrtüchtiger zu machen? Wie wäre es, wenn man Verstärkungen nach Charleston entsendete?»

Floyd blinzelte, seine wässerigen Augen blickten zugleich interesselos und schuldbewußt, und er erwiderte: «Mr. President, ich hatte nicht die Absicht, die Forts wehrtüchtiger zu machen.»

«Mr. Floyd», sagte der Präsident, «eher würde ich morgen auf dem Grunde des Potomac sein wollen, als zu erleben, daß diese Forts, infolge unseres Versäumnisses, sie in Verteidigungsbereitschaft zu versetzen, von South Carolina eingenommen werden. Es würde mich vernichten, Sir. Und wenn das geschieht, wird Ihr Name – und es ist ein ehrenwerter Name, Sir – sich mit einer Schande bedecken, die Sie niemals wegwaschen können, bis in alle Zeit nicht, denn vergeblich werden Sie zu beweisen suchen, daß Sie keine Mitschuld trifft, wenn die Forts denen überlassen werden, die sie haben wollen.»

Nach dieser langen, eindringlichen Äußerung war der alte Häuptling ein wenig außer Atem, den Kopf mit dem hochstehenden feinen weißen Haar hielt er stärker zur Seite geneigt als sonst, und seine schielenden Augen glänzten müde, voller hellem Mißtrauen wie die eines gefangenen alten Vogels, eines gefesselten Adlers, als er sich vorstellte, wie er auf dem Grund des Potomac lag. *Perlen sind die Augen sein.*

«Sir», sagte der Kriegsminister, «ich möchte mein Leben und meine Ehre darauf verwetten, daß South Carolina die Forts nicht überfällt.»

«Das ist ja gut und schön», gab der altgediente, gewiefte Politiker zurück, der ungeachtet der Würde seiner Jahre in den Mahlstrom sich verschärfender, partikularer Spannungen geworfen war. «Aber – verzeihen Sie, daß ich Sie das frage – werden die Forts dadurch sicherer?» *In ein reich und seltnes Gut.*

«Nein, Sir, aber es ist eine Gewähr, daß ich ernsthaft glaube, daß sie sicher sind. Gouverneur Gist, der über den versöhnlichen Wortlaut Ihrer Botschaft unterrichtet ist, die im Dezember dem Senat zur Kenntnis gebracht wird, hat mir Mitteilungen zukommen lassen, in denen er mir versichert, daß bis zur Verabschiedung des Sezessionserlasses alles ruhig ist und es auch bleiben wird, wenn keine zusätzlichen Soldaten und kein Kriegsmaterial entsandt werden.»

«Mir mißfällt», sagte der Regierungschef, «daß der Gouverneur so redet, als läge alles in seinen Händen. Und was hören wir von Major Anderson?»

«Er hat sich, wie ich meine, über Gebühr beunruhigen lassen von der Tatsache, daß in den Straßen von Charleston Staatstruppen exerzieren und man öffentlich mit der Absicht prahlt, Fort Moultrie zu nehmen. Er hat eine schriftliche Anforderung vorbereitet, der zufolge ihm hundert Musketen aus dem Arsenal zu Charleston auszuhändigen seien. Colonel Huger vom Arsenal hat das Kriegsministerium um Anweisungen gebeten; ich habe ihn darüber informiert, daß er vorläufig keine Befugnis habe, Waffen an die Forts auszugeben. Major Anderson habe ich wissen lassen, daß jede Verstärkung der Einheit unter seinem Kommando die örtliche Erregung schüren würde und ernste Folgen haben könnte.»

Buchanan erweckte den Eindruck, als nehme er die Information in sich auf, bestätigte jedoch mit einem Rucken des Kopfes wie für sich selber, in einer Art tagträumerischen Selbstgesprächs, daß der Sturm der Ereignisse sich über ihm zusammenbraute. «Ich bin nicht zufrieden.»

Floyd hielt es für zweckmäßig zu erklären: «Sir, Sie ahnen es bereits – wenn der Kongreß beschließt, zu Zwangsmaßnahmen zu greifen, wird es meine Pflicht sein, zurückzutreten.»

«Wie auch immer, Ihre ganz unbestreitbare Pflicht ist es jetzt, dafür zu sorgen, daß die Forts sicher sind. Aber warten wir ab, was General Scott zu sagen hat. Lassen Sie ihm telegraphieren, er möchte sofort nach Washington kommen.» Der Held von Veracruz und Chapultepec war jetzt alt und senil und konnte sich fast nicht mehr rühren, so viele Gebrechen plagten ihn. Wie Floyd erwartet hatte, genügte es, mit Rücktritt zu drohen, mit Störung innerhalb des Kabinetts, das Buchanan zum Abbild der fortdauernden Union zusammengefügt hatte, und der Präsident zog die Hörner ein.

[Nach einer theatralischen Rede, die Floyd im Januar 1861, nach seinem Rücktritt, in Richmond hielt. In gekürzter Form bei Auchampaugh zitiert und mit vielfältigen Verzerrungen in Geschichtsbüchern wiedergegeben. Gestelzt, wie es ist, kommt es so nah, wie überhaupt möglich, an die Art heran, in der diese Männer miteinander redeten, in der die großen untergründigen Verschiebungen sich im privaten Gespräch niederschlugen. Auchampaugh datiert diesen Wortwechsel mit *wahrscheinlich in der letzten Novemberwoche*, Klein dagegen setzt ihn präzise zwei Tage vor der am 9. November stattfindenden Kabinettssitzung an. In jedem Fall lange vor South Carolinas tatsächlicher Sezession am 20. Dezember. Am 27. November traf eine lange Depesche von Anderson ein: in South Carolina wachse die Entschlossenheit, die drei bundeseigenen Forts zu nehmen, und er bitte um Verstärkung – zwei Kompanien für Sumter und Pinckney und eine für seine eigene Garnison Fort Moultrie. Jedesmal, wenn das Kabinett über die Forts sprach, waren Black und Außenminister Lewis Cass für eine Verstärkung und Cobb, Thompson und Floyd dagegen. Von Floyd wurde später berichtet, er habe zu William Trescot, dem aus South Carolina stammenden Unterstaatssekretär des Äußeren, gesagt, daß er sich lieber *die rechte Hand abhacken* würde, als einen Befehl zur Verstärkung zu unterzeichnen. Am 3. Dezember lag Buchanans ungemein ausgewogene Botschaft, die vierte des Jahres, dem Kongreß vor; sie erboste den Süden, weil sie es ablehnte, einem Einzelstaat das Recht auf Sezession zuzugestehen, und sie erboste den Norden, weil sie der Bundesregierung die Befugnis absprach, Krieg gegen einen Einzelstaat zu führen. *Fest steht, daß unsere Union von der öffentlichen Meinung getragen wird und niemals durch das in einem Bruderkrieg vergossene Blut ihrer Bürger zusammengehalten werden kann. Wenn sie nicht in der Liebe des Volkes leben darf, muß sie eines Tages untergehen.* Das war eine Widerspiegelung der Abschiedsadresse Andrew Jacksons vom März 1837: *Die Verfassung kann nicht erhalten, die Union nicht bewahrt werden entgegen dem Volksempfinden, allein durch die Ausübung der Macht, die der obersten Regierung anvertraut ist. Die Fundamente müssen in der Liebe des Volkes ruhen.* Aber hätte Jackson in Buchanans Lage diesen fatalistischen Ton angeschlagen? Ganz gewiß hat er die Möchtegern-Nullifizierer von 1832 nicht ermutigt. Aber all das wissen Sie ebenso gut wie ich, *Rückblick*-Red.]

Am 8. Dezember empfing der Präsident vier der Abgeordneten von South Carolina. Der gefräßigste und radikalste der Eisenfresser, Laurence Massillon Keitt, dunkel, gutaussehend [ein kurzgeratener Clark Gable, könnte man sagen], mit einer Sensibilität, die in hohem Maß literarisch war und also ausschweifend und skrupellos, bemühte sich, einen respektvollen Ton beizubehalten, als er verkündete: «Sir: wir stehen hier als Kongreßabgeordnete des souveränen Staates South Carolina. Wir rechnen damit, daß noch vor Ablauf von zwei Wochen in Columbia die Sezession proklamiert wird. Wenn es soweit ist, entsenden wir Kommissare, die mit Ihnen über die zukünftigen Beziehungen zwischen unseren beiden unabhängigen Republiken verhandeln werden.»

Der Kongreßabgeordnete William Porcher Miles, ehedem

Mathematiklehrer am College zu Charleston, war auf merkwürdig friedlichem Weg in die Politik gekommen: er hatte als heroischer freiwilliger Krankenpfleger bei einer Gelbfieber-Epidemie in Norfolk, Virginia, so viel Aufmerksamkeit erregt, daß er 1855 zum Bürgermeister von Charleston gewählt wurde. Er spürte jetzt einen gewissen Widerstand in dem Alten bei Keitts Worten, die eine Verminderung der Union implizierten, und warf freundlich ein: «In der Zwischenzeit, Mr. President, in diesen dunklen, verworrenen Tagen, würden wir gern zu einer Übereinkunft mit Ihnen kommen, um Blutvergießen in Charleston zu verhindern.»

Der dritte Abgeordnete, John McQueen aus Queensdale, appellierte an die wohlbekannte Schwäche des Präsidenten für streng logische, juristische Argumentation und führte aus, daß die Forts auf gepachtetem Grund stünden und daß nur das, was auf diesem Grund errichtet worden sei, also die Gebäude selbst, als Eigentum der Bundesregierung gelten könnten.

Das vierte Delegationsmitglied, Milledge Luke Bonham, ein Veteran aus den Kriegen gegen die Seminolen und gegen Mexiko, war berufen worden, den Platz seines Vetters Preston S. Brooks einzunehmen, der wenige Monate nachdem er im Mai 1856 aus ehrenwerten Gründen (fanden Buchanan und der ganze Süden) einen Anschlag auf Senator Sumner aus Massachusetts verübt hatte, gestorben war: er hatte mit einem Spazierstock, der so wenig aushielt, daß er entzweibrach, dem Abolitionisten, während der an seinem Platz saß, aus Rache für dessen üble verbale Attacke gegen Brooks' Onkel, Senator Andrew Butler, der an jenem Tag nicht im Sitzungssaal war, mehrere Hiebe versetzt, von denen zwei mit je zwei Stichen genäht werden mußten. Sumner tat so, als habe er bleibenden Schaden erlitten, und war fortan, als Märtyrer, eine noch schlimmere Plage als vorher, wohingegen der arme Brooks, einst als der bestaussehende Mann im Repräsentantenhaus gehandelt, zusammengeklappt und mit siebenunddreißig Jahren an dem Skandal gestorben war. Bonham sagte – mit einer dieser seidigen Südstaatlerstimmen, die jede Aussage zu einer Liebenswürdigkeit mildern: «Es ist ein aufrichtiges Zeichen des großen Vertrauens und des guten Willens unseres souveränen Staates, daß wir, in Vorwegnahme des traurig Unvermeidlichen, heute hierhergekommen sind, um über etwas zu verhandeln, das wir uns in halbstündigem Kampf nehmen könnten. Major Anderson hat einen einzelnen Sergeant in Pinckney, zwei kleine Kompanien in Moultrie und eine Handvoll Pioniere in Sumter, die die Ausbauarbeiten beaufsichtigen! Höchstens hundert Mann, die Musiker und Inhaftierten mitgerechnet! Der Major ist sehr beliebt in Charleston; niemand dort möchte einem Kentucky-Jungen mit einer Frau aus Georgia etwas tun, und es liegt bei Ihnen, Mr. President, dafür zu sorgen, daß auch wirklich nichts geschieht.»

Buchanan saß steif an seinem Schreibtisch, als ob der Druck der Ereignisse seine Kleider von innen her blähte und seine Gelenke in arthritischem Schmerz gefrieren ließe. Die drängenden Supplikanten umstanden ihn wie eine gallertartige, in Anzüge gekleidete Mauer, rochen nach männlichem Schweiß und den Ausdünstungen guten Lebens. «Meine Herren», sagte er schließlich, mit anwaltlicher Stimme, die zu einem ganz besonders schmeichelnden Ton hochgepreßt war, «legen Sie, was immer Sie vorzuschlagen haben, in schriftlicher Form nieder. Ich warne Sie, ich beabsichtige, unter allen Umständen in Charleston die Einnahmen zu kassieren, die dem Bund zustehen. Ich bin entschlossen, die Gesetze zu befolgen und die Pflichten des Regierungschefs zu erfüllen, wo immer diese unzweideutig festgelegt sind. Es bekümmert mich zutiefst, lassen Sie mich Ihnen das gestehen, daß Sie bereit sind, der Union abtrünnig zu werden, bevor Ihnen in irgendeinem besonderen Punkt eine Beeinträchtigung, eine Kränkung widerfahren ist und obwohl in der Verfassung und in der Gesetzgebung alle Möglichkeiten zur Verteidigung der Rechte der einzelnen Staaten verankert sind. Wenngleich diese Wahl uns einen republikanischen Präsidenten beschert hat, sind die Republikaner doch in beiden Häusern in der Minderheit und für sich genommen machtlos.»

Keitt, der leidenschaftslosen Argumente überdrüssig, die er schon hundertmal von den denaturierten Schwätzern in dieser künstlichen Stadt gehört hatte, trat nah an des Präsidenten vielbenutzten Schreibtisch aus schwarzem Walnußholz heran und sagte fordernd: «Beantworten Sie uns dann dies: Haben Sie vor, bekümmert oder nicht, Gewalt anzuwenden beim Kassieren in Charleston?»

Getroffen von seinem Ton, sah Buchanan mit schief geneigtem Kopf und unsicherem Blick zu Keitt auf und erwiderte mit bebender Stimme: «Ich werde die Gesetze befolgen. Ich bin kein Krieger – ich bin ein Mann des Friedens –, aber ich werde die Gesetze befolgen.»

[Dies ist eine kleine Ausschmückung dessen, was historisch überliefert ist. Aber Sie und ich wissen, *Rückblick*-Red., wieviel mehr an Unterhaltung, an Fehlstarts und Sondierungen, leeren Höflichkeiten und freundlichem Geplauder es gegeben haben muß. Verweht, dahin in Luft und Staub. Die Ereignisse der letzten Monate Buchanans wurden erleuchtet vom grellen Licht übererregter Zeitungsberichterstattung und im nachhinein von den Memoiren, die Buchanan, Black, Stanton, Holt und Trescot geschrieben haben – sogar relativ späte und unwichtige Kabinettsmitglieder wie Philip Thomas und John Dix haben Aufzeichnungen hinterlassen. Und immer noch wissen wir nicht genau, was sich abgespielt hat: Buchanans Gemütsverfassung schwankt zwischen hysterisch und kühl entschlossen, je nach Quelle und politischer Tendenz; ein entscheidendes Dokument, wie den zurückgewiesenen letzten Brief der South-Carolina-Unterhändler, sucht man vergebens; grundsätzlicher noch, das Alltagsgefussel, die lebendige Holzwolle, in die jedes Ereignis verpackt ist, hat sich in Luft aufgelöst, zurückgeblieben sind alte Beinknöpfe und gilbende Papiere, über und über von Silberfischchen zernagt. Die Vergangenheit ist ebenso trügerisch wie die Zukunft, und wir existieren benommen in der Gegenwart, blind für die Wolkenformationen, taub für den Vogelgesang. Und doch hat das Leben etwas Heiliges, das uns immer wieder drängt, es auferstehen lassen zu wollen.]

Der Präsident war nach dem Besuch der Abgeordneten von South Carolina beunruhigt und niedergedrückt; später am selben Tag suchte er Trost bei seinem engsten Verbündeten im Kabinett, dem Finanzminister Howell Cobb: «Die hitzigsten Feuer brennen am raschesten herunter. South Carolina hat sich schon früher aufsässig gezeigt und ist in eine Isolation geraten. Was im Hafen von Charleston geschieht, hat nicht viel zu sagen, wenn Georgia fest bleibt – ist es nicht so, mein lieber Howell?»

Dem kleinen rundlichen Mann mit den angenehm glatten Bewegungen und Umgangsformen schien nicht recht wohl in seiner Haut zu sein, sein Gesicht war mit der glasigen Blässe der Schlaflosigkeit überzogen. «Mr. President», begann er. «Sie wissen, mit welcher Ergebenheit ich Ihren Aufstieg gefördert und Ihre Administration beraten habe.»

«Und *Sie* wissen, Mr. Cobb, mit welcher Dankbarkeit ich Ihre Unterstützung angenommen und Ihre Gesellschaft genossen habe. Obschon ich mich eines Bekanntenkreises erfreuen darf, der über die halbe Erde reicht, ist enge Vertrautheit doch immer eine Seltenheit in meinem Leben gewesen, und ich habe vielleicht zu sehr auf Ihre Freundschaft gebaut. Meine Späher berichten mir, daß Mrs. Cobb sich mehr als einmal über die langen Stunden beklagt hat, in denen der Präsident Ihrer Anwesenheit bedurfte. Ich glaube, als sie in Athens war, hieß es sogar, keine Ehefrau könnte Ihre Zeit stärker in Beschlag nehmen, als ich es tat.»

Aber, gestand Buchanan sich im stillen ein, es hatte zwischen ihnen nie die magische brüderliche Zuneigung gegeben – einer spricht des anderen Gedanken aus, oder beide denken das gleiche und lassen es ungesagt –, die zwischen ihm und Colonel King bestanden hatte. King hatte die Rolle des älteren Bruders übernommen, eines beschützenden, vorangehenden Bruders, wie ihn Buchanan, der in Wahrheit der Ältere gewesen war, nie gekannt hatte; und Howell Cobb war stets der jüngere Bruder gewesen, eine Rolle, die schon zur Genüge vom nie dankbaren, immer fordernden Reverend Edward Buchanan ausgefüllt wurde. Keiner seiner Berater hatte so giftig über Douglas gehöhnt wie Cobb, keinem war so verbissen daran gelegen gewesen, den Riß zwischen Douglas und der Regierung offenzuhalten, und doch spürte Buchanan jetzt in dem Mann etwas von dem egoistischen, anarchischen Ehrgeiz des Kleinen Riesen – gleich der Wärme, die in Wellen von einem bauchigen Ofen ausgeht, dünstete er fühlbar aus ihm heraus, der Ehrgeiz kleiner Männer, die sich ständig beweisen müssen. Hätte Cobb sich nicht so dagegen gesperrt, den zweiten Posten im Kabinett zu übernehmen, während ein Gleichaltriger den ersten innehatte, dann hätte Robert J. Walker statt Lewis Cass das Außenministerium haben können, ein fähiger Mann statt eines obstruktiven Fossils.

Cobb erwiderte liebenswürdig: «Mrs. Cobb wußte, wenn ich Ihnen diene, diene ich der Nation, und mit der Nation der Zukunft unserer Kinder. Aber, Sir», fuhr er in gesenktem Ton und mit einem ausweichenden raschen Blick zur Seite fort, «die Zeiten haben sich geändert. Mrs. Cobb ist nach Georgia zurückgekehrt, um sich auf ihre Niederkunft vorzubereiten. Meine ganze Familie dort trägt jetzt die blaue Kokarde. Mein Bruder Thomas hält sezessionistische Reden, die fünf Stunden dauern, und mein Onkel John läßt durchsickern, daß ‹Widerstand gegen die Unterdrückung Gehorsam gegen Gott› ist.» Er versuchte einen letzten Scherz. «Squire, Ihr wißt, wie das mit Verwandten ist, sie sind so schwer zu hüten wie Hühner in einem Wirbelsturm.»

Buchanans Lächeln blieb aus. Ein Funke neuerwachten Scharfsinns erhellte seinen schielenden Blick. Er legte den Kopf schief, um einen letzten Aufmerksamkeitsstrahl auf Cobb zu richten.

«Ich hatte gehofft», beteuerte Cobb und machte einen kleinen schwarzbeschuhten Tanzschritt auf dem Perserteppich, den Harriet aus London mitgebracht hatte und der schon ganz abgetreten war von den Heerscharen derer, die um präsidiale Hilfe und Gunstbeweise nachsuchten, «daß die Bevölkerung von Georgia sich überreden läßt, bis zum 4. März in der Union zu bleiben, damit ich bis zum Ende mein Amt in Ihrem Kabinett versehen kann. Aber –»

«Aber, Howell», schnitt Buchanan ihm das Wort ab, «anderes ist jetzt opportun, in dieser treulosen neuen Nation, die da im Entstehen ist, und Ihre finanziellen Schwierigkeiten haben sich in einem Ausbruch von Menschenliebe seitens Ihres Schwagers wunderbar erledigt.»

Howell Cobb war, wie schon so oft, beeindruckt von der Fähigkeit seines Chefs, Klasch zu erfahren und zu behalten; die das Leben am wenigsten gelebt haben, besitzen vielleicht die frischeste Neugier. «Sir, lassen Sie mich ausreden. Ich habe Sie lange Zeit für den treuesten Freund des Südens erklärt, der je das Präsidentenamt innehatte. Aber als Sie mit den Herren aus South Carolina verhandelten und sich weigerten, auf ihre Wünsche einzugehen, erkannte ich, daß Sie und ich im Politischen nicht mehr einig sind und uns darum trennen müssen.»

Meeres-Hut. Buchanan sah seine Hand auf der mit Siegellack betropften Schreibfläche des Tisches liegen, sah sie zittern wie ein unangenehmes weißes Tier, augenlos, mit runzliger weißer Haut und einem Zuviel an kraftlosen Gliedmaßen. «Der Süden und ich, wir sind Freunde gewesen», sagte er, «und ich habe lange versucht, ihm und seinen Institutionen die Garantien zu erhalten, die unsere weisen Verfassungsväter niedergeschrieben haben. Ich habe mich fast zerrissen im Bemühen, zwischen ihm und dem Norden das Gleichgewicht zu wahren in diesen schlimmen, unsteten Zeiten. Aber ich kann nicht nationales Eigentum hergeben und auf mein Recht verzichten, es zu verteidigen.» Der Präsident seufzte und entfernte die Hand, die seinen Augen auf einmal gräßlich war, aus seinem Gesichtsfeld. «Gehen Sie also, Cobb. Ich kann Ihren Weggang nicht billigen, ich kann ihn aber auch nicht verhindern.»

«Ein Wort noch. Justizminister Black hat mir gegenüber mehr als einmal rundweg geleugnet – »

«Kein Wort mehr. Black und ich müssen mit diesem politischen Schiffbruch fertig werden, zu dem Sie beigetragen haben. Ich habe tiefes Vertrauen zu Ihnen gehabt. Wir sprechen nie wieder miteinander», sagte der Präsident, und es war weniger eine Drohung als eine Prophezeiung, im Selbstgespräch geäußert.

Am 10. Dezember kamen die vier South-Carolina-Abgeordneten wieder und brachten einen fünften mit, W. W. Boyce aus Winnsboro. Wie gewünscht, präsentierten sie eine schriftliche

Erklärung, die den folgenden Wortlaut hatte: AN SEINE EXZELLENZ JAMES BUCHANAN, PRÄSIDENT DER VEREINIGTEN STAATEN: *Gemäß unserer gestrigen Erklärung drücken wir Ihnen hiermit unsere feste Überzeugung aus, daß weder die verfassungsmäßigen Behörden noch irgend jemand aus der Bevölkerung des Staates South Carolina die im Hafen von Charleston gelegenen Forts der Vereinigten Staaten angreifen oder auf andere Weise belästigen werden, bevor der Konvent einen Entschluß gefaßt hat und solange wir hoffen und glauben, daß ein mit allen Vollmachten ausgestatteter Regierungsvertreter ein Verhandlungsangebot unterbreitet und es zu einer gütlichen Regelung aller strittigen Punkte zwischen dem Staat und der Bundesregierung kommt; unter der Bedingung, daß keine Verstärkungen in besagte Forts entsandt werden und ihr jeweiliger militärischer Status quo unangetastet bleibt.*

Mit zusammengekniffenen Augen arbeitete der alte Häuptling sich durch den wortreichen Text. «Mir mißfällt die Wendung ‹unter der Bedingung›», sagte er schließlich. «Ich kann die Freiheit des Präsidenten nicht durch Zusicherungen einschränken. Außerdem haben Sie als Delegation kein offizielles Mandat und können sich mit niemandem verbindlich zu Ihren Bedingungen einigen.»

Boyce sagte: «Mit ‹jeweiligem militärischem Status quo› meinen wir, daß die Verlegung der Moultrie-Garnison nach Fort Sumter einer Verstärkung gleichkäme und einen Angriff rechtfertigen würde.»

Buchanan kniff die Augen noch schmaler zusammen, als ob er einen Faden in ein Nadelöhr fädelte. Einerseits wollte er nichts so sehr, wie alles zu vermeiden, was den South-Carolina-Leuten Grund zu einem Angriff geben könnte; andererseits hatte er eine rechtliche Vorstellung vom Präsidentenamt, die schmal, aber lebhaft war, ein Streifen von Vorrechten und Pflichten, den die Verfassung zwischen dem Kongreß und den Gerichten übriggelassen hatte. In seinem brüchigen, keuchenden Tenor, der Stimme eines gewohnheitsmäßigen Kompromißschließers, sagte er nach einer Weile: «Ich kann Ihnen zwar nichts versprechen, doch ich kann Ihnen sagen, daß es auf meiner politischen Linie liegt, am Status quo nichts zu ändern.»

McQueen trat vor, wie die Pranke eines Raubtiers, die instinktiv vorschnellt. «Können wir das schriftlich haben, Mr. President?»

Aber so leicht war der alte Mann nicht zu fangen. Obwohl Müdigkeit wie ein Seihtuch auf seinem Gesicht lag, sah er mit einer Flinkheit auf, die durch taktisches Parieren geweckt war. «Am Ende handelt es sich hier doch um eine Ehrensache zwischen Gentlemen», schnurrte er. «Sie haben keinen offiziellen Status, solange South Carolina nicht seine Unabhängigkeit erklärt hat, und nur der Kongreß, nicht der Präsident, hat die Befugnis, über Bundeseigentum zu verhandeln. Ich sehe nicht, wozu wir ein Dokument oder sonst etwas Schriftliches brauchen. Wir verstehen einander.»

Keitt stellte in seinem bellenden Bariton fest: «Das bezweifle ich. Mr. President, Sie haben beschlossen, die Dinge so zu lassen, wie sie sind, und keine Verstärkungen zu schicken; aber angenommen, Sie ändern später aus irgendeinem Grund Ihren Kurs, was dann?»

Buchanan lächelte und tippte auf die schriftliche Versicherung, die die fünf ihm überreicht hatten. «Dann würde ich Ihnen als erstes dieses Schreiben zurückgeben.»

Als die Männer gegangen waren, schrieb er auf die Rückseite ihres Memorandums seine Version dieser Zusammenkunft und einer kleinen zweiten, die darauf folgte: *Später sprachen Messrs. McQueen und Bonham im Namen der Delegation vor und gaben mir noch einmal aufs nachdrücklichste die Zusicherung, daß die Forts und das öffentliche Eigentum in Ruhe gelassen würden, solange keine Beauftragten bestellt seien, die mit der Bundesregierung bezüglich dieses öffentlichen Eigentums verhandeln sollen, und solange keine Entscheidung gefallen sei. Ich informierte sie, daß das, was getan werden würde, Sache des Kongresses und nicht des Präsidenten sei. Daß, sollten sie* [die Forts] *angegriffen werden, dieses sie* [die Leute in South Carolina] *endgültig ins Unrecht setzen und sie zu Urhebern eines Bür-*

gerkriegs machen werde. Sie machten die gleichen Zusicherungen auch gegenüber Messrs. Floyd, Thompson und anderen.

Am nächsten Tag machte er sich die kurze Notiz: *Dienstag, 11. Dezember 1860. General Cass hat mir angekündigt, daß er zurücktreten will.* Am gleichen Tag suchten ihn die Senatoren Gwin und Slidell auf. Slidell redete die ganze Zeit fast allein. «Buchanan», sagte er, «ich habe mit Befremden gehört, daß Sie den Delegierten aus South Carolina das schlichte Versprechen verweigert haben, die Forts nicht zu verstärken, und das, nachdem sie Ihnen eine Anzahl männlicher und großmütiger Zusicherungen gemacht haben!»

«Die zu machen sie nicht berechtigt waren. Und, Senator, sie haben etwas erbeten, das der Präsident nicht gewähren kann.»

«Ihre Hand ist schwach, die Dinge entgleiten Ihnen immer mehr. Georgia geht, und die Golfstaaten können nicht bleiben. Warum an diesen Forts festhalten, wenn ein Kontinent wankt?» [Slidell: der listenreiche, skrupellose politische König von Louisiana, ein geborener New Yorker mit einer stürmischen, unordentlichen Jugend. Nur zwei Jahre jünger als Buchanan, hatte er weiße Haare, ein rotes whiskeygebeiztes Gesicht, und dann und wann blitzte in den stahlblauen Augen über der scharf gebogenen Nase etwas von der Strahlkraft auf, die den vorsichtigeren, skrupulöseren Mann hypnotisiert hatte. Durch die sinnreiche Erfindung des Stimmentransfers hatte Slidell bei der Wahl 1844 Louisiana für Polk gesichert; '45, als der Krieg zwischen den beiden Nationen sich abzeichnete, war er von Buchanans Außenministerium als Emissär nach Mexiko geschickt worden; '53 hatte er sich den Senatssitz geschnappt, den der ungestüme Soulé hatte räumen müssen, als er die Gesandtschaft in Spanien übernahm. Pierce hatte sich seine Feindschaft zugezogen, weil er einen Gefolgsmann strafrechtlich verfolgen ließ; '56 hatte er, zusammen mit Bright, Bayard und Benjamin, Buchanans Nominierung durchgesetzt. Slidell wird zum Botschafter der Konföderation in Frankreich ernannt werden; er wird in der berühmten *Trent*-Affäre an Bord eines britischen Schiffs mit Kurs auf Nassau in Gefangenschaft geraten; seine Machenschaften am

Hof Napoleons III. werden in Frankreich keine Anerkennung und keine nennenswerte Unterstützung finden; er wird 1871 in Cowes, England, sterben, nachdem der erste Präsident Johnson seine Bitte von 1866, nach Louisiana zurückkehren zu dürfen, unbeantwortet gelassen hat.]

Buchanan veränderte die Schräghaltung seines Kopfes so weit, daß er Slidell fest in die Augen sehen konnte, und sagte: «Zu meinem Bedauern, Senator, muß ich erkennen, daß auch Sie für die Spaltung sind. Daß Keitt, Rhett, Yancy und andere unzufriedene kleine Geister aus den Umwälzungen Vorteil zu schlagen versuchen, kann ich verstehen; aber daß Sie und Toombs und Davis, die Sie die Kapitale der Union beherrscht haben – nein. Ich kann Ihrem Rat nicht länger Gehör schenken. Ich bedaure, daß ich ihn so lange in Anspruch genommen habe.»

«Dieser Rat hat Sie zum Präsidenten gemacht.»

«Und würde mich jetzt als Präsidenten rückgängig machen.»

«Buchanan, seien Sie kein Narr. Ihr Interesse war immer auf den Süden gerichtet und ist es immer noch.»

«*Mr.* James Buchanan als jemand, der nach seinem persönlichen Interesse geht, ist tot. Es gibt nur noch den Präsidenten der Vereinigten Staaten, und auf den warten viele Pflichten, Sir, Sie sind entschuldigt. Ich danke Ihnen verbindlichst, daß Sie so gütig waren, mir Ihre Ansichten mitzuteilen.»

Am nächsten Tag, dem 12., fühlte General Scott sich endlich in der Lage, nach Washington zu kommen. Er wurde von Senator Lymann Trumbull instruiert, daß Buchanan plane, Fort Moultrie preiszugeben, und er dafür an den Pranger gehöre. Scott riet Buchanan, unverzüglich eine Kompanie von dreihundert Mann nach Fort Moultrie zu schicken. In seinem *Mr. Buchanans Administration am Vorabend der Rebellion* schrieb Buchanan: *Es ist wohl kaum ein Mangel an Nachsicht, wenn man vermutet, daß General Scott zu dem Zeitpunkt, da er diese Empfehlung aussprach (am 15. Dezember), wußte, daß sie abgelehnt werden mußte. Unverändert, wie der Stand der Dinge noch immer war, konnte der Präsident sie nicht befolgen, ohne auf einen Schlag seine gesamte Politik umzustoßen und ohne ein Ausmaß an In-*

konsequenz an den Tag zu legen, das dem Eingeständnis der eigenen Unzurechnungsfähigkeit gleichgekommen wäre. Außerdem war die Armee, durch den Kongreß gelähmt, so gut wie nicht existent: *Unsere Armee stand noch außer Reichweite in den entlegenen Grenzgebieten und konnte dort, mitten im Winter, nicht rechtzeitig für diese militärische Operation abgezogen werden. Er wußte: Wäre dies möglich gewesen, hätte man die Bewohner in unseren fernen Grenzgebieten augenblicklich dem Tomahawk und dem Skalpiermesser der Indianer ausgeliefert.*

Cass erwähnte in seinem Rücktrittsschreiben vom 12. Dezember, das aber erst am 15. zugestellt wurde, seine *dezidierte Meinung, seit einiger Zeit auf verschiedenen Kabinettssitzungen mit Nachdruck geäußert, daß zusätzliche Truppen entsandt werden sollten, um die Forts im Hafen von Charleston zu verstärken, damit diese, im Falle eines Angriffs, sich besser verteidigen könnten, und daß desgleichen ein mit Geschützen bestücktes Schiff dorthin beordert werden sollte, um, falls erforderlich, die Verteidigung zu unterstützen.* Als Buchanan dies las, rang er sich ein bitteres Lachen ab. «Wo war denn dieser Kampfesmut, als Cass im Kabinett saß und unter seiner Perücke döste?» fragte er Außenminister Black, der näher an Buchanan herangerückt war wie Edgar an Lear, als der Sturm stärker blies. «Als das Kabinett zu Anfang dieses Monats meine Botschaft an den Kongreß diskutierte, war seine einzige Kritik die, daß ich das Unvermögen des Kongresses, Krieg gegen einen Einzelstaat zu führen, nicht deutlich genug hervorgehoben habe; ich legte dann mehr Betonung auf den Punkt, um ihn zufriedenzustellen. Ich habe oft Gelegenheit gehabt, mich dessen zu erinnern, was General Jackson mir über Cass gesagt hat, als er ihn nach Paris sandte; er sagte: ‹Cass trifft nie eine selbständige Entscheidung, ständig kommt er mit dicken Papierstapeln zu mir.› Na ja, Black, jetzt müssen wir seine Depeschen nicht mehr für ihn aufsetzen.»

Black [harsch männlich, grobknochig, struppige Brauen, von hitziger, flamboyanter Denkweise: eher Raymond Massey als Jason Robards] sagte: «Ich höre, daß er seine Demission bereits bedauert und sie widerrufen möchte.»

«Tatsächlich? Rasch also, setzen Sie ein Schreiben für mich auf – und spicken Sie es mit höflichen und patriotischen Floskeln –, daß ich sein Rücktrittsgesuch annehme. Ich habe einen neuen Außenminister: Sie, Mr. Black.» Buchanan war beinah vergnügt beim Gedanken, Cass los zu sein. Obwohl selber alt, mochte er alte Männer nicht.

Black protestierte: «Ich bitte Sie, das noch einmal zu überdenken. General Cass' Rücktritt, den Sie mit einem Wort für nichtig erklären können, wird Wasser auf die Mühlen Ihrer Feinde sein, denn er ist eine Nordstaaten-Persönlichkeit von langjährigem hohen Ansehen. Er hat sich bereit erklärt, Ihrer Sache zu dienen, als er schon über das Alter hinaus war, da man sich gemeinhin zur Ruhe setzt. Nun hat er es sich noch einmal überlegt und möchte bis zum Ende an Ihrer Seite bleiben.»

«Er ist ein wassersüchtiger seniler alter Knochen, der mit Camerons niederträchtigem Zutun erst '48 und dann noch einmal '52 meine Nominierung verhindert hat. Lassen Sie ihn gehen und übernehmen Sie sein Amt. Sollen uns doch alle anderen verlassen, wir halten dann die Stellung nur mit Freunden aus dem Keystone State!»

«Mr. President, wenn Ihr Entschluß unverrückbar feststeht, erlauben Sie mir, daß ich Ihnen als meinen Nachfolger im Amt des Justizministers meinen Unterstaatssekretär Edwin Stanton aus Pittsburgh ans Herz lege. Er ist wie kein anderer mit den streitigen Landansprüchen vertraut, die derzeit vor den Obersten Gerichtshof kommen, und seine Arbeit als Rechtsberater der Regierung in Kalifornien hat ihn nach meiner Einschätzung als den besten Anwalt im Land ausgewiesen.»

«Er ist aber, glaube ich, kein versierter Verfassungsrechtler. Er ist Abolitionist, und sein Jähzorn hat ihm viele Feinde eingetragen. Ich weiß aus mehr als einer Quelle, daß man Stanton nicht vertrauen kann.»

«Eine unerwartete Rüge, Mr. President, von einem, der so lange Howell Cobb vertraut hat und immer noch John Floyd vertraut.»

Buchanan fühlte sich unterminiert, je länger ihm Blacks allzu volltönende, immer anmaßendere Stimme in die Gehörgänge drang; seine politische Verfassung wurde, wie im Verlauf einer Krebserkrankung, umgeformt durch diese Rücktritte und Substitutionen. Seine eigentliche Substanz war in John Passmores Lancaster geblieben, in Nikolaus' St. Petersburg, in den tabakbraunen und rotweinroten Zimmern, die er mit Senator King geteilt hatte, im glitzernden London, das von ihm und Harriet so entzückt gewesen war. «Floyd mag ein Wirrkopf sein», räumte er kraftlos ein, «ein Schurke aber ist er nicht.»

«Wenn man als Kriegsminister so wirrköpfig ist», sagte Black, «dann ist das schurkisch genug.»

Es ist immer dasselbe mit diesen hochtönenden Anwälten, dachte Buchanan bei sich, sie müssen übertreiben, und im Ungestüm des Auftretens und der Behauptungen geht die Nuance der präzisen Wahrheit verloren. Floyd war ein guter Mann, aber wie viele Umstände würde es machen, wollte man genau erklären, auf welche Weise! Müde fügte der Präsident sich dem Lauf der Ereignisse. «Also gut – Stanton ist unser Mann. Mein Herz ist alldem kaum noch gewachsen, Jeremiah. Ich nähere mich dem biblischen Alter und sollte mich anschicken, meinen physischen Leib mit dem Staub zu vereinen. Statt dessen steht mir ein Kampf gegen ebendie Männer bevor, die ich vor allen anderen zu meinen Freunden gezählt habe.»

[Notizen, die ich mir Ende 1976 gemacht habe:]

SCHAM. Scham als der Gefühlszustand in diesem endlosen Dezember, hereinschleichend, überschwemmend. Buchanans Bedürfnis nach Stille, nach Frieden, nach Freiraum, um zu beten. Seine Gebete: ein langes Eintauchen in Verzagtheit, angesichts der blutigen Alternativen, von denen er umzingelt ist. Sein Gefühl, daß Schicht um Schicht wegbröckelt, um den schmachvollen, sündigen, unkorrigierbaren Kern der Erde bloßzulegen. Sein Leben: eine einzige lange Zuwiderhandlung unter dem Goldfirnis, der Vornehmheit, dem Erfolg etc. Das eigenartige Gefühl, durch Schande, Schrecken, Verleumdung, peinvolle Verlegenheit näher zu Gott zu kommen. SCHAM: das Siegel der Echtheit seit dem Sündenfall, seit Adam und Eva. Primitive Chemie-Experimente, erinnert aus den Dickinson-Tagen. JBs Gefühl, diese flüssige Substanz aufzusaugen, zu schmecken. Er wird betrunken davon. Ein Gebet für ihn sprechen?

[Mein Text stolperte weiter:]

Am nächsten Tag, dem 16. Dezember, kam Innenminister Thompson [ein energischer Mann aus Mississippi, erinnern Sie sich?] zu Buchanan und sagte, sein Staat habe ihn zum Agenten bestellt und ihm aufgetragen, nach North [*sic*, nicht South] Carolina zu gehen und über die Sezession zu verhandeln. Der Präsident wurde damals und später viel dafür gescholten, daß er Thompson die Erlaubnis zu dieser Reise gab – als hätte er der Sezessionsbewegung per Kabinettsmitglied Vorschub geleistet. Er hatte seine Einwilligung jedoch nur gegeben, weil er glaubte, daß Thompson die Sezession verhindern und nicht etwa beschleunigen wolle, denn der Minister hatte ihn seiner gemäßigten Ansichten versichert: Thompson glaubte, entgegen Buchanans Botschaft an den Kongreß vom 3. Dezember, daß es sehr wohl ein Recht auf Sezession gebe, daß dieses Recht aber nur zum Tragen komme, wenn es ausreichend Grund dafür gab, und noch war der Grund nicht ausreichend.

Am 16. Dezember schrieb Buchanan an George M. Wharton: *Ich habe kein Wort der Ermutigung, das ich Ihnen hinsichtlich der Sezession der Südstaaten schreiben könnte. Ich hoffe immer noch, daß der Sturm vorüberziehen möge; aber es gibt derzeit keine Anzeichen dafür. ... Ich kann von keiner Seite Ermutigendes berichten. ... Der Norden ist nicht einmal von einer Ahnung der Gefahr getrübt. Ich habe sie seit Jahren vor den Folgen gewarnt, die ihre Agitation eines Tages haben würde; doch wie Kassandra – alles vergeblich. ... P.S. Unnötig zu sagen, daß ich eine Sezession für Revolution halte. Dies ist der erste Brief, in dem ich mich zu diesem Thema äußere, & und er ist nur für Ihre Augen bestimmt.*

Am 17. Dezember erschien in Horace Greeleys *New-York Daily Tribune* ein Leitartikel, der so begann: *In der Stadt geht ein Gerücht um, das seinen Ursprung offenbar in Washington hat und das lautet: Präsident Buchanan ist geisteskrank! Das trifft wahrscheinlich nicht zu, auch wenn es einen, angesichts seines Verhaltens in den letzten ereignisreichen sechs Wochen, nicht erstaunte, wenn diese Meldung der Wahrheit entspräche. Jämmerlichere Dummheit, oder auch vorsätzlicheren Verrat, hat es nie gegeben. Mit jedem Schritt hat er zur Spaltung der Republik beigetragen; und wenn Mr. Cobb recht behält mit seiner Behauptung, Buchanan werde der letzte Präsident der bestehenden Union sein, dann ist das mindestens so sehr auf die Schwäche respektive Schändlichkeit dieses Präsidenten zurückzuführen wie auf irgendeine andere Ursache. Man sollte ihn für wahnsinnig erklären, dann braucht er sich vor den Schranken der Geschichte nicht für ein Verbrechen zu verantworten, das nahezu ohnegleichen ist in den Annalen menschlicher Schwachheit und Verworfenheit.* Der Leitartikel endete: *Seit General Cass sein Rücktrittsgesuch eingereicht hat, scheint die Regierung den letzten Rest von Würde und wahrem Patriotismus verloren zu haben, und es wäre eine Erleichterung für das Land und würde Mr. Buchanans Ruf in der Zukunft ein wenig aufbessern, wenn man ihm jetzt Geisteskrankheit attestieren könnte.* Henry Adams schrieb aus Washington an seinen Bruder Charles, sich auf New Yorker Klatsch beziehend: *Gegen Ende des Tages machte das Gerücht die Runde, Präsident Buchanan sei wahnsinnig geworden, und die Aktien stiegen.... Armer alter Buchanan! Ich sehe kommen, daß man ihn noch des Amtes entheben muß. Es ist köstlich zu beobachten, welch ein Schrecken hier unter den Leuten herrscht.*

[Red.: Kann gekürzt werden, aber ich habe diese Zitate eingefügt, um zu zeigen, was für miese, hochnäsige Wichser die angeblich Guten waren, die auf der politisch korrekten Antisklaverei-Seite. Der Greeley-Leitartikel könnte in ganzer Länge als kleingedruckter Anhang gebracht werden, falls Sie ihn veröffentlichen möchten. Um ihn zu bekommen, bin ich bis ganz nach Boston gefahren, zur Public Library – ein kleiner Raum in einer Ecke des muffigen Hofs, in dem sechs verkaterte Obdachlose dösten; ein dickliches allwissendes Mädchen asiatischer Herkunft hinterm Anmeldetisch; ein komplizierter Schein, der ausgefüllt werden mußte; eine schwere Spule mit grauem Mikrofilm, die im Projektor surrte wie ein Flugkörper, der sich sein Ziel sucht; da, Greeley!]

Am Morgen des 20. Dezember erhielt Buchanan einen Brief von seinem alten Freund Francis Wilkinson Pickens, dem neuen Gouverneur von South Carolina; der Brief wurde von D. H. Hamilton überbracht, dem Marshal für South Carolina, der sich in Gesellschaft von William H. Trescot befand. Trescots Demission als Unterstaatssekretär des Äußeren (eine Position, die wegen Cass' eingeschränkter Handlungsfähigkeit größere Bedeutung gewonnen hatte) war am selben Morgen bestätigt worden, und er vertrat jetzt offen die Interessen South Carolinas. In dem Brief bat Pickens um die Erlaubnis, *eine kleine Truppe zu entsenden, nicht mehr als fünfundzwanzig Mann und einen Offizier, die auf der Stelle Fort Sumter besetzen sollen, um den Bürgern ein Gefühl der Sicherheit zu geben. ... Wenn nichts dergleichen erfolgt, kann ich keine Verantwortung für die Konsequenzen übernehmen.*

Buchanan gab Trescot den Brief zu lesen. Der fähige, intelligente Mann erkannte sofort, daß der Präsident verletzt war. Er war zu heftig, zu plötzlich angegangen worden. Buchanan bat Hamilton, am nächsten Morgen wiederzukommen und seine Antwort entgegenzunehmen.

Am selben Tag noch schrieb er – ohne die *Tribune* zu erwähnen, aber doch in Erwiderung auf das von ihr verbreitete Gerücht – dem ihm wohlgesonnenen James Gordon Bennett vom *New-York Herald: Ich habe mich nie einer besseren Gesundheit und einer ausgeglicheneren Gemütsverfassung erfreut als während des vergangenen Jahres. All unsere Sorgen haben mir nicht eine Stunde meines Schlafs geraubt und mir keine Mahlzeit vergällt, wiewohl ich glaube, daß ich mir meiner hohen Verantwortung auf angemessene Weise bewußt bin. Ich wäge sorgsam und genau ab, welchen Kurs ich einschlagen soll, und halte dann unbeirrbar an ihm fest, wobei ich das Ergebnis der Vorsehung überlasse. Das ist meine Natur, und ich verdiene weder Lob noch Tadel dafür.*

Am selben ereignisreichen Tag nahm Buchanan am Empfang

anläßlich der Hochzeit einer Miss Parker und eines Mr. Bouligny aus Louisiana teil, *eine sehr südstaatlerische Angelegenheit*, wie Auchampaugh uns versichert. Klein berichtet: *Gäste auf einem am 20. Dezember stattfindenden Hochzeitsempfang, an dem Buchanan teilnahm, hörten, wie er erklärte, er habe sich nie besserer Gesundheit erfreut, und fanden, daß er auch so aussah.*

Draußen in der Halle erhob sich indes ein solcher Tumult, daß Buchanan eine Dame fragte: «Madame, halten Sie für möglich, daß das Haus brennt?»

Das flammende Getöse wurde jedoch nur von einem einzelnen heißblütigen Gast veranstaltet, von Laurence Keitt, der jubelnd in die Luft sprang und ein Stück Papier schwenkte. «Gott sei Dank! Oh, Gott sei Dank!» schrie er. «South Carolina hat sich losgesagt! Hier ist das Telegramm! Ich fühle mich wie ein Junge, der schulfrei hat!»

Buchanan rief nach einer Equipage und fuhr ins Weiße Haus zurück. Dort, so scheint es, setzte er eine Antwort an Gouverneur Pickens auf, in der es hieß: *Als Mitglied der Vollziehenden Gewalt habe ich nicht die Befugnis, Fort Sumter oder eines der anderen Forts oder Teile des öffentlichen Eigentums in South Carolina irgendeiner menschlichen Instanz abzutreten. ... Sollte South Carolina eines dieser Forts überfallen, wird es der Aggressor in einem Krieg gegen die Vereinigten Staaten sein.*

Trescot, dem klar war, daß Pickens' Forderung auf schroffe Ablehnung stoßen würde und den Präsidenten von seiner informellen Zusage, den Status quo zu erhalten, entbinden könnte, hatte inzwischen mit Slidell, Jefferson Davis und den South-Carolina-Abgeordneten Bonham und McQueen gesprochen, und alle telegraphierten sie Pickens, er möge seinen Brief zurückziehen. Gegen zehn Uhr am nächsten Morgen erschien Trescot im Weißen Haus mit einem Telegramm, das Pickens ihm geschickt hatte – *Ich bevollmächtige & ersuche Sie, umgehend meinen von Dr. Hamilton überbrachten Brief zu widerrufen* –, und Buchanan hielt seine geharnischte Antwort zurück.

Am selben Tag, dem 21. Dezember, wurde auf einer Kabinettssitzung die Situation Major Andersons erörtert. Buchanan wollte wissen, welche Befehle im einzelnen vor zehn Tagen durch Major Don Carlos Buell nach Fort Moultrie weitergeleitet worden seien. Buell hatte keine schriftlichen Instruktionen gehabt, und er und Anderson hatten gemeinsam einige formuliert, die dann ans Kriegsministerium geschickt und von Floyd abgezeichnet worden waren. Floyd konnte sich nicht erinnern, worum es sich dabei gehandelt hatte. Nach einigem Suchen fand sich Buells Memorandum an. Buchanan mißfiel der Satz, mit dem Anderson angewiesen wurde, sich *bis zum Äußersten* zu verteidigen, da das eine sinnlose Opferung von Menschenleben zu erheischen schien. Black setzte eine revidierte Fassung auf, Floyd unterschrieb sie und schickte sie Anderson per Kurier nach Fort Moultrie.

Floyd war unwohl, aber nicht untätig. Am 19. Dezember erteilte er Captain J. G. Foster in Fort Moultrie Weisung, dem Bundesarsenal in Charleston vierzig Musketen zurückzugeben, die der sich zwei Tage zuvor auf einen Blankovollmachtsschein des Zeugamts mit Datum vom 1. November hatte aushändigen lassen. Am 20. Dezember rief Floyd seinen Zeugmeister zu sich an sein Krankenbett in Washington und gab ihm mündlich den Befehl, eine große Schiffsladung schwerer Geschütze aus einer Gießerei in Pittsburgh den Mississippi flußabwärts zu einigen noch nicht fertigen Forts in Texas zu schicken.

Floyds Maßnahmen, von der Presse im Norden weitgehend als Versuch ausgelegt, den Süden aufzurüsten und die Union unbewaffnet zu lassen: welche Bedeutung hatten sie tatsächlich? Keine, oder fast keine, argumentiert Auchampaugh. Floyd sei ein guter Mann gewesen, der zu streng beurteilt werde. *Wenn man bedenkt, was Floyd alles hätte tun können und nicht getan hat, spricht vieles zu seinen Gunsten. Er schickte nichts nach Virginia; er kannte die Effizienz der Südstaaten-Kavallerie, gab ihr aber keinen einzigen Säbel; er wußte, daß der Süden keine Artillerie hatte, schickte aber vor dem Dezember 1860 keine Kanone hinunter.* Und in der Tat, warum sollten Floyds Maßnahmen eine Bedeutung haben, wenn, wie praktisch alle zeitgenössischen Kosmologen übereinstimmend sagen, das Universum selber keine hat?

Ein ungewöhnlich strenger Winter hatte Einzug gehalten, erzählt Nevins uns im Stil eines ehemaligen Journalisten. *Die Gebäude aus weißem Marmor sahen kalt aus, die Ailanthus-Bäume waren kahl, die Wellen des Potomac bleifarben. Abwechselnd gingen Schnee und Regen auf die Stadt nieder, und so waren die Straßen bald mit blendendem Weiß bedeckt, bald mit klebrig-dickem gelbem Schlamm.* Das ist Geschichte? Das ist Wortmalerei. *Dies* ist Geschichte:

Weihnachten 1860. Vier Ereignisse:

1. Im Weißen Haus schreibt James Buchanan einen Brief an William M. Browne von der abtrünnigen Washingtoner *Constitution*, die, obwohl als Regierungsblatt gegründet und subventioniert, sich schneidend für die Sezession ausgesprochen hat. *Persönlich*, setzt seine zitternde, aber unermüdliche Feder in Klammern und schreibt dann die Anrede: *Sehr geehrter Mr. Browne*. Die Feder bewegt sich weiter: *Zutiefst verletzt habe ich heute morgen Ihren Leitartikel gelesen, in dem Sie offen Stellung gegen meine Botschaft zum Sezessionsrecht beziehen. Ich habe Sie, solange ich konnte, gegen zahlreiche Klagen in Schutz genommen. ... Es tut mir unendlich leid, jetzt in rechtsgültiger Form deutlich machen zu müssen, daß die «Constitution» nicht das Organ der Regierung ist.* [Die *rechtsgültige Form* bestand im Zurückziehen von Regierungsanzeigen und Druckaufträgen; Ende Januar mußte die *Constitution* ihr Erscheinen einstellen.]

2. Black unterrichtet Buchanan von Floyds Kanonenfracht für Texas, und der Präsident macht die Anordnung auf der Stelle rückgängig. Floyd, noch fähig, Kränkungen zu empfinden, *ist* gekränkt.

3. Senator Louis T. Wigfall aus Texas und andere fordern Floyd auf, er solle sich an ihrem Plan beteiligen, Buchanan zu entführen und Breckinridge, den Vizepräsidenten aus Kentucky, zum Präsidenten zu machen. Floyd lehnt ab. [Aber was für eine Episode das in den Geschichtsbüchern abgegeben

hätte! Der alte Buck nicht nur der einzige unverheiratete, sondern auch der einzige gekidnappte Präsident!]

4. In Charleston nehmen Major Anderson und seine Männer an einer Weihnachtsfeier bei Captain J. G. Foster [s. S. 376] teil und lassen sich nichts von dem Überraschungscoup anmerken, den sie für den nächsten Abend vorbereitet haben: am 26. werden sie im Schutz der Dunkelheit Fort Moultrie verlassen und das entferntere, besser zu verteidigende Fort Sumter beziehen.

Floyd [zum Teufel mit diesem allgegenwärtigen, dilatorischen Nichts!] erfuhr die Neuigkeit am Morgen des 27. Dezember, sagte: «Das ist nicht möglich» und verlangte telegraphisch von Anderson eine Erklärung. Er erhielt die Antwort: *Ich habe Fort Moultrie verlassen, weil ich sicher war, daß im Fall eines Angriffs meine Männer hätten geopfert werden müssen und die Kontrolle über den Hafen verloren gewesen wäre.*

Am selben Vormittag wurde der Präsident von einem Südstaatler-Trio aufgesucht – von Senator Jefferson Davis aus Mississippi, Senator Robert Mercier Taliaferro Hunter aus Virginia und dem ehemaligen Diplomaten Trescot, der im Februar 1861 eine Schilderung des Besuchs zu Papier brachte, als Teil seiner viel interpretierten *Darstellung*, die er 1870 für die Veröffentlichung überarbeitete.

Colonel Davis fragte den Präsidenten: «Haben Sie in den letzten drei Stunden irgendwelche Meldungen aus Charleston erhalten?»

«Nein», lautete die vorsichtige Antwort.

«Dann darf ich Ihnen Mitteilung von einer großen Katastrophe machen. Major Anderson hat gestern abend in Fort Moultrie die Geschütze vernagelt und seine gesamte Einheit nach Fort Sumter verlegt. Jetzt, Mr. President, sind Sie auf allen Seiten von Blut und Schande umgeben.»

Buchanan, der am Kamin gestanden und eine Zigarre in der Handfläche zerkrümelt hatte, setzte sich.* «Mein Gott», sagte

* Historiker haben dies Zerkrümeln der Zigarre allgemein als Zeichen äußerster Betroffenheit gewertet: Nichols z. B. schreibt, daß die Senatoren

er, «kommt eine Katastrophe denn nie allein! Gott ist mein Zeuge: Sie, meine Herren, wissen besser als jeder andere, daß dies nicht nur *ohne*, sondern *gegen* meinen Befehl geschehen ist; es verstößt gegen meine politischen Grundsätze.»

Andere Senatoren – Yulee, Mallory, Bigler, Slidell – sprachen vor und drängten den Präsidenten, er solle Anderson nach Moultrie zurückbeordern und sich an das mit der South-Carolina-Delegation getroffene Gentleman's Agreement halten, den Status quo nicht anzutasten. *Buchanan ging nervös auf und ab*, erzählt Nevins uns, *und bat seine aufgeregten Besucher, Ruhe zu bewahren und ihm zu vertrauen*. Inmitten des Tumults und des Drucks von allen Seiten dienten ihm seine übliche Unentschlossenheit, seine altmännerhafte Starrköpfigkeit als Schutzschild. Er könne Anderson nicht verurteilen, ohne die Hintergründe zu kennen. Er müsse eine Kabinettssitzung einberufen. «Wenn wirklich gegen unser Gentleman's Agreement verstoßen worden ist», versprach er, «dann wird es wieder in Kraft gesetzt.»

den Präsidenten in einem Zustand großer Erregung sahen. *Er stand am Kamin, zerdrückte eine Zigarre zwischen den zitternden Fingern und stammelte, daß diese Verlegung gegen seine politischen Grundsätze verstoße.* Trescot aber macht sich die Mühe, in dem Satz, der die einzige Quelle für dies Detail ist, zu sagen, daß es eine Angewohnheit von Buchanan war, so unsäuberlich mit seiner Zigarre umzugehen: *Der Präsident stand gegen den Kaminsims gelehnt und zerdrückte eine Zigarre in seiner Hand – eine Angewohnheit, die ich oft bei ihm beobachtet habe.*

Zeichensetzung und Hervorhebungen in der Wiedergabe von Buchanans Äußerung variieren beträchtlich. Trescots ursprüngliche, hastig zu Papier gebrachte Erinnerung lautet: *«Mein Gott kommt eine Katastrophe (oder ein Unglück, ich weiß nicht mehr was von beidem) denn nie allein. Gott ist mein Zeuge – Sie meine Herren wissen es besser als jeder andere – daß dies nicht nur ohne, sondern gegen meinen Befehl geschehen ist, es verstößt gegen meine politischen Grundsätze.»*

Nevins putzt es mächtig heraus: *«Mein Gott», jammerte [sic] Buchanan, der am Kaminsims lehnte und eine Zigarre in der Hand zerdrückte, «kommt ein Unglück denn nie allein? Gott ist mein Zeuge, daß Sie, meine Herren, es besser wissen als jeder andere: dies ist nicht nur ohne, sondern gegen meinen Befehl geschehen. Es verstößt gegen meine politischen Grundsätze.»*

Während der Kabinettssitzung ging Floyd überreizt in die Offensive. «Anderson hat uns alle verraten! Er hat den Präsidenten kompromittiert und den Krieg unausweichlich gemacht! Dieses katastrophale Manöver war gegen sämtliche Befehle, die er hatte!»

Doch Black sagte ruhig: «Im Gegenteil, Sir, es entsprach ganz präzis seinen Befehlen.»

«Mr. Black, das tat es nicht. Das konnte es gar nicht.»

«Mr. Floyd», entgegnete Black mit eiserner Stimme, «ich habe mir vom Kriegsministerium die Befehle vom 11. Dezember geben lassen, die Major Anderson und Major Buell aufgesetzt und die Sie mit Ihrer Unterschrift bestätigt haben. Ich lese vor: *Da Ihre Einheit nur klein ist, können Sie wahrscheinlich nur eines der drei Forts besetzen, doch ein Angriff auf eines von ihnen oder ein anderweitiger Versuch, eines der Forts in Besitz zu nehmen, wird als feindseliger Akt gesehen, und Sie können Ihr Kommando dann in dasjenige der beiden anderen Forts verlegen, von dem aus Sie, Ihrer Einschätzung nach, am effektivsten Widerstand zu leisten vermögen. Sie sind ferner zu solchen Schritten ermächtigt, wann immer Sie stichhaltige Beweise für die Absicht einer feindseligen Handlung haben.*»

Floyd sagte triumphierend: «Eben! Ich fordere Sie auf, *stichhaltige Beweise für die Absicht einer feindseligen Handlung* beizubringen!»

Stanton meldete sich zu Wort. Klein, rund, kampflustig, schmückte er sich mit Nickelbrille und Pharaonenbart, Attributen, die während seiner Amtszeit als Kriegsminister unter Lincoln berühmt werden sollten. «Sir», sagte er, zu Floyd gewandt, der, blaß und krank, ein wenig hinwelkte unter diesem aus einer neuen Richtung wehenden Wind, «in der Legislatur South Carolinas ist öffentlich ein Antrag eingebracht worden, der die Besitzrechte an den Forts beansprucht! Der Charleston-*Mercury* verlangt täglich die Übergabe! Die Arbeiter, die mit dem Innenausbau von Fort Sumter befaßt sind, tragen offen die blaue Kokarde zur Schau!»

«Gerüchte, leere Gesten, nichts weiter – nichts, was eine herausfordernde militärische Aktion rechtfertigte», argumentierte Floyd. «Anderson hat in Moultrie vernagelte Geschütze und verbrannte Lafetten zurückgelassen! Ein derart kriegsähnliches Vorgehen stellt einen massiven Bruch des feierlichen Versprechens dar, das diese Regierung gegeben hat!»

Stanton fragte: «Wann wurde ein solches Versprechen gegeben? Wo ist es schriftlich festgehalten?»

Siehe Seiten 364–66.

Black erhob sich in seiner ganzen hageren Länge und sagte warnend: «Mr. Floyd, Sie ziehen die Ehre des Präsidenten der Vereinigten Staaten in Zweifel.»

Buchanan versuchte, seine Ehre selbst zu verteidigen. «Ich habe nichts Bestimmtes versprochen. Ich sagte, meine Absicht sei, den Status quo zu erhalten.» Hatte er es exakt so gesagt? Es war so schwer, sich genau zu erinnern. Männerbäuche, Männerstimmen um ihn her, drängend, bedrängend. Er sah trostsuchend zu den schweigenden Kabinettsmitgliedern hin – zum Marineminister, dem kleinen alten Isaac Toucey aus Connecticut, einem Kollegen aus den alten Polk-Tagen, und zum blassen, untersetzten Thompson, der erschöpft war von den drei Tagen und Nächten, die er den fehlenden Indianer-Obligationen nachgespürt hatte. In mildem Ton sagte er: «Ich stimme zu, daß Major Andersons Manöver, wiewohl unerwartet, gerechtfertigt war durch den Ermessensspielraum, den man ihm in expliziten Befehlen eingeräumt hatte.»

Floyd sagte mit einer Stimme, die laut wie die eines Betrunkenen oder eines Schauspielers klang: «Wenn an die Stelle des Ehrenworts unter Männern der Buchstabe des Befehls treten soll, bleibt nur noch ein Mittel: Die Garnison muß aus dem Hafen von Charleston ganz abgezogen werden. Ich verlange das Recht, den Abzug anzuordnen. Ich setze mich hier an Ort und Stelle hin und schreibe den Befehl!»

Black schwenkte die Papiere mit den von Anderson verfaßten Befehlen dicht vor Floyds Gesicht und deklamierte, die Theatralik des Virginiers übertrumpfend: «Mr. Floyd, in der Geschichte Englands hätte zu keinem Zeitpunkt ein Minister der Krone den Vorschlag machen können, einen militärischen Posten, der zu verteidigen gewesen wäre, preiszugeben, ohne daß er damit seinen Kopf auf den Block gelegt hätte!»

Stanton setzte furios hinzu, und auf seinen Lippen blinkten aufgeregte Speichelbläschen im Schein der Gaslampen, die 1848 im Kabinettszimmer installiert worden waren: «Einem derartigen Vorschlag zuzustimmen wäre ein Verbrechen, wie jenes, das Arnold begangen hat, und alle Beteiligten gehörten aufgehängt, wie André, und ein Präsident der Vereinigten Staaten, der einen solchen Befehl gäbe, wäre des Hochverrats schuldig!»

Buchanan hob die Hände und schrie auf, als sei er verwundet worden: «O nein! Nicht in diesem Ton, mein Freund – bitte nicht in diesem Ton!»

[Was für ein Trauerspiel, an diesem kritischen Punkt in meiner Geschichte und in Buchanans Leben nichts als ausgedörrte alte Worte zu finden, meterweise aufgefädelt in Berichten von zweifelhafter Authentizität, Details betreffend, die rückblickend lächerlich belanglos sind – den genauen Wortlaut der Befehle Major Andersons und die juristisch korrekte Form, in der man mit den Beauftragten von South Carolina umzugehen hatte, die in Washington eingetroffen waren und deren erste Zusammenkunft mit dem Präsidenten wegen der Aufregung über Andersons Umzug nach Sumter um einen Tag hatte verschoben werden müssen. Sind alle großen Ereignisse im Augenblick, da sie eintreten, durch Details verborgen, erst vor den Beteiligten und dann vor uns?]

Die Kabinettssitzung vom 27. zog sich hin. Nach dem Abendessen kam man noch einmal zusammen und debattierte hitzig bis in die Nacht; Zeitungsleute warteten unterdessen auf Nachrichten, und Kongreßabgeordnete fanden sich in Gruppen zusammen, um ihren Einfluß geltend zu machen in der Schlacht um des Präsidenten Meinung. Die *Tribune* meldete, das Kabinett habe vier zu drei dagegen gestimmt, daß Anderson zurückbeordert würde: Floyd, Thompson und Philip F. Thomas, ein auf seiten der Südstaaten stehender Politiker aus Maryland, der nach Howell Cobbs Weggang das Finanzministerium übernommen hatte und es nach einem Monat wieder abgeben sollte, unterlagen

Black, Stanton und dem Postminister Joseph Holt aus Kentucky, der erfolgreich Druck auf Toucey ausgeübt hatte, welcher den extrem zur Mitte neigenden Ansichten des Präsidenten am nächsten stand. Mitternacht kam und ging, und Buchanan entschloß sich endlich, keinen Entschluß zu fassen: *In diesem Stadium der Unentschiedenheit*, wie es in seiner eigenen Darstellung heißt, *beschloß der Präsident, offizielle Informationen von Major Anderson selbst abzuwarten.* «Er hat sich getreulich an seine Weisungen gehalten», sagte Buchanan müde zu seinem Kabinett, «wenn auch nicht im Sinne meiner Politik. Sollte es, nach Eingang und Prüfung seines Berichts, so aussehen, als habe er grundlos Alarm geschlagen, könnten wir ernstlich erwägen, vorläufig den früheren Status quo wiederherzustellen.»

Trotz der späten Stunde verweilte Außenminister Black noch im Kabinettszimmer. Er sagte: «Mit einigem Geschick, Sir, ist es uns gelungen, ein sehr schmales Stück Boden unter den Füßen zu behalten.»

«Es wird genügen, wenn es uns hilft, Zeit zu gewinnen. Zeit, Mr. Black, Zeit. Zeit ist die große konservative Kraft. Wir müßten sie uns in Monatsportionen beschaffen, und sie ist doch nur in Stunden zu haben.» Er hatte während des Tumults dieser Tage heimlich, für sich, einen Faden gesponnen, den er jetzt aufzeigte. «Da Lincoln nicht nach Washington kommt, habe ich Duff Green gebeten, nach Springfield zu reisen und den gewählten Präsidenten zu bewegen, einem neuen nationalen Verfassungskonvent zuzustimmen. Ein solcher Konvent würde zur Stimme der Bevölkerung werden, die in ihrer überwältigenden Mehrheit konservativ ist und deren schreckerfüllte Briefe gleich einer Flut von Tränen über mich hereinbrechen. Die Missouri-Kompromiß-Linie verlängern und dem Sklavenfluchtgesetz Geltung verschaffen – das ist alles, was wir zum Frieden brauchen. Ich rechne stündlich mit Greens Telegramm, in dem er mir Lincolns Einwilligung mitteilt.»

«Aber», sagte Black, der rührenden Hoffnung des alten Mannes entgegentretend, «die Republikanische Partei wurde doch aus Abneigung gegen den Missouri-Kompromiß geboren. Die

Partei ist nachgerade das Kind des Freiland-Wahns! Lincoln kann schlecht sein eigenes Wahlprogramm desavouieren, nun da der abolitionistische Fanatismus in ihm endlich sein überregionales Instrument gefunden hat.»

«Aber er wird demnächst der Präsident sein! Wenn er nur nach Washington käme und den Blutgeruch wahrnähme, der in der Luft hängt! Seward riecht ihn jetzt auch, er war bereit, dem Crittenden-Kompromiß zuzustimmen, aber dann haben die Radikalen sich erneut bei Lincoln durchgesetzt. An der Wall Street herrscht Panik, und das wird die Republikaner in ihre Schranken weisen.»

«Auf keinen Fall aber bleiben die Golfstaaten in der Union.»

«Es weht jetzt ein sezessionistischer Wind. Aber wenn Virginia und Tennessee standhalten, wird er drehen.»

Black sagte: «Ich fürchte, der Boden, auf dem Sie stehen, ist so schmal, daß sich nicht viele zu Ihnen gesellen werden.»

«Der Boden ist so schmal, wie das Tor zur Erlösung eng ist!»

Teils aus Besorgtheit um seinen alten Chef und Förderer, teils mit Herablassung sagte Black: «Mr. President, Sie brauchen Ruhe. Diese Belastungen sind zuviel für Sie.»

Buchanan wischte ungeduldig Spinnweben in der Luft beiseite. «Sie schnitzen und kerben sich ein, aber es ist noch etwas übrig vom Stock. Alles geht einmal zu Ende. Zeit bringt Rosen. Ich spreche meine Gebete und handle, so gut ich es eben vermag. Alles übrige liegt bei Gott.»

Oder «ist Gottes». SCHAM. VERLUST. Die *Ewigkeit* des Lebens. Seine ewige Unwiederbringlichkeit. Der ZWEIFEL, tiefer und tiefer sich bohrend. Byron hatte recht. Ann hatte recht. Die Schwere der Zeit legt sich auf uns, formt uns, zerstört uns. Sie ist so schwer, daß wir in Schweiß ausbrechen, wie ein Totengräber, der sich plötzlich vorstellt, die feuchten Erdwände brächen über ihm zusammen. Irgendwann, vielleicht später, JB aus dem Fenster sehen lassen, auf den froststarren Park des Weißen Hauses, und ihn mit Ann vereinen in der Nacht in Philadelphia, da sie von Entsetzen ergriffen war beim Anblick der bleichen Farne im Garten? Er verbindet sich ihr dann auf dem Grund aller Dinge, in Hoffnungslosigkeit. GEBETE. In einem Brief an seinen Bruder, den Reverend Edward Y. Buchanan, geschrieben 1833 in Rußland, finden wir dies: *Ich habe seit meiner Ankunft in diesem fremden, eigenartigen Land viel über dieses Thema nachgedacht, und manchmal gelingt es mir beinahe, mir einzureden, daß ich ein Christ bin; doch ich werde oft vom Dämon des Skeptizismus und des Zweifels gequält. Meine wahre Empfindung in vielen Fällen ist: «Herr, ich will glauben; hilf meinem Unglauben.» Dabei ist es keineswegs so, daß ich ungläubig bin.* 1844 schrieb er seinem Bruder aus Washington: *Ich denke oft & sehr ernsthaft an meinen Tod; aber wenn ich bete (ich habe diese gute Gewohnheit von meinen Eltern übernommen und sie mir bewahrt & werde sie mit Gottes Hilfe auch weiterhin beibehalten), gelingt es mir kaum jemals, meine Gedanken am Abschweifen zu hindern. Ich vertraue darauf, daß der Allmächtige Vater durch die Güte & den Sühnetod seines Sohnes mir doch noch zu einem klareren & stärkeren Glauben verhelfen wird, als ich derzeit habe.* Gebete führen ihn in die Kindheit zurück, zu Gebeten mit seiner Mutter in der Blockhütte, im rohen Flackerschein harziger Kiefernspäne, die zwischen die Steine des Herds gesteckt sind. Wenn sie verglühen, ist es Zeit, die Augen zu schließen und zu schlafen. SCHLAFEN. Wir bleiben Kinder, auch wenn es so aussieht, als würden wir Männer.

Am nächsten Morgen, dem 28., kamen die South-Carolina-Beauftragten: Barnwell, Orr und J. H. Adams. *Befähigte Männer*, sagt Nevins. *Als Repräsentanten einer neuen Republik hatten sie ein natürliches Bewußtsein von ihrer Würde und kamen nicht, um günstige Konditionen zu erbitten, sondern um von gleich zu gleich zu verhandeln.* Buchanan sagte: «Ich empfange Sie als Privatpersonen von höchstem Rang, nicht jedoch als diplomatische Agenten. Wie ich in meiner Botschaft vom 3. Dezember unmißverständlich dargelegt habe, ist allein der Kongreß befugt zu entscheiden, welcher Art die Beziehungen zwischen South Carolina und der Bundesregierung sein werden.»

Der frühere Gouverneur James Hopkins Adams war der extremste der drei: ein alter Anhänger der Nullifikationstheorie und glühender Befürworter der Wiederbelebung des afrikanischen Sklavenhandels, besaß er auf seiner Baumwollplantage im südlichen Richland County einhundertzweiundneunzig Sklaven. Er schlug einen hochoffiziellen Ton an. «Wir haben die Ehre, Mr. President, Ihnen eine Abschrift der Sezessionsverfügung zu überreichen, durch welche der Staat South Carolina die Vollmachten zurückerlangt hat, die er einst an die Regierung der Vereinigten Staaten abgetreten.»

«Zweifellos ein wohlformuliertes Dokument», sagte Buchanan, streckte aber nicht die Hand aus, um es entgegenzunehmen. An seinem kleinen Walnußpult sitzend, indes die Beauftragten standen, war er fasziniert vom Schaukeln der Uhrkette auf Adams' Bauch: sie mündete in die Tasche seiner taubengrauen Weste und schwang, während er sprach, in Übereinstimmung mit den Bewegungen seines Zwerchfells.

Orr ergriff jetzt das Wort. Buchanan mochte James Lawrence Orr: ein vernünftiger Mann. Wie Buchanan hatte er im Laden seines Vaters geholfen und war dann Rechtsanwalt geworden; als ehemaliger Speaker des Repräsentantenhauses kannte er die Sache des Nordens besser als die meisten anderen Südstaatler, und erst vergangenen April hatte er sich auf dem Demokratischen Konvent seines Staates für die Union ausgesprochen. 1858 hatte er für den Senat kandidiert und war so kühn gewesen, Daniel Websters Worte zur Nullifikation zu zitieren, was ihm dann eine Niederlage eingetragen hatte. Jetzt aber hatte ihn der sezessionistische Wind erfaßt. «Mr. President», sagte er, «in ebendiesem Amtszimmer war's, vor wenig mehr als vierzehn Tagen, daß Sie Ihr feierliches Ehrenwort als Gentleman gegeben haben, im Hafen von Charleston den Status quo zu bewahren. Major Anderson hat gegen dieses Ehrenwort verstoßen, und wenn es nicht wieder in Kraft gesetzt wird, ist eine blutige Auseinandersetzung höchst wahrscheinlich.»

Der Präsident gestattete sich ein frostiges Lächeln und legte den Kopf schief, um das große gerötete Gesicht des anderen klarer in den Blick zu bekommen. «Aber, Mr. Orr, uns hat soeben die Nachricht erreicht, daß Gouverneur Pickens' Truppen nun

Castle Pinckney und Fort Moultrie eingenommen haben, nicht zu reden vom Postamt und dcm Zollgebäude. Wie sollen wir Major Anderson zurückbeordern, wenn der Ort, an den er zurückzukehren hätte, gewaltsam besetzt worden ist?» Buchanan wartete kurz auf ihre Antwort und sah unterdessen auf die drei Westen vor sich. Diese Männer waren noch vor wenigen Wochen seine Freunde und politischen Verbündeten gewesen, verläßliche, geistesverwandte Männer, mit denen es, abgesehen von einigen unbedeutenden Punkten, wie zum Beispiel der heiligen Unantastbarkeit der Sklaverei, nie Meinungsverschiedenheiten gegeben hatte. Jetzt schien es, daß das eine Illusion gewesen war. Diese Männer waren bereit, sich über seine Präsidentschaft hinwegzusetzen und Anderson und seine Truppen in Blut zu tauchen. Diese gepflegten, wohlgepolsterten Bäuche, diese sich wölbenden Westen und gestärkten Hemdbrüste waren hohl: darin war nichts; Eigennutz und Berechnung, etwas anderes hatte es da nie gegeben. Der Präsident sagte in ihr augenblickliches perplexes Schweigen hinein: «Die Frage ist rein rhetorisch gemeint, denn es ist nicht meines Amtes und nicht meine Absicht, mit Ihnen zu verhandeln. Verhandeln kann nur der Kongreß.»

Barnwell, der in Harvard studiert hatte und sowohl Rektor des South Carolina College als auch Abgeordneter und Senator gewesen war, drückte sich mit pedantischer Unerbittlichkeit aus. «Mr. Buchanan, Sir, wir stehen hier als Repräsentanten einer Staatsgewalt, die zu jedem Zeitpunkt innerhalb der vergangenen sechzig Tage von den Forts hätte Besitz ergreifen können, die aber, auf Zusagen hin, welche in einer Weise gegeben wurden, die wir nicht anzweifeln können, entschieden hat, sich lieber auf Ihr Ehrgefühl zu verlassen denn auf die eigene Macht. Wir fordern Sie dringend auf, unverzüglich sämtliche Truppen aus dem Hafen von Charleston abzuziehen. Sie stellen eine ständige Bedrohung dar; ihre Anwesenheit wirkt sich verderblich auf Verhandlungen aus, die maßvoll und mit ruhigem Verstand geführt werden sollten. Entfernen Sie sie, Mr. President, um Ihre Ehre zu wahren und das Wohlergehen des Volks zu sichern, das Ihre Regierung noch gelten läßt.»

«Meine Ehre steht nicht zur Debatte», sagte Buchanan schroff. «Ich habe keinerlei Zusagen gemacht. Ich erinnere mich genau, gesagt zu haben, daß der Präsident sich keine Bedingungen stellen lassen kann.»

Barnwell insistierte: «Aber, Mr. President, es geht bei dieser Angelegenheit sehr wohl um Ihre Ehre. Sie haben ein Versprechen gegeben, und das ist nicht gehalten worden. Ihre persönliche Ehre verlangt, daß Sie den Befehl erteilen. Abzug oder Krieg, Sir. Sie haben die Wahl. Abzug oder Krieg.»

Darauf sprach Buchanan, so denkwürdig, daß Orr es in einem Brief vom 17. September 1871 Wort für Wort wiedergab: «Mr. Barnwell, Sie bedrängen mich über Gebühr; Sie lassen mir keine Zeit zum Nachdenken; Sie lassen mir keine Zeit zum Beten. Ich bete stets, wenn ich mich mit wichtigen Staatsgeschäften zu befassen habe.»

In Wahrheit, die Geschichte bezeugt es, hatten die drei Beauftragten Buchanan zwei Stunden lang bearbeitet. Es gibt die reale Zeit und die erzählerische Zeit; wenn sie sich nicht unterschieden, würde es ebenso lange dauern, das Leben eines Menschen zu erzählen, wie es zu leben.

Vielleicht führte Buchanan an diesem bewegten Tag oder am Tag zuvor jene erregte Unterhaltung mit Senator Robert Toombs, von der Trescot in seiner *Darstellung* berichtet. Er gibt sie wieder, liefert aber als Anhaltspunkt für den genauen Tag nur diese einleitende Bemerkung von Toombs: *«Mir ist bewußt, Mr. President», sagte T., «daß gerade Kabinettsitzung ist und daß heute das alljährliche Bankett für den Supreme Court stattfindet und daß Sie kaum Zeit für mich haben.»* Ich fürchte, man muß nach Washington City fahren und in die feuchtesten, dämmrigsten Tiefen der Library of Congress steigen, um das Datum dieses Supreme-Court-Banketts ausfindig zu machen. [*Rückblick*-Red.: Würde die Reise machen, wenn Spesen erstattet werden. Flug und einfaches Hotel – für Mahlzeiten und Nebenausgaben komme ich selber auf.] Toombs fuhr fort: *«Aber während ich um Entschuldigung bitte für meine Aufdringlichkeit, ist sie doch gleichzeitig ein Beweis dafür, welche Bedeutung ich der Unter-*

redung beimesse. Ich möchte Sie fragen, Mr. President, ob Sie bereits entschieden haben, welchen Kurs Sie hinsichtlich Fort Sumter einschlagen werden.»

«Nein, Sir, noch nicht. Das Kabinett ist auf seiner derzeitigen Sitzung mit ebendiesem Punkt befaßt.»

«Ich danke Ihnen für die Auskunft, Sir, mehr wollte ich nicht wissen», sagte T., sich zurückziehend.

«Aber, Mr. T., warum fragen Sie?»

«Weil, Sir, mein Staat ein dringliches Interesse an der Entscheidung hat.»

«Wie kann Ihr Staat – was bedeutet es für Georgia, ob ein Fort im Hafen von Charleston aufgegeben wird?»

«Sir, die Sache Charlestons ist die Sache des Südens.»

«Guter Gott, Mr. Toombs, wollen Sie etwa sagen, daß ich mich mitten in einer Revolution befinde?»

«Ja, Sir, und mehr als das, Sie befinden sich seit einem Jahr darin und haben es noch nicht gemerkt», und er entfernte sich. [Trescot, den Nevins kritiklos bewundert und als den *ehrlichen Trescot* bezeichnet, dieser sezessionistische Alger Hiss, dem er bescheinigt: *Wenige Männer hatten so viel Scharfblick wie Trescot*, berichtet weiter:] *Als der Präsident zum Kabinett zurückkehrte, wirkte er sehr aufgeregt und sagte: «Gentlemen, ich fange wirklich an zu glauben, daß dies Revolution ist.»*

Während der Kabinettssitzung am Abend des 28., eines Freitags, lag Floyd, noch immer krank, auf einem Sofa zwischen den Fenstern des Sitzungszimmers. Das Spotlight richtet sich auf den anderen wichtigen Südstaatler, auf Jacob Thompson, der beschwichtigend darlegt: «Mr. President, South Carolina ist ein kleiner Staat mit einer spärlichen weißen Bevölkerung. Die Vereinigten Staaten sind eine mächtige Nation mit einer kraftvollen Regierung. Diese große Nation kann es sich wohl leisten, zu South Carolina zu sagen: ‹Schaut her, wir ziehen unsere Garnison ab zum Beweis, daß wir euch nicht übelwollen.›»

Stanton – dieser pharaonenbärtige Pfefferstreuer, dieser feurige Laertes, Buchanans weißhaarigen Hamlet zum Duell fordernd – protestierte: «Der Vorschlag, großmütig zu sein, unterstellt, daß die Regierung stark ist und daß wir, die Staatsdiener, das Vertrauen des Volkes haben. Ich glaube, das ist ein Irrtum. Keine Regierung hat jemals so sehr das Vertrauen und die Unterstützung der Öffentlichkeit verloren wie diese jetzt. Erst vor kurzem stand in den Zeitungen, daß aus Mr. Thompsons Ministerium eine Million Dollar gestohlen worden sind! Die Obligationen sind aus einem Tresor entwendet worden, wo sie eigentlich hätten sicher sein sollen, und an ihre Stelle wurden die Billetts von Mr. Floyd gelegt. Jetzt wird vorgeschlagen, wir sollten Fort Sumter aufgeben. Alles, was ich dazu zu sagen habe, ist, daß keine Regierung, schon gar nicht diese, es sich leisten kann, in ein und derselben Woche Papiere im Wert von einer Million Dollar und ein Fort zu verlieren!»*

Stantons Darstellung, die Geschichte geworden ist, besagt, daß Floyd nichts zu seiner Verteidigung vorgebracht habe. Es erscheint unwahrscheinlich – es widerspricht allen dramatischen

* Thurlow Weeds Bericht im Londoner *Observer* vom 9. Februar 1862 zufolge war Stantons Protest sogar noch ausführlicher und beziehungsreicher:

«Es wäre zweifellos ein Akt hochherziger Nachsicht irrenden Brüdern gegenüber, Mr. President, doch in einem Augenblick, da einer Ihrer Minister betrügerische Akzepte über mehrere Millionen Dollar in Umlauf gebracht hat und ein anderer – der selber gerade in South Carolina Unterricht in Rebellion erteilt – einen Angestellten auf einem Vertrauensposten beschäftigt,** woselbst dieser soeben $ 900 000 aus dem Indianer-Treuhandfonds gestohlen hat, könnte das Experiment, Major Anderson nach Fort Moultrie zurückzubeordern, gefährlich sein. Sollten Sie die Absicht haben, es dennoch zu wagen, so bitte ich Sie, mir vorher zu gestatten, daß ich zurücktrete.»

Daraufhin, wie es in Weeds inspirierter Rekonstruktion der Ereignisse heißt, bot auch Black seinen Rücktritt an, gefolgt von Holt und auch von Dix, der dem Kabinett erst ab Mitte des nächsten Monats angehörte – woran man sieht, daß mit diesen Erinnerern gelegentlich die Phantasie durchgeht und Geschichte auf Treibsand gebaut ist.

** Eine Anspielung auf Godard Bailey vom Land Office und auf Innenminister Thompson, der sehr wohl anwesend war und – davon ganz abgesehen – sich in der Woche zuvor in *North* Carolina aufgehalten hatte, Abreise am 17. Dezember, Rückkehr nach Washington am 22., ungefähr dem Tag, als der Skandal wegen der Indianer-Obligationen losbrach.

Regeln –, daß Floyd sich aus seinem entkräfteten Hingestrecktsein nicht erhoben und mit angemessen großer Geste protestiert haben soll: «Mr. President, dieser Justizmensch nimmt an unseren Beratungen erst seit einigen wenigen Tagen teil und erdreistet sich jetzt, zu Gericht zu sitzen über jene von uns, die seit vier Jahren loyal zu Ihnen und dieser Administration gestanden haben! Die Wahrheit ist: Hätte ich diese Akzepte nicht unterschrieben, wären unsere Truppen, wegen der Fahrlässigkeit des Kongresses, in der Wüstenei von Utah ohne jede Ausrüstung gewesen! Kein einziger Dollar ist der Regierung durch mein Ministerium verlorengegangen. Die Übeltaten des Yankee-Generalunternehmers Russell und des in Mr. Thompsons Ministerium angestellten Bailey können meine Ehre nicht beflecken! Zum Beweis meiner Loyalität möchte ich Ihnen ferner anvertrauen, daß mich Weihnachten ein Senator angesprochen hat, ein Senator aus einem Staat, der sich unweit dessen von Mr. Thompson befindet und in dem ebenfalls öffentlich und täglich sezessionistische Absichten verkündet werden; dieser Senator, ich schwöre, hat mich aufgefordert, ich solle mich an dem Komplott beteiligen, Sie, Sir, zu entführen und Mr. Breckinridge auf den Präsidentensessel zu heben!» Fahl lächelnd ob des Eindrucks, den seine Worte am Kabinettstisch hervorriefen, machte der leidende, verdächtigte, doch anhaltend aristokratische Virginier eine knappe Verbeugung in Buchanans Richtung und fuhr fort: «Selbstverständlich habe ich empört abgelehnt, und aus demselben Quell gerechter Empörung schöpfend, stelle ich hier und heute fest, daß ich Ihren Verstoß gegen feierlich gegebene Versprechen hinsichtlich Fort Sumter nicht dulden kann!»

Und dann muß Black, dieser – laut Nichols – *emotionale, scharfe schottisch-irische Himmelstürmer aus Pennsylvanias gebirgigem Somerset*, aufgesprungen sein und, mit einem ironischen kleinen Diener Floyds Verbeugung imitierend, gefragt haben: «Dürfen wir hoffen, Governor Floyd, daß dieser Mangel an Duldungsvermögen mitsamt der groben Unhöflichkeit, die sich darin ausdrückt, derart gedeutet werden kann, daß Sie unsere langgehegten Erwartungen erfüllen und von dem Amt zurücktreten wollen, dem Sie mit so notorischer Inkompetenz nachgekommen sind?»

Stanton, dessen lippenloser Mund sich über den Worten zusammenpreßte wie ein Nußknacker und dessen Augenhöhlen, bald die eine, bald die andere, sich mit blinden Ovalen reflektierten Gaslichts füllten, wird höchstwahrscheinlich mit klingender Stimme sekundiert haben: «Sie sagen Inkompetenz; ich sage, und mit mir die halbe Nation, Verräterei!»

Im Lauf des nächsten Tages, des 29., erhielt Buchanan Floyds Rücktrittsgesuch. Es lautete: *Unsere Weigerung, ja allein unser Zögern, die Verhältnisse wieder in den Zustand zurückzuführen, in dem sie waren, als wir unsere Übereinkunft trafen, schürt den Konflikt und muß unvermeidlich den Bürgerkrieg in unserm Land entfesseln. Ich kann es nicht auf mich nehmen, Urheber eines solchen Unheils zu sein.*

Ich bedaure zutiefst, daß ich genötigt bin, Sie zu ersuchen, mich vom Amt des Kriegsministers zu entbinden, aber ich kann es weder mit meinem Verständnis von Patriotismus noch mit meiner Ehre vereinbaren, dieses Amt noch länger zu bekleiden, da ich dann mitschuldig wäre am Verstoß gegen bindende Zusagen und feierliches Ehrenwort.

Ich versichere Sie meiner aufrichtigen Hochachtung und Ergebenheit.

Wenn die Liebsten uns den Laufpaß geben, erhebt sich die Frage: Haben sie uns je geliebt? Oder ist alles Täuschung und kühle Berechnung gewesen? Im Hotel damals, als sie's mit dem Mund gemacht hat. Der Abend, als wir in atemloser Hast übereinander herfielen, gleich draußen in ihrem Hintergarten, im feuchten Gras, Ejakulation und Absorption, während die Mädchen darauf warteten, mit Gebeten zu Bett gebracht zu werden, und ihre fügsam leuchtenden Fenster helle Rechtecke auf den Rasen warfen. Das Wollüstige von Buchanans Gebeten. Der Grund aller Dinge: Je schlimmer alles wird, desto näher rückt Gott, eine sublime Abwesenheit, die wir aus der Leere, aus dem Raum unterhalb des Grundes heraufbeschwören. JBs *jouissance* beim Beten. Ereignisse und dies Buddhistische, das Nichtereignis ist. In den Text einarbeiten? [Zwischen meinen Arbeitsnotizen von Ende 1976.] Am gleichen Tag erhielt Buchanan auch, wie verlangt, die schriftliche Erklärung der South-Carolina-Beauftragten – verloren, ach, für die Geschichte – und legte sie, zusammen mit einem Entwurf seiner beabsichtigten Erwiderung, bei der abendlichen Sitzung dem Kabinett vor.

Stanton schwenkte die fraglichen Papiere und wetterte: «Diese Herren behaupten, diplomatische Bevollmächtigte zu sein. Es ist absurd! Sie können keine Bevollmächtigten sein, sie sind Gesetzesbrecher, Verräter. Man sollte sie verhaften. Sie können nicht mit ihnen verhandeln, aber nach diesem Schriftstück zu urteilen haben Sie sich offenbar eben dazu verleiten lassen. Bei allem Respekt Ihnen gegenüber, Mr. President, muß ich Ihnen sagen, daß der Justizminister es nicht mit seinem Amtseid vereinbaren kann, von diesen Vorgängen Kenntnis zu haben! Die Erwiderung, die Sie diesen sogenannten diplomatischen Bevollmächtigten geben wollen, darf nicht als Erwiderung des Präsidenten übersandt werden. Sie ist gesetzwidrig und gänzlich unpassend; die Sprache, in der sie formuliert ist, ist unbedacht, und dies Schreiben als offizielles Dokument aus der Hand zu geben heißt, den Präsidenten in die Nähe der Usurpation zu bringen!»

Nevins versieht diesen oratorischen kleinen Ausbruch anständigerweise mit einer Fußnote, die geschickt einschränkt: *In diesem Zitat schwingt Wahrheit, auch wenn es nicht ganz wörtlich ist.*

Wahrheit schwingt auch in Buchanans beschwichtigender Antwort: «Ich schreibe es der Angespanntheit dieser Tage zu, Mr. Stanton, daß Sie sich zu so heftigen Worten haben hinreißen lassen. Ich stelle den Beauftragten lediglich in Aussicht, daß ich bereit sei, dem Kongreß einen Vorschlag ihrerseits zu unterbreiten. Wenn sie sich aus Moultrie zurückziehen und für den Rest meiner Amtszeit die Immunität des Bundeseigentums garantieren, sehe ich keinen Grund, warum man nicht erwägen sollte, Major Anderson dorthin zurückzubeordern, wo er vor fünf Tagen noch gewesen ist.»

Thompson, inzwischen der letzte der aus dem Süden kommenden Minister, die von Anfang an dem Kabinett angehört hatten,* sagte: «Erwägenswert ist nur dies, Mr. President: Major Anderson ganz und gar aus dem Hafen von Charleston abzuziehen. Ich rate Ihnen mit aller Dringlichkeit zu dieser Maßnahme, sie ist die einzig vernünftige und hochherzige.»

«Für solche Hochherzigkeit werden Galgen gezimmert!» trompetete Stanton.

Als das Stimmengestöber sich legte, sagte Black beruhigend, sich auf Buchanans Erwiderungsschreiben an die Beauftragten beziehend: «Mr. President, die Diktion dieses Entwurfs inkriminiert sich selbst. Sie erweckt den Eindruck, als räume sie das Recht auf Verhandlungen ein, wo doch der Besitz der Forts nicht

* In der Schurkenrolle scheint er gleichwohl fehlbesetzt. Auf der Photographie Buchanans und seines Kabinetts, aufgenommen von W. H. Lowdermilk & Co., Washington, D. C., irgendwann zwischen dem Tod von Aaron Brown und dem Rücktritt von Howell Cobb, ist Thompson verwischt am äußersten linken Rand zu sehen, unerschütterlich und mit den kurzgeschnittenen Haaren und dem glattrasierten Gesicht eigenartig modern wirkend. Er war ein Selfmademan, ein armer Junge aus North Carolina, der, wie Nichols sagte, *im jungen, aufstrebenden Staat Mississippi... politische Macht und ein Vermögen aufhäufte.* Ein Grenzlandmann, wenn wir uns vergegenwärtigen, daß der Tiefe Süden zum großen Teil Grenzland war, erschlossen durch die rapide Ausbreitung der Baumwolle, ein Terrain für Unternehmer und Arrivisten. Er hatte sich in eine arme Vierzehnjährige verliebt, sie geheiratet, ohne die Ehe zu vollziehen, und sie für vier Jahre nach Paris geschickt, um sie dort erziehen und unterrichten zu lassen. Dies Mädchen war Kate Thompson, später eine der gesellschaftlichen Zierden in Buchanans Washington, ein besonderer Liebling des alten Häuptlings und die Autorin lebendiger Briefe, die ein erhellendes Licht auf die Zeit und die Administration werfen. Als Thompson schließlich zurücktrat *(Ich gehe, um das Schicksal Mississippis hinfort zu dem meinen zu machen)*, schrieb Buchanan ihm einen herzlichen Brief, in dem es hieß: *Niemand hätte die vielfältigen & schwierigen Aufgaben des Innenministeriums fähiger, gewissenhafter & tüchtiger erfüllen können als Sie. ... Ich bedaure zutiefst, daß die unruhigen Zeiten von uns verlangen, daß wir uns trennen.* Ein solches Billetdoux noch zu einem so späten Zeitpunkt wie dem 11. Januar 1861!

zur Verhandlung stehen kann. Sie läßt die Deutung zu, daß Major Anderson sich geirrt haben könnte hinsichtlich einer Zusicherung, die Sie gegeben haben, wo doch jegliche Zusicherung oder Abmachung rundweg bestritten werden sollte.»

Zusicherung, Abmachung, Kuhhandel. Lebenslang geübter Takt, mißdeutet, zerstampft in den Eisengetrieben der Welt. Was hatte Jackson gesagt? *Wer auf den Umwegen des Kompromisses wandelt, wird in die Irre gehn.* Nur der Marineminister, der kleine schüchterne Toucey, mit dessen Berufung man die Pierce-Fraktion hatte beschwichtigen wollen, mochte die Antwort des Präsidenten so, wie sie war.

Stanton sagte gerade schneidend, und seine Nickelbrille war verrutscht vor lauter Zorn, und die Gläser blitzten: «Major Anderson ist ein Held, der das Land gerettet hat, als alle anderen paralysiert waren!»

Black, gemäßigter: «Mr. President, Sie wiederholen das Versäumnis der Verfassung, das Recht auf Zwangsausübung zu definieren als Recht der Regierung, Krieg gegen einen Einzelstaat zu führen, der als Ausland betrachtet werden muß, und *nicht* als das Recht des Regierungschefs, Bundeseigentum zu verteidigen oder jenen entgegenzutreten, die sich Bundesbeamten bei der Ausübung ihrer gesetzlichen Pflichten widersetzen. Insoweit haben Sie dem Recht zu Zwangsmaßnahmen stets Geltung verschafft. In Ihrem besorgten, aller Ehren werten Wunsch, einen Bürgerkrieg zu vermeiden, unterstützen Sie die gefährlichen Machtträume dieser Carolina-Rebellen.»

Thompson protestierte: «Sir, ich verwahre mich gegen die Unterstellung, daß eine Rebellion stattgefunden hat! South Carolinas Lösung seines Kontrakts mit den anderen Staaten war von strikter Rechtmäßigkeit getragen!»

Buchanan sagte flehend, mit kleiner, zitternder Stimme: «Zeit, Gentlemen, lassen Sie mich ein wenig Zeit gewinnen. Zeit ist die große Heilerin.»

Stanton widersprach: «Zeit bewahrt nicht, sie zerstört. *Menschen* schützen und bewahren, Mr. President, wenn ihre Nerven sie nicht im Stich lassen!»

Black stimmte zu: «Zeit ist nicht die Feindin der anderen, sondern die unsere. Wir sprechen von Rechten, die dem Kongreß vorbehalten sind, doch der Kongreß hat keinen klaren Willen; die Extremisten ersticken jeden Lösungsversuch im Keim; die Siege der Demokraten in diesem Herbst haben die republikanische Minderheit in einem Maße bestärkt, daß sie für die Sezession des Südens geradezu eine Ermutigung sind.»

Holt betonte: «Sogar die konservative Presse im Norden schäumt, daß wir keine Stärke zeigen. General Scott hat vor Monaten auf Verstärkung gedrängt; aber Sumter kann noch gerettet werden. Zweihundertfünfzig Rekruten können morgen in New York eingeschifft werden!»

Buchanan blieb hartnäckig. «Sie sprechen von den Forts, als ob sie einen realen Wert besäßen. Dabei ist ihr Wert eigentlich nur mehr symbolisch.»

Stanton sagte: «Ganz recht, Sir. Schicken Sie Truppen nach Sumter, schicken Sie Geschütze, und die Unionisten, auch die im Palmetto State, werden sich erheben und den sezessionistischen Spuk in alle vier Winde verjagen!»

ETC., ETC. PIFF. PÄNG. ARMER ALTER BUCK. Das Ganze war von einer Tragweite, einer bodenlosen Tiefe, die, so schien es Buchanan, nur er wahrnahm. «Solche Verstärkungen werden für den Süden das Signal zum Sammeln sein. Ich *habe* erklärt, daß der Status quo auf meiner politischen Linie liegt... Wenn es zum Krieg kommt, dürfen wir nicht als die dastehen, die den ersten Schlag geführt haben.» Er mußte wieder an General Jackson denken, an jenem frostigen Morgen 1824. Der Schwarze, der auf der Parkbank schlief, der alte Soldat, schmal wie ein Kienspan, skelettdürr, als ob die Hitze des Lebens ihn verzehrte. *Wenn Sie das Volk im Bauch haben, können Sie nichts falsch machen.* Es war um die gleiche Zeit gewesen wie jetzt, Jahresendzeit. Buchanan erklärte seinem Kabinett: «In einer Nation, die so beschaffen ist wie die unsere, geht die Macht nicht von der Regierung aus, sondern vom Volk. Wenn das Volk sich sammeln soll, dann um eine Fahne, der Unrecht geschehen ist. Ich werde Anderson weder Verstärkung schicken, noch werde ich ihn abziehen. Lassen wir es für heute dabei bewenden und kommen wir morgen wieder zusammen, nach unserm Gebet.»

Er war ein alter Mann geworden, der älteste Präsident, den das Land je gehabt. Im nächsten April würde er siebzig werden. Als er in sein Schlafzimmer hinaufging, fühlte er, welch eine Last sein Körper für seinen Geist war. Er empfand eine höhnende Leere in allem. Kalter Regen, vermischt mit rasch schmelzendem Schnee, murmelte auf den schwarzen Scheiben der Fenster im ersten Stock. Längliche Bläschen im Glas verstärkten den Eindruck des Verzitterten, Verwischten. Durch das nasse Glas spähend, machte Buchanan nur vereinzelte Lichter in der beunruhigten Stadt aus – die Laternen einiger Kutschen, die sich zu mitternächtlichen Besorgungen durch Dunkelheit und Schlamm fädelten. Lichtkreise, matt wie Glühwürmchenschein, hüpften unter den Laternen, Spiegelungen in eisüberzogenen Pfützen. Er konnte nicht das Capitol am oberen Ende der Pennsylvania Avenue sehen, das auf seine Kuppel wartete, auch nicht, jenseits der Parkanlage des Weißen Hauses, auf der anderen Seite des Tiber Creek und seines stinkenden Sumpfs, den gespenstischen marmornen Stumpf des Washington-Denkmals, das vielleicht nie mehr vollendet werden würde, nun, da gegenseitiger Haß alle Geldquellen ausgetrocknet hatte.

Der Kohlenofen, den Pierce hatte aufstellen lassen, wärmte das obere Stockwerk nur leidlich. Harriet und das Personal schliefen. Harriets Cousin James Buchanan Henry, der des Präsidenten langjähriger Sekretär gewesen war, weilte nicht mehr unter dem Dach des Weißen Hauses; er hatte im vergangenen Jahr gekündigt, war nach New York gegangen, hatte sich einen breiten schwarzen Schnurrbart wachsen lassen und sich frech, ohne seinen Onkel zu fragen, verheiratet. Buchanan fühlte sich nicht wohl: das Stechen im Nasenrachenraum, unter den Operationsnarben aus seiner Außenministerzeit, hatte nie ganz aufgehört; üppige Mahlzeiten und reichlich Alkohol, ein Leben lang genossen, lagen ihm schwer auf Leib und Lunge; seine überanstrengten Augen fühlten sich wund an, wie mit Sand gescheuert; die endlosen Dispute der letzten Wochen hatten ihn um seinen

Schlaf gebracht, so daß ihm ständig ein wenig benommen zumute war. Doch er war auch nicht wirklich krank: als er die Wärmpfanne aus dem präsidialen Bett nahm und sich, in kariertem Nachthemd und mit wollener Schlafmütze, zwischen den Laken ausstreckte, die an manchen Stellen glühendheiß waren, an anderen eiskalt, wie die Meinungen in den Zeitungen, ließ der alte Staatsdiener sich geradezu wollüstig in seine Müdigkeit einsinken. Die dünne Trennwand zwischen Krieg und Frieden hatte wieder einen Tag länger standgehalten. Der Kongreß würde, in Übereinstimmung mit Lincoln, vielleicht doch noch einen Verfassungskonvent einberufen, und die South-Carolina-Männer würden zurückstecken, wie Pickens es am Tag nach der Sezession getan hatte. Und wenn nicht... wenn es zum Schlimmsten käme... nun, er war den Männern des Südens so weit entgegengekommen, wie er nur konnte, der Krieg würde zu ihren Lasten gehen. Sie würden zermalmt werden, wie die arme liebe Ann zermalmt worden war.

Er betete schläfrig, und es war, als sei das Schweigen, in das sein Gehirn die halbgeformten Worte goß, deren Sinn wie Wachs um einen brennenden Docht schmolz, in dieser Nacht selber eine Botschaft, gerichtet an seine große Müdigkeit. Er sah einen Moment lang nicht mit seinen eigenen fehlsichtigen Augen,* sondern mit Gottes klarem, farblosem Blick; er sah, daß *sub specie aeternitatis* nichts wirklich von Bedeutung ist: nicht sein Leben, seine Ambitionen, sein geduldiges, ausgeklügeltes, übervorsichtiges Streben nach Macht und auch nicht – so grausam der

* Das eine hellbraun, das andere blau, sagt Nichols. Er gibt keine ophthalmologische Quelle an. Es ist schwer zu glauben, als Vorstellung jedoch wunderbar. Das Porträt von Jacob Eichholtz, entstanden ungefähr zu der Zeit, als Buchanan nach Rußland ging, gibt chromatisch keinen Aufschluß. Auf dem Bild von George P. A. Healy, das in der National Portrait Gallery hängt, sind beide Augen blau, wobei das linke ein wenig schielt. Dies Porträt ist abgebildet in *The American Heritage Pictorial History of the Presidents*, und der unsignierte Text auf der gegenüberliegenden Seite vermerkt in Klammern: *ein Auge* [war] *kurzsichtig, das andere weitsichtig.* Siehe Kierkegaard, *Tagebücher*, 10. Dezember 1837.

Gedanke sich aus einem wachen Blickwinkel ausnehmen mochte – die Leben der Nation, der Millionen, die sich rettungsuchend ihm entgegenreckten. Die Horden des Sennacherib sind in Israel eingefallen, und der Tempel wurde Stein um Stein zerstört, doch Gott hat diese Katastrophen in seiner schönen Leidenschaftslosigkeit aufgehoben und gewiegt, und jetzt schlafen sie, nur noch von wenigen erinnert. Als Buchanan Gesandter am Hof zu St. James gewesen war, hatte es in gebildeten britischen Kreisen beträchtliche Aufregung gegeben wegen der soeben auf dem Gebiet der Geologie gemachten Entdeckungen von Zeiträumen, die unermeßlicher waren als alle, welche die Bibel ausbreitete: Buchanan erblickte hierin jetzt einen Grund zu heiterer Gelassenheit – eine Unermeßlichkeit, die all unsere Aufgeregtheiten zu einem kaum noch wahrnehmbaren Gekräusel verkleinerte und unsere Berge und Schluchten zu einer Prärie-Ebenheit glättete, einer leuchtenden Ebenheit wie der Grönlands oder der des unvermuteten südlichsten Kontinents, den Captain Cook als erster gesichtet hatte. Nachdem das Schweigen, in das seine Gebete ohne Echo einzusinken schienen, ihn so lange beunruhigt hatte, war Buchanan in seiner erhabenen Müdigkeit jetzt dankbar dafür, daß es in sich selbst eine Antwort war, die einzige Antwort, in ihrer Barmherzigkeit dauerhaft, gerecht und allgegenwärtig. Genauso war Lincolns Schweigen aus Springfield eine Antwort, und sie hatte eine gewisse Würde, nach all dem Geschrei der Kabinettssitzungen. Wie durch das scharfe Auge eines Adlers, der in Gottes stillen Lüften kreist, sah Buchanan die Nation unter sich, eine bunte kleine Bergwiese, wimmelnd von hektischem Leben, das vergehen, sich aber unfehlbar erneuern würde im Wechsel der Jahreszeiten, in den großen, unergründlichen planetarischen Bewegungen. So getröstet, sank der alte Mann auf einem anhaltenden Ton der Lobpreisung in die Leere und erwachte überrascht in einer immer noch stürmischen Welt, in der es schien, als hätten sich alle außer ihm die ganze Nacht lang schlaflos hin und her gewälzt.

Am Vormittag traf eine Nachricht von General Scott ein, die folgenden Wortlaut hatte: *Es ist Sonntag, das Wetter ist schlecht,*

& Genl. S. fühlt sich nicht wohl genug, um in die Kirche zu gehen. Doch Angelegenheiten von höchster nationaler Wichtigkeit verbieten ihm, auch nur einen Augenblick zu zögern, & falls er sich von falschem Eifer hat verleiten lassen, so hofft er auf des Präsidenten Verzeihen.

Wird der Präsident Genl. S. gestatten, ohne Anfrage beim Kriegsministerium & auch sonst so geheim wie möglich im Hafen von New York zweihundertfünfzig Rekruten zur Verstärkung von Fort Sumter einzuschiffen, zuzüglich etlicher Extramusketen oder -gewehre, Munition & Verpflegungsvorräte?

Hoffentlich darf bereits morgen ein Kanonenboot nebst Beiboot für denselben Zweck bestellt werden.

Das Dröhnen gedämpft durch den Aufruhr, der sichtbar, auf langen Beinen windgepeitschten Graupelregens, um die Spielzeughäuser und Monumente Washingtons tobte, riefen Kirchenglocken ohne Unterschied Sezessionisten und Abolitionisten, Herrn, Herrin und dürftig bekleideten Sklaven zum Gottesdienst. Buchanan, zufrieden mit der religiösen Erfahrung der vergangenen Mitternacht, blieb zu Hause im Trockenen und genoß ein vollkommenes Unionsfrühstück: Carolina-Maisgrütze und Philadelphia-Restepastete, getränkt in Ahornsirup aus Vermont. Ein aufgeregter Toucey, zerrupft und erschreckt aussehend wie ein aus dem Nest gestoßener Vogel, erschien im Weißen Haus und sagte, daß Black, Stanton und vermutlich auch Holt zurückträten, wenn der Präsident seine Antwort an die Beauftragten so abschickte, wie er sie entworfen hatte.

Also versuchte Buchanan, Black holen zu lassen, der aber, nach dem, was er in seinen Memoiren *die elendste und unruhigste Nacht meines Lebens* nennt, zu kommen zögerte, *denn ich wußte, von welcher Art der Appell war, den er an mich richten würde. Ich fühlte, er würde seine Forderung, daß ich an seiner Seite bleiben müsse, mit persönlicher Freundschaft begründen, so daß es mir unmöglich wäre, meinen Abschied zu nehmen, ohne mich der Beschuldigung auszusetzen, einen Freund im Stich gelassen zu haben, der mir große Ehre erwiesen und mir vertraut hatte zu einer Zeit, da er sich in den schlimmsten Schwierigkeiten seines Lebens befunden.* Buchanan schickte ein zweites Mal nach ihm, und diesmal fand Black sich ein.

Der Präsident empfing ihn mit den Worten: «Ist es wahr, daß Sie mich im Stich lassen wollen?»

«Es ist wahr, daß ich die Absicht habe, zurückzutreten.»

Dies furchtbare Tageslicht hat alle Angst und allen Schrecken zurückgebracht, den Ernst, die Gefährlichkeit, die unermeßliche Schmach, die täglichen kleinen Verluste, hinter denen sich der eine große Verlust verbirgt. [Vgl. meinen ersten Winter, nachdem Genevieve mir den Laufpaß gegeben hatte: ich wachte jeden Morgen auf mit dem Empfinden, hohl zu sein, innerlich wund von dem verzweifelten Gefühl, etwas ungeheuer Großes verlegt zu haben.] Der Geschichte zufolge sagte er: «Es erschüttert mich zu hören, daß Sie, ausgerechnet Sie, mich in dieser Krise verlassen wollen. Sie sind aus demselben Staat wie ich, mein engster politischer und persönlicher Freund. Ich habe mich in dieser schweren Zeit auf Sie verlassen wie auf keinen anderen, und ich beschwöre Sie, mir bis zum Ende beizustehen.»

Nachdem er sich noch einige solcher flehenden Sätze angehört hatte, erwiderte Black, sich eine charmante Metapher einfallen lassend: «Mr. President, von Anfang an war ich entschlossen, Ihnen beizustehen bis in Tod und Verderben hinein, wenn nötig. Ich versprach, solange wie da ein Knopf am Mantel wäre, würde ich daran festhalten. Aber mit Ihrem Handeln haben Sie alle Knöpfe abgetrennt und mich von sich fortgedrängt.»

Buchanan schien ehrlich verdutzt. «Worauf beziehen Sie sich?»

«Auf Ihre Antwort an die South-Carolina-Beauftragten. Dieses Dokument ist das Pulver, das Ihr Kabinett in alle vier Winde zersprengt hat. Die Minister aus dem Süden werden gehen, weil Sie ihnen nicht das zugestehen, was sie verlangen, und weil Ihre Entscheidungen es ihnen unmöglich machen zu bleiben. Für die aus dem Norden kommenden Kabinettsmitglieder ist das Schreiben eine sogar noch härtere Zumutung.» Blacks und Stantons Einwände gegen den Entwurf, der nicht erhalten ist, lassen sich in ungefähren Zügen rekonstruieren. In einem Interview, das

Black im September 1883 der *Philadelphia Press* gab, bestritt er die Richtigkeit von Spekulationen, denen zufolge *Mr. Buchanan in seinem Brief das Recht auf Sezession anerkannt* hätte. Blacks *Einwände gegen das Schriftstück bezogen sich darauf, daß es den Feinden der Regierung leichtfertig entgegenkam, gewisse diplomatische Rechte South Carolinas unterstellte, die es nicht geben konnte, und Zugeständnisse machte, die die Position des Präsidenten schwächten.*

Können wir glauben, daß, als Black seine Einwände vorbrachte, Buchanan ihm zur Antwort gab: *«Richter, Sie sprechen mir aus dem Herzen. Ich bin mir des Gewichts und der Gültigkeit Ihrer Worte bewußt. Den Brief an die South-Carolina-Beauftragten hat meine Zunge diktiert, nicht meine bessere Einsicht. Ich fühle jedoch, daß wir es nicht zu einem offenen Bruch kommen lassen dürfen. Wir sind auf den Krieg nicht vorbereitet, und wenn er vom Zaun gebrochen wird, ist kein Verlaß darauf, daß der Kongreß mir den Rücken stärken wird, und die Union muß untergehen»*?

Nein. Leichter fällt es uns, Black zu glauben, wenn er sagt: *Der Präsident schien überrascht, daß ich mir dieses Dokument so sehr zu Herzen nahm.* Leichthin, wie ein abgebrühter Spieler, der sein Blatt zusammenschiebt, sagte Buchanan: «Ihr Rücktritt ist das einzige, das nicht in Frage kommt. Ich will, ich kann nicht auf Sie verzichten. Wenn Sie gehen, werden auch Holt und Stanton gehen, und ich stehe dann sehr kläglich vor dem Land da. Dies ist die schwierigste Situation, die ich bislang zu bewältigen hatte. Hier, nehmen Sie das Schreiben und ändern Sie es nach Ihrem Gutdünken ab; aber tun Sie es noch vor Sonnenuntergang. Bevor ich heute abend zu Bett gehe, muß ich wissen, daß diese Angelegenheit zu Ihrer Zufriedenheit geregelt ist.»

Black begab sich in Stantons Amtsräume, und gemeinsam überarbeiteten die beiden Männer Buchanans Antwortschreiben und gaben ihm die Form, die sie für richtig hielten. Nevins, hocherfreut über den härteren Kurs, den die Regierung jetzt einschlug, kräht: *Selten, vermutlich nie, nicht einmal andeutungs-*

weise, haben die Berater eines Präsidenten ihrem Chef eine derart scharfe Rüge erteilt.

Der weichherzigere Auchampaugh sagt von dieser Zeitspanne: *Kein Präsident in der amerikanischen Geschichte hat je so furchtbare zehn Tage durchgemacht.*

Am gleichen Sonntag richtete Senator Robert M. T. Hunter aus Virginia, auf den Rat des abtrünnigen Trescot hin, im Namen des Südens einen weiteren Appell an den Präsidenten; er bot an, daß Pickens Fort Moultrie aufgäbe, damit Major Anderson dorthin zurückbeordert werden könnte. Hunter kam von der Unterredung zurück und informierte Trescot: *Sagen Sie den Beauftragten, es ist hoffnungslos. Der Präsident beharrt auf seiner Meinung – ich kann unmöglich wiedergeben, was sich zwischen uns zugetragen hat, aber wenn Sie ein Telegramm nach Charleston absetzen können, tun Sie es sofort, telegraphieren Sie Ihren Leuten, sie sollen in der Hafeneinfahrt Schiffe versenken.*

Der Präsident schrieb seinen Brief noch einmal, ließ alles weg, was bei Black und Stanton auf Widerstand gestoßen war, und sandte ihn am nächsten Tag, dem letzten Tag dieses schicksalhaften Jahres, an die Beauftragten ab. Das Schreiben rekapitulierte die Vorgänge um den Hafen und die inoffiziellen Verhandlungen und schloß klirrender, als es sonst Buchanans Stil war: *Unter diesen Umständen drängt man mich, unverzüglich die Truppen aus dem Hafen von Charleston abzuziehen, und läßt mich wissen, daß, wenn ich es nicht täte, Verhandlungen unmöglich seien. Darauf kann ich mich nicht einlassen, darauf will ich mich nicht einlassen.* Stets ein genauer Buchhalter, führte der Präsident die Beschlagnahme des Arsenals durch South Carolina an, schätzte den Wert des Arsenals auf eine halbe Million Dollar und erklärte es als seine Pflicht, *Fort Sumter, als Teil des öffentlichen Eigentums der Vereinigten Staaten, gegen feindliche Angriffe zu verteidigen, aus welcher Richtung sie auch kommen mögen.*

Am nächsten Tag gab Buchanan seinen alljährlichen Neujahrsempfang im Weißen Haus, trotzte Attentatsgerüchten und erduldete Brüskierungen seitens etlicher sezessionistischer Gäste. Zum letztenmal kam die Südstaaten-Crème der Washingtoner

Gesellschaft in den Genuß dessen, was Nevins als den *Kontrast* beschreibt, *der zwischen dem hochgewachsenen, silberhaarigen, schwarzgekleideten, den Kopf ein wenig schräg haltenden alten Präsidenten und der stattlichen, strahlenden jungen Frau an seiner Seite bestand.* Am zweiten Tag des neuen Jahres traf eine Entgegnung der Beauftragten ein, die das Kabinett, einschließlich Thompson, *ungezügelt, unbegründet und grob unhöflich* fand. In Buchanans Leben hatte es eine Reihe unangenehmer Briefe gegeben – zum Beispiel den von Dr. Davidson an seinen Vater wegen seines schlechten Betragens am Dickinson College und den verlorengegangenen Brief von Ann Coleman, in dem sie ihr Verlöbnis löste, dann den erhalten gebliebenen eigenen, in dem er bat, an ihrem Begräbnis teilnehmen zu dürfen, und der ihm ungeöffnet zurückgeschickt wurde, und den Brief von Duff Green aus dem Jahr 1826, in dem es heißt: *Wollen Sie die Freundlichkeit haben, mir nach Erhalt dieses Schreibens die Gründe mitzuteilen, die Sie bewogen haben, Genl. Jackson aufzusuchen und mit ihm über das Votum Mr. Clays und seiner Freunde zu sprechen, wenige Tage bevor bekannt wurde, daß diese definitiv beschlossen hatten, für Mr. Adams zu stimmen. Lassen Sie mich ferner wissen, welcher Art der Bekanntmachung dieser Angelegenheit gegenüber den Menschen im Lande Sie den Vorzug geben.* Jener Brief mußte beantwortet werden; es war Buchanan ein Vergnügen, diesen hier an die Beauftragten zurückgehen zu lassen mit dem Vermerk: *Dieses Schreiben, dem Präsidenten soeben vorgelegt, ist von solcher Art, daß er die Annahme verweigert.*

Philip F. Thomas, der Marylander, außer Thompson der nunmehr letzte Südstaatler im Kabinett, erinnerte sich 1881, daß Buchanan, den Brief meinend, sagte: «Lassen Sie ihn zurückgehen», hörte ihn jedoch nicht sagen: «Jetzt sollen Verstärkungen geschickt werden.» Holt, Toucey, Stanton und Buchanan selbst (in seinem Brief an Thompson vom 9. Januar 1861) bezeugten, daß der Präsident, gleich nachdem die Entscheidung gefallen war, den Brief zurückgehen zu lassen, vernehmlich sagte: «Jetzt ist alles aus, jetzt müssen Verstärkungen geschickt werden.»

Thompson aber hörte das ebenso wenig wie Thomas und trat mit demonstrativer Empörung zurück, als er am 8. Januar 1861 entdeckte, daß das Dampfboot *Star of the West* (wegen seines geringen Tiefgangs geeignet, über die versenkten Schiffe hinwegzukommen, die den Hafen von Charleston blockierten), *am vergangenen Samstag abend,* wie es im Rücktrittsschreiben hieß, *mit zweihundertfünfzig Mann unter Lieut. Bartlett mit Kurs auf Fort Sumter aus New York* ausgelaufen war.

«Jetzt ist alles aus, jetzt müssen Verstärkungen geschickt werden.»

Es war alles aus. Der Süden und Buchanan hatten sich getrennt.

Meine letzte Erinnerung an die Ford-Administration ist diese: Ich sitze während eines New-England-Januars mit meinen Kindern gemütlich im warmen Zimmer und schaue einem jugendlich wirkenden Mann zu, der Hand in Hand mit seiner Frau die Pennsylvania Avenue hinuntergeht und der Menge zuwinkt. Washington City war in telegenes weißes Sonnenlicht gebadet, und Carter trug keinen Hut, eine betonte und ziemlich verwirrende Nachahmung Kennedys vierzehn Jahre und vier Präsidenten zuvor. Hundert Jahre nach dem Ende der Reconstruction und der einen unbestreitbar betrügerischen Präsidentenwahl in der amerikanischen Geschichte hatte ein Sohn des Südens es geschafft, ohne vom Ableben eines anderen Präsidenten zu profitieren (vgl. Truman, Tyler und die beiden Johnsons). Das Lächeln des jugendlichen, hutlosen Mannes war breit, beständig, aber nicht ganz und gar überzeugend; wir befanden uns, wie damals in den Jahren zwischen Polk und Lincoln, in einer Zeit nicht überzeugender Präsidenten. Doch auch Polk und Lincoln wurden millionenfach angezweifelt, verspottet und gehaßt; vielleicht gehört es zu den vielen Verantwortlichkeiten eines Präsidenten, nicht überzeugend zu sein, uns, in einem Höchstmaß an Sichtbarkeit, ein Bild vorzuhalten, das zeigt, wie weit selbst das gewissenhafteste Hingegebensein an die Pflicht und das geschickteste Ansprechen eigennütziger Interessen von Vollkommenheit entfernt ist, und uns so auf die alte amerikanische Wahrheit verweist, daß kein von Gottes Gnaden bestellter Führer uns retten wird, sondern wir das selber besorgen müssen. Von allen etwas mehr als vierzig Präsidenten war der hübsche Warren Harding in gewisser Weise der nobelste, denn nur er hatte den Anstand, an gebrochenem Herzen zu sterben, als man ihn wissen ließ, er habe schlechte Arbeit geleistet.

In den drei strubbeligen Köpfen um mich herum – nein, ich habe mich verzählt, es können nur zwei sein, Andy ist im Januar 1977 weg, auf dem College, er ist achtzehn und in seinem Freshman-Jahr; er hat sich fürs Duke College entschieden, um ein bißchen Distanz zwischen sich und seine ungeratenen Eltern zu legen – herrschten, wenn es denn stimmt, daß ich die Gedanken von Kindern lesen kann, ähnliche Zweifel wie in meinem eigenen angesichts des sonnigen Spektakels, das aus dem District of Columbia übertragen wurde. Kein anderer Präsident hatte es je für angebracht gehalten, nach der Amtseinführung zu Fuß ins Weiße Haus zurückzukehren. Es machte ihn, für unser Gefühl, ein bißchen zu sehr zum Zirkusclown, der mit aufgemaltem Lächeln, mal hierhin, mal dahin seine Späße machend, der Parade ins große Zelt vorangeht – den Akrobaten und den Jongleuren, den feierlichen Elefanten der Außenpolitik und den hinter Gitter gesperrten Tigern innenpolitischer Sorgen.

«Angeber», sagte Buzzy in seinem männlichen Bariton, an den ich mich noch nicht ganz gewöhnt hatte.

«Und wenn er nun erschossen wird?» fragte Daphne. Sie hatte auf meinem Schoß gesessen, oben in unserem apfelgrünen Haus in Dartmouth, war wenige Monate alt gewesen an jenem Sonntag, als Lee Harvey Oswald im Fernsehen für seine Missetaten abgeknallt wurde. Sie war entwöhnt worden, könnte man sagen, anhand von Meuchelmord.

Wie sehr Carter auch gemocht werden wollte, es gelang uns nicht recht, ihn zu mögen: dem Süden gelang es nicht, weil er Liberaler und Ingenieur war, die Liberalen im Nordosten konnten nicht, weil er Südstaatler und wiedergeborener Christ war, die Christen fühlten sich abgeschreckt, weil er dem *Playboy* erzählt hatte, er habe *viele Frauen mit Wollust betrachtet*, und das allgemeine Volk mochte ihn nicht, weil seine Lippen zu dick waren und er beim Reden aussah wie ein Eichhörnchen, das eine Buchecker knabbert. Schwarze mochten ihn, diejenigen, die noch Interesse am nationalen Gemeinwesen hatten, doch das wirkte sich zu seinen Ungunsten aus, denn die Schwarzen wurden zunehmend als Bürger eines flottierenden Wohlfahrtsstaats angesehen, der sich innerhalb der anderen fünfzig verbarg und dessen ausgemachte Absicht und Politik es war, hart arbeitenden Steuerzahlern Geld wegzunehmen. Carter und die anderen liberalen Demokraten waren weiße Helfershelfer bei diesem Diebstahl, diesem Schmarotzertum. Außerdem sagte er uns Sachen, die wir nicht hören wollten: wir sollten unsere Thermostaten herunterdrehen und den Iranern die andere Wange hinhalten. Unsere Herzen seien voller Wollust, wir litten an einem *malaise*. Alles wahr, aber Wahrheit ist nicht das, was wir von einem Präsidenten wollen. Dafür haben wir Historiker.

Verzeihen Sie mir, NNEAAH und Redakteure des *Rückblick*; ich habe nicht vergessen, daß Sie mich um Impressionen von Ford gebeten haben, nicht von Carter. Aber was hat Ford *gemacht*? Wie gesagt, ich war mit Privatangelegenheiten beschäftigt, und das Radio in meinem kleinen Apartment war auf WADM eingestellt – nur klassische Musik und zu jeder vollen Stunde ein bis zwei Minuten Nachrichten.* Soweit ich es beurteilen konnte, machte Ford alles richtig – er holte die *Maya*-

* Nein, um ehrlich zu sein, es war nicht so, daß ich von Popmusik überhaupt nichts mitbekommen hätte. Während der Ford-Ära war's, daß Pachelbels Kanon in C Einzug in die Charts hielt; ich weiß das, weil die Melodie mit ihrem leisen, langsamen, tröpfelnden Thema unendlicher Vorausempfindung für Genevieve und mich zu so etwas wie unserer Liebeshymne geworden war, zusammen mit *The Divine Miss M*, einer Kassette, die ich ihr zum ersten Weihnachtsfest unserer Affäre geschenkt hatte, wegen des phantastischen Eins-zwei-Schlags von «Do You Want to Dance?», gefolgt von Midlers Ding-Dong-Schmetterschlag «Chapel of Love». *Going to get ma-a-arried…*

guez von den Kambodschanern zurück, evakuierte aus Vietnam unser Botschaftspersonal samt Anhang (buchstäblich: in den Nachrichtenmagazinen im Wartezimmer meines Zahnarztes waren Bilder von Leuten, die sich an die Helikopterkufen klammerten), flog nach Helsinki, um sich mit Breschnew zu treffen und irgendwelche friedfertigen Abkommen zu unterzeichnen, setzte sich langsam gegen Inflation und Rezession durch, stellte das Vertrauen ins Amt des Präsidenten wieder her und begnadigte Nixon, was der Nation eine Menge Gegenanklagen und Prozeßkosten ersparte. Soweit ich weiß, war er vollkommen, was man von keinem anderen Präsidenten seit James Monroe sagen kann. Außerdem war er der einzige Präsident, der unter einem Namen präsidierte, welcher völlig anders war als der, den er bei seiner Geburt erhalten hatte – Leslie King jr. «President King» wäre ein mißliches Oxymoron gewesen.

In Washington, im Fernsehen, lag eine pittoreske kleine Schneeschicht, also muß es Berge von Schnee in New Hampshire gegeben haben, und Eis auf dem Fluß, schwarz und knarrend, und kahle Zweige, die eine Spitze vor den Fenstern häkelten. Zweige. Unser Nest. Wo war Norma? Meine noch regierende Königin der Unordnung? Irgendwie nicht im Rahmen dieser Erinnerung. Sie könnte in ihrem verführerisch duftenden Studio gewesen sein und gemalt haben, oder sie hätte drüben im College eine ihrer Do-it-yourself-Vorlesungen über Kunstbetrachtung halten können, doch meine Erinnerung stellt sie in die Küche, wo sie eine Mahlzeit für uns alle zusammenrührt und unterdessen an ihrem durchscheinenden Wermut nippt, der die gleiche Farbe wie ihre Augen hat. Aber warten Sie – der 20. Januar war nach meinem ewigen Kalender ein Donnerstag, Buzzy und Daphne müssen demnach in der Schule gewesen sein und sich durch die nachmittäglichen Unterrichtsstunden gerätselt haben, oder sie haben sich Rindfleischsuppe mit Graupen und Chop-suey *à l'américaine* einverleibt, das Essen, das die Cafeteria der Schule an Donnerstagen ausgibt. Vielleicht haben wir Carters Spaziergang alle zusammen am Abend gesehen, als die Nachrichten wiederholt wurden, und Norma war in der Küche und machte unser Abendbrot. Sie kam ins Zimmer und gesellte sich zu uns. Gegen den Latz ihrer Schürze gedrückt hielt sie ein geschwungenes hölzernes Modellierwerkzeug mit gezähnter Kante, das sie als Rührlöffel benutzte. Sie sah uns über die Schulter an und sagte: «Ich sehe nicht, wie die Republikaner nach Watergate je wieder einen Präsidenten stellen wollen.»

Dies mag das einzige Mal gewesen sein, daß ich sie etwas sagen hörte, das nicht einmal annähernd gestimmt hätte. Jetzt macht die Erinnerung einen Sprung und versetzt uns in die Küche, nur uns beide, zwischen das leise Gebrutzel und Gebrodel einer Mahlzeit, wenige Minuten bevor sie aufgetischt wird. Möglich, daß ich flüsterte: «Was geht in ihnen vor, was meinst du?»

«In wem?» Die Hand, winterrauh und, verglichen mit Genevieves, ziemlich rot und breit, die das saucenverschmierte Modellierwerkzeug hielt, schob einen lästigen Haarkringel aus der Stirn, und um ihn an seinem Platz zu halten, blies Norma – eine fruchtlose Angewohnheit, die ich vergessen hatte – mit vorgeschobener Unterlippe scharf nach oben.

«In den Kindern natürlich», sagte ich. «Jetzt, wo ich wieder da bin. Besonders dankbar scheinen sie nicht zu sein.»

«O Alf, sie *sind* es, sie freuen sich wahnsinnig. Sie können's bloß nicht die ganze Zeit, jeden Augenblick, zeigen. Aber Daphne ist sehr glücklich, und sie schläft auch viel besser. Die ganze Zeit, als du weg warst, hat sie Schlafstörungen gehabt. Sie hatte Angst, daß du in dem Slum da drüben vielleicht ausgeraubt und ermordet wirst.»

«Es war kein Slum. Es war eine altmodische Arbeitergegend. Und Buzzy? Werden seine Zensuren besser?»

«Sei nicht albern, dazu ist es noch zu früh. Sie sind ja gerade erst aus den Weihnachtsferien zurück.»

«Und du? Du, liebe Norma?»

Sie spürte mein Bedürfnis und trat einen Schritt näher an mich heran, inmitten des Gebrutzels und Gebrodels. «Aber ja doch. Sehr glücklich», sagte sie, doch mit einem verzagten Unterton, wie ich fand. «Du hast aus mir wieder eine ehrliche Frau gemacht.» Was hieß, daß sie aufgehört hatte, mit den Männern zu schlafen, die in das Vakuum gedrängt waren, das ich hinterlassen hatte. «Obwohl ich sagen muß» (wie Carter war sie einen Tick zu ehrlich), «daß es gar nicht so leicht ist, sich wieder umzugewöhnen nach all der – wie haben die Existentialisten gesagt – schrecklichen Freiheit.» Wenn sie und ich und alle aus unserer Generation tot sind, wer wird sich dann an die Existentialisten erinnern? Wer wird sich über Heidegger und Sartre die Augen verderben und versuchen, den Vorrang der Existenz vor der Essenz zu begreifen und das ragende auberginefarbene Geheimnis vom *Dasein*? Welche Generation wird diese fundamentalen Fragen je wieder in nichtelektronischer Sprache formulieren? «Man gewöhnt sich leider viel zu sehr – furchtbar, das zuzugeben», schloß Norma und meinte damit, jedenfalls verstand ich's so, das Herumschlafen.

«Weißt du», sagte ich aufgebracht, «wenn du dich ein bißchen schneller gewöhnt hättest, hätte ich mich nicht von Genevieve zu trennen brauchen.»

«Oh, *ich* bin also schuld, ja?» Ihr Haar hatte, gegen das Licht gesehen, das durch die Küchenfenster fiel (es ist wieder Nachmittag), einen Kranz aus blassestem Apricot; das Grün ihrer zornrunden Augen war mit dünnen Goldflecken gesprenkelt. «Ihr zwei habt euch das ganz allein angetan. Ich hab dich nicht gebeten zurückzukommen. Liebe uns oder laß uns, du hast die Wahl gehabt, Alf, aber du warst so unentschlossen, daß sie Maßnahmen treffen mußte, um sich zu schützen. Brent hat ihr ein Angebot gemacht, das sie nicht ausschlagen konnte. Wenn er *mich* gefragt hätte, ob ich mit ihm nach Yale gehe, hätte ich wahrscheinlich auch ja gesagt.»

«Mit diesem antiintellektuellen intellektuellen Scheißkerl? Jetzt machst du dich lustig über mich, jetzt ver*suchst* du, mich zu verletzen!» Zum Zeichen, daß dies ein Scherz war, lachte ich.

So stoppelten wir's uns zusammen, wieder und wieder, bis das Thema abgenutzt war, in Staub getreten, für weitere Diskussionen unbrauchbar, aber nie wirklich erledigt.

In Wahrheit war ich enttäuscht, daß meine Familie sich nicht deutlicher über meine Rückkehr freute. Ich konnte das Vakuum nicht ganz ausfüllen, das ich geschaffen hatte, als ich ging – wie wenn ich während meiner Abwesenheit kleiner geworden wäre. Und die Tage, die endlose Täglichkeit meines Zurückseins, machten die glänzende Klinge meines Wiederauftritts auf der häuslichen Szene stumpf. Das wirkliche Leben ist im wesentlichen antiklimaktisch. Die *Star of the West* zum Beispiel, deren Entsendung nach Fort Sumter den Höhepunkt eines langen Kampfs innerhalb der Buchanan-Administration bildete, traf einen Tag nach Jacob Thompsons Rücktritt im Hafen von Charleston ein und erwiderte nicht das Geschützfeuer der South-Carolina-Batterien auf Morris Island. Die *Star* hatte, anders als das Kriegsschiff *Brooklyn*, das General Scott, entgegen Buchanans besserem Urteilsvermögen, durch die *Star* ersetzt hatte, keine Kanonen an Bord und konnte nicht zurückfeuern. Ebensowenig kam Geschützfeuer von der *Brooklyn*, die der *Star* gefolgt war – in welchem Abstand genau, hat die Geschichte nicht festgehalten; Gegenstände, die die Größe eines Schlachtkreuzers haben, können ihr durch die Finger schlüpfen. Major Anderson, der keine Befehle erhalten und nur gerüchteweise vom Nahen der *Star* gehört hatte, schoß von Fort Sumter aus nicht zurück. Die *Star* machte kehrt und nahm wieder Kurs auf New York; ein inoffizielles Waffenstillstandsabkommen zwischen Gouverneur Pickens und Major Anderson tat seine Wirkung; der Flammpunkt im Hafen von Charleston entzündete sich erst, nachdem Lincoln ins Weiße Haus eingezogen war und einen vollen Monat an Buchanans Linie festgehalten hatte, Anderson keine Verstärkung zu schicken, solange der keine Hilfe anforderte. Am 12. April 1861 gab, wie wir von der NNEAAH alle wissen, Brigadegeneral Pierre Gustave Toutant de Beauregard Befehl, das Feuer zu eröffnen, und der fanatische Eisenfresser Edmund Ruffin zog, einer umstrittenen und unzerstörbaren Legende zufolge, die Abzugsleine für den ersten Kanonenschuß. Major Anderson kapitulierte nach dreiunddreißigstündigem Bombardement, ohne einen einzigen Mann verloren zu haben, doch das große Blutbad hatte unwiderruflich begonnen. Buchanan war nach Wheatland zurückgekehrt und blieb dort, von seinen Logenbrüdern vor lokalen Gewaltandrohungen beschützt und sich mit der Feder gegen journalistische Angriffe auf seine Präsidentschaft verteidigend. Crawford [s. S. 416] bringt in seiner Veröffentlichung von 1887 eine mit den photographischen Mitteln der Zeit hergestellte Reproduktion eines Briefs, den Buchanan im Juni 1862 einem gewissen John Griffin geschrieben hat und in dem er in seiner stets leserlichen Schrift erklärt: * *Nicht mehr lange, und die öffentliche Meinung wird ohne Schmähungen gegen mich auskommen, & ich habe nicht den leisesten Zweifel, daß das Urteil der Nachwelt günstig ausfallen wird. Ich wäre der glücklichste alte Mann im Land, gäbe es nicht den Bürgerkrieg; doch ich tröste mich mit der Überzeugung, daß keine Handlung oder Unterlassung meinerseits zu diesem furchtbaren Unheil geführt hat.* Ich liebe das: *der glücklichste alte Mann im Land, gäbe es nicht den Bürgerkrieg.* Als General Lees Truppen 1863 nach Pennsylvania vordrangen, schickte Buchanan Harriet Lane ins sichere Philadelphia, blieb selber aber in Wheatland und wartete ab, was der Tag an Bösem bringen würde. Anders als Black ertrug er die Unvermeidlichkeit des Krieges von Anfang an; anders als Pierce sprach er nie schlecht über Lincoln. Als Lincoln ermordet wurde, schrieb er einem Freund: *Bei meinen beiden Begegnungen mit unserem nun toten Präsidenten – sowohl anläßlich seines Besuchs bei mir nach seiner Ankunft in Washington als auch am Tage seiner Amtseinführung – bin ich zu der Überzeugung gekommen, daß er ein Mann von freundlichem, gütigem Wesen war und eine schlichte, aufrichtige und freimütige Art sich zu geben hatte. Meine Meinung über seinen Charakter hat sich nie geändert.* Harriet Lane heiratete

* *Von James Buchanan, dessen Amtszeit von 1857–1861 dauerte, heißt es, er habe eine ordentlichere Handschrift gehabt als jeder andere Präsident.* Dieses Lob stammt aus *Facts and Fun About the Presidents* von George Sullivan, mit Illustrationen von George Roper (New York: Scholastic, Inc., 1987). Dieselbe nützliche Quelle spendet uns die Information, daß *Drei amerikanische Präsidenten Linkshänder* [waren]: *James Garfield, Harry Truman und Gerald Ford.* Seit 1987 haben die Wähler für zwei weitere gesorgt.

am 11. Januar 1866 Edgar E. Jonston aus Baltimore. Buchanan starb in Wheatland am Morgen des 1. Juni 1868 im Alter von siebenundsiebzig Jahren. Seine letzten Worte sollen, Miss Hetty (s. S. 260) zufolge, gelautet haben: *O Herr, Allmächtiger Gott, Dein Wille geschehe.* Einer, der den gütlichen Vergleich suchte, bis zum Schluß.

Brent Mueller, wie Sie zweifellos wissen, auch wenn er jetzt Mitglied der *S*NEAAH ist, der *Southern* New England Association of American Historians, kommt in Yale gut an, er hat diese kurze, aber durchschlagende Dekonstruktion des Optimismus bei Whitman und Emerson veröffentlicht, der er den Titel *Anderer Leute Tatsachen** gegeben hat und in der er anhand vereinzelter Redewendungen nachweist, wie bewußt es den beiden protestantischen weißen Herren war, daß die amerikanische Expansionspolitik auf schwarzer Sklaverei, Kinderarbeit, Unterdrückung der Frau in der Familie und von der Regierung finanziertem Betrügen und Abschlachten amerikanischer Ureinwohner basierte. All das wußten sie, diese hehren Dichterlinge, und brachten Optimismus zustande, indem sie es verdrängten, wohingegen bei Melville, Hawthorne und Poe dunkle Andeutungen aufglommen. Hat sich jetzt etwas geändert? Aids, Hungersnot, Boat people, Ghetto-Hoffnungslosigkeit, Kinder, die millionenfach ins Elend hineingeboren werden. Ein Mensch, der auch nur halbwegs mitfühlte, müßte untergehen. Optimismus ist keine philosophische Haltung, sondern eine animalische Notwendigkeit, wie Defäkation. Als ich dasaß und Brents Buch las, mein Blick getrübt von Neid, kam es mir wie ein gekontertes Negativ meines ungeschriebenen eigenen vor, mit perfektem Titel. Brent schrieb dieses Buch, und Genevieve gebar zwei Kin-

* Natürlich aus der herzlosen Passage in Emersons Essay «Erfahrung» übernommen, in der es heißt: *Ich habe gelernt, daß ich über anderer Leute Tatsachen nicht entscheiden kann… Ein mitfühlender Mensch befindet sich im Dilemma eines Schwimmers inmitten von Ertrinkenden, die alle nach ihm greifen, und wenn er zuläßt, daß sie sein Bein oder auch nur einen Finger packen, werden sie ihn in die Tiefe ziehen.*

der, Zwillingsknaben. Als mich zu Haus in Wayward diese Nachricht erreichte, fragte ich mich, ob wohl auch von mir, hätten wir geheiratet, solch eine Doppelbefruchtung erwartet worden wäre. Ich war so besorgt und schuldbewußt wegen *meiner* Kinder gewesen und in geringerem Maß auch wegen *ihrer*, daß ich nie darüber nachgedacht hatte, wie es wäre, wenn wir *unsere* hätten.

Unsere. Hätten wir sie Ronald und George nach den Siegern genannt oder George und Fritz nach den Verlierern? Die Vorstellung, eine Doppelkarre mit zwei brüllenden Söhnen durch die engen Gänge im Supermarkt drüben an der 1 A zu schieben, schreckt mich ab. Es kommt ein Zeitpunkt, da hören wir auf, uns selbst zu erschaffen. *Ich bin gekommen, meine sterblichen Reste zwischen euch zu betten*, sagte Buchanan der versammelten Menge in Lancaster bei seiner Rückkehr im März 1861. *Was ich im Laufe eines recht langwierigen öffentlichen Lebens getan habe, ist in die Geschichte eingegangen.* Mein Versuch, Buchanan *das günstige Urteil der Nachwelt* auszusprechen, scheiterte, als ich – mir eine Sicht von hoch oben, aus Adleraugen vorstellend, die sein Leben zu einem einzigen fatalen Moment zusammenschnurren ließe – gewahr wurde, daß ich bloß ein weiterer Geschichtsschreiber war, ohne die prä-postmodernistische Sicherheit der Nevins, Nichols und Catton, dieser Garnspinner der alten Erzählschule. Mein Opus kam quietschend zum Stehen durch sein eigenes wachsendes Gewicht: all dies Vergleichen haarspalterisch voneinander abweichender Sekundärversionen der Fakten, all dies Heraussuchen alter Zeitungen und primärer Dokumente, dies Einsinken, tiefer und tiefer, in eine sich immer mehr entfaltende Spitzfindigkeit, die keine Erlösung von sich selbst bietet, nur eine endgültige vibrierende Unbestimmtheit, unendlich detailliert und doch mehrdeutig – so unstet, diese toten Fakten, als wären sie lebendig. Wo *war* die *Brooklyn*, als die Batterien auf Morris Island die *Star of the West* unter Feuer nahmen? Kann es wahr sein, wie Klein beiläufig behauptet, daß *Stanton den Mund nicht aufgetan* [hatte] *während der angespannten Sitzung am 29. Dezember – der Sitzung, auf die Weed* *sich offenkundig bezieht*? Sicher meinte Weed die Sitzung vom 28., denn Floyd war frühmorgens am 29. zurückgetreten. Und hätte Stanton – der nämliche, der später höhnisch befand, diese ständigen Sitzungen, auf denen über den Kurs des Präsidenten debattiert wurde, seien *ein Gerangel über einem Leichnam* gewesen – jemals irgendeine Sitzung durchstehen können, ohne seinen Mund aufzutun? Und kann es sein, daß Buchanan, wie er während dieser hektischen Wochen und danach* erklärte, heiter und von sich überzeugt war, nicht Scham und Entsetzen empfand, als er an der Spitze der Nation dem Abgrund von Kampf und Blut entgegenging?

Kann es wahr sein, daß Genevieve und ich einander liebten, miteinander schliefen auf eine Weise, die uns den Atem nahm, ein Ineinanderaufgehen, so absolut, daß wir es für angebracht hielten, eine Revolution zu veranstalten, unsere bestehenden Ehen über den Haufen zu werfen und zu heiraten? Wenige Spuren sind von unserem Versuch geblieben – ein, zwei Fehlstarts in den Akten diverser Anwälte; einige Liebesbriefe, verkramt auf einem Dachboden oder zu Asche zerfallen; ein paar verschobene Calciummoleküle in meinen nachlassenden Gedächtniszellen. Unser sich hebender und senkender Geist bewegt nur wenig Materie; die Vergangenheit, insoweit als sie aus menschlichen Gefühlen besteht, löst sich größtenteils auf, ist weniger dauerhaft als recycelter Stickstoff.

Ich habe in diesen Erinnerungen und Impressionen, liebe *Rückblick*-Redaktion, keinen Platz gefunden, das ungetrübte kleine Glück zu beschreiben, das es bedeutete, wenn ich mich

* In einem Brief vom 21. Oktober 1865 erwiderte er einem Mr. Faulkner, der angenommen hatte, der vormalige Präsident könnte, rückblickend, ein paar Fehler einräumen: *Ich muß Ihnen sagen, daß Sie sich irren. Ich habe vom Anfang bis zum Ende eine stetige, konsequente politische Linie eingehalten; & wenn ich auf meine Amtsführung zurückblicke, stoße ich auf keine Maßnahme, die ich gern rückgängig machen würde, auch dann nicht, wenn dies in meiner Macht stünde. In dieser Gewißheit lebend, erfreue ich mich eines ausgeglichenen, heiteren Gemüts, ungeachtet der Verunglimpfungen, denen ich ausgesetzt war.*

nach Mitternacht, unter einer L. L.-Bean-Steppdecke und im Schein einer Leselampe, die genau da stand, wo ich sie haben wollte, gegen die zwei schräggestellten, nach dem Waschsalon in Adams duftenden Kissen sinken ließ und mich in ein hübsches verstaubtes altes Buch vertiefte – den oben erwähnten [S. 412] Crawford zum Beispiel, mit dem ansprechenden langen Titel *Die Geschichte vom Fall des Fort Sumter, zugleich eine Innenansicht der Beziehungen zwischen South Carolina und Washington von 1860/61 darstellend, sowie der Verhältnisse und Ereignisse im Süden, durch welche es zur Rebellion gekommen* und seinen Strichätzungen und gilbenden Textseiten und den robusten marmorierten Einbanddeckeln, die Ecken und der Rücken aus rotem Leder. Crawford war ein junger Militärarzt, der Ende 1860 dort gewesen war, in Moultrie und Sumter. Wie unschuldig die Fakten erschienen, während ich las und auf einen kleinen gelben Block Notizen kritzelte, deren Sinn ich bald vergessen würde; wie süß das klare Wasser auf dem Grund des Brunnens der Zeit!

Eine andere Erinnerung an die Jahre unter Ford, die gerade in mir wach wird, bezieht sich auf dasselbe Bett, dieselbe Zeit, aber Genevieve ist bei mir. Laura und Susan müssen die Nacht beim diabolisch geduldigen Brent verbracht haben oder mit einer Babysitterin, die über das Teenageralter hinaus war und bis nach Mitternacht bei ihnen bleiben konnte, denn wir hatten uns den Luxus gestattet, nach dem Lieben ein wenig zu dämmern und zu dösen. Normalerweise mußte einer von uns immer sofort aufspringen und zum nächsten Termin stürzen. Ich kann den Zeitpunkt genau bestimmen: 1975, Donnerstag, 21. Oktober, in den 22. übergehend, gegen Viertel vor eins. Wir waren eingeschlafen, satt und entkräftet von Sex und Schuld, und wurden von einem Tumult auf den Straßen unten geweckt, von einem Hupkonzert und betrunkenen Jubelschreien aus den Kehlen mehrerer Männer, die aus der Bar torkelten, deren Neonschild wenige Meter von meinen Fenstern entfernt flackerte. Carlton Fisk hatte das harte, um ein Inning verlängerte sechste World-Series-Spiel zwischen den Cincinnati Reds und den Boston Red Sox gewonnen, indem er einen Home Run an der linken Foullinie entlang schlug. Die Zeitungen sprachen am nächsten Tag vom größten Spiel, das es je gegeben hat, und Fisk steuerte später seine Darstellung zur Geschichtsschreibung bei: *Freddie Lynn stand bereit. Er war bei diesem Spiel nach mir mit Schlagen dran. Ich weiß nicht, warum, aber so war's, und ich kann mich erinnern, als ich im Kreis am Home Base stand, kurz bevor das Inning anfing, da hatte ich auf einmal ganz einfach das Gefühl, daß was Gutes passiert. Und ich sagte zu Freddie: «Freddie, ich schlag jetzt einen an der Linie lang. Bring mich dann zum Home Plate zurück.» Und so ging's dann aus.* Genevieve und ich, in unsere eigene schwarzweiße Mischung aus Hölle und Paradies gesperrt, waren in jenem Herbst weit davon entfernt, uns für Baseball zu interessieren, doch der Trubel unter meinen beiden Fenstern vereinigte uns zu der frühen Stunde mit einem feiernden New England. Ich erinnere mich, daß sie dann vom Bett aufstand, ihr wunderbarer weißer Körper meiner Netzhaut aufgeprägt wie ein pulsendes Nachbild, und sich anzog. Ich war wie berauscht und zog mich gleichfalls an, und wir gingen durch die Streu aus Bierflaschenscherben und abgefallenen Ahornblättern zu ihrem Auto, das sie an der Federal geparkt hatte, und sie fuhr allein über den Fluß zurück. *Und so ging's dann aus.* Am nächsten Tag verloren wir das siebte Spiel und die World Series vier zu drei an ein *broken-bat single*, einen Schlag, bei dem der Schläger zerbrach und der Batter nur aufs erste Base vorrückte.

Womit ich nicht gerechnet hatte: die Kinder verließen mich, eines nach dem anderen, nachdem ich ins Nest zurückgekehrt war.

Andy brachte das Duke College hinter sich; er fand Geschichte, als Studienschwerpunkt, zu pingelig faktisch und Englisch zu theorielastig und beides zu «politisch» – in einem Sinn, der seit meinen eigenen Studententagen aufgekommen war. Aber er verliebte sich in Französisch, ausgerechnet, ging für zwei Jahre an die Sorbonne, promovierte an der Michigan State und landete schließlich an einem properen College namens Trinity in San Antonio, wo er die blonden, blauäugigen Kinder texanischen Ölgeldes mit Racine, Simenon und dem Subjonctif bekannt machte. Er hat eine Französin geheiratet, eine Freundin aus der Sorbonne-Zeit, und jetzt starren meine Enkelkinder (sie sehen mich nur ein- oder zweimal im Jahr, Andy verbringt die Sommerferien mit seiner Familie in der Nähe von Grenoble, bei Nathalies Eltern) mich halb mißtrauisch an, mit Genevieves dunkeläugiger Genauigkeit unter entschiedenen nüchternen Brauen.

Buzzy flog von der UNH – nicht leicht, das zu schaffen – und ist ein erfolgreicher Automechaniker in Portsmouth geworden, hat einen Bierbauch, eine dürre Frau aus Seabrook und ein sieben Meter fünfzig langes Motorboot, mit dem er donnernd die Wellen des Piscataqua und des Wayward River umpflügt, an der Küste vor Maine kreuzt und die Isles of Shoals umrundet. Er liebt dieses Boot, die endlosen Probleme mit dem Motor. Obwohl er und Ruth Ann seit Jahren, man könnte sagen, daran gearbeitet haben, können sie offenbar keine Kinder bekommen. Norma macht nukleare Strahlung dafür verantwortlich, aber das Kernkraftwerk ging erst ans Netz, als Ruth Ann zwanzig war und in Rye Beach lebte. Außerdem hatte sie in der High-School eine Abtreibung gehabt, dank eines kaputten Kondoms und des Kapitäns des Leichtathletik-Teams. Buzzy ist jetzt dreißig, und obschon er uns von unseren drei Kindern geographisch am nächsten ist, ist er kulturell am weitesten von uns entfernt; wenn wir zusammensitzen, er und ich, während unsere Frauen in der Küche irgend etwas kochen oder eines ihrer Fruchtbarkeits-Pow-Wows abhalten, kehrt das Schweigen zurück, nicht sehr behaglich, doch voll gegenseitigen Verzeihens, das an jenen Abenden zwischen uns herrschte, da ich ihn in seinem Zimmer besuchte und nicht wußte, wie ich es vor ihm rechtfertigen sollte, daß ich anderthalb Kilometer entfernt, auf der anderen Seite der Brücke, jenseits der Reichweite seines Teleskops lebte. Es gibt wenig zwischen uns, das uns einander als Vater und Sohn kenntlich machte, doch unsere Liebe zueinander ist darum nur um so stärker und auch um so verlegener, ähnlich dem sexuellen Zueinanderhingezogensein zwischen Fremden.

Und Daphne – ich nehme an, sie ist glücklich in ihrer zweiten

Ehe, obwohl das bei Leuten, die in New York leben, schwer zu sagen ist: der hohe Energiespiegel, den sie halten müssen, wirkt wie eine Maske. Geoff, ihr Mann, arbeitet an der Wall Street, oder nicht weit davon, sitzt wie angewurzelt zwischen einer Schreibzentrale und einem Computerschirm und grübelt, wie sich aus der schwankenden alten Kuh des amerikanischen Kapitalismus noch mehr Profit herausmelken ließe. Ich habe anscheinend genug von einem Liberalen, um Abneigung gegen diese Geldleute zu hegen, die Roosevelts Bereitschaft, in einer nationalen Notlage Schulden zu machen, ein halbes Jahrhundert später zu einem Spiel haben ausarten lassen, dem Schuldenmacherspiel, einer Zahlenlotterie. Ich versuche, meine Abneigung nicht zu zeigen, aber Norma sagt, ich zeigte sie doch und Daphne sei sehr gekränkt; sie und Geoff verbringen die Ferien größtenteils bei seinen Eltern in Greenwich. Daphne hat eine Tochter hervorgebracht, ein kleines milchweißes Wunder mit blaß aprikosenfarbenem Flaum auf dem breiten bläulichen Schädel und Händen von der abstoßenden Beschaffenheit verwelkter Gardenien. Ihr erster Mann hat mir besser gefallen, ein zotteliger Ex-Hippie aus Maine, der zehn Jahre älter war als sie. Er hat einen Secondhand-Buchladen, hauptsächlich Uni-Lehrbücher, in Middleton, Connecticut, betrieben, wo Daphne zur Wesleyan University gegangen war, nachdem sie zwei Jahre bei uns zu Hause gelebt und das Wayward College besucht hatte. Er hat eine rührende Art zu stottern gehabt, als ob die Worte, die er sagen wollte, plötzlich zu brutal oder zu offenherzig seien, um ausgesprochen zu werden. Die Scheidung war noch im ersten Jahr erfolgt, wegen seelischer Grausamkeit, und hat ebensoviel gekostet wie die Hochzeit. Norma sagt, das Problem mit Ralph sei gewesen, daß er zuviel Ähnlichkeit mit mir habe – ein typischer verschlossener Yankee. Ich empfinde mich nicht als verschlossen, nur anderen Leuten gegenüber.

Wayward ging Anfang der achtziger Jahre zu Koedukation über und wurde ein Vierjahres-College – ein drittklassiges mehr. Ich habe daran gedacht, woandershin zu gehen, aber, ehrlich gesagt, niemand will mich, da ich keine größeren Publikationen vorzuweisen habe. [*Rückblick*-Red.: Sie können all das abändern! Verzeihen Sie diesen sentimentalen Ende-vom-Lied-Ton; ich beantworte Ihre Anfrage nun schon so lange, daß ich das Gefühl habe, wir sind alte Freunde. Kürzen, stutzen, verbessern Sie meine Prosa *ad libitum*, wie es Ihnen redaktionell am besten in den Kram paßt.] Seit männliche Studenten zugelassen werden (bis zu 43 Prozent der Gesamtzahl bei der Immatrikulation letzten Herbst), hat sich der Ton am College geändert – er ist lauter geworden, derber, naiver, weniger ernsthaft, mehr wie die Welt draußen. Die Mädchen – Frauen – haben etwas eingebüßt: und sei es nur die Chance, Männerrollen zu übernehmen, wie Jennifer Arthrop, die den Kinesias gespielt hatte. Und uns männlichen Mitgliedern des Lehrkörpers ist etwas verlorengegangen, das zu unserer Pädagogenrolle gehört hatte: das Bedürfnis und die Gelegenheit, ritterlich zu sein, wo wir doch schon auf den prächtig aufgezäumten Rossen unserer Männlichkeit saßen, erhaben über das ungepanzerte Volk suchender junger Frauen. Allein der Klang in der Kapelle, wenn die weiblichen Stimmen sich zum Choral oder zum Wechselgesang vereinten, so klar und silberhell, so verletzlich und stark, hat mich früher fast zum Weinen gebracht und auf den Gedanken, daß die alten Anthropologen vielleicht recht gehabt haben und wir am Ende doch Halbengel sind.

Norma und ich sind leidlich zufrieden. College-Leute bringen es zu einer gewissen grimmigen, aber nonchalanten Könnerschaft im Altern, im Immer-grauer-Werden mit jedem Jahr, jeder frischen Welle ewig junger, ewig unwissender Studenten. Wir bekommen alljährlich unseren Stoß versetzt und rollen weiter. Allein in diesem großen Haus (das wir aber sowieso nicht verkaufen könnten, so flau wie die Nachfrage derzeit ist), sind sie und ich in manchen Augenblicken so gehemmt miteinander wie Flitterwöchner, allerdings ohne die schöne Flitterwochen-Möglichkeit, das Eis zu brechen. Die Kinder sind fort, und als die Katzen wegstarben, haben wir uns keine neuen angeschafft; so liegen jetzt kaum noch Fussel und Haare herum, und einmal in der Woche können wir uns eine Putzfrau leisten. Meine Mutter ist 1978 gestorben und hat das Condo in Florida schuldenfrei hinterlassen, dazu überraschend viele Depotscheine und steuerfreie Kommunalobligationen sowie reichlich AT&T- und John-Deere-Aktien, die mein Vater gekauft hatte, als sie pro Stück wenige Dollar kosteten. Als Wayward dazu übergegangen war, auch männliche Studenten aufzunehmen, galt Normas Ansatz zur Kunstbetrachtung als ein wenig zu indirekt und intuitiv, und die College-Leitung – in weiblicher Hand, Sie erinnern sich sicher – hat ihr auf die nettestmögliche Art und Weise nahegelegt zu kündigen. So hat meine frühere Königin der Unordnung nun mehr Zeit für die Hausarbeit. Sie hat das Rauchen aufgegeben und fünfundzwanzig Pfund zugenommen. Wir sind viel mit den Wadleighs zusammen. Wendy war gleichfalls entbehrlich geworden, wurde als Hockey- und Dyslexie-Coach nicht mehr gebraucht, als die Knaben nach Wayward strömten. Norma verbringt ganze Nachmittage drüben im Redwood-Haus hoch überm Fluß mit den vielen Klavieren. Wendy fährt – ein Ausdruck, den meine Generation sich nicht mehr abgewöhnen kann – voll auf den Body ab: sie radelt in elastischen Shorts, joggt mit Hanteln in den Fäusten und hat mit weit über fünfzig die Taille einer Neunzehnjährigen. Sie fährt zweimal in der Woche bis ganz nach Boston, um dort in einem Kurs zu lernen, wie man therapeutische Masseurin wird, und verabreicht Norma ausgedehnte Rückenmassagen, die meine Frau ganz matt machen und nach denen ihr, wie sie scherzhaft sagt, alles weh tut.

Wo sind diese letzten fünfzehn Jahre geblieben? Was für eine flüchtige, leere Angelegenheit das Leben ist, rückblickend gesehen. Wie schnell wir Geschichte werden, und dabei wünschen wir uns doch, immer das Neueste zu sein. Wenn Sie sich die mentale Mühe machen und sich ein klein wenig in die Höhe heben, weg vom Planeten, und sehen, wie unsere spezielle Spezies sich alles Land einverleibt, so daß es bald keine anderen größeren Tiere mehr geben wird, nur noch Ratten, Ameisen und vergiftete Miesmuscheln, alles, die Erde, der Sauerstoff, der Luftraum, nur dazu da, daß der Homo sapiens sapiens sich vermehren, essen, hungern, bauen, Krieg führen, fernsehen und Radio hören kann, dann wird Ihnen klar, daß die menschliche Rasse eine einzige immense Energievergeudung ist. Die unbelebten Oberflächen von Mars und Io stoßen bestimmt einen Seufzer der Erleichterung aus.

Die Ford-Jahre. Was ließe sich sonst noch über sie / ihn sagen? Oder über irgendeinen von ihnen – diese Männer, unsere Präsidenten, tun ihr konfuses Bestes, meist gegen Ende ihres Lebens, und es läßt sich nicht feststellen, ob andere Entscheidungen zu besseren Ergebnissen geführt hätten. Sie sind eingeengt gewesen von unsichtbaren Mauern, Voraussetzungen, Zwängen, die sich alle in Luft aufgelöst haben, die immer schon Luft gewesen sind – Zeitgeist, Volksgeist. Die Zeit stand auf seiten des Nordens, und wie Trescot in seinem Bericht sagte: *Außerdem war er* [JB], *wie die aus den Nordstaaten kommenden Mitglieder seines Kabinetts, ein Mann des Nordens. Wenn diese Revolution scheiterte, würden sie gemeinsam Anerkennung für ihre Entschlossenheit heischen; wäre sie erfolgreich, würden sie im Norden bleiben und wären angewiesen auf die Unterstützung durch die öffentliche Meinung des Nordens.* Der halbe Breitengrad zwischen Lancaster und der Grenze zu Maryland, der Mason-Dixon-Linie, gab am Ende den Ausschlag. Vielleicht wäre mir ein Gelingen beschieden gewesen, wenn ich's mit einem Buch über Pierce versucht hätte, aber seine Administration war vergleichsweise langweilig (kein einziger Ministerwechsel in vier Jahren!), seine häuslichen Verhältnisse waren düster, und Hawthorne und Roy Nichols hatten schon anerkennenswerte Biographien verfaßt. Mich zog's zum Nichterkannten hin, zum Niebesessenen, in der Forschung wie in der Liebe. Ich liebte Buchanan, weil er jungfräulich war.

Bleibt zu sagen, daß Gerald Ford der einzige nichtermordete Präsident gewesen ist, dessen Name mit «d» endet, der einzige in Nebraska geborene Michigan-Politiker, der in das hohe Amt gelangte, und der einzige, der Ski gelaufen ist. Oh, sicher haben Kennedy und Roosevelt im Lauf ihrer privilegierten Knabenzeit sich mal die Bretter untergeschnallt, aber nur Ford ist als Präsident die Hänge hinuntergesaust und hat ein völlig neues Sicherheitsproblem für den Secret Service geschaffen.

Ich erinnere mich (dies ist der Schluß, *Rückblick*, und vergessen Sie nicht, Sie haben mich gefragt) an eine Abfahrt unter Ford, ich weiß nicht mehr, auf welchem Berg. Ganz oben, an der scheppernden Endstation des obersten Lifts, wo die Kiefern verkümmert, der Schnee vereist und die Spuren schmal waren, hing ein Aroma von Angst in der Luft und machte das Atmen schwer, als ich die Skier anschnallte und mich vorbeugte, um die Fangriemen zu befestigen, damals, in der Zeit vor den integrierten Skibremsen, und meine einzige Gesellschaft auf dem überwältigenden, windgepeitschten Gipfel schienen juchzende Halbstarke und ledergesichtige Skifanatiker zu sein, deren Bräune an den Schutzbrillen aufhörte. Nervös lavierte ich mich die ersten Kehren hinunter und versuchte, mich am Rand zu halten, wo der Schnee noch ein wenig griff, und das ganze violettblaue Tal gähnte tief unten in den Lücken zwischen den Bäumen, als sähe man aus einem Flugzeugfenster. Als ich dann zum breiteren, nicht mehr ganz so hohen Pistenabschnitt kam, wurde ich lockerer und zuversichtlicher. Ich begann, von einer Seite zur andern zu schwingen, als bewegte ich mich durch die Luft, und sang, um in einen Rhythmus zu kommen. Ich hatte als Junge auf den abfallenden Feldern um Hayes die Entdeckung gemacht, daß man besser Ski lief, wenn man sang, wenn man sein Gewicht – von einem Fuß auf den andern, von einer Kante auf die andere – im Takt einer Melodie verlagerte, irgendeiner, merkwürdigerweise ging's mit fast jeder. An diesem Tag war es, daran erinnere ich mich, ein Beatles-Oldie, der aber damals noch gar kein richtiger Oldie war. «*Yes*terday», sang ich, «all my *troub*les seemed so *far* away», Oberkörper talwärts, «now it *looks* as though they're *here* to stay», Knie vorwärts-bergwärts gebeugt, Ellbogen angelegt, meine Hände abwechselnd vor mir, in schwarzen Fäustlingen, wenn die Stöcke in den Schnee stachen. «I be*leeve* in *yes*terday!» Die ausgehaltenen Noten gaben den Hinterenden der Skier Zeit, sich zu drehen und *wisch* zu machen. Ich fühlte mich schwerelos, und es war, als ritzte ich eine schwungvolle große Signatur in die Wellen und Mulden der mittleren Abfahrtsstrecke. Ich wurde zu schnell und mußte wedeln: «*Why* she *had* to *go*, I don't *know*, she wouldn't *say*. I said something *wrong*, and now I *long* for *yes*terday-ay-ayy-ayyy.» Dann kam eine ebene kleine Plattform oben auf dem Anfängerhügel, und ich gönnte meinen zitternden Beinen einen Augenblick der Rast, die Skihütte klein wie eine Streichholzschachtel unter mir, um sie herum ein Gewimmel von bunten Punkten. Ich stieß mich ab und nahm Fahrt auf, Knie und Füße vollkommen geschlossen, lächerlich einfach, das Ganze, eine Frage des Vertrauens und des Muskelgedächtnisses, und als ich, eine Wolke von Schneematsch aufwirbelnd, mit einem kurzen abschließenden Stemmschwung zum Stehen kam, waren sie alle da, die Gefährten meines Lebens, saßen um einen Picknicktisch im Freien, neben sich ein Durcheinander von Parkas, Weinflaschen und Deckelkörben: Norma und meine Kinder in Wollpullovern, auf denen Katzen geschlafen hatten; Genevieve umwerfend in ihrem weißen Cashmere-Sweater und mit dem schwarzen Stirnband; Brent selbstgefällig die Bergluft mit seinem Pfeifenrauch verpestend; die Wadleighs, typisch, in den gleichen lustigen knallgelben, fast bis zur Brust reichenden Skihosen mit roten Hosenträgern; ein Sortiment rosawangiger Kinder mit relish- und senfverschmierten Mündern und einige andere Erwachsene: der Germanistikprofessor und seine jüdische Frau, er noch in Knickerbockern Ski laufend und die Bretter mit langen Lederriemen an den Stiefeln befestigend, sie in kamelhaarfarbenem Lodenmantel, als wollte sie zum Shopping zu Bloomingdale's gehen; die beiden sommersprossigen Zweitgattinnen und der arme elegante Mario Alvarez, bevor er seine Schandtat beging und beschämt nach Providence zurückkehrte.

Lächeln lag auf ihren geröteten Gesichtern; sie hatten auf mich gewartet; sie hatten mit Freude gesehen, wie gut ich Ski lief. Ich war in jenen Jahren ein Fabeltier, sehnig und raublustig, umgetrieben von Gelüsten, die mir jetzt so fremd sind wie die Motivationen eines fernen Vorfahren. Ich war schlank, nicht weil ich mich sportlich betätigte, sondern weil ich so viel nervöse Energie hatte, und meine Haare waren überwiegend noch braun und fühlten sich wie das Fell eines Tieres an, weich und voll Spannkraft, nicht spröde und weiß und schütter. Ich trug nur an den kältesten Tagen eine Skimütze. Dies war kein solcher Tag. Es muß während des Wochenendes von Washingtons Geburtstag gewesen sein (bevor aus diesem Tag ganz allgemein Presidents' Day wurde) oder vielleicht sogar an Ostern, wegen der an Kraft zunehmenden Sonne; es war Picknickwetter im Windschatten der Skihütte. Aber welcher Berg könnte es gewesen sein? Gunstock und Sunapee haben keine Tische im Freien, und Cranmore und Wildcat haben keine weich auslaufenden Hänge, jedenfalls keine, die so sind wie der, der mir in Erinnerung ist. War es vielleicht der Pleasant Mountain, drüben in Bridgton, Maine? Und wie kann es sein, daß Norma und Genevieve, Rivalinnen um meine Gunst, beide gleichzeitig da waren und mich anstrahlten über dem chardinesken Durcheinander des zur Begrüßung aufgetischten Essens? Vielleicht stammt das lebhafte Bild, das vor meinem inneren Auge steht, aus dem Winter, bevor unsere Krise begann. Oder vielleicht hatten wir uns notdürftig, nach außen hin, arrangiert für diesen feiertäglichen Ausflug, eine große, nur scheinbar glückliche Familie. Ich war den Berg herab ins helle Glück gekommen; diese weitschweifige Erwiderung auf Ihre provozierende Anfrage hat mich, so scheint es, in die Dunkelheit gestoßen. Je länger ich über die Zeit unter Ford nachdenke, desto mehr habe ich das Gefühl, daß ich mich an nichts erinnere.

Paul Auster

Paul Auster, geboren 1947 in Newark / New Jersey, gilt in Amerika als eine der großen literarischen Entdeckungen der letzten Jahre. Er studierte Anglistik und vergleichende Literaturwissenschaft an der Columbia University und verbrachte danach einige Jahre in Paris. Heute lebt er in New York.

Die New York-Trilogie *Roman*
(rororo 12548)
«Eine literarische Sensation!»
Sunday Times

Mond über Manhattan *Roman*
Deutsch von Werner Schmitz
(rororo 13154)
«Paul Auster ist der vielleicht bedeutendste amerikanische Autor der letzten Jahre; seine literarischen Qualitäten suchen auch hierzulande ihresgleichen.»
Deutschlandfunk

Smoke. Blue in the Face
Zwei Filme
(rororo 13666)

Die Erfindung der Einsamkeit
Deutsch von Werner Schmitz
256 Seiten. Gebunden und als rororo 13585

Mr. Vertigo *Roman*
Deutsch von Werner Schmitz
320 Seiten. Gebunden
«Paul Auster, einer der bekanntesten Vertreter der jüngeren amerikanischen Schriftstellergeneration, scheint seinen europäischen Kollegen weit voraus zu sein: So einfach kann hier noch niemand von der Verwirrtheit der Welt erzählen.»
Süddeutsche Zeitung

rororo Literatur

Das rote Notizbuch
Deutsch von Werner Schmitz
64 Seiten. Pappband
Paul Auster hat in seinem roten Notizbuch über viele Jahre Ereignisse aus seinem Leben und dem Leben von Freunden festgehalten – daraus sind dreizehn unglaubliche Geschichten entstanden.

Die Musik des Zufalls *Roman*
Deutsch von Werner Schmitz
256 Seiten. Gebunden und als rororo 13373

Im Land der letzten Dinge
Roman
Deutsch von Werner Schmitz
200 Seiten. Gebunden und als rororo 13043
«Ein ausgezeichnetes, höchst lesbares Buch. Paul Auster hat sowohl der modernen Literatur als auch unserer Sicht der Welt eine Dimension hinzugefügt.»
The Boston Globe

Leviathan *Roman*
Deutsch von Werner Schmitz
320 Seiten. Gebunden

Ernest Hemingway

Ernest Hemingway, 1899 in Oak Park, Illinois, geboren, setzte sich früh in den Kopf, Journalist und Schriftsteller zu werden. Als Korrespondent für den «Toronto Star» arbeitete er in Paris, wurde des «verdammten Zeitungszeugs» überdrüssig und begann, Kurzgeschichten zu schreiben. 1929 erschien «In einem andern Land» und wurde ein durchschlagender Erfolg. Hemingway reiste durch Spanien, unternahm Jagdexpeditionen nach Afrika, wurde Kriegsberichterstatter im Spanischen Bürgerkrieg. 1954 erhielt er den Nobelpreis für Literatur. Sein selbstgeschaffener Mythos vom «Papa», seine Krankheiten und Depressionen machten ihn schließlich unfähig zu schreiben. Am 2. Juli 1961 nahm er sich das Leben.

Von Ernest Hemingway sind u. a. lieferbar:

Gesammelte Werke *10 Bände in einer Kassette*
(rororo 31012)

Der Abend vor der Schlacht
Stories aus dem Spanischen Bürgerkrieg
(rororo 5173)

Der alte Mann und das Meer
(rororo 328)

Fiesta *Roman*
(rororo 5)

Der Garten Eden *Roman*
(rororo 12801)

Die grünen Hügel Afrikas
(rororo 647)

rororo Literatur

In einem andern Land *Roman*
(rororo 216)

Reportagen 1920 – 1924
(rororo 12700)

Schnee auf dem Kilimandscharo
6 stories
(rororo 413)

Im Rowohlt Verlag sind u. a. erschienen:

Lesebuch *Noch einmal glückliche Tage*
256 Seiten. Gebunden

Die Stories
500 Seiten. Gebunden

Sämtliche lieferbaren Titel von *Ernest Hemingway* finden Sie in der *Rowohlt Revue*. Jedes Vierteljahr neu. Kostenlos in Ihrer Buchhandlung.

3236/2

Henry Miller

Henry Miller wuchs in Brooklyn, New York, auf. Mit dem wenigen Geld, das er durch illegalen Alkoholverkauf verdient hatte, reiste er 1928 zum erstenmal nach Paris, arbeitete als Englischlehrer und führte ein freizügiges Leben, ausgefüllt mit Diskussionen, Literatur, nächtlichen Parties – und Sex. In Clichy, wo Miller damals wohnte, schrieb er sein erstes großes Buch «Wendekreis des Krebses». Als er 1939 Frankreich verließ und in die USA zurückkehrte, kannten nur ein paar Freunde seine Bücher. Wenig später war Henry Miller der neue große Name der amerikanischen Literatur. Immer aber bewahrte er sich etwas von dem jugendlichen Anarchismus der Pariser Zeit. Henry Miller starb fast neunzigjährig 1980 in Kalifornien.

Eine Auswahl:

Insomnia oder Die schönen Torheiten des Alters
(rororo 4087)

Frühling in Paris *Briefe an einen Freund*
Hg. von George Wickes
(rororo 12954)

Joey *Ein Porträt von Alfred Perlès sowie einige Episoden im Zusammenhang mit dem anderen Geschlecht*
(rororo 13296)

Jugendfreunde *Eine Huldigung an Freunde aus lang vergangenen Zeiten*
(rororo 12587)

rororo Literatur

Liebesbriefe an Hoki Tokuda Miller
Hg. von Joyce Howard
(rororo 13780)
Die japanische Jazz-Sängerin Hoki Tokuda war Henry Millers letzte große Liebe. Seine leidenschaftlichen Briefe bezeugen die poetische Kraft und Sensibilität eines der großen Schriftsteller des 20. Jahrhunderts.

Wendekreis des Krebses
Roman
(rororo 4361)

Wendekreise des Steinbocks
Roman
(rororo 4510)

Tief im Blut die Lockung des Paradieses *Henry Miller-Lesebuch*
Hg. von Heinrich Maria Ledig-Rowohlt
256 Seiten. Gebunden.

Der Engel ist mein Wasserzeichen *Sämtliche Erzählungen*
Deutsch von Kurt Wagenseil und Herbert Zand
352 Seiten. Gebunden.

Romane und Erzählungen

Peter Høeg
Fräulein Smillas Gespür für Schnee *Roman*
(rororo 13599)
Fräulein Smilla verfolgt die Spuren eines Mörders bis ins Eismeer Grönlands. «Eine aberwitzige Verbindung von Thriller und hoher Literatur.» *Der Spiegel*

Denis Belloc
Suzanne *Roman*
(rororo 13797)
«Suzanne» ist die Geschichte von Bellocs Mutter: Das Schicksal eines Armeleutekinds in schlechten Zeiten. «Denis Belloc ist der Shootingstar der französischen Literatur.» *Tempo*

Ray Loriga
Vom Himmel gefallen *Roman*
(rororo 13903)
Ray Loriga, Jahrgang 1967, lebt in Madrid. In seinem mit Bitterkeit und schwarzem Humor getränkten Roman verfolgen Polizei und Medienmeute einen jugendlichen Killer quer durch Spanien.

Andre Dubus
Ehebruch und anderes *Vier Novellen*
(rororo 13744)
Stimmen vom Mond *Roman*
(rororo 12446)
Sie leben jetzt in Texas *Short Stories*
(rororo 13925)
Zehn klassische Short Stories von Andre Dubus über Menschen, die versuchen, mit aufrechtem Gang das Leben zu bewältigen. «Seine Geschichten sind bewegend und tief empfunden.» *John Irving*

rororo Literatur

Daniel Douglas Wissmann
Dillingers Luftschiff *Roman*
(rororo 13923)
«Dillingers Luftschiff» ist eine romantische Liebesgeschichte und zugleich eine verrückte Komödie voll schrägem Witz, unbekümmert um die Grenzen zwischen Literatur und Unterhaltung.

Michael Frayn
Sonnenlandung *Roman*
(rororo 13920)
«Spritziges, fesselndes, zum Nachdenken anregendes Lesefutter. Kaum ein Roman macht so viel Spaß wie dieser.» *The Times*

Radek Knapp
Franio *Erzählungen*
(rororo 13760)
Die Erzählungen von Radek Knapp wurden als bestes Debüt des Jahres mit dem «aspekte»-Literaturpreis des ZDF ausgezeichnet. «Dieser Autor hat Witz, Pfiff, Humor!»
Marcel Reich-Ranicki